서비스 이코노미

한국의 군사주의 · 성 노동 · 이주 노동

지은이 _ 이진경(Lee Jin-Kyung)

샌디에이고 캘리포니아 대학(UCSD) 문학 학과(Department of Literature)에서 한국문학과 비교문학을 전공하고 있는 교수이다. 그녀는 캘리포니아 대학(UCLA)에서 「자율적 미학과 자주적 주체성─식민지 한국의 사회개혁과 민족형성의 위치로서 근대문학의 구성」으로 박사학위를 받았다. 그녀의 연구의 관심분야는 식민지 시대의 민족주의 문화와 정치, 포스트식민지 시대의 한국의 군사주의와 개발, 젠더와 민족의 재현, 한국의 아시아인 노동 이주, 한국인의 디아스포라 등이다. 저서로 *Korean Literature, Literary Studies and Disciplinary Crossings : A Transpacific Comparative Examination, The Review of Korean Studies*, Co-guest editor, Introduction, Vol.16, No.2(December, 2013), 「근대한국, 제국과 민족의 교차로」(공저, 책과함께, 2011), *Service Economies : Militarism, Sex Work and Migrant Labor in South Korea*(Minneapolis : University of Minnesota Press, 2010), 편저로 *Rat Fire : Korean Stories from the Japanese Empire,* Co-editor(Ithaca : Cornell East Asia Series, 2013), 논문으로 "Surrogate Military, Subimperialism, and Masculinity : South Korea in the Vietnam War, 1965∼1973", *positions : east asia cultures critique*, Vol.17, No.3(Winter, 2009), 「민족, 하위제국주의, 초국가적 노동─한국의 이주 노동자들과 미국의 한국 이민자들」, 『황해문화』 50호(새얼문화재단, 2006 봄), "Performative Ethnicities : Class and Culture in 1930s Colonial Korea", *Seoul Journal of Korean Studies*(Seoul : Kyujanggak Institute for Korean Studies, Seoul National University) 19 : 1(December, 2006), 「하위제국주의 시대의 재한 이주 노동자와 한국인의 이산─박범신의 『나마스테』」, 『문학동네』 48호(문학동네, 2006 가을), "National History and Domestic Spaces : Secret Lives of Girls and Women in 1950s South Korea in O Chong-hui's 'The Garden of Childhood' and 'The Chinese Street'", *The Journal of Korean Studies* 9 : 1(Fall, 2005), "Sovereign Aesthetics, Disciplining Emotion and Racial Rehabilitation in Colonial Korea, 1910∼1922", *Acta Koreana* 8 : 1(Winter, 2005), "Autonomous Aesthetics and Autonomous Subjectivity : Construction of Modern Literature as a Site of Social Reforms and Nation-Building in Colonial Korea, 1915∼1925"(Ph.D. diss., University of California : Los Angeles, 2000) 등이 있다.

옮긴이 _ 나병철(羅秉哲, Na Byung-Chul)

연세대학교 국문학과를 졸업하고 같은 대학교 대학원 국문학과를 졸업하였다. 수원대학교 국문학과 교수를 거쳐 현재 한국교원대학교 국어교육과 교수로 있다. 저서로는 『소설이란 무엇인가』, 『문학의 이해』, 『전환기의 근대문학』, 『근대성과 근대문학』, 『한국문학의 근대성과 탈근대성』, 『소설의 이해』, 『모더니즘과 포스트모더니즘을 넘어서』, 『근대서사와 탈식민주의』, 『탈식민주의와 근대문학』, 『소설과 서사문화』, 『가족로망스와 성장소설』, 『영화와 소설의 시점과 이미지』, 『환상과 리얼리티』, 『소설의 귀환과 도전적 서사』, 『은유로서의 네이션과 트랜스내셔널 연대』가 있으며, 역서로는 『냉전시대 한국의 문학과 영화』(테드 휴즈), 『문학교육론』(제임스 그리볼), 『문화의 위치』(호미 바바), 『포스트모더니즘 이후의 정치와 문화』(마이클 라이언), 『해체론과 변증법』(마이클 라이언), 『중국문화 중국정신』(C. A. S. 윌리엄스)이 있다. 주요논문으로는 「탈식민주의와 정전의 재구성」, 「식민지 근대의 공간과 탈식민적 크로노토프」, 「세계화시대의 탈식민 문제와 트랜스내셔널의 교차로」, 「청소년 환상소설의 통과제의 형식과 문학교육」 등이 있다.

서비스 이코노미 한국의 군사주의 · 성 노동 · 이주 노동

초판 1쇄 발행 2015년 5월 20일
초판 2쇄 발행 2017년 8월 30일
지은이 이진경 **옮긴이** 나병철
펴낸이 박성모 **펴낸곳** 소명출판 **출판등록** 제13-522호 **주소** 서울시 서초구 서초중앙로 6길 15, 1층
전화 02-585-7840 **팩스** 02-585-7848 **전자우편** somyong@korea.com **홈페이지** www.somyong.co.kr

값 28,000원 ⓒ 소명출판, 2015
ISBN 979-11-86356-17-3 93810

Service economies
Militarism, Sex Work, and Migrant Labor in South Korea

서비스 이코노미
한국의 군사주의 · 성 노동 · 이주 노동

이진경 지음 | 나병철 옮김

소명출판

●── 감사의 말

나는 이 책의 완성에 이르는 길목마다 나를 이끌어 준 많은 풍요로운 정신들로부터 은혜를 입었다. 이 책은 나의 논문과는 다른 분리된 계획으로 시작되었지만, 여전히 동아시아 연구와 비교문학에서의 학문적 훈련의 산물임이 분명하며, 가장 깊은 감사의 말은 캘리포니아 대학(UCLA)의 은사님들께 바치고 싶다. 존 던컨 교수는 1990년대 초 UCLA에 입학한 첫날부터 지금까지 뒤따라야 할 학자이자 스승이었으며, 한국과 한국 연구에 대한 나의 생각을 끊임없이 도전적으로 재형성해 주었다. 나의 일본사 스승 레슬리 핀커스 교수와 고 미리엄 실버버그 교수의 도움은 한국의 역사와 문학에 대한 나의 관점에 자극을 주었고, 그런 방식이 아니었으면 나의 한국사와 한국문학에 대한 사유는 불가능했을 것이다. 정무 최와 슈메이 스(Shu-mei Shih) 교수는 내 연구가 진행되는 동안 계속 지적으로 격려해 주었다. 로버트 버스웰 교수는 수업을 통해 불교와 한국불교에 관해 많은 것을 알게 해주는 등 수년 동안 멘토로서 꼭 필요한 도움을 제공했다. 비교문학 방면의 나의 스승 로스 쉬델러, 캐슬린 코마, 캐서린 킹, 사무엘 웨버 교수는 대학원 시절 이후로 지적인 격려와 전문적인 안내를 해주었다.

나는 샌디에이고의 캘리포니아 대학에서 가장 고무적인 동료들과 가장 흥분되는 학자들의 집단을 접할 수 있는 큰 행운을 누렸다. 다카시 후지타니, 로즈마리 매런골리 조지, 스테파니 제드, 리사 로우, 돈 웨인,

리사 요네야마, 잉진 장[張英進]은, 내게 도움이 되는 자신의 열정적 연구에 제한을 두지 않았고, 나의 지적인 작업과 학문적인 삶에 안내를 해주었다. 그밖에도 캘리포니아 대학 샌디에이고 캠퍼스에는, 내가 여러 차례 도움을 구했던 기댈 수 있는 세심하고 진실한 동료들이 있었다. 존 블랑코, 리사 불름, 로버트 캔슬, 짐 쳉, 자이메 콘차, 페이지 두보이스, 패티마 엘타엡(Fatima El-Tayeb), 옌 에스피리투, 히더 플라우어, 스테판 해거드, 라리사 하인리히, 낸시 호우, 타라 자비디, 사라 존슨, 마일로스 코코토빅, 토드 콘체, 수잔 라슨, 제선 리, 마거릿 루스, 고 마사오 미요시, 막스 파라, 로디 레이드, 루신다 루비오 배럭, 로사우라 산체츠, 셸리 스트리비, 스테펀 다나카, 다니엘 와이드너, 웨이림 입[葉維廉], 종성 유, 오우멜바닌 지리(Oumelbanine Zhiri)가 그들이다.

발전하는 북미의 한국학 커뮤니티와 다른 아시아 연구 분야들은 나의 연구의 도정에 지적이고 정신적인 도움을 주었다. 나는 낸시 아벨만, 혜월 최, 경희 최, 자현 킴 하보시(김자현), 켈리 정, 종범 김, 남희 리, 존 리, 성숙 문, 포리 박, 자네트 풀, 나오키 사카이, 안드레 슈미드, 도시코 스코트, 기욱 신, 유키 테라자와, 루미 야수타케, 앨리슨 영에게 감사하고 싶다. 또한 지난 수년 동안 한국과 유럽에서 연구하는 많은 동료, 친구, 교수님들이 중요한 수정과 관대한 비평, 귀중한 대화와 환대를 제공하며 팔을 내밀어 주었다. 나는 백문임, 황종연, 김철, 김재용, 김종명, 김우창, 권영민, 이경훈, 이상경, 이지현, 백원담, 신형기, 존 프랭클, 마이클 김, 블라디미르 티호노프(박노자)의 친절에 큰 빚을 지고 있다. 그와 함께 이 기획은 샌디에이고 캘리포니아 대학(UCSD) 문학 분야의 열정적이고 재능 있는 학부생 및 대학원생과의 수년에 걸친 대화에서 큰 도움을 얻었다.

나는 대학에서 강의 없이 연구할 수 있는 시간을 허락해주고 연구비를 제공해준 한국국제교류재단(Korea Foundation)과 UCSD에 고마움을 전하고 싶다. 나는 초기 단계에 이 책의 기획에 관심을 갖고, 정확하고 관대한 전문적인 안내를 해주면서, 전체 과정에서 쉽지 않은 인내심을 보여준 미네소타 대학 출판사 편집장에게 진심어린 사의를 표한다.

마지막으로 그러나 결코 적지 않은 감사의 말은 가족에게 바치고 싶다. 가족들의 사랑과 응원이 없었으면 이 책은 완성될 수 없었을 것이다. 아버지 명재 리, 어머니 화서 박, 동반자 테드 휴즈, 그리고 조카들 모두에게 고마움을 전한다.

대리 노동과 죽음정치적 노동

이 책의 핵심적인 전제는 해방 이후 한국의 근대화 과정을 일국의 경계를 넘어선 트랜스내셔널한 역사적 맥락에 위치시키는 것이다. 1945년부터 현재까지의 한국의 역사적 진행을 아시아에서 미국의 지구적 팽창의 필수 요소로 봄으로써, 이 책은 당대의 역사적 사건들이 항상 이미 미국과 아시아, 한국 간의 트랜스내셔널한 공간에 놓여 왔음을 논의한다. 해방 이후 한국의 근대화 과정은 그처럼 신식민지적인 초국가적 맥락에서 국가와 자본에 의해 주도된 개발의 역사가 주요 흐름을 이루고 있었다.

흥미로운 것은 그 같은 근대화 과정을 밝히기 위해 이 책이 일반적인 산업 노동 대신 네 가지 주변화된 노동들을 앞세우는 점이다. 네 가지 주변화된 노동들이란 군사 노동과 성 노동, 군대 성 노동, 이주 노동을 말한다. 이 노동들은 지금까지 매우 눈에 잘 보이면서도 역설적으로 보이지 않는 영역에 있어 왔다. 즉 이 영역들은 흔히 사람들에게 노동으로도 여겨지지 않았던 노동들이었다. 이 책은 그런 주변화된 노동들이 과거의 신식민지에서 지금의 하위제국에 이르는 한국의 연속적·중첩적 공간들을 밝히는 주요 영역임을 주장한다. 즉 노동으로 부르기도 어려운 노동들이 오히려 한국의 개발의 역사를 복합적인 층위에서 조명하는 숨겨진 영역이라는 것이다.

이 책이 그런 주변화된 노동들을 선택한 것은 트랜스내셔널한 맥락에서 "성과 인종의 프롤레타리아화"와 연관된 것들이기 때문이다. 성과 인종의 프롤레타리아화는 단순한 산업적 프롤레타리아화와는 달리 "대체불가능한 관계"에서 대리적 노동을 생산해낸다. 제국과 (신)식민지, 가부장적 남성과 여성의 관계에서는, 이미 존재 자체의 대체불가능성과 불평등성이 노동 생산의 전제조건이다.

산업 노동의 경우에도 자본과 노동의 위계는 엄중하지만 그렇다고 계급적 이동이 전혀 불가능한 것은 아니다. 반면에 성과 인종의 영역에서는 이미 프롤레타리아가 생산되는 방향이 정해져 있으며 다른 쪽으로의 이동은 거의 불가능하다. 즉 대부분의 경우 여성이 성 노동자로 프롤레타리아화되며, 인종적으로 낮은 층위에 있는 주민이 "값싼 노동"으로 노동자가 된다. 제국이 지배하는 공간에서, 그리고 남성중심적인 자본주의 사회에서, 이 대체할 수 없는 성과 인종의 관계는 피부색과 성을 바꾸기 어렵듯이 역전시키기 매우 힘들다.

네 가지 주변화된 노동의 특징은 바로 그 대체불가능성의 관계에서 대리 노동을 생산한다는 점이다. 대리 노동은 늘상 한쪽 방향으로 국가의 경계와 젠더의 경계를 넘는 노동이다. 예컨대 한국군의 베트남 파병은 미군을 위한 트랜스내셔널한 대리 노동이었다. 성 노동 역시 여성의 신체를 상품화하는 대리 노동이며, 특히 군대 성 노동은 미군을 위해 미국 여성을 대리하는 노동이었다. 또한 이주 노동은 동남아인이 위험한 직종에서 한국인을 대리하는 노동이다. 이 위계적 관계들에서, 미군이 한국군을, 한국 노동자가 이주 노동자를 대리한다는 것은 흡사 남성이 여성을 대체하는 것이 불가능한 것만큼이나 힘든 일이다.

대리 노동이란 단지 노동력을 상품화하는 것이 아니라 신체 자체를 누군가를 대체해서 상품화하는 노동이다. 이 경우 노동력으로 만든 상품이 소비되는 대신 노동자의 신체 자체가 정신적·육체적으로 소모되고 소비된다. 그처럼 소비될 상품을 생산하는 것이 아니라 신체나 그 일부를 상품으로 제공하는 점에서 이 노동은 서비스 노동으로도 불린다.

중요한 것은 그런 **대체하는 노동**이 역설적으로 **대체불가능한 관계**의 존재들 사이에서 나타난다는 점이다. 대리 노동이란 대체불가능한 불평등성의 관계의 첨예화된 형식이다. 신체를 소모시키며 죽음에 이르도록 노동한다는 것은 극도의 불평등성을 전제로 하지 않으면 이해될 수 없다. 성과 인종의 프롤레타리아화는 그런 극단의 비대칭성의 표현이다. 예컨대 제국의 군대를 대신해서, 제국 병사의 신체를 위로하기 위해, 그리고 하위제국 노동자를 대신해서 죽음을 무릅쓰고 일하는 것이 바로 대리 노동이다. 이 제국과 제국의 남성 신체를 위해 봉사하는 대리 노동은 프롤레타리아화 과정에서 이미 젠더와 국경을 넘는 트랜스내셔널한 관계를 드러낸다.

대리 노동은 또한 남성중심적으로 군사화된 문화에서 성행한다. 군사노동이나 성 노동, 군대 성 노동이 그 대표적인 예일 것이다. 군사주의는 남성들끼리의 싸움을 위해서(군사 노동)나 그런 남성중심적인 조직을 위로하기 위해서(군대 성 노동), 그리고 군사화된 남성중심적 사회 사람들의 욕망을 달래주려는 목적으로(성 노동) 대리 노동을 필요로 한다. 이 책이 한국의 근대화의 본질을 밝히기 위해 대리 노동과 서비스 노동을 탐구하는 것은, 한국의 근대화 과정이 **트랜스내셔널한** 맥락에 놓인 **군사화된** 문화 속에서 진행되었기 때문이다.

물론 산업 노동 역시 실제로는 트랜스내셔널한 맥락에서 형성된다. 예컨대 1970~80년대의 한국의 산업 노동은 미국 주도의 세계경제와 아시아 개발계획의 맥락에 놓여질 수 있다. 그뿐 아니라 산업 노동은 암암리에 군사노동과 교차되고 중첩되는 관계를 이루고 있다. 푸코와 비릴리오가 보여주듯이, 군인은 근대 노동자의 전범이 되며 군대는 근대적 규율의 모델이 된다. 푸코가 규율적 메커니즘이 유순한 기계적 인간을 형성함을 말했다면, 비릴리오는 "운동의 독재"가 군사적·산업적 프롤레타리아를 "발동가능한(mobile) 기계"로 생산함을 논의한다.

비릴리오는 또한 군사적 "파괴의 생산"과 경제적 "부의 생산"의 구조적 연속성을 말하며 근대 유럽의 군사주의와 자본주의 간의 연관성에 주목을 요구한다. 우리는 미국의 아시아에서의 "뜨거운 전쟁"과 "경제개발계획"에서도 그 둘의 연계성을 확인할 수 있다. 전쟁과 시장은 "미국의 지구적 팽창주의에서 서로 내적 외연의 관계"에 있었으며, 아시아 국가들은 "기지의 제국" 미국을 위한 해외의 거대한 군사-산업 복합체로서 계속 작동되고 있었다.

한국의 산업적 근대화 과정은 그런 **트랜스내셔널한** 맥락과 **군사적** 개발주의 프로젝트 아래 놓여 있었다. 그 같은 상황에서 한국의 근대화에는 산업적 개발이 주요 영역이었으며 군사 노동이나 성 노동은 노동으로도 주목하지 않는 주변에 놓여 있었다. 그럼에도 이 책이 주변적 노동의 영역에 초점을 맞춘 중요한 이유는, 그 대리적 노동들이 이미 산업 노동에도 잠재하는 국가와 자본의 권력의 기제를 초국가적 맥락에서 증폭시켜 보여주기 때문이다. 이 책은 국가와 자본이 프롤레타리아와의 사이에서 행사하는 비정한 권력의 기제를 명료화하기 위해, 네 가지 대리 노동을 음벰베의 용어를 응용해 "죽음정치적 노동"이라고 부르고 있다.

죽음정치적 노동은 대리 노동자가 죽음에 이르도록 신체와 정신을 소모시키는 양상을 말한다. 죽음정치(necropolitics)란 푸코의 생명권력(bio-power)의 특수한 양상인 동시에 그 구성적 요소이다. 죽음정치 아래서 노동자는 마치 상품이나 소모품처럼 권력에게 생명의 처분을 맡긴 상태에서 죽을 운명으로 향해 있다. 물론 푸코의 생명권력은 규율에 예속되는 대가로 권력이 삶을 부양해 줌을 말하고 있다. 그러나 죽음정치는 생명권력의 삶의 부양이란 주민들을 국가나 제국의 노동의 요구에 응하도록 동원하는 선에서 제한된 것임을 암시한다. 즉 필요한 노동이 중단되지 않고 생산되도록 삶을 부양하는 것이며, 그 이면에는 상품에서처럼 쓸모없어진 노동자는 폐기처분될 수 있음이 전제로 깔려 있다. 그처럼 "처분 가능성"이 삶의 부양의 전제임을 생각할 때, 음벰베나 아감벤의 죽음정치는 푸코의 생명권력의 구성적 요소임을 알 수 있다.

따라서 **죽음정치적 노동**이란 "노동이 수행된 때나 그 후에 내던져지고, 대체되고, (축자적으로나 비유적으로) 살해될 수 있는 어떤 대상이나 사람 곧 노동 상품이나 노동자"로 생각될 수 있다. 우리는 1960~70년대의 산업 노동이 그처럼 죽음에 이르도록 착취당하는 죽음정치적 노동의 요소를 지녔음을 알 수 있다. 이는 그 때의 산업 노동이 세계적 개발주의의 트랜스내셔널한 맥락에서 지역적 "값싼 노동"으로 기능했기 때문이다. 즉 그 시기의 산업 노동에는 이미 저기능적 대리 노동 요소가 포함되어 있었으며, 우리 자신이 하위제국이 된 오늘날에는 동남아 이주 노동자들이 그 자리를 대신 채우고 있는 것이다.

그처럼 이미 산업 노동에도 죽음정치적 요소가 잠재해 있지만 그것을 보다 명료하게 드러내는 것은 군사 노동이나 성 노동 같은 서비스 노동이다. 군사 노동이란 필연적으로 자신의 신체와 생명을 위험에 처하게 함으로써만 수행될 수 있는 대리 노동의 일종이다. 군사 노동은 "원래부터 국가의 죽음정치적 권력의 대리인이자 국가의 잠재적 희생자 자신이라는 역설적·모순적 위치"를 갖고 있다. 또한 성 노동은 매춘부의 신체와 정신의 은유적 훼손이나 죽음을 포함하며, 실제로 폭력과 살해로 이어지거나 그것의 결과로 주체성이 손상된다. 군사 노동과 성 노동의 공통점은 자신의 신체를 소모품처럼 위험한 공간에 던져 놓음으로써, 누군가의 행위력을 대신 수행하며 스스로를 소비되게 만드는 기제를 지닌 점이다. 이처럼 신체와 생명을 상품화하는 **대리 노동**은 필연적으로 죽음정치적 노동이 되며, 반대로 **죽음정치적 위험을 지닌 노동**은 (인종, 젠더, 계급에서) 낮은 층위의 존재가 그것을 대신하는 대리 노동이 된다.

또 하나 중요한 것은 산업 노동과 죽음정치적 노동이 단절이 아닌 연속선상에 있다는 점이다. 물론 산업 노동은 그 자체로는 신체와 생명을 훼손시키는 노동은 아니다. 그러나 산업 노동 역시 단순히 노동력을 상품화하는 순수한 경제적인 거래로만 성립되는 것은 아니다. 자본과 국가는 노동자에게서 최대한의 수익을 짜내기 위해 신체와 생명에 연관된 그 이상의 권력을 행사한다. 즉 산업 노동에 대해서도 자본과 국가는 노동력이 유지되는 데만 신경을 쓰며, 필요한 노동이 얻어지는 한 노동자의 신체가 훼손되거나 죽음에 이르게 되는 일들은 본질적인 관심사가 아니다. 그로 인해 노동자가 폭력과 트라우마에 시달리는 일은 특히 식민지나 전쟁, 독재정치하에서 빈번히 일어난다. 또한 여성 노동자의 경우 흔히 성폭력의 위험에 노출되어 있으며, 열악한 임금으로 인해 스스로가 어쩔 수 없이 성적 거래를 하는 경우도 있다. 그처럼 노동의 착취는 비단 경제적인 것에 국한되지 않거니와, 일상적으로 육체적·정신적 훼손과 트라우마에 방치되는 점에서, **노동 자체**가 이미 생명권력과 죽음정치에 노출되어 있다고 할 수 있다.

죽음정치적 노동은 노동 자체에 항상 잠재하는 그런 위험을 노동의 본질로서 **증폭시켜** 드러낸다. 즉 산업 노동에서 일종의 불행으로 여겨지는 일들이 죽음정치적 노동에서는 노동 자체의 특성으로 나날이 일어나는 것이다. 그렇기 때문에 죽음정치적 노동은 흔히 노동의 이름을 박탈당한 채 은밀하게 숨겨진다. 군사 노동이나 성 노동은 실상 노동으로도 여겨지지 않으며, 일상의 곳곳에 널려 있는 동시에 보이지 않는 **은밀성의 노동**이 되는데, 그 이유는 바로 그처럼 노동에 스며든 죽음정치적 속성을 감추기 위해서이다.

죽음정치적 노동은 자본과 국가의 결탁에 의한 생명권력과 죽음정치의 속성을 폭로해주는 시금석과도 같다. 즉 군사 노동과 성 노동은 이미 산업 노동에서도 암시되는 국가와 자본의 죽음정치적 공모관계를 매우 분명히 드러낸다. 더욱이 군대 성 노동이나 이주 노동에서처럼 노동에 잠재된 **트랜스내셔널한** 맥락이 표면화될 때 죽음정치적 요소는 더욱 명료하게 증폭된다.

죽음정치적 노동의 또 다른 특성은 동원과 **이동성**이다. 노동의 발생 자체가 이미 국내적으로나 국외적으로 이주와 이산을 발생시키거니와, 죽음정치적 노동은 식민지 시대의 기민과 난민에서 보듯이 "생명을 유기하는 권력"의 작용이 노동 자체의 속성임을 암시한다. 따라서 군사 노동과 성 노동, 이주 노동 등의 죽음정치적 노동은, 근대화와 산업화 과정에서 발생하는 이주민과 유민, 기민, 난민의 문제가 생명권력과 죽음정치에 연관되어 있음을 알려준다.

이 책은 주변적인 죽음정치적 노동을 통해 산업 노동을 횡단하면서 한국 근대화 과정의 초국가적·국가적 사건들을 다중적인 층위에서 조명한다. 이제까지 죽음정치적 노동이 학술적으로 진지하게 논의된 적은 거의 없었다. 그러나 이 책은 역설적으로 노동으로 불리지도 않는 노동들이 산업 노동에 잠재하는 다층적인 모순된 관계들을 증폭시켜 드러내며 한국 근대화의 본질을 심층적으로 조망하게 함을 암시한다.

초국가적 군사 노동과 성 노동, 군대 성 노동의 숨겨진 의미

　오늘날 제3세계의 모범이 되는 한국의 기적 같은 개발 신화는 단순히 예외적인 소수자 국민국가의 성공사례로만 볼 수 없다. 한국의 성공의 이면에는 미국의 아시아에서의 경제계획과 군사주의가 놓여 있었다. 이런 트랜스내셔널한 맥락은 세계적인 현상이었지만 한국은 다른 아시아 국가들과 비슷하면서도 구분되는 점을 갖고 있었다. 즉 한국은 자신의 분단과 베트남의 군대 파견 등으로 미국과의 중심적인 전략적 동맹의 위치를 더욱 견고히 할 수 있었다. 또한 그런 초국가적 흐름에 때를 맞춰 군사 독재정권의 국가적 개발주의가 진행되고 있었다. 한국은 자신의 땅과 베트남에 피를 뿌림으로써 미국의 혈맹이 되는 데 성공했으며, 군사주의적 개발주의를 통해 신식민지적 경제부흥 프로젝트에서 빛나는 성과를 얻을 수 있었다.

　이런 사실은 한국의 개발이 진행되는 동안 인종·민족·젠더·계급 사이에 다중적인 위계와 권력관계들이 작동되고 있었음을 암시한다. 그러나 그 같은 복합적 권력관계는 줄곧 다양한 이데올로기들에 의해 감춰져 왔다. 예컨대 냉전적 반공주의와 개발주의적 국가주의, 남성중심적 민족주의 등이다. 그런 이데올로기들에 의해 은폐되어 온 것들, 즉 초국가적 맥락에서 작동되는 국가와 자본의 권력을 드러내는 것이 바로 "성과 인종의 위계화" 속에 놓인 죽음정치적 노동이다. 은밀성의 노동인 죽음정치적 노동은 문학작품을 통해 그 숨겨진 의미가 암시될 수 있다. 이 책은 한국 근대화의 과정에서 다양한 이데올로기들에 의해 감춰진 복합적 권력관계와 그 모순을 밝히기 위해, 죽음 정치적 노동을 다룬 문학작품과 대중문화들을 분석하고 있다.

　예컨대 베트남전을 배경으로 한 황석영의 많은 작품들은 죽음정치적 노동의 위치에서 국가적·초국가적 군사주의와 개발주의의 모순을 암시한다. 「이웃 사람」에서 제대 후 부유층에게 젊은 피를 팔아 생활하게 된 주인공은, 베트남전에서 제국과 국가의 명령으로 살인을 하고 피를 흘렸던 기억을 떠올린다. 지금의 피를 파는 생활이 계급적 대리 노동이라면 베트남전에서의 군복무는 인종적·계급적 대리 노동이었던 셈이다. 양자에서 피를 파는 죽음정치적 노동은 국가적·초국가적 군사주의와 개발주의의 상응관계를 암시한다. 『무기의 그늘』에서는 보다 직접적으로 미국의 중첩된 군사적·경제적 전략을 드러낸다. 즉 이 소설은 미국의 군사적 침략이 경제적 침략이며 궁극적으로는 "미제 물건"에 입맛을 길들이는 상품제국주의의 전략임을 폭로하고 있다.

또한 「몰개월의 새」는 막판까지 밀려온 창녀와 베트남 출정을 앞둔 군인들의 미묘한 심리적 교류를 다루고 있다. 전장으로 나가려는 병사와 그들의 시달림을 받는 창녀 사이에는 얼마간 긴장이 있을 수밖에 없다. 그럼에도 이 소설은 군인과 창녀 사이에서 하층계급이라는 막연한 친연성을 넘어서서 서로 간의 특별하고 애틋한 끈이 연결되고 있음을 암시한다. 거친 군사화된 환경에서 생긴 그들 사이의 민감한 애착의 감각은 막장에 몰린 **죽음정치적 노동**의 개념으로 설명될 수밖에 없다. 주인공이 베트남에서 "작전에 나간 후"에 연민을 지녔던 창녀와의 동일시의 감각을 절실하게 회상하는 모습은 그 점을 말해준다.

조선작의 「영자의 전성시대」에서도 「몰개월의 새」에서처럼 사창가의 창녀 영자와 베트남 제대병 사이의 유대의 감각이 강조된다. 특히 이 소설의 '나'는 외팔이가 된 창녀 애인을 암암리에 베트남전에서 불구가 된 군인들과 연관시키고 있다. 그뿐 아니라 '나'는 영자가 화재로 죽었을 때 불에 타 검게 그을린 영자의 몸을 보며 전쟁에서 "화염방사기에 타 죽은 베트콩"의 모습을 생각한다. 이 때 영자와 동일시되는 과정에서

'나'는 역설적으로 국가의 요청에 따라 스스로의 손으로 살해했던 "베트콩" 쪽에 위치하게 된다. 국가의 군사적 폭력의 대리인이었던 '나'는 이제 자기 자신이 국가권력, 그 폭력과 군사주의의 표적이 되는 위치에 있게 된다. 서로를 죽이는 전쟁의 상대였던 베트남과 한국의 공간은 결국 비슷하게 죽음정치의 무대로 생각되고 있는 셈이다.

트랜스내셔널한 맥락에서 군사주의와 개발적 국가주의가 연관되는 것은 국내 성 노동의 경우에도 마찬가지이다. 생명권력(삶권력)이라는 이론으로 성과 섹슈얼리티의 문제를 자본주의 사회의 문제에 연관시킨 것은 푸코였다. 푸코는 자본주의 사회에서는 과거의 혈통 대신 성적 육체가 부르주아의 정체성을 형성한다고 말한다. 그러나 푸코는 부르주아의 섹슈얼리티와 성적 소비의 욕망을 감당하기 위해 프롤레타리아의 성 노동이 반드시 필요했음을 언급하지 않았다. 자본주의 사회가 성과 섹슈얼리티를 매개로 지배되는 세계라면 그런 사회는 끊임없이 성 노동자의 생산을 요구하는 곳이기도 할 것이다.

매춘은 도처에 널려 있는 욕망의 장치인 동시에 또한 그 죽음정치적 속성 때문에 은밀하게 감춰져야 하는 노동이기도 하다. 이 책은 매춘의 사회적 은밀성이 어떻게 경제적 은밀성과 구조적으로 연결되는지 보여준다. 경제적 은밀성이란 매춘의 지하 경제적 가치를 뜻한다. 즉 낮은 임금을 유지하면서 농촌 주민을 부양하도록 돕는 방식으로 매춘이 경제의 다른 영역과 연관되는 것을 말한다. 여성 노동자의 경우 낮은 임금을 받으면서도 매춘으로의 길이 열려 있음으로써, 매춘은 저임금 경제를 보완하는 방식의 지하경제로서 작동되고 있었던 것이다. 그러나 그 대가로 치러야 하는 것은 매춘으로 인한 심리적·육체적 훼손이다. 결국 그런 죽음정치적 요소가 국가에 의한 저임금 개발주의를 지지하고 있었다고 할 수 있다. 그처럼 개발주의를 지탱한 죽음정치의 극단이 매춘이었고, (또 다른 죽음정치적 요소를 지닌) 국내의 "값싼 노동"이 트랜스내셔널한 맥락에서 개발주의가 작동된 것임을 생각할 때, 매춘은 값싼 노동과 더불어 은폐된 죽음정치를 실행하는 국가적·초국가적 기제 속에서 이해될 수 있다.

죽음정치적 노동의 또 다른 특징은 신체와 생명이 훼손될 위험 속에 놓이도록 국가로부터 **유기**된다는 것이다. 1970년대 소설 『미스 양의 모험』은 그처럼 유기된 극한 지점에 위치한 성 노동자들을 "난민"으로 파산된 상태로 묘사한다. 개발주의는 노동계급 여성들을 호출해 도시로 동원했는데, 시골 출신 이주자들은 다른 노동을 전전하면서도 줄곧 성폭행의 위협에 시달리게 된다. 그리고 그 막다른 종점에 이른 것이 바로 은밀성의 노동 매춘이다. 『미스 양의 모험』에서 매춘은 주인공 은자가 줄곧 피하려고 애쓴 일이었지만, 정작 매춘에 이르게 되자 그녀를 그 막장으로 몰아넣는 압력에 의한 위기감이 없어져 역설적인 안정성을 느끼게 된다. 물론 그런 안정감이란 가장 비참한 패배자가 느끼는 감정이다. 이 소설의 화자는 은자가 그처럼 종점에 이른 상태를 "난민으로서의 수용"으로 표현한다.

그 같은 내부의 디아스포라는 군대 성 노동의 영역에서 더 절실하게 경험된다. 군대 성 노동자들의 생활무대인 기지촌은 미국과 한국으로부터 탈영토화된 이중적인 디아스포라의 공간으로 그려진다. 그런 디아스포라적 공간에서 기지촌 사람들은 죽음정치에 방치된 상태로 살아간다. 예컨대 김기덕의 〈수취인불명〉에서는 기지촌 거주자들과 혼혈아 창국이 도살당하는 개에 비유되고 있다. 이 영화에서 도살당해 고깃덩어리로 팔리는 개와 그곳 사람들 간의 가장 중요한 상응성은 "죽음에 이르게 되어 있는 그들의 운명"이다. 즉 개장 속의 개들이 도살되기 전까지 죽은 듯이 사는 운명인 것처럼, 기지촌 거주자들과 혼혈아 창국은

"죽음에 이를 때까지 살고 노동한다."

그들의 노동은 초국가적 맥락에서 성적·인종적으로 위계화된 미국 쪽으로 제공되는 노동이다. 이 영화는 그들의 죽음정치적 노동이 국가의 한계영역인 동시에 국가의 작동을 가능하게 하는 "섬"과도 같은 공간에서 이루어짐을 보여준다. 기지촌은 한국의 외부인 동시에 내부로 포섭된 공간이다. 〈수취인불명〉에서 논 위를 비행하는 군용기와 마을을 맴도는 아파치 헬기의 장면들은, 기지촌이 트랜스내셔널한 외부에 접촉한 곳이면서 죽음정치를 통해 한국의 내부에 포섭된 공간임을 암시한다. 즉 기지촌은 초국가적으로 미국에 예속된 영토인 동시에, 신식민지적으로 한국의 국가가 작동하도록 다시 한국 내부로 끌어들여지는 공간이다. 그런 복합적인 관계에서 위계적인 미국과 한국을 연결하며 여성과 노동계급에게 작용하는 국가의 기제가 바로 죽음정치인 것이다.

기지촌이 트랜스내셔널한 맥락에서 미국의 (아시아에서의) 군사주의와 경제계획에 연관된 곳임을 가장 잘 드러낸 소설은 펜클의 『유령 형의 기억』이다. 『유령 형의 기억』은 기지촌을 한국과 아시아, 미국 사이에서 군사화된 권력관계를 연결하는 트랜스내셔널한 공간으로 탐구하고 있다. 기지촌은 한국인에게조차 버려진 은밀한 공간이지만, 트랜스내셔널한 맥락에서 한국의 국가가 작동하는 기제를 압축적으로 요약하고 있는 영역으로도 볼 수 있다.

개발주의적 국가주의와 비판적 문학의 남성적 민족주의

성과 인종의 프롤레타리아화인 죽음정치적 노동은 외부적으로 제국에 예속된 상태에서 내부적으로 여성을 예속화하는 남성중심적인 공간에서 수행된다. 그 점에서 죽음정치적 노동은 신식민지적 국가주의 사회에서 가장 비참한 최하층을 구성하는 토대였다고 할 수 있다. 그런 노동들이 일상에서 은폐되는 이유는 바로 그 최악의 비인간성 때문이다. 반면에 군사 노동과 성 노동을 그리는 문학작품들은 신식민지적 국가주의 사회에서 죽음정치적 노동이 생산되고 소비되는 기제를 암시해준다. 즉 죽음정치적 노동을 다루는 문학작품들은 반공주의나 개발주의 같은 이데올로기들이 은폐하는 초국가적 맥락에서의 국가와 자본의 공모를 드러낸다.

그러나 모든 문학작품들이 그 같은 탈이데올로기화에 성공하는 것은 아니다. 군인과 매춘부가 인종과 성의 노동자화임을 말하면서도 숨겨진 권력관계를 밝히는 데 실패하는 것은, 비판적 문학작품들이 스스로 또 다른 남성중심적 이데올로기에 포섭되는 경우이다. 이 책의 또 하나의 특징은 그처럼 비판적 문학에서조차 나타나는 남성중심적 이데올로기로서 (대항적인) 민족주의에 대한 세밀한 비판이다.

그런 남성적 민족주의는 흔히 의도하지 않게 부지불식간에 드러난다. 예컨대 베트남전을 그린 문학작품들은 병사들 사이에 "베트콩"을 인종적으로 열등하고 여성처럼 유약한 적으로 여기는 흐름이 만연되었음을 알려준다. 특히 여성 포로를 고문하는 경우 한국인 고문자는 전쟁 포로를 거세된 타자로 보면서 인종주의와 남성중심주의 같은 이데올로기들을 통해 자신의 정체성을 확인하는 경향이 있었다. 안정효의 『하얀 전쟁』에는 포로가 된 젊고 아름다운 여자 게릴라를 마치 성 노동자처럼 다루는 장면이 그려진다. 이 소설은 여자 베트남 포로에 대한 심각한 성적 폭행을 젊은 병사들의 악의 없고 치기어린 성적 재미와 흥분으로 묘사하고 있다.

남성중심적 민족주의는 표면적으로는 여성의 자율성을 옹호하는 듯한 작품에서도 나타난다. 예컨대 조해일의 『겨울여자』에서 주인공 이화의 자발적인 성적 경험은 관습적인 사회적 규범으로부터 성적 자유를 해방시키는 것처럼 보인다. 더욱이 그녀의 결혼 거부는 "가족 이기주의"에 대한 비판으로 여겨지기도 한다. 그러나 이화의 자발적인 성은 "불쌍한 한국 사람들"에 대한 민족적인 자각과 연관된 것으로서, 그녀는 민족을 위해 스스로 남성에게 성적으로 헌신하는 인물로 그려진다. 이 책은 그런 자발적인 헌신의 이면에 남성을 위로하는 성적 존재로서 여성의 희생을 요구하는 남성적 민족주의가 놓여 있음을 드러낸다.

남성중심적 권력을 비판하면서도 또 다른 남성주의에 사로잡힌 대표적인 작품은 남정현의 소설들이다. 남정현의 「분지」는 미국의 제국주의와 한국의 군사적 개발주의를 격렬하게 비판하면서도 여성의 섹슈얼리티를 잔인할 정도로 남성중심적인 입장에서 묘사하고 있다. 주인공 만수의 스피드 부인에 대한 강간은, 누이동생에 대한 스피드 상사의 성적 학대를 그의 부인에게 반복함으로써 미국 제국주의의 폭력을 역전시키려는 복수의 시도이다. 그러나 여기서 만수의 민족주의는 제국주의를 비판하는 동시에 그 남성중심적 논리를 거울처럼 비추고 있다. 만수의 복수는 그를 응징하려는 미국의 위협에 의해 현실적으로는 민족적 남성성을 회복하는 데 실패하게 된다. 그는 여전히 결의에 찬 민족주의를 굽히지 않지만 경직된 남성중심성으로 인해 결코 제국주의를 넘어서지 못하고 있다.

조해일의 「아메리카」는 젠더·계급·민족주의·신식민성의 교차되는 힘들을 훨씬 더 복합적인 분절들로 그림으로써 부분적으로는 획일화된 기지촌 문학을 넘어선다. 이 소설에서도 남성주의가 나타나지만 그 방식은 앞의 소설들과는 다르다. 다른 인종의 여성에게 폭행하거나 (『하얀 전쟁』) 복수하는(「분지」) 것과는 달리, 이 소설은 기지촌 여성들에게 동일시되면서 그녀들의 선망의 대상이 되는 방식을 취한다. 기지촌 여성들이 1인칭 주인공에게 호감을 갖는 것은 그가 "한국남자"이기 때문이며, 여자들과 '나' 사이의 제휴는 민족주의적 유대의 표현으로 볼 수 있다. 그러나 '나'는 그녀들의 가난과 오욕의 삶을 공감하는 사람인 동시에, 사회적으로 우월한 남성의 위치에서 기지촌의 일상을 관찰하는 외부자이기도 하다. 이런 인종적 피해자 의식과 우월감의 양면을 동반한 남성적 민족주의는, 비판적 위치에마저도 만연해 있는 한국사회의 혈통적 민족주의를 넘어서기 어렵다.

양가성과 혼종성, 틈새의 위치

군사 노동자가 국가에 의해 포섭되면서 잠재적으로 신체의 훼손에 의해 배제되는 존재라면, 성 노동자는 난민처럼 배제된 상태에서 저임금 경제나 신식민지를 위해 포섭되는 위치에 있다. 군사 노동자는 명예로운 군인으로 동원되지만 신체의 위험의 측면에서는 큰 관심을 받지 못하는 죽음에 방치된 존재이다. 반면에 성 노동자는 윤락녀라는 이름으로 배제된 상태에서 은밀하게 국가경제와 신식민지성을 위해 포섭되는 위치에 놓여 있다.

그런 노동자들에 대한 죽음정치를 비판하는 문학들은 빈번히 민족주의적 특성을 지니는데, 그것은 죽음정치가 근본적으로 신식민지적인 트랜스내셔널한 맥락과 연관된 것이기 때문이다. 그러나 『하얀전쟁』이나 「분지」, 「아메리카」 등에서 보듯이 비판적 민족주의는 흔히 남성중심주의로 회귀함으로써 성과 인종의 위계화에 대한 저항에서 한계를 드러낸다. 이 책에서의 민족주의에 대한 비판은 그런 측면과 연관이 있다.

하지만 이 책이 문학적 대응에서 남성적 민족주의로 회귀하는 양상만을 주목하는 것은 아니다. 지배 권력은 물론 비판담론의 이데올로기에서도 벗어나고 있는 작품들이 있는데, 그런 작품들은 양가성과 혼종성, 그리고 틈새의 위치에서 미시저항의 생성을 암시한다. 예컨대 「영자의 전성시대」(조선작)의 '나'는 국가주의적인 남성중심적 이데올로기에서 자유롭지 못한 인물이다. '나'는 제대 후 사창가에서 영자를 돈으로 산 후에 그 느낌이 베트남에서 "사람을 죽일 때와 마찬가지의 잔인스런 쾌감" 같았다고 묘사한다. 그러나 그런 쾌감은 곧 자신이 죽인 시체를 내려다볼 때처럼 영자의 알몸뚱이에 대한 복잡한 감정으로 뒤바뀐다. 그와 동시에 '나'는 베트남에서 비상식량을 주고 산 풀대처럼 마른 베트남 소녀의 '슬픈 저항'을 회상한다. 이 순간 '나'는 남성중심적 국가주의 이데올로기에 대한 동일시에서 그 희생자들에 대한 동일시로 반전되는 경험을 하게 된다.

이런 양가성의 경험은 영자의 신체와 의수(義手)에 연관해서도 나타난다. 대리 노동을 하는 영자는 자신의 몸을 고객에게 일종의 인공신체화된 상품으로 제공하는 일을 한다. 또한 영자의 외팔은 죽음정치적 노동자의 섹슈얼리티와 주체성의 훼손을 비유적으로 나타내고 있다. 대리 노동의 신체란 팔, 다리, 눈, 손끝, 성기 등의 집합으로서 인공신체이며, 그런 대리 신체적 노동 자체에 이미 몸의 훼손의 가능성을 포함한다. 그런데 영자의 의수라는 인공신체는 그 같은 상품화된 인공신체에 대해 중요한 반전을 일으킨다. 의수의 덕으로 영업이 번창하는 "영자의 전성시대"는 실상 인공 의수에 포함된 사랑의 힘이 구가된 시대이다. 영자의 존재는 도구화된 인공신체에서 (1인칭 화자 '나'의) 사랑의 표현인 인공신체로 전이된다. 전자의 인공신체가 자본주의의 권력에 의해 도구로 사용되는 것이라면, 후자는 상처받은 사람들이 표현할 수 없는 것(사랑과 의(義))을 담는 인공신체이다. 사랑이 결여된 "순수한 신체"의 삶에 대한 이런 "인공신체적" 승리의 반전은, 죽음정치적인 서비스 노동을 삶정치(네그리)의 표현으로 역전시키는 단초이기도 하다.

비슷한 시기의 작품 황석영의 「낙타누깔」 역시 그런 양가적인 반전을 표현하고 있다. 인공신체인 낙타누깔을 파는 베트남 소년들은 자신들의 몸과 팔(이어서 코, 귀)을 떼어내는 듯한 동작을 하며 그것을 먹는 시늉을 해 보인다. 이 같은 행동은 낙타누깔 뿐 아니라 베트남인 자신들이 인공신체로서 미군과 한국군에게 제공되고 있다는 풍자이다. 인공신체로서의 베트남은 미국과 한국의 남성중심화하는 힘들을 증강시켜준다. 그에 대한 소년들의 풍자는 섹슈얼리티화된 군사적 권력과 군사화된 섹슈얼리티가 식인적(cannibalistic)이고 죽음정치적이라는 것이다. 여기서 인공신체화된 베트남에서 어린 소년들에 의한 조롱과 풍자는, 인공신체를 서비스 받는 사람들과의 관계에서 성과 인종의 위계에 대한 양가적인 반전을 암시한다.

이처럼 양가성으로 표현된 미시저항은 혼종성과 혼혈성에 의해서도 나타난다. 하인즈 인수 펜클의 『유령 형의 기억』은 1960년대 중반~70년대 초반 기지촌을 배경으로 한 혼혈 소년의 시점으로 된 자전적인 소설이다. 이 소설에서 혼혈아 인수는 아버지와 결속감을 느끼며 성장한 후에 "짙은 머리"의 GI가 되기를 소망한다. 그러나 인수는 아버지와 동료 병사 간의 우정에서 자신이 배제됨을 감지하면서, 그들의 우정이란 제국의 병사로서 미군들의 아시아인에 대한 인종주의에 근거한 것임을 자각한다.

인수는 자신 같은 "아메라시안 혼혈아들"이 유령 같은 정체성을 지니고 있음을 느낀다. 미군 아버지와 그의 자식들은 관계없는 관계성의 아이러니를 보여주며, 혼혈아 자신은 유령처럼 출몰하는 존재와 부재의 양가성을 표상한다. "유령 같은 정체성"은 인수 어머니의 결혼을 위해 자신을 희생한 인수의 "유령 형"에게서 더욱 실감을 얻는다. 인수는 이름 없는 "유령 형"을 버려진 자의 희생 행위의 상징 그리스도(Christ)의 의미를 담아 한국식으로 "크리스토"로 부른다. 인수는 자신이 우발적으로 태어났으며, 그와 그의 형의 위치가 전적으로 뒤바뀔 수 있음에 근거해서, 형의 유기를 아는 순간 그 스스로 "유령 형"으로 살아가게 된다. 유령 같은 정체성을 통해 인수가 암암리에 비판하는 것은 아버지나 미군 자신보다는 제국의 아이들을 낳아서 산포시키는 보다 큰 역사적 힘들이라고 할 수 있다.

트랜스내셔널한 신식민지적 사회에서 유기된 존재로서의 혼혈아의 위치는 〈수취인불명〉(김기덕)에서 더 분명하게 나타난다. 〈수취인불명〉의 창국은 한국과 미국에 예속된 동시에 그로부터 유기된 이중적인 틈새에 위치해 있다. 창국은 어머니의 가슴에 새겨진 미국인 아버지의 이름을 파내며 영어로 "플리즈 퍼기브 미"라고 말한다. 영어 문신의 삭제가 그와 어머니를 제국으로부터 해방시킨다면, 그의 영어는 한국인들의 차별로부터 그들을 해방시킬 것이다. 그처럼 창국은 어머니 신체에 새겨진 영어를 지우는 동시에 또한 영어를 자신의 한 부분으로 받아들여야 하는 것이다. 물론 창국이 그런 이중적인 시도에서 성공하는 것은 아니다. 다만 그처럼 그는 제국의 언어를 삭제하는 동시에 잠시 그것을 받아들여 한국과 미국 양쪽으로부터 벗어나려는 고통스런 소망을 표현할 뿐이다.

이런 틈새에 낀 혼혈아의 위치는 기지촌 자체의 트랜스로컬리티의 위치와도 연관된 것이다. 기지촌은 특수한 지역성(locality)을 지니고 있지만, 그 지역성이란 한국과 미국의 양쪽에 연결된 동시에 탈영토화된 이중성에 의해 생겨난 것이다. 기지촌 거주자들은 신체적으로 미국 외부의 식민지에 위치하는 동시에 자신들의 노동과 순응해야 하는 문화와 언어를 통해 미국과의 물질적인 연결을 견지한다. 그와 함께 기지촌은 한국의 영토이면서도 인종주의화된 게토로서 한국의 나머지 영토로부터 분리되어 있다. 이런 이중적인 신식민지적 트랜스로컬리티 속에서, 기지촌 거주자들은 물질적·경험적으로 미국과 연결된 느낌을 지니면서 (창국의 어머니처럼) 미국에 대한 유령 같은 욕망을 갖게 된다. 그러나 또한 창국처럼 제국의 언어로 말하는 동시에 영어로 된 미국 아버지 이름을 삭제하면서 한국과 미국 양쪽으로부터 해방되려 소망하기도 한다.

이 같은 양가적인 트랜스로컬리티는 최근에 한국에 이주한 동남아 노동자들에서도 발견된다. 이주 노동자들은 이동성과 이종문화를 통해 하나의 국가나 문화에 대해 자유스러운 트랜스로컬한 위치에 놓여 있다. 그러나 그들은 하위제국의 이주 노동자로서 초국가적 차원의 구속과 결정성에 묶여 있으며, 다양한 학대와 착취, 그리고 궁극적으로는 죽음정치적 노동에 예속되어 있다. 그런 폭력과 죽음정치에 저항하면서 이주 노동자들은 이렇게 말한다. "외국인 이주 노동자들은 일만 하는 기계인 줄 아셨죠? 우리도 노래를 부를 줄 아는 사람이랍니다." 이처럼 이주 노동자들은 문화적 생산을 통해 한국의 하위제국적 억압을 반대하는 동시에 자국과 한국의 문화를 혼종화하는 방식으로 범아시아적 교감을 표현한다. 이주 노동자들의 문화적 트랜스로컬리티는 범아시아적이면서 범제3세계적이며, 그들의 한국에 대한 사랑은 전복된 한국적 특성이면서 대항적인 지구적 요소이다.

이주 노동자들의 정치경제적이고 문화적인 투쟁은 한국인 활동가들과 연계될 수 있는데, 그것은 한국 자신이 다중성과 이질성이 병존하는 공간에서 억압과 저항이 뒤얽힌 상태에 있기 때문이다. 그러나 이 책은, 한국의 활동가들이 과거 노동운동과 민주화 운동의 역사를 이주 노동 활동가들이 본받을 모델로 설정함으로써, 자신도 모르게 인종적·국가적 위계를 재생산할 수도 있음을 지적한다. 그에서 벗어나 진정한 범아시아적 연대가 형성되려면, 한국 활동가들 자신이 과거의 민족주의적 노동운동의 구도에서 탈피해서, 제3세계와 상호적으로 연대할 수 있는 트랜스내셔널한 틈새의 위치를 열어 놓아야 할 것이다.

오늘날에는 한국이 하위제국으로 변화됨으로써 이주 노동자와 이주성 노동자들이 한국인의 죽음정치적 노동을 대신하고 있다. 그러나 한국인의 죽음정치적 노동이 사라진 것은 아니다. 아직도 군사 노동과 성노동은 물론 비정규직, 실직자, 파산자들은 죽음정치의 대상들이다. 즉 그들은 신자유주의와 세계화의 "난민들"로서 한국에서 내부적으로 이주민들과 같은 위상에 놓여 있다. 또한 죽음정치가 생명을 관리하고 처분하는 국가와 자본의 은밀한 공모라면 우리는 일상에서 나날이 은폐된 죽음정치를 경험하고 있는 셈이다.

과거나 지금이나 죽음정치적 노동은 단순화된 직선적인 논리를 넘어서서 복합적이고 다중적인 위치들에서 억압과 저항이 생성됨을 드러내준다. 그러면서도 이제는 세계화의 파산자인 새로운 다중들과 일상의 "보이지 않는 사람들"에게 눈을 돌려야 한다. 또한 한국 자신이 억압과 저항이 뒤얽혀진 상황에서, 앞으로의 사회운동은 트랜스내셔널한 상호적 맥락에서 이주 노동자나 제3세계와 연대했을 때 제국과 하위제국을 넘어서는 새로운 삶의 지평을 열 수 있을 것이다.

은밀성의 영역을 여는 문학연구

이 책은 테드 휴즈의 책(『냉전시대 한국의 문학과 영화』)에 이어 두 번째로 소개되는 미국학자의 한국문학 연구서이다. 휴즈의 책보다 2년 먼저 쓰인 이 책은 그의 책과 어떤 공통점을 갖고 있다. 한마디로 그것은 보이지 않는 영역을 보이게 만듦으로써 이제까지의 문학과 문학연구에 소리 없는 파문을 일으키고 있다는 점이다.

이 책은 은밀성의 영역을 들춰냄으로써 이미 보여진 영역을 복합적이고 다층적으로 다시 보게 만들고 있다. 죽음정치적 노동이라는 은밀성의 영역은 지배 체제에 의해 배제되는 동시에 포섭되는 영역이다. 그러나 은밀성의 노동을 다룬 문화생산물들은, 배제되는 동시에 포섭되는 비식별성의 영역에 놓인 피지배자들이, 단지 예속되지 않고 양가성 속에서 조용히 응수(應酬)함을 보여준다. 이 책은 그것을 표현하는 문학적 응답의 순간 지배체제의 균열이 복합적이고 다중적인 차원에서 보여지고 드러남을 밝히고 있다.

이제까지 죽음정치적 노동이 은밀성의 영역에 놓여온 것은 그 같은 복합적인 비밀을 묻어두기 위해서였을 것이다. 이 책은 문학작품이 드러내는 균열의 지점을 통해 바로 그 비밀의 실타래를 조심스러우면서도 힘 있게 잡아당긴다. 그 순간 지배체제의 안정성을 위해 감춰 두어야 할 장면들이 하나하나 우리 눈앞에 나타나게 된다.

물론 모든 문학들이 그런 임무에 충실한 것은 아니다. 이 책은 은밀성을 들춰내는 미학적 역할이 실패하는 것은 비판 담론이 또 다른 이데올로기로 회귀하기 때문임을 밝히고 있다. 이 책의 또 하나의 흥밋거리인 남성적 민족주의에 대한 비판은 그런 맥락에서 이해된다. 그러나 반대로 『미스 양의 모험』(조선작)에서처럼 이데올로기에서 자유롭지 않은 대중문학에서 은밀성의 노동의 경로와 그 끝이 폭로되는 경우도 있다. 그처럼 이 책은 다양한 이데올로기들의 해체와 생성, 지배체제의 균열과 봉합의 복합적인 과정을 보여주면서, 은밀성의 영역의 미시적 탐구를 통해 한국 근대화 과정의 국가적·초국가적 거시영역을 다중적으로 해부한다.

이 책은 나에게 새로운 관점으로 문학과 사회를 이해하도록 하는 신선한 자극을 제공해 주었다. 이제까지 배제되고 주변화되어온 영역이 오히려 근대성과 식민지성에 대한 복합적인 통찰을 제공한다는 것은 이 책이 알려주는 기묘한 이론적인 역설이다. 이 책이 탐구하는 한국 노동계급의 대안적 서사는, 기존의 한국 근대화 과정의 고찰을 미시적으로 수정해 정교화함은 물론, 그것을 다시 거시적인 트랜스내셔널한 차원에서 복합적으로 보게 만든다.

이 책을 추천해주신 연세대학교 김철 교수님과 소명출판 박성모 사장님께 진심으로 감사드린다. 지난번에 소개된 테드 휴즈의 책과 함께 이 책이 한국문학연구 영역에서 생산적인 대화와 논쟁의 장을 열었으면 하는 바람이다. 아울러 이 책을 정성껏 꾸며주신 소명출판 편집부 여러분께도 고마움을 전한다.

2015년 1월
나병철

●── 차례

제2장
국내 매춘 죽음정치에서 인공신체적 노동으로

29

제3장

군대 매춘 여성중심주의, 인종적 혼종성, 디아스포라

제4장

이주 노동과 이민노동 한국인의 정체성에 대한 재규정

지구적인 지역적 동원
군사적 · 산업적 · 성적 프롤레타리아화

1945년 이후 초강대국으로 부상한 미국은, 제3세계에서 팽창적인 경제개발 계획을 수립해 실행에 옮겼는데, 빈번히 그 계획들은 군사력을 동반했다. 미국은 제2차 세계대전이 끝났을 때 곧바로 공산주의와 싸우는 두 개의 연이은 뜨거운 전쟁을 시작했다. 첫 번째는 한반도에서의 전쟁이었으며, 그 다음은 냉전기 아시아의 최강의 적 공산주의 중국과 동시적으로 맞섬에 따른, 베트남과 더 넓은 동남아 지역에서의 전쟁이었다. 아시아에서의 미국의 전쟁은 "파괴의 생산"[1]이자 그 자체로 유리한 사업이었는데, 그것은 미국의 초국적 생산성, 즉 그 지역에서의 경제적 지배를 위해 꼭 필요한 기반을 쌓은 것이기도 했다. 미국의 군사주의의 직간접적 결과로서, 한국과 베트남을 포함한 아시아의 여러 지역들은 장·단기적으로 1970년대 이래 미국 자본의 저임금 지대로 기능하게 되었다. 전쟁과 시장이 미국의 지구적 팽창주의에서 서로 내적 외연임을 재확인시키면서, 일단의 아시아 국가들은 미국을 위한 해외의 거대

---

1   Paul Virilio, Mark Polizzotti, trans., *Speed and Politics*, New York : Semiotext(e), 1986, p.12; 폴 비릴리오, 이재원 역, 『속도와 정치』, 그린비, 2004, 93쪽.

한 군사–산업 복합체로서 계속 작동한다.

이 책은 "기적"[2]으로서의 한국의 개발의 "성공"을 다시 확언하기 보다는, 한국의 사례의 예외성을 탈신비화하는 것을 모색한다. 첫째로 이 책은, 1960년대에서부터 현재까지의 한국의 산업화를, 미국의 한반도 및 동남아에서의 군사적 참여와 (그곳에서의) 경제적 패권과의 상호작용의 맥락에 놓음으로써 탐구를 진행한다. 1945년 이후 남한의 역사적 궤적을 아시아에서의 미국의 지구적 팽창의 필수적인 부분으로 봄으로써, 나는 한국의 주요 역사적 사건들과 과정들 ― 한국의 베트남전 참전, 한국 내의 미군의 존재, 한국인의 미국 이민, 급속한 산업화, 하위제국 권력으로서 한국의 부상, 최근 한국으로의 아시아인의 노동 이주 등 ― 이 항상 이미 미국과 아시아, 한국 간의 트랜스내셔널한 공간에 위치했음을 논의한다. 둘째로 이 책은, 네 가지 주변화된 노동계급의 노동에 초점을 맞춤으로써 한국의 개발의 예외성을 해체하려 시도한다. 네 가지 주변화된 노동들은, 아시아에서의 미국의 제국주의를 신식민지에서 하위제국에 이르는 한국의 연속적·중첩적 위치들에 연결하는 중심 영역을 이룬다.

1960년대 중반에서 현재까지, 이 시기의 네 가지 상이한 노동들 ― 이 노동들은 모두 한국에서 매우 잘 보이면서도 역설적으로 보이지 않는 영역에 있어 왔다 ― 은 각 장들의 주제로 제공된다. 즉 베트남전에서의 한국인의 군사 노동, 국내 고객을 위한 여성의 성 노동과 성적 서비스 노동, 산업화 시기에서부터의 미군을 위한 한국인의 군대 매춘, 그리고 오늘날 한국에서의 아시아 및 다른 지역으로부터의 이민과 이주 노동이다. 이 책에서 그 네 가지 노동에 대한 강조는 한국의 개발에 대한 연구에서 간과되어 온 두 가지 차원을 더욱 주목하게 한다. 즉 섹슈얼리티

---

2   조이제·카터 에커트 편, 『한국 근대화, 기적의 과정』, 월간조선사, 2005, 11~56쪽.

(sexuality)와 인종(race)의 문제이다. 네 장들은 내가 섹슈얼리티와 인종의 "프롤레타리아화"라고 부른 것을 탐구한다. 섹슈얼리티와 인종의 프롤레타리아란, 섹슈얼리티와 인종, 그리고 (그 둘이 서로 필연적으로 접합된) 한국의 민족성(ethnonationality)[3] 및 트랜스내셔널한 인종적 위계가, 생산적이고 사회적으로 재생산적인 노동의 양태(aspect)가 되는 방법들이다. 그런 노동의 양태들은 초국적 맥락에서 특수하게 젠더화·계급화·인종화(혈통화)되고 민족화된 집단들을 위해 구성된 것들이다.

한국의 근대화에 대한 기존의 한국과 미국의 역사기술(historiography)은 주로 산업 노동에 집중되어 왔다. 즉 경제 개발의 핵심 자체를 구성한 제조업 노동(경공업의 여성노동과 중공업의 남성노동)을 말한다. 산업 노동과 제조업 노동은 보다 최근에 독립된 명확한 주제로서 학문적 탐구의 대상이 되어 왔다.[4] 반면에 이 책에서 내가 다루려는 산업화 시대의 세 노동의 경험들(베트남에서의 군사 노동, 국내의 성 노동, 군대 매춘)은, 어떤 것도 보다 주류적인 산업 노동과 구조적 관계를 갖는 것으로 생각된 적이 없으며, 또한 성과 인종의 트랜스내셔널한 프롤레타리아화로서 이해된 바가 없다. 이주 노동의 주제는 약간의 학문적 관심을 끌기 시작했

---

3 역주 : ethnonation은 혈통적 민족을 뜻하는 점에서 민족이나 국민을 의미하는 nation과 구분된다. 그러나 우리말의 일상 용법에서 그 둘의 구분은 분명하지 않다. 따라서 여기서는 ethnonation을 민족이나 혈통적 민족으로 번역하고 필요한 경우에 영어를 병기하기로 한다.
4 예컨대 다음의 책들을 볼 것. Hagen koo, *Korean Workers : The Culture and Politics of Class Formation*, Ithaca : Cornell University Press, 2001; Martin Hart-Landsberg, *The Rush to Development : Economic Change and Political Struggle in South Korea*, New York : Monthly Review Press, 1993; John Lie, *Han Unbound; The Political Economy of South Korea*, Stanford : Stanford University Press, 1998; Eun Mee Kim, *Big Business, Strong State; Collusion and Conflict in South Korea Development, 1960~1990*, Albany : State University of New York Press, 1997; Jung-En Woo, *Race to the Swift : State and Finance in korean Industrialization*, New York : Columbia University Press, 1991; Dong-sook Shin Gills, Rural Women and Triple Exploitation in Korean Development, New York : St. Martin's, 1999; Seung-kyung Kim, *Class Struggle or Family Struggle? The Lives of Women Factory Workers in South Korea*, Cambridge : Cambridge University Press, 1997; 이병천 편,『개발독재와 박정희 시대』, 창비, 2003.

지만, 이 문제 역시 (내가 앞의 세 장에서 논의하는) 앞선 시기의 한국인 노동의 초국적 인종화와 구조적 연속성을 갖는 것으로 충분히 파악되지 않고 있다. 따라서 나는, 네 가지 주변화된 초국적 프롤레타리아 노동이 섹슈얼리티와 인종을 노동력으로 변형해 상품화한 것임을 전제로 해, 그것이 한국 근대화의 본질적 차원을 구성하고 있음을 논의한다. 더 나아가 나는, 그 특정한 노동들이 한국 산업화의 특수성을 미국과의 연결 관계에 놓는 것을 도우면서, 그와 함께 1945년 이후 제3세계 개발의 보다 보편적인 패턴을 예시하게 됨을 주장한다.

18세기 이후 유럽의 근대화와 산업화의 오랜 과정을 논의하면서, 폴 비릴리오(Paul Virilio)는 두 가지 중요한 명제를 제안하는데, 그 명제들은 우리가 2세기 후의 한국의 개발을 이해하는 데 적합한 것들이다. 첫째로, 비릴리오의 "드로몰로지(dromology)" 혹은 동원화의 개념은 특히 '노동하는 신체'의 운동을 지시하며, 노동하는 신체들이 인간적 자원이나 대상으로서 관리하는 힘에 예속된 것으로 나타낸다. 그는 이 근대적 인민(people)의 배치를 "운동의 독재"[5]라고 부른다. 둘째로, "파괴의 생산"과 부의 생산의 구조적 연속성, 즉 근대 유럽의 군사주의와 자본주의 간의 연관성에 주목을 요구하면서, 비릴리오는 자신이 "산업적 프롤레타리아화"와 "군사적 프롤레타리아화"라고 부른 잇따른 과정을 지적한다. 그 두 과정은 다시 서로 간에 뒤얽히게 된다. 즉 "전쟁과 교역, 토지개발 활동에 교대로 복무하는, 단일하고 거대한 군대 안에 유용하게 등록된다." 그 둘은, "'교통로(highway)의 영토'로 보내진 대중적 군대의 군사 프롤레타리아인 '행진하는 국민'과, 국가적 영토의 거대한 수용소(camp) 안에 갇혀 있는 (…중략…) 산업 프롤레타리아 곧 '노동자의 군대'이다."[6] 더 나아가

---

5 Paul Virilio, Mark Polizzotti, trans., *Speed and Politics*, New York : Semiotext(e), 1986, p.30; 폴 비릴리오, 이재원 역, 『속도와 정치』, 그린비, 2004, 92쪽.

비릴리오는 여성의 성 노동이라는 또 다른 관련된 동원을 구별한다. 즉 "하렘이나 유곽에 팔려가 갇힌 신체, 임시 주인의 수익의 자원으로 팔리거나 임대되며, 심지어 자물쇠가 채워지기도 한 여성의 섹스"[7]이다. 비릴리오의 군사적·산업적 프롤레타리아화의 개념에 따르면서, 우리는 이 세 번째 과정을 성적 프롤레타리아화라고 부를 것이다. 우리는 비릴리오의 근대 유럽의 맥락에 대한 트랜스내셔널한 논의를 지구적 식민지와 신식민지의 맥락으로 확장시킬 수 있으며, 이때 그의 프롤레타리아화의 세 형식을 인종과 교차시킴으로써 보다 더 복잡화할 수 있을 것이다. 지난 이십여 년 간의 점증하는 지구화의 맥락에서, 우리는 삼중적 프롤레타리아화의 국제적으로 분할되고 인종적으로 위계화된 과정이, 그처럼 지속적인 경향을 띠고 가속화됨을 경험했다. 동남아의 경제가 관광 및 그와 연계된 성-섹슈얼리티 서비스 노동에 의존하는 바로 그 순간, 미국은 (미국 내의) 소수민족, 인종적 이민들, 백인 노동계급들을 자국의 "자발적인" 첨단 기술의 군사력으로 세계 각지에 배치한다.

비릴리오가 세 유형의 프롤레타리아화를 서로 연관된 것으로 배열했다면, 캐슬린 배리(Kathleen Barry)의 연구는 여성의 성적 프롤레타리아화에 초점을 맞추면서, 세계의 군사적인 (신)식민지적 근대화와 매춘 사이의 역사적 연관성을 고찰한다. 매춘을 성(gender), 계급, 인종, 민족의 위계를 이용하는 필연적인 초국적 현상으로 이해하면서, 배리는 근대적 세계화의 역사에서 매춘의 발전의 연속적인 세 단계를 구분한다. 그녀는 근대적 매춘의 이데올로기적 전제를 봉건적인 가부장제 및 여성의 거래에까지 추적한 후에, 근대 매춘의 첫 번째 단계 곧 "성의 군사화"가, 국가(country)나 지역의 군사적인 식민지적·신식민지적 점유에 부속된

---

6   Ibid., p.62 · 43 · 30.
7   Ibid., p.83; 폴 비릴리오, 이재원 역, 위의 책, 174쪽.

것으로 가정한다. 그런 상황에서 여성은 단지 생존의 수단으로 매춘에 의존하거나 군사적 매춘을 위한 보다 체제화된 동원에 예속되었다. 태평양전쟁 동안 일본 식민지 정부가 모집한 "위안부"는, 한반도와 일본이 점령한 다른 아시아 지역 주민들로부터 차출되었는데, 그런 징집은 하나의 역사적인 사례이다. 한국전쟁 직후 1950년대에는 고아 여성이나 과부, 빈곤한 여성들이 한국에 주둔한 미군들을 상대하게 되었다. 이어진 1960~70년대의 산업화 20년 동안에는, 시골에서 이주한 일단의 여성들이 한국에 계속 주둔하고 있는 미군의 군대 매춘의 요구를 충족시키게 되었다. 한국의 경우에 군대 매춘의 단계는 배리가 "성의 산업화"라고 말한 다음 단계와 많이 중첩된다. "성의 산업화"는 제3세계의 경제 개발에 동반되어 나타난 단계이다. 배리는 이 매춘의 단계를 강요된 거래나 신체적 강압에 의한 것이기보다는 경제적 동기나 조건에 근거한 것으로 규정짓는다. 그런 조건 아래서는 미리부터 여성의 노동력이 저평가됨으로써, 여성들을 매춘산업에 보다 더 취약한 상태로 노출되게 만든다. 배리는 "성의 산업화"를 "시장교환을 목적으로 한 (…중략…) 성의 생산물의 생산", 즉 일종의 "대중 상품생산"으로 설명한다. 그녀는 성의 산업화를 초국적인 군사화된 자본주의화 과정에서의 이전 단계나 동시적인 단계들의 산물로 여기며, 특히 외국군의 주둔과 관광산업의 발전, 수출자유지역(EPZs)[8]에서의 수출 지향 경제개발의 역사적 결과로 간주한다.[9] 배리의 세계적 맥락에서의 근대 매춘의 역사화에 유념하면서, 2장과 3장은 각각 "국내" 매춘(혹은 국내 고객을 위한 산업매춘)과 미군을 상대로 한 군대 매춘의 재현들을 탐구한다.

---

8   역주 : 수출 지향적 발전을 위해 여러 가지 규제가 면제된 지역을 말함.

9   Kathleen Barry, *The Prostitution of Sexuality : The Global Exploitation of Women*, New York : New York University Press, 1995, pp.122~123; 캐슬린 배리, 정금나・김은정 역, 『섹슈얼리티의 매춘화』, 삼인, 2002, 161~162쪽.

"생산적 잠재력"[10]의 동원
죽음정치적 노동

    일반적으로 "프롤레타리아화"란 전통적인 농민(peasantry)이나 봉건적 잔재인 농업 노동 종사자가 임금 노동자로서 근대적 산업 노동력으로 전환되는 것을 의미한다. 이 책은 그런 프롤레타리아화의 개념을 네 가지 방법을 통해 수정하려고 한다. 우리는 비릴리오에 따르면서, 첫째로 규범적인 산업 영역을 넘어서 프롤레타리아화의 비가시적 형태인 군복무, 매춘, 군대 매춘을 포함하도록 프롤레타리아화 개념을 확장시킨다. 둘째로 다음의 장들에서, 초국적 인종주의화와 젠더화, 섹슈얼리티 사이의 중첩되는 관계들이, 어떻게 그런 주변적 프롤레타리아 노동에 구성적 차원들을 형성하는지 검토하고 강조한다. 셋째로 프롤레타리아화를 대중동원으로 인식하면서, 프롤레타리아 노동을 일종의 산포의 과정으로, 즉 지역적·내국적이면서 세계적·초국적인 "디아스포라"에 속하는 것으로 탐구한다. 또한 프롤레타리아가 유민과 난민, 경제적 이민 등 지역적·세계적 "이산자들"의 공유 영역을 점하는 것으로 논의한다. 마지막으로 그런 각각의 네 가지 노동들─군인활동, 성 노동, 군대 성 노동, 이주 노동─을 고찰하면서, 이 책은 프롤레타리아 노동을 일반적으로 **죽음정치적 노동**(다음에서 이 개념의 기원을 살필 것임)으로 설명할 것이다.

    미셸 푸코는 근대 유럽에서 발생한 중요한 변화로서, 죽음의 위협을 통한 주민의 통치에서 생산적 통제와 생명에 대한 관리를 통한 통치로

---

10 나는 "생산적 잠재력"이라는 용어를 에스코바로부터 빌려왔다. Arturo Escobar, *Encountering Development : The Making and Unmaing, of The Third World*, Princeton : Princeston University Press, 1995, pp. 21~101.

의 전환, 즉 그가 생명권력(bio-power)[11]이라고 부른 전환에 주목하게 했다. 그와 동시에 푸코는 극단적이면서도 연속적인 생명권력의 어떤 예를 지적했는데, 그것은 주로 국가나 그 밖의 조직적인 인종주의에 근거한 것으로서, 타인의 생명을 제거하는 지점에 이르기까지 (어떤 사람들의) 삶을 부양시키는 것이었다. 나치 독일의 유대인 학살과 미국의 아프리카인의 노예화에서 그 예를 찾을 수 있다. 이 생명권력의 특수한 양상, 즉 죽음정치(necropolitics)[12]는, 무엇보다도 아감벤과 음벰베(Mbembe)에 의해서 가장 탁월하고 깊이 있게 탐구되었다.[13]

이 죽음정치의 개념을 어떤 종류의 노동, 특히 이 책에서 내가 다루는 노동에 연관시키면서, 나는 생명권력과 노동의 개념을 죽음이나 죽음의 가능성에 연결된 것으로 재개념화하고 싶다. 그리고 그것을 **죽음정치적 노동**으로 부르려고 한다. 따라서 죽음정치적 노동은 "죽음에 이르도록 운명지워진" 사람들로부터의 노동의 착취(추출)이며, 그로 인해 이미 죽음이나 생명의 처분가능성이 전제된 삶의 "부양"은, 국가나 제국의 노동의 요구에 응하도록 하는 선에서 제한된다.[14] 나치의 강제 수용소의 사

---

11 역주 : 푸코의 bio-power는 삶권력이나 생체권력으로도 번역되지만, 이 책에서는 특히 죽음정치의 개념과 연관해서 논의되므로 "생명권력"으로 번역하기로 한다.

12 역주 : 죽음정치는 생명권력의 극단적인 한 형태인 동시에 그 구성적 요인이라고 할 수 있다. 푸코는 생명권력의 개념을 통해 국가가 생명을 관리하는 측면을 많이 논의한다. 반면에 죽음정치라는 용어는 권력이 피지배자의 생명을 죽음에 이르기까지 처분가능하게 떠맡는 측면을 강조한다. 특히 노동자나 사회적 타자의 경우 삶의 부양처럼 보이는 것의 이면에서는 생명을 (마치 상품처럼) 처분가능한 것으로 다루는 죽음정치적 권력이 작용하고 있다. 죽음정치는 체제 내의 모든 사람에게 잠재적으로 작용하는 것이지만 노동자나 이 책이 강조하는 죽음정치적 노동의 위치에서 현실적으로 부각된다. 따라서 후자(죽음정치적 노동)의 영역에서 죽음정치를 실행할 수 있는 한에서 (죽음정치가 잠재하는) 체제 내의 사람들에게 삶권력의 작용이 가능해지는 것으로 볼 수 있다. 죽음정치적 노동이 중요한 것은 그처럼 삶권력/생명권력이 작용하는 체제의 유지를 가능하게 하는 구성적 요인이기 때문이다.

13 Achille Mbembe, "Necropolitics", *Public Culture* 15, no.1, 2003, pp.11~40.

14 역주 : 푸코의 생명권력은 노동자를 규율화하는 방식으로 삶의 부양을 허용한다. 그러나

람들은 궁극적으로 죽음에 처해졌지만, 그들은 또한 그와 함께 수용소에서 자신의 생명을 유지하며 보다 큰 경제와 전쟁지원에 기여하도록 노동에 처해졌다. 미국의 아프리카 노예들은, 절차상으로는 강제 수용소의 사람들과 같은 방식으로 "죽음에 이를 운명"으로 여겨질 수는 없을지 모른다. 그러나 노예의 조건이 그들의 생명과 신체를 인간 상품으로 처분 가능하게끔 전제된 한에서, 그들은 궁극적으로 죽을 운명에 처해졌던 것이며, 그와 함께 다음 세대의 노예를 재생산하는 일이 허용되고 조장되기도 한 것이라고 할 수 있다.[15] 내가 강조하고 싶은 것은 다음과 같은 것이다. 즉 그 같은 두 가지 죽음정치적 맥락이, 국가와 자본에 의해 행해지는 노동 착취와 "살아있는 죽음의 운명적 조건" 간의 근본적 연결을 구성하는 것으로 어떻게 개념화되어야 하는가이다. 죽음정치적 노동의 개념은, 죽음 자체의 궁극적 사건보다는 죽음의 가능성에 연결되고 전제된 노동 착취의 중간적 매개의 단계를 강조한다. 다른 식으로 설명하자면, 우리는 죽음정치적 노동을 가장 "처분 가능한" 노동으로, 즉 노동이 수행

생명권력에서는 규율화의 요구를 넘어서서 생명을 처분가능하게 만드는 죽음정치적 요소가 작용하고 있다. 그처럼 노동 자체에 죽음정치적 요소가 포함됨으로써 노동자의 삶의 부양은 국가가 필요한 노동을 계속할 수 있게 하는 선에서 제한된다. 그런 특징은 특히 이 책에서 다루는 죽음정치적 노동들을 통해 잘 나타난다. 죽음정치적 노동의 성격을 지닌 서비스 노동들은, 자본의 착취를 넘어서서 국가(제국)와 자본이 공모하는 권력을 특성을 매우 잘 보여준다. 그런 특성은 또한 **식민지**나 **전쟁**에서 아주 특징적인데, 이 책의 주제인 (하위)제국의 군사 노동, 성 노동, 이주 노동 역시 (신)식민지나 전쟁과 연관이 있으며, 그런 상황에서 국가의 생명권력(죽음정치)과 자본의 착취의 공모를 매우 잘 드러낸다. (신)식민지나 전쟁의 상황이 죽음정치를 실감나게 한다는 사실은 죽음정치적 노동이 민족이나 인종, 성의 문제에 연관된 것임을 암시한다. 흥미로운 것은 그처럼 국가의 생명권력/죽음정치와 자본의 착취의 공모를 잘 드러내는 점에서, 죽음정치적 서비스 노동들이 (이제까지 주로 고찰되었던) 산업 노동보다 오히려 더 주목의 대상이 된다는 점이다. 또한 죽음정치적 노동이 국가의 경계 내부와 외부에서의 권력 작용과 연관되는 점에서, 여기에는 트랜스내셔널한 맥락과 동원화, 이동성 등의 문제가 포함되어 있다.

15 옥스퍼드 영어사전에 따르면, 로마제국까지 거슬러 올라가는 "프롤레타리아(proletariat)"라는 단어의 어원은 "자신의 자손과 함께 제국에 봉사하는 것"을 의미한다.

된 때나 그 후에 내던져지고, 대체되고, (축자적으로나 비유적으로) 살해될 수 있는 어떤 대상이나 사람 곧 노동상품이나 노동자로 생각할 수 있다. 이 죽음정치적 노동에서 그 개념적 스펙트럼의 양끝에 다다를 때, 우리는 한 쪽 끝에서 의료와 다른 목적을 위한 나치의 사체나 신체 부품의 사용을 발견하게 된다. 혹은 죽음정치적 "노동"의 한 유형 — 사후(死後)의 노동 — 으로서 오늘날의 장기 매매를 발견한다.[16]

우리는 군복무나 군사 노동을 죽음정치적 노동의 일종으로, 즉 필연적으로 생명을 위험에 처하게 함으로써만 수행될 수 있는 일로 개념화할 수 있다. 나는 군사 노동을, 원래부터 국가의 죽음정치적 권력의 대리인이자 국가의 잠재적 희생자 자신이라는 역설적·모순적 위치를 갖는 것으로 탐구한다. 한편으로 군사 노동은 적을 정복하고 굴복시키는 국가의 의지를 수행하지만, 또한 적에 의해 제거될 수 있는 위험을 수반하기도 한다. 국가가 일단의 주민들을 잠재적으로 희생될 수 있는 군사 노동자로서 동원할 수 있는 한, 나는 국가란 이미 그들을 자신의 죽음정치적 권위에 예속된 주체로 구성하는 것이라고 논의한다. 빈번히 상해나 불구, 죽음에 이르는 매우 위험한 다른 제조업 노동들 역시 죽음정치적 노동 스펙트럼의 또 다른 끝을 이루는 유형으로 개념화할 수 있다. 그 같은 산업 분야의 위험한 일들은 —내가 4장에서 논의할 것처럼— 한국이나 다른 산업화된 나라에서 대부분 이주 노동자에 의해 수행된다.

내가 논의할 국내 시장의 매춘(2장)과 미군 고객을 위한 또 다른 매춘(3장)은, 또 하나의 죽음정치적 노동으로 개념화될 수 있다. 성 노동과 성 노동자, 즉 상품화된 신체와 매춘 행위는, 가장 "임의로 처분 가능한"(노동) 상품들의 하나이다. 매춘은 어떤 면에서 매춘부의 주체성의 비유

---

16 역주: 생체실험이 국가에 의한 죽음정치적 착취라면, 장기매매는 자본에 의한 생명의 상품화의 착취이다.

적 말소나 상징적 살해를 포함하며, 그것은 성의 상품화에 의해 초래된 심리적·육체적·성적 폭력과 상해로 이어지거나, 반대로 폭력과 상해의 결과로 주체성의 말소라는 의미를 내포하게 된다. 성 노동자들 중에서 살인사건이 빈번한 것은 실제로 보편적이고 문화를 넘어선 현상으로 보이는데, 그것은 매춘의 비유적 폭력이 물질적으로 확장된 것으로 볼 수 있다. 복합적인 강압적 조건 — 경제적·육체적·심리적 강압 — 아래서, "성의 판매"는 본래부터 "성적 폭력"과 밀접한 연관 속에 존재하며, 언제나 죽음의 위협을 동반한다. 위에서 논의한 다른 죽음정치적 노동처럼, 죽음의 가능성 곧 최후의 처분 가능성은, 일종의 직업으로서 매춘의 필수적인 요소이다. 위안부(제2차 세계대전 중의 일제의 군대 성노예)라는 한층 더 극단적인 사례를 보자. 이 경우 보다 일반적인 모든 매춘들의 맥락과 본질적으로 연속성을 이루면서도, 질병이나 정신이상으로 쓸모없게 된 성노예에 대한 일본군의 태도는 위안부의 "처분 가능성"을 눈에 띄게 보여줬다. 즉 위안부들이 다시 사용할 수 있게 회복될 수 없을 경우 그녀들은 폐기처분될 것이었다.[17]

우리는 "프롤레타리아" 노동을 광의의 죽음정치적 노동으로, 즉 소모품적이고 폐기처분 가능한 노동이나 생명으로 정의할 수 있다. 그것은 생명의 양육, 부양, 재생산과 교차되는 등급화된 조합물로 정의된다. 또한 생명의 박탈 혹은 "죽음에 이르도록 된 것"으로 규정될 수 있다. 죽음정치적 노동을 정의하는 또 다른 방법은, 광의의 프롤레타리아 노동 — 노동 자체 — 을 불가피하게 신체와 정신을 상해하고 훼손하는 일로 생각하는 것이다. 다시 말해, 노동을 트라우마와 폭력으로, 그리고 실제로 죽음과 연속성 상에 있는 훼손으로 여기는 것이다.[18] 노동은 단순히 행

---

17 위안부들이 어떻게 소모품처럼 다루어졌는지를 말한 생존 위안부의 증언에 대한 안연선의 논의를 볼 것. 안연선, 『성노예와 병사 만들기』, 삼인, 2003, 103~104쪽.

동이나 활동, 연속된 태도나 행위를 수행하는 것으로 생각될 수 없으며, 노동자에게 행사된 힘들을 포함하는 어떤 과정으로 여겨질 수 있다. 그 처럼 노동은 동시적으로, 기계화된 힘(제조업의 경우)이나 사회적·심리적 규율화의 힘(모든 직업의 경우)같은 제도화된 힘들을 포함하는데, 그것들은 신체와 정신을 해치고, 훼손하고, 상처를 남긴다. 직업(특히 내가 다루는 직업들)에 가해지는 트라우마와 폭력은 어떤 규율적인 메커니즘 곧 생산력에 속한 것으로 기능한다. 즉, 지속적인 폭력에 익숙해지지만 아주 익숙해질 수는 없는 과정,[19] 이것이 바로 그런 트라우마적 노동의 경험 그 자체인 것이다. 그 같은 직업들에서 노동한다는 것은 그처럼 외적인 힘들을 견디거나 대응하는 것을 뜻하지만, 이는 노동자가 단순히 수동적 대상이 되는 것을 의미하지는 않는다. 그보다는 노동자가 능동적인 동시에 수동적인 행위자임을 나타낸다. 즉 그는 일련의 상해와 폭력의 힘들에 의해 변형되는 동시에 그 힘들을 변화시키는 존재인 것이다. 생명의 존재의 다가오는 죽음이나 침해의 형식으로서, 신체와 정신의 상해와 영구적 손상은, 인간 주체로서 노동자의 소모가능성과 연속적 관계를 이룬다. 육체적·정신적 복합질환과 불구, 트라우마를 일으키는 그런 직업들에서, 노동이란 노동자를 파괴하는 작업과 그 작업에 대한 보상 사이의 필연적인 거래이다. 즉 상해를 입은 대가로 임금은 음식과 거주지를 제공하며 노동자가 계속 살아갈 수 있도록 해준다. 노동하는 주체는 자신의 상해와 생존 사이에서 찢겨진 채로 자기 자신에 대립해서 파편화되고 분열된다.

죽음정치적 노동의 개념은, 어떤 사람의 삶을 부양하는 생명권력의 경제가 어떻게 다른 사람의 생명을 파괴하고 해침으로써 작동되는지 보여

---

18 Achille Mbembe, "Necropolitics", *Public Culture* 15, no.1, 2003, pp.11~40.
19 역주: 이는 노동 생산의 메커니즘에 규율화되는 동시에 상처를 입는 과정이다.

준다. 또한 이 개념은, 생명권력이 죽음정치적 노동의 형식으로 죽음을 조절하고 관리하며, 그와 동시에 노동을 착취하고 죽음을 연기함을 보여준다. 내가 논의하려는 것은, 죽음정치가 생명권력의 극단적인 예가 아니라, 죽음정치적 노동**으로서의** 죽음정치란 항상 이미 생명권력의 구성적 차원이라는 것이다.[20] 죽음정치적 노동을 수행해야 하는 노동자의 관점에서 보면, 그런 노동은 항상 살아남는 일의 형식이거나 수단인 것이다.[21]

섹슈얼리티를 프롤레타리아화하기

성(gender)과 섹슈얼리티를 주체 형성의 주요 위치로 전경화하면서,[22] 이 책은 민족(ethnonationality)과 젠더화되지 않은 계급 개념 — 즉 1970~80년대의 비판적 정치학의 주권적 주체로서 민족화된 노동계급 남성 — 이 지금까지 어떻게 특권화되어 왔는지 도전적으로 질문한다. 성 노

---

20 역주 : 생명권력이 체제에 예속된 사람들에게 적용된다면 죽음정치는 체제에 동화되기 어려운 타자의 쪽에서 보다 분명히 나타난다. 자본의 타자인 일반적인 산업 노동자의 경우에는 생명권력과 죽음정치의 요소를 둘 다 가지고 있다고 할 수 있다. 이 책에서 다루는 네 가지 노동은 그런 일반적인 노동보다도 죽음정치적 요소를 더 많이 지니고 있으며, 산업 노동에 포함된 그 같은 요소를 확대해서 드러낸다. 네 가지 노동들이 흔히 은밀성의 영역에 놓여 있는 것은 충격적인 죽음정치적 요소를 감추기 위해서이다. 또한 저주받은 타자로서 벌거벗은 생명을 말하는 아감벤의 생명권력 역시 푸코의 생명권력(삶권력)과 달리 (죽여도 좋은) 죽음정치의 측면을 보다 중요하게 부각시키고 있는 셈이다.

21 역주 : 삶을 부양시키는 생명권력(삶권력)에 예속되어 살아남는 일은, 또한 죽음정치적 노동을 받아들여야 하는 과정이기도 하다. 이 책에서 다루는 죽음정치적 노동은 은밀성의 영역에 은폐되어 잘 보이지 않지만, 모든 노동에 죽음정치적 노동의 요소가 깃들어 있다고 할 때, 생명권력은 이미 죽음정치를 구성 요소를 포함하고 있는 셈이다.

22 Kandice Chuh, *Imagine Otherwise; On Asian Americanist Critique*, Durham : Duke University Press, 2003을 볼 것.

동 혹은 섹슈얼리티 노동의 각각의 형식 — 베트남에서의 군사 노동, 국내의 매춘, 미군을 위한 군대 매춘 — 속에서 젠더화된 섹슈얼리티들을 재개념화하면서, 나는 이 부분에서 노동계급 섹슈얼리티의 특정한 전유를 푸코의 부르주아의 성적 욕망과 생명권력에 대한 글로 완전히 표현될 수 없는 **노동의 형식**으로 탐구한다. 그 다음에 푸코의 미시물리학적 규율권력의 개념을 보다 계급적인 마르크스의 노동의 개념과 결합시키면서, 그런 젠더화된 성-섹슈얼리티 노동을 서비스 노동으로 논의한다. 서비스 노동 일반을 규율화된 신체와 행위의 생산의 견지에서 모든 노동의 전범으로 볼 수 있음을 논하면서, 나의 논의는 또한 서비스 노동의 특정한 형태로서 군대와 성, 군대 성 노동 — 나는 이를 대리 노동 혹은 인공신체적(prosthetic) 노동이라고 부른다 — 을 살펴볼 것이다.

푸코 — 부르주아와 프롤레타리아의 섹슈얼리티

"죽음의 위협이나 지배"보다는 생명에 대한 "명확한 계측"과 "지식권력"에 더 연관된 푸코의 근대 생명권력 개념에서 섹슈얼리티는 중심적 위치를 차지한다.[23] "신체의 생명과 종(種)의 생명에 접근하는 수단"[24]으로서의 성은, 재생산, 공중보건, 위생학, 수명 같은 영역에 매우 중요하게 연결된다. 『성의 역사』에서의 푸코의 광범위한 논의는, 전통적 지배 엘리트와 대비되는 부르주아의 섹슈얼리티의 형성과 그 배치를 강조하지만, 노동 일반의 주제와 특히 노동계급의 섹슈얼리티나 프롤레타리

---

23 Michel Foucault, Robert Hurley, trans., *History of Sexuality* vol. 1, New York : Vintage Books, 1978, pp.140~143; 미셸 푸코, 이규현 역, 『성의 역사』 1, 나남, 1990, 154~157쪽.
24 Ibid., p.146; 미셸 푸코, 이규현 역, 위의 책, 156쪽.

아 노동의 문제에는 별로 관심을 갖지 않는다.[25] 푸코는 근대의 섹슈얼리티의 재구성이 네 가지 상이한 사회적 · 성적 위치나 신체 ─ 여성 육체의 히스테리화, 아동의 성의 훈육화, 생식적 행위의 사회화, 도착적 쾌락의 정신병리학화[26] ─ 에서 발생한 것으로 규정하는데, 이런 특성들은 노동계급이 경험한 근대성으로의 이행의 세목들을 설명하지는 않는 것 같다. 즉 푸코의 규정은 근대 노동계급의 창안 자체가 노동과 상품으로서의 그들의 섹슈얼리티와 섹슈얼리티화된 신체의 동원에 연결되었던 방식들을 언급하지 않는다.

드물게 노동과 섹슈얼리티 ─ 우리는 부르주아와 노동계급 둘 다에 관련된 것으로 가정한다 ─ 사이의 관계를 숙고하는 대목의 하나는 19세기 유럽 산업화의 "첫 번째 국면"에 대해 설명하는 곳이다. 여기서 푸코는 정치경제학적 필요에 따라 노동력을 동원하기 위해 "성이 삭제"되고 "재생산적 기능에만 제한"되는 일이 생겨났음을 논의한다. 더 나아가 그는 노동력이 "에너지를 낭비하는 쓸데없는 소비를 피함"으로써 형성되었다고 말한다.[27] 여기서 내가 논의하려는 것은, 부르주아의 성적

---

25 Ibid., pp.103~114; 미셸 푸코, 이규현 역, 위의 책, 117~128쪽. 푸코는 부르주아들이 노동계급에게도 섹슈얼리티(성적 욕망)를 부과한 후에야 그들의 힘으로 섹슈얼리티를 통한 통치의 새로운 양식을 처음 시도했다고 말하는 정도까지만 나아간다.
역주 : 푸코는 과거의 혈통 대신 성적 육체가 부르주아의 정체성을 형성한다고 말한다. 그런 부르주아의 성적 육체란 실상 성과 연관된 체력, 원기, 건강, 그리고 상품화된 성에 대한 소비의 욕망을 지닌 섹슈얼리티일 것이다. 푸코는 프롤레타리아가 그런 성적 소비의 욕망의 대상이었음을 잘 말하지 않는다. 그러나 자기 자신의 성을 발현시키기 어려운 프롤레타리아는 부르주아의 욕망의 대상으로 동원되면서 섹슈얼리티가 표현되었다고 할 수 있다. 즉 프롤레타리아의 섹슈얼리티는 표면으로는 성적으로 상품화된 육체나 순종적인 소비가 능한 육체로 나타난다. 성 노동자나 군사 노동자의 섹슈얼리티가 여기에 해당되지만 산업 노동자 역시 실제로는 그런 "처분가능한" 육체를 지녔다고 말할 수 있다. 그런데 그 같은 프롤레타리아의 섹슈얼리티는 자기 계급의 정체성을 상실한 것이기에 섹슈얼리티화된 신체는 잠재적으로 저항의 거점이 된다.
26 Ibid., p.104; 미셸 푸코, 이규현 역, 위의 책, 118쪽.
27 Ibid., p.114; 미셸 푸코, 이규현 역, 위의 책, 127쪽.

소비가 프롤레타리아의 성적 노동, 즉 매춘의 형식으로 수행되었음을 가정함으로써, 소비로서의 성의 삭제나 재생산으로의 성의 제한이라는 푸코의 개념이 각 계급들의 특수한 관계 속에서 개념화되어야 한다는 것이다. 다른 논자들 중에서, 제프리 윅스(Jeffrey Weeks)와 주디스 워코위 츠(Judith Walkowitz)는 빅토리아 시대의 유럽의 도시들이 성의 상업화 과정에 깊숙이 침윤되었음을 보여주었다. 성적으로 순결하고 고상한 빅토리아 시대 여성의 이데올로기적 도상학 — 그리고 그것의 현실적 표현 — 은, 널리 퍼진 "매춘의 아랫배"와 육체적·경제적으로 결합했다.[28] 아울러 내가 논의하려는 것은, 산업화의 초기시대 한국의 노동계급에게 — 또한 태평양전쟁 동안 일제 통치하의 식민화된 프롤레타리아에게 — , 성은 "삭제"되거나 "재생산에 제한"되지 않았으며, 젠더화된 성과 섹슈얼리티 노동으로서, 즉 군사 노동, 비군사 (산업) 성 노동, 군대 성 노동으로서, 신체에 대한 "폭력적이고 육체적인 강제"[29]가 생산되었다는 것이다.

푸코의 경우 근대 유럽에서 성은 "공리적 체계에 넣어져서 관리되어야 하는 것, 모두의 보다 큰 이익을 위해 통제되어야 하는"[30] 것이 되었다. 그는 암암리에 보건, 수명, 재생산 같은 영역에 제한된 성의 공리성을 생각함으로써, 성의 가치를 재생산이나 노동력/생산성의 유지에 제한된, 궁극적으로 경제적인 것이 되게 한다. 나는 성과 섹슈얼리티에 대

---

28 Jeffrey Week, *Sex, Politics, and Society; The Regulation of sexuality since 1800*, London : Longman, 1989, p.30; Judith R. Walkowitz, *Prostitution and Victorian Society : Women, Class, and the state*, Cambridge : Cambridge University Press, 1980.

29 푸코는 『성의 역사』에서, 섹슈얼리티(sexuality)의 개념이 충동이나 본능, 에너지로 되돌아가는 것을 매우 걱정하고 있는데, 그런 충동이나 본능은 단순이 억압되어 노동을 위해 전유되는 것으로 개념화될 수 있다. Michel Foucault, Robert Hurley, trans., *History of Sexuality* vol.1, New York : Vintage Books, 1978, p.114; 미셸 푸코, 이규현 역, 『성의 역사』 1, 나남, 1990, 127~128쪽.

30 Ibid., p.24; 미셸 푸코, 이규현 역, 위의 책, 43쪽.

한 다른 종류의 공리성, 즉 상업화/상품화된 형식 속에서 "놀이"나 "위락 (慰樂, recreation)"으로서의 또 다른 성(섹슈얼리티)의 효용성을 생각하고 싶다. "위락" 활동으로서 이 성과 섹슈얼리티의 특수한 기능은, 계급·성·인종의 다양하게 변주된 접합 — 예컨대 부르주아 남성과 프롤레타리아 여성의 관계나 프롤레타리아 남성과 프롤레타리아 여성의 관계 — 에 의해 결정된 집단들 사이에서, 필연적으로 위계화된 권력 관계를 포함한다.[31] 여기서 어떤 집단을 위한 성과 섹슈얼리티의 "놀이적인" 효용성은, 어쩔 수 없이 다른 집단에게는 성-섹슈얼리티 노동으로서 일종의 노동의 형식 혹은 차원이 된다. 내가 논의하려는 것은, 상업화되고 상품화된 성과 섹슈얼리티가 사회적 재생산의 특수한 형식으로 기능한다는 것이며, 그런 재생산의 형식에서 "놀이성"의 효용성은 부르주아와 프롤레타리아의 산업적·군사적 (남성) 노동력을 유지시키는 데 있다는 것이다. 상품화된 성과 섹슈얼리티의 "놀이성"은, 상품화된 성(섹슈얼리티)의 소비자와 공급자 간의 위계적 권력관계를 구성하는 불가피한 폭력을 교체하면서, 재실행·재강화한다. "성이 신체의 생명과 종의 생명에 접근하는 수단이었다면",[32] 성의 진실은 국가와 부르주아, 노동계급에 따라 다양하게 변주되었다. 국가적·지구적 군사주의와 경제 개발을 위해, 프롤레타리아의 신체는 부르주아의 신체와는 다르게 투자되고, 배열되고, 소비되었다. 더욱이 세계화된 맥락에서의 매춘은 인종들과

---

31 역주: 이 책의 논의는, 프롤레타리아에게 성이 재생산에만 제한되고 소비적 성이 삭제된 듯한 시기에도, 계급 관계에 의해 부르주아의 "놀이"로서의 성은 프롤레타리아의 성 노동에 의해서만 가능했음을 주목한다. 즉 프롤레타리아의 성은 재생산에 제한되지 않았으며 오히려 소비와 놀이를 위한 성을 생산해야 했던 것이다. 따라서 "성의 역사"는 푸코를 넘어서서 그런 계급적·젠더적 **관계** 속에 놓여져야 할 것이다. 또한 그 관계를 이루는 성적 "놀이성"의 효용은 부르주아와 프롤레타리아의 산업적·군사적 (남성) 노동력을 유지시키는 데에 있었으며, 여기서 계급·성·인종의 다양한 관계를 살피는 데 성 노동의 중요성이 부각된다.
32 Michel Foucault, Robert Hurley, trans., op.cit., p.146; 미셸 푸코, 이규현 역, 앞의 책, 156쪽.

계급들, 그리고 성별의 상호 간의 권력관계를 나타내는 주요 위치가 되었다.[33] 군사 노동, 성 노동, 군대 성 노동에 관한 장들에서 나는 섹슈얼리티화된 노동계급 노동과 비성적 노동의 성적 차원을 "권력관계를 향한 특별히 비중 있는 전이점(transfer point)"[34]의 위치 그 자체로 다룰 것이다. 그 위치에서는 신식민지적 세계자본주의와 개발적 국가, 독재적 민족주의와 하위제국주의, 그리고 가부장제와 남성중심주의 같은 복합적 힘들이 수렴되고 교차된다.

미시물리학적 규율과 유순한 효용성,
　　　　　　그리고 성 노동 혹은 섹슈얼리티화된 노동들

비릴리오의 동원의 이론화는 대체로 "운동의 독재"의 거시적 차원에 머물고 있지만, 그는 또한 프롤레타리아화를 "발동 기능의 독재"로 언급한다.[35] 그는 군사적·산업적 프롤레타리아화 양자를, 신체운동 ── "동역학(kinetics)" ── 의 차원에서 인간주체에 참여하며 노동자를 "발동 가능한(mobile) 기계"[36]로 생산하는 과정으로 개념화한다.[37] 비릴리오의

33　역주: 푸코와 다른 이 책의 관점은 성과 섹슈얼리티를 다양한 인종·계급·젠더 간의 **노동**의 관점에서 본다는 점이다. 푸코는 부르주아가 자기 계급의 섹슈얼리티를 다른 계급에게도 퍼뜨리는 방식으로(계급적 정체성을 상실하게 하면서) 그들을 예속화한다고 논의한다. 반면에 이 책은 부르주아적 성-섹슈얼리티의 만연은 필연적으로 피지배 계급의 성적 노동에 의해 가능해지며, 소비와 노동의 위치에서 다양하게 변주된 성의 진실이 생김을 주목한다. 그에 따라 성적 노동으로서의 매춘은 인종, 계급, 젠더 상호 간의 권력관계를 나타내는 위치가 된다. 또한 성의 소비와 성 노동이 이루어지는 영역에는 인종주의와 남성중심주의, 민족주의, 개발주의 같은 복합적인 힘들이 중첩되고 교차되는 지점이 된다.

34　Michel Foucault, Robert Hurley, trans., op.cit., p.163; 미셸 푸코, 이규현 역, 앞의 책.

35　Paul Virilio, Mark Polizzotti, trans., *Speed and Politics*, New York : Semiotext(e), 1986, p.31; 폴 비릴리오, 이재원 역, 『속도와 정치』, 그린비, 2004, 93쪽.

36　역주: 조종자의 자극에 맹목적으로 복종하는 "움직이는 기계"를 말함.

"태도(gestural)"라는 프롤레타리아 노동 생산의 미시적 개념은 충분히 푸코의 규율(discipline)이나 유순한 효용성(docility-utility)의 개념과 비교될 수 있다. 비릴리오 뿐만 아니라 푸코에게도 군인은 근대 노동자의 전범이 되며 군대는 근대적 규율의 모델이 된다.[38] 푸코에 의하면, "18세기 말까지 군인은 만들어질 수 있는 어떤 것이었으며, (…중략…) 기계적 인간을 유순하게 형성하면서 (…중략…) 습관의 자동성으로 소리 없이 전환되면서 (…중략…) 필요한 기계장치가 구성될 수 있었다."[39] 이런 규율적 메커니즘의 체계는 각 운동을 능률적으로 통제하고 조절하면서 다양한 "유순한 효용성"으로서 차별화되고 세부화된 활동들과 행위들을 생산한다.[40] 군사 노동자로 예시된 푸코의 유순한 효용성의 개념이나, 일련의 독재화된 태도로서 비릴리오의 노동하는 신체의 개념은, 생산적 (제조) 노동과 재생산적 (서비스) 노동의 구분을 해체하는 데 도움이 되며, 모든 노동을 서비스 노동의 형태들로 재고할 수 있게 해준다.

---

37 Paul Virilio, Mark Polizzotti, trans., *Speed and Politics*, New York : Semiotext(e), 1986, p.113; 폴 비릴리오, 이재원 역, 앞의 책, 216쪽. 더 나아가 비릴리오는 그런 프롤레타리아적 노동자 대중을 의지나 정신, 감정을 박탈당한 것으로 묘사한다. 즉 그는 그들을 "의지 없는 신체의 세계에 존재하는 피조물 (…중략…) 곧 영혼 없는 신체들의 다중, 살아 있는 죽음, 좀비"로 나타내고 있다.
38 군사훈련은 학교, 병원, 감옥 같은 다양한 제도를 위해서 뿐만 아니라 일반적으로 시민적 무질서를 막기 위해서 규율적 절차의 모델과 원리를 제공했다. Michel Foucault, Alan Sheridan, trans., *discipline and Punish : The Birth of Prison*, New York : Vintage Book, 1979, p.169; 미셸 푸코, 오생근 역, 『감시와 처벌』, 나남, 1994, 245~246쪽.
39 Ibid., p.135; 미셸 푸코, 오생근 역, 위의 책, 203~204쪽.
40 Ibid., p.137; 미셸 푸코, 오생근 역, 위의 책, 207쪽.

전범(典範)으로서의 서비스 노동 — 행위의 생산

이 책에서 나는 네 가지 다른 종류의 노동에 대해 설명한다. 즉 군사 노동과 (산업적) 성 노동, 군대 성 노동, 그리고 이주 산업 노동이다. 앞의 세 노동은 서비스 노동의 유형들인 반면 마지막의 것은 보통 생산노동으로 분류된다. 마르크스주의적 이론은 서비스 노동보다 상품 제조 노동을 특권화하는 경향이 있지만, 생산노동과 재생산노동 간에는 어떤 엄격한 구분도 유지되기 어렵다. 모든 노동이 서비스나 상품의 '제공 (service)'을 생산하는 점에서, 노동이란 근본적으로 "서비스 노동"인 셈이다. 서비스 노동은 인간의 신체와 신체적 부분들, 그리고 상품으로서의 인간의 행위를 생산한다. 그러나 상품을 생산하는 제조 노동은 우선 인간주체를 노동자로 변화시키는 규율과 통제의 과정이 없이는 수행될 수 없다. 이데올로기적·물질적 토대와 자본주의의 추동력을 구성하는 것은 궁극적으로 인간 노동을 상품으로 전환시키는 규율 체계이다. 더욱이 상품 자체를 인간정신이나 신체의 또 다른 외연으로서, 이른바 인공기관(prosthetic)으로 생각한다면 — 즉 인간주체와 무생물적 대상의 이분법을 넘어서서 생각할 수 있다면 — , "서비스를 수행하는" 상품을 생산하는 제조 노동은 서비스 노동과 겹쳐진다. 그런 의미에서 서비스 노동은, 규율화할 수 있는 노동력과 교환가능한 노동상품으로서 인간의 신체와 정신을 자본주의적으로 구성하는 방식을 예시해준다.

물론 이것은 서비스 노동 일반과 이 책에서 논의할 세 개별 노동들이 생산노동과 구분되는 특징을 갖지 않는다는 뜻은 아니다. 제조 산업의 노동자는, 자신의 시간·노력·기술을 소외된 대상에 외화시킨 표상인 상품을 생산하는 데 힘을 쏟는다. 반면에 서비스 노동자는 스스로를 상품으로 생산하기 위해 전력한다.[41] 그런 의미에서 특수한 종류의 노동인 서비스 노동은 가장 혹독한 모순을 보여준다. 즉 생산자(노동의 주체)와 생산의 산물(노동의 대상)이 동일하게 같은 존재인 것이다. 여기서 노동의 외화는 노동자의 신체·행위·활동 자체에 구현되는 소외된 대상이거니와, 그것은 가장 심각한 종류의 소외를 나타내고 있는 것이다. 서비스 노동은 교환의 행위에서 즉각 소비되거나 "실행하면서 소모되는" 노동으로 여겨져 왔으며, 그로 인해 "노동의 망각"을 부추기는 노동으로 규정되어 왔다.[42] (우리의 논의는 저기능적인 하위 서비스 노동에 초점을 맞춰 전문적인 서비스 노동을 논외로 하며, 후자는 완전히 다른 사회적·경제적 가치와 위상을 지닌다.) 인간 노동이 생산된 객체에 보존되고 전환되는 상품 생산과는 반대로, 자체 안에 재생산적 능력을 지닌 서비스 노동은 노동을 소비하는 타인을 위해 스스로를 버려야 한다. 실행 중인 서비스의 소모 자체가 소비자를 떠받치는 것이다. 인간의 노동이 제조의 과정을 통해 생산물 속에 외화된다면, 서비스 형식 속에 외화된 노동은 곧바로 소비자에 의해 내화된다. 서비스가 소비자에게 흡수되고 전이되는 과정에서 이 노동의 신비한 사라짐은, 서비스 노동자의 주체성의 상실과 손상, 즉 망각된 존재로 귀결된다.

내가 더 논의하려는 것은, 서비스의 역설적 성격이 서비스 노동의 물질성 — 인간의 노동의 행사 — 과 그 산물의 비물질성·추상성 사이의 모순에서 기인된다는 점이다. 기계화가 핵심적 차원이 되어온 제조업과는 달리, 서비스 노동의 경우 기계에 의해 향상되고 부분적으로 대체될 수 있음에도 기계를 통한 대체가능성이 훨씬 더 제한적이다. 일반적으로 서비스 노동에서 인간적 노동은 절대적으로 필요한데, 그것은 서

41 Neferti Xina M. Tadiar, *Fantasy-Production : Sexual Economies and Other Philippine Consequences for the New World Order*, Hong Kong : Hong Kong University Press, 2004, pp.55~56·115를 볼 것.

42 Alexandra Chasin, "Class and Its Close Relations : Identities among women, Servant, and Machines", Judith Halberstam·Ira Livingston, ed., *Posthuman Bodies*, Bloomington : Indiana University Press, 1995, p.77~78.

비스란 한 신체가 다른 신체에 연루되는 인간적 접촉을 요하기 때문이며, 그런 이유로 서비스 노동은 **감정적인 차원**을 반드시 포함하게 된다. 이런 특수성 때문에 나는 저기능적인 서비스 노동이 필연적으로 **대리 노동**의 형태가 됨을 강조한다. 서비스 노동자들은 서비스를 이용하는 사람들의 확장된 대리적 신체나 신체적 부분이 된다. 서비스 노동은 인간의 대리에 의해서만 대체될 수 있는 노동이다. 군사 노동자와 성 노동자는 그 같은 서비스 노동자들이며, 절대적으로 필수적인 인간의 대리에 의해서만 기능하는데, 그런 인간적 대리물은 분명하게 "임의로 처분 가능한 것"이기도 하다. 군사 노동과 성 노동은 흔히 사회적으로 구성된 젠더화된 행위들에 연결되는 신체적 실행과 활동을 필요로 한다. 이런 노동들에서 감정적 차원이란 빼버릴 수 없는 요소이지만 — 분명히 우리는 어떤 차원의 감정적 연루 없이 적을 죽이거나 낯선 사람과 섹스를 할 수 없다 — 그럼에도 서비스는 그런 노동의 육체적 측면이 자신의 불가피한 감정적 연루로부터 단절되고 분리될 것을 요구한다. 적을 파괴하는 군사 노동의 최종적 목표는 또한 필연적으로 적에 의해 파괴될 가능성과 (아마도) 불가피성을 포함한다. 생명의 위협을 무릅쓸 것을 요구하는 군사 노동은 극단적인 서비스 노동인데, 왜냐하면 노동을 실행하는 행위 속에서 문자 그대로 자신을 **버리기** 때문이다. 군사 서비스 노동에서 죽음은 궁극적으로 재생산적이고 대리적인 노동인 셈이며, 그 이유는 다른 어떤 사람을 살게 하기 때문이다. 군사 노동자는 일종의 대리물로서 노동을 하면서 죽는다. 군사 "서비스"의 경제적 · 사회적 측면, 즉 일종의 노동**으로서의** 그 특수성이 **은폐되고 호도되어야** 하는 것은 바로 그 때문이다. 이를 테면 군사 서비스(노동)는 민족주의화되고, 신성시되고, 기념화되며, 따라서 망각된다.[43]

대리물로서의 규율화된 신체

　디피시 차크라바티(Dipesh Charkrabarty)는 마르크스의 추상 노동의 개념을 법률적 자유와 추상적·보편적 평등성을 지닌 인간 주체의 계몽적 개념에 근거한 것으로 해석한다. 더 나아가 차크라바티는 추상 노동 같은 개념은 "법률적으로 자유로운 동시에 사회적으로 부자유스러운" 근대적 노동의 모순된 상황에 내재된 것이라고 논의한다. 그에 따르면, 추상 노동의 관념은 "전혀 다른 역사와 사람들로부터 인간 활동을 측정하기 위한 동질적·공통적 단위를 추출할"⁴⁴ 수 있는 가능성을 만든다. 다시 말하면, 노동 상품 시장을 창출해내는 것, 그리고 그 다음에 대리적·인공신체적 노동의 가능성을 떠받치는 것은, 바로 그런 추상적 평등성의 개념이다. 전근대적 맥락에서 생각할 때, 즉 서구와 아시아 모두에서 인간의 "경제적" 활동이 사회적 지위와 필연적으로 통합되었던 시기를 생각할 때, 우리가 다른 집단(부르주아, 백인, 한국인, 핵심부, 하위핵심부)을 위한 대리로서 노동을 수행하는 어떤 집단(프롤레타리아, 유색인, 비한국인, 주변부)의 사람들을 가질 수 있는 것은, 어떤 사람의 노동이 그의 정체성의 다른 측면들(계급·인종·민족성 등)과 추상적·환영적으로 분리되어 있는 근대 노동력의 시장에서일 뿐이다.⁴⁵ 따라서 차크라바티가 말한 노동 상품들을 둘러싼 차이들은 사라지지 않으며, 다양한 형식의

43　역주: 서비스 노동의 특성인 "처분 가능성"과 자기 자신의 "버림"은 모든 노동에 내포된 요소(죽음정치적 노동의 요소)를 확대해서 드러내는 것이라고 할 수 있다. 그 때문에 서비스 노동은 노동의 전범이면서도 기념화되거나(군사 노동) 윤락으로 간주되는(성 노동) 방식으로 노동이라는 사실 자체가 은폐되고 망각된다.

44　Dipesh Charabarty, *Provincializing Europe : Postcolonial Thought and Historical Difference*, Princeton : Princeton University Press, 2000, p.50.

45　역주: 근대에는 노동과 사회적 정체성의 관계가 **추상적 차원**에서 분리되어 있기 때문에 역설적으로 (현실적 차원에서) 다른 계급에게 노동을 대신 제공하는 대리 노동이 가능해진다.

세계 노동 시장에서 인종적·계급적·민족적 대리인으로서 스스로를 분절한다. 다시 말해, 대리적 노동은 인종과 계급, 젠더의 동일성·평등성과 차이성·위계성을 동시에 지니는 역설 속에서 작동된다. 만일 추상적 평등성이 노동을 대체가능한 것으로 만든다면, 인종과 민족성, 계급과 젠더의 부자유하고 불평등한 조건들은, 섹슈얼리티와 인종의 프롤레타리아화로 분절될 것이다. 대리적 노동의 대체가능성 — 상대적으로 보편화된 주체들을 위해 인종화되고 젠더화된 주민들에 의해 실행된다 — 과 불가능성은 노동 계약의 보다 싼 임금에 의해 인식되는 동시에 삭제된다. 인종·젠더·계급 사이의 측정(불)가능하고 계측(불)가능한 차이는 화폐적 차이에 의해 측정되고 계측된다.[46]

인종의 트랜스내셔널한 프롤레타리아화

나는 여기서 먼저 내가 인종의 프롤레타리아라고 부른 것을 탐구할 것이다. 그것은 흔히 국가적 인종주의나 인종주의적 국가에 의해 조직되고 통제되는 노동 생산에 대한 인종주의화된 경제적·사회적 착취이다.[47] 푸코의 인종, 성, 국가 간의 관계에 대한 산포된 개념들을 독해하

---

46 역주 : 대리 노동의 계약은 보다 싼 임금에 의해 노동의 대체가 가능함을 인식(화폐적 차이)하게 하지만, 그 순간 대리 노동을 노동으로 보지 않는 인식에 의해 은폐(인종·젠더·계급의 차이)되기도 한다.

47 Ann Laura Stoler, *Race and the Education of Desire : Foucault's History of Sexuality and the Colonial Order of Things*, Durham : Duke University Press, 1995; Michael Omni·Howard Winant, *Racial Formation in the United States : From the 1960s to the 1990s*, New York, Routledge, 1994, pp.77~91.

면서, 앤 스톨러(Ann Stoler)는 국가의 생명정치적 권력이 "인종주의의 중요한 특징"이라고 결론을 내린다.[48]

그 다음에 나는 더 나아가 앞 절에서 논의한 섹슈얼리티의 프롤레타리아화의 개념에 대해 고찰할 것이다. 그것은 조안 네이겔(Joane Nagel)이 종족적 섹슈얼리티(ethnosexualities) ― 종족이 섹슈얼리티화되고 섹슈얼리티가 인종화·종족화(혈통화)·민족화되는 위치 ― 라고 부른 섹슈얼리티와 종족·인종의 필연적인 교차, 즉 종족적 섹슈얼리티가 초국적 프롤레타리아화의 대상이 되는 방법을 검토함으로써이다.[49] 이 책은 세 가지 노동계급의 노동 ― 베트남에서의 한국의 군사 노동, 미군을 위한 한국인의 군대 매춘, 오늘날 한국에서의 아시아나 다른 곳에서 온 이주 노동 ― 을 인종의 트랜스내셔널한 프롤레타리아화의 예로서 검토할 것이다.

조상이 같다는 생물학적 개념에 근거한 동질적 민족성(ethnicity)[50]과 오래 지속된 영토적 경계 및 언어·문화의 공유 같은 요소들, 이 양자 사이에 전제된 동형성은 근대가 시작된 이래 한국 민족주의의 토대를 놓는 데 도움이 되어 왔다. 그러나 한국인의 혈통적 민족성을 구성한 역사적 과정을 살펴보면, 근대의 정치적·문화적 범주로서의 한국인의 민족성은 그 시작에서부터 항상 초국적이고 초민족적인 상호작용의 산물이었다. 그처럼 한국인의 민족성은 일련의 변화를 경험한 이데올로기적 구성물이거니와, 그런 변화는 "한국"을 구성한 트랜스내셔널한 맥

---

48 Ann Laura Stoler, *Race and the Education of Desire : Foucault's History of Sexuality and the Colonial Order of Things*, Durham : Duke University Press, 1995, pp.60~61.

49 Joane Nagel, *Race, Ethnicity, and Sexuality : Intimate Intersections, Forbidden Frontiers*, Oxford : Oxford University Press, 2003, p.14.

50 역주 : ethnicity는 종족성을 의미하지만 우리의 민족성의 개념은 혈통적 민족성에 가까우므로 경우에 따라 이 단어(ethnicity)는 민족성으로 이해될 수도 있다. 따라서 ethnicity는 종족성, 혈통적 민족성, 민족성 등으로 번역하기로 한다.

락 자체가 식민지와 포스트식민지[51]의 급속한 변화 속에서 동요한 데 따른 것이었다. 20세기 초 일본에 의한 조선의 식민지화에 자극받아 발흥한 한국의 반식민적 민족주의(ethnonationalism)[52]는, 내용의 측면에서는 "특수성"을 제공했으면서도, 형식에서는 일본의 제국주의적 민족주의를 다양한 차원에서 거울처럼 비추는 것이었다. 한국인의 민족성(ethnicity)의 민족국가로의 핵심적 연결은 — 이데올로기적 근거가 종족이 아닌 전근대적 군주제인 — '조선'으로 변조되었으며, 그 종말의 순간에 원초적인 혈통적 민족의 국가(proto-ethnic nation)로 변화되었다. 한국의 민족주의는 이 특수한 트랜스내셔널한 순간에 혈통적 민족의 순수성이라는 저항적 주장 위에서 건설되었거니와, 그런 주장은 실행적 차원에서 단일한 민족성(ethnicity)을 둘러싼 통합성과 연대성을 창출하는 데 도움을 주었다. 다시 말해, 한국의 혈통적 민족주의는 일본 제국이 한국인을 에스닉화되고[53] 인종주의화된 집단으로 생산한 것에 대한 반작용인 셈이었다. 보다 더 인종차별적인 영역으로서 식민지 프롤레타리아는 병합의 초기부터 일본 식민지 국가와 자본을 위한 제국적 노동력의 기층을 형성했다. 반면에 1930년대 전반에 일본이 전면적인 태평양전쟁에 진입함에 따라 한국의 민족성 — 한국의 혈통적 민족주의 — 의 위상은 총동원의 목적을 위한 식민지 정부의 동화정책과 연관해 모종의 수정을 경험했다. 전시의 다종족적이고 다문화적인 제국의 명령을 설계한 동화정책은, 한국의 남성과 여성 노동계급 주민들의 종족적 섹슈얼리티(ethnosexualities)를 군사–산업 프롤레타리아(제국의 군인과 산업 노동자)와 군사–산업 성 노동자(위안부)로 생산하도록 조장했다. 이 동화

---

51 역주: "포스트식민지"라는 용어는 여기서는 "식민지 이후"의 뜻으로 사용된다.
52 역주: 혈통적 민족주의.
53 역주: 민족적 차별이 포함된 관계를 말함.

주의 시기 동안 식민지적 동원은 모호하고 모순적인 효과를 발생시켰다. 왜냐하면 동원이란 피식민자에 대한 인종차별을 — 감소시키기보다는 — 어떤 식으로 보다 강화시킴을 전제로 하는 반면, 그와 동시에 제국을 다종족화하고 다문화하려는 일본의 시도는 종족성과 국가(혹은 제국) 사이의 본질주의적 연관성을 느슨하게 만들었기 때문이다. 다시 말해 내가 논의하려는 것은, 일본 제국이 한국 민족을 (이등 계급이긴 하지만) 구성원으로 통합하며 다종족적이 됨에 따라, 이 일이 한국인의 종족성을 (그때 상상되었고 그 뒤 독립 후에 건설된) 한국의 민족국가로부터 이연시킨 한 첫 번째 역사적 선례가 되었다는 점이다. 이 시기에 한국인의 종족성을 민족국가로부터 분리시킬 가능성이 인종화·식민화된 사람들에게 실행되었다면, 우리는 이제 그처럼 한국인의 민족성/종족성이 민족국가/국민국가[54]에서 분리되는 일이 어떻게 21세기에 다시 발생하게 되는지 보게 될 것이다. 그것은 한국이 다종족적 노동력을 자신의 주민으로 통합시킬 필요가 생긴 하위제국으로 부상함에 따른 것이다.

남한의 포스트식민적인 국가건설은 강력하게 민족주의화(ethnonation-alized)된 것이거나 그에 이르는 과정이었지만, 그것 또한 트랜스내셔널한 역사의 산물이었다. 가장 중요한 것은, 정치적 실체로서의 남한의 존재 자체가 제2차 세계대전 직후 아시아를 다양한 포스트식민적 지역의 토착 공산주의자들에게 빼앗기지 않으려는 미국의 결정에서 기인된 것이었다는 점이다. 즉 남한의 혈통적 민족주의는, 미국의 새로운 제국주의적 추진력과 세계적 냉전 갈등, 남쪽의 북쪽 공산주의와의 이데올로기적 대치 같은 트랜스내셔널한 힘들의 합류로 배태된 것이었으나, 식민지 이후의 혈통적 민족주의는 그 같은 트랜스내셔널한 역사성을 고려하지

---

54 역주 : nation-state는 맥락에 따라 민족국가나 국민국가로 번역하기로 한다.

않았다. 일본으로부터의 해방은 최초로 한국의 혈통적 민족과 민족국가 형식을 "본래대로(back)" 결합시켰으며, 그런 포스트식민적 상황은 남한 사람들에게 혈통적 민족과 민족국가의 합치를 보다 당연하고 확고하게 "자연스러운 것"으로 받아들이게 한 것 같았다. 이어진 1960년대와 1980년대 사이의 남한 정권 하에서, 한국 주민들에게 철저하게 주입된 "조국 근대화"라는 전방위적 명령은, 민족주의적 경제 개발의 과정 자체가 한국을 세계 자본주의에 통합시켜 남한경제를 필연적으로 트랜스내셔널화하는 과정이었다는 사실을 주목하지 못하게 했다. 한쪽의 경제 개발과 다른 한쪽의 국가건설 사이의 역사적 등가성은, 그와 동시적이었던 한국 근대화의 트랜스내셔널한 구성적 차원을 은폐하는 경향이 있었다. 자생적인 근대화가 불가능하다는 추정 속에서, 1950년대의 수출대체(산업)라는 전략과 1960년대의 수출지향적 산업으로의 전환을 통해, 한국은 세계 자본주의에 통합되어 그 체제의 국제적 노동 분할 하에 놓이게 되었다. 산업화의 시기에 반정부적 좌파나 급진적 좌파 비판자들의 쪽에서, 한국의 미국에 대한 예속적 관계는 강력하게 반미적이거나 열렬하게 민족주의적인 역사서술과 문화적 생산물을 낳게 했다. 이는 민족(ethnicity), 인종, 민족국가, 세계 군사주의와 자본주의의 견지에서 보다 근본적인 연관성을 생각하며, 남한의 트랜스내셔널한 맥락의 요소들을 앞에 내세워 암시한 것은 아니었다. 다시 말해, 한국과 미국의 신식민적 관계의 트랜스내셔널한 맥락을 인식할 해체적 잠재성은, 한국의 좌파 혈통적 민족주의로 재구성되거나 되돌려 형성되었다.

1960년대 말을 시작으로 자본주의가 한층 더 초국가적이 되었지만, 많은 사람들은 민족국가/국민국가들이 시민권, 법률, 안전, 경제 같은 일련의 영역들을 포기하지 않았다는 데 동의한다.[55] 한국의 국가가 산업화 시대 이래로 맡아온 가장 핵심적 역할 중의 하나는 노동력의 생산과 관리의 역할이다. 1960~70년대와 1980년대에, 한국 정부는 외국투자자들을 끌어들이고 수출자유지역(EPZ) 공장에 일자리를 보유하기 위해, 법적·국가적 폭력을 사용해 값싸고 순종적이고 풍부한 노동력을 유지하는 데 매진했다. 국가는 또한 내가 이 책에서 논의할 보다 주변적인 국가적·초국가적 노동계급 노동 영역에서 다양한 역할들을 실행했다. 즉 국가는 첫째로 베트남 전쟁에 군사 노동을 수출하는 데 초국적 노동 중개자로서 기능했다. 둘째로 국가는 기지촌에서 군대 매춘을 조장하고 관리하는 데 관여했다. 마지막으로는 사적인 영역의 시설들과 접속해 오늘날 한국의 이주-이민 노동자들을 수입하고, 관리하고, 통제하도록 돕고 있다. 이전 시기에 한국의 국가가 초국적 노동력을 창출하는 데 유의미한 방식으로 공헌해 왔다면, 국가의 민족주의(ethnonationalism)에 대한 의존은 그 같은 동원의 트랜스내셔널한 차원을 호도하는 일 자체에 핵심적이었다. 오늘날 한국 정부는 이제 한국의 새로운 초국적 노동, 즉 이주-이민 노동자들을 길들이기 위해, 다문화주의적이고 다민족적인 하위제국 국민주의(nationalism)를 배치한다.

1945년 이후 한국·베트남·동남아에서 아시아 공산주의에 대항하는 미국의 전쟁 시기 동안, 국가 이데올로기로서의 미국의 반공주의는 반 아시아적 국가 인종주의와의 접합 속에서 작동했다. 미국의 국가적 인종주의는 그 시기에 (미국에 의한) 아시아 인민과 영토의 파괴 규모를 점점 확대시키는 데 공헌한 중요 요소였다. 그러나 미국의 국가적 인종주의는, 아시아의 적들에 대해서뿐만 아니라 미국의 아시아 동맹국들 — 한국 및 다른 동남아의 대리적 세력들 — 과 모병(募兵)된 병사의 대

---

55 Masao Miyoshi, "A Borderless World? From Colonialism to Transnationalism and the Decline of the Nation-State", Rob Wison·Wimal Dissanyake, ed., *Global / Local : Cultural Production and the Transnational Imaginary*, Durham : Duck University Press, 2003, pp.78~106.

다수였던 미군 내의 소수인종에 대해서도 행해졌다. 마찬가지로 베트남 민간인에 대한 한국군의 잔학행위 역시 한국과 그 군사당국에 의해 가능했던 보다 체계적인 인종주의에서 근원을 찾아야 한다. 한국군과 베트남에서의 군대 매춘과의 관계 또한, 미군의 한국 여성의 인종적 섹슈얼리티(ethnosexualities) 착취와 미국의 인종주의 간의 밀접한 관계와도 비슷하다. 양자의 예들, 즉 베트남에서의 한국군과 남한에서의 미군의 경우에서, 나는 국가 인종주의가 어떻게 군인들과 성 노동자들의 운동, 신체, 위생을 통제하는 생명정치적 수단으로서 분절되는지 문화적 생산물들을 통해 검토할 것이다.

한국의 위치가 주변부에서 준주변부로 이동함에 따라 한국의 노동력의 수출은 두 가지 비한국인의 노동의 형식으로 대체되었다. 즉 다양한 지역에서의 외국인의 해외 노동과 보다 주변적인 경제로부터 한국으로의 이주 노동이다. 이제 한국 자신이 노동계급의 기층을 인종주의화된 대리 노동력으로 대체한 것이다. 한국의 기지촌은 노동계급 여성과 남성이 내적인 디아스포라로서 미국을 위한 탈영토화된 노동자로 살며 일했던 곳인데, 이제 그 영역은 러시아나 필리핀 같은 본국으로부터 또다시 탈영토화되고 디아스포라화된 이주 성 노동자와 섹슈얼리티 서비스 노동자로 교체되었다. 이 책의 마지막 장은 인종주의화된 이주민의 프롤레타리아화, 즉 주로 남성 산업 노동을 집중적으로 논의하면서, 그와 함께 여성 이주자들의 섹슈얼리티화된 노동들도 다루게 된다. 여기서는 이주민들에 대한 한국의 국가적 관리(통치)의 다양한 양상들, 즉 오미(Omi)와 위넌트(Winant)가 말한 "인종적 국가"[56]로서의 역할에 초점을 맞춘다. 한국의 국가는 인종적 소수자들에 대해서 모순된 기능들을 수

---

56 Michael Omi · Howard Winant, *Racial Formation in the United States : From the 1960s to the 1990s*, New York, Routledge, 1994, pp.77~91.

행하고 있다. 한편으로 국가는 다양한 공식적 통로를 통해 이민들과 이주자들을 "국내" 노동력에 규범적으로 순응시키고 동화시키게 돕는다. 즉 한국어교육의 제공이나 등록되지 않은 노동자의 자녀 교육의 법제화, 그리고 일반적으로 자유주의적 다문화주의의 장려 같은 방식을 통해서이다. 다른 한편, 국가란 인종주의화된 노동력의 모든 생활의 측면들을 통제·제한하는 인종주의적 차별의 법을 제정해 한국 기업들과의 공조 속에 외국 노동 이주를 구조화하는 주요 행위자이다.

과거에 한국 노동계급이 외부적인 핵심적 상대와 마주하며 초국가적인 인종주의화를 경험했다면, 오늘날의 한국은 내부적인 인종적 체제의 과정을 경험하고 있다.[57] 한국의 민족성(ethnicity)은 위에서 살핀 대로 초기 근대의 시기에 결코 정적인 실체가 아니었거니와, 강화된 한국 경제의 세계화와 그에 따른 주민의 다민족화(mutiethnicization)의 맥락에서 이제 훨씬 더 급진적인 방식으로 재편성·재개념화되고 있다. 아주 최근에 와서야 한국인의 정체성, 즉 한국인 의식(Koreanness)이나 한국의 국민/국민성은, 혈통적 민족성에 대한 폐쇄적인 집착에서 벗어나기 시작했다. 한국인의 정체성이 복수적 문화와 다중적 민족성(인종성)을 포함하며 확대됨에 따라, 우리는 이제 막 시작된 점증하는 한국인의 탈혈통화의 과정을 목격하고 있다. 다중성·이질성·혼종성으로서의 한국인의 재개념화는, 리사 로우(Lisa Lowe)의 공식에 따르면[58] 한편으로는 지금의 정치적·지적 필요인 동시에 미래에는 생존을 위한 목표이다. 그와 함께 다른 한편으로는 미국의 경우에서 그 방식을 너무나 잘 알고 있듯이, 그런 국민적 정체성의 급진적 포섭의 개념은 제국적 이익에 봉사

---

57 오미와 위넌트는 그들의 영향력 있는 책에서 이렇게 적고 있다. "인종은 정치적 투쟁들에 의해 계속 변화되는 사회적 의미들의 불안정하고 탈중심화된 복합체이다." Lisa Lowe, *Immigrant Acts : On Asian American Cultural Politics*, Durham : Duke University Press, 1996, p.10에서 인용.

58 Ibid., pp.60~83.

하는 헤게모니적 다문화주의에 의해 길들여지고, 흡수되고, 봉합될 수 있다. 위에서 언급했듯이, 동화주의적 다문화주의의 그와 유사한 전략이 제2차 세계대전의 종말의 가장 격렬한 팽창주의적 시기에 일본 제국에 의해서 채택된 바 있다. 한국인 정체성의 포섭적인 팽창에 따른 단일혈통 국민국가로서의 한국의 해체는, 하위제국으로서 한국의 변화된 위상의 징조일 뿐 아니라 그 체제의 유지와 확장을 위한 전략이기도 하다. 이 같은 최근의 맥락에서, 한국인의 혈통적 민족성이 인종주의화된 소수 이주 노동 주민에 대해 준보편적이고 하위보편주의적인 위치를 점하게 됨에 따라, 다양성이라는 한국인 의식(Koreanness) — 즉 다민족적이고 다문화적이고 소수화된 한국인 의식 — 에 대비되는 "원래의" 한국인의 혈통성, 혹은 "한국적" 한국인 의식은, 완전한 시민성과 혈통적·문화적 정통성을 갖춘 지배적인 한국인의 위치를 나타내게 되었다. 다른 한편으로 소수인종들 사이에서 집단적인 저항운동이 일어남에 따라, 지배적인 한국인의 위치는 또한 반한 감정이나 반한국주의와 연관된 산물로 규정되게 되었다. 이 지배적인 한국인 의식은 미국에서 백인이 행한 것과 유사한 방식으로 기능하게 되었다.

내가 논의하려는 것은, 한국인 의식을 재개념화하기 시작한 그 같은 새로운 추세가 한국을 보다 넓은 세계적 맥락에 연결하는 두 개의 개념과 연관된다는 것이다. 첫째로 위계화된 한국인 정체성의 개념은 도래하는 범아시아주의에 연결된다. 한국의 범아시아주의로의 이동이 지역적 경제 권력 블록으로서 현행의 아시아의 다른 국민국가들의 결합과 평행한다면, 그것은 또한 주로 범아시아 주민들로 이루어진 국내와 해외의 (한국 자본주의에서의) 노동력의 인종적 다양화와 관련된다. 이런 범아시아적 경향이 정부와 연관되든 보다 진보적인 NGO와 연관되든, 그것은 다른 아시아 국가들에 대해 문명적 위계화와 하위오리엔탈리즘적

인종주의화의 특성을 필연적으로 지녔던, 예전에 나타났던 전시 일본의 범아시아주의를 상기시키는 것 같다. 오늘날 한국판 범아시아주의는 많은 차이를 예정하기보다는 또 다른 역사적 반복처럼 보인다.

그런 다양하고 팽창적인 한국인 의식의 또 다른 측면은 점증하는 범한국주의[59]이다. 범아시아주의가 위계화의 수단을 통해 한국인 정체성의 본질주의를 회복시킨다면, 범한국주의는 한국인의 민족성(혈통성)을 재본질화하려는 하위제국적 열망을 나타낸다. 대중매체에서 점진적으로 공표되는 이데올로기로서, 또한 보다 명백하고 구체적인 한국 정부와 단체의 정책 및 실행으로서, 범한국주의는 세계화 시대의 복수적 지역에서 해외에 이산된 한국 혈통 주민들을 인간적 자원으로 새로 발견하는 유용성과 부분적으로 연관된다. 이 신흥하는 영토를 벗어난 한국인 정체성은, 북미와 호주를 포함한 다양한 지역으로의 계속되는 이민, 그리고 그 곳에서의 중산층 및 엘리트층의 빠르게 증가하는 코스모폴리타니즘과도 관련이 있다. 해외 한국인의 가치 자체는 문화적 다양성과 혼종성에 놓여 있지만, 그들을 하위제국의 세계적 행위자로서 규정하는 것은 재본질주의화된 한국인의 민족성/혈통성이다. 그처럼 이산된 "한국 사람들"을 한국인으로 포섭하는 규정에서 문화적 경계가 확대됨에도 불구하고, 범한국주의는 "본질적인" 한국인 의식의 핵심을 둘러싸고 — 더이상 국민적이지 않은 — 하위제국적 경계를 다시 그린다. 역사적 환경이 급속하고 복합적인 방식으로 변화됨에 따라, 한국인의 민족성/혈통성의 본질주의적 개념들은 그에 맞춰 스스로 유연하고 전략적인 형태로 조정되는 것처럼 보인다. 이주 노동자들을 인종주의화하

---

59 역주 : 오늘날 한국의 범아시아주의가 이주 노동자들에 의해 위계적으로 형성되었다면 범한국주의는 과거에 이주와 이산을 경험한 한국인의 민족성의 재본질주의화이다. 양자 모두 한국의 변화된 현실로서 하위제국화와 연관이 있다.

고 동화시키는 행위자로서, 혹은 해외의 한국인 이산자들을 재민족화하고 재본질주의화하는 역할을 하면서,[60] 국민국가로서의 한국은 이제 국가의 경계를 넘어 분명히 초국가적으로 작동되고 있지만, 그와 함께 민족성/혈통성의 경계들을 재강화하고 있다. 다시 말해, 해외의 한국 이산자들을 포함하는 "한국인 의식"의 개념은, 그들의 문화적 다양성을 배제하면서 배타적으로 **혈통적**으로 규정되며, 반면에 (인종주의화된) 이민자와 이주자를 포함할 수 있는 신생하는 또 다른 "한국인 의식"의 개념은 **문화적**으로 규정된다. 한국의 국가와 자본은 그런 두 가지 "한국인 의식"의 규정을 발견하고 있거니와, 그것은 다인종적이고 초민족적인 한국인 의식이거나 이산적이고 초지역적인 범한국적 한국인 의식이다. 이 같은 두 가지 한국인 의식은 그들 두 집단의 초국가적 노동을 전유하는 도구가 된다.

박정희 정권 하의 한국의 개발주의와 군사주의

개발주의적 독재정권과 군사주의

한국의 개발은 박정희라는 젊은 장군이 1961년 군사 쿠데타를 일으키고 1963년 한국의 대통령으로 선출되는 데 극적으로 성공한 후에야 본격적으로 시작되었다. 1961년에서 1979년 암살당할 때까지 20년의 통

---

60 역주 : 이 두 가지는 범아시아주의와 범한국주의로 불릴 수 있다.

치기간 동안, 박정희의 개발에 대한 열정을 미국의 제3세계에서의 이데올로기와 정책으로서 개발의 창안·촉진·조달이라는 보다 큰 맥락[61]에 놓을 때, 우리는 비로소 박정희 정권이 감지한 개발의 긴급성이 예외가 아니라 그 시대의 세계적 추세에 맞아떨어진 예로 파악할 수 있다. 미국의 개발 이데올로기가 제3세계를 창안해 내고 있을 때, 그 시기 박정희의 선도 하의 한국은 "개발도상국"으로 재창안되었다.

흔히 산업화 시대로 알려진 1961년에서 1979년 사이의 박정희의 통치 기간은 한국 역사에서 전례 없는 사회적·경제적 변화를 낳게 되었다. 비판적인 한국의 학계가 박정희의 리더십을 "개발 독재"로 규정해오는 동안, 한국과 미국의 다른 학자들 역시 박정희의 시대를 "군사적 근대화"로 기술했다.[62] 그 두 개념 모두 박정희의 지배를 독재적 통치를 정당화하기 위해 세계적·민족적 경제 개발의 명령을 이용한 독재정권으로 지칭하고 있다.[63] 박정희가 한국에 배치한 개발 독재의 경로는 그의 계승자 전두환에 의해 지속되었는데, 전두환은 1980년 유혈 쿠데타로 정권을 잡고 1987년까지 한국을 통치한 군사독재자였다. 1980년대 말과 1990년대를 통해 한국이 점차 자유민주주의로 변화되기 시작한 후, 군사독재와 군사적 개발의 최근의 과거는 기록·조사·분석되고 극복되어야 할 의미 있는 유산이 되어 왔다. 따라서 나는 한국의 초국가적 노

---

61 Michael E. Latham, "Introduction : Modernization, International History, and the Cold War World", David Engerman · Nils Gilman · Mark H. Haefele · Michael E. Latham, ed., *Staging Growth : Modernization, Development, and the Global Cold War*, Amherst : University of Massachusetts Press, 2003, pp.4~7을 볼 것.

62 Seungsook Moon, *Militarized Modernity and Gendered Citizenship in South Korea*, Durham : Duke University Press, 2005, pp.1~43.

63 박정희는 그 같은 경제 개발이 민주주의의 토대이기 때문에, 한국이 개발의 일정한 수준에 이르지 못했을 때 진정한 민주주의는 불가능하다고 주장했다. 1972년 박정희는 자신이 의장을 맡은 통일주체국민회의가 계속된 재선을 보장할 헌법 개정을 했으며, 그것을 통해 박정희의 군사독재가 더욱 강화되었을 때, 그는 "한국식 민주주의"라는 이념을 내세웠다.

동의 맥락화 작업을 산업화 시대의 두 개의 상호연관된 차원을 질문함
으로써 시작한다. 즉 개발주의와 군사주의이다.

이데올로기로서의 개발주의

박정희의 일본 식민주의에 대한 개인적인 관련성 — 만주 일본군의
젊은 군인이었던 약력과 메이진 유신에 대한 숨김없는 찬양 — 은 한국
학자들에 의해 그의 군사독재와 개발의 파시스트적 추구를 설명하는 이
력으로 인용되어 왔다. 이 같은 식민주의와의 관련성의 인정은 타당성
을 지니지만, 그것은 보다 넓은 견지에서 일본의 식민지적 근대화와 박
정희의 포스트식민지적 근대화 간의 역사적 관계를 이해하는 데 더 유용
할 것이다. 19세기 말과 20세기 전반 유럽 지배 하의 많은 다른 식민지의
예와는 달리, 한반도는 개발되고 산업화되었던 식민지였으며 특히 1930
년대와 1940년대 동안에는 그랬다. 식민지 한국은 하위 파트너로서 팽창
하는 일본 제국에 합류하는 것이 허용되었을 때, 근대 식민지 역사에서
예외적인 위치를 점하고 있었다.[64] 한국의 개발을 역사화하는 가장 중요
한 요소의 하나는, 식민지 엘리트가 얼마나 제국의 권력 구조에 동화되
었는가이며, 더 나아가 그들의 부분적 통합이 어떻게 근대화 이데올로기
속으로 호명되는 역사적 기회가 되었는가이다. 서구 지배 하의 대다수
의 식민지들에서는 인종적 위계라는 생체학적 관념 때문에 개발의 가능
성이 최소화되었지만,[65] 그와 달리 일본이 한국인 엘리트를 정치적 · 경

---

64 Carter J. Eckert, *Offspring of Empire : The Koch'ang Kims and the Colonial Origins of Korean Capitalism, 187
    6~1945*, Seattle : University of Washington Press, 1991.

65 근대화의 이데올로기는, 생체학이 보다 문화에 기초한 인종과 민족성(ethnicity)의 개념에
    차츰 밀려나면서, 제2차 세계대전이 끝난 후에야 가능하게 되었다. Michael E. Latham,

제적 권력 구조에 통합한 일은, 결과적으로 피식민자 상위계층에게 그들 자신의 근대화의 높은 가능성을 인식하도록 전수한 셈이었다.

박정희 정권과 서구적 교육을 받은 관료 및 기술 전문가의 엘리트 집단은 물론, 대다수의 한국 주민들에게 개발과 근대화의 이데올로기는 곧 내면화된 명령이 되었다. 박정희는 이미 존재하는 혈통적 민족주의를 이용하면서 그것을 개발주의에 결합시켰다. 혈통적 민족주의는 일본의 식민지에서 해방되기 전에 반식민지적 저항으로부터 배태되었으며 해방 후 이승만의 통치 기간에 더욱 강화되었다. 박정희의 (혈통적으로) 민족주의화된 개발주의의 방식은 민족의 역사적 억압을 극복하는 탈식민화의 결정적 전략으로 제공되었기 때문에 주민들을 동원하는 데 매우 효과적이었다. 박정희 정권의 신유학적 이념의 부활, 즉 효나 충, 상부상조 등은, 근대화를 위해 혈통적 민족주의를 동원하는 데 더욱 도움을 주었다. 가족적인 본체로서의 전통적인 국가의 개념은 민족적 집단 안에서 연대의 형성을 돕는 데 특히 유용했으며 그것은 계급적 분열을 넘어설 것이었다. 그와 함께 인내심, 고통의 감내, 희생심 같은 또 다른 가치들 역시 순종적인 근대적 노동력을 만들기 위해 호출되었다.[66] 한 쪽의 **민족 집단**의 부와 다른 쪽의 **경제 개발** 사이의 절대적 연결을 기획하는 정권의 능력은, 국가적(국민적) 이데올로기로서 경제개발을 추진하는 데 핵심적이었다.

"잘 살아보세"나 "하면 된다"와 같은 구호들이 박정희 정권에 의해 널리 유포되었으며 한국인의 마음속에 깊이 내면화되었다. 가난을 전제

"Introduction : Modernization, International History, and the Cold War World", David Engerman · Nils Gilman · Mark H. Haefele · Michael E. Latham, ed., *Staging Growth : Modernization, Development, and the Global Cold War*, Amherst : University of Massachusetts Press, 2003, pp. 4~5.

66 Seungsook Moon, *Militarized Modernity and Gendered Citizenship in South Korea*, Durham : Duke University Press, 2005, pp. 1~43.

로 한 첫 번째 표어 "잘 살아보세"는 개발의 온당한 근거를 생산했지만, 실제로 개발의 정책들은 다음에서 볼 것처럼 지방의 최저 생계를 파괴했으며 도시의 노동계급을 더욱 곤궁하게 만들고 있었다. 또 다른 표어 "하면 된다"는 주민의 자기 능력부여와 자기 신뢰성을 촉진하는 방식으로 작동되었다. 이 표어는 식민지 시대에 이미 근대적 주체성의 중요한 징표가 되었던 "자발적 지원(voluntarization)"의 전략을 효과적으로 이용할 수 있게 했다.[67] 유교적 가치들과 함께 그런 구호들은 욕망을 만들어 내면서 한국인의 정서를 개발 주체로서 규율화했다. 개발 이데올로기는 양가적인 방식으로 작동되었다. 즉 개발 이데올로기는 전례 없이 주민들을 근대적인 민족적 주체로 활력을 부여하고 자극하면서(주체화시키면서), 또한 그들을 노동력의 국가적 동원에 성공적으로 종속시켰다. 개발 이데올로기를 프로파간다화하면서 정부는 국가 통제 대중매체, 교육제도, 마을 집회, 경제조직 같은 상호연결된 다양한 경로의 확장된 네트워크를 이용했다. 박정희 정권 하에서 개발주의 이데올로기는 그 같은 복수적 행위자들이 참여하게 된 "문화적 시스템"이 되었다.[68] 단순한 국가정책을 넘어서서 국민의 일상의 의식과 물질적 실천으로 침투하는 "문화적 시스템"으로서, 박정희 정권은 사회의 상이한 분파들을 통합하고 계층적인 성향들을 극복하면서, 민족 집단으로서 통합의 감각을 생성하는 데 비교적 성공적이었다. "조국 근대화"라는 개발의 에토스는 곧 실현될 의심할 바 없는 사회적 확신에 이르는 순간,[69] 박정희

---

67 Jin-kyung Lee, "Sovereign Aesthetics, Disciplining Emotion, and Racial Rehabilitation in Colonial Korea, 1910~1922", *Acta Koreana* 8, no. 1, 2005, pp. 77~107.

68 Clifford Geertz, Michael E. Latham, *Modernization as Ideology : American Social Science and "Nation Building" in the Kennedy Era*, Chapel Hill : University of North Carolina Press, 2000, p. 13에서 인용.

69 Arturo Escobar, *Encountering Development : The Making and Unmaking of the Third World*, Princeton : Princeton University Press, 1995, p. 5.

시대의 또 다른 표어 "민족중흥"을 이루기 위해 모든 한국인이 떠맡아야 하는 역사적 사명이 되었다.

정책으로서의 개발

　1960년대 중반에서 1980년대 중반 사이의 한국의 근대화 시기 동안, 천연자원이 매우 적은 한국에게 다른 경쟁자들에 대한 유일한 이점은 풍부한 값싼 노동력이었다.[70] 한국의 근대화란 근대적 노동력을 창출하고 관리하라는 경제적 명령, 즉 한국이 지닌 유일한 자원을 효과적으로 이용하라는 말과도 같았다 해도 과언이 아닐 것이다. 1960년대 초반을 시작으로 한국 정부는 농업생산물을 저가로 유지하는 기본 정책 — 농촌 지역을 구조적으로 빈민화하고 도시 노동계급을 제공하는 공급지로 만들도록 계획된 정책 — 을 수행하기 시작했다. 소농 계층이 가장 심각하게 영향을 받았으며 이 계층의 청년들이 남녀 모두 산업 노동의 대부분을 공급하게 되었다. 산업 영역의 값싼 노동의 항시적인 과잉공급은 1970년대 동안 시골에서 도시 중심지로의 끊임없는 이주의 결과였다.[71]

70　나는 한국의 근대화에 작용한 다른 중요한 요인들을 무시하려는 것은 아니다. 쿠데타를 따르는 한국 대중에게 가장 중요한 약속 자립경제를 실현시켜 주기 위해, 박정희가 한 핵심적인 일 중의 하나는 이어지는 그의 통치 기간 동안 중심 조직이 된 경제기획원을 1961년에 창립한 일이었다. 박정희 및 그의 최고 참모들과 긴밀히 협조하면서, 경제기획원은 5개년 계획을 기획하고 실행하는 책임을 지닌 강력한 기관이 되었으며 일련의 정부 부처들을 통괄했다. 경제기획원 장관직이 1963년 부총리로 승격한 사실은, 군사 정부가 정치조직의 군사적 지도력과 (기술관료, 학자, 기업 리더를 포함할) 경제 영역 간의 긴밀하고 강력한 관계를 만들면서, 어떻게 경제 개발을 우선시켰는지 분명히 보여준다. 경제기획원은 박정희의 1961~79년의 18년 통치 과정에서 네 번의 5개년 계획을 실행했다. 조이제 · 카터 에커트 편,『한국 근대화, 기적의 과정』, 월간조선사, 2005, 116 · 128쪽을 볼 것.

71　이어진 새마을 운동은 우선적 목표로 농촌 지역의 "가난의 근절"을 내세우며 어느 정도 불평등을 안정화하려 시도했다. 새마을 운동은 그 기원을 식민지 시대에까지 소급할 수 있지

연속적인 단계들 — 1960년대 후반의 "도약"기, 1970년대 초중반의 "경공업"에의 집중, 1970년대 말과 1980년대 전반의 "중공업"으로의 이전기 — 을 통해, 한국 국가(정부)의 가장 중요한 역할 중의 하나는 국내 기업과 외국 회사 및 투자자들에게 그런 값싼 노동의 활력적인 공급을 유지하는 것이었다.[72] 한국의 국가 — 박정희와 그 뒤를 잇는 전두환, 노태우의 군사독재 정부 — 와 재벌(일본어로 자이바츠)이라는 대기업 족벌 오너 간의 친밀한 관계는 많이 연구되고 충분히 입증된 주제이다.[73] 국가는 자신의 역할을 거대기업을 보호하고 육성하는 것으로 생각했으며, 그것은 외국 자본을 대기업에 조직화·분배하고 법률적·세제적(稅制的) 이익을 제공하면서, 국내 자본의 축적을 도와 대기업으로 돌리는 한편, 노동조합을 체계적으로 방해하고 노동운동을 억압하는 방법을 통해서였다.[74] 미국을 모델로 한 한국 헌법의 노동법은 자유주의적이었지만, 그 법들은 결코 실행된 적이 없을 뿐 아니라, 군사독재는 노동자의 권리를 심각하게 박탈하는 다른 집행법과 규정을 제도화했다.[75] 독재정치가 끝날 때까지 한국 노동자들은 파업과 노동조합, 단체 교섭에 참여하는 기본적인 노동 삼권을 갖고 있지 못했다.[76] 국가와 회사가 노동의 조직

만, 해방 후의 농촌 부흥의 운동은 세계적으로 수행되었던 미국 주도의 근대화 계획과도 연결되어야 한다. 예컨대 전쟁 기간 동안의 남부 베트남의 "신생활촌(전략촌)" 같은 프로그램을 말한다(Michael E. Latham, "Introduction : Modernization, International History, and the Cold War World", David Engerman · Nils Gilman · Mark H. Haefele · Michael E. Latham, ed., *Staging Growth : Modernization, Development, and the Global Cold War*, Amherst : University of Massachusetts Press, 2003, p.6). 남부 베트남의 전략촌 프로그램은 한국의 새마을 운동과 불길하게 연결될 수 있는데, 새마을 운동의 조직이 한국의 긴박한 군사적·반공적 분위기 속에서 마을 사람들 사이의 감시를 조장하는 역할을 한 점에서 그렇다.

72 John Lie, *Han Unbound : The Political Economy of South Korea*, Stanford : Stanford University Press, 1998, p.80 · 99.

73 예컨대 Eun Mee Kim, *Big Business, Strong State*; Jung-En Woo, *Race to the Swift*를 볼 것.

74 이병천 편, 『개발독재와 박정희 시대』, 창비, 2003, 49~50쪽.

75 Hagen koo, *Korean Workers*; Martin Hart-Landsberg, *The Rush to Development*.

76 John Lie, *Han Unbound : The Political Economy of South Korea*, Stanford : Stanford University Press, 1998,

화 노력을 방해·간섭하고 처벌하는 공적·사적 힘 — 경찰, 중앙정보부, 폭력배 — 을 동원함에 따라, 1970년대 내내 노동조합의 가입률은 매우 낮았다.[77] 한국 기업 공장에서의 노동자 관리와 군사화된 규율은 독재적인 형태로 노동자들이 규칙을 지키도록 했다. "공산주의"라는 딱지는 한국 정부가 노동의 활동을 억압하는 항상 준비된 유력한 도구였다. 자본의 축적은 노동의 착취로부터 이루어지기 때문에, 국가와 자본은 "노동을 억누르는 강력한 동맹"을 형성했다.[78]

한국 정부의 국내 산업에 대한 노동 정책은, 엄혹하고 군사화되었더라도 여전히 얼마간이든 다른 개발적 국민국가들이 맡았던 역할의 영역에 해당된다. 반면에 베트남에서의 국가적 군사 노동(1장을 볼 것)과 오늘날의 이주 노동(4장을 볼 것)에 관련된 국가의 기능은 그 영역을 넘어선다. 전자의 경우에 한국의 국가는 동원하고, 관리하고, 또 다른 정부 미국과 교섭하면서, 다소간 일종의 노동 중개자(broker)로서 작용했다. 후자의 경우 역시 국가는 대행인(agent)으로서 주요 역할을 했는데, 이번에는 인력 제공 국가들로부터 노동을 수입하는 일이었다. 국가는 또한 노동계급 여성의 섹슈얼리티를 동원하고 법적으로 관리하는 일에, 즉 섹스를 산업화하는 데에 중요한 역할을 했다. 1960년대와 1970년대를 통해 박정희 정부는, 노동계급 여성이 수익성 있는 섹스 관광 산업에 쉽게 편입되도록 간접적으로 계획된 일련의 법률과 규정, 법적 장치들을 제정했다.[79] 이것이 이 책이 다음의 네 장에서 추적할 또 다른 공통적인 맥락이다. 즉 이 책은, 상호 교차되는 국가적 남성중심주의와 국가적 성차별주의, 그리고 국가 계급주의와 국가 인종주의의 맥락을 통해, 정부 주

    p.99.
77 Ibid., p.100.
78 Ibid., pp.98~100.
79 Ibid., p.245.

도의 군사 노동의 프롤레타리아화, 국내와 외국인 고객, 군대와 비즈니스를 위한 성 노동, 그리고 이주 노동을 추적할 것이다.

다음에서 나는 한국의 국가주도 산업화라는 보다 넓은 맥락에서 성 노동이 다른 주류 노동들과 상호 연관되는 다양한 방법들을 탐색할 것이다. 위에서 언급했듯이 1960년대 후반과 1970년대에는 농촌의 가구로부터 도시 중심지와 산업단지로의 젊은 남성 및 여성의 집단적 이동이 나타났다. 그런 이주 주민 중에서 십대 후반과 이십대 전반의 젊은 여성은 같은 나이의 남성에 비해 숫자가 많았다. 이 젊은 여성의 대다수가 공장에서 일자리를 찾거나 중산층 가정의 식모로 일한 반면 보다 많은 수의 젊은 남성들은 고등교육(대학교육)을 위해 서울로 이주했다. 다른 젊은 여성들은 버스 차장이나 식당 종업원 같은 서비스 산업에서, 그리고 전업 매춘을 포함한 성 산업과 섹슈얼리티 서비스 산업에서 일자리를 구했다. 핵가족과 대가족이 경제적 단위들로 기능하는 한국의 상황에서, 젊은이들이 도시로 떠난 후 농사짓는 노동의 부담이 노년 여성의 어깨를 무겁게 했다면, 공장, 중산층 가정, 식당, 술집, 사창가에서의 젊은 여성의 노동과 빈약한 임금은 가계의 경제에 도움이 되기도 했다. 사회적 변동이 개인적 성취보다는 하나의 단위로서 가족을 위한 집단적 문제로 여겨진 터에, 딸들의 노동은 빈번히 아들들의 대학교육의 학비를 대기 위해 제공되었다. 그리고 이제 아들의 성공은 전가족을 상위의 경제적 계층으로 밀어 올릴 것이었다. 남자 형제나 부모를 위한 딸의 효성스러운 성적 희생은 친숙하고 성스러운 유교적 관행이었으며, 누군가에 의해 풍자적으로 패러디된 『심청전』이었다.[80] 따라서 젊은 여성의

---

80 황석영의 최근 소설 『심청―연꽃의 길』, 문학동네, 2007을 볼 것. 이 소설은 바로 그런 주제를 문제로 다루고 있다. 심청은 눈 먼 아버지의 빚을 갚기 위해 인간의 희생제물로서 자신을 파는 고전 소설의 여주인공이다.

성 노동과 섹슈얼리티 서비스 노동은 가족주의와 가부장제라는 중첩된 이데올로기들을 통해 처음에는 가족의 차원과 가정의 영역에서 동원되었다. 그리고 그 같은 전통적인 이데올로기들에 의해 근대화에 대한 국가의 소환이 젊은 여성의 성 산업과 섹슈얼리티 서비스 산업으로의 대중적 동원으로 전이되었을 것이다. 젊은 여성들의 가족 수입에 대한 기여는 경제적 단위로서 가족의 일상적 생존을 부양하도록 도왔으며, 당연히 그것은 어쩔 수 없는 한국의 국민 경제의 필수적인 부분이었다. 젊은 미혼 여성의 섹스와 섹슈얼리티 서비스의 임금이 남자 형제의 교육비로 약정됨에 따라, 그것은 고도로 기능화된 교육받은 (남성) 노동력으로서 한국의 다음 세대를 생산하는 데 특별한 경제적 기여를 했다. 이후에 한국을 ("근육"이라는 젠더화된 단어로 이해되는) 중공업의 "단계"로 이끈 자본 축적을 가능하게 한 것은 모든 영역에서의 여성의 노동이었다.[81] 많은 다른 산업화의 상황들에서처럼 한국은 예외가 아니었다. 즉 근대화는 여성의 무불노동과 저임금 노동을 통해 가능해졌던 것이다.[82] 여기서 나의 논지는 보이지 않는 노동들이 국가적 · 초국가적 경제의 필수적 부분으로서 어떻게 주류 노동들과 필연적으로 뒤얽혀 있는지 주목해야 한다는 것이다. 보이지 않는 노동은 실제로 이제까지 거의 유념하지 않은 "노동들"이다. 예컨대 베트남전의 군인들은 국가적 영웅이었지만 노동자는 아니었다. 매춘은 도처에 있었으나 성 노동은 윤락으로만 간주되고 여전히 은밀한 영역에 남아 있었다. 또한 이주 노동자들은 점점 늘어나고 있지만, 자신의 "불법적" 지위 때문에 비노동자, 권리 없는 노동자의 위치에 있다. 값싼 인간 노동의 풍부함이 한국 산업화 "기

81 Cynthia Enloe, *Bananas, Beaches, and Bases : Making Feminist Sense of International Politics*, Berkeley : University of California Press, 1989, p.168.
82 Arturo Escobar, *Encountering Development : The Making and Unmaking of the Third World*, Princeton : Princeton University Press, 1995, p.173.

적" 뒤의 가장 중요한 추동력의 하나였다면, 또한 후기산업적 한국의 국가와 자본이 미래의 성공을 이제 국가적 경계의 외부(북한 포함)에서 값싼 노동을 발견하는 데 여전히 걸어야 한다면, 그런 노동의 "저렴함"은 성과 인종에 연관되고 국민국가의 (국제적 맥락에서의) 개발 수준에 관련된 다중적인 이데올로기적 요소에 의해 결정되는 셈이다. 베트남에서의 한국군은 미군 자신이 감당해야 하는 비용의 극히 일부만을 미국에게 부담시켰다. 한국에 주둔한 미군은 1960~70년대에 한국의 여성 성 노동자가 얼마나 "싼지" 의아해 했었다. 이제 한국인 남성들은 동남아의 "값싼" 여성을 찾아 섹스 관광에 나서고 있다. 국내적으로나 국제적으로, 값싼 노동이란 개발도상국가와 신식민지적 제1세계의 정책들을 만든 이데올로기적 창안이었다. 그것은 최저 생계의 농민들을 도시빈민으로 전환시키면서 절박한 경제적 조건을 만들었고 이제는 그 조건이 값싼 임금에도 기꺼이 노동을 하려는 심리를 생산했다. 또한 값싼 산업 노동은 다른 종류의 저임금 노동이나 무불노동, 즉 여성노동을 버팀목으로 생산되었다. 즉 값싼 노동은 노동의 계층분화 속에서 보다 더 싼 노동에 의해 제공 가능하게 되었다.

군사주의와 반공주의, 그리고 개발의 군사화

군사주의와 근대화 사이의 연관성은 식민지 시대에까지 소급되어야 하지만, "군사적 근대화"는 최초의 공식적 군사 통치자 박정희에 의해 본격화되었고, 그것은 또한 포스트식민지적인 "주권적" 실천이 되었다.[83] 나는 한국의 개발—그리고 이 책의 주제인 개발의 초국적 노동—을, 한국 사회의 군사화와 베트남에서의 한국의 하위군사주의, 그리고 보다 넓은 동남아와 연관된 미국의 냉전 군사주의와 밀접한 관계를 지닌 것으로 논의한다. 1965년에 베트남전에 군대를 파견하기로 한 한국의 결정은, 미국 주도 세계 자본주의 네트워크에서 한국을 주니어 파트너 중 하나의 위치로 고정시킨 요체였다. 보다 넓은 아시아 지역에서의 미국 헤게모니의 지지에 일조하면서 한국의 베트남에서의 — 미국 군사주의에 종속된 — 하위군사주의는 초기 단계에 있는 한국의 산업화에 활기를 불어넣었다.[84] 남한의 베트남전 참여의 역사적 역할이 하위제국 권력으로서 1990년대의 한국의 연속적인 부흥에 불가피하게 연결되듯이, 냉전 기간 동안 일어난 남한의 전반적인 개발 역시 아시아에서의 미국의 반공적 군사주의에서 한국의 지정학적인 전략적 필수성과 연관해서 생각되어야 한다. 한국의 국내적 맥락에서 군사주의와 경제개발의 밀접한 관계는 박정희가 권력을 잡자마자 내세운 한 쌍의 구호로 잘 설명된다. 즉 "자주경제"와 "자주국방"이다.[85] 박정희의 "자주국방"의 사상은 한국이 경험한 역사, 즉 북한 공산주의와의 뜨거운 전쟁의 교전에서 그들과 대치하는 냉전으로의 역사적 전환을 나타낸다.

박정희의 군사적 독재에 대한 역사적 고찰에서 가장 많이 연구된 것은 정치적 영역에서의 군사화이다.[86] 그러나 보다 최근의 학자들은 군

---

83 Seungsook Moon, *Militarized Modernity and Gendered Citizenship in South Korea*, Durham : Duke University Press, 2005; 카터 에커트, 「5 · 16 군사혁명, 그 역사적 맥락」, 조이제 · 카터 에커트 편, 『한국 근대화, 기적의 과정』, 월간조선사, 2005, 96쪽.

84 이병천은 한국의 개발의 과정에서 베트남전의 역할을 "전쟁을 이용하는 국가적 전략"이라고 부르고 있으며, "한국-미국-베트남의 삼자 관계"가 한국의 개발을 위한 필수적인 역사적 조건이었다고 논의한다. 이병천 편, 『개발독재와 박정희 시대』, 창비, 2003, 53쪽.
역주 : "활기를 불어넣었다(jumpstarted)"라는 구절은 다른 차의 배터리를 이용하여 시동을 걸었다는 뜻을 내포한다.

85 이기준, 「국가 경제 정책의 제도적 기반」, 조이제 · 카터 에커트 편, 『한국 근대화, 기적의 과정』, 월간조선사, 2005, 146쪽.

86 한국의 군사적 리더십은 미국 정부의 군사적 지원의 도움을 받았으며, 여기에는 무기와 군수품의 제공뿐 아니라 한국의 군사적 엘리트들의 훈련까지 포함되어 있었다. 조이제 · 카

사주의의 일반화된 성격, 즉 한국 사회의 군사화에 더 많은 관심을 갖기 시작했다. 이는 도시와 시골의 일상에 깊이 파고들어, 한국 사회의 모든 방면과 현장에서 다양한 프로그램들과 정책들을 통해, 학교 · 공장 · 회사에서 군사주의적 국민주의 이데올로기를 유포하며 수행되는 한국 사회의 군사화이다.[87] 몇 개의 예만 들어보자. 한국 회사들은 노동자들을 규율화하기 위해 군사적이고 군대화된 책략들을 도입했을 뿐 아니라, 한국의 국가와 대기업과의 제휴 역시 노동의 저항에 대한 군사화된 통제를 구성했다.[88] 박정희 정부의 시민적 예비 전력 향토예비군 창설과 고등학교 및 대학 교과목에서의 강제적인 군사교육의 도입은, 한국을 철저히 군사화되고 총체적으로 동원화된 "개발도상국"으로 한층 더 변화시켰다.[89] 한국 사회 전반의 군사화는 한국전쟁에 대한 대중의 기억과 계속된 북한과의 냉전에 의해 다시 매우 증대되었다.

박정희는 공산주의와 대결하는 전략으로서 경제개발과 근대화를 제안하면서 자신의 연속된 재임기간 내내 계속 그것을 이용했다. 박정희의 선언에 의하면, "만성적인 가난에 시달려온 한국의 최우선 과제는 빈곤을 추방하는 것이며, 그것이 공산주의와 싸워 이기는 유일한 길"이었다.[90] 공산주의의 위협이 보다 넓은 세계적 맥락에서 개발을 강요하는 논거였다면,[91] 이미 공산주의 북한과의 전쟁을 경험한 한국인들에게는 근대화가 공산주의에 대항하는 효과적인 무기가 될 수 있음을 길게 설

터 에커트 편, 위의 책, 97쪽.

87 Seungsook Moon, *Militarized Modernity and Gendered Citizenship in South Korea*, Durham : Duke University Press, 2005.

88 이병천 편, 『개발독재와 박정희 시대』, 창비, 2003, 50쪽.

89 위의 책, 59쪽.

90 최호일, 「국가 안보 위기와 유신체제」, 조이제 · 카터 에커트 편, 『한국 근대화, 기적의 과정』, 월간조선사, 2005, 173쪽.

91 Arturo Escobar, *Encountering Development : The Making and Unmaking of the Third World*, Princeton : Princeton University Press, 1995, p.34.

명할 필요가 없었다. 반공주의적 개발 혹은 개발주의적 반공주의는 공산주의로부터의 자유로서 재규정되었다. 다시 말해 개발은 자유였다.[92] 북한과 남한 사이의 이데올로기적 대립의 문제 ─ 한때 한반도에서 군사적 교전의 형식으로 나타났던 문제 ─ 에는 경제적 해법이 제공되고 있었던 것이다. 한국의 개발의 성공, 즉 공산주의와의 전쟁의 경제적 전선에서의 승리는, 나머지 제3세계 나라들에게 이데올로기적 롤 모델로서 제공될 수 있었다.[93] 박정희의 군사 통치가 주민들로부터 얻을 수 있었던 지지의 정도는, 역사적 요인들의 복합성과 박정희의 그 요인들의 효과적인 조작에 의한 것으로 볼 수 있다. 즉 한국전쟁과 박정희의 전쟁의 기억의 이용, 한국전쟁 이후 좌파의 제거와 한국 사회에서 박정희의 철저한 반공주의, 그리고 북한과의 또 다른 전쟁의 잠재적 위협에 의한 것이었다. 이런 맥락 속에서 박정희는 경제 개발로 전쟁의 위협을 이겨내자고 제안했던 것이다.

이데올로기적인 소수민족 성공 모델(model minority)[94]로서의 한국

박정희 시대 전체와 그 이후 동안 ─ 심지어 군사독재에 대한 가장 격렬한 저항의 한가운데에서도 ─, 근대화와 경제개발, 산업화는 한국인

92 Amartya Sen, *Development as Freedom*, New York : Anchor Books, 1999.

93 에스코바는 가난한 나라들을 경제적으로 돕지 않는다면 그들이 공산주의의 압력에 굴복하게 될 것이라는 미국의 강렬한 공포에 대해 적고 있다. Arturo Escobar, *Encountering Development : The Making and Unmaking of the Third World*, Princeton : Princeton University Press, 1995, p.34.

94 역주 : 모델 마이너리티는 미국에서 성공한 모범적인 소수민족을 통칭하는 말로 주로 아시아 인종이 모델 마이너리티로 인식되고 있다. 여기서는 미국이 한국의 개발의 성공을 다른 제3세계 국가들에게 모범으로 제시하는 개발주의 이데올로기의 의미로 사용되고 있다.

이 미래에 성취해야할 불가피하고 궁극적인 사회적 리얼리티였으며, 그와 경쟁하는 다른 것은 없었다. 아투로 에스코바(Arturo Escobar)는 개발주의 담론이 제3세계 나라들에서 지배력과 권위를 얻은 현상을 "리얼리티의 식민화"라고 부른다.[95] 한국의 개발은 곧 하나의 모범이 되었으며, 미국의 신식민지적 개념, 즉 남미와 아프리카 나라들의 "저개발과 가난"이라는 보다 넓은 맥락에서, 소수민족 성공 모델로 제공되었다.[96] 공산주의 북한에 대한 남한의 승리를 보여주는 가장 최근의 예는 북한의 개성을 수출자유지역 — 1970~80년대의 중심부 경제의 헤게모니 하의 남한의 수출자유지역(EPZs)의 현대적 변형 — 으로 변화시킨 것이다. 여기서는 북한의 노동자들이 값싼 노동을 제공하며 이주 노동자나 해외 노동자들처럼 남한과 세계 자본에 기여하고 있다.

한국의 독재적인 개발은 식민지 시대 말 태평양전쟁 동안 일본 식민 정부의 총동원의 노력에 유용하게 비유될 수 있다. 1930년대 말에 새로운 법 규정 하에서 일본 식민 정부는 한국의 남성과 여성을 정신대로 동원했다. 정신대(挺身隊)를 글자 그대로 옮기면 "자발적으로 몸을 바치는 부대"인데, 이는 공장과 광산 노동, 군대 지원 노동, 군사 노동, 성 노동을 포함한 모든 종류의 노동에 대한 것이다. 남성 군사 노동자와 산업 노동자를 위한 여성 성노동자들은 위안부로 불렸다.[97] 일본 식민 정부의 제국주의적 군사주의 및 산업화가 식민지 이후 한국 정부의 근대화와 필연적으로 등가화되지 않는다면, 두 가지 역사적 과정 사이의 평행

---

95 Arturo Escobar, *Encountering Development : The Making and Unmaking of the Third World*, Princeton : Princeton University Press, 1995, p.5.

96 냉전기 소수민족 성공 모델로서 일본에 대한 후지타니의 논의를 볼 것. T. Fujitani, "Go for Broke, the Movie : Japanese American Soldiers in U.S. National, Military, and racial Discourses", T. Fujitani · Geoffrey M. White · Lisa Yoneyama, ed., *Perilous Memories : The Asia-Pacific War(s)*, Durham : Duke University Press, 2001, pp.239~266.

97 안연선, 『성노예와 병사 만들기』, 삼인, 2003, 22쪽.

성 — 유의미한 차이를 동반하는 유사성 — 은 놀랄 만한 것이며, 이 책에서 검토하는 네 가지 다른 노동들 — 군사 노동, (국내적·산업적) 성 노동, 미군을 위한 군대 매춘, 이주 노동 — 을 생각하면 특히 그렇다. 식민지 시대의 동화된 한국인 엘리트가 그 같은 과정에서 이미 "스스로" 식민화된 행위자로서 행동했다면, 우리는 더 나아가 한국의 군사독재와 그 협력자들이 제2차 세계대전 이후 변화된 신식민지적 맥락에서 그런 전시대의 자기 식민적 행위자들의 포스트식민적 연장이라고 논의할 수 있을 것이다.[98] 실제로 우리는, 한국이 하위제국적 권력으로 부상한 데 따른 자기함양과 자율화 과정으로서 독재적 개발의 의의를 저평가 하지 않고서도, 신식민성에 대해서 지배집단이 식민화하는 담론들과 통치성을 자신의 것으로 내면화함으로써 생겨난 식민화 유형으로 정확하게 규정할 수 있다.

결론
동원, 이동성, 초국가적 노동들

한국 경제가 중심 국가들의 정치적·경제적 헤게모니에 대해 상대적으로 더 의존적이 되었을 때, 한국 노동계급 노동은 국가권력 집단인 한

---

98 역주: 여기에 대한 확장된 논의로는 테드 휴즈, 나병철 역, 『냉전시대 한국의 문학과 영화』, 소명출판, 2013을 볼 것. 식민지와 포스트식민지의 변주된 반복은 근본적으로 "식민지 근대"가 극복되지 않은 채 망각 속에서 민족 개발주의자들에 의해 **자신도 모르게** 지속된 데 따른 것으로 볼 수 있다. 이 책에서 다루는 네 가지 "보이지 않는 노동"은 그런 측면을 더 잘 보여준다.

국정부와 그 파트너 한국 자본을 위해 일했을 뿐 아니라, 중심 국가의 초국적 상대역들을 위해서도 제공되었다. 이 시기 동안 한국은 베트남의 군대, 서독의 간호사와 광부, 중동의 건설노동자, 북남미의 이민자들을 포함해 다양한 종류의 값싼 노동을 수출했다. 수출자유지역(EPZs)에서의 한국 여성과 남성의 노동과 기지촌에서의 군대 매춘 및 다른 서비스 노동들 역시 노동 "수출"의 형태들이었다. 1990년대 이후로 세계 경제 규모 11위가 된 한국 경제는 성장과 수익성을 유지하기 위해 해외노동과 이주 노동을 필요로 하게 되었다. 이 역사적 변화를 생각하면서 서문의 나머지 부분에서, 나는 첫째로 보다 넓은 세계적 맥락에서 한국 노동의 최근의 변화의 성격 ─ 모든 한국 노동의 포스트식민지적 · 신식민지적 기원과, 이주 및 이민노동의 결과로서 "한국"의 "국민적" 공동체에 대한 급진적 충격 ─ 에 대해 질문한다. 둘째로 나는 이 책의 또 다른 개념적 틀, 즉 동원과 이동성에 대해 탐구한다. 동원과 이동성은 중심적 틀 ─ 성과 인종의 초국적 프롤레타리아화 ─ 과 교차되면서 개별적으로나 상호연관된 역사적 서사로서 네 개의 각 장들을 구성하고 있다.

지난 30년 남짓 동안 가속화된 주변부로부터 중심 국가로의 세계적 노동 이주와 이민은, 식민주의의 역사로까지 그 뿌리를 추적할 수 있는 현상으로서, 예전 피식민자들이 제국 본토로 되돌아오는 포스트식민지적 "귀환"으로 이해되어 왔다. 한국은 아주 최근에야 이르게 된 포스트식민지적 위치에서의 흥미로운 변주를 보여준다. 즉 자신의 이주자와 이민자들의 "귀환"이 미국을 향하도록 운명 지워졌던 신식민성으로부터, 아시아의 다른 예전 피식민 민족들의 이주지 곧 단축된 제국 본토로서 하위제국으로의 이동이다. 후자의 특수한 한국으로의 포스트식민지적 이동은 이제 다시 1945년 이후 한국의 미국에 대한 신식민지적 관계로까지 소급되어야 하는데, 그것은 하위제국으로서 한국의 출현 자체가 역설적으로 자신에게 이익이 되는 미국에 의한 지배에서 기인된 것이기 때문이다. 이제 한국이 미국 제국의 종속적인 파트너로서 기능하는 만큼, 남아시아와 동남아인들의 한국으로의 귀환은 "한국" 땅에서의 미국으로의 우회적인 "귀환"인 셈이다.[99] 1950년대(한국전쟁 이후)에서 1980년대 사이에 한국인의 미국으로의 이민은 미국의 한국전쟁의 개입과 이어진 미군 주둔, 그리고 한미의 지배와 협력의 관계와 긴밀하게 결부되어 있지만, 최근의 베트남 노동자와 "결혼 이주자"들의 한국으로의 유입은 예전의 베트남-한국-미국 사이의 역사적 삼자관계의 근래적인 표현인 셈이다. 하위제국의 지위를 점하는 일은 제국을 위한 연쇄적 과정의 대리적 노동을 수행하는 일을 동반한다. 한국은 북한을 포함한 주변부 국가들을 "개발"하는데, 그것은 "기술을 전수해 주면서" 미국 등의 중심 경제권을 위한 도급계약 회사로서 해외 지역의 노동력을 규율화하고, "한국산" 제품을 통해 소비 인구를 창출하는 방식을 통해서이다. 대리 (하위)제국의 역할을 수행하면서, 한국은 또한 멀리 제국 본토에까지 이동했었을 예전의 피식민자 주민들의 일부를 흡수한다.

이 책의 앞의 세 장은 군사 노동, (산업적) 성 노동, 군대 성 노동 — 예전에는 강력하게 민족주의화된 맥락 내에서 서사화되어 왔던 노동들 — 을 트랜스내셔널한 것으로 재개념화하려 시도한다. 그런 노동자들의 포스트식민지적·신식민지적 동원은, (산업적 성 노동과 군대 성 노동에서처럼) 국내 영역 내의 노동자의 이동의 문제이거나, 초국적 노동자들이 (베트남에서의 한국인의 군사 노동의 경우처럼) 육체적 경계를 교차시켜야 했을 경우 상징적으로 혈통적 민족의 층위로 되돌려지는 문제였다. 혹

---

99 역주 : 과거 미국이나 서구의 식민지였던 나라의 사람들은 다시 미국으로 귀환하기도 하지만 또한 하위제국인 한국으로 귀환한다. 후자는 과거 피식민자들의 제국 본토로의 귀환이 한국이라는 우회로를 향하는 현상인 셈이다.

은 (북남미의 이민들이나 독일 같은 곳에 정착한 이주 노동자들의 경우처럼) 한국을 영원히 떠나기로 선택한 또 다른 사람들을 망각하거나 배제시키는 문제였다. 다시 말해, 그 같은 국가적·초국가적 노동의 동원은 항상 혈통적 민족으로 되돌아가고 있었다. 그러나 오늘날 한국과 그 외의 지역의 경우 초국가적 동원의 본질 — 사람들의 운동의 속도, 크기, 방향성, 강도, 복합성 — 자체가 변화되었다. 한국에서 가장 중요한 변화는 이주 노동자를 받는 나라가 되었다는 사실이다. 한국이 지금 경험하고 있는 이 새로운 종류의 초국가적 동원은 이미 한국을 이민을 받는 하위제국적 국민국가로 변화시켰다. 한편으로 새로운 이민의 국민국가로서 한국은, 자신의 국경을 통제하는 국민국가 및 그 통치권의 여전히 강력한 관습적 개념에 따라 작동된다. 그와 동시에 국민국가로서 한국의 위상은 아르준 아파두라이가 "초국가(transnation)"[100]이라고 부른 자신의 변화된 위치에 의해 도전을 받고 있다. 초국가의 특성은 형식적이고 법률적이기보다는 한층 더 사회적·경제적이고 문화적이다. 아파두라이는 트랜스내이션(초국가)이란 "더 이상 마술을 연출하는 도가니 같은 닫힌 공간이 아니며 그 역시 또 다른 이산적인 접속점(switching point)"이라고 정의한다.[101] 초국가로서의 한국은 다른 지역들과의 긴밀한 연결망 속에 열려 있는 위치로 기능한다. 아파두라이의 초국가의 개념은, 이주자와 이민자의 민족적 이종 문화권을 단순한 인종주의적 착취의 고립된 위치가 아니라, 다중적인 세계적 지역들로 펼쳐져 연결되는 활발한 연동성을 지닌 트랜스내셔널한 공간으로 본다.

나는 이 서문을 비릴리오의 드로몰로지의 개념, 즉 유럽에서의 근대

100 Arjun Appadurai, *Modernity at Large : Cultural Dimensions Of Globalization*, Minneapolis : University of Minnesota Press, 1996, pp.172~177; 아루준 아파두라이, 차원현·채호석·배개화 역, 『고삐 풀린 현대성』, 현실문화연구, 2004, 300~309쪽.
101 Ibid., p.172; 아루준 아파두라이, 차원현·채호석·배개화 역, 위의 책, 300쪽.

적 동원과 프롤레타리아화의 역사적 과정으로 시작했으며, 그 개념이 1960년대 중반에서 1980년대까지의 산업화 기간 동안 한국인의 프롤레타리아화 곧 군사 노동과 성 노동에서의 남성과 여성 농민의 초국가적 동원에 넓게 적용될 수 있음을 발견했다. 또한 한국인의 초국가적 노동 동원의 역사적 변화를 추적하면서, 오늘날 한국에서의 이주 노동과 이민노동의 문제에 이르게 되었다. 나는 드로몰로지의 개념을 아파두라이의 세계화의 논의에서 제시된 이동성(mobility)의 개념과 비교함으로써 서문을 끝내고 싶다. 비릴리오의 드로몰로지의 이론은, 국가적 군사주의와 자본주의적 축적의 동시적인 파괴적/생산적 과정을, 농민을 근대적 노동력으로 변화시켜 배치하는 통제력에 연결시키면서 많은 설명적인 힘을 제공한다. 그러나 나는 근대적 프롤레타리아를 규율적인 동원 권력의 단순한 대상으로 간주하는 듯한 그의 생각에서 문제점을 발견한다. 이 책은 거기서 더 나아가서 그 같은 근대적 프롤레타리아 과정을 구성하는 두 가지 측면에 대해 질문한다. 첫째로 프롤레타리아 노동력의 근대적 생산 역시 자발적인 주체의 구성 과정, 즉 자유의지, 추상적 보편성, 자기반성이라는 서구의 자유주의 이데올로기를 통해 형성되어 온 주체 구성의 과정이라는 것이다. 더 나아가 이런 자발적 주체성 생산의 과정은 한국의 맥락에서 민족주의, 반공주의, 개발주의, 남성중심주의 같은 복수적 이데올로기들을 통한 심리적 세뇌 및 호명과 뒤섞인다. 부르주아적 주체처럼 프롤레타리아 주체는 지배 이데올로기들을 자기 자신의 것으로 내면화하는 과정을 통해 생산되는 것이다.[102]

둘째로 다음 장들에서 나는 그 같은 자발성의 호명이 어떻게 그 주체

---

102 역주: 그처럼 지배 세력은 물론 프롤레타리아 주체(혹은 저항적 주체나 담론)에까지 침투해 있는 **복수적 이데올로기들**(민족주의, 남성중심주의, 가부장주의 등)을 해명해 내는 것이 이 책의 중요한 논점의 하나이다.

성의 저항적 차원들과 동시적으로 중첩되는지 탐구할 것이다. 한국의 문화적 생산물들은, 그런 인종주의화 · 젠더화 · 섹슈얼리티화된 프롤레타리아 노동들이 그것들을 배치하고, 규율화하고, 착취하는 지배력에 의해서뿐만 아니라, 지배를 응시하고 반대하는 저항적 차원들에 의해서도 구성됨을 나타낸다. 이 책은 1960년대 중반에서 1990년대까지의 한국의 문학과 대중문화 생산물들을 탐구하면서, 바로 그 근본적으로 갈등적이고 다층적인 프롤레타리아 주체성에 초점을 맞출 것이며, 그런 주체성이 지배와 자발성, 저항이 완전히 뒤얽힌 과정을 통해 형성됨을 강조할 것이다.[103]

아르준 아파두라이의 저서에서 이동성의 개념은, 강화된 세계화의 시대에 초국적 노동의 동원의 특수한 맥락에서 출현한 것으로, 오늘날의 그런 시대적 상황에 적합해 보인다. 한층 더 양극화된 세계경제가 더욱 심화된 불평등한 초국적 노동 분화로 귀결되는 동안, 새로운 테크놀로지들은 근대 초기에는 전례가 없던 차원에서 사람 · 사상 · 문화의 복합적이고 빈번한 이동을 가능하게 만들었다. 그런 식으로 보면, 아파두라이의 이동성의 특수한 개념은 오늘날 한국의 이주 노동과 이민노동을 다루는 이 책의 마지막 장에 가장 적합하다. 그러나 나는 과거 한국의 산업화 시대의 맥락에서 이동성 개념의 보다 일반적인 의미를 생각하고 싶다. 그러면서 그런 이동성 개념을 통해, 기계적 · 수동적 · 종속적인 프롤레타리아의 생산이라는 비릴리오의 동원의 개념과 대비되는, 프롤레타리아 주체의 행위력과 능동적인 저항성을 강조하려 한다. 비릴리오의 동원과 아파두라이의 이동성의 개념을 연관시켜 생각하면, 동원은 동원되는 사람들의 행위력을 간과하고 지배권력을 강조하는 경향이 있다. 반면에 이

---

103 역주: 문화적 생산물들을 통해 지배 이데올로기와 그것의 해체, 자발성의 호명과 저항이라는 **양가성**을 드러내는 것이 이 책의 또 다른 핵심적 논점이다.

동성은 세계화된 프롤레타리아에게 놓여진 새롭게 변화된 구속력과 구조를 탐구하는 일을 꺼리는 것 같다. 다시 말해 나의 문화적 생산물에 대한 논의는, 과거 산업화 시대와 오늘날의 후기산업화 시대 모두에서, 이 동성을 생각할 때 동원에 깊은 관심을 둘 것이며, 동원을 생각할 때 이동성을 염두에 둘 것이다. 1장과 2장에서 논의할 1970년대 작가 조선작은, 서울에 있는 동안 용기 있게 고투하다가 창녀가 되어 사창가에 들어간 여주인공을 난민(refugee)이라고 부르고 있다. 즉 "곧 밤이 되었고, 은자는 아래층의 빈방 하나에 수용되었다. 그렇다. 그것은 수용되었다는 말밖에 달리 둘러댈 표현은 없다. 전란이나 화재, 또는 홍수 따위로 재산을 잃고 몸을 상처당했으며 거처를 빼앗긴 사람들을 흔히 난민이라고 부른다. 난민은 '수용되기' 마련이다. (…중략…) 양은자 양을 한 명의 난민으로 이해하려는 이상 그녀의 재난이 무엇인가도 확실히 해 둘 필요는 있을 것이다. 그것은 이른바 근대화라고 이름 부르는 돌풍 아닐까?"[104] 그러나 조선작은 이처럼 소설의 결말부에서 양은자를 "난민"으로 선언하기 전까지, 이미 400페이지 가량을 그녀가 심한 속박 속에서도 한 사람의 자유의지의 행위사 — 실제로 그녀 자신과 삶의 근대화의 행위사 — 였음을 드러내는 데 할애하고 있다. 다시 말해, "이주민"에 "난민"이란 단어에 연관된 제한적(결정적) 의미보다 더 많은 자발성을 부여한다면, 조선작은 양은자를 경제적 난민과 경제적 이주민이 결합된 모습으로 재현하고 있다. 국내 고객을 상대로 한 성 노동자(2장)와 유사하게, 베트남전 한국 지원병, 미군을 위한 군대 성 노동자, 오늘날 한국의 이주 노동자(각각 1, 3, 4장의 주제) 역시, 통제와 동원의 대상인 동시에 이동성의 주체, 즉 제한성과 저항적 행위력의 다양한 정도로 교차되는 힘들의 재현으로 이해될 수 있다.

---

104 조선작, 『미스 양의 모험』 2, 예문관, 1976, 246쪽.

1장 「대리적 군대, 하위제국, 남성중심성 ─ 베트남전의 한국」에서는, 베트남에서의 한국의 군사 노동의 문학적 재현을 젠더화되고 섹슈얼리티화된[105] 서비스 노동으로서 분석함으로써, 남성중심성을 비판적으로 재규정하는 일을 시도한다. 여기서 젠더화되고 섹슈얼리티화된 서비스 노동은, 층위화된 민족적 남성중심성들의 맥락에서 남성중심화되거나 거세되어 있으며, 인종주의적 행위자이거나 인종주의화되어 있다. 1장에서는 더 나아가 군사화된 남성중심적 신체와 인종주의화된 군대 성 노동과의 섹슈얼리티적 관계를 검토한다. 1장의 결말에서는 전쟁의 기억과 관련해서, 화해 및 치유 가능성 모색과의 연관성/단절성을 생각해보는 한편, 또한 오늘날 베트남에서의 한국의 경제적 · 문화적 "이해관계"와의 연관성(단절성)을 고찰해본다.

2장 「국내 매춘 ─ 죽음정치에서 인공신체적 노동으로」에서는 매춘의 경제적 · 사회적 · 상징적 가치에 관한 다양한 남성중심적 관점들을 검토한다. 즉 가부장제적 가족, 계급, 국가를 위한 여성 성 노동의 신유교적 포용과 승화, 묵인, 국가적 (남성) 집단을 위한 사회적 노동으로서의 매춘, 그리고 도시화 과정의 문화적 상징으로서의 여성 섹슈얼리티의 상품화 등이다. 2장에서는 그런 관점들을 정치화된 재현들과 대비시킨다. 정치화된 재현들은 국내 성 노동과 관련해, 다른 노동계급 여성 및 남성 노동과의 유동적인 경계를 인지하고, 미군을 위한 군대 성 노동과의 연관이나 단절을 이해하며, 국가적 · 초국가적 산업화 과정에서의 국내 성 노동의 위치에 대한 인식을 담고 있다.

3장 「군대 매춘 ─ 여성중심주의, 인종적 혼종성, 디아스포라」에서는 한국의 미군 기지촌에 대한 최근의 수정주의적인 문학적 재현에 초점

---

105 역주: 군사노동의 성적 욕망(섹슈얼리티)과의 관계를 암시하는 표현이다.

을 맞춘다. 이 문학적 재현물들은, 여성의 삶의 여성중심적이거나 레즈
비언적, 동성교류적인 차원들을 전경화하고, 어린이의 인종적 혼혈성
및 문화적 트랜스내셔널을 앞세움으로써, 세 가지 다른 관점 ― 노동계
급 기지촌 가장과 페미니즘 작가 및 활동가, 그리고 기지촌의 혼혈 어린
이의 관점 ― 에서 기지촌의 삶을 탈알레고리화한다, 3장의 끝부분에서
는 필리핀과 러시아 이주 성 노동자가 한국 기지촌에 유입됨에 따라 발
생한 변화를 검토한다.

마지막 장 「이주 노동과 이민노동 ― 한국인 정체성의 재규정」에서는,
이주와 이민의 인구가 증가함에 따른 최근의 한국의 다민족화가 어떻
게 "한국인 의식"과 "한국인"의 정체성을 재규정하고 있는지 고찰한다.
여기서는 다민족적이고 다문화적인 하위제국으로서 한국의 새로운 위
상과 연관해서, 소수인종 차별, 인종간의 결혼, 혼혈 아동, 귀화와 시민
권, 다문화적 교육, 반한 감정, 한국 노동운동(노동 행동주의)의 재국제화
같은 다양한 문제들을 다룬다. 4장의 마지막에서는, 한국 중산계급의
"교육이민"과 엘리트층의 증가하는 코스모폴리탄이즘, 한국인 정체성
의 재민족주의화/재본질주의화를 동반한 신흥하는 범한국주의 등에
대한 비판적 반성을 제시한다.

제1장

대리적 군대·하위제국·남성중심주의
베트남전의 한국

1965년에서 1973년 사이에 한국의 박정희 정권이 베트남에 총 30만 이상의 군대와 10만 이상의 민간인 노동자를 파견한 일은, 미국의 베트남전에 대한 기억에서 조금은 알려져 있는 사실이다.[1] 존슨 대통령의 국제적 제휴와 전투병 참여의 요청에 응한 국가들―호주, 뉴질랜드, 태국, 필리핀, 한국―중에서, 한국은 미국이 인종주의적 전쟁의 부담을 피하도록 도우면서 단연 가장 큰 공헌자로 부상했다.[2] 근래의 미국의 이라크전에서, 한국은 베트남전에 연루되었던 기억의 유산을 대중들에게 상기시킨 격렬한 논쟁에도 불구하고, 다시 한 번 미국에 이어 두

---

[1] 한홍구, 「베트남 파병과 병영국가의 길」, 이병천 편, 『개발독재와 박정희 시대』, 창비, 2003, 287~310쪽을 볼 것. 베트남의 한국 병사의 숫자는 일 년에 평균 5만 명 정도였다. 약 5천 명의 한국 병사가 죽었으며 만 6천 명 이상이 전쟁에서 부상을 당했다. 또한 대략 6만 명의 제대병과 그들의 자녀들이 고엽제 후유증을 겪었다. 전쟁 기간 동안 약 120만 명의 베트남인이 죽었으며 3~4백만 명이 부상을 당했다. Tae Yang Kwak, "The Anvil of War : The Lagacies of Korean Participation in the Vietnam War", PhD diss., Harvard University, 2006.

[2] Marilyn B. Young, *The Vietnam Wars, 1945~1990*, NewYork : HarperPerennial, 1991, p.158.

번째로 많은 지상군을 파견했다. 한국 신문이 베트남전 동안의 한국군에 의한 민간인 학살을 보도하기 시작한 2000년까지, 베트남 전쟁은 한국인의 집단적 기억 속에서 거의 지워져 있었다.[3] 1986년 베트남 정부의 도이모이(개혁) 정책이 시작된 이후, 한국기업들이 공장을 베트남으로 이전시키고 베트남 이주 노동자들이 한국으로 유입되면서, 한국의 베트남에 대한 경제적 참여 역시 잊었던 전쟁을 기억하는 기회가 되었다.

한국군의 베트남전 참전을 다시 생각하면서, 계급적 층화와 박정희 군사독재 하의 민족주의적 경제 개발, 그 시대의 부상하는 초국가적 반공주의, 더 나아가 아시아 지역의 미국주도 신식민지적 자본주의화의 중첩된 맥락에서, 1장은 군사 노동과 남성중심적 섹슈얼리티의 복합적 관계에 초점을 맞춘다. 1장에서 한국의 베트남전 참전에 대한 나의 논의는 군사 노동을 개념화하는 세 가지 다른 방식을 전제로 한다. 첫째로 베트남에서의 한국의 군사 노동을 당대의 경제 개발과 산업화 과정에 연결시키면서, 나는 베트남에서의 한국의 군사 노동을 성적 프롤레타리아화의 한 유형으로 분석할 것을 제안한다. 폴 비릴리오는 근대 유럽의 맥락에서 산업 프롤레타리아화에 "군사적 프롤레타리아화"가 수반되었다고 본다. 그런 "군사적 프롤레타리아화"라는 비릴리오의 개념을 가져와 수정하면서, 나는 성적 프롤레타리아화라는 개념을 각각의 젠더화된 섹슈얼리티들을 다양한 노동계급 서비스 노동(군사 노동, 군사적·산업적 성 노동, 그 밖의 섹슈얼리티화된 서비스 노동)으로 동원하는 과정으로 정의한다.[4] 군사 노동은 특수한 종류의 성적 프롤레타리아 노동이

---

3 베트남전에서의 한국군의 학살에 대해서는 Heonik Kwon, *After the Massacre : Commemoration and Consolation in Ha My and My Lai*, Berkeley : University of California Press, 2006을 볼 것.

4 Paul Virilio, Mark Polizzotti, trans., *Speed and Politics*, New York : Semiotext(e), 1986, pp.3~36·61~95를 볼 것. 국내 매춘은 한국 (기독교) 페미니즘 활동가들의 관심을 끌어 왔다. 그와 비슷하게 미군 상대의 군대 매춘은 근래에 미국에서 매우 영향력 있는 연구들을 낳았다.

거니와, 여기서는 남성중심적 섹슈얼리티의 어떤 측면들이 작업의 영역에 따라 (재)구성되고 (재)전유되고 배치된다. 나는 남성중심성의 군사화에 대한 한국의 문학적 재현을 논의하면서 그 재현이 암시하는 남성중심성의 대안적 개념들을 검토할 것이다.

나는 또한 군사 노동이 본래 역설적이고 모순적인 위치 — 즉 국가의 죽음정치적 권력의 행위자인 동시에 국가의 잠재적 희생자 자신이기도 한 역할 — 를 지니는 것으로 탐구한다.[5] 한편으로 군사 노동은 적(궤멸되어야 마땅한 운명의 사람들)을 정복하고 굴복시키는 국가의 의지를 수행하면서,[6] 또한 병사들 — 특히 주로 낮은 지위의 병사들 — 은 스스로가 적에 의해 궤멸될 위험을 안고 있다. 일단의 주민을 잠재적인 소모용의 군사 노동자로 동원할 능력이 국가에 있는 한, 나는 국가가 이미 그들을 그 자신의 죽음정치적 권위에 예속된 주체로 구성함을 논의한다.

따라서 1장에서는, 전투와 전쟁에서의 죽음에 대한 문학적·영화적 재현들을 개인적·공동체적·국가적 대리성이나 대체가능성의 견지에서 검토함으로써, 군사 노동을 대리 노동의 특수한 한 예로서 개념화한다. 일반적 군대 징병을 실행하는 근대 국민국가의 권력(그리고 19세기 후반과 20세기 전반의 농장노동과 산업 노동, 매춘 같은 훨씬 광범위한 목적의 노동 징집을 위한 식민정부의 권력)은, 개인이 자신의 노동력을 "자유롭게" 처분

Katharine H. S. Moon, *Sex among Allies : Military Prostitution in U.S.-Korea Relations*, New York : Columbia University Press, 1997; Ji-yeon Yuh, *Beyond the Shadow of Camp Town : Korean Military Brides in America*, New York : New York University Press, 2002를 볼 것. 또한 김현미의 한국의 "연예 사업"에서의 여성 이주 노동에 대한 최근의 연구를 볼 것. 김현미, 『글로벌 시대의 문화번역』, 또하나의문화, 2005, 147~180쪽과 쳉실링, 「사랑을 배우고, 사랑에 죽고」, 막달레나의 집 편, 『용감한 여성들, 늑대를 타고 달리는』, 삼인, 2002, 229~255쪽을 볼 것. 또한 정희진, 「죽어야 사는 여성들의 인권-한국 기지촌 여성운동사, 1986~1998」, 한국여성의전화연합 편, 『한국 여성인권운동사』, 한울, 2013, 300~358쪽을 볼 것.

5 Achille Mbembe, "Necropolitics", *Public Culture* 15, no.1, 2003, pp.11~40.

6 Ibid., p.18.

해야만 하는 자본주의 노동시장에서의 예외를 형성했다. 반면에 베트남전 이후의 미국과 참전 기간 동안 한국의 지원병 사용에서 보듯이, 일반 징병제에서 지원병 군대로의 근래의 전환은, 유일하게 경제적인 것만이 강제력인 보다 효과적인 모델로 정부가 군사체제를 수정하려 했음을 보여준다. 이 새로운 시장 모델에서 일반 징병은 필요 없어지는데, 그것은 죽음정치의 평등한 잠재적 행위자나 희생자로 보여진 전체 (남성) 주민이 국내나 해외의 하위계층이나 인종주의화된 대리주민으로 대체되기 때문이다. 만일 추상적 평등성이 노동을 대체가능한 것으로 만든다면, 계급, 인종, 젠더, 민족성의 불평등한 조건들은 섹슈얼리티와 인종의 프롤레타리아화로 분절될 것이다.[7] 대리 노동의 대체가능성과 불가능성은, 상대적으로 보편화된 주체의 위치에 있는 젠더화·계급화·인종화된 주민을 위해 계약된 보다 싼 임금에 의해, 인식되는 동시에 망각된다.[8] 인종, 젠더, 계급 사이의 **차이**의 측정가능성과 계측가능성, 그리고 측정불가능성과 계측불가능성은, **화폐적 차이**로서 측정되고 계측된다. 베트남전에서의 한국의 군사 노동이 한국을 위한 초국가적 계급 대리 노동과 미국을 위한 초국가적 인종주의 대리 노동으로 기능한 반면, 한국 정부는 그와 동시에 그 같은 군사적 프롤레타리아 노동을

---

7   역주: 신분사회였던 중세에는 신분에 따라 하는 일이 미리 정해져 있기 때문에 노동이 대체 가능한 것이 될 수 없었다. 반면에 추상적 평등성을 지닌 근대에는 형식적으로는 다른 사람을 위해 노동을 대체하는 일이 가능해진다. 그러나 계급, 인종, 젠더, 민족성에 따른 실제적 불평등성에 의해, 노동을 맡기는 사람과 대신하는 사람이 생겨났으며, 이 과정을 섹슈얼리티와 인종의 프롤레타리아화라고 부를 수 있게 되었다.

8   역주: 군사 노동이나 성 노동 등의 대리 노동은, 다른 계급이나 인종이 허락하는 "보다 싼 값"이 대리 노동의 표식이 된다. 그러나 대리 노동의 경우 다른 인종과 계급, 젠더가 대신하는 신체적 서비스를 "노동"으로 보지 않음으로써 그것이 대리 노동임이 망각되기도 한다. 예컨대 한국인의 베트남전 참전은 그 군사 노동을 남성중심적 민족주의로 숭고화함으로써 그것이 인종적 대리 노동임이 은폐되기도 했다. 여기서 망각되는 것은 죽음정치적 노동으로서 대리 노동과 그 결과물로서의 죽음과 상해, 그리고 그것이 놓여진 제국과 신식민지 사이의 인종주의화된 차별성이다.

계급을 초월한 남성중심적 민족주의의 서비스로서 재구성했다.[9]

1장은 두 개의 연관된 축을 중심으로 구성된다. 즉 첫째로 노동계급 남성의 섹슈얼리티를 베트남에서의 군사 노동으로 동원하는 한국의 개발적 국가의 역할[10]과, 둘째로 그런 국가의 전유를 해체하는 군사 노동의 문학적 재현들이다. 1장에서는 첫째로, 군사 노동의 대리성에서 어떻게 모종의 물질적 이접성(disjunctiveness)[11]이 삭제되면서, 그것이 민족주의, 이성애적(異性愛的) 남성중심주의, 인종주의, 초국가적 반공주의 같은 복합적인 (상층) 이데올로기적 대의들에 의해 어떻게 군사 서비스나 의무로 상승되는지 검토한다. 군사 노동이 봉사한다고 가정되는 대의들로부터 그것의 경제적 차원을 떼어냄으로써, 그리고 노동 계급 남성중심성의 국가적 상품화를 은폐함으로써, 베트남에서의 한국의 군사적 벤처(모험적 사업)에 대한 국가적 표상들은 전쟁 동안 군사 노동을 예외화시키며, 전쟁 이후에는 그것을 망각한다.

1장의 두 번째 부분에서 검토하는 것은, 군사 노동을 성적 프롤레타리아화라는 보다 넓은 틀로 되돌리며 탈예외화시키는 군사 노동에 대한 비판적 문학의 재현들이다. 성적 프롤레타리아화의 보다 넓은 틀이란, 여성의 매춘과 그 밖의 남성적 (비)섹슈얼리티 서비스 노동 같은 잘 보이지 않는 다른 개발주의적 성 노동 상품 생산의 맥락을 말한다.

3절에서는 베트남에서의 한국의 군인(서비스 노동자들)과 베트남 여성의 관계에 대한 문학과 대중문화의 재현들을 검토하는데, 이는 기지촌 소설의 하위제국적 이본인 셈이다. 다음으로 4, 5절에서는 베트남전의 다인종적 맥락에서 인종과 남성중심성의 문제를 다룬다. 1945년 이후

---

9   역주 : 군사 노동을 민족주의적으로 숭고화한 것을 말함.

10 Meredith Woo-Cumings, ed., *The Developmental State*, Ithaca : Cornell University Press, 1999, pp.1 ~31의 서문에서 한국과 동아시아에서의 개발적 국가의 개념을 볼 것.

11 역주 : 균열과 틈새가 있는 접속을 말함.

미국의 군사주의와 세계적 규모의 경제 침략의 공모 관계를 고찰하면서, 그것이 황석영의 소설 『무기의 그늘』에서 무장한 전쟁은 경제적 전쟁 ― "상품 제국주의"의 전쟁 ― 의 구실일 뿐이라는 생각으로 말해지고 있음을 밝히고, 베트남에서의 한국의 하위군사주의가 종전 이후 미국 주도 세계 자본주의 내에서 하위제국적 세력의 위치를 확보하는 데 중요한 공헌을 했음을 논의한다.[12] 나는 1장을 베트남전을 기억/망각하는 최근의 한국의 문화적 생산물들에 대한 간단한 검토로 끝을 맺는다.

군사화하는 개발과 재-남성중심화하는 국가

베트남 파병의 이데올로기들 ― 박정희 정권 하의 반공주의와 개발주의

근래에 급증한 박정희 정부(1961~79)에 대한 학문적 고찰들은 군사주의와 산업화 간의 중요한 연관성에 초점을 맞추고 있으며 대개는 "독재적 개발주의"나 "군사화된 근대화"라는 개념으로 설명하고 있다.[13] 박정희 정권의 "건설"과 "국방"이라는 한 쌍의 기치 ― "싸우면서 건설하자"라는 구호로 널리 대중화된 표제 ― 는, 1960년대 중반을 시작으로 군사주의와 개발이라는 두 개의 축이 어떻게 한국 사회를 구성하기 시작했는지

---

12 맥클린토크의 "상품 인종주의"의 개념을 볼 것. Anne McClintock, *Imperial Leather : Race, Gender and Sexuality in the Colonial Contest*, NewYork : Routledge, 1995, pp.207~231.

13 이병천, 「개발독재의 정치경제학과 한국의 경험」, 이병천 편, 『개발독재와 박정희 시대』, 창비, 2003, 17~65쪽; Seungsook Moon, MIlitarized Modernity *and Gendered Citizenship in South Korea*, Durham : Duke University Press, 2005, pp.1~43.

요약해준다.[14] 한국의 베트남전 참전은 "평화통일"과 "미래의 번영"이라는 두 가지 목표 달성을 위해 매진하는 모델로 제공될 것이었다.[15]

박정희 정권은 파병의 가장 긴요한 이유로 남부 베트남과 미국을 돕는 반공주의의 명분을 앞세웠다. 분할된 베트남과 분단된 한국의 유사성을 강조하면서,[16] 박정희는 또 다른 공산주의의 남침을 막는 방안으로 참전을 설득했다. 자유 베트남의 반공주의 전선이 직접 남북한의 휴전선에 연결된다고 말해졌으므로, 남부 베트남이 전쟁에서 승리하도록 돕지 않는다면 남한의 공산화와 "적화통일"이 야기될 수도 있을 것이었다.[17] 맹호부대의 군가는 베트남의 한국군의 존재가 한국의 "부모 형제(의) 단잠을" 이루게 한다[18]고 노래했다. 한반도와 베트남의 차이점은 반공주의자들이 공산주의의 "붉은 무리"와 싸우고 있는 한 지워질 수 있을 것이었다. 더욱이 베트남전 참전은 가치 있는 "실전 경험"으로 생각되었으며, 한국군에게 조국에서의 또 다른 잠재적 전쟁에 참여할 "용기와 자신감"을 계발시키게 했다. 겨우 10여 년 전에 교착상태로 종전된 한국전쟁의 기억은, 박정희의 정권을 위한 반공주의의 이용을 종교에 가까운 명분으로 변형시키도록 했으며, 그것은 두 개의 가장 보편적인 구호 곧 "평화의 십자군"과 "자유의 십자군"[19]으로 명료화되었다. 박정희는

---

14 Hyung-A Kim, *Korea's Development under Park Chung Hee : Rapid Industrialization 1961~79*, London : RouledgeCurzon, 2004, p.101 · 111; 권인숙,『대한민국은 군대다―여성학적 시각에서 본 평화, 군사주의, 남성성』, 청년사, 2005, 46쪽.

15 '베트남 전쟁과 한국군', 국방홍보원, 2003; '월남전과 한국', http://www.vietvet.co.kr(2010.5.17)에서 볼 수 있는 기록임.

16 이 시기의 많은 군가 중의 하나에는 "남북으로 갈린 땅 월남의 하늘 아래"라는 구절이 있다. 〈맹호는 간다〉의 가사(2절)로서 '월남전과 한국', http://www.vietvet.co.kr을 볼 것.

17 김현아,『전쟁의 기적, 기적의 전쟁』, 책갈피, 2002, 100~105쪽.

18 또 다른 인기 있는 군가 〈진짜 사나이〉의 가사임. '월남전과 한국', http://www.vietvet.co.kr을 볼 것.

19 '월남전과 한국', http://www.vietvet.co.kr에서 '베트남 전쟁과 한국군'을 볼 것.

베트남전의 군사적 모험을 통해 미국의 지지를 얻고 국가를 단결시킴으로써 여전히 어색하고 불안한 군사독재를 안정화시키고 공고히 할 수 있었다. 그렇게 하면서 그는 국내에서의 군사주의화된 정책들을 정당화시키고 외국 땅에서의 군사주의로 전위시키고 있었다. 그 후 박정희의 20년에 가까운 통치의 끝과 다음 군사 독재자 전두환 정권의 7년간, 베트남전은 한국의 철저한 반공주의의 유산을 전달했으며, 그 동안 한국은 영원한 반공주의의 혁명이 수행되어야 할 곳이었다.

　박정희 정권이 군대 파병을 결정하는 데에는 경제 개발이라는 또 다른 신성한 대의가 똑같이 중요한 역할을 했다. 박정희의 베트남전 파병이 한국 경제에 활기를 불어넣었으며 중요한 초기 단계에서 산업화의 기금이 되었다는 것은 지금까지 무리 없이 받아들여지고 있다. 한국은 전투병 파견의 대가로, 베트남의 미군을 지원하고 건설하는 데에 대한 병사들의 급료와 기금·차관·계약의 형식으로, 방대한 재정적 보상과 수익을 약속받고 제공받았다. 한국은 9년 동안 베트남전에서 1년에 평균 2억 달러를 벌었다.[20] 전투 군사 노동의 소득은 그 기간 동안 한국이 수출로 번 총액의 약 40%에 달했다.[21] 한국의 몇몇 대재벌의 경우, 미군 관련 건설과 사업으로부터 확보한 수익성 있는 계약은 그 이후 그들의 성장과 성공의 토대가 되었다.[22] 한국이 베트남전과 그 후에 미국을 위한 해외의 군사-산업 복합체로 작동되었다면, 한국의 베트남과의 군사-산업 관계들은 그와 비슷한 방식으로 기능했으며, 이 사실은 현재 한국의 동남아에서의 경제적인 하위제국의 기원을 베트남전에서의 한국의 하위군사주의로까지 소급시키게끔 하고 있다.

20　강준만, 『한국 현대사 산책 2—평화시장에서 궁정동까지』, 인물과사상사, 2002, 246~249쪽.

21　위의 책, 248쪽.

22　Charles K. Armstrong, "America's Korea, Korea's Vietnam", *Critical Asian Studies 33*, no. 4, 2001, p. 533.

국가적 의식(儀式)과 민족적 남성중심성의 스펙터클화

1965년 여의도 광장에서의 최초의 "환송식"에서부터 1973년의 동대문 운동장에서의 마지막 "환영식"까지, 병사들을 베트남으로 보내고 다시 맞이하는 공식적인 의식들 — 국가와 지방정부에 의해 연출되었으며 일제하의 태평양 전쟁 동안 거행된 의식을 생각나게 하는 행사들 — 은 한국 국민들의 생활을 군사화하는 데 광범위한 영향을 미치게 되었다. 라디오와 TV로 방송된 그 의식들은, 수만 명의 동원된 학생과 시민들, 정부 고관들로 된 연사들, 병사들에게 화환을 걸어주는 연예인들이 참여한 국가적 행사였으며, 병사들은 서울 번화가의 거리를 지나 행진해 갔다. 그런 의식들과 끊임없는 홍보 방송을 통해서, 박정희는 한국군의 베트남 파견과 민족적(ethnonational) 남성중심성 사이의 연관성을 명확하게 했다.[23] 군대를 신라의 선별된 남성 청년의 무리인 "화랑의 후예"라고 부르면서, 박정희는 그들에게 "대한 남아의 기개를 만방에 떨치라고" 간곡히 호소했다.[24] 그는 파병을 한국이 "주권 성년국가"임을 알리는 역사적 이정표라고 선언했다. 한국은 이제 과거처럼 다른 나라의 도움을 받는 것이 아니라 다른 나라를 돕는 위치에 있게 되었다.[25] 베트남전은 한국의 오랜 오천 년 역사에서 해외에 군대를 파견한 최초의 경우라는 생각이 국가 홍보 담론들에서 힘찬 어조로 반복되면서, "모든 한국인들을 깊이 열광시킬" 역사적 업적으로 계속 강조되었다.[26]

---

23 "민족 섹슈얼리티(ethno-sexuality)"라고 불리는 민족과 섹슈얼리티 사이의 중첩의 개념에 대해서는 Joane Nagel, *Race, Ethnicity and Sexuality : Intimate Intersections, Forbidden Frontiers*, Oxford : Oxford University Press, 2003, pp.1~61을 볼 것.

24 한홍구, 「베트남 파병과 병영국가의 길」, 이병천 편, 앞의 책, 295쪽.

25 한홍구, 위의 글, 300쪽.

26 '월남전과 한국', http://www.vietvet.co.kr에서 1973년 환영식 뉴스영화의 설명문을 볼 것.

1970년대 초부터 아주 널리 퍼진 대중가요 〈월남에서 돌아온 김 상사〉는 박정희 정부의 프로파간다가 전쟁에 이용한 남성중심적 성숙성의 사고를 반향하고 있다.[27] 이 노래는 "말썽 많은 김 총각"이 베트남전의 군대 경험을 통해 "믿음직하고" "의젓하게" 훈장을 단 김 상사로 변화되었음을 묘사한다. 김 상사의 남성적 발전은 그의 호칭의 변화를 통해 분명히 드러난다. 즉 노래의 끝에서 젊은 동네여자의 시점이 밝혀지면서, 어린 미혼 청년을 나타내는 "총각"에서 이제 결혼할 수 있는 미혼남으로, 가장의 역할을 맡을 수 있는 "김 상사"로 호칭이 바뀌고 있다. 그래서 이제 "폼을 내는 김상사 돌아온 김상사 / 내 맘에 들었어요 믿음직한 김 상사 돌아온 김 상사 / 내 맘에 들었어요"이다. 김 상사의 어른스러움은 베트남의 경험에서 생겨난 한국의 — 남성중심적이고 개발주의적으로 상상된 — 민족적 발전을 반영하고 투사한다. 1973년 한국군의 철수를 표상하는 환영식의 구호 "이기고 돌아왔다"[28]는 박정희 정권에게 베트남전이 어떤 가치가 있었는지를 일별하게 한다. 즉 한국의 남성중심성의 승리인데, 이는 한국이 패배가 임박한 미국의 편에서 싸웠다는 역사적 사실을 무의미하게 만든다.

그 같은 공식적인 의식(儀式)들은 군사적 참전에 대한 초기의 거부감과 반대를 진압하는 데 매우 효과적이었던 것으로 보인다. 매스게임, 군대 행진곡, 차량 행렬과 색종이 퍼레이드, 동원된 열띤 군중들로 연출된 의식의 이미지들은, 신문과 뉴스영화, TV를 통해 널리 유포된 스펙터클

---

27 〈월남에서 돌아온 김 상사〉는 1969년 김추자가 부른 노래이다. 이 특이한 유행가는 1971년에 같은 제목의 영화로 만들어졌다. 베트남에 파병된 대부분의 병사가 시골 출신이었음을 생각할 때 이 영화가 지방의 중고등학생들에게 정기적으로 보여졌다는 것은 놀라운 일이 아니다. 이 영화는 돌아온 베트남 제대병이 다시 한국 생활에 적응하는 과정을 "희극적으로" 그리면서, 오천 명 정도의 병사들이 돌아오지 못했다는 사실을 삭제하는 연출을 했다고 할 수 있다.

28 '월남전과 한국', http://www.vietvet.co.kr에서 볼 수 있음.

들이었다. 이 의식들과 이미지들은 압도적인 확신을 강요하는 저항할 수 없는 것이었으며,[29] 한국 대중들이 떠나고 돌아오는 병사들과 동일시될 수밖에 없게 했다. 그리고 이제 병사들은 리더인 박정희의 권위와 긴밀히 연관되고, 그 다음 궁극적으로는 국가와 민족에 밀접하게 관련되었다. 주민들에게 내면화된 군사적 스펙터클과 그 집단적 남성중심성의 미학은, 이제 학교·공장·사무실에서 다양한 의례들에 의해 조직화된 일상생활의 군사적 포즈화로 재생산될 수 있었다.[30] 국가와 인종, 반공주의, 개발주의와 긴밀히 연관된 스펙터클화된 군사적 남성중심성의 이미지는, 1980년대 말까지 한국의 국가를 위한 "시각적 지배"의 주요 도구로 작동했다.[31]

국가의 위엄과 위상을 집단적 남성중심성의 함양에 연관시킨 박정희의 전략은 한국의 가부장제의 맥락에서 매우 효과적이었다. 한국의 가부장제는, 한반도가 일본 식민주의에서 해방되고 남측 반쪽이 미국의 영향권에 들어간 후, 1945년 이래 미국에 대한 정치적·경제적·군사적 예속화를 겪어오고 있었다. 박정희 정권에게, 그리고 전쟁을 열렬히 지지하거나 조용히 묵인하는 한국 대중 대다수에게, 한국의 베트남전 참전은 가부장제적 국가 공동체를 재남성주의화하는 기회가 되었다. 베트남전은, 식민지 시대로부터 물려받은 민족주의, 남성중심주의, 군사주의, 반공주의, 개발주의 같은 이데올로기들이, 포스트식민적 민족주의와 세계적 냉전의 새로운 맥락에서 성공적으로 재통합되고 재형태

29 Guy Debord, Donald Nicholson-Smith, trans., *The Society Of the Spectacle*, Brooklyn : Zone Books, 1994, p.52.
30 Seungsook Moon, *Militarized Modernity and Gendered Citizenship in South Korea*, Durham : Duke University Press, 2005, pp.27~45.
31 "시각적 지배"라는 용어는 타크 후지타니가 다양한 국가적 의전, 예식, 행렬을 통한 일본 천황 메이지의 근대화의 역할을 개념화한 것에서 빌려왔다. T. Fujitani, *Splendid Monarchy : Power and Pageantry in Modern Japan*, Berkeley : University of California Press, 1998.

화되는 기회가 되었다. 효과적으로 뒤섞이고 공유하는 그런 이데올로기들의 정당화 방식은, 박정희와 그 뒤를 잇는 1980년대의 군사독재자들 아래서 남한사회를 복합적으로 조직하는 구조가 되었다.[32]

초국가적 · 국가적 군사 프롤레타리아화와 계급적 · 인종적 대리성

한국의 독재적 개발을 일으킨 특수한 조건을 인식하면서, 우리는 또한 군사주의와 산업화 사이의 불가피한 연관성을 주목해야 한다. 군사주의와 산업화의 연결 관계는 — "파괴의 생산"이 "부의 생산"과 연관되는 방식으로, 또한 근대의 시기에 노동의 대중동원이 동시적으로 "군사적 프롤레타리아화"와 "산업적 프롤레타리아화"로 귀결되는 방식으로[33] — "앞선"(선진화되고 제국주의화된) 개발 국가들과 "후발" 개발 국가들(독일, 일본, 그 다음에는 특히 한국) 사이의 연속성을 형성한다. 1930년대와 1940년대에 일본의 산업-군사 영역의 동원이 한국 및 다른 식민지 주체들을 포함하며 초국가적이 되었듯이, 신식민지 시대에 베트남전과 그 후의 한국의 동원은 군사화된 개발의 일반적인 세계적 증대 내에 놓여져야 하며, 특히 미국-일본-한국의 변화된 위계성 내에 위치되어야 한다. 군사적 프롤레타리아화를 통한 한국의 베트남전 참전은, 한편으로 국가의 건설을 목적으로 제공되었으며, 다른 한편 미국 제국을 위한 초국가적 노동력의 공급을 목적으로 행해졌다. 베트남은 한국을 위한 일종의 "교통로의 영토(highway territory)"가 되었고, 거기서 — 박정희와 그

---

32 Seungsook Moon, "Begetting the nation", *Militarized Modernity and Gendered Citizenship in South Korea*, Durham : Duke University Press, 2005, pp.43~44.

33 Paul Virilio, Mark Polizzotti, trans., *Speed and Politics*, New York : Semiotext(e), 1986, p.12 · 30.

뒤를 잇는 전두환 정권 하에서, 정부의 노동수출 벤처로서 세계의 다양한 지역에 간호사·광부·기술자·건설노동자·이민으로 해외에 보내진 다른 노동상품들과 함께 — 한국의 군사 프롤레타리아들은 "외국" 자본을 가져오기 위해 일했다. 그와 동시에, 한국의 국가는 "국가적 영토의 거대한 수용소"에서 처음 1960~70년대에는 여성 공장 노동자로 이뤄졌고 그 다음 1970~80년대에는 남성 산업 노동자로 구성된 "노동자 군대" 혹은 "산업전사들"을 동원했다.[34] 1960년대의 산업영역과 1970년대 중반까지의 모든 영역에서 여성 노동이 높은 비율을 점했음에도 불구하고, 국가적·사회적 담론들은 1960년대와 1970년대 전반의 군사 노동과 이어진 시기(1970년대 후반과 1980년대)의 남성 산업 노동에 집중되었으며, 남성중심적 신체를 군사화된 근대화의 지주로 만들고 있었다. 1960년대 중반을 시작으로 한국의 군사화와 산업화는 주로 농업 인구를 다양한 초국가적·국가적 프롤레타리아로 변화시켰다. 그들 중 일부는 국가적 경계들을 횡단한 반면, 다른 사람들은 기지촌과 수출자유지역 공장, 서울의 관광과 매춘 지구에서 다른 종류의 — 경제적·문화적·사회적 — 경계들을 횡단했다. 어느 쪽이든 한국 노동계급의 상당수는 "초국가적인" "이주"노동자라는 제4세계[35]의 위치를 점하게 되었다.[36]

베트남의 한국 군사 프롤레타리아의 그 같은 "초/국가성"과 "이주성", 혹은 "동원가능성"은, 국내적·세계적 맥락 양쪽에서 계급적·인종적 대리 노동의 견지에서 이해되어야 한다. 한국은 신체 건강한 청년의 의무적인 군복무를 필요로 했고 지금도 마찬가지이지만, 한국의 베트남

34 Ibid., p.30.
35 역주 : 제3세계에 이은 초국가적인 제4세계를 말함.
36 Paul Virilio, Mark Polizzotti, trans., *Speed and Politics*, New York : Semiotext(e), 1986, p.77.

군사병력의 파견은 그런 보다 넓은 징병 요원 내에서의 지원자로 구성되었다. 베트남 복무를 지원한 병사들의 대다수는 미국이 제공한 베트남 복무의 경제적 이익에 이끌린 시골의 농촌 출신들이었다. 1960년대와 1970년대 초에 이미 징병 대상이 된 한국 노동계급 남성의 빈곤한 조건을 생각하면, "미국 음식을 먹고 미제 속옷을 입고 달러로 봉급을 받으며"[37] 암시장에서 미제 상품을 팔아 부가적인 수입을 얻는다는 기대는 충분히 매력적인 유인(誘引)이었다. 군사화된 남성중심성은 베트남을 경제적 기회로 본 그런 노동계급 청년들에게 사회경제적 이동성의 도구가 되었다. 엄중한 압박과 불충분한 선택권이 결합된 상태에서 이미 그들의 결정의 방향은 왜곡되었다. 정부의 남성중심적인 민족주의적 군사주의의 조장은, 늘상 자신의 취약한 남성성을 더 증진시키고 싶던 노동계급 청년에게 한층 호소력이 있었다. 그런 상황에서 한국 정부는 베트남의 의무적 쿼터를 채우는 데 전혀 어려움을 겪지 않았다. 베트남의 한국군은 그들의 도시 중산계급 상대항을 위한 노동계급의 국내적 대리물이었다. 한마디로 그들은 노동 계약 중개인(broker) 역할을 수행한 한국이라는 국가에 의해 수출된 군사 노동 상품들이었다.

현대적 군사전략에 의하면, "대리적 군대(surrogate army)"란 결합된 군사적 행동의 일부이면서도 연합군에는 속하지 않는 군사적 "팔(arm)"로 정의된다. 전통적인 연합군에서 외국 군대는 미국의 지상군을 돕고 증강시킬 것이지만, 보다 뛰어난 전략으로 옹호된 대리적 군대는 미국의

---

37 An Chŏng-hyo, *White Badge*, New York : Soho, 1989, p.75. 안정효는 1983년 한국에서 『하얀 전쟁』으로 처음 발간된 그의 소설을 자신이 직접 번역했다. 한국어 원본 『하얀 전쟁』은 3권으로 되어 있으며, 번역된 *White Badge*는 그 중의 제1부에 해당된다.
역주 : 한국어 원본 『하얀 전쟁』 제1부와 번역본 *White Badge* 사이에는 많은 차이가 있다. 이 진경은 주로 영어판을 인용하고 있으므로 원본에서 해당된 부분이 있을 경우 영어판과 원본(『하얀 전쟁』)을 병기하고, 그렇지 않은 경우에는 영어판을 번역하고 *White Badge*의 페이지를 표시하기로 한다.

전략적 선택과 필요에 의해 만들어진 틈새를 채우면서 미군을 대리하는 일차적인 지상군이 된다.[38] 한국과 다른 아시아 군대들은 분명히 미국의 지상군을 완전히 대신하지 못했지만, 위험하고 어려운 전투와 임무에 대한 전략적인 선택에 의해, 한국이나 홍콩, 필리핀, 라오스, 캄보디아 같은 다른 아시아의 군인들이 대리병으로 배치되었다. 미국의 경우에 한국군을 고용하는 데에는 많은 이점이 있었다. 미국 병사의 1/20 임금인 하루에 1달러를 버는 한국 병사는 값싼 대체물이었다.[39] 한국전쟁 직후에 성장한 한국의 젊은 세대 구성원들은 철저한 반공주의자로 세뇌되었으며 기꺼이 그런 대의를 위해 싸우는 병사들이었다. 가난하고 배고픈 그들은 자신의 남성성을 입증하는 데 열성적이었다. 그런 특수한 대리적 군대의 사용은 대단히 성공적인 것으로 드러났다. 즉 그들은 미국에게 매우 효과적인 일원이었으며 북부 베트남에게는 잔인한 적이었다. 미국 역시 자국의 대리병들을 배치했다. 불공평한 모병 제도에 의해, 백인 중상층의 징병대상들에게는 유예가 허용되었으며, 흑인, 중남미인, 이민자들, 백인 노동계급에게 특히 베트남 복부의 지위를 채우도록 위임되었다. 마찬가지로 불균등한 전체 인원에서 소수인종 병사들에게 전투 의무가 할당되었다.[40] "자국의" 인종주의화된 노동계급 군대와 "국제적인" 군대는 국가가 생산하고 통제하는 초국가적 이주 노동으로서 하나의 연속체를 형성했다. 베트남전에서의 한국의 "지원병 군대"와 오늘날 이라크에서의 미국의 "지원병 군대"는 중요한 특성을

---

38 Brian Thompson, "Surrogate Armies : Redefining the Ground Force", *Chairman of the Joint Chiefs of Staff Strategy Essay Competition*, January 1, 2002, pp.1~21을 볼 것. 또한 Joshua Kurlantzick, "Outsourcing the Dirt Work : The Military and Its Reliance on Hired Guns", *American Prospect*, May 1, 2003, pp.1~17을 볼 것.

39 강준만, 『한국 현대사 산책 2 — 평화시장에서 궁정동까지』, 인물과사상사, 2002, 248쪽.

40 Susan Jeffords, *The Remasculinization of America : Gender and the Vietnam War*, Bloomington : Indiana University Press, 1989, pp.122~123.

공유한다. 즉 자유노동의 구성에서 유일한 강제력은 경제적인 것이라는 점이다.[41] 그런데 그런 특수한 성적-프롤레타리아적 노동, 즉 지원병 군대로서 국가적·제국적 "고용인(mercenaries)"의 생산에서는, 군사노동이 군복무로서 신성하게 국가주의적(민족주의적)으로 기념화되고 망각됨에 따라, 그 노동을 상품화하는 국가나 제국의 역할 역시 은폐되어야 한다.

베트남에서의 한국의 하위군사주의와 하위제국주의

한국군은 한편으로 베트남에서의 미국 제국주의 전쟁을 위한 신식민지적 대리 군대 — 다시 말해 "국가적 고용인"[42] — 로서 기능했다고 인식된다. 그러나 다른 한편 박정희 정권의 정치적·경제적·군사적 증강에 대한 모방적 야심을 생각할 때, 그리고 한국의 침범의 희생자로서 베트남을 인식할 때, 베트남의 한국군은 근본적으로 반대되는 방식으로, 즉 하위군사주의적이고 하위제국주의적인 것으로 재위치화되어야 한다. 박정희 정권은 한국의 대중에게 베트남의 한국군이 "국위를 해외에 선양"하고 "국가적 긍지를 앙양한" 것으로 묘사했다. 정부의 담론의 수사학은 "민족의 전위"와 "새 역사의 창조", "번영과 영광"이라는 핵심 구절들과 개념들로 요약된다. 이 구절들은 분명히 한국의 베트남 파병과 한국 내의 개발 및 세계적 무대에서의 야망 사이에 놓여진 관계들을 나타낸다.[43] 한국이 다른 나라를 "돕고" 있다는 생각과 민족적 남성중심성

41 Gayatri Spivak, "Scattered Speculations on the Question of Value", Donna Landry · Gerald Maclean, ed., *The Spivak Reader*, New York : Routledge, 1996, p.117.
42 An Chŏng-hyo, *White Badge*, New York : Soho, 1989, p.40.
43 한홍구, 「베트남 파병과 병영국가의 길」, 이병천 편, 앞의 책, 300쪽.

의 "회복"의 감각은, 베트남과 베트남인에 대한 한국의 우위성과 우월감의 정서와 밀접하게 맞닿아 있었다. 베트남에서의 (하위)군사주의에 대한 긍지는 빈번히 (하위)제국주의적 만족감으로 숨김없이 인정되었는데, 그것은 앙갚음하듯이 모방적이고 반복적인 특수한 종류의 남성중심적 하위제국의 국가적 자부심이기도 했다.

"베트남 본토인"과 좋은 관계를 유지하고 한국 대중에게 구독되게 하기 위해, 한국의 신문과 방송들은 군인들이 베트남인들에게 인도주의적 도움을 주며 실행한 다양한 봉사들 — 의료봉사, 식량배급, 도로·공원·학교의 건설, 한국어와 태권도 교육, 그리고 심지어 마을 어른들을 위한 공연 준비까지의 봉사 — 을 보도했다. 보도된 많은 것들 — 그런 "인도주의적" 활동을 담은 사진들, 베트남의 한국군 사령부가 있는 철조망이 둘러쳐진 위압적인 서구식 건물, 미군위문단(USO) 콘서트를 닮은 한국 연예인들의 위문 공연, 한국 병사들을 위해 따로 마련된 베트남 기지촌과 매춘 구역 — 은 한국에서의 미군의 존재를 상기시키지 않을 수 없는 것들이다. "가는 곳마다 자유와 평화를 심었다"고 말한 '주월(베트남 주둔) 한국군'은 '주한 미군'의 모방적이고 미니어처적인 판본이었으며, 그것은 제국 내의 하위제국으로서 자신의 위상을 상징하고 있었다. 박정희 시대의 이데올로기들을 그대로 지니고 있는 듯한 전쟁에 관한 오늘날의 한 다큐멘터리는, 다음과 같이 한국의 베트남전 참전에 대한 최신의 이해를 제공하고 있다. 즉 그 다큐멘터리는 베트남전 참전을, "한반도를 벗어나 세계로 뻗어나가는 국제화(세계화)를 위한 시발이었다"고 선언한다.[44] 한국이 국가 차원에서 해외 노동을 민족주의적 경제활동으로 공식화한 가운데, 남성 신체는 베트남이든 사우디 아라비아

---

44 '월남전과 한국', http://www.vietvet.co.kr에서 다큐멘터리 〈베트남 전쟁과 한국군〉을 볼 것.

나 브라질이든 해외로 영토화하는 행위자로 생각되었으며, 그것은 남성중심적 신체와 민족의 영토 사이에 놓인 동형성을 지향한 것이었다. 신식민지적 자본을 위한 노동 상품에서 한국을 위한 하위제국 행위자로의 위상의 변화는, 그런 초기 시절에조차 한국과 그 지도자들에게는 항상 자신의 눈앞에서 맴돌고 있었다. 그 같은 변화는 하위제국이 더 이상 한국의 꿈이 아니게 된 그 이후 1990년대에 가서야 훨씬 더 분명하게 체계화된다.

베트남전의 한국군이란 극단의 가시성과 극도의 비가시성으로 된 고도로 모순된 사례였다. 즉 국제적인 반공적 십자군과 애국적인 남성적 아이콘으로 상승된 극단의 가시성과, 대리물 및 인공신체(부재하는 것을 대체하는 신체들과 신체의 부분들)로서 죽음과 상해 같은 결과물이 삭제되는 대리 노동 기능의 (극도의) 비가시성, 그 둘을 보여주는 매우 모순된 경우였다. 그들은 그런 보임과 보이지 않음의 공간과 경로(한편에 국가적 의례, 퍼레이드, 뉴스영화와 다른 한편에 베트남의 마을, 정글, 호치민 오솔길[45])를 관통해 점령하고 돌아다녔다. 베트남전에 군사 노동과 지원노동(건설, 상품의 생산과 공급, 위락과 군대 매춘)을 보낸 여러 아시아 국가들 — 한국, 베트남, 필리핀, 태국, 일본 — 을 연속적이고 통합되었지만 위계화된 영토로 생각할 때, 분리된 영토들이 미국 — "기지들의 제국"[46] — 을 위한 거대한 군사–산업 복합체로서 아시아를 구성하도록 다리를 놓은 것은 바로 그 **노동하는 신체들** — 대리물과 인공신체 — 이었다.[47]

---

45 역주: 호치민 루트로도 불리는 이 길은 북베트남에서 라오스와 캄보디아를 거쳐 남베트남에 이르는 수송로를 말한다. 베트남전 당시에는 '막을 수 없는 오솔길'로 불려지고 있었다.

46 챌머스 존슨은 1945년 이후의 미국에 대해 "영토가 아니라 기지들의 제국이며, 이제 그런 기지들이 지구를 둘러싸고 있다"고 말한다. Chalmers Johnson, *The Sorrow of Empire : Militarism, secrecy, and the End of the Republic*, New York : Metropolitan Books, 2004, p.188.

47 역주: 산업 노동도 그런 다리 역할을 한다고 볼 수 있다. 그러나 인종적·성적 위계성을 "처분가능한" 신체와 죽음정치적 노동을 통해 보다 분명히 드러내는 동시에 감추는 것은

젠더화되고 섹슈얼리티화된 노동으로서 군인되기

민중적 영웅에서 남성 매춘으로─「장사의 꿈」에서의 성적 프롤레타리아화

황석영의 「장사의 꿈」은 일견 시골의 젊은 농민이 도시의 남성 매춘부가 되는 색다른 소재를 다룬 기묘한 이야기로 보인다. 그러나 이 소설을 황석영의 동시대의 다른 작품들에 병치시키면 그 이야기에 함축된 의미는 보다 더 명료해진다. 이 시기의 그의 소설들은 농민들의 도회지로의 집단적 이동과 도시에서의 어려움의 경험, 초기적인 노동운동, 베트남에서의 군사 노동 같은 한층 큰 주제들을 말하고 있다. 다음에서 내가 논의할 것은, 「장사의 꿈」이 성적 프롤레타리아화의 과정, 즉 전통적인 농민의 남성중심성을 성과 섹슈얼리티 노동으로 변화시키는 과정을 보여준다는 것이다.

이 소설은 프로 레슬러가 되기 위해 시골에서 서울로 상경한 일봉이라는 청년의 이야기이다. 그는 민중적 영웅인 장사의 혈통을 물려받았다고 서술되고 있다.[48] 장사란 초자연적인 육체적 힘을 발휘해 공동체를 구하고 위기의 시대에 기적을 행할 괴력의 인물을 말한다. 자신의 혈통과 우람한 근육질 몸에 맞는 적당한 직업을 찾지 못한 일봉은 식당에서 음식을 나르거나 대중목욕탕에서 다른 사람 몸의 때를 밀어야 했다. 그는 또한 한때 그의 꿈이었던 레슬링이 각본이 짜여진 게임이며 "사기"의 연출임을 알고 실망한다. 도시로 오기 전 (읍내 식당에서) 어느 날 한 관상가가 그에게 "몸을 팔아 만인의 사랑을 받게" 될 것이라고 예언을

바로 대리 노동(군사 노동, 성 노동)이다.

48 역주 : 이 소설은 1인칭 극화된 화자의 서술로 진행된다.

한 적이 있었는데,[49] 이윽고 목욕탕에서 일하고 있는 동안 그는 삼류 포르노 영화감독에게 "발탁"된다. 그는 상대 여자배우와 달아나기 전까지 훌륭한 체격 덕분에 잠시 동안 포르노 영화배우의 직업을 갖게 된다. 포르노 회사에서 적당히 돈을 버는 일이 없어지고 가난을 참지 못한 그의 애인(애자)이 떠난 후, 그는 중상류층 주부를 상대로 한 수입 좋은 남성 매춘의 일을 찾게 된다. 그 후 매춘부로서 그의 일을 못할 만큼 "거세된" 자신을 발견하게 되자, 그는 도시를 떠나 고향 동네로 돌아가기로 결심한다.

일봉의 조상들, 즉 전근대적인 용맹한 영웅들에 대한 황석영의 향수 어린 재구성은, 일봉이 직면한 근대적 변화와 연관해서 나타난다. 1인칭 화자 일봉은 "전설 같은 시대"의 활력적인 조상을 형상화하는데, 그때 시골의 남성 신체와 그 민중적인 남성적 섹슈얼리티는 공동체 속에 완전히 섞여 들어갔으며 신성한 대의에 공헌했다. 그러나 일봉은 이제 그런 사회적 조직으로부터 떨어져 나왔고 느슨해진(유동적인) 상태에서 산업화된 경제 속으로 들어갔다. 도시에서 다양한 서비스 직업을 전전하면서 그는 시대에 맞지 않는 자신의 근육성/남성성을 발견한다. 그의 근육성/남성성은 예전에 노동 및 섹슈얼리티, 공동체적 의미와 서로 결합했었지만, 지금은 단순한 물질적 과정, 즉 무성적이고(asexual) 거세된 신체의 기계적 노동 능력의 가치로 환원되었다. 다른 한편 그는 자신의 우람한 몸의 섹슈얼리티 자체가 이제 노동이 될 수 있음을 발견한다. 그 두 경우 모두에서, 일봉의 섹슈얼리티는 노동 시장에서 생산되고 유통되며 소비될 수 있는 다양한 용도와 가치로서 분리되어 버린 셈이다. 그의 소외된 남성성/근육성의 가치는 단지 그 자신의 성적인 상품으로서

---

49 황석영, 「장사의 꿈」, 『황석영 중단편 전집』 3, 창비, 2000, 12~14쪽.

만,[50] 혹은 그의 무성화된 노동으로서만 존재한다. 일봉이 섹슈얼리티화된 노동하는 주체로 재구성됨에 따라, 근대적 좌파의 민족주의적인 문학적 상상력이 불러낸 민중적인 남성중심적 섹슈얼리티의 아우라는, 포르노 스타로서 일봉의 명성의 매력 속에서 타락된 형태로만 회복될 수 있을 뿐이다. 한 개인의 진실은 근대성 속의 그(그녀)의 성(sex)을 통해서 접근된다는 푸코의 주장은 노동계급의 경우에는 수정될 수 있는데, 그들의 경우 섹슈얼리티가 자신의 노동에 의해 (혹은 노동 속으로) 전유되고 규율화되고 변형되기 때문이다.[51] 섹슈얼리티가 가족·학교·의학 같은 복수적 사회제도를 통해 규정되지만 여전히 "사적" 영역에 제한된 부르주아와 비교할 때, 노동계급의 주관성의 진실은 그들의 섹슈얼리티와 노동의 그런 불가분리성에 놓여 있으며, 뗄 수 없는 그 둘은 "공적인" 경제에 전유된다.[52]

일봉은 그의 직업들 — 목욕탕 때밀이, 포르노 스타, 매춘 — 이 모두 자신의 신체에 특별한 영향을 끼침을 발견한다. 그는 자신의 몸이 "나무토막"이나 "기계로서 움직이는 것"[53] 같이 되었다고 느낀다. 포르노 스타와 남창(男娼)으로서의 그의 노동은 더 나아가 그의 "살덩이"가 활기가 없어지고 생명력이 시들었음을 느끼도록 만든다. 즉 "나는 거세되어버렸다는 걸 알았고 (…중략…) (나는) 몇 근의 살덩이에 지나지 않았어."[54] 그러나 우리는 또한 일봉의 파트너였던 여성 포르노 스타[55]의 연기에

50 역주 : 일본의 섹슈얼리티의 상품화는 자신의 신체 자체가 상품이 되는 경우이다.

51 Michel Foucault, Robert Hurley, trans., *The History of Sexuality*, vol.1, New York : Vintage Books, 1978, pp.53~73; 미셸 푸코, 이규현 역, 『성의 역사』 1, 나남, 1990, 69~90쪽.

52 역주 : 부르주아와 달리 노동계급은 섹슈얼리티 자체가 프롤레타리아화되면서 공적인 경제에 전유된다. 따라서 노동계급의 섹슈얼리티는 주관성인 동시에 공적인 영역에 예속되어 있기도 하다.

53 황석영, 「장사의 꿈」, 앞의 책, 9쪽.

54 위의 책, 28쪽.

55 역주 : 여성 포르노스타 애자는 나중에 일봉의 애인이 된다. 그녀에 대한 일봉의 묘사는 처

대한 (일봉의) 묘사에서, 저항은 죽은 살덩이가 생산되는 과정에 이미 내재한다는 것을 알게 된다. 즉 "애자는 훌륭했어. (…중략…) 언제나 표정은 같았어. 자, 보아라. 나는 살아 있다. 살기 위해서 당당하게 움직이고 있다."[56] 일봉과 애자의 사랑의 여정은, 상품화하는 권력으로부터 그들의 섹슈얼리티와 주체성을 회생시키고 그것을 "사적" 영역으로 복구시킴으로써, 이제 성적 프롤레타리아를 공적인 시장 영역 "외부"의 저항적 공간으로 재의미화하는 또 다른 방법이 된다. 즉 "우리는 잃어버렸던 서로의 살을 남의 눈초리로부터 빼앗아 올 수가 있다고 믿었거든."[57] 일봉은 (결말부에서) 자신의 활기 잃은 몸에 생명을 다시 불어넣으려 시도한다. "내 살이여 되살아나라. 그래서 적을 모조리 쓰러뜨리고 늠름한 황소의 뿔마저도 잡아 꺾을" 것이다.[58] 일봉이 시골생활의 행복을 상상하는 바로 그 순간, 그는 "(내) 자지가 호랑이 앞발처럼 억세게 일어나는 기적"[59]을 경험한다.

「장사의 꿈」은 근대 노동계급의 형성을 노동과 섹슈얼리티의 (상상적인) 신성한 공동체적 통합으로부터 성적 프롤레타리아화로의 이행으로 묘사한다. 성적 프롤레타리아화에서는, 본래 존재론적 활력 자체에 연결된 것으로 재해석된 섹슈얼리티가, (무)성적으로 섹슈얼리티화된 노동하는 주체로서 재구성되어야 한다. 황석영이 그처럼 성적 프롤레타리아화의 과정을 **자신의** 섹슈얼리티의 박탈로 인해 매력을 잃은 신체와 생기 없는 좀비를 생산하는 것으로 여기는 바로 그 만큼,[60] 그에게 섹슈

음 포르노 연기를 함께 한 후의 느낌을 표현한 것이다.

56 황석영, 「장사의 꿈」, 앞의 책, 19쪽.

57 위의 책, 22쪽.

58 위의 책, 28쪽.

59 위의 책, 29쪽.

60 역주 : 황석영의 경우 성적 프롤레타리아화란 자기 자신의 섹슈얼리티를 상실하고 자본주의적인 상품화된 섹슈얼리티 신체로 생산되는 과정이 된다. 그 과정은 결국 이 책의 논지

얼리티란 또한 근본적으로 성적-활력적 주체인 프롤레타리아적 주체성의 진정성 있는 매혹적인 위치가 된다.

일을 처리하기 — 살인과 고문의 남성중심화 과정

남성 성 노동이 성적 프롤레타리아화의 보다 덜 일반적이고 적게 눈에 띄는 유형인 반면, 군사 노동은 남성중심적인 성적 프롤리타리아화의 가장 보편적인 형태이다. 남성 주체 및 신체의 군사화는 남성중심적 젠더와 섹슈얼리티의 다양하게 구성된 차원들을 기능과 작업으로 배치한다. 다음에서 나는 황석영과 안정효의 문학작품들에 대해 논의할 것인데, 이 작품들은 베트남전의 상황이 노동계급의 남성성/근육성을 군사화·젠더화·섹슈얼리티화된 노동으로 생산하기 위해, 어떻게 복합적으로 민족주의, 인종주의, (이성애적) 남성중심주의, 반공주의 같은 복수적 이데올로기 요소들의 혼합물을 증강시켰는지 보여준다.

안정효의 『하얀 전쟁』(1983)은 베트남의 한국군에 만연했던 대중적 남성중심주의의 모습에 부분적으로 접근하게 한다.[61] 『하얀 전쟁』의 1인칭 화자는, 전쟁이란 "남성적인 힘의 성역이요, 죽음을 건 가혹한 싸움은 신격을 향한 발돋움 바로 그것이었다"[62]라고 믿으면서 베트남에 왔다. 젊은 신병의 최초의 전투의 경험은 첫 섹스의 경험에 비유되며 전투의 승리는 섹스의 절정에 비교된다. 즉 "(병사들은) 처음으로 종삼에 가

대로 생명력이 거세되는 죽음정치적 노동의 과정이라고 할 수 있다.
61 『전쟁의 기억, 기억의 전쟁』에서 김현아의 한국 제대병과의 인터뷰를 볼 것. 김현아, 『전쟁의 기억, 기억의 전쟁』, 책갈피, 2002, 227~230쪽.
62 An Chŏng-hyo, *White Badge*, New York : Soho, 1989, p.57; 안정효, 『하얀 전쟁』, 고려원, 1989, 45쪽.

서 창녀를 탔을 때처럼 '기분이 어떻디?' 해가며 조금도 무섭지 않았다느니, 거 참 신나더라느니 하며 법석을 떨었다."[63] "전쟁이란 승리하는 자에게는 숨찬 기쁨, 남성적인 희열이었다. (…중략…) 승전을 발광하는 병사들의 함성으로 요란했다. (…중략…) 중대끼리 경쟁을 벌이며 정글의 인간사냥에 가속도가 붙었다. 대대와 연대와 사단에서는 축구시합의 득점이 궁금한 사람들처럼 몇 명 더 죽였느냐고 예하부대로 자꾸만 전과를 물어왔다."[64] 이 남성중심적 섹슈얼리티와 군사적 행동 간에 가정된 관계는 단순한 은유를 넘어선다. 성적 행위와 군사적 행동 양자에서, 타인을 굴복시키는 공격성과 폭력, 힘은 서로 다른 정도로 남성성의 핵심 가치를 형성하는 것으로 규정되는 반면,[65] 복종성이나 약함은 여성의 젠더나 여성적 유약함, 동성애와 연관된다. 군사적 무용은 섹슈얼리티화되거나 성적인 무용과 뒤섞인다. 섹슈얼리티화된 노동으로서 군사 노동은 살인과 그와 연관된 일들을 성적인 자극으로 만든다. 살인은 "심층적으로 성적이고 흥분되는 일"[66]로 경험된다. 즉 살인은 쾌락이 타인의 상징적·물질적 정복과 소거에서 연원되는 정도까지 성적인 행위와 유사하다.[67] 로빈 로건(Robin Morgan)에 의하면, 남성중심적 섹슈얼리티의 군사적 전유에서는 "남성다움 자체가 파괴의 무기가 된다."[68]

베트남전의 문학적 재현은 가장 비판적인 작품에서조차도, 한국 병사들 사이에서 "베트콩"을 강건한 한국인의 남성성에 비해 인종적으로 열등하고 (여성처럼) 유약한 적으로 얕보는 느낌이 만연했음을 전해준다.

---

63 Ibid., p.71; 안정효, 위의 책, 17쪽.
64 Ibid., p.173; 안정효, 위의 책, 161쪽.
65 Joshua S. Goldstein, *War and Gender*, Cambridge : Cambridge University Press, 2001, p.265.
66 Ibid., p.349.
67 역주 : 여기서의 성적 행위는 물론 남성중심적 섹슈얼리티에 의한 행위를 말한다.
68 Robin Morgan, *The Sexuality of Terrorism*, New York : Norton, 1988; Joshua S. Goldstein, *War and Gender*, Cambridge : Cambridge University Press, 2001, p.350에서 재인용.

심문과 고문은 섹슈얼리티와 권력, 폭력의 관계가 전투 자체에 이미 내재해 있음을 더욱 분명히 드러낸다. 섹슈얼리티화된 고문에서 심문자나 고문자는, 전쟁포로를 인종주의화·여성화되어 거세된 적-타자로 변형시킴으로써, 인종주의, 민족주의, (이성애주의적[69]) 남성중심주의 같은 복합적으로 교차되는 이데올로기들을 통해 자신의 정체성을 (재)확인한다. 고문과 섹슈얼리티화된 고문은 적과의 탈동일화 상태를 유지하기 위해 수행된다. 그러나 그와 함께 이 타자화 과정에서는, (적어도 어떤 사람에게는) 체포자-고문자와 포로-피고문자의 주체적 위치가 동일화되거나 상호교체될 가능성 역시 더욱 높아지는 기묘한 일이 생기기도 한다. 예컨대 황석영의 「돌아온 사람」의 한 장면은 그 점을 보여준다.

「돌아온 사람」에서는 한국에 돌아온 베트남전 제대병이 부대원들에 의해 수행된 탄이라는 포로에 대한 고문 장면을 회상한다. 예전에 중학교 교원이었던 탄은 게릴라로 변신해서 맹렬한 저항을 나타냈다. 몹시 화가 난 한국 병사들은 탄을 괴롭히기 시작했고 그 괴롭힘은 마침내 성적인 폭행과 고문으로 이어졌다. 동료 중의 한 사람이 담뱃불을 탄의 성기에 갖다 대자 탄은 그의 손등을 문다. 그에 대한 응징으로 병사들은 모두 탄을 심하게 때리지만, 곧이어 그들은 놀랍게도 탄이 죽었음을 알게 된다.[70] 지상전에서의 타인의 살해가 그에 대한 원초적인 동일시와 탈동일시가 발생하는 내밀한 행위임을 피할 수 없듯이,[71] 황석영의 베트남전 제대자는 자신과 희생자의 위치 사이의 어지러운 미끄러짐을 회상한다. 즉 "때때로 그의 차갑고 긴장된 눈과 마주칠 때마다 갑자기 외로워졌었다. 그가 나를 미워한다는 것이 참을 수가 없었다. 그의 생

---

69 역주: 동성애를 폄하하는 태도를 말함.
70 황석영, 「돌아온 사람」, 『황석영 중단편 전집』 1, 창비, 2000, 119~120쪽.
71 Susan Jeffords, *The Remasculinization of America : Gender and the Vietnam War*, Bloomington : Indiana University Press, 1989, pp.54~59.

제1장_ 대리적 군대·허위제국·남성중심주의─베트남전의 한국   115

존의 이유, 그가 받드는 가치, 그가 품위를 지키려고 노력하는 것을 생각할 때에, 나는 체질적인 저항감을 느꼈다."[72]

『하얀 전쟁』에서 주인공의 부대원이 어쩌다 젊고 아름다운 여자 게릴라를 체포했을 때, 포로를 다루는 일은 한국 병사들의 베트남 여성의 이성애적 정복과 같아진다. 그런 게릴라가 체포되면 그녀의 군사적 저항은 망각되고 그녀는 적에게 제공된 군대 성 노동자로 전환된다. 포로의 몸을 수색하는 일은 음란한 웃음 속에서 "스트립 쇼"로 바뀐다. 그녀가 "홀랑 벗겨져" 세워졌을 때 병사들 중의 한 사람이 그녀의 은밀한 부분을 수색하자고 제안한다. 즉 "야야, 그 털도 뒤져봐. 구멍 속에 혹시 바주카포라도 감췄는지 모르니까" 화자는 여자 베트콩들이 자신의 생식기에 치명적인 독침을 지니고 있다는 소문을 설명하면서 그런 생각을 변호한다.[73] 『하얀 전쟁』의 이 삽화는, 한국 병사들에 의해 고통을 당하는 여자 베트남 포로의 심각한 성적 폭행을, 젊은 병사들의 권한인 다소 치기어린 악의 없고 온후한 성적 재미와 흥분으로 묘사한다. 한국 병사들의 모습은, 그녀에게 미와 부드러움에 대한 찬사와 선물을 쏟아내며 그녀를 미의 여왕 "미스 베트콩"으로 다루는 것으로 그려진다. 이 소설은 한국 남성 체포자가 저지른 베트남 여성 포로에 대한 성적 폭력을 경솔하게 부인한다. 즉 "그들이 그녀로부터 원한 것은 끈적하고 툴툴거리는 섹스가 아니라 따뜻함과 위안과 평화였다."[74] 이 같은 이 소설의 특수한 장면은 한국군에 의해 저질러진 실제의 강간 및 다른 성적 전쟁 범죄의 수많은 사례들과 일치되지 않는 것으로 해석되어야 한다. 그런 사례들은 베트남 희생자와 목격자들에 의해 기록되고 증언된 바 있

---

72 황석영, 「돌아온 사람」, 앞의 책, 118~119쪽.
73 An Chŏng-hyo, *White Badge*, New York : Soho, 1989, p. 201; 안정효, 『하얀 전쟁』, 고려원, 1989, 198쪽.
74 Ibid., p. 201.

다.[75] 베트남 여성(적과 동맹자 둘 다)과의 상업적 성관계와 성적 폭행은 한국 병사들에게는— 성적·감정적·사회적 — 서비스 노동의 형태로 생각되었다. 요컨대 베트남 여성들은 그들에게 "위안부"로서 기능했다. 더 나아가 적의 여성에게 저질러진 성적 폭행은 승리에 대한 보상으로 이용되었다. 그렇지 않으면, "적의 재산" 곧 그들의 여성을 가치폄하하고 손상시킴으로써 적을 심리적으로 약화시키는 전략으로 사용되었다.[76] 다시 말해, 군사적이고 군대화된 맥락에서 성적 폭력의 행위는 군사 노동의 연속선상에서 기능하도록 조장되었다.

한국의 국가가 그런 군사적 벤처를 통해 스스로를 재남성주의화할 수 있었다면, 전쟁에서 싸우고 살아남은 노동계급 남성은 상해와 불구, 심리적 트라우마라는 끔찍한 거세의 효과를 겪었다.[77] 황석영과 안정효의 소설은 군사화된 남성중심성의 신화를 권력의 구현과 권위, 지배로서 풀어내고 있다. 즉 "존엄성도 없고, 남성적이지도 못하고, 오직 비열하기만 한 싸움. 장쾌한 도전도 없고, 그저 가장 비열한 방법으로 하나씩 하나씩 죽이기만 하는 싸움. 이곳에서는 죽음조차도 모욕을 당한다."[78] 황석영과 안정효의 인물들 모두에게 다른 인간을 죽이는 직업은 무한한

---

75 김현아의 『전쟁의 기억, 기억의 전쟁』의 주요 부분은 한국군의 민간인 학살과 강간에 의한 베트남인 희생자와의 인터뷰로 이루어져 있다. 이 책은 또한 한국군에 의해 저질러진 전쟁 범죄와 트라우마의 기억에 대처하려는 베트남인 쪽에서의 다양한 집단적인 노력들에 관해 적고 있다.

76 Joshua S. Goldstein, *War and Gender*, Cambridge : Cambridge University Press, 2001, p.362.

77 안정효, 『하얀 전쟁』, 고려원, 1989, 174쪽을 볼 것. "나는 명령에 따라 움직이는 군인이었다. 나는 사람을 죽이는 훈련을 받았고 그 일을 하라고 보수도 받았으며, 죽여야 한다는 명령을 결국은 충실히 실행하기에 이르렀다. 그 행위에 있어서는 '나'라는 개체가 존재하지를 못한다. 내가 나를 모르고, 나는 내가 아니기 때문이다. 어째서 무엇을 하는지 모르면서 동기가 없이도 행위가 가능한 것이 병사이다. 전장의 병사는 엄청나게 커다란 전쟁이라는 기계의 움직임에 따라 타인의 동기와 목적에 따라 돌아가는 자그마한 바퀴이다."

78 An Chŏng-hyo, *White Badge*, New York : Soho, 1989, p.261; 안정효, 『하얀 전쟁』, 고려원, 1989, 278쪽.

수치심을 낳는 비열한 행위이다.[79] 남성 신체와 국가/(하위)제국 사이의 연관성을 파열시키면서, 이 비판적인 작품들은 단초적인 방식으로 남성성을 폭력과 연관된 것에서 탈군사화된 것으로 수정하기 시작한다.[80] 만일 "군사적 용맹"이 남성들을 인가받은 폭력을 수행할 군사 노동 상품으로 성공리에 호명함을 나타낸다면, 한 병사의 "유효성"이란 남성들이 국가와 사회의 지배 이데올로기의 호명을 **거부하지 못하는** 바로 그 정도까지라고 말할 수 있다. 이 절에서 논의한 예들은 대부분 체제의 전반적인 성공을 입증하는 것이지만, 다음 절에서는 지배 이데올로기의 실패가 어떻게 병사와 매춘의 관계, 즉 군인과 그 상대항 여성 성 프롤레타리아와의 동일시 관계에서 발생하는지 다양하게 강조할 것이다.

「몰개월의 새」와 「영자의 전성시대」에서의 (남성) 군사 노동과 (여성) 매춘

이제 황석영의 「몰개월의 새」(1976)와 조선작의 「영자의 전성시대」(1973)에 나타난 남성 군사 노동과 여성 매춘 간의 밀접한 친연성을 살펴보자. 두 작품은 군인과 군대 매춘녀(혹은 일반 매춘녀) 간의 젠더적 위계를 넘어선 노동계급의 우정을 주목하는 점이 눈에 띈다. 「몰개월의 새」는 베트남으로 떠나는 한국인 병사들만을 상대하는 몰개월이라는

---

79 안정효, 위의 책, 174~175쪽을 볼 것. "자신에 대한 혐오감과 수치심은 지워지지가 않았다. (…중략…) 나는 인간 하나를 동물처럼, 지극히 원시적인 동물처럼 갈기갈기 찢어 죽여버렸다. (…중략…) 설명은 할 수 있어도 용서는 안 되는 행위들이 발생한 과정만이 영혼의 커다란 얼룩으로 남았다. 나는 사형 집행인, 검은 두건을 쓰고 도끼를 휘두르는 망나니였다."

80 최근의 미국의 다큐멘터리 영화 〈서/노서(Sir/No Sir)〉(데이비드 자이거 감독, 2005)은 월남전 참전 미군 병사들의 다양한 반항과 반발을 기록하고 있다. 이는 병사들과 제대병들의 지하운동이나 마찬가지인데, 사병들이 장교들을 공격하는 것에서부터 50만 건의 직무유기에 이르기까지의 행동들이 있었다.

(미군 기지촌과 대조되는) 한국군 기지촌에서 시작된다. 이 소설은 그런 기지촌의 특이한 분위기를 포착하는데, 이곳에서 군인들은 베트남으로 떠나기 전에 불안하게 체류하고 있었고, 창녀들은 전국 각지에서 "갈 데 없이 막판까지 (이리로) 밀려와" 밤새 "전장으로 나가려는 병사들의 시달림"을 받았다.[81] 이 소설은 그처럼 군인과 창녀 사이의 긴장을 결코 부인하지 않지만, 그럼에도 그들이 서로 간에 붙잡으려는 끈을 인식하고 그것에 가치를 부여하려 계속 애쓴다. 서로 공유하는 사회적·경제적 배경에 근거한 그런 친연성에 대한 설명을 넘어서서, 이 소설은 더 나아가 거친 군사화된 환경에서 생긴 민감한 애착의 감각을 묘사한다. 그들은 그 황폐한 먼 마을에서 엄청난 유기와 절망, 황량함의 분위기 속에 함께 포위된다. 임박한 익명의 죽음의 가능성에 대한 병사들의 침묵의 두려움—"아무도 모르게 죽으면 어떡하나, 하는 걱정이 들었다"[82]—은 극단적인 물질적·감정적 곤경의 삶 속에서 창녀들이 경험한 보다 일상화된 공포의 느낌과 뒤섞인다. 선고받은 운명처럼 살아가는 그들은 그처럼 무겁게 감지되는 분위기 속에서 서로 서로 소통하고 교류한다. 한 비오는 밤 기지촌 외곽에서 1인칭 화자('나')는 억병으로 취한 술집 여자가 "시궁창에 처박힌" 것을 발견한다. "내 욕정 일으킨" 것은 그런 모양의 여자, 바로 그 "송장 같은" 여자였지만,[83] 그와 함께 그녀와의 섹스를 가로막은 것은 '나'와 그녀와의 동일시의 감각이었다. 격앙된 상태에서 '나'는 "식구"처럼 되어버린 "여자를 먹는 놈이" 어디있겠느냐고 혼자 생각한다.[84]

조석작의 「영자의 전성시대」 역시 「몰개월의 새」처럼 서울의 싸구려

---

81 황석영, 「몰개월의 새」, 『황석영 중단편 전집』 3, 창비, 2000, 181쪽.
82 위의 책, 190쪽.
83 위의 책, 182쪽.
84 위의 책, 189쪽.

사창가에 있는 창녀 애인(영자)과 그녀의 동료들에 대한 베트남 제대병이 느낀 유대의 감각을 강조한다. 그런데 이 소설은 병사와 매춘을 구조화하는 권력과 폭력, 섹슈얼리티의 관계를 개념화하는 데 훨씬 더 정확함을 보인다. 1인칭 화자는 "일곱 명의 베트콩을 불태워 죽이고 이름 있는 무공훈장을 획득한" 청년이다.[85] 그러나 "내"가 서울의 변두리로 돌아온 후 겨우 얻은 일자리는 고작 「장사의 꿈」의 일봉 같은 공동목욕탕 "때밀이"였다. '나'는 우연히 사창가에 갔다가 주인집에서 밥을 먹던 견습 용접공 시절에 알던 영자를 만나게 된다. 놀랍게도 영자는 창녀가 되었을 뿐 아니라 버스 차장 때의 사고로 한쪽 팔을 잃은 상태였다. '내'가 손수 만든 의수(義手)를 영자에게 선물로 주는 등 그녀의 일을 도우면서 이 베트남전 제대병과 창녀는 서로 연분을 만들어간다. 의수로 불구를 감추면서 영자의 벌이가 좋아진 바로 그 무렵 사창가는 당국의 단속을 받게 된다. 영자는 경찰의 추격으로부터 도망쳤지만 맡긴 돈을 찾으러 사창가에 돌아왔을 때 그곳을 덮친 화재에 의해 희생된다.

처음부터 끝까지 이 소설은, 제대병의 베트남전 회상과 영자의 서울 사창가의 경험이 계속 뒤섞이며 구성되며, 1인칭 남성 화자의 베트남전 군인의 경험과 영자의 서울 창녀의 삶이 줄곧 비교되며 구조화된다. 영자를 돈으로 샀을 때 화자는 그 느낌을 "사람을 죽일 때와 마찬가지의 잔인스런 쾌감"으로 묘사한다. '나'의 머릿속에서 돈으로 산 창녀의 알몸뚱이와 자신이 죽인 적의 생명 없는 시체는 뒤섞인다. 즉 "나는 마치 내가 죽인 시체를 내려다볼 때처럼 복잡한 마음으로 영자의 알몸뚱이를 내려다보았다."[86] '나'는 더 나아가 베트남에서의 한 사건을 회상한다.

---

85   조선작, 「영자의 전성시대」, 『한국 소설문학 대계』 66, 동아출판사, 1995, 108쪽.
86   위의 책, 119쪽.

우리들이 그 마을을 평정하였을 때 마을에 남아 있는 것이라고는 계집들뿐이었다. 하사가 내 귀를 끌어당겨서 속삭였다. "멋진 기회다." 마을의 계집들은 전우들의 요구에 헤프게도 벌려 주었다. 그때도 나는 공포에 질려 떨고 있는 못생긴 처녀 하나를 불필요하게 비상식량 한 상자를 주고 샀던 것이다. 소녀는 목이 가늘었다. 소녀는 풀대처럼 말라비틀어진 목을 도리질하며 저항했다. 소녀의 그 슬픈 저항을 이해할 수 없을 만큼 그렇게 내가 무지막지했더라면 얼마나 행복했을까. 그렇지, 나는 매우 괴롭게 그 소녀의 국부를 향해 달려들고 있는 무서운 통증을 저어했었다. 나는 나의 난폭하게 돌기한 부분을 소녀의 밖에서 해결했다.

나는 어리석게도 영자의 그곳을 향해 달려들 통증을 상상하며 영자를 깊숙이 점령했다.[87]

한편으로 보면, 창녀를 사면서 적을 죽일 때와 혼용되는 '나'의 의식은 군사 노동의 섹슈얼리티화된 본성을 다시 재확인시킨다. 여기서 주체/승리자는 남성의 위치를 가정하며, 적/패배자에게는 여성의 위치가 할당되는데, 이처럼 (인종주의화되고 계급화된) 젠더적 위계가 전제된 전투의 본질에 접근할 때 폭력적 권력 관계의 구조로서 성 노동의 본질이 입증되는 것이다. 그러나 다른 한편 이 부분에서 주목하고 싶은 것은, 남성 화자('나')가 여성인 '베트남의 적/강간 희생자'와 '한국의 창녀'를 향해 느끼는 연약하고 희미하지만 무의미하지 않은 **동일시 과정**[88]의 감각이다. '나'의 민족을 넘어서고 젠더를 넘어선 이 동일시 과정은, 베트남전 병사 및 한국의 성 노동 소비자로서 자신의 주체성을 구성하고 행동을 정당화하는 이데올로기들의 와해에 의해 가능해지거니와, 이 순간

---

87 위의 책, 120쪽.
88 역주 : 이 동일시는 타자와의 공감적인 동일시라고 할 수 있다.

은 상호 연결되어 서로를 강화하는 이데올로기들의 작용이 얼마간 **실패**[89]하는 순간이다. '나'는 조심스럽게 "자기 자신"(이데올로기적 주체)과의 탈동일시에 성공하며, 그를 통해 각 여성과의 위계화된 차이를 규정하는 구조를 파열시킨다.[90]

「몰개월의 새」에서 군인과 창녀의 우정의 보다 일반적인 근거인 계급적 위치와 군사화된 환경의 유사성 등과 함께, 우리는 그런 친연성의 근거로서 군사 노동과 성 노동이 공유하는 두 가지 다른 보다 특수한 공통성을 추적할 수 있다. 황석영의 또 다른 소설(「탑」)에서 베트남 창녀의 몸에 대한 한국 병사의 회상―"퍼덕이는 갈색의 몸뚱이는 내 몸처럼 슬펐다"[91]―은, 신체와 (창녀와 병사의) 젠더화된 섹슈얼리티를 군사 노동과 성 노동을 통해 화폐적 가치로 전환시키는 매개되지 않은 상품화 과정 같은 것을 나타낸다. 그 두 가지 성적-프롤레타리아적 노동은 그들의 노동의 일부일 수 있는 다른 기술들과 서비스들이 있긴 하지만 자신들의 신체 자체를 상품으로 생산한다.[92] 군사 노동과 성 노동에는 경제적 가치로 전환된 순수한 신체성이 있다. 군대 매춘(혹은 일반 매춘)이 "몇 파운드의 고기 덩어리"를 현금으로 만들듯이, 미국 정부는 한국 병사들에게 그들의 생명이나 죽은 신체에 대한 화폐적 보상을 제공한다. 안정효의 『하얀 전쟁』의 병사들은, 가족들이 자신들의 죽음으로 모으게 될 "달러(보상금)"에 대해, 즉 그들을 "효자"로 만들 화폐에 대해 이야기 한다.[93] 박영한의 『머나 먼 쏭바강』(1978)의 인물들은 미국군에 책정

---

89 역주 : 이데올로기가 타자를 배제하거나 예속시키는 기제라면 그것의 실패는 타자와의 공감적 동일시가 일어나는 순간이다.
90 역주 : 자기 자신과의 탈동일시란 이데올로기적으로 구성된 주체에서 벗어남을 뜻하며 그 순간 위계성을 구성하는 이데올로기 구조는 파열된다.
91 황석영, 「탑」, 『황석영 중단편 전집』 1, 창비, 2000, 56쪽.
92 Neferti Xina M. Tadiar, *Fantasy-Production : Sexual Economies and Other Philippine Consequences for the New World Order*, Hong Kong : Hong Kong University Press, 2004, pp.55~56 · 115.

된 훨씬 더 많은 달러 가치에 불평하면서, 그들 자신이 "고작 50달러"이며, 그들의 죽음이나 삶이 고용인인 미국 정부에게 그 정도의 가치라고 체념한다. 주인공 황 병장은 자신들을 놓고 협상한 한국 정부에 대해 연민과 원한을 가지고 이렇게 생각한다. "그것이 너의 정부가 할 수 있는 최선의 방도였다……."[94] 군사 노동은 매춘처럼, 노동하는 신체 — 자신의 신체의 순수한 대리성에 보상을 받는, 타인의 신체를 대신하는 신체 — 가 절대적으로 필수불가결한 동시에 명백하게 처분가능하다는 본래부터의 모순된 논리를 통해 구성되는 것 같다.

또 다른 공통성은 그런 두 가지 노동에 의해 개인의 신체와 섹슈얼리티, 주체성에 생겨나는 형태적인 기형의 감각이다. 「영자의 전성시대」의 남성 화자는 자신이 "창녀가 아닌 계집"으로 분류한 여자들을 "번듯번듯한" 여자라고 묘사하며 반감을 표현하는데, 여기서 "번듯번듯한"은 뜻하지 않게도 의미 있게 선택된 형용사이다. "번듯번듯한"은 "곧은", "반듯한", "손대지 않은" 상태를 내포하므로, 화자는 창녀 — 그리고 그녀의 직업 성 노동에 의해 규정된 여성성과 섹슈얼리티 — 를 대비적으로 이상하고 왜곡된 상태, 흉하고 변형되고 손상된 상태로 암시하는 셈이다. 남성 화자가 베트남전에서 부상당하고 불구가 된 약 만 6천의 한국 병사에 대한 역사적 사실을 은밀히 환기시키면서, 자기 자신의 섹슈얼리티와 주체성의 손상을 암시하는 것은 바로 그런 창녀와 자신의 동일시를 통해서이다.[95]

---

93 An Chŏng-hyo, *White Badge*, New York : Soho, 1989, p.71; 안정효, 『하얀 전쟁』, 고려원, 1989, 18쪽.
94 박영한, 『머나먼 쏭바강』 1, 민음사, 1992, 106~107쪽. 두 권으로 된 장편소설은 같은 제목으로 1977년에 문학잡지에 발표되었던 중편소설의 확장본이다. 원래의 중편은 『세계문학』, 1977 여름, 260~365쪽.
95 죽음뿐만 아니라 불구 역시 베트남전 같은 군사적 역사에 대한 공식적인 설명에서 삭제되어 왔다는 사실을 생각할 때, 1970년대로부터의 그런 은밀한 기억조차도 저항을 제공한다. 불구

내가 논의하려는 것은, 그 같은 노동계급의 군사화된 남성성의 (축자적·물리적 뿐 아니라 상징적·심리적) 손상이 그 여성적 상대항 영자의 '불구성-외팔'로 전위된다는 것인데, 그것은—그녀의 물질적인 궁핍에서 기인된 '육체를 요구하는 직업'이 남긴 표식[96]이면서—그녀 자신의 성적 프롤레타리아화, 그녀의 손상된 섹슈얼리티와 주체성의 상징인 것이다. 베트남전에서 상해를 입은 노동계급 남성적 신체들은 침묵해 온 것 같으며, 한국에서 전쟁(냉전)이 지속되는 동안 여전히 공공의 의식의 표면 밑에 남아 있는 듯하다. 1960~70년대 한국에서 화자 자신 같은 노동계급 청년들 간에 큰 인기가 있던 홍콩 검객영화 "외팔이" 주인공에 영자를 비유하면서, 이 소설은 그녀를 베트남 시대의 손상된 노동계급 남성의 섹슈얼리티와 주체성의 상징적인 대리물로 인정하게 한다. 실제로 경찰의 단속 때 영자의 사창가로부터의 도주는 그녀의 사내 같은 차림 덕에 성공할 수 있었다.[97]

화자가 영자를 위해 만들어준 의수로 인해 영자의 손님이 많아졌을 때, 이 영자의 일시적 승리와 전성시대는, 그렇게 보면 홍콩(그리고 한국) 검객영화의 불구적 주인공—흔히 외팔이며 때로는 외다리나 외눈인 주인공—의 초자연적 힘과 스펙터클한 장면의 대체물이기도 하다.[98]

가 된 제대병이 등장하는 베트남전에 대한 한국문학의 재현은 매우 적다. 『하얀 전쟁』에서 베트남으로 간 병사들은 예민함을 감춘 희롱조로 예의 거지들의 말투를 흉내 내면서, 부상당한 베트남 제대병이 시내버스 안에서 구걸하는 모습을 "상기"시킨다. 안정효, 『하얀 전쟁』, 고려원, 1989, 18쪽. 한편 한국 정부는 다섯 명의 개인 병사들을 빼고는 북 베트남(월맹)에 붙잡힌 한국군 포로를 전혀 인정하지 않았다. 한국군 포로의 대다수는 북한으로 "송환"된 것으로 보인다. 그러나 한국 정부는 그런 포로들을 공식적으로는 작전 중에 죽거나 실종된 것으로 말해왔다. KBS, 〈형님은 월북하지 않았다〉, 〈추적 60분〉, TV 뉴스 매거진.

96 역주: 버스 차장 때 한쪽 팔을 잃은 것을 말함.

97 역주: 영자는 남장을 하고 '나'와 함께 지붕을 타고 넘어 사창가를 탈출한다.

98 김소영, 「콘택트 존으로서의 장르─홍콩 액션과 한국 활극」, 『또 하나의 문화』 http://www.tomoon.org/index.asp(2010.5.18)에서 볼 수 있음.

내가 논의하려는 것은, 처음에는 영자의 섹슈얼리티와 주체성의 하층성을 나타내던 인공신체가, 소설이 진행되면서 마법의 페티시, 즉 개조된 갱생의 삶의 근원 자체인 대리물로 변화된다는 것이다. 섹슈얼리티적으로 프롤레타리아화된 신체를 대리 노동 신체와 그 부분들로서 작동하는 신체적 부분들―팔, 다리, 눈, 손끝, 성기―의 집합으로 주장함으로써, 영자의 승리하는 인공신체화 과정은 원래의 순수한 신체와 대리적인 손상된 신체(신체 부분들, 섹슈얼리티들) 간의 위계를 일시적이나마 역전시킨다. 영자의 인공신체적 팔은―그리고 때로는, 검객영화에서 기적을 수행하는 초인적 주인공의 보이지 않는 인공신체적 팔과 다리도― 한국어로 인공 팔의 가장 일반적 용어 의수(義手)의 축자적 의미, 즉 "의로운 팔"의 약속을 이행한다. 영자의 "의로운 팔"(혹은 인공신체로서 영자)은 확립되어야 하지만 파괴되어 있는 불가능한 정치적 토대 자체― 원래의 것을 대신하는 대리물― 로서 기능한다.[99]

「영자의 전성시대」의 결말부에서 1인칭 화자는 사창가의 경찰 단속이 베트남의 전쟁터로 바뀌는 상상을 하는데, 이 때 '나'는 창녀들과 공유하는 무력감이 더욱 증대됨을 느낀다. 즉 "들리는 소문으로는 당국의 방침이 이 일대의 사창굴을 완전히 소탕시킬 계획이라는 것이었다. 마치 우리들 중대가 평정지역의 베트콩 잔비(殘匪)들을 깨끗이 소탕했듯이 소탕시킬 계획이라는 것이었다. 이른바 '불도저 작전'이라는 것이라고

---

99 역주 : 영자의 존재는 도구화된 인공신체에서 (1인칭 화자 '나'의) 사랑의 표현인 인공신체로 전이된다. 전자의 인공신체가 자본주의의 권력에 의해 도구로 사용되는 것이라면, 후자는 상처받은 사람들이 표현할 수 없는 것(사랑과 의(義))을 담는 인공신체이다. 여기에는 죽음정치적인 서비스 노동을 삶정치(네그리)의 표현으로 전환시키는 양가적인 역전이 있다. 네그리의 삶정치는 생명권력과 죽음권력에 대한 정치적 대응이다. 삶정치는 순수한 육체가 아니라 표상할 수 없는 것을 드러내는 은유와 상징, 그리고 인간과 결합된 또 다른 인공신체로 표현될 것이다. 그 점에서 원래의 육체에 대한 이 대리물의 승리는 데리다의 대리보충(supplementation)의 논리와도 비슷하다.

했다." 곧이어 당국은 추가적인 경찰력을 배치했고 창녀들을 "독안에 든 쥐"처럼 궁지에 몰아넣었다. 당국의 창녀와의 "전쟁" 중에 (화재가 나) 불에 타 죽은 검게 그을린 영자의 몸은 "화염방사기에 타 죽은 베트콩"의 모습을 생각나게 했다.[100] 베트남전 제대병이 자신을 한국의 공식적인 적 베트남 공산주의 반군(베트콩)의 위치에 정확하게 놓을 수 있게 된 것은, 이제는 자신의 예전의 (베트남의) 적과 연관되는 (한국의) 창녀들과의 젠더와 민족을 넘어선 이중적인 동일시를 통해서이다. 국가의 요청에 따라 자기 자신의 손으로 살해했던 "베트콩"과도 같이, '나'는 스스로가 국가권력, 그 폭력과 군사주의의 표적이 되었음을 인식한다.[101]

이처럼 「영자의 전성시대」는 한국의 제대병의 국가에 대한 탈동일화로 결말을 맺는다. 반면에 베트남전을 그린 가장 대중적인 할리우드 영화의 하나인 〈람보〉 3부작은, 정부와 국가에 관련된 병사의 위치에 대한 제대병의 비슷한 전복적 인식을 이내 억누른다. 람보의 국가에 대한 관계는 일반적으로 극도의 배신과 유기의 느낌으로 특징지어지며, 그는 조국을 "사랑"해 국가에 바친 헌신에서 상호성이 부재함을 느낀다. 삼부작의 두 번째 영화 〈람보 2(First Blood, Part II)〉(1985)에서, 람보는 베트남에 아직 억류되어 있는 미국인 포로를 구출하기 위한 비밀 임무 중에, 여성 본토인 안내자에게 자신 같은 제대병과 병사에 대한 정부의 시각이 어떤지 특수한 한 단어로 설명한다. 즉 "소모품"이다. 이 단어의 동사

---

100 조선작, 「영자의 전성시대」, 『한국 소설문학 대계』 66, 동아출판사, 1995, 132・134・136쪽.
101 여기서의 제대병의 인식은 한국군의 이반(離反)의 가능성이라는 억압된 이야기를 흘깃 보게 한다. 나는 그 숫자가 전쟁 동안 탈영하거나 이탈한 미군보다 훨씬 적을 것으로 생각하지만, 그럼에도 불구하고 『하얀 전쟁』 3부는 한국군에서 이탈해 옛 적인 북 베트남/월맹의 편에서 자신의 나라와 미국에 대항해 싸우는 병사의 이야기를 탐구하고 있다. 종전 후에 베트남에 정착한 채무겸이라는 인물은 강한 어조로 NLF 투사였던 자신이 한국의 시민이 아니라 공산 베트남의 시민이라고 주장한다. 안정효, 『하얀 전쟁』 제3부, 고려원, 1993, 231~234쪽.

형태 "소모하다(expend)"는 두 가지 대립되면서도 연관된 의미들을 분절한다. "소모하다"는 "주어진 목적을 위해 사용하다"라는 한 가지 의미를 전달하면서, 그와 동시에 "물질성이나 힘을 다 써버리다"를 의미하기도 한다.[102] "소모하다"라는 단어의 대화적인 양가성은 군사 노동자의 국가에 대한 이중적 기능에 관련된 람보의 인식을 반향하는 듯하다. 즉 첫째로 적의 사람들을 제거하는 주어진 목적을 위해 "사용되는" 죽음정치적 권력의 행위자의 기능이다. 둘째로 그런 과정에서 국가 자신의 군사적 아젠더, 즉 "다 써버려지는 것"이라는 죽음정치적 권력의 (잠재적) 희생자의 기능이다. 람보는 군사 노동자로서의 그의 역할이 다 써버려지고 폐기처분되는 것임을 잘 이해한다. 그러나 이 영화는, 비열한 관료로 묘사된 정부와 완전히 추상적인 텅 빈 실체인 국가를 구분할 것을 (람보와 관객에게) 요구하는 온정주의적 인물(대령)을 통해, 뻔한 예정된 방식으로 그런 위험한 인식을 억누른다. 람보는 앞서의 신랄하고 격한 인식 대신에 제대병을 대표해서 온순하게 이렇게 간청할 수 있을 뿐이다. "우리가 나라를 사랑하는 만큼 (나라도) 우리를 사랑해주길 바라는 겁니다."[103] 안정효는 사병을 "소모가능한 보급품"을 뜻하는 **소모품**으로 규정한다. 즉 "자신의 운명, 자신의 생명에 대해서 알권리를 박탈당한 인간, 그것이 전쟁터의 병사였다. 사병, 그것은 참으로 끔찍한 소모품적인 단어였다."[104] 박정희 시대 한국에서뿐만 아니라 근대 초기 유럽에서는 죄수가 병사로 동원되었다. 그들은 살 가치가 없었으므로, 죽이는 노동을 하거나 살해될 위험을 지닌

---

102 옥스퍼드 영어사전의 정의임.

103 삼부작 전체에서 람보의 성격은, 베트남전의 패배의 여파 속에서 국가의 거세된 희생자와 미국을 재남성중심화하는 국가적 알레고리 사이에서 진동한다. 영화 〈람보〉에 대한 자세하고 확장된 논의는 Susan Jeffords, *The Remasculinization of America : Gender and the Vietnam War*, Bloomington : Indiana University Press, 1989, pp.116~143을 볼 것.
역주 : 결말부에서 람보가 트라우먼 대령에게 하는 말임.

104 안정효, 『하얀 전쟁』 제2부, 고려원, 1993, 20쪽.

노동을 하는 데 꼭 알맞았다.[105] 군사 노동은 역설적인 심급이다. 이 영역에서는, "죽음의 산업화"라는 근대적 과정에 속한 노동자가 다른 인간의 생명을 파괴하길 요구받으며, 그렇게 하는 중에 군인은 또 다른 종류의 근대적 "살아있는 죽음"[106]을 구성한다.

한국인 병사(GIs)와 베트남 여성
전쟁 로맨스, 성적 성장소설, 하위제국적 기지촌 소설

베트남의 많은 문제들에 대한 각 작가들의 비판적 태도가 다양하긴 하지만, 황석영과 안정효, 박영한의 베트남전의 재현은 모두 어떤 암시적인 가정을 공유하고 있다. 즉 남성 군인의 지역 여성과의 상업적인 성적 관계나 비상업적인 "로맨틱한" 관계가 그들의 인가된 작업의 구성적인 한 부분이라는 점이다.[107] 그러나 그런 일반적인 가정에도 불구하고

---

105 근래의 한국 영화 〈실미도〉(강우석 감독, 2003)는 박정희 정권 하에서의 실제 사건에 근거하고 있으며, 북한으로 갈 정찰 요원으로 범죄자들을 소집해 훈련하는 북파 계획이 무산된 사건을 그리고 있다. 국가는 그 계획을 포기하기로 결정했을 때 그들을 "희생시킬"(죽일) 준비가 되어 있는 상태였다.

106 Achille Mbembe, "Necropolitics", *Public Culture* 15, no.1, 2003, pp.11~40.

107 예컨대 점령군이 이용할 수 있는 군대 매춘과 병사의 지역 여성의 폭력적인 정복 사이에는 이미 연속성이 존재한다. 그 점은 박영한의 『머나먼 쏭바강』의 한 장면에 명확하게 그려지고 있다. 여기에서 한 한국 병사는 레이션 한 박스로 어린 소녀의 성을 사면서 그녀의 머리에 총을 겨누는데, 그것은 그녀를 깊이 신뢰할 수 없기 때문이다. 우리는 또한 베트남 군대 성 노동자와 무장된 저항군에 속한 다른 베트남 여성 사이의 연속성을 주목할 수 있다. 어떤 면에서 군대 성 노동자는 자기 나름의 방식으로 아직 저항하고 있는 굴복된 적으로 보여져야 한다. 군사화된 상황에서의 강간과 매춘의 연속성에 대해서는 Cynthia Enloe, *Maneuvers : The International Politics of Militarizing Women's Lives*, Berkeley : University of California Press, 2000.

안정효의『하얀 전쟁』과 박영한의『머나먼 쏭바강』두 소설에서 그 문제를 다루는 방법은 중요한 차이를 드러낸다.『하얀 전쟁』은 침략군으로서 한국의 위치 — 미국 제국주의에 대한 예속적인 국가적 군사 지원과 한국 자신의 하위제국적·국가적 돈벌이의 욕망 — 를 비판적으로 인식하면서도, 식민적인 성적 착취로서의 한국 남성의 베트남 여성에 대한 성적·연애적 관계를 인지하지 못하는데, 그 양자 간의 모순은 소설 전체를 통해 명백한 맹점으로 남아 있다.『머나먼 쏭바강』은 한국 병사와 베트남 여성의 관계에 대해 비판적이지 못할 뿐 아니라 오히려 찬양하는 투이며, 하위제국 기지촌 소설이라고 불릴 수 있을 정도이다. 이른바 하위제국 기지촌 소설이란 3장에서 살펴볼 한국문학의 하위장르 기지촌 소설의 반대적인 예일 것이다. 기지촌 소설은 한국 군대 성 노동자의 신체를 미국의 신식민지적 지배의 상징적인 위치로 재현했으며, 남성주의적인 민족주의적 알레고리를 통해 한미관계에 대한 담론적인 항의를 모색했다. 하위장르로서의 기지촌 소설이 비판의 대상으로서 국가권력 — 미국과 한국 둘 다 — 과 군대 매춘의 연계성을 크게 부각시킨 반면, 한국 군대에 대한 베트남인 매춘의 문학적 재현들은 대부분 그런 연관성을 삭제한다. 그 대신 베트남에서 한국군이 운용하는 의료 시설의 존재를 알리는 의미심장한 예외가 그려지는데, 고향으로 돌아가기 전에 한국 병사의 성병(STDs)을 치료하기 위해 세워진 그 공간은, 민족 간의 성적 오염을 제거하고 정화시키는 곳이다.

　실제로『하얀 전쟁』자체가 한국의 베트남전 참전에 관한 보다 큰 서사 안에 소규모의 한국 기지촌 이야기를 담고 있다. 한국 군대 성 노동자들은 미군을 "위문 공연하기" 위해 베트남으로 가는 것이 허락되었으며 베트남 안에 미군(GIs)을 위한 기지촌을 형성했다. 1인칭 화자 한 병장은 그들이 "국제무대에서 활발히 활동하는 한국 연예인"으로 공표되었다고 말하지만, 그는 그것보다 더 잘 알고 있다. 즉 그것은 "국제적인 매춘"에 다름이 아니었다. 미군과 함께 있는 한국 군대 매춘녀를 본 한 병장의 반응은 여성들 자체에 대한 일종의 격렬한 분노였으며, 거기에 는 그의 민족적 남성성이 공격당한 느낌이 수반되었다. "전쟁터는 남자 들의 성역이라고 생각해서였는지는 몰라도 나는 월남에서 한국 여자들 을 볼 때마다 수음을 하다 들킨 아이처럼 창피해졌다. 이곳에서 만난 이 런 부류의 한국 여자들이 항상 나로 하여금 수치심을 느끼게 했기 때문 인지도 모른다."[108] 한 병장은 또한 한국 병사들을 위한 베트남 기지촌 에 대해 언급한다. 즉 "널찍한 판자에 빨간 페인트로 'R&R 센터'라고 쓴 부호 (…중략…) 마치 이질적인 한국 영토 포켓인 것처럼, 황폐한 모래 해변의 한 부분이 베트남인의 출입을 막기 위해 철조망으로 얽혀져 격 리되었다."[109] 베트남의 한국군을 위한 R&R 센터[110]는 구조적으로 한국 의 미국 기지촌과 동일하며 점령한 군대를 위한 준치외법권의 공간이 다.[111] 그러나 이 소설은 한국의 미군(GIs)과 베트남의 한국군(GIs) 사이 의 전위가능성을 인식하길 거부한다. 박영한의 『머나먼 쏭바강』은 한 국 병사의 베트남 여성과의 관계를 비난하는 베트남 남성의 항의를 적 고 있지만 그것은 희화화된 풍경으로만 제시된다. 베트남 남성의 "인종 적 거세"[112]는 한국 병사에게 우스운 애처로운 태도로 느껴질 뿐이다. 이 소설은 한국 GI나 "따이한"(베트남 지역인의 외침 "따이한 고 홈")과 미국

---

108 An Chŏng-hyo, *White Badge*, New York : Soho, 1989, p.156; 안정효, 『하얀 전쟁』, 고려원, 1989, 135쪽.

109 Ibid., p.79.

110 역주 : R&R은 휴가와 휴양(Rest and Relaxation)을 의미함.

111 그 같은 유사성에도 불구하고 『하얀 전쟁』이나 『머나먼 쏭바강』에서 베트남의 한국 병사 를 위해 마련된 그런 곳에 대해 기지촌이라는 용어는 한 번도 사용되지 않는다.

112 David Eng, *Racial Castration : Managing Masculinity in Asian America*, Durham : Duke University Press, 2001을 볼 것.

GI(한국 지역인이 여러 번 외친 "양키 고 홈") 간의 평행적 관계를 보지 못하고 있는 것이다.[113]

『하얀 전쟁』이 한국군 상대 베트남인 매춘을 다루는 방식은 전쟁 로맨스로 규정될 수 있는데, 그런 로맨스는 1인칭 화자 한 병장과 베트남 여성 하이의 관계를 중심으로 전개된다. 하이는 필사적인 생존의 노력으로 자신의 토막집에서 가끔씩 손님을 받는 젊은 과부이다. 그녀의 열 살도 못된 어린 아들은 한국군 기지 근처의 거리에서 일하며 자주 구걸을 하고 때로는 그가 할 수 있는 행상을 한다. 그는 한 병장을 그의 어머니에게로 데려온다. 끝에 가서 한 병장은 자신이 그녀를 "별로 사랑하지 않으며" 그가 그녀를 찾은 것은 "안식처"를 위한 것이었을 뿐임을 스스로 인정하는데, 그 순간 이 소설은 한국의 (미국에 대한) "반신식민지적인 남성적 민족주의"와 (베트남에 대한) "남성중심적 하위제국주의"의 대립하면서도 거울처럼 비추는 논리를 인정하지 않을 수 없게 된다. 기지촌 소설이 한국적 남성성의 거세 효과에 대한 비판을 통해 미국 제국주의에 항의한다면, 한국의 재남성주의화는 한국 군대의 모방적으로 (하위)제국주의적인 베트남 여성의 군사적·성적·경제적 정복을 통해 발생한다. 1978년 첫 발간에서 베스트셀러가 된 박영한의 『머나먼 쏭바강』은 전쟁 연애 대중소설로서 완전히 태연스러우며, 여기서는 모든 한국의 남성 판타지가 탐색되고 실현된다. 한국 사병과 베트남 여성 간의 연애적·성적 관계에 압도적으로 휘말려 그 상업적 측면을 삭제하면서, 이 소설은 성적 성장소설이라고 부를 수 있는 차원을 포함한다. 주인공 황 병장(황일천)에게 베트남 군복부란, 부도덕한 군사독재와 젊은 혈기의 학생들의 반대에 모두 환멸을 느낀, 대학생 청년의 일상적인 불

---

113 An Chŏng-hyo, *White Badge*, New York : Soho, 1989, p.78.

만스런 삶에서의 도피 기회였다. "타오르는 젊음에게 부끄러움"[114]을 느끼게 한 그런 상황들을 생각할 때 그의 베트남전 지원은 죽음과 대면하는 보다 가치 있는 듯한 삶으로의 도전이었다.[115] 이 소설은 근본적으로, 여성 앞에서 공포를 느끼는 청년에서 이제 "여자란 내가 공부하려는 생의 한 과목일 뿐이다"[116]라고 생각하는 남자가 된 이야기, 즉 전쟁의 과정을 통한 황 병장(그리고 김기수)의 "성인"으로의 "변화"의 연대기에 해당된다. 소설의 과정에서 그가 겪는 성심리적인 성숙은, 끝없이 계속될 듯한 베트남 여성들과의 이성경험의 필연적 결과이거니와, 그녀들은 이제 에로틱하고 아름답고 서구적이면서도 원시적이고 열등하게 그려진다. 이 한국 남성의 성심리적인 교육은 베트남이라는 하위 오리엔탈리즘적인 공간을 통해 수행되는데, 그것은 미국 남성의 성심리적인 교육이 신식민지적으로 오리엔탈리즘화된 공간에서 행해지는 것과도 비슷하다. 성적 성장소설로서 『머나먼 쏭바강』은 박정희가 연설에서 선언한 — 한국은 베트남 파병으로 "성숙한 성인 국가"가 되었다 — 바 있는 국가적인 남성적 · 성적 개발을 서사화한다.

---

114 박영한, 『머나먼 쏭바강』, 민음사, 1992, 107쪽.
115 위의 책, 104쪽.
116 위의 책, 243쪽.

층위화된 남성성과 계급적 대리성
피의 화폐, 한 핏줄 / 한 나라, 혈맹

한국의 국가가 베트남전 파병의 법률적인 주권적 결정과 그 선택을 강요한 국제적·정치적·경제적 압력 간의 불일치를 경험한 것처럼, 한국의 베트남전 지원병 역시 "법률적 자유와 사회적·경제적 부자유"[117]라는 유사한 모순적 상황에 직면했다. 자신들에게 주어진 제한된 조건에서, 많은 노동계급 지원병들은 베트남 복무를 여러 경제적 이익과 혜택이 제공되는 기회로 여겼다.

> 가봤자 우리나라 DMZ보다 별로 위험하지도 않아. (…중략…) 이왕 쫄병생활 할 바에는 차라리 월남이 더 속편할 거야. 날마다 양식으로 먹어조지지, 기합이나 집합도 없지, 월급 많이 나오지, 외국 구경하지, 얼마나 좋아? (너 같은 가난한 나라 자식이 비참한 생활에 외국여행을 꿈이나 꿀 수 있겠니? 이 전쟁을 사랑해야 하는 이유를 더 들 필요가 있겠어?)[118]

그러나 베트남에서 "한몫 잡는다"는 약속은,[119] 부산 거리의 행인들이

---

117 Dipesh Chakrabarty, *Provincializing Europe : Postcolonial Thought and Historical Difference*, Princeton : Princeton University Press, 2000, p.50.

118 An Chŏng-hyo, *White Badge*, New York : Soho, 1989, p.45; 안정효, 『하얀 전쟁』, 고려원, 1989, 29쪽. 전쟁에 열성적이었던 "산돼지" 윤 일병은 좋은 용병이 될 모든 자질을 갖고 태어났지만 결국 전사자가 된다. 화자는 윤 일병에 대해 이렇게 묘사한다. "윤 일병은 지리산 고단리에서 살다가 군대에 입대하는 바람에 생전 처음으로 기차를 타보고 5백 원짜리 돈을 구경했다. 밥을 공짜로 먹여주고 옷도 주고, 거기에다 몇십 원이나마 월급까지 주는 군대가 너무나 좋다고 평생 말뚝을 박겠다던 그는 훈련소에서 배출이 되자마자 장기 복무 신청을 뒤로 미루고 '월급을 기차게 많이 준다기에' 파월 복무를 지원했다. 그는 자신이 한 달에 40달러를 벌 날이 오리라고는 한 번도 상상해본 적이 없었다." An Chŏng-hyo, *White Badge*, New York : Soho, 1989, pp.207~208; 안정효, 『하얀 전쟁』, 고려원, 1989, 201쪽.

귀환하는 베트남 제대병을 목격하는 장면의 풍자적인 설명에서처럼, 대부분의 베트남 파병 병사들에게 실제로 실현되지 않았다. 황석영의 「이웃 사람」(1972)은 베트남 제대병이 전역 후에 시골의 하층민의 상황에서 겪었을 가장 있음직한 행로를 묘사한다. 고향 마을에 돌아와 다섯 달을 보낸 후 그는 서울로 이주한다. 베트남 복무는 그를 자신이 출발했던 곳으로 정확하게 되돌려 놓은 것처럼 보였으며, 그는 돈도 기술도 사회적 · 경제적 이동의 희망도 없었다. 그 점에서 그는 다른 시골 이주민들과 차이가 없었다. 그는 서울의 생활이 매우 가혹하다는 것을 알았으며 이리 저리 떠돌면서 견실한 직업을 발견할 수 없었다. 그러던 어느 날 동료 일용 노동자(기동이)가 돈을 쉽게 버는 법을 가르쳐준다. 즉 사람은 사람의 피를 팔 수 있는 것이다. 스스로도 놀랍게, 그는 이 특수한 자신의 몸의 상품화가 "중독성"이 있다는 것을 발견한다.[120] 그는 정기적으로 피를 팔러 병원으로 찾아갔을 뿐 아니라, 원기회복과 회춘을 위해 건강한 젊은이의 피를 원하는 어떤 부자 노인에게 수혈을 허락한다. 이 1970년대 중반의 황석영의 작품이 베트남에서 지배계급 엘리트들 — 소설에서 뱀파이어 같은 노인으로 그려짐 — 를 위해 번 "피를 판 돈(피의 화폐)"의 은유를 축자화한다면, 그것이 안정효의 『하얀 전쟁』에서 훨씬 더 직접적인 상황으로 말해질 수 있었던 것은 전쟁이 끝난 지 오래된 뒤(1989)였다. "우리의 목숨 값으로 벌어야 했던 피의 화폐는 국가의 근대화와 개발에 연료를 공급했다. 그리고 우리의 헌신 덕분에 한국 혹은 적어도 한국의 상위계층은 세계시장 속으로 거대한 발걸음을 내딛었다. 판매를 위한 목숨들. 국가적인 용병들."[121]

---

119 황석영, 「낙타누깔」, 『황석영 중단편 소설집』 2, 창비, 2000, 106~133쪽.
120 황석영, 「이웃사람」, 위의 책, 161~181쪽.
121 An Chŏng-hyo, *White Badge*, New York : Soho, 1989, p.40.

피를 팖으로써 생계를 마련하는 습관은 「이웃 사람」의 주인공을 더욱 가난과 우울, 폭력의 삶으로 밀어 넣을 뿐이다. 어느 날 그는 자전거를 훔쳐서 창녀를 사는 돈 대신 지불한다. 나중에 그는 포주에게 화대보다 비싼 자전거를 사기당했다고 느끼고, 격분한 상태에서 방범대원을 칼로 찔러 죽인다.[122] 그는 경찰의 심문에 다음과 같이 자신의 살인을 변명한다.[123]

식칼은 그렇게 누군가를 쑤시구 말았죠. 헌데 노골적이지 나는 그 새끼에게 아무 감정도 없었습니다. (…중략…) 그 놈은 나하구 똑같은 놈이거든요. 전장에서, 시골서, 서울 노동판에서, 또 피 병원에서까지 끈질기게 참아냈던 내가 그 녀석에게 참지 못한다는 것이 이해할 수가 없다 그거예요. 뭐라구요? 애정의 표현이라뇨? (…중략…) 나는 칼 끝이 어디루 향해야 할지두 모르는 채 칼을 품고 다녔으니까. **그놈은 나한테 죽은 게 분명하지만 어쩌면 나에게 죽지는 않았는지두 모르겠구. 나는 내가 찌르지 않은 것 같단 말입니다. 저 딴 나라의 전장에서 휘두른 내 총부리가 그랬던 것처럼.**[124]

지리적 위치 — 한국의 시골, 베트남, 서울 — 와 (자신이 수행한) 노동의 종류 — 농업, 군대, 산업 — 가 경험적으로 서로 연결되는 베트남 제대병은 이렇게 말한다. "아무래두 내 심정은 모를 겝니다. 나두 산전수전 겪은 놈이죠. 벌써 요 나이에 수십 명을 죽여본 사람이오. 아, 물론 전쟁터서 그랬지만요."[125] 황석영의 주인공은 전쟁이나 살인에서 자발

---

122 역주 : 1인칭 주인공이 포주와 싸울 때 그 부근에 있던 방범대원이 끼어들자 주인공은 자신도 모르게 그를 칼로 찔러 죽이게 된다.
123 역주 : 이 소설 전체는 방범대원을 살해한 후 1인칭 주인공이 경찰의 심문에 대답하는 형식으로 서술이 진행된다.
124 황석영, 「이웃사람」, 『황석영 중단편 소설집』 2, 창비, 2000, 180~181쪽, 강조−인용자.

적으로 보이는 행위에 내재한 사회적 힘을 가리키고 있다. 즉 그는 두 경우에 똑같이, 서울에서는 칼을, 베트남에서는 총을 **대리적으로** 지니고 있던 것에 불과했던 것이다.[126] 안정효의 『하얀 전쟁』과 황석영의 베트남전 소설들은 비슷하게 전쟁을 집단 살인 — 허가받은 조직적인 집단 살인 — 으로 기억하고 있다. 그들의 소설들은 베트남전 참전에 대한 한국의 공식적인 역사에 반하는 대항서사들이다. 한국의 공식적인 역사는 "막강한 민주주의의 전사(막강한 육군)", "평화의 전선(155마일 멸공전선)", "정의의 십자군으로 월남 전선에서 (인도차이나의) 자유를 수호하기 위해 (파병된 군대)" 같은 구호로 표현된 국가 프로파간다로 요약된다. 국가적 이익("혹은 적어도 국가의 상위계층")을 위해 한국 병사가 흘린 피의 물질성은, 한국 민족 집단(ethnos)의 추상적 동질성, 즉 『하얀 전쟁』에서 전쟁의 암호로 간명하게 포착된 관념, "한 핏줄-한 민족(배달-민족)"을 해체한다.[127] 수혈의 경우처럼, 젊은 제대병의 방범대원의 살인은 베트남에서 흘렸던 피를 다시 반복하고 전위시키면서, 계급에 따라 차별화되고 층위화된 "피"를 보여준다. 우리는 단지 **서로 간에** 피를 흘리게 했을 뿐이라는 — 그는 빈민가의 방범대원이라는 동료 노동계급을 죽였을 뿐이다 — 젊은 제대병의 인식 역시 더 확장될 수 있다. 즉 한국은 단지 서로 간에 피를 흘리게 함으로써, 즉 미국의 명령에 따라 자기 자신과 베트남인의 피를 뿌림으로써, 미국의 혈맹(피의 동맹)이 되는 데 성공했던 것이다.

---

125 위의 책, 163쪽.

126 역주 : 이 대리적인 행위는 비슷한 위치의 사람들의 피를 흘리게 함으로써 결과적으로는 상위계층에게 피를 공급한다. 따라서 사회적 계급은 피를 흘리는 사람들과 그 피(혹은 피의 대가)를 수혈 받는 사람들로 분류될 수 있을 것이다.

127 An Chŏng-hyo, *White Badge*, New York : Soho, 1989, p.47 · 72 · 40 · 167; 안정효, 『하얀 전쟁』, 고려원, 1989, 31 · 18 · 157쪽.

양가적인 민족적 동일시와 인종적 대리성

다중적인 인종적 동일시―중간적인 한국인

아시아에서의 미국의 전쟁이 정복 전쟁이라는 황석영의 이해는 미국
의 제국주의적 역사에 대한 가장 비판적인 (미국의) 해석과 부합한다. 마
릴린 영(Marilyn Young)의 표현에 의하면, 베트남전은 미국 영토의 서쪽으
로 확대된 토착 부족에 대한 인종 살인적 전쟁의 연장선상에 있다. 그에
따라 아시아는 미국 서부 "황야"의 영토적 연장이 되었으며, 아시아인
은 "해외의 인디언"이 되었다.[128] 그러나 베트남전에 하위제국적 군대로
참여한 한국의 모호하고 모순적인 위치는, 황석영의 작품에서 한국 병
사의 양가적인 동일시나 민족적 위반으로 분명히 표현된다. 황석영의
「몰개월의 새」는, 한국의 시골 기지촌 몰개월에 머물고 있는 베트남 파
병 한국 병사들을 백인 정복자와 "인디언" 양자 모두에 동일시된 모습으
로 묘사한다. 멀리 떨어진 기지촌은 환상적으로 개척시대 미국 서부의

---

128 Amy Kaplan, "Romancing the Empire : The Embodiment of American Masculinity in the Popular
Historical Novel of the 1890s", Amritjit Singh and Peter Schmidt, ed., *Postcolonial Theory and the
United States : Race, Ethnicity, and Literature*, Jackson : University of Mississippi Press, 2000, p.222.
또한 1960년대 후반과 1970년대 전반의 한국의 기지촌을 배경으로 한 하인즈 펜클의 『유령
형의 기억』(『고스트 브라더』)을 볼 것. 이 소설은 "자국의" 영토적 팽창주의의 연장으로서
미군의 아시아 참전의 문제를 더욱 자세하게 탐색한다. 한국인 어머니와 백인 미군 아버지
사이에서 태어난 소년 화자는, "카우보이 부츠를 신는 것을 좋아하는" 아버지를 위해 생일
선물을 준비한다. 부대 내의 한 공예상점에서 그(인수)는 선물할 새 지갑에 새겨 넣을 아버
지가 좋아하는 디자인을 고른다. "지갑의 앞면에는 서부영화의 현상범 포스터에서 볼 수
있는 글자체로 아버지의 이름을 새겨 넣었다." 다음에 그가 찾은 것은 "인디언 머리가 새겨
진 동전의 뒷면에 있는 것 같은 미국 들소 모습이었다." 하인즈 인수 펜클, 문상화 역, 『고스
트 브라더』, 문학과의식, 1996, 266~267쪽. 나는 이 소설을 미군 상대 한국인 군대 매춘을
다루는 3장에서 보다 자세히 논의할 것이다.

장면으로 변형되며, 1인칭 화자는 자신이 "서부의 노다지 광산을 찾아 든 건달 같다"고 느낀다. 또한 그의 동료는 "코가 길쭉해서" 흔히 인디언 추장을 연상시키는 추장이라는 별명과 동일시된다.[129] 한국 병사가 베 트남에 도착했을 때, 미국인들과의 긴밀히 관계된 작업이나 미국 생활 양식과의 유사성으로 인해, 그들에게는 인종적 모방이나 "인종 도착증" 이 생겨나는 것 같았다.[130] 황석영의 소설은 몇몇의 삽화들에서 미국인 과의 동일시를 통한 한국 병사들의 인종적 상승 이동의 욕망을 보여준 다.[131] 다른 한편 한국 병사들은 또한, 미국인 편에서 싸우면서도 이데 올로기적 차이 — 남과 북, 공산주의와 반공주의 — 를 넘어서서 자신들 을 베트남인들과 동일시하지 않을 수 없다. 황석영의 또 다른 소설 「탑」 은 미국의 명령에 도전하면서 탑의 폭파를 거부하는 삽화를 통해 한국 인의 베트남인을 향한 인종적 친화성을 주제로 드러낸다. 백인 미국 중 사는 불쾌해하며 투덜거린다. "노란 놈들은 이해할 수 없단 말야."[132] 이 와 같은 삽화들은, 미국 백인과 본토인에서부터 베트남인과 아시아인 에 이르는 상이한 인종적 · 민족적 · 역사적 집단과 제휴하는, 베트남의 한국 병사들의 갈등과 압박감을 보여주고 있다.

---

129 황석영, 「몰개월의 새」, 『황석영 중단편 전집』 3, 창비, 2000, 178 · 182쪽.
130 앤 매클린토크의 『임페리얼 리더(*Imperial Leather*)』에서 "상품 인종주의"의 개념을 볼 것. Anne McClintock, *Imperial Leather : Race, Gender, and Sexuality in the Colonial Contest*, New York : Routledge, 1995, pp. 207~231.
131 황석영의 소설 「탑」에서는 한국인 하사가 미국인 같은 복장을 하고 있는 것이 묘사된다. 황석영, 「탑」, 『황석영 중단편 전집』 1, 창비, 2000, 65쪽.
132 위의 책, 94쪽.

베트남의 기지촌(Camp Towns) / 신흥도시(Boom Towns)

황석영의 소설에서 베트남으로 떠날 한국 병사들의 기지촌과 한국의 미군 기지촌은, 둘 다 "인디언"의 유령이나 금과 행운의 신화적 약속에 사로잡힌 미국 서부의 신흥도시로 변형된다.[133] 한국 정부와 그 기업의 파트너들은 베트남의 기지촌/신흥도시에서 뜻밖의 횡재에 대한 기대가 비교적 굳건했다. 그러나 그들은 한국 노동계급 병사들과 건설 노동자, 소상인, 성 노동자들 같은 다른 민간인 노동자들에게는 훨씬 더 빈약한 경제적 약속을 제시했다. 황석영의 또 다른 소설 「낙타누깔」은 베트남에서 귀환하는 한국과 미국 병사들이 도착하는 한국의 가장 큰 항구도시 부산에서 시작한다. 그런데 이 소설의 결말부에서, 한국과 미국 병사들이 뒤섞인 도시의 기지촌은 금발의 한국 창녀가 흥얼대는 노랫말에서 미국 영토 내의 내부 식민지, 즉 인종적 게토 "차이나타운"으로 변형된다. 즉 "'아메리카 타국 땅에 차이나 거리' (⋯중략⋯) 아메리카, 메리카, 메리카⋯⋯"[134] 베트남 제대병 주인공이 그녀의 웅얼거림을 듣는 순

133 1962~63년에 제작된 일단의 한국 영화들은 만주에서 있었던 반식민적 무장투쟁을 다루고 있다. 진수 안(Jinsoo An)은 그런 영화들을 "만주 액션영화"로 부르고 있다. 이 영화들 역시, 만주의 황무지 같은 풍경과 악(惡)으로서의 일제, 말을 타고 총을 지닌 정의로운 한국 독립 투사의 묘사를 통해, 할리우드 서부영화를 많이 차용한 듯이 보이며, 그런 점에서 "김치 서부극"이라고 유머스럽게 불리었다. 진수 안의 논문은 이 영화들과 베트남전과의 연관을 논의하지는 않는다. 그러나 나는 그런 영화들이 당대 베트남전에서의 한국군의 공격을 통해 이전의 역사 ─ 일본군에 의한 반식민적 한국 무장투쟁 전사들의 패배 ─ 의 다시 쓰기를 욕망한 것으로 생각할 수 있다고 믿는다. 만주라는 "공백" 지대에서의 반식민적 전사들의 이미지는 ─ 미국의 "황량한 서부"에서 백인 카우보이 모습을 거울처럼 비추면서 ─ 베트남 공산주의자와 싸우는 한국병사의 이미지를 은밀히 환기시킨다. 내가 논의하려는 것은, 다중적으로 군사화된 남성중심적 이미지들의 양피지 사본 같은 겹쳐 쓰기를 통해, 그 같은 영화적인 순환이 당대의 베트남에서의 한국의 군사적 모험을 정당화하는 것을 돕는다는 것이다. 만주 액션 영화에 대한 더 자세한 분석은 Jinsoo An, "Popular Reasoning of South Korean Melodrama Films (1953~1972)", PhD diss., UCLA, 2005, chap.3 : "Figuring Masculinity at historical Juncture : Manchurian Action Films"를 볼 것.

간, 그의 눈앞에서 부산 거리는 미국 서부의 환상적인 풍경으로 전환된다. "거대한 모래의 단애가 우뚝우뚝 나타나면서 일시에 그것들이 눈앞에서 부서져 내렸다. 건조한 먼지만이 떠도는 황량한 빈 도시들이 떠올랐다. 갈증에 시달린 자의 입술과 같은 땅들이 끝 간 데 없이 펼쳐졌다."[135] 한국 기지촌에서 미군에게 노동을 파는 창녀의 노래와 베트남에서 싸웠던 한국 군사 노동자의 시선은, 그들의 신체와 노동을 — 탈영토화를 통해 — 미국의 제국, 그 풍경 내에 위치시킨다. 제국에 봉사하는 그들의 신체와 노동은 베트남과 한국을 물리적이고 비유적으로 미국 본국의 영토에 연결시킨다. 황석영의 작품은 그들 한국인들을 신식민지화된 **동시에** 하위제국적인 주체들로 파악한다. 그들은 한국이나 베트남 — 그들 자신의 국가나 외국 — 에서 영토화되거나 탈영토화된, 그리고 본토화되거나 "이산된", 미국 제국과 한국 하위제국의 노동하는 주체들인 것이다. 그러나 그들 주체들이 제국과의 관계를 인식할 수 있을 때, 모래의 단애는 한 순간에 부서지기 시작해서 폐허가 된 도시의 잿빛 흔적만을 남기게 된다. 한국 베트남 제대병이 불러낸 신기루는 제국의 예언적인 종말을 연출하면서 하위제국적 영토를 황무지로 전환시킨다.

성적 인공신체로서의 베트남

황석영의 단편소설 「낙타누깔」은 1인칭 화자가 베트남에서 군 복무 당시 겪었던 잊지 못할 혼란한 경험의 회상을 포함한다. 제목 "낙타누

134 이는 전설적인 한국 가수 이미자가 부른 〈아메리카 차이나타운〉이라는 노래 가사의 한 부분이다.
135 황석영, 「낙타누깔」, 『황석영 중단편전집』 2, 창비, 2000, 132~133쪽.

깔"은 베트남 거리의 행상인들이 외국 병사들에게 만들어 팔았던 일종의 성적 인공신체를 가리킨다. 이 물건은 가죽 테에 낙타털이 달린 낙타의 눈처럼 보이지만, 한국 병사들은 낙타누깔로 통칭되는 그것이 아마개 꽁지털을 잘게 끊어 만들었을 거라고 추측한다. 그런 "낙타누깔"은 진짜든 아니든 남성 성기에 끼우면 남성의 성적 능력을 향상시켜 줄 것으로 여겨진다. 즉 "여자와 한판 얼리면 …… 사족을 못쓴다면서요."[136] 화자는 베트남에서 휴가 중에 춘화와 콘돔, 낙타누깔을 파는 베트남 소년들을 만난다. 그들은 음탕한 몸짓으로 배실 배실 웃으면서 정확한 한국말로 "낙타누깔"하고 발음했다. 근대 유럽 부르주아의 맥락에서 푸코가 말한 아동의 성의 "훈육화" 개념은, 이런 어린이들의 전쟁 경제의 벌거벗은 삶을 가능하게 하는 성적 지식 및 배움과는 분명히 차이가 있다. 어린이들이 그에게 낙타누깔을 강매한 사실보다 그를 더 혼란스럽게 한 것은, 그가 알아들을 수 있는 유일한 또 다른 단어 따이한(한국)의 조롱어린 반복이었다.

잠시 후에 버스정류장에서 그와 미국 흑인 병사는 기념품을 파는 여러 명의 어린 소녀들과 마주친다. 소녀들 중의 한 명이 흑인 병사의 만화책을 집어갔고, 병사가 그녀의 만화책을 빼앗아 아이들의 머리를 후려치자, 소녀들은 모두 두 사람에게 손가락질을 해대며 여러 가지 시늉을 했다. 그 애들은 자기네들의 몸과 팔(이어서 코, 귀)을 떼어내는 듯한 동작을 하며 그것을 먹는 시늉을 했다. 그 때 그 애들은 "몇이나 먹나. 투, 화이브, 텐"하고 묻는 것 같았다. 그들은 또한 "네 파파 같다 (…중략…) 베비 짭짭"하고 말한다. 병사들에 대한 어린애들의 놀림이 더 심해지자, 화가 난 미국 흑인 병사는 그 애들 중 한 명의 따귀를 때리고, 행

---

136 위의 책, 115쪽.

인들이 그들 주위에 모여들면서 마침내 지역 경찰관이 달려온다. 이 장면은 베트남 경찰관과 미국 흑인 병사 간의 언쟁으로 끝난다.[137]

이 소설에서 이제 부산으로 돌아온 한국 베트남 제대병은 낙타누깔이 전쟁의 "귀중한" 전리품이라고 생각한다. 그 성적 인공신체가 많은 노동계급 한국 병사들과 한국의 하위제국적 국가의 남성중심화하는 힘을 상징한다면, 점령군들에게 낙타누깔을 팔며 생존해야 하는 군사화되고 섹슈얼리티화된 어린이들의 놀림은, 그 인공신체에 부여된 남성성과 남성중심화하는 권력을 전복시킨다. 신체의 부분들을 먹는 시늉을 하는 그 애들의 몸짓은, 어린이들이 생계를 위해 병사들에게 팔아야 하는 섹슈얼리티와 병사들이 구현하고 있는 군사적 권력 간의 연계성을 암시하는 것 같다.[138] 또한 그 애들의 몸짓이 주장하는 것은, 그런 섹슈얼리티화된 군사적 권력과 군사화된 섹슈얼리티가 식인적(cannibalistic)이라는 것이다. 한국 병사 화자는 "따이안"이 욕설 — 한국 병사에 대한 저항적 발화 — 이 되었음을 이해한다. 그는 그 어린이들이 느끼게 해준 "수치심"의 기억을 갖고 베트남을 떠난다. 부산에 돌아와 그와 친구(상사)가 창녀를 기다리고 있을 때 친구가 그의 입에 낙타누깔을 밀어넣자 그는 그것을 소변기에 뱉어낸다. "연거푸 헛구역질을 하는 나를 향하여 누군가 빤히 올려다보고 있었다. 그것은 깊숙하게 뚫린 변기 구멍 위에 얹힌 낙타누깔이었다. 퀭하니 흡뜬 사자(死者)의 썩어문드러진 눈이 되어 그 바닥 없는 어둠은 나를 조용히 응시하고 있는 듯 했다."[139]

한국의 베트남전의 군사적 참여는 민족적인 성적(ethnosexual) 잠재 능

---

137 위의 책, 119~122쪽.
138 역주: 베트남 어린이는 돈을 받고 병사에게 인공신체를 판다. 이때 베트남이 제공하는 인공신체를 통해 군인들의 남성성이 강화된다. 여기서 베트남과 한국-미국의 관계는 인공신체 제공자와 비용을 치르고 남성중심성을 강화하는 군사적 권력과의 관계에 상응한다.
139 황석영, 「낙타누깔」, 『황석영 중단편전집』 2, 창비, 2000, 115 · 118 · 133쪽.

력을 회복시켜 주었다. 베트남은 신식민성과 산업화의 압력 아래 쇠약해진 남성성을 보강하는 성적 인공신체로 기능했다. 그러나 이 소설의 마지막 장면에서 죽은 사람의 눈이 된 성적 인공신체의 이미지는, 국가에 의해 스펙터클화되었던 이데올로기적 혼합물, 즉 하위제국화하는 군사화된 민족적 남성중심성을 심문한다.[140]

상품을 위한 전쟁
황석영의 『무기의 그늘』

오늘날 이라크전에서 여러 어린이들에게 둘러싸여 초콜릿 바를 나눠 주는 미국 병사의 모습은, 한국전과 베트남전을 포함해서 1945년 이래로 다른 많은 예전의 미국의 전쟁에서 연원된 것일 수 있다. 황석영의 두 권으로 된 소설 『무기의 그늘』은, 베트남전이 종전된 지 10년이 넘은 1989년에 완성되었는데, 이때는 베트남의 "개혁" 정책이 개시된 지 수년 후이자 냉전의 종말이 시작된 때였다.[141] 보다 나중에 쓰인 이 황석영의 베트남전 작품은 내가 위에서 언급한 편재하는 이미지들에 대한 해석을 제공한다. 이 소설은 유독이 전쟁의 "경제적" 차원에 거의 초점을 맞

---

140 역주: 여기서의 인공신체는 한국의 민족적 남성성을 회복시켜주는 도구인 동시에 그런 이데올로기에 균열을 내는 (베트남의) 대리적 인공물로서 타자의 응시이기도 하다. 이 과정에서 남성중심적 권력에 이용되면서 또한 그에 대해 심문하는 인공신체(대리물)의 양가성이 드러난다. 인공신체의 도구화와 심문의 이중적 과정은 섹슈얼리티를 팔면서 또한 그것을 사는 권력의 숨겨진 속성을 흉내 내는 아이들의 조롱과 같은 맥락에 있다.
141 황석영은 이 소설을 1978년에 쓰기 시작해서 1989년에 완성했다.

추며, 특히 모든 집단들 — 베트남인, 미국인, 한국인, 기타 — 에 의해
작동되는 암시장과 그에 대한 미국의 이해 및 통제에 관심을 기울인다.
소설의 주요인물은, 보급창(별칭은 PX, post exchange)에서 흘러나온 상품
들의 암거래를 조사하기 위해 구성된 미군과의 합동수사대에서 일하는
한국대원이다. 한마디로 이 소설이 주장하는 것은, 미국의 군사주의와
그 경제적 팽창주의 간의 긴밀한 연계 — 앤 맥클린토크가 "상품 제국주
의"라고 부른 것 — 자체가 베트남전의 핵심에 놓여 있다는 것이다.[142]

『무기의 그늘』은 미국의 군사적 침입의 목표가 궁극적으로 경제적인
것이라는 명백한 사실을 확인할 뿐 아니라, 더 나아가 베트남전이나 다
른 미국 전쟁이 일차적으로 경제적 전쟁을 시작하기 위한 구실임을 주장
한다. 군사적인 침략은 그 나라의 정상적인 경제적 활동을 강제적으로
보류시키는 기회가 된다. 즉 그 국가 자신의 생산체계와 분배의 네트워
크를 일시적으로 중지시킨다. 전시 동안 베트남의 남과 북 모두는 암시
장에 의존해야 했는데, 그것은 일상 필수품을 위한 미국 상품의 소비의
측면(실제 미국 상품은 중산층이나 상류층 베트남인만이 구매해 소비할 수 있었다)
에서만이 아니라, 보다 중요하게는 블랙마켓 운용으로 발생하는 수익에
집중된 전체 전시 베트남 경제의 견지에서였다.[143] 미군은 그 같은 암거
래를 단속하는 핑계를 내세우면서, 단속의 실행을 통해서 블랙마켓을 그
이상으로 통제하곤 했다. 실제로 그들은 "경제적 원조", "인도적 도움",
"재건" 같은 보다 정당한 경제적 운용에 덧붙여서, 그들 자신의 "블랙마
켓"(경제공작)을 작전 지시로 만들기도 했다.[144] 군사적 점령은 경제적 점

---

142 앤 맥클린토크의 "상품 제국주의"의 개념은 Anne McClintock, *Imperial Leather : Race, Gender, and
   Sexuality in the Colonial Contest*, New York : Routledge, 1995, pp.207~231을 볼 것.
143 우리는 그와 유사한 경제적 환경을 한국전쟁과 그 직후를 재현한 수많은 한국 문학작품에
   서 볼 수 있다. 예컨대 박완서의 장편소설 『나목』 등을 볼 것.
144 황석영, 『무기의 그늘』 상, 창비, 1992, 48쪽.

령이 된 것이다. 이 소설은 또한 베트남전에서 한국과 대비되는 일본의 역할을 주목하기도 한다. 즉 한국이 전투부대의 형식으로 젊은이 — 날 것의 노동력 — 들을 팔았다면, 일본은 제조된 상품을 팔았음을 (유감을 나타내며) 언급한다.[145] 주인공은 베트남에서 유통되는 상당한 정도의 상품들이 일제라는 사실에 놀란다. 30년 전 베트남에서의 일본의 모델을 따르면서, 한국은 이제 베트남과 동남아시아, 남아시아에서 — 그리고 오늘날 다시 한 번 미국의 주니어 파트너로서 이라크전에서 — 유통되는 상품의 제조자이자 공급자, 즉 상품 (하위)제국주의의 주체인 셈이다.

그러나 황석영의 재현에서 이 경제적 전쟁의 가장 중요한 측면은 그것의 "문화적" 차원, 즉 "상품 제국주의"이다. 황석영은 해외에 주둔하는 미군 병사에게 제공되는 PX를 "큰 함석창고 안에 벌어진 디즈니랜드"라고 부른다. 여기서 "지친 병사는 피 묻은 군표 몇 장으로 대량 산업사회가 지어낸 소유의 꿈을 살 수가 있을 것이다."[146] 이 소설은 PX가 미국 자본주의와 지역 경제의 연결점으로 기능하는 방식들을 탐색한다. 얼핏 보면 PX에서 파는 비누, 캔디, 향수, 통조림 같은 일상용품들은 사소해 보이며, "3백 에이커를 단 4분 동안에 동물과 식물이 살지 못할 고엽(枯葉)지대로 만들 수 있는 기술을 가진"[147] 미국과 어울리지 않는 대조를 보이기까지 한다. 그러나 황석영의 소설은 규율화된 제도로서 PX의 가장 중요한 기능, 즉 "원주민"에게 제국의 맛, 느낌, 냄새, 색채, 소리를 이입하는 것을 강조하려 한다. PX에서 지역경제로 스며드는 물자들의

역주: 미군 자신이 물건을 빼내 팔기도 하는데 이는 사령부의 작전 지시에 따른 경제 공작일 경우가 많았다.

145 황석영은 이렇게 적고 있다. "일본 군대는 한 명도 없는데, 그들의 전자제품으로 PX의 창고가 터질 지경이다." 황석영, 『무기의 그늘』 하, 창비, 1992, 40쪽.

146 황석영, 『무기의 그늘』 상, 창비, 1992, 66~67쪽.

147 위의 책, 67쪽.

거래를 묘사하기 위해, 황석영은 "물량공세"라는 용어를 사용한다. PX는 "상품전쟁"을 발진시키는 기지가 된다.

> PX란 무엇인가. (…중략…) 원주민을 우스꽝스러운 어릿광대로 바꾸고 환장하게 만들고 취하게 하며 모조리 내놓게 하는 (…중략…) 잡화점이다.
>
> 그리고 PX는 바나나와 한줌의 쌀만 있으면 오순도순 살아가는 아시아의 더러운 슬로프 헤드들에게 문명을 가르친다. 우윳빛 비누로 세수하는 법과, 가슴을 시원하게 하는 코카콜라의 맛이며, 향수와 무지개색 과자와 드로프스와, 레이스 달린 잠옷과 고급시계와 보석반지를 포탄으로 곤죽이 되어버린 바라크 위에 쏟아낸다. 아시아인의 냄새 나는 식탁 위에 치즈가 올라가고 소녀들의 가랑이 속에서 빠져나간 콘돔이 아이들의 여린 손가락 위에서 춤춘다.[148]

원주민의 신체와 감각 위에서 벌어지는 상품전쟁은 쾌감과 안락함을 제공함으로써 작동된다. 원주민의 신체와 감각은, 보다 부드럽고 달콤하고 시원한 물건들, 그리고 한층 색스럽고 향기로운 상품들의 강력한 유혹에 굴복한다. 그러나 그런 원주민의 취향의 성공적인 정복은 상품 자체의 물질적 우수성 때문만은 아니며, 오히려 상품의 마술적인 페티시즘은 상품들과 "제국" 및 "군사적 힘"과의 연합에 의해 더 증진된다. 가령 오정희의 「중국인 거리」에서 기지촌의 한국 소녀는 사탕이 맛있다는 친구에게 "응, 미제니까"라고 속삭인다.[149]

상품전쟁은 신체적 욕망의 구성을 통해 "정복"이 이루어지는 새로운 종류의 아편전쟁이다. 즉 "한번이라도 그 맛과 냄새와 감촉에 도취된 자는 결코 죽어서라도 잊을 수가 없다. 상품은 곧바로 생산자의 충복을 재

---

148 위의 책, 67쪽.
149 오정희, 「중국인 거리」, 『유년의 뜰』, 문학과사상사, 1998, 81쪽.

생산해낸다. 아메리카의 재화에 손댄 자는 유에스 밀리터리의 낙인을 뇌리에 찍는다. 캔디와 초콜릿을 주워먹고 노래를 흥얼거리며 자라나는 아이들은 저들의 온정과 낙천주의를 신뢰한다. (…중략…) PX는 (…중략…) 아메리카의 가장 강력한 신형무기이다."[150] 할리우드 영화와 다르지 않게 초콜릿 바는 환상적인 미국의 이야기를 전해줄 수 있다. "문화와 교역의 문지방에 올려져 있는"[151] 상품들은 적의 취향을 규율화한다. 즉 소비를 배우는 것은 식민화되는 것이다. 황석영은 계속해서 이렇게 말한다. "시장의 왕성한 구매력과 흥청거리는 도시 경기와 골목에서의 열광과 도취는 전쟁의 열도에 비례한다."[152] 베트남이 군사적 전선에서 전쟁에 승리한 바로 그 순간, 미국은 나중에 노동자로 전환될 소비자를 미리 창출함으로써 상품의 전쟁에서 승리하고 있었다. 황석영의 소설이 결론을 내린 것은, 그런 흩어진 세계의 지역들을 결속시키는 근본적 전제란, 미국 상품들의 회로를 통해 발흥하는 초국가적 상상력과 소비자의 물질적 공동체라는 것이다.

베트남 전쟁 동안 미군의 색다른 전략처럼 보였던 이른바 피닉스 빌리지의 설립은, 그 같은 경제적 팽창과 군사주의의 상호침투와 완전히 일치한다. 이 소설에 의하면 그런 마을은 공식적으로 베트남 "신생활촌"으로 불렸다. 비공식적으로는 미군과 함께 그 마을의 프로그램을 관리한 한국군과 남베트남 정부에 의해 "정착촌"이나 "전략촌"으로 불렸지만, 베트남 사람들은 그 곳을 "미국촌"이라고 불렀다. 신생활촌은 전략적인 위치에 세워져서 거주자들이 복합적 기능 — 식량을 재배하는 농부, 게릴라군과 싸우는 잠재적 병사, 문화적·이데올로기적 모델의 마

---

150 황석영, 『무기의 그늘』 상, 창비, 1992, 67쪽.
151 게오르크 루카치의 말. Anne McClintock, *Imperial Leather : Race, Gender, and Sexuality in the Colonial Contest*, New York : Routledge, 1995, p.212에서 인용되고 있음.
152 황석영, 『무기의 그늘』 상, 창비, 1992, 67쪽.

을인 — 을 수행할 수 있을 것이었다. 미국적 생활방식을 조장하고 강요하는 미국촌은 현재에 생겨난 미래이자 싸움의 목표로서의 미래였다. 태평양을 건너 운명적인 영토 확장(Manifest Destiny)[153]의 반대쪽 끝에 있는 미국촌은, 베트남 농민을 대리적 입주자로, 자발적인 대리적 식민자로 변화시켰다. "혁명이 없는 대중을 위한 사회적 진보의 약속"을 전달한 세계 박람회와도 같이, PX와 미국촌에서 "문화적 표상의 통합된 체계"로서 미국 상품의 물질적·가상적 세계[154]는 베트남전 동안 이미 또다른 혁명을 수행하고 있었다. 『무기의 그늘』에서 베트남인 블랙마켓 장사꾼은 이렇게 말한다. "전쟁은 가장 냉혹한 형태의 장사가 아닌가요?"[155] 군사적 정복과 경제적 정복 사이의 밀접한 연계성을 나타내기 위해, 이 소설은 미국 달러를 복합적·세계적으로 작열하는 "핏빛 곰팡이꽃"[156]이라는 은유로 이미지화한다.

오늘날의 한국에서 베트남전을 기억하기

1장의 마지막 절에서는 베트남전의 기억을 다룬 최근 한국의 몇몇 문화 생산물에 대해 논의한다. 이 문화 생산물들은 정치적인 문학작품에

---

153 역주: 19세기 중엽 미국 역사에서의 영토 확장의 명백한 운명을 뜻함.
154 수잔 벅 모스의 말. Anne McClintock, *Imperial Leather : Race, Gender, and Sexuality in the Colonial Contest*, New York : Routledge, 1995, p.59 · 208에서 인용되고 있음.
155 황석영, 『무기의 그늘』하, 창비, 1992, 96쪽. 또한 미국의 군사적 팽창주의의 경제적 목표에 대한 황석영의 소설을 넘어선 상세한 설명을 볼 것. 황석영, 『무기의 그늘』상, 창비, 1992, 162쪽.
156 황석영, 『무기의 그늘』하, 창비, 1992, 271쪽.

서부터 대중문학, 회고록, 공포영화, TV드라마에 이르기까지, 매체와 장르에 있어 폭넓은 다양성을 지니고 있다.[157] 이들 중에서 소수가 한국과 베트남의 과거와 현재의 관계에 대해 비판적이라면, 보다 주류인 대중문화 생산물들은 역사의 말소와 베트남의 이국정서화 속에서 그런 주제와 문제들을 잊고 있다. 1980년대의 노동운동가이자 작가였으며 최근에 한국과 베트남의 관계로 관심을 돌린 방현석은 이렇게 쓰고 있다. "내가 한국군 주둔지역에서 확인할 수 있었던 것은, 26년이 지났지만 그들은 아무것도 잊지 않았고 모든 것을 기록해 놓고 있다는 사실이었다. 우리가 잊고 싶다고 해서 모두 잊어지는 것은 분명 아니다."[158] 그렇다면 방현석의 경우 전쟁에 대한 한국인 자신의 기억은 베트남인들의 기억에 "귀를 기울이는 것"이 되어야 할 것이다.

---

157 최근에 베트남 제대병들과 참전군인 출신 기업가들이 쓴 수기가 발표되었다. 예컨대 박정환의 『느시』, 이영준의 『베트남』, 이재인의 『꽁까이 베트남 연가』, 김철수의 『사이공 사이공』을 볼 것. 『사이공 사이공』은 자본주의적 생산의 세계적 위계와 그 속에서의 한국과 베트남의 각각의 위치를 보여준다. 하위계약자로서의 한국 회사들은 핵심 경제와 베트남의 생산력 사이의 매개로서 기능한다. 조해인의 『쏭 사이공』은 오늘날의 베트남을 배경으로 한 소설이다. 이 소설은 과거 한국의 베트남 참전과 한국 남성에 의한 혼혈아의 유기에 대해 매우 비판적이지만, 그런 과거를 오늘날 베트남 매춘 산업의 소비자가 된 한국 남성에 연관시키지 않는다. 한국인 고엽제 희생자의 재현에 대해서는 이대환의 중편 『슬로우 불릿』을 볼 것. 공수창 감독의 〈알 포인트(R point)〉(2006)는 베트남전을 배경으로 한 비교적 상업적으로 성공한 공포영화였다. 브로드웨이의 뮤지컬 〈미스 사이공〉은 2006년에 한국에 수출되었으며 많은 인기를 얻은 것으로 보인다. 흥미롭게도 한국계 미국 배우(마이클 리)가 미국병사(크리스)의 역을 맡았는데, 그는 베트남 여자 주인공(킴)을 상대하는 사랑의 주인공이었다. 〈하노이 신부〉는 한국의 SBS에서 2005년에 방영된 TV 드라마로, 한국인 의사(박은우)와 베트남 신부를 찾는 그의 농부 형(박석우), 하노이대학에서 한국어를 전공하는 베트남 여성(리티브) 사이의 사랑의 삼각관계를 다루었다. 베트남 여주인공의 언니는 전쟁 동안 한국 남자와 관계를 가졌지만 결국 버림받았으며, 한국 남성에 관심을 갖고 있는 동생의 입장을 반대한다. 이 같은 결혼 이주의 문제에 대해서는 4장을 볼 것.
158 방현석, 『하노이에 별이 뜨다』, 해냄, 2002, 111쪽.

"오늘날"의 한국-베트남의 노동관계 — 시대교란의 문제

방현석의 소설 「랍스터를 먹는 시간」(2003)은 전쟁터에서 서로 싸웠던 베트남인과 한국인이 베트남에 세워진 한국 공장에서 30년 후에 다시 한 번 서로 대결하는 모습을 묘사한다.[159] 10대 게릴라 전사였던 베트남 남성들은 이제 중년의 공장 노동자나 경찰, 지역의 당 관리이다. 전쟁의 젊은 모집병이었던 한국 남성들은 지금 베트남 노동자들을 고용한 한국 공장의 관리자이거나 감독이다. 이 소설에서 베트남인과 한국인이 맡은 그런 역할은, 한국의 **대리 군사주의** — 베트남 주민의 파괴 — 로부터 승전 후 한국의 초국적 자본에 대리 신체를 제공하게 된 **베트남의 예속화**로의 전환, 그 운명적인 변화의 역사적 궤적을 형상화한다. 방현석의 소설은 그들의 변화된 역할을 통해 "군사주의"와 "지구적 산업주의" 간의 긴밀성의 논리를 드러낸다. 즉 침략군과 반란 게릴라 사이의 전투는 이제 베트남의 한국 다국적 공장 현장에서의 투쟁으로 변화되었다. 방현석의 『랍스터를 먹는 시간』은, 과거 한국의 베트남에서의 하위군사주의와 1980년대 한국의 국내 노동투쟁의 기억을, 현재의 한국-베트남 노동관계의 문제적 의식과 복합적으로 섞어 짜고 있다. 주인공 건석은 베트남에 공장을 둔 한국 선박 건조 회사에서 일하고 있다. 한국의 관리자는 베트남 노동자와의 노동 분쟁을 다루면서 과거 1970년대의 경험에 의존한다. 즉 "여기 사람들 사는 기나 생각하는 기나 우리 이십 년 전하고 비슷하다 아입니까. 우리가 이십 년 전에 했던 방법대로 마 하입시더."[160] 한국의 관리자는 노동자의 절취가 의심되는 부품과 공구들을 찾기 위해 관행대로 베트남 노동자들을 수색한다. 노동자

---

159 방현석, 「랍스터를 먹는 시간」, 『랍스터를 먹는 시간』, 창비, 2003, 74~179쪽.
160 위의 책, 116~117쪽.

들이 그런 몸수색에 대해 심하게 항의하자 회사는 마침내 금속 탐지기를 설치한다. 그러나 한 특정한 노동자가 금속 탐지기에 매일 걸렸고 심지어 철저히 몸수색을 한 후에도 마찬가지였다. X선을 촬영하자 그의 몸은 서른 두 개의 파편을 드러냈는데, 그것은 게릴라 전사 시절부터 그의 몸에 남겨진 것이었다. 이 "무쇠 사나이" ─ 동료 노동자들에 의해 붙여진 이름 ─ 에 의해 울려진 탐지 경보는 **과거**와 **현재**의 두 개의 시간을 결합하거니와, 그 순간 침략군으로서의 한국의 역사는 "**공장 노동자**가 된 **베트남 게릴라**"의 몸 안의 금속으로 들어박혀진다.

　주인공의 가족사는 한국과 베트남의 복합적인 관계에 또 다른 층위를 부가한다. 베트남전 제대병인 건석의 아버지는 베트남 여성과의 사이에서 낳은 아들을 데리고 돌아왔다. 건석과 그의 형 건찬은 함께 성장했다. 베트남인과 한국인의 혼혈인 건찬은 혹독한 차별을 경험했다. 그러나 투덜대면서도 책임감으로 형을 안아 일으킨 어머니의 돌봄 속에서 건찬은 1980년대 초 주요 산업 공장의 기능공으로 성장한다. 효성스러운 아들이면서 책임감 있는 형인 건찬은 대학 등록금을 대주며 건석을 도왔다. 건찬은 노동운동에 참여하면서 그의 가족에게 자신이 생애 처음으로 소속되고 싶은 집단을 찾았다고 분명히 말한다. 그것은 동료 노동자들과 노동 조직원들의 공동체였다. 어머니는 건찬에게 노동조합 활동을 그만둘 것을 간청했지만, 그는 오랜 농성 끝에 어느 날 죽음으로 발견될 때까지 파업에 계속 참여한다. 주인공 건석은, 한국에서 자란 혼혈아 형의 힘든 삶에 대한 슬픔과 불행의 기억 뿐 아니라, 형의 죽음을 막지 못했다는 엄청난 죄책감을 내면에 지니게 된다. 많은 희생된 노동운동가 중 한 사람이 한국의 베트남 참전 상황에서 태어난 혼혈인임을 드러냄으로써, 이 소설은 매우 민족적인 전 시대의 노동운동을 초민족적 견지에서 소급적으로 다시 쓰고 있다. 더 나아가 이 소설은 그 과거의 초민족적 노동운동을 지금 베트남에서 시작된 오늘날의 트랜스내셔널한 노동운동에 연결시킨다.

상징적 대리 노동―전쟁을 기억하는 성적 경제

「랍스터를 먹는 시간」은 훼손된 몸의 일부를 잘라내고 다시 살아갈 수 있다는 랍스터의 은유를 사용하는데, 이는 스스로 구원을 찾을 수 없으며 전쟁 동안 베트남인에게 저지른 만행을 회복할 수 없는 한국의 위치와 대비된다. 그러나 이 소설은 그와 동시에 건석을 사랑하는 베트남 여성을 등장시킴으로써 화해의 가능성을 제시하는데, 이는 이 작품의 다른 주장―한국은 과거에 대한 깊은 인식과 책임감으로 고통을 갖고 살아갈 줄 알아야 한다는 주장―을 침식하는 듯이 보인다. 건석의 베트남인 연인 리엔은, 전쟁의 기억과 현재의 노동문제, 그리고 비판적 · 적대적인 베트남인과 "좋은" 한국인 건석 사이에서, 말 그대로 중재의 공간의 역할을 하고 있다. 그녀는 건석에게 역사적 · 지성적 · 정치적 교훈과 성적 위안을 제공하면서, 전쟁과 그녀의 민족에 관한 것들을 가르쳐준다.[161] 과거를 잘라낼 수 없다는 주인공의 고통스러운 반성은, 랍스터를 발라내고 요리해 애인에게 국물을 먹게 하려는 리엔에 의해 부인되고 극복된다.

한국 영화 〈R 포인트〉(2004)[162]에서 베트남 여성 신체의 전유는 방현석

---

161 건석의 리엔과의 사랑의 관계는 매우 모성적인 것으로 그려지며, 그들의 성적 · 정서적 연결은 베트남 사회와 민족적 영토로서의 베트남에 대한 건석의 육체적 연계성이 된다. 또한 리엔은 건석에 대해 교사의 입장에 있다. 즉 그녀는 건석에게 베트남어를 가르치며 가장 중요하게는 베트남인의 고전 『전쟁일기』를 선물하며 베트남전의 역사를 알려준다.
162 역주: 공수창 감독 감우성 주연의 2004년 공포영화. 6개월 전 사망한 것으로 추정되는 18명

의 소설들과 흥미로운 대조를 이룬다. 베트남전 기간인 1972년에서 시작하는 이 영화는 "사라진" 것처럼 보이는 수색대를 찾기 위해 특별 임무를 띠고 파견된 한국군 소대에 관한 이야기이다. 모든 공식을 사용하는 공포영화인 〈R 포인트〉는, 베트남전을 관객을 자극하는 공포장르에서 연원된 특별한 즐거움의 제재로 전환시키며, 그 때문에 이 영화의 일반적인 반전 메시지와 한국 참전에 대한 비판은 훼손된다. 〈R 포인트〉는 한국 군사주의에 의해 생겨난 베트남인의 희생의식을 그리기 위해, 상투적인 공식 — 전통적인 베트남 옷 아오자이를 입은 아름답고 원기 어린 여자 유령 — 을 중심에 위치시킨다. 이제 소대원들이 모두 서로를 파괴하게 하면서 그들을 광기로 몰고 가는 것은 바로 그 베트남 여자 유령이다. 여기서 실종된 병사들을 찾는 임무는 자살의 미션으로 전환된다. 이 영화는 여자 유령의 영원한 회귀, 즉 원기어린 유령이 끊임없이 한국인을 지옥의 세계로 빨아들일 것이라는 암시로 끝난다. 베트남을 여성화·섹슈얼리티화하고, 미학화·하위오리엔탈리즘화하는 이 영화의 특수한 묘사는, 베트남전의 기억을 탈정치화하는 데 더욱 기여하지만, 용서할 수 없고 화해할 수 없는 여자 유령은 『랍스터를 먹는 시간』의 리엔의 여성 신체를 통해 그려진 화해의 몸짓으로부터 분리된다.[163]

의 수색대원들로부터 무선으로 구조요청이 오고 9명의 소대원들이 R 포인트로 이동한다. 소대원들은 임무를 맡은 지역에서 유령을 경험하며 점점 광기에 사로잡혀 간다. 그러나 유령들이 무슨 이유로 복수를 하는지, 그리고 베트남 민중의 한이 구체적으로 무엇인지 드러나지 않는 것이 이 영화의 한계이다.

163 여자 유령은 적어도 세 인물을 나타내도록 의미화되어 있다. 즉 그녀는 한국 소대원들이 수색 중에 싸우다가 죽게 내버려두었던 여자 게릴라로 가정된다. 그녀는 또한 한국군을 상대로 한 기지촌의 매춘부이기도 하다. 마지막으로 그녀는 식민지 시대에 프랑스 군대가 사용했던 호텔 리조트의 여자 종업원이기도 하다. 여자 유령은 호텔의 여자 종업원으로 나타나지만, 하얀 아오자이를 입은 유령은 시각적으로 매춘부 및 여자 게릴라와 겹쳐지며, 그들과 미묘하게 혼동된다.

결론

1장에서는 미국의 동남아에 대한 제국주의적 팽창주의의 영향 아래에 있는 베트남에서의 한국의 하위제국주의에 대해 탐색했다. 국내적으로 보면, 한국의 참전은 군인들이 그 이후 30년(1960~80년대)동안 두드러진 문화적 기표가 됨으로써 전체 노동력의 군사화에 공헌했다. 국제적으로는, 한국의 베트남전 참전은 한국을 약 20년 안에 하위제국적 국가로서 궁극적 부흥의 행로에 확고히 올려놓았는데, 그것은 전쟁으로 인한 재정적인 수익뿐만 아니라 미국과의 긴밀한 정치적·경제적 관계를 만듦으로써였다. 최근 한국과 베트남의 관계가 정상화된 이래, 한국군이 저지른 전쟁 범죄나 베트남 주민의 거의 10%가 소멸된 종족살인적 전쟁의 과실에 대한, 한국정부 쪽의 사과와 보상에 대한 어떤 공식적인 논의도 없었다. 2004년 한국의 노무현 대통령이 베트남을 방문했을 때, "베트남에 대한 우리 국민의 마음의 빚"이라는 말로 한국군의 베트남전 참전을 우회적으로 암시했을 뿐이다. 그러나 한국군의 베트남전 양민학살 문제에 대한 전면적이라 할 수 있는 공식적 침묵과는 별도로, 2000년 예비역 대령의 (자신과 그 부하들이 저지른) 양민학살에 대한 증언이 야기한 논쟁은, 공공의 토론을 열어놓으면서 매체의 조사와 학문적인 연구, 활동가의 운동으로 이어졌다.

다른 참전 제대병들은 그 같은 양민학살의 이야기를 뒷받침하면서, 병사들에게 인종주의를 교육하지 않고 전투에서 인종주의 정책과 전략을 적극 허용한 한국 정부와 현지 한국군 부대에 책임이 있음 지적했다. 한국 제대병들에게 국가적 인종주의의 개념이란, 자신들 스스로가 그 인종주의의 행위자로서 경험했던 바로 그런 내용이었다.[164] 일본의 한국의 식민화 기간에 저질러진 역사적 부당성에 대한 한국인의 보상의 요구는, 한국인이 베트남인의 용서를 구할 필요가 있다는 사실과 함께 진행되어야 한다. 한국인의 전쟁범죄가 불거진 이후, 진보적 활동가와 문화 단체들은 두 나라와 국민들 사이의 화해를 생각하고 진행시키려 노력했으며, 한국인들이 억압하고 망각했던 역사의 부분을 교육하려 시도했다. 또한 비판적 문화생산물들은 한국인과 베트남인 고엽제 희생자나 베트남에 남겨진 한국군 병사의 아이들 세대 같은 문제들을 다뤘다.[165]

반면에 한국의 대중 문화산업은 다시 한 번 역사를 삭제하고 베트남에 대한 한국의 현재의 하위제국적 위상을 찬양하는 생산물들을 만들었다. 신문은 한국의 베트남 시장 — 휴대폰, 건설사업, TV드라마 — 의 지배를 알리며, 대중문화는 경제적 지배를 다시 한 번 한국 남성과 베트남 여성 사이의 비유적인 젠더화된 위계로 전이시킨다. 물질적 영역에서는, 베트남 남성과 여성은 베트남으로 이전된 한국 공장에서 일하며, 그들은 또한 한국에 이주 노동자로 들어와 있다. 베트남 여성들은 한국인의 섹스 관광에 만족을 제공하거나, 그렇지 않으면 한국 농촌 총각의 아내로 이민을 온다.[166]

---

164 김현아, 『전쟁의 기억, 기억의 전쟁』, 책갈피, 2002, 203~254쪽.

165 1993년에 출간된 안정효의 『하얀 전쟁』 3권은 베트남의 한국군과 민간 노동자가 남겨놓은 혼혈아의 특수한 문제를 매우 널리 다루고 있다.

166 전쟁 동안 한국군을 상대한 베트남 여성의 성-섹슈얼리티 노동과 오늘날 한국인 섹스 관광객과 기업가를 위한 성 시장의 노동은 어떤 연속성을 이루고 있다. 방현석의 작품이 베트남 여성 성 노동의 소비자로서 한국남성의 문제를 전적으로 회피하거나(「존재의 형식」) 사랑의 이야기로 낭만화하고 정당화한다면(「랍스터를 먹는 시간」), 또 다른 현대 작품 조해인의 『쏭 사이공』은 호치민시에 만연된 매춘과 그곳에서의 한국인의 방종을 솔직하고 노골적으로 묘사하고 있다. 이 소설은 다양한 나라들 — 유럽, 북미, 동북아시아 — 에 의한 호치민시의 경제적 지배를 그리면서 그 나라들의 초국적 기업 회사원들과 남성 관광객들의 모습을 재현하고 있다. 그런 시장과 상품을 통한 경제적 지배는 외국인에게 몸을 파는 여성들의 절박하고 간절한 모습을 통해 가장 분명하게 제시된다. 이 소설은 적대적인 방어

한국과 베트남의 관계가 여러 영역에서 역사적 선례를 반복하는 듯이 보이는 것처럼, 한국의 노무현 정권은 다시 한 번 또 다른 근래의 미국 전쟁 이라크전에 군대를 파견했다. 강대국의 대열에 합류하기 위해, 한국은 미국을 따라 테러와 싸워야 한다는 정서가 한국 사회 주류에 의해 일반적으로 받아들여지는 것 같다. 네퍼티 태디어(Neferti Tadiar)가 "자유세계의 판타지"[167]라고 부른 것을 더욱 굳건히 구축하는 데 한국이 기여할 역할이 중요해졌다. 즉 한국은 이제 세계의 경제대국 중 하나로서 제3세계 성공모델의 국가로 자주 칭찬을 받는다. 1945년 이후 미국 역사의 많은 부분이 해외 — 한국, 베트남, 이라크와 그보다 더 많은 곳 — 에서 발생했고 지금도 그렇듯이, 한국의 역사 역시 베트남전에서 생겨났으며 오늘날의 베트남에서 (그 관계에서) 생겨나고 있다.

심리가 고통스럽게 느껴지는 거리에서의 베트남 여성과 남성에게 동정적인 반면, 그런 오늘날의 경제적인 식민화를 여전히 고답적인 태도로 다루고 있다. 그런 태도는 과거 수십년 동안 유사한 상황에 있었던 한국 남성의 분노를 망각한 것이다.
167 태디어는 이렇게 적고 있다. "자유세계 판타지의 생산양식과 의미작용은 개발의 규정적인 이념과 전략으로 출현한다." Neferti Xina M. Tadiar, *Fantasy-Production : Sexual Economies and Other Philippine Consequences for the New World Order*, Hong Kong : Hong Kong University Press, 2004, p.11 · 146.

제2장

국내 매춘
죽음정치에서 인공신체적 노동으로

2장은 1970년대부터의 한국의 "국내 매춘"의 문학과 대중문화의 재현을 탐구한다. "국내 매춘"을 — 다음 장의 주제 미군 상대 매춘과 대비해서 — 박정희 군사 독재 하에서의 젊은 여성 노동자의 대중동원이라는 맥락에 놓음으로써, 2장은 초국가적이지 않은 노동의 "초국가적 특성"을 고찰한다. 즉 "국내" 매춘이 세계화하는 산업화 과정에 연관된 보다 명백한 초국가적인 노동들과 어떻게 뗄 수 없는 관계에 있었는지 살펴본다. 매춘을 다른 여성 노동계급 노동과의 관계에서 맥락화함으로써, 2장에서는 또한 성 노동과 섹슈얼리티 노동, 비성적·비섹슈얼티적 노동 간의 서로 스며들 수 있는 경계를 밝히려고 한다.

1970년대의 노동계급 여성 섹슈얼리티의 대중적 상업화는, 한국이 다른 산업화 과정의 국가들과 공유한 역사적 현상이었으며, 캐슬린 배리는 이를 "성의 산업화"라고 부르고 있다.[1] 배리는 이 제3세계 여성의 세계적인 성적 프롤레타리아화의 시기를 전시대와 구분해 노동자와 제3

세계의 사회의 차원에서 경제적 조건과 동기에 의해 추진된 것으로 말한다. 전시대에는 성적 프롤레타리아화 과정이 훨씬 더 영토적인 식민주의와 군사적 점령에 긴밀하게 연결되어 있었다. 한국의 경우 매춘의 한 영역인 미군 상대 군대 매춘은, "개인화된" 매춘인 점에서 제2차 세계대전 동안의 위안부라는 일본 제국주의적 체제로부터의 뚜렷한 전환이었지만, 적어도 부분적으로는 한국에서의 미국의 신식민지적 이해(interests)와 군사적 현시(顯示)에 연결되어 있었다.

배리의 세계적인 (그리고 세계화하는) 산업으로서의 매춘에 대한 이해를 전제로, 2장에서는 1970년대의 한국 상황에서의 "국내" 매춘을 초국가적 현상의 "국가적" 분편으로 인식하려 한다. 즉 국내 매춘이 실제적으로는 국제적이고 상호종족적인 착취이며, 국제적이고 상호인종적으로 젠더화·섹슈얼리티화되고 계급화된 착취의 보다 큰 복합적 연쇄에 속한 것으로 발생했다는 인식이다. 이 "성의 산업화" 시대를 역사적으로 구분하는 또 다른 차원은 그 규모인데, 즉 상품으로서 여성 섹슈얼리티의 국가적·세계적으로 지리적 경계가 없는 생산(즉 그 편재성)과, 성 산업의 증식의 시간적인 **신속함**이다. 2장은 구조적으로 보다 큰 초국가적 매춘 시장에 연결되어 있는 국내 성 산업의 규모에 대한 일별을 제공한다.

국가 주도의 산업화가 최고도로 속도를 냈을 때, 1970년대 초를 시작으로 한국은 농촌 프롤레타리아의 도시 지역으로의 훨씬 더 가속화된 이주를 경험했다. 1970년대의 많은 작가들은, 대다수가 박정희 정권에 대해 비판적인 반면 새로 생겨난 도시 프롤레타리아에게는 동정적이었으며, 그들은 도시 프롤레타리아의 비참한 삶과 도시의 빈민가에 대한 글을 쓰기 시작했다. 그들의 작품들은 실제로 1970년대의 정전의 대부

---

1   Kathleen Barry, *The Prostitution of Sexuality : The Global Exploitation of Women*, New York : New York University Press, 1995, pp.51~58.

분을 구성했다고 말해도 과언이 아닐 것이다. 그 같은 작품들은 잘 알려진 민족문학운동에 이르게 된 작품들에 속하며, 한국의 포스트식민지적·신식민지적 상황에서 강력하게 민족주의화된 마르크스주의적 문학의 변형이다. 그러나 (국내) 매춘의 주제는 대부분 그들 작품들의 범주의 외부에 남아 있다. 내가 2장에서 논의할 매춘에 대한 황석영과 조선작의 작품들은, 사회 현상과 프롤레타리아 노동 문제로서의 매춘에 대한 보다 넓은 범주의 문학적 태만의 예외들이다. 좌파 문학에서 국내 매춘의 지속적인 재현을 발견하기 힘든 반면, 같은 시기에 매춘은 1970년대의 대중문학과 대중영화, 선정적인 신문과 잡지가 독점했던 주제였다.[2] 2장은 상업화된 여성 섹슈얼리티에 대한 그런 대중문화적 재현의 가장 유명한 몇 가지 예들을 검토한다.

2장은 3개의 절로 나눠져 있다. 1절은 일종의 죽음정치적 노동으로서 매춘에 대한 시험적인 정의를 제공하면서, 그와 함께 민족주의적이면서 초국가화되는 1960~70년대라는 한국 산업화의 특정 시기에서 매춘의 발생과 확산을 맥락화한다. 2절에서는 문학 정전과 대중문학 양자에서 여성 섹슈얼리티의 남성중심적 전유를 다룬다. 여기서 여성의 성 노동과 성적 서비스는 **물질적으로** (남성중심적) 가족과 프롤레타리아 계급, 민족적 국가에 의해 이용될 뿐 아니라, 그 성-섹슈얼리티 노동의 **상징적** 가치는 효성스런 딸과 민족적 위안부, 근대화 및 그 사회적 질환의 아이콘 등으로 가족과 국가의 남성중심적 이데올로기들을 더욱 지지하는 중요한 기능을 제공한다. 이어서 3절에서는, 1970년대부터의 남성작가

---

2 2장에서 국내 매춘이라는 주제로 내가 다루는 대중문학 작품들은 처음 출간된 당시 일종의 어떤 아이콘적 지위를 얻었던 텍스트들이다. 매춘의 주제에 대한 또 다른 인기 있는 작품으로는 1970년대의 추리소설 작가 김성종의 「어느 창녀의 죽음」 같은 소설이 있다. 그러나 김성종의 소설들은 베스트셀러이긴 했지만 내가 다룬 작품들과는 달리 대중들의 의식에 깊은 인상을 남기지는 못했다.

의 작품을 포함해서 매춘에 대한 보다 비판적인 재현에 대한 나의 해석
이 제시된다.[3] 이 보다 유물론적인 작품들에서는, 매춘은 거리의 생활
속의 이면에 위치하거나 노동계급 환경의 밑바닥 층위 자체에 놓여진
다. 그런 맥락 안에서 그 같은 작품들은, 매춘을 젠더화·계급화·섹슈
얼리티화된 특수한 종류의 노동으로 탐구하거나, 생존 및 인공신체적
저항과 은밀함의 노동으로 탐사하는 데 관심을 갖는다. 2장에서는 "국
내" 매춘과 "군대" 매춘이라는 두 개의 범주들 사이의 연속성을 회복하
고 복구하려 할 것인데, 그 두 범주들은 한국적 상황에서 차별적이었지
만 불연속성은 존재하지 않는다. 2장은 또한 국내 매춘과 (1장에서 언급
한) 군사 노동, (3장에서 고찰할) 군대 성 노동 간의 연관성을 추적하고, 그
와 함께 매춘에서 섹슈얼리티의 프롤레타리아화를 위한 전략과 (4장의
주제인) 이주 노동력에서 인종의 프롤레타리아화를 위한 전략 간의 유사
성을 밝힐 것이다.

---

3 한국 문단의 엄중한 남성적 지배는 1980년대 중반까지 계속되었으며, 노동계급 여성 일반
   을 재현하거나 특히 매춘부를 그리는 여성작가의 중요한 참여는 1980년대 후반과 1990년
   대에 와서야 가능했다. 예컨대 공선옥, 김향숙, 공지영 같은 1990년대 이후의 여성 작가들
   의 작품을 볼 것. 공선옥은 노동계급 여성과 (국내) 성 노동 사이의 중첩되는 영역을 좌파
   민족주의 페미니스트의 관점으로 그렸다. 예컨대 『피어라 수선화』에 실린 「목마른 계절」,
   「목숨」, 「흰 달」 등을 참고할 것. 또한 1970년대의 여성 공장 노동자의 삶을 그린 소설로는
   신경숙의 『외딴 방』을 볼 것. 『외딴 방』은 내가 2장에서 다른 작품을 통해 검토할 공장 노
   동과 매춘 사이의 만연된 연관성을 보여주지는 않지만, 여성 공장 노동자와 그들의 정치화
   에 대한 빛나는 묘사는 가치를 지니고 있다.

국가적·초국가적 맥락에서의 "국내" 매춘

매춘과 죽음

먼저 매춘이 자유롭게 선택된 직업이며 개인의 의지와 욕망, 자기성취의 표현이라고 말하는 극히 적은 매춘부와 그 옹호자들을 제외하면, 또 더 나아가 자신의 삶과 고객과의 관계에서 상대적으로 고도의 통제와 자율성을 행사하는 소수의 엘리트 성 노동자를 논외로 하면, 우리는 매춘을 다음과 같이 일종의 제도로 정의할 수 있다. 즉 하층계급이며 빈번히 인종주의화된 주민에 속한 (대개) 여성인 어떤 사람이 "돈과(이나) 다른 물질적 이익" 대신에 자신에 대해 "고객이 어떤 성적 명령의 권력을 일시적으로 얻게 하는" 것을 강제하는 제도라고 할 수 있다. 세계적으로 성 노동자들의 대다수에게, 매춘은 벌거벗은 생계와 생존의 문제로서 자신에게 거의 강요된 직업적 "선택"이며, 그것은 가난, 신체적 위험, (위험한) 저임금 직업, 폭력, 죽음 같은 보다 더 비참한 상황을 둘러싼 선택이다. 매춘의 본질적 차원 — 상호 동의 및 성 노동자와 고객 간의 자발적인 교환 — 은 매춘을 강간이나 다른 성 폭력과 구분하게 한다는 줄리아 오코넬 데이비슨(Julia O'Connel Davidson)의 비판적 중재를 충분히 인식하는 한편,[4] 우리는 또한 매춘이 상업화를 통한 성적 폭력의 제도화임을 인정하길 원하는데, 그것은 매춘에서의 "동의"란 성 노동자, 고용인, 고객 간의 불평등한 사회적·경제적 관계로부터 강제적으로 조작된 방식이기 때문이다. 다시 말해, 매춘에 내장된 본래부터의 강압성

---

4   Julia O' Connell Davidson, *Prostitution, Power and Freedom*, Ann Arbor : University of Michigan Press, 1998, p.3·9·121.

과 구조적 폭력을 고려하면서, 나는 매춘을 또 다른 종류의 죽음정치적 노동으로 개념화하고 싶다.[5] 나는 죽음정치적 노동을 죽음에 이르도록 "운명지워진" 사람들로부터 노동을 착취하는 것으로 정의했으며, 그로 인해 이미 죽음이나 생명의 처분가능성이 전제된 삶의 "부양"은, 국가 나 제국, 자본의 노동의 필요에 바쳐지도록 제한된다. 죽음정치적 노동 의 개념은 노동의 착취가 궁극적인 죽음 자체의 사건보다는 죽음의 가 능성과 연관되거나 그것이 전제됨을 강조한다. 매춘은 심리적 · 육체 적 · 성적 폭력과 상해를 초래하면서, 어떤 면에서 성 노동자의 주체성 의 비유적 말소를 포함한다. 성 노동자의 살인의 빈번함은 실제로 보편 적이고 문화를 넘어선 현상으로 보이는데, 그 자체가 매춘의 그런 비유 적 폭력이 구체적으로 확장된 것으로 볼 수 있다. 노예상태나 강제수용 소 노동, 군복무 같은 앞장들에서 언급한 다른 죽음정치적 노동처럼, (육 체적) 죽음의 가능성은 직업으로서의 매춘의 필수적인 부분이다.

근래의 미국 영화 〈몬스터〉(2003)에 대한 간단한 논의는 나의 죽음정 치적 노동으로서 성 노동의 개념을 설명하는 데 도움을 줄 것이다. "여 성 연쇄 살인"의 실화에 근거한 〈몬스터〉는, 연쇄 살인자가 된 거리의 창녀 주인공 에일린(에일린 "리" 워노스)의 살인을 재구성해서 해석한다.[6] 성 노동자, 특히 거리의 창녀가 일하는 중에 살해당할 가능성을 포함해 극단적인 폭력과 위험에 노출된다는 이 영화의 시각은 동의하기 어렵 지 않다. 에일린(리)이 죽인 첫 번째 고객은 그녀에게 도구를 사용해 여

---

5   역주: 성매매를 노동으로 볼 것인가는 논란이 있을 수 있다. 그러나 성 노동은 국가와 자본 의 공모가 뚜렷이 부각되는 식민지나 전쟁, 개발독재의 상황에서 죽음정치적 노동의 특성 을 분명히 드러낸다. 성 노동이나 군사 노동을 주목하는 이유는 다른 일반 노동에 잠재하 는 죽음정치적 노동의 특성을 보다 명확하게 암시하기 때문일 것이다.
6   〈몬스터〉는 2003년에 패티 젠킨스가 각본을 쓰고 감독한 영화이다. 에일린 워노스는 12년 동안 플로리아의 사형수 감방에 수감되었다가 2002년에 사형집행을 당했다. 한국의 임권 택 감독의 〈티켓〉(1986) 역시 자신을 학대한 남성 고객을 살해한 성 노동자를 그리고 있다.

러 번 항문 성폭행을 하는 모습을 보여준다. 그는 그녀의 머리와 얼굴을 후려치고 그녀를 묶은 후 성폭행을 하고 나서, 피 흘리는 얼굴과 몸에 물과 알코올을 퍼붓는 등 또 다른 심한 고문으로 그녀를 복종시킨다. 이 강간자이자 고객인 특수한 인물은 에일린을 폭행하고 고문하면서 반복해서 이렇게 묻는다. "죽고 싶어? 섹스하면서 죽고 싶냐구?" 그녀와 섹스하고 싶은 그의 욕망은 분명히 그녀를 죽이고 싶은 욕망이다. 섹스 파트너를 죽이고 싶은 것은 반드시 성을 사는 사람에 국한된다고 주장할 수 없지만, 성을 사는 행위는 너무나 자주 성 노동자를 죽이는 일에 연결된다. 이 장면에서 에일린은, 그녀에 대한 그런 악랄한 공격에 대해 그에게 여러 번 총을 쏨으로써, 즉 그를 죽임으로써 대응한다.

줄리아 오코넬 데이비슨이 매춘부의 "사회적 죽음"이라고 부른 것은 또한 상업화된 성의 죽음성애적(necrophilic)[7] 차원으로 해석될 수 있다.[8] 즉 창녀의 고객의 죽음성애는 성 노동자의 죽음성애적 노동에 의해 충족된다. 죽음성애적 노동을 정의하는 또 다른 방법은, 광범위한 프롤레타리아 노동 곧 노동 자체를, 필연적으로 신체와 정신에 상해와 훼손을 초래하는 일로 생각하는 것이다. 즉 노동 자체를 실제로 죽음과 연속성을 이루고 있는 트라우마와 폭력, 훼손(multilation)으로 여기는 것이다. 〈몬스터〉의 주요 장면 중의 하나에서 1인칭 서술로 된 에일린의 보이스오버는 다음과 같이 말한다. "아무도 나에 대해 알지 못하는 것은 나도 배울 수 있었다는 거야. 나도 나를 훈련시켜서 어떤 일이든 할 수 있었어. 사람들은 언제나 거리의 여자를 멸시하지. 그들은 쉽게 돈 번다고 생각하고 기회조차 안줘. 아무도 일 나갈 때 우리가 품는 그 독한 마음

---

7   역주 : necrophilia는 죽음을 뜻하는 그리스어 necro와 열망을 뜻하는 philia가 결합된 단어로 시체성애를 뜻하는데, 여기서는 죽음의 신체에 대한 애착을 의미하는 것으로 볼 수 있다.
8   Julia O' Connell Davidson, *Prostitution, Power and Freedom*, Ann Arbor : University of Michigan Press, 1998, p.134.

을 상상할 수 없을 거야. 거리를 걸으며 밤이면 밤마다 일을 하고 또 하루를 살아가지. 그러나 난 그걸 해낸다. 그들은 아무도 몰라. 사람들은 내 자신이 무엇을 **학습**할 수 있었는지 알 리가 없지."[9] 죽음성애적 노동이 (매춘부에게 흔히 일어나듯이) 죽음으로 이어지거거나 죽음의 원인이 되는 육체적·심리적 상해에 항상 지속적으로 노출된 상태를 뜻한다면, 〈몬스터〉의 주인공 에일린은 그런 상태에 대한 그녀의 "대응(reaction)" 자체를 한층 더 넓고 깊은 의미에서 일종의 노동의 상태로 규정한다. 죽음성애적 노동으로서의 매춘은 일련의 행동과 활동뿐만 아니라 어떤 "대응"과 **"학습"**을 포함하는데, 그것은 수동적이지 않은 저항적인 "대응"이며, 기술과 행위의 습득일 뿐 아니라 훨씬 더 심오하게 실존적·근원적인 ─ 정신과 육체 양면에서의 ─ 인내와 용기의 **"학습"**이다.

섹슈얼리티화된 노동에서 성 노동으로

영화 〈몬스터〉는 성 노동을 가장 위험스럽고 폭력적인 차원에서 묘사하며, 그를 통해 죽음성애적 노동으로서 성 노동이 구현하는 죽음의 잠재성을 설명해준다. 나는 이제 매춘을 다시 1960년대 말과 1970년대의 한국이라는 특수한 상황에 놓을 것인데, 여기서 우리는 매우 다양한 형태의 섹슈얼리티 서비스들이 출현함을 보기 시작한다. 전업 창녀를 공장 노동이나 가내 서비스 같은 비성적·비섹슈얼리티적 노동과의 관계에서 살피고, 그 다음에는 그녀를 비정규적 매춘(겸업 매춘)과 섹슈얼리티 서비스 노동과의 관계에 놓으면서, 이 절에서는 보다 넓은 여성 노

---

9   젠킨스 감독의 〈몬스터〉에서 에일린의 목소리임.

동계급 노동들 간의 서로 침투하는 모호한 경계들을 탐색한다. 오늘날 한국은 이제까지 산업화 시대의 국가 노동 정책과 노동운동에 대한 역사기술에서 상당히 광범한 축적을 이루었다. 또한 보다 최근에는 여성 노동자와 그들의 공헌이 페미니즘적 학자들로부터 주목을 받기 시작했다. 그러나 이 매우 가치 있는 연구들은, 많은 경우에 명확하고 분리된 노동 범주로서 여성 제조업 노동에 초점을 두는 경향이 있으며, 다른 종류의 여성 프롤레타리아 노동들과의 구조적 연관성을 탐구하지 않는다. 즉 가내 서비스 노동과 국내나 국외 고객을 위한 성 노동, 그 밖의 섹슈얼리티 노동 및 비성적 서비스 노동들을 말한다.[10] 2장에서 논의하는 1970년대의 황석영과 조선작, 그리고 그 밖의 다른 작가들의 작품들은, 그런 다양한 영역에서 동시적으로 일하거나 그 영역들 사이를 연속적으로 이동하는 여성들의 이야기를 서사화한다.[11]

새넌 벨(Shannon Bell)에 의하면, 근대 매춘의 특수성은 여성의 섹슈얼리티와 노동이 상품화되고 여성들이 "모두 임금관계"에 예속된 전반적

---

10 김원, 『여공 1970』, 이매진, 2006; 이종구 외, 『1960~70년대 노동자의 작업장 문화와 정체성』, 한울아카데미, 2006; 이종구 외, 『1960~70년대 노동자의 생활세계와 정체성』, 한울아카데미, 2005; Seung-kyung Kim, *Class Struggle or Family Struggle? The Lives of Women Factory Workers in South Korea*, Cambridge : Cambridge University Press, 1997.

11 1970~80년대의 최고의 작가 중의 하나인 이문열의 작품에는 노동계급 여성의 섹슈얼리티와 매춘녀의 주제를 다룬 몇 개의 소설들이 있다. 「귀두산에는 낙타가 산다」라는 소설은 여러 가지 이유로 자신이 매춘부 같다고 생각하는 노동계급 주부들을 그리고 있다. 그녀들은 떠도는 낙타의 카라반처럼 담요를 갖고 섹스와 이따금 커피와 스낵을 팔기 위해 늙은 남성 등반자를 뒤따른다. 또 다른 소설 「구로 아리랑」의 주제는 대학생 노동운동가에 의해 성적으로 이용당하는 공장 소녀에 관한 것이다. 이 이야기의 재미있는 비틀기는, 위장노동자―1970~80년대 학생운동가가 사용한 위장취업으로 불리는 일반적인 전략―였던 대학생 운동가가 노동계급 출신의 청년이었음이 밝혀진다는 점이다. 그처럼 그는 노동자로 취업한 학생인 척 위장해 행동했던 것이다. 구로공단은 1970년대 서울 변두리의 가장 크고 유명한 산업복합체 중의 하나였으며, 1970년대 한국 개발의 버팀목이었던 소위 경공업 분야에 많은 젊은 여성 노동자들을 고용했다. 이문열, 「귀두산에는 낙타가 산다」, 『구로 아리랑』, 문학과지성사, 1987, 11~26쪽; 이문열, 「구로 아리랑」, 『구로 아리랑』, 문학과지성사, 1987, 47~73쪽.

인 역사적 전환과 관련이 있다.[12] 다시 말해, **성 노동**과 다른 **비성적 노동**은 필연적으로 동시에 존재를 드러내며, 서로의 관계 속에서 나타난다. 1970년대의 노동계급 여성의 성적 프롤레타리아화는 한국의 중산층 여성에게 영향을 준 동시대적인 역사적 변화와 함께 발생했다. 경제적인 차원에서 보면, 새롭게 산업화하는 경제에서 가정주부화(housewifization)[13]의 과정을 가능하게 한 것은, 도시에 이주한 젊은 여성의 유용한 값싼 노동 — 식모, 다양한 서비스 노동자, 식당 종업원, 버스차장, 판매 보조원 — 이었던 셈이다. 중산층 가정주부의 활동은 남편의 직업을 돕고 아이의 교육을 관리하거나 부동산 투자를 통해 비공식적 경제에 참여하는 것이었다. 그런 가정주부나 여대생 같은 식민지 이후 근대의 규범적인 여성 섹슈얼리티의 전형적인 역할은, 농촌의 노동계급 여성이 시골의 빈민화로 인해 개발하는 도시 경제로 진입함과 함께 필연적으로 같이 나타났다.[14] 기본 생계유지의 생활을 불가능하게 하며 농촌 지역을 더욱 황폐화시킨 박정희 정권의 새 경제 정책 하에서, 이전에 집안의 논밭 일과 가정 일을 하던 소녀와 여성들은 이제 도시 중심지를 향해 떠나지 않을 수 없었다. 도회지에서 그녀들은 숙식을 해결하고 남은 수입을 집안 남자 형제들의 교육을 돕기 위해 집으로 보내면서 가족경제에 더 기여할 수 있을 것이었다.[15] 딸에 대한 전통적인 경시는 가족의 남성 상속자의 교육을 돕는 짐을 젊은 여성의 어깨에 지웠으며, 아들의 고학력의 획득은 가족 전체의 사회적 · 경제적 지위를 상승시킬 것으로 기대되었다.[16]

---

12 Shannon Bell, *Reading, Writing, and Rewriting the Prostitute Body*, Bloomington : Indiana University Press, 1994, p.44.
13 역주 : 가부장제적 이데올로기를 유지하게 하는 여성의 주부화를 말함.
14 조혜정, 『한국의 여성과 남성』, 문학과지성사, 1988.
15 석정남, 『공장의 불빛』, 일월서각, 1984을 볼 것.

매춘부들은 가족 경제에 은밀히 기여했지만 그들은 자신들의 가족에 의해 거부되었다. 가족이 위기에 처했을 때 여성 섹슈얼리티의 "자발적인" 매춘은 유교적 전통에서 여성이 취하는 행동의 원형적인 양식이 되어 왔다. 어떤 문학작품들은 성 노동자의 정치화가 자신을 가족으로부터 분리시키고 더 나아가 (남성중심적) 민족으로부터 해체시킴으로써 시작되는 방식들을 그리고 있다.[17] 차별적인 사회적 관습과 임금·교육·직업선택의 불평등 — 모두 국가에 의해 승인됨 — 은 매춘 노동시장의 생산을 조장했으며, 학자들은 매춘이 보다 넓은 체계적인 젠더적 부당성의 양상으로 이해되어야 한다고 주장해 왔다.[18]

1970년대 중반에 한국 사회는 1960년대 중반에 시작된 본격적인 산업화 노력의 축적된 효과를 경험하기 시작했다. 일반 주민의 생활의 절대적 기준은 상승한 반면, 자본 축적의 불평등한 분배와 상대적 박탈감이 노동계급에게 나타나기 시작했다. 확대되는 계급적 양극화가 느껴지기 시작하는 방식 중의 하나는 일반적으로 중산층을 위한 서비스 산업의 증가였다. 특히 중산층 화이트칼라 남성 노동자를 겨냥한 유흥과 성-섹슈얼리티 서비스 산업의 번창은 그런 보다 넓은 경제적·사회적 추세를 알리는 조짐이었다. 이는 캐슬린 배리가 "성의 산업화"라고 부른 것으로, 매춘으로부터 수익을 얻고 지지받는 잘 조직된 관련 사업들의 발전을 말한다.[19] 성-섹슈얼리티 서비스 산업의 성장은 그 자체만으로도

---

16 Kathleen Barry, *The Prostitution of Sexuality : The Global Exploitation of Women*, New York : New York University Press, 1995, pp. 122~123.

17 예컨대 강석경의 「낮과 꿈」을 볼 것. 이 소설에서 기지촌의 여자들 중의 한 사람인 애자언니는 이렇게 말한다. "하긴 어떤 색시들은 지네 집 식구한테도 뜯기더라. 불쌍하게는 생각 못할망정 가랑이 찢어지게 번 돈을 학비로 가져가야 되겠어." 강석경, 「낮과 꿈」, 『밤과 요람』, 책세상, 2008, 27쪽.

18 Nanette J. Davis, Davis, Westport, ed., *introduction to Prostitution : An International Handbook on Trends, Problems, and Politics*, Conn. : Green Wood Press, 1993; Julia O'Connell Davidson, *Prostitution, Power and Freedom*, Ann Arbor : University of Michigan Press, 1998, p.85에 인용되고 있음.

거대해졌지만, 당시에 여성 섹슈얼리티 상품화의 온갖 방법을 보도하며 치솟는 인기를 누린 주간지들[20]조차 놀라게 한 것은, 성 산업 확산의 다양한 형태들이었다. 1970년대에 영화나 TV, 주간지 형태의 소비문화와 대중문화 산업의 전면적인 출현은 젊은 농촌 여성들의 대대적 이주에 기여한 또 다른 중요한 요인이었다. 농촌 처녀들을 근대화 과정으로 "유혹"하는 일은 그들을 대중문화와 소비 상품의 소비자로 전환시킴으로써 가능해졌던 셈이다.

1960년대 말과 1970년대에 경제적 기회를 얻기 위해 연이어 서울로 온 젊은 농촌 여성 세대들은 하나의 사회적 범주가 되었다. 그들은 "무작정 상경 소녀"로 불렸다. 많은 소녀들은 친구의 하숙집이나 직장, 혹은 먼저 상경한 친척의 현관에 모습을 나타냈다. 그들은 가정부나 공장 노동자, 아니면 버스차장이나 골프장 캐디, 판매 보조원 같은 저기능 서

---

19 Kathleen Barry, *The Prostitution of Sexuality : The Global Exploitation of Women*, New York : New York University Press, 1995, p. 123.

20 그런 경쟁적인 주간지 중에서 가장 인기가 있었던 것은 『선데이 서울』이었다. 격식을 갖춘 듯한 잡지의 어조로 희미한 베일을 드리웠지만, 주간지의 기사는 여성 섹슈얼리티의 가상적 상품화의 초기적인 조야한 형식으로, 시각적인 자료들과 함께 독자들에게 성적 쾌락과 만족을 매우 노골적으로 제공했다. 『선데이 서울』은 1968년에 창간되어 1991년까지 발간되었으나, 이 주간지의 전성기는 박정희 정권 하의 급속한 산업화의 시기였던 1970년대였다. 예컨대 소위 윤락여성(1960~70년대 동안 성 노동자를 완곡하게 지칭했던 가장 일반적인 용어)의 현실태에 대한 한 기사는, 유명한 사창가 중 한 곳의 최근의 단속과 그 직후에 대해 동정적인 남성 리포터의 시각으로 꽤 상세하게 보도하고 있다. 그러나 그 기사의 제목「밤의 아가씨들은 이렇다」는 기사 자체가 성적 착취에 기생하는 또 다른 형식임을 드러내고 있다(『선데이 서울』, 1969.1.19). 주간지는 다양한 성-섹슈얼리티 업종들을 기사화했다. 그런 다양성 자체가 진짜 재미인 것처럼 보였지만, 주간지는 보다 더 특이한 성 업종에 초점을 맞추는 경향이 있었다. 특히 부유층을 위한 새로운 음주 업소로서 이른바 "살롱"의 부상에 대해 논평을 하고 있다. 살롱은 2장에서 논의하는 성-섹슈얼리티 서비스 종업원인 "호스티스"를 갖춘 현대적 술집이다(『선데이 서울』 1969.3.23). 『선데이 서울』은 또한 홍콩이나 싱가포르 등의 다른 아시아 국가들의 성 산업을 보도하면서, 그 초국가적 규모를 설명하고 특히 에로틱하거나 기이하고 잔인한 성적 상품화를 선정적으로 전하고 있다. 한국의 남자 해외 특파원은 그런 외국의 지역에서 한국 고객뿐만 아니라 한국 성 노동자를 발견해냈다(『선데이 서울』, 1969.6.8 · 7.27).

비스 노동직에서 일자리를 찾을 것이었다. 만날 사람이 전혀 없이 서울역에 내린 또 다른 소녀들은 신문에 광고된 많은 직업소개소 중의 하나를 찾아가게 된다. 또한 일반적인 직업에 흡수될 수 없는 잔여 젊은 여성 노동자는, 1960년대 말 서울의 많은 지역과 다른 도시중심지가 매춘 구역으로 변화되는 중에, 한국 사회의 빠른 산업화의 주변에서 노동계급 여성의 새로운 "사회적-성적" 범주, 즉 매춘부로서 생산될 것이었다.[21]

노동계급 가족 자신과 사회 전반에게 식모 같은 가내 노동은, 가족 같은 분위기에서 젊은 여성에게 더 많은 관리와 도덕적 · 성적 보호가 제공될 것으로 여겨졌다. 그러나 대부분의 젊은 여성 자신은 공장 노동이 약속하는 사회적 독립과 재정적 자율성을 선호했으며, 특히 1970년대 초 여성 공장 노동의 수요가 빠르게 증가했을 때 더 그랬다. 가내 노동이 고립되고 구속적이며 시대에 맞지 않는 것으로 여겨진 반면, 시골에서 이주한 젊은 여성들은 공장이나 가게의 임금노동을 자신을 묶고 있는 가부장적인 가정적 구속으로부터 탈출할 수 있는 기회로 느꼈다. 공장 노동이나 기타 서비스 노동은 가내 노동이 줄 수 없는 개인적 · 사회적 자유의 기대감으로 여성들을 유혹했다. 가내 노동은 젊은 여성을 보호해 줄 거라는 소문과는 반대로 실제로는 성적인 약탈의 상황을 만들어 낼 수 있었다. 1장에서 논의한 조선작의 단편 「영자의 전성시대」는 영자가 "전락"해서 창녀가 된 이유를 맨 처음 중산층 가정의 식모로 있

---

21 Shannon Bell, *Reading, Writing, and Rewriting the Prostitute Body*, Bloomington : Indiana University Press, 1994, p.40. 성-섹슈얼리티 서비스 종업원의 거의 대부분이 젊은 여성들이었지만, 이 업종에 발을 들여 놓은 아주 소수의 젊은 남성들이 있었으며, 그들은 많은 여가 시간과 돈을 가진 새로 부상한 부유층 주부들을 상대했다. 『선데이 서울』은 후자의 상품화된 성적 관계를 보다 더 범죄적인 것으로 보도하고 있는데, 이 경우에는 젊은 남성이 연상의 부유층 주부들로부터 돈을 뜯어내는 것이기 때문이다(『선데이 서울』, 1969.6.15). 나는 1장에서 남창(男娼) 일봉(「장사의 꿈」)의 경우를 논의했지만, 언뜻 생각하기와는 달리 남창이라는 성적 서비스의 현상은 그렇게 예외적이지는 않은 것으로 보인다.

을 때 매일 밤 그 집의 남자들로부터 성폭력에 시달렸던 일로 되짚어 이야기한다. 또 다른 소설 강석경의 「낮과 꿈」역시 기지촌 여자가 성 노동자가 된 이유로 식모로 있던 주인집 남자가 잔인한 성적 — 그리고 경제적 — 착취를 했던 일을 제시하고 있다.[22] 젊은 여성 하녀(식모)에 대한 성적인 학대는 증명하기 어려운데 특히 1970년대의 한국 사회의 상황에서는 그랬다. 그 때는 노동계급 여성은 말할 것도 없고 중산층 여성에게조차도 성적 학대나 성폭력의 개념이 존재하지 않았다. 우리는 다만 신문 칼럼에서 조언을 구하는 젊은 여성의 절망적인 간청 같은 일화적인 증언을 통해, 그런 일이 매우 많았다는 것과 그 성적 공격의 위험성을 추측할 수 있을 뿐이다.[23]

1960년대에서 1980년대까지의 시기 동안, 우리는 젊은 여성의 성 노동과 공장 노동 간의 상호 교환가능한 관계를 주목할 필요가 있다. 즉, 여성성과 여성 섹슈얼리티의 가부장적 구성을 전용한 공장 노동자의 경제적 착취와, 매춘 산업에서의 경제적으로 불리한 노동계급 여성의 성적 착취, 그 둘 간의 숨겨져 있지만 명백한 연관성을 말한다. 어떤 여성 공장 노동자들의 경우 겸업 성 노동은 빈약한 급료를 보충하는 부수적인 수입의 수단이었다. 예컨대 황석영의 단편 「돼지꿈」에는 근처 여관에서 남자 반장 등을 고객으로 "부업을 하는" 공장 여공이 나온다.[24] 이 유형의 겸업 성 노동을 하는 여성들은, 서울의 많은 매춘 지역에서 전업 성 노동을 하는 여성 보다 분명히 고객을 받는 데 더 많은 선택이 가능했고, 성매매의 횟수와 화대를 조정할 수 있었다. 권력의 위계관계가 주어진 상황에서는, 어떤 때에는 연애와 성적 괴롭힘과 매춘의 경계

---

22 강석경, 「낮과 꿈」, 『밤과 요람』, 민음사, 1983, 25~26쪽.
23 이임화, 『계집은 어떻게 여성이 되었나』, 서해문집, 2004, 96~106쪽.
24 황석영, 「돼지꿈」, 『황석영 중단편 소설 전집』 2, 창비, 2000, 252~253쪽.

가 흐려지기도 했다. 다른 경우에는 그런 겸업 성 노동은 당연히 전업 성 노동으로 이어질 수 있었다. 그들 중에는 술집 호스티스나 콜걸 같은 "1차적" 직업을 감추기 위해 공장 일을 유지하는 경우도 있었다. 밤에 성 업소나 섹슈얼리티 직장에서 일하면서도 낮에 공장 일을 계속한다는 사실은 흔히 일종의 심리적 위안을 주는 효과가 있었다.[25] 겸업이나 전업 매춘에 굴복하지 않은 공장 노동자들의 경우, 심리적 위로감은 "깨끗한 삶을 산다는 자부심을 느끼는" 것이었다.[26] 어떤 여성들은 서울이나 다른 도시에 와서 곧바로 직접 전업 매춘에 빠져든 반면, 다른 여성들은 처음에 식당이나 다방, 술집 등에서 종업원으로 일하는 섹슈얼리티화된 서비스 노동에 유인되었다. 후자의 일자리들은 흔히는 겸업 매춘에 발을 들여 놓는 셈이었다. 다방 레지[27]나 술집 호스티스는 결코 전업 매춘이 아니었지만, 남자 손님들과 앉아서 떠드는 등의 섹슈얼리티화된 서비스는 어쩔 수 없는 자신의 직업의 일부였다. 다른 나라에서처럼 마사지사나 이발소 여종업원 같은 서비스업과 매춘 자체의 경계는

---

25 황석영, 「잃어버린 순이」, 『객지에서 고향으로』, 형성사, 1985.

26 황석영, 「구로공단의 노동실태」, 『월간중앙』 12월호, 1973, 117~127쪽. 「잃어버린 순이」에서 황석영은 젊은 여공들의 삶이 몇 가지 점에서 성-섹슈얼리티 서비스업뿐만 아니라 그들의 섹슈얼리티 자체와 겹쳐진다고 말하고 있다. 예컨대 그는 여공에 대한 주간지 기사들이 여공의 섹슈얼리티를 저널리즘적으로 이용하면서 단순히 발뺌할 뿐이라고 비판한다 (황석영, 위의 책, 14쪽). 그는 또한 대부분 여공들이 사는 빈민지역의 쓰레기 더미 속에 태아를 유기하는 비극적 현실에 대해 쓰고 있다. 그 동네의 경찰관은 일 년에 서른 두 구의 태아 시신을 수거했다고 보고하고 있다. 황석영에 의하면, 이미 많은 사람들이 언급한 여공의 삶의 또 다른 고충은, "공순이"(여공에 대한 경멸은 아니지만 비하의 말)라는 낙인과 주류 사회에 의한 열등감에 어떻게 대처해야 하느냐는 것이다. 여공들이 일반적으로 봉급에 어울리지 않는 돈을 옷이나 구두, 화장품에 쓰는 것은 그런 사회적 신분에서 탈출하고 싶은 욕망을 나타낸다. 문학과 문화적 생산물들 뿐 아니라 현재의 많은 연구들은, "계급 탈출", 즉 여공들이 여대생으로 탈출하려는 일반적인 시도의 예들에 대해 말해주고 있다. 여공들이 한 명의 여성으로서 공장 노동자에 대해 느끼는 "수치심"에 대한 보다 자세한 설명은 석정남의 자전적인 책 『공장의 불빛』 등을 볼 것.

27 레지는 "레이디(lady)"의 일본식 발음이며 다방 종업원을 지칭하는 용어이다. 1970년대에는 아직 이 단어가 널리 사용되었다.

극히 모호했다. 따라서 그런 상황에서 훨씬 더 돈벌이가 되는 매춘의 일은 언제나 업소 주인에 의해 조장되었다.[28]

매춘을 그린 대부분의 문학작품들은 여성이 매춘을 하게 된 주요 요인으로 거의 가난을 들고 있지만, 그런 설명은 왜 비슷한 환경에서 어떤 여성은 매춘을 하고 다른 여성은 그렇지 않은지 정확한 답변이 되지 못한다. 때로는 어린이 유기나 가정 파괴, 성적 학대 등이 매춘에 더 쉽게 빠지게 만들었다. 다음에 더 자세히 볼 것처럼, 여성 이주자들의 매춘으로의 전락은 단순한 희생자의 문제가 아니라 다양하게 변화하는 환경과 교섭하는 복합적인 과정이었다. 즉 매춘은 극히 기회가 제한된 상황에서 조심스럽고 고통스러운 선택의 결과로 발생한다. 여성의 성적 순결의 유교적 규범이 내면화된 대다수의 한국 노동계급 젊은 여성에게, 성 노동이나 섹슈얼리티 서비스 노동의 선택은 무수한 도덕적 저항에 부딪히는 어려운 결정이었다. 다른 한편, 그런 직업의 "이점"이 식모나 여공, 저기능 서비스 노동자의 가혹한 삶에서 매번 유혹적인 대안적 길로 제시되기도 했다. 도덕적 타락이나 사회적 낙인을 중요하게 상쇄시키는 직업적 "이점"이란, 육체적으로 참기 어려운 긴 시간의 공장 노동과 식모살이의 굴욕을 피할 수 있다는 것과, 아마도 가장 중요하게는 더 많은 수입을 얻는다는 것이었다. 어떤 젊은 여성들은 매춘이 경제적 자립을 이루는 가장 빠른 길일 거라고 결론을 내렸다. 한국은 근대적 자본주의 사회로 이행되어 가고 있었고, 자본주의에서는 돈과 물질적 소유

---

28 줄리아 오코넬 데이비슨은 다양하게 합법적으로 허용되는 업소를 내세운 매춘의 유형을 범주화하고 있다. 즉 마사지업소, 사우나, 호텔이나 여관, 나이트클럽, 술집, 식당, 이발소 등인데, 이 업소들은 매춘을 위해 "표면에 내세운 간판"으로 이용되며, "테이크아웃" 사창가로 활용된다. 데이비슨의 범주화는 1960년대 말과 1970년대의 한국에서도 존재했던 매춘의 한 유형을 매우 정확하게 묘사하고 있다. Julia O' Connell Davidson, *Prostitution, Power and Freedom*, Ann Arbor : University of Michigan Press, 1998, pp. 18~29.

가 사람의 위치를 결정하므로, 그들의 추정은 어떤 면에서는 그리 부당한 것은 아니었다. 그럼에도 불구하고 매춘의 가혹한 현실은 그런 꿈들을 실제적으로 성취가 불가능한 것으로 만들었다.

"국내" 성 노동과 그 밖의 초국가적 노동계급 여성 노동

공장으로부터 섹슈얼리티 서비스와 매춘 산업으로의 노동계급 여성노동의 흐름과 함께, 우리는 국내 매춘과 다른 초국가적 노동계급 여성노동 간의 또 다른 종류의 교환 가능성과 "이주"의 흐름을 발견한다. 그런 초국가적 여성 노동에는 수출자유지역(EPZs)에서의 제조업 노동과 미군 상대 군대 성 노동, 그리고 주로 일본 사업가들을 접대하는 "기생섹스 관광"이 있다.[29] 다른 개발적 국가의 경제에서처럼, 또 한국 경제의 다른 영역들에서 그랬듯이, 노동계급 여성의 섹슈얼리티를 인적 자원으로 활용하는 계획과 법제정에서는 국가가 주요 역할을 수행했다.[30] 박정희 정부는 1961년의 "윤락행위 방지법" 공표와는 모순되게,[31] 1960~70년대 내내 일련의 법률과 규정, 법적 장치들을 제정함으로써, 섹스 관광 산업을 조장하고 노동계급 여성을 성 산업에 쉽게 동원하도록 간접적인 설계를 했다. 이 국가 주도 "수출 지향적" 성의 프롤레타리아화는 여러 형태로 표현되었지만, 국가 스스로가 떠맡은 보다 중요하고 흥미

---

29 기생은 일본의 게이샤에 해당되는 한국식 여성 직종이다. 산업화 시대에 외국 여행객을 위한 기생 관광과 섹스 관광의 경우, 국가가 승인했을 뿐 아니라 적극 조장하며 그에 연루되었음은 알려져 있는 사실이다. Julia O' Connell Davidson, *Prostitution, Power and Freedom,* Ann Arbor : University of Michigan Press, 1998, p.75를 볼 것.

30 민경자, 「한국 매춘여성운동사-'성 사고 팔기'의 정치사, 1970~98」, 『한국 여성인권운동사』, 한울아카데미, 1999, 244~245쪽.

31 위의 책, 245쪽.

로운 역할은 "교양강좌"라는 완곡한 이름하에 외국인 고객, 즉 외국 관광객이나 미군 요원을 상대하는 성 노동자를 "교육"하는 것이었다. 이 정부가 주관한 "교육"은, 첫째는 그들에게 국가 경제에 기여할 "애국적인" 의무를 주입하는 것이었으며, 둘째는 그들이 일하는 중에 접촉하게 될 외국문화에 적응하고 동화되도록 하는 것이었다.[32]

여성 이주자들이 가졌던 직업들은 각기 별개의 것일 수 있었지만, 실상은 구조적으로 서로 연결되어 있는 사회적 공간들이었으며, 그곳에서 농촌 출신 젊은 여성의 여성성과 여성 섹슈얼리티는 한국의 국가와 초국가적 자본, 미국의 신식민주의와의 연관성 속에서 다양하게 프롤레타리아화될 수 있었다. 실제로 자유무역지역과 미군기지는 많은 공통점을 공유했다. 자유무역지역 안에 외국 회사들이 공장을 이주시켰다면, 미군기지에서는 외국 군대가 한국의 주권적 영토의 분리된 제한적 일부를 점유하고 있었다.[33] 한국의 자유무역지역이나 군사기지의 존재는, 그들의 최종 목적이 국가안전과 경제개발이든 신식민지적인 군사적 · 경제적 팽창주의이든, 주인인 나라와 점유한 나라 둘 다에게 비용과 수익의 복잡한 교섭과 계산의 결과였다.

한국의 반공주의적 개발주의 국가는 그런 미국과의 군사적 · 경제적 협정으로부터 수익을 얻었으며, 국가는 또한 한국 여성 노동계급 노동자의 착취를 구조화하는 행위자가 되었다. 여러 개발도상국들의 맥락에서 섹스 관광 산업에 대해 쓴 줄리아 오코넬 데이비슨에 의하면, 다음

---

32 위의 책, 244~245쪽. 줄리아 오코넬 데이비슨은, 한국의 한 장관이 일본 관광객을 접대하는 성 노동자를 "조국의 경제 개발에 기여한" 것으로 칭찬했음을 인용하고 있다. Julia O'Connell Davidson, *Prostitution, Power and Freedom*, Ann Arbor : University of Michigan Press, 1998, p.193.
33 Cynthia Enloe, *Bananas, Beaches, and Bases : Making Feminist Sense of International Politics*, Berkeley : University of California Press, 1989, p.159.

과 같이 주장할 수 있을 것이다. 즉 한국 산업화 과정의 국가주의적·초국가주의적 맥락에서, 여성 매춘은 인위적인 저임금 경제를 유지하는 데 기여했으며, 그것은 국내 매춘과 외국 고객 매춘, 군대 매춘과 산업 매춘, 어느 경우든 마찬가지였다.[34] 이 같은 경제는 한편으로 다국적 기업의 이해에 봉사했으며, 다른 한편 여성 성 노동이 여성 자신과 그들이 부양하는 농촌과 도시의 세대에 기본 생계유지 생활을 제공함에 따라, 국가 지출을 감소시키는 일종의 "대안적 복지체계"로 기능했다.[35]

　미국 리더십의 보호 아래 있던 전후 일본의 한국에 대한 경제적 헤게모니는, 한국의 남성중심적 상상력과 국가 정체성 및 제국에 대한 젠더화·섹슈얼리티화된 개념 안에서, 상대적으로 덜 눈에 띠는 지점을 점유해 왔다. 그럼에도 한국에서의 일본인의 섹스 관광은 주목을 끌었으며 학생 운동과 한국 페미니스트들의 항의에 부딪혔다.[36] 미군 상대 군대 매춘과 일본 사업가를 위한 성 관광을 비교하면, 군사주의와 관광 간의 밀접한 연관성, 즉 신시아 인로(Cynthia Enloe)가 통찰력 있게 지적한 "원인과 결과"의 관계를 떠올리게 된다.[37] 예컨대 한국에서의 밀리터리 "투어"는 태국이나 필리핀 같은 나라에서처럼 필연적으로 "R & R(휴가)", 즉 섹스 관광을 포함해 왔다.[38] 한국전쟁 이후 미군을 상대하는 한국 여

34　역주 : 여성 노동과 성 노동 간의 유동성은 저임금 경제를 보완하면서 국가주의적 개발주의와 초국적 기업들의 이익에 기여했다. 낮은 임금을 받으면서도 성 노동의 길이 열려 있음으로써 상층계급에게 성적 욕망의 상품을 제공하며 저임금 체제를 견딜 수 있었던 것이다. 여기서 대가로 치러지는 것은 성 노동에 포함된 죽음정치적 요소에 의한 심리적·육체적 훼손이다. 성 노동이 죽음정치와 연관된다면 국가주의적 개발주의는 국가에 의한 성 노동자들의 죽음정치적 착취에 의해 유지되었던 셈이다.

35　Julia O' Connell Davidson, *Prostitution, Power and Freedom*, Ann Arbor : University of Michigan Press, 1998, p.87·193.

36　민경자, 「한국 매춘여성운동사」, 『한국 여성인권운동사』, 한울아카데미, 1999, 239~299쪽.

37　Cynthia Enloe, *Maneuvers : The International Politica of Militarizing Womens Lives*, Berkeley : University of California Press, 2000, p.68.

38　Cynthia Enloe, *Bananas, Beaches, and Bases : Making Feminist Sense of International Politics*, Berkeley :

성의 군대 매춘이 미국과 한국의 초국가적 시장의 이해에 봉사했던 것처럼, 일본의 식민주의 말기의 위안부 같은 한국 노동계급 여성의 군사주의적 섹슈얼리티화는 전후에도 완전히 단절되지 않았다. 한국의 노동계급 여성들은, 민간인으로 변신한 모습으로 "개장된" 섹스 관광에서 옛 식민 권력에 계속 봉사했으며,[39] 이번에는 자신의 주권 정부의 허가를 받아 그렇게 했다.

1장에서 우리는, 베트남전 동안 한국의 군대 매춘의 활용과 오늘날 한국 남성의 베트남 및 동남아 국가의 "시장화된" 섹스 관광 간의 유사한 연관성을 검토한 바 있다. 외국 섹스 관광과 해외의 군사 서비스가 남성중심성 및 모험과 쾌락에 관한 일련의 이데올로기적 가정의 토대 위에서 시장이 열린다면, 식민주의적 일본과 신식민주의적 미국, 그리고 식민지 이후의 한국의 정부들은, 노동계급 여성 섹슈얼리티의 착취라는 비슷한 사고를 공유하는 자발적인 파트너가 되어온 셈이다.[40]

민족주의적인 남성중심적 정체성과 성 노동 간의 관계의 의미를 생각해 오는 동안, 중요한 출발점 중의 하나는 한국문학에서의 상이한 두 종류의 매춘의 확실한 분리였다. 내가 "국내" 매춘의 문학적 재현이라고 말한 것은, "기지촌 문학"이라는 문학적 하위장르를 형성해온 것과 대비할 때 비로소 그렇게 불릴 수 있다. 기지촌 문학은 다음 장의 주제인 미군 상대 군대 매춘만을 전적으로 다루는 문학을 말한다. 기지촌 문학의 전제는, 여성 매춘의 신체를 미국의 한국에 대한 정치적·경제적·군사적 주권 침해의 상징적 위치로 알레고리화하는 것이다. 그것

University of California Press, 1989, p.36.

39 Cynthia Enloe, *Maneuvers : The International Politics of Militarizing Women's Lives*, Berkeley : University of California Press, 2000, p.65.

40 Cynthia Enloe, *Bananas, Beaches, and Bases : Making Feminist Sense of International Politics*, Berkeley : University of California Press, 1989, p.28 · 30.

을 증언하면서, 기지촌 문학의 이데올로기적 목표는 훼손되고 축소된 한국의 민족적 정체성, 즉 남성적인 것으로 상상된 정체성을 회복하는 것이다. 그와는 달리 한국문학이나 문화 비평은 "국내" 매춘, 즉 한국 남성을 상대하는 성 노동을 민족적 정체성이나 민족적 (남성적이나 여성적인) 섹슈얼리티의 문제로 탐구하지 않았다. 이 장에서는 다음 장과 연관해서, 국내 성 노동의 재현과 군대 매춘의 재현이 왜 민족의 남성중심적 상상력 안에서 분리되어야 했는지 그 이데올로기적 요인을 질문한다.

민족적 남성중심성과 대중문화에서의 상업화된 성

이 절에서는 1970년대의 주요 문학과 대중문화에서 여성 "성 노동"의 세 가지 다른 남성중심적 재현에 대한 해석을 제시한다. 즉 효도의 희생과 민족적인 사회적 노동, 그리고 상품화된 도시화의 알레고리로서의 성 노동이다.

딸의 효심(孝心)으로서의 매춘 — 「난장이가 쏘아올린 작은 공」에서의 성적인 자발적 희생(voluntarism)과 좌파 민족주의

가족이 위기에 처했을 때 결혼이나 매춘을 통해 가족과 남성 상속인을 돕는 딸의 성적 희생의 행위는 오래 계속된 유교적 전통이었다. 1970년대 좌파 민족주의 정전에서 가장 유명한 작품으로 논의되는 『난장이가 쏘아올린 작은 공』(1978)은, 계급적 변혁에 대한 강렬한 요구에도 불구하고 (그 요구와 함께) 그런 관례(딸의 성적 희생)를 선뜻 지속시키고 있다. 단편 「난장이가 쏘아올린 작은 공」은 동일한 표제의 연작소설에서 핵심적인 작품이다.[41] 이 단편소설은 세 개의 부분들로 이루어져 있는데, 각 부분들은 노동계급의 가장 "난장이"의 두 아들과 딸인 세 청소년들에 의해 서술되고 있다. 이 소설은 팽창하는 도시 서울의 재개발 지역으로 지정된 동네에서 계고장에 따르지 않은 "난장이네 집"이 철거당하는 이야기이다. 도시 재개발 계획은 박정희 정권이 시작하고 그 뒤를 잇는 전두환 등에 의해 계속된 사업이었다. 이 계획은 이른바 달동네로 알려진 도시 여러 곳에 생겨난 빈민가를 정리하는 것을 목적으로 하고 있었다. 빈민촌은 대개 무허가 주택 거주자들 — 농촌의 도시 이주자 — 이 집을 짓고 거주했던 지역이며 재개발 계획은 그런 노동계급의 동네를 중산층이나 상류층의 주택(즉 고층 아파트)으로 대체하려는 시도였다. 새 건물들이 어느 곳에 세워지든 재개발 계획은 빠르게 성장하는 도시 중산층에게 주택과 편의시설을 제공하기 위한 것이었다.

　"난장이"의 두 아들에 의해 서술되는 앞의 두 절은, 아버지와 이웃사람들이 행복동 동사무소 및 부동산 개발업자들과 싸우는 이야기와, "난장이" 가족의 집이 폭력적으로 철거되고 그들이 쫓겨나는 내용을 제시한다. 마지막 절은 2절에서 "외계인"에게 납치당했다고 얘기되던 딸 영희에게 무슨 일이 있었는지를 드러낸다. 3절의 1인칭 화자인 영희는 약 15세의 나이의 소녀이다. 우리는 그녀가 개발 회사 편에서 일하는 거간꾼인 젊은 남자와 함께 갔다는 (영희의 1인칭) 서술을 듣게 된다. 그 남자는 집이 철거된 사람들로부터 새로 지어질 아파트의 입주권을 사서 앞

41　조세희, 「난장이가 쏘아올린 작은 공」, 『난장이가 쏘아올린 작은 공』, 문학과지성사, 1978, 68~123쪽.

으로 입주할 중산층 사람들에게 상당한 이익을 남기고 파는 사람이다. 빈민촌 거주자들은 그런 새 아파트를 구입할 능력이 없으므로 그들이 고작 할 수 있는 일은 입주권을 파는 것이다. 영희는 젊은 남자에게 팔았던 입주권을 되찾아 오기 위해 스스로 그 남자의 승용차에 올라타 그를 따라간다. 그녀는 그 남자의 아파트에 갇힌 채 금고에서 입주권을 빼내 가족에게 돌아올 때까지 일시적으로 그의 성적 노예가 되어 몸을 바친다.

먼저 주목되는 것은, 가장 진보적인 문학적 성취의 하나라는 「난장이가 쏘아올린 작은 공」에 대한 한국문학계의 찬양과 여주인공(영희)에게 부여된 전통적인 역할 — 성적으로 자기희생하는 여성 — 의 뚜렷한 대조이다. 영희의 자기희생은 남성 가장의 가족에게만 바쳐지는 것이 아니며, 남성적 정체성의 노동계급 전체로까지 확대되고, 궁극적으로는 좌파 민족주의에 의해 재규정된 남성중심적 민족에게까지 바쳐지는 희생이다. 다시 말해, 가족과 국가 사이의 전통적인 연계를 계승하면서,[42] 성적인 자발적 희생으로 표명되는 이 작품에서의 딸의 효심은, 또한 민족의 주권적 주체로서 (남성적) 노동계급을 재규정하는 근대 좌파 민족주의 이데올로기에 적합하도록 변화된다. 「난장이가 쏘아올린 작은 공」에서 노동계급 여성의 성적 착취는 승리하는 착취로 전위되며, 십대 소녀에 의해 자발적으로 상상되고 영웅적으로 실행된 희생과 순교의 행위가 된다. 이 소설이 재벌의 손자인 지배계급을 대표하는 거간꾼과 영희의 성적 관계의 내용 — 가족과 계급, 민족을 위해 수행된 노동으로서의 성적인 타락 — 을 효과적으로 비워내는 것은, 그녀의 효심의 모티브를 통해서이며, 일종의 매춘인 그녀의 행동을 미화시켜 신성하게 재

---

42 위의 책, 111쪽. 영희의 어머니는 꿈 속에서 영희에게 순결의 중요성을 상기시키려 애쓰는 말을 한다.

현함으로써이다. 좌파 민족주의적 남성주의가 착취당한 노동계급 여성의 성적 노동을 프롤레타리아 민족주의적 혁명의 행위로 만회하는 것은, 사실상 보수적인 국가와 자본의 공모를 흐릿하게 만들면서 돕는 셈이다.

그와 대조되게 이 소설은 또 다른 십대 소녀 명희의 이야기를 제시하는데, 그녀는 성적 희생자라기보다는 피해자가 된다. 명희는 다방 종업원에서 고속버스 안내양, 골프장 캐디 — 이중 어떤 것은 섹슈얼리티화된 서비스임 — 를 전전하다 성폭행으로 임신을 하게 되는데, 이는 많은 유사한 환경에서 결국 어쩔 수 없이 겪게 되는 흔한 결과이다. 영희의 가족에 대한 용감한 자기희생이 육체적·성적 오욕으로부터 그녀를 환상적으로 구원하는 듯이 보인다면, 명희의 자살 역시 성적 피해를 당했을 때 옛 여성들이 그랬듯이 그녀에게 자신을 정화시킬 행위력을 부여한다. 조세희의 좌파 민족주의 소설은, 가문·국가·남성의 보다 큰 대의를 위해 마음을 바쳐 기꺼이 자신의 섹슈얼리티를 희생하는 과거의 원형적인 여성 주인공들을 재창조한다. 이제 그녀들의 후손들은 가족과 계급, 민족과 (그들의) 남성들을 위해 자신들을 포기한다. 그런 맥락에서 매춘은, 정의로운 대의에 대한 여성 특유의 헌신으로서 용서될 뿐아니라 조장되기도 한다. 희생적인 타락, 바로 그것에 의해 성취되는 영희의 순결한 여성적 섹슈얼리티는, 좌파 민족주의적인 남성중심적 의지의 분절이며, 이 남성중심적 의지는 그들의 우파 상대항과 공유하는 것이기도 한다. 남성중심적 좌파 민족주의의 본질 자체는, 노동계급 여성의 섹슈얼리티를 희생적인 매춘으로 요구하고, 동원하고, 승인하는 바로 그 의지와 능력에 있으며, 그런 희생적인 매춘을 비판적인 민족적 행위로서 궁극적으로 승인하는 데 있다.

사회적 노동으로서의 섹스와 『겨울여자』

조세희의 「난장이가 쏘아올린 작은 공」에는 (프롤레타리아적) 계급과 (좌파적) 민족을 위해 노동계급 여성 신체를 자발적으로 소환하는 재현이 나타난다. 이것이 가족적 소유로서의 유교적인 여성 섹슈얼리티의 개념을 "근대화"한 것이라면, 조해일의 대중소설 『겨울여자』(1975)는 다른 종류의 근대화를 이루어낸다. 즉 이 소설은 여성의 섹슈얼리티를 가족주의적 소유의 관계로부터 자유롭게 하면서 여성의 성적 노동을 직접적으로 민족(ethnonation)에 재삽입한다. 『겨울여자』에서 민족은 이 소설에 그려진 우파적인 군사적 국가와 모호하게 대립하지만, 여전히 매우 보수적이며 그로 인해 기묘하게 국가와 중첩된다. 『겨울여자』는 다음에서 논의할 최인호의 『별들의 고향』과 더불어 1970년대에 가장 인기 있는 신문 연재소설의 하나였다. 『겨울여자』의 인기는 폭발적이었으며 이 소설은 그 시기에 『동아일보』와의 경쟁에서 지고 있던 『조선일보』(『겨울여자』를 연재한 신문)를 실제적으로 혼자서 구원했다고 말해질 정도였다. 영화로 각색되어 1977년에 상영된 스크린의 〈겨울여자〉 역시 흥행에 크게 성공했다. 조해일의 몇몇 작품이 한국문학의 정전에 포함되어 있긴 하지만, 『겨울여자』가 대중소설로 분류되는 것은 당연한 일이다. 군대 매춘을 다룬 조해일의 기지촌 소설 「아메리카」는 다음 장에서 논의할 것처럼 다소 좌파 민족주의 진영에 기울어진 이데올로기적 위치를 드러낸다. 그와 달리 『겨울여자』는 박정희 정권을 반대하는 학생운동과 비판 세력에 얼마간 동정적이면서도, 엘리트 계급과 (특히) 지식인, 대중 간의 관계를 그리는 데 있어 근본적으로 부르주아 민족주의적인 작품이다.

이 소설은 아직 고등학교에 다니는 주인공 이화의 이야기로 시작한다.[43] 이화는 목사이며 서울에 있는 여고의 교목인 아버지와 함께 도덕적으로 나무랄 데 없고 경제적으로 안락한 기독교 가정에서 성장한다. 이화는 뛰어난 아름다움을 지녔으며 정신적 순결성은 눈부시다고 할 정도여서 그녀와 접촉한 사람이라면 누구에게나 눈에 띄었다. 어느 날 그녀는 자신을 찬미하는 청년으로부터 익명의 편지를 받는다. 곧이어 그들은 만남을 갖게 되고 서로를 알게 되지만, 그녀는 잘 자란 젊은 여성에게 어울리게 성적으로나 정서적으로 자신을 허락하지 않는다. 그러던 중 그 남자의 예기치 않은 죽음으로 인해 그녀는 자신과 자신의 성적 순결의 관념에 연관해 죄의식을 느끼게 된다.

이화는 대학에 들어간 후 곧 석기라는 또 다른 청년의 추종 대상이 된다. 그들의 관계는 석기가 성적 관계를 위해 이화에게 점점 압력을 가해 데이트 중 일방적인 성관계를 갖게 될 때까지 진전된다. 이 "성적 침범"은 이화의 정신적·성적 삶의 전환점이 되며, 그녀에게 "세계의 슬픔"을 일깨우고 알리는 고통의 경험이 된다. 실제로 석기는 그녀에게 철학적·종교적 삶의 교훈을 가르치기 위해 성관계를 강행한 것처럼 행동한다. 석기가 죽기 직전 ― 그 역시 군복무 중에 죽는다 ― 에 이화에게 한 말은 그녀가 현실을 인식해야 한다는 것이었다. 즉 "우리나라가 불쌍해. 우리나라 사람도 불쌍하고. 이화는 되도록이면 많은 우리나라 사람들을 사랑해줘. 그 사람들의 연인이 돼줘."[44] 두 남자의 죽음의 체험과

---

43 여기서 주목해야 하는 것은, 매큔 라이샤워(McCune Reischauer) 체계에 따라 I-hwa(이화)로 번역한 주인공의 이름이, 사실은 Ewha(이화)라는 가장 명망 있는 한국의 여자대학의 이름이라는 점이다. 구한말(1886)에 미국 기독교 선교사(메리 F. 스크랜튼)에 의해 설립된 이화 여고와 이화대학은, 한국에서 여성성의 상징으로 이해되며, 지성과 미, 유복함과 엘리트 가정배경에 연관된 여성성으로 통용된다고 말할 수 있을 것이다. 이화의 여성들은 개교 이래로 매우 강한 페미니즘적 전통을 만들고 견지해왔지만, 대중의 상상 속에서 이화와 연관된 특정한 여성성은 주로 소위 엘리트 가정의 영역이라고 할 수 있는 것을 되살려 왔다. 따라서 이화라는 여주인공의 이름을 통해 이 소설이 암시하는 남성적 판타지는 수많은 이화의 젊은 여성들을 불러내는 것으로 해석될 수 있다.

결부된 이화의 성적 경험은 그녀를 관습적인 사회적 규범으로부터 성적 자유로 해방시키는 것처럼 보인다. 이때부터 이화는 남자들과 연속적으로 "성적-정신적" 관계를 갖지만, 개인적인 여성으로서 또 다른 개인적인 남성에게 연애적인 정서적 애착을 갖지 않는다. 이화는 그녀가 "가족 이기주의"라고 부른 것을 맹렬히 거부하면서 자신은 누구와도 결혼하지 않을 거라고 주장한다. 그녀의 남자들과의 성적 관계는 종교적인 도상학적 상징(iconography) ─ 특히 기독교적 상징 ─ 의 견지에서 서사화된다. 즉 매번의 성적 행위는 목마른 남자에게 그녀가 물을 주는 것으로 반복해서 묘사된다.

대학을 졸업한 후에 이화는 여성잡지 기자로 일하게 된다. 그녀는 공장 여공에 대한 탐방 기사를 준비하는 중에 광준이라는 남자를 만난다. 광준은 가난한 동네 아이들을 위한 야학을 운영하고 있었다. 교사와 이발소 운영자로서의 광준의 일은 자발적인 사회적 노동자나 자선 노동자에 가까웠으며, 당시의 학생운동 활동가들의 일과는 거리가 있었다. 학생운동은 그 같은 사회적 노동을 적극 수행했지만, 그들의 취지와 목적은 날카롭게 정치적이었다. 이 소설은 이화가 아이들과 가난한 사람들을 돕는 광준과 함께하는 것으로 끝난다.

『겨울여자』는 어떤 면에서 여성의 성적 성장소설로 읽힐 수 있다. 즉 십대 소녀가 성인 여성성으로 성숙하는 통과제의의 이야기로 읽힐 수 있으며, 특히 성적 자각의 과정과 각성 후의 남자와의 성적 · "연애적" 관계에 집중된 성장의 이야기로 해석될 수 있다. 앞에서 언급했듯이, 이 "연애적" 관계는 매우 연애적이지 않은데, 왜냐하면 연애란 정의상 개인들 간의 관계이기 때문이다. 이화의 다른 남자와의 관계들은 점점 더

---

44 조해일, 『겨울여자』 상, 솔, 1991, 200쪽.

집단적이고 사회적인 의미를 얻는다. 이화는 소설 속에서 실제로 단지 네 명의 남자와 성적 관계를 갖지만, 그녀는 "가능한 한 많은 (한국) 남자"에게 성적 헌신을 제공할 것이라고 언명한다. 이화에게 전해진 두 남자의 죽음의 교훈은 그녀에게 상징적인 정신적인 재생으로 제시되며,[45] 마찬가지로 그녀에 대한 석기의 "성적 침범" 역시 그녀가 모든 한국 남성들을 위로해야 할 성적으로 해방된 여성으로 재생되는 결정적 순간이 된다.[46] 이 소설에서 그녀가 자신을 바친 가장 마지막 남자는 바로 그 스스로 "민족의 불쌍한 사람들"에게 봉사하는 사람이다. 소설이 진행됨에 따라 이화의 민족의 사회적 문제에 대한 자각은 성장한다. 그와 동시에 그런 사회적 자각으로부터 그녀의 성적 헌신의 필요에 대한 인식이 뒤따른다. 그 같은 이화의 각 남성에 대한 성적 헌신은 신문 연재소설의 매체를 통해 전체 한국 남성 대중에게 제공되며, 그것은 점차로 모성적이고 신성화된 견지에서 서사화된다. 따라서 이 소설에서 남성 독자들에게 제공된 이화의 성적·도덕적·종교적 교육의 초상화는, 한국 남성에게 어떤 대가도 없이 개방적이고 자유롭게 자신을 성적으로 허여하도록 각 여성을 변화시키려는, 여성 독자들을 위한 사회화의 도구로서 쓰이게 된다.

이화는 남자 인물들과 (소설의 대리적 형식으로) 남성 대중들에게 성적으로 서비스를 하지만, 성을 교환하고 돈을 받지 않으므로 매춘부로 범주화될 수 없다. 보수가 없는 일로서 그녀의 성적 "노동"은, 자발적인 사회적 노동, 혹은 자선 노동으로 묘사하는 것이 가장 정확할 것이다. 그녀는 (광준에게) 이렇게 선언한다. "전 우선은 우리나라 남자들은 모두 애

---

45 위의 책, 117~166쪽. 강제에 가까운 이화의 첫 번째 성적 경험 후에 그녀는 "모든 것이 아주 생생하고 중요하다는 생각이" 든다고 말한다. 석기는 이렇게 대답한다. "닫혔던 자기를 열고 바라보면 그렇게 보이기 시작하지. 그게 바로 사람이 거듭난다는 거야." 같은 책, 151~152쪽.
46 위의 책, 136~137·152쪽.

인으로 생각하고 있거든요. 남의 희생을 딛고 사는 사람들 외에는요."[47] 그녀는 또한 당황하는 또 다른 남자(수환)에게 자신의 입장을 분명히 말한다. "전 누구한테도 속해 있지 않아요. 아무한테도요. 그리고 누구한테나 속해 있어요. (…중략…) 특정한 어느 개인하고도 전 아무런 특별한 관계도 맺지 않는다는 뜻예요."[48] 그녀의 각 남자와의 성적 관계는, 그 남자에 대한 어떤 특별한 감정이나 욕망의 표현이 아니며, 오히려 그것은 비인칭적 행위이다. 즉 그녀가 개인에게 주는 것은 일반적인 선량한 사람(남성)에게 주는 것이다. 이화의 신체는 해소되지 않는 목마름으로 고통스러워하는 (한국) 남성을 위한 "수원(水原)"[49]이라고 말해진다. 그에 따라 이 소설에서 그녀의 성적인 행위는 종교적인 아우라(聖處女)를 지니게 된다.[50]

이화의 성적인 헌신은 군사정권 하의 근대화의 트라우마에 대한 심리적·육체적 치유를 은연중에 수행한다. 이 성적인 치유는 또한 여성이 모성적 모습으로 변화되면서 남성을 유아화함으로써 발생한다. 이화의 정신화된 섹슈얼리티와 섹슈얼리티화된 정신성은 한국 남성들에게 위안을 주므로, 이 소설은 모든 한국 여성들이 이화의 본보기를 따를 것을 권유한다. 『겨울여자』는 상징적 질서[51]에서의 여성의 세 가지 위치 ― 어머니, 처녀, 창녀 ― 를 하나로 결합한다.[52] 이화가 자신의 삶에서 남자와 한국 남성 대중에게 하는 성적인 역할은 모성적인 위안과 애정을 제공하는 것인데, 그것은 추상적이면서도 무한히 "혼잡한" 남자와

---

47 조해일, 『겨울여자』하, 솔, 1991, 442쪽.
48 위의 책, 313쪽.
49 위의 책, 324쪽.
50 위의 책, 315쪽.
51 역주 : 상징적 질서는 라캉의 상징계에 상응하며 그 시대의 사회체계에 해당된다.
52 Shannon Bell, *Reading, Writing, and Rewriting the Prostitute Body*, Bloomington : Indiana University Press, 1994, p.90.

의 성관계 속에서, 역설적으로 그녀의 처녀적인 순수성과 성스러움을 유지하는 것이 된다. 이화의 "민족적 애인"으로서의 상징적·상상적 위치는, 근본적으로 초자연적·종교적·도덕적 높이로 더욱 상승된 일종의 위안부의 위치와도 같다.[53] 위안부를 한 부분으로 한 일본 제국의 군사적·노동적 단체의 공식적인 명칭은 정신대(挺身隊)였다. 우리는 이 이름에 내포된 이데올로기를 "제국에 자기 자신을 자유롭게 제공하는 주체들의 집단"으로 해석할 수 있다. 마침내 이화가 한국의 불쌍한 사람들을 구원하려는 광준의 고귀한 계획에 협조자가 되었을 때, 광준은 그녀에게 "나의 조수, 나의 동지, 나의 잔 다르크"[54]라고 선언한다.

『겨울여자』에서 일견 기묘한 결합처럼 보였던 이화의 행동—여성의 성적 자유와 (남성중심적) 민족에 대한 성적 자유의 복종—은, 1970년대 한국에서 여성의 사회적 위치의 견지에서 발생한 당대의 변화의 맥락에 놓여져야 한다. 이화의 완전한 성적 자유에 대한 주장은, 언뜻 남자들이 그녀를 당시에 서구처럼 한국에서도 성행했던 젊은 여성의 "여성해방운동" 유형의 하나라고 생각하게 만든다. 남자들을 당황하게 했을 이화의 또 다른 강력한 주장은, 가족주의에 대한 다소 신랄한 비판과 그와 동시적인 결혼에 대한 거부이다. 이런 사고 역시 일견 서구에서 한국으로 수입된 가부장제에 대한 1970년대의 페미니즘적 비판과 유사한 것처럼 보인다. 그러나 그 두 페미니즘적 사유들은 실제로는 이화를 포

---

53 역주: 정신대(위안부)가 제국주의적인 계획이고 이화의 "민족의 애인"은 민족주의적인 것이지만, 개인이 보편적 대의를 위해 자발적으로 희생되는 점에서는 비슷하다고 할 수 있다. 물론 정신대의 자발성은 실제로는 강요된 이데올로기에 의한 것이었으며, 그 점에서 이화의 민족주의와 같다고 볼 수는 없다. 그러나 이화의 민족주의적 자발성 역시 매우 추상적이며, 진정한 주체적 자율성의 표현으로 보기는 어렵다. 또한 종교적 높이로까지 고양된 상상적 위치에서 대의를 위해 자신의 신체를 바치는 점에서 양자는 유사성을 지닌다. 마치 제국주의와 민족주의가 거울관계에 있듯이, 제국의 이데올로기적 자발성과 민족의 헌신적인 자발성 역시 거울관계에 있는 셈이다.

54 조해일, 『겨울여자』 하, 솔, 1991, 507쪽.

장하기 위한 소설적 전략으로서 전유된 것이다. 이화의 성적 자유는 그녀의 욕망이나 쾌락을 위해 사용되지 않으며, 그녀의 남자들과의 성적 관계는 여성의 남성중심적 민족주의의 유형으로 지양된다. 이화는 추상적이고 원리적인 "성적 혼잡성"을 보이는 가운데, 실제로는 정신적으로 처녀이며 순결성을 지니고 있다. 그녀는 성적인 "자유" 속에서 한국 남자들에게 자신의 섹슈얼리티를 "자유롭게" 종속시킨다. 이 소설의 암시에 따르면, 여성들이 성적으로 자유로워질 수 있는 것은, 그녀들이 남성들에게 결혼의 요구 등의 의무를 지우지 않고 자유롭게 바쳐지는 한에서일 뿐이다. 이화의 결혼의 거부는 그녀가 "가족 이기주의"의 폐악에 대해 길게 언급할 때 상세하게 설명된다. 또 다시 가족 이기주의에 대한 그녀의 비판은, 얼핏 가부장적 가족 구조의 마수로부터 여성을 해방시키려는 노력처럼 보인다. 그녀의 결혼의 거부는 가족 외부의 개인으로서의 여성의 위치를 옹호하는 것처럼 보이며, 어머니, 딸, 아내 같은 가정의 영역에 여성을 호명해 종속시키려는 가부장적 계획을 좌절시키는 것처럼 여겨진다. 이화의 사고는, 여성들을 가족과 친족 체계의 구속으로부터 해방시켜 개인으로서 공장과 민족 집단에 직접 통합시키려는, 보편적인 자본주의적 경향과 부합하는 것 같다. 그 같은 변화는 1970년대에 도시로 옮긴 노동계급 여성 농촌 이주자의 경우 어느 정도 진행형이었다. 즉 그들은 제한된 형태로 자유로운 사회적·경제적 행위자가 되어 가고 있었다. 『겨울여자』의 중산층 여주인공 이화의 가족주의의 거부는 부르주아적 가정 영역의 구속을 우회하지만, 자신의 자발적인 성적 헌신(많은 노동계급 여성이 제공했던 것과 같은 돈을 받지 않는 성노동)을 민족적인 공적 영역에 동원시킴으로써 그런 과정을 왜곡한다. 이화의 중산층 여성 섹슈얼리티의 국가적이고 민족주의화된 동원은, 공장 노동에서 매춘에 이르는 수많은 임금노동 형태의 노동계급 여성

"섹슈얼리티의 프롤레타리아화"에 대한 대위법적 지점[55]을 제공한다.

이화의 애인의 한 사람이었던 석기에 의하면, 그녀의 "결점" 중의 하나는 "정치적인 무지"이다.[56] 석기는 그녀에게, 한국이 박정희의 독재와 비판적인 지식인-학생들의 심각한 반대 속에서 경험하고 있는 정치적인 혼란에 대해 교육한다. 이화의 마지막 애인 광준은 산업화와 근대화가 한국의 하층민들에게 초래한 경제적 부당성에 대해 가르쳐준다. 그 같은 남자 인물들은 1970년대의 비판적 문화에 느슨하게 연관될 수 있지만, 이 소설의 일반적인 이데올로기적 입장은 "계몽적" 관점으로 요약할 수 있으며,[57] 그것은 근본적으로 대중에 대한 엘리트들의 교육의 필요성을 신봉하는 것이다. 식민지 시대에 "계몽소설"이란 바로 마르크스주의 문학의 정치화와 논쟁하고 견제하기 위해 고안된 장르였으며, 『겨울여자』는 그 같은 이데올로기적인 움직임을 따르고 있다. 빠르게 산업화하는 상황에서 계급문제와 군사독재의 정치적인 의미는 사회적인 문제들로 무디게 둔화된다. 이 소설은, 한국의 겨울에 자신의 동포들을 구원하고 구제하기 위해 나타난 신성한 성적 치유자 이화라는 인물을 통해, 국가의 정치경제적 문제에 대한 "성적 · 사회적 해결책"을 처

---

55 역주 : 노동계급 여성의 프롤레타리아화가 개발을 위한 섹슈얼리티의 동원이라면, 이화의 헌신은 그런 개발 과정에서의 상처를 치유하는 듯한 점에서 그와 구분된다. 그러나 이화 역시 민족주의의 영역에 성적 헌신을 위치시킴으로써 다시 민족을 위한 또 다른 섹슈얼리티의 동원이 된다.

56 조해일, 『겨울여자』 상, 솔, 1991, 147쪽.

57 한국이 식민화되기 전인 19세기 말부터 계몽이라는 용어는 원래 서구적 용어 "enlightenment"의 번역어였으며, 1930년대에는 마르크스주의적 관점과 대립되는 보수적인 민족주의적 태도를 나타내게 되었다. 대중은 단순히 호의적인 계몽 엘리트의 동정과 베풂의 수혜자가 된다. 『겨울여자』가 "정치적" 저항의 태도를 드러내는 부분에서, 중심인물 광준과 이화는 실제로 식민지 시대 보수적 문화 민족주의 소설의 인물들에 매우 접근한다. 예컨대 브나로드(민중 속으로!) 운동에 참여 했던 이광수와 심훈 같은 작가의 주인공들을 말한다. 이광수의 『흙』과 심훈의 『상록수』에서 식민지 민중은 서울에서 온 교육받은 계몽된 학생들의 사회사업의 수혜자들이며, 학생들은 농민들의 생활방식을 개선하고 근대화하기 위해 도우려고 노력한다.

방한다.

조세희가 국가와 자본에 반대하면서도 효녀 딸의 성적 희생을 통해 여전히 가족-(프롤레타리아)계급-(좌파)민족의 연계를 지속시킨다면, 조해일의 『겨울여자』는 매개적인 제도로서의 가족을 해체하고 여성을 직접적으로 민족적 집단에 삽입시킨다. 후자의 여성은 더욱 개인화되고 자발적이 된 행위자이지만 그녀의 섹슈얼리티는 (남성중심적) 민족에 완전히 종속된다. 우리는 프롤레타리아적인 효녀 딸로부터 민족적인 "위로하는 여성"(위안부)으로 이동한 셈이다. 내가 논의하고 싶은 것은 그런 (남성중심적) 집단들의 신성화가 여성의 신체와 섹슈얼리티의 상품화를 탈상품화하는 효과를 지닌다는 점이다. 이 과정에서 상업화된 여성 섹슈얼리티 역시 한편으로 신성화되고 숭고화될 수 있지만, 다른 한편 그 상품화의 오욕의 현실(reality)은 여전히 은밀하게 남게 된다. 『겨울여자』는 "계몽소설" 장르를 혼합시킴으로써 이화의 "마돈나/매춘부"의 섹슈얼리티에 사회적·민족적 가치를 부여하고 있다.[58] 그 같은 계몽소설을 통해 한국의 젊은 여성들은 남성들을 "위로하는 여성"(위안부)의 역할을 자각해야 할 것이었는데, 그것은 1970년대 중반 급속히 유행적인 문화현상이 된 대중문학 하위 장르 (다음절에서 논의 할) 이른바 "호스티스 문학"과 함께였다.

---

58 역주: 이화의 섹슈얼리티의 신성화는 당대의 상품화된 성을 정화시키는 효과가 있지만, 상품화의 오점은 여전히 남으며 매춘부가 아닌 이화의 경우 역시 크게 다르지 않다. 이화가 민족을 위해 남성들을 위로하는 일종의 노동을 한다는 점에서 그렇다. 따라서 이화는 성스러운 마돈나인 동시에 잠재적인 매춘부의 요소를 지니고 있다. 또한 그 지점에서 『겨울여자』는 호스티스 문학과 연결된다.

가상적 섹스 상품으로서의 호스티스와 『별들의 고향』

『별들의 고향』(1972)은 선풍적인 인기를 끈 또 다른 대중소설이었으며, 신문소설로서 다시 한 번 『조선일보』에 연재되었다. 곧이어 이 소설이 영화화 되었을 때, 엄청난 흥행의 성공은 여성과 남성 모두에게 한국인의 섹슈얼리티 개념의 변화를 의미하게 되었다. 이 소설은 1970년대의 이른바 호스티스 문학의 기원은 아니더라도 아마 그런 대중문학 장르의 가장 대표적인 작품일 것이다. 1970년대 중반 동안 한국은 급속한 산업화의 효과를 경험하기 시작했다. 축적된 자본이 낙수효과[59]를 내기 시작했을 때, 대학 교육을 받은 화이트칼라 전문직 남성, 특히 유명한 대기업 사원들은 그 결과로서 신흥하는 중산층의 핵심을 구성했다. 술집 호스티스 같은 섹슈얼리티 서비스 노동에 대한 그들의 수요는, 시골에서 서울을 비롯한 대도시로 이주한 젊은 여성들의 공급과 맞아떨어졌다. 술집 여자에 대한 아주 오래된 동아시아의 사고가 계급별로 다양하게 변화되고 있을 때, 1970년대 서울에서의 "호스티스"와 "호스티스 술집"에 대한 관념은, 현대적인 도시 젊은 여성과 ― 흔히 샐러리맨으로 불리는 ― 중산층 화이트칼라 남성 노동자를 서구식 술집으로 불러냈다.

호스티스 문화의 또 다른 특색은 TV의 보급, 영화관객의 확대, 신문과 잡지의 광범위한 구독 같은 1970년대 대중문화의 성장과 연관해서 이해되어야 한다. 호스티스 같은 섹슈얼리티 서비스의 새로운 범주가 곧바로 대중소설과 영화로 변형된 것은 우연이 아니다. 실제로 직업으로서의 술집 호스티스와 "호스티스 문학/호스티스 영화"라는 대중문화 장르는, 문학과 영화가 기존의 사회현상을 반영했다기보다는 사실상

---

59 역주 : 낙수효과(trickle down)는 정부 투자 등에 의해 대기업이 성장하면 중소기업과 소비자에게 침투되어 경제효과가 커진다는 이론임.

거의 동시적으로 출현했다고 볼 수 있다. 어떤 호스티스들은 겸업 매춘을 했으며 전업 창녀와는 구분되었다. 호스티스의 접대는 온건한 성적 유희에서 스트립쇼에 이르기까지 다양했지만, 그들의 주요 일거리는 남성 고객을 즐겁게 접대하는 것이었다. 손님과 잠자리를 같이 하는 일은, 술집주인이 권유하고 종종 높은 수입을 위해 호스티스 자신이 원하기도 했으나, 반드시 요구되는 것은 아니었다. 이런 종류의 섹슈얼리티화된 여성의 접대는 전통과 현대 한국 문화에 항상 존재해왔지만, 이 시기의 역사적 시점에서 새로운 것은 여성 섹슈얼리티가 상품화되는(경쟁적인 상품으로 만들어지는)[60] 특별한 현대적 방식이었다. 즉 1970년대 한국에서의 술집 호스티스는, 그들을 매력적인 존재로 만드는 영화와 대중문화의 재현을 통해, 현실에서 실제로 "상품화된 여성 섹슈얼리티"의 **문화적 상징**이 되었다. 그러나 그런 이미지는 그들의 노동계급 생활의 **경제적 현실**과는 크게 다른 것이었다. 호스티스의 섹슈얼리티와 다른 종류의 상업화된 여성 섹슈얼리티의 주요한 차이점은 전자가 **이중적으로** 소비된다는 사실이다. 즉 호스티스의 섹슈얼리티화된 접대가 술집에서 남성 고객에 의해 소비되었을 뿐 아니라, 소설과 영화, 잡지를 통한 그들의 섹슈얼리티의 재현은 1970년대 남성 감상자들의 2차적인 소비의 대상이 되었다.

『별들의 고향』은 1970년대 한국의 역사적 상황과 거의 관계하지 않지만, 박정희 정권의 군사화된 산업화에 대한 반복적인 언급을 통해 스스로 맥락을 구성하고 있다. 두 권으로 된 소설의 시작과 끝에서 남성 주인공은 똑 같은 구호를 보게 된다. 즉 "싸우면서 건설하자"이다. 여기

---

60   역주 : "commodify"(상품화하다)가 마르크스주의 이론의 용어임에 반해, "commoditize"(경쟁적 상품으로 만들다)는 비즈니스 이론의 용어로 경쟁적인 상품으로 만드는 것을 말함. 이 문장의 문맥에서는 후자의 용어가 사용되고 있다.

서 "건설"의 개념은 도처에 널린 또 다른 표어 "조국 근대화"에 명시된 박정희 정권의 주요 이데올로기와 긴밀하게 연관된다. 또한 "싸우면서"의 언급은 북한에 대한 반공주의적 투쟁을 위해 한국 국민이 떠맡는 군사적 태도를 암시한다.

　이 소설은 경아라는 이름의 젊은 여성의 이야기를 서사화하고 있다. 그 이야기는 그녀의 애인의 한 사람인 1인칭 화자가 경찰서에서 그녀가 자살했다는 소식을 들은 후 회상으로 제시된다. 경아는 원래 중산층 가정에서 태어났지만, 아버지가 일찍 세상을 떠난 후 가족들이 경제적 어려움을 겪게 되며, 그녀는 가족을 돕기 위해 한 학기를 마친 후 대학을 포기한다. 경아는 한 무역회사에 경리직 신입사원으로 취직하게 되고, 그곳에서 동료 사원인 강영석과 사랑에 빠진다. 그녀는 혼전 성관계를 강력하게 반대했지만 끝내는 영석의 요구에 굴복하고 만다. 예상했던 대로 영석은 얼마간 시간이 지난 후 그녀를 버린다. 그 후 경아는 그녀를 좋아하던 나이가 많은 부유한 홀아비 만준과 결혼하지만, 만준이 예전에 그녀가 유산한 경험이 있음을 안 후 이내 결혼이 깨진다. 이 일은 그녀의 연속되는 경제적·도덕적·성적 하강의 출발점이 된다. 경아는 이제 자신의 생활을 위해 술집 호스티스가 되며, 바로 그때 남성 화자(김문오)를 만나게 된다. 일 년 동안의 동거 후에 경아는 문오가 자신에게 싫증이 났다고 느끼자 그를 떠난다. 얼마간 시간이 지난 뒤 그들이 다시 만났을 때, 그동안 경아는 여러 남자들을 거치면서 이곳저곳을 전전하며 술집여자로 일하고 있었다. 그녀는 사랑할 남자들이 다 사라진 후 술에 점점 더 의존하게 되면서 자살을 하게 된다. 이런 다소 평범한 플롯과 진부한 인물을 지닌 소설이 왜 1970년대에 폭발적인 인기를 끌었는지는 설명하기가 쉽지 않은데, 그것을 이해하려면 경아라는 역사적 아이콘의 상징성(iconicity)과 이 소설이 그녀를 위치시킨 도시적인 문화와의 관계를 검토해야 한다.

보들레르에 의하면, "매춘부는 하나의 상품으로서, 그리고 대량생산된 한 품목으로서 출현한다."[61] 『별들의 고향』의 화자의 경우, 경아의 섹슈얼리티의 은유는 바로 껌이다. 즉 그는 경아의 젖꼭지를 "씹다 버린 껌"[62]의 한 조각처럼 느꼈다고 회상한다. 껌과 매춘부, 그들의 덧없는 유용성과 소비적인 처분 가능성은, 그것들을 현대적 상품의 본보기로 만든다. 도처에 있는 동시에 부재감에 사로잡히게 하는 상품은 현대적 주체와 그 대상 — 상품 — 간의 기묘한 모순된 관계를 구성한다. 즉 상품이란 풍부해 보이는 동시에 본질적으로 빈곤해진 것이다. 마치 처분 가능한 상품으로서 그녀 자신의 파괴에 저항하듯이, 경아의 매우 기묘한 습관은 버스표, 영화표, 영수증 같은 사소한 것들을 강박적으로 수집하는 것이다. 『별들의 고향』에서 가장 흥미로운 것은 이 소설이 경아의 섹슈얼리티를 새로운 도시화의 경험과 연관해서 상상하는 방식들이다. 다음에서 나는, 이 소설이 도시와 신체의 비유적인 탈-재영토화를 통해, "호스티스 섹슈얼리티"와 그 상업화된 여성 신체를 도시 공간에 연관시킴을 논의한다. 나는 더 나아가 도시화와 관련된 탈영토화된 여성 신체가 또한 어떻게 가상적인 성적 상품의 도입을 알리는지 탐구할 것이다.

근대화가 구체적으로 드러나는 방식 중의 하나는 빠르게 진행되는 도시화의 풍경을 통해서였다. 오래된 도시 서울의 지속적으로 변화되

---

61 Charles Baudlaire, Christopher Isherwood, trans., *Intimate Journals*, San Francisco : City Light Books, 1983, p.3; Shannon Bell, *Reading, Writing, and Rewriting the Prostitue Body*, Bloomington : Indiana University Press, 1994, p.44에서 인용되고 있음.

62 최인호, 『별들의 고향』 상, 동화출판공사, 1985, 23쪽. 또한 안낙일, 「1970년대 대중소설의 두 가지 전략-『별들의 고향』과 「영자의 전성시대」를 중심으로」, 정덕준 외, 『한국의 대중 문학』, 소화, 2001, 163~190쪽.

는 풍경에는, 끊임없는 빌딩의 건설과 계속 확장되는 대중 운송체계 네트워크, 그리고 곳곳에 늘어나는 무단 거주자와 빈민촌이 포함되어 있었다. 농촌 이주자로 인한 급격한 인구의 증가와 함께, 도시는 대다수의 "서울사람들"에게 친근한 동시에 매우 낯설고 소외된 공간이 되었다. 호스티스가 접대했던 전문직 남자들 역시 많은 수가 지방으로부터 호출된 사람들이었으며, 그들 또한 서울에서의 삶과 일을 소외되고, 탈영토화되고, 거세된 것으로까지 경험했다. 따라서 한편으로『별들의 고향』에서 남성 화자는 경아에 대한 동정과 애착을 통해, 그녀를 도시화의 폐해 ─사회적·심리적 차원─ 와 연관된 상징적 대리물로 설정하고 있다. 다른 한편 이 소설은 경아의 섹슈얼리티화된 신체를 반복적으로 도시 서울의 영토 자체와 부합된 것으로 가정함으로써, 전문직 남성과 호스티스 간에 공유하는 탈영토화된 주체들 ─이 소설의 제목처럼 "고향"을 잃은 사람들─ 의 감각을, 성-섹슈얼리티 상품으로서 노동계급 여성 신체의 (재)영토화로 변화시킨다. 남성 화자는 "도시의 빌딩 (네온사인의) 꼭대기에 (장난스럽게) 앉아 있는"[63] 경아의 환영을 언뜻 보곤했다. 또한 그는 그녀를 밤에 서울 거리를 스쳐 지나가다 도시가 깨어나는 새벽에 사라지는 요정으로 상상한다. 그러나 이런 경아와 도시의 영토의 동일시는 궁극적으로 경아의 신체로 환원되며, "우리가 무책임하게 방료를 하는 골목골목마다"[64]로 연결된다.[65]

이 소설의 경아에 대한 주요한 은유들, 즉 "서울거리에 밝혀지는" 불빛, (…중략…) "형광등 불빛과 네온의 번뜩임, 땅콩장수의 가스등처럼 한 때 피었다 스러지는 서울의 밤",[66] 혹은 나풀거리다 사라지는 조그만

---

63 최인호,『별들의 고향』하, 동화출판공사, 1985, 606쪽.
64 최인호,『별들의 고향』상, 동화출판공사, 1985, 34쪽.
65 역주: 1인칭 화자는 경아의 죽음에 대해 "무책임하게 골목마다 방료를 하는 우리가 죽인 것"이라고, 생각한다.

"요정"[67]은, 그녀의 탈영토화된 도시적 주체성[68]을 덧없지만 매력적인 환영에 비유하고 있다. 내가 논하려는 것은, 이 오래된 매체인 연재소설과 여주인공 경아에 대한 열광적인 인기가, 이 소설의 일부인 동시에 실제로 받아들이려 하는 역사적 전환 ─ 시각적이고 가상적인 성적 상품으로서 여성 섹슈얼리티의 생산 ─ 과 연관되어 있다는 것이다. 광고처럼 빌딩 옥상에 앉아 있거나 도시의 밤에 나풀거리는 요정 같은 경아. 그런 아이콘적 이미지의 영화적인 환영성과 찰라성은, 가상적인 섹스 상품으로서의 여성 신체와 섹슈얼리티, 바로 그것의 상품화를 확산시키는 시대로의 이행을 수행한다.[69]

피터 베일리(Peter Bailey)에 의하면, 빅토리아 시대의 "유사 섹슈얼리티", 즉 남성 소비자와 여성 성적 대상 간의 시각적 관계에 더 집중하는 상품화된 여성 섹슈얼리티는, 육체적인 접촉에서 벗어난 방식으로서, 남성 고객들 사이를 돌아다니는 전시대의 술집 여급의 관습을 대체했다. 베일리는 빅토리아 시대 술집 여급의 "뒤쪽에서 거리를 두고 제한하는 방식"이 여급의 섹슈얼리티를 매력화하는 효과가 있었음을 논의한다. 1970년대의 한국의 호스티스들은 신체적으로 가까이 접근하며 남성 고객을 접대했지만, 당대의 연재소설과 잡지, 영화에서의 호스티스의 대중문화적 재현들은, 그런 문화 매체들에 의해 생겨난 "거리를 통해" 상품화된 섹슈얼리티를 매력화하는 유사한 효과를 발생시켰다.[70]

---

66 최인호, 『별들의 고향』 상, 동화출판공사, 1985, 34쪽.

67 위의 책, 34쪽.

68 역주 : 도시와 동일시된 경아의 신체는 상품으로 영화된 이미지이지만 경아의 환영의 덧없는 사라짐은 탈영토화된 덧없는 이미지이다.

69 Peter Bailey, *Popular Culture and Performance in the Victorian City*, Cambridge : Cambridge University Press, 1998, pp.151~174.

70 Anne Allison, *Night Work : Sexuality, Pleasure, and Corporate Masculinity in Tokyo Hostess Clubs*, Chicago : University of Chicago Press, 1994; Miriam Silverberg, *Erotic Grotesque Nonsense : The Mass Culture of Japanese Modern Times*, Berkeley : University of California Press, 2006을 볼 것.

실제로 "호스티스의 섹슈얼리티"는 실제 술집에서보다 대중문화의 물질적 영역 자체에서 가상적 성적 상품으로서 훨씬 더 실감나고 광범위한 존재였다.[71]

화자가 경찰서에서 경아의 죽음을 알았을 때 경찰서의 형사는 도시에서 늘어나는 익명의 죽음의 숫자에 대해 불평을 한다. 즉 "눈만 뜨면 시체, 날만 새면 시체니, (…중략…) 신원을 모르는 시체가 아직 너댓 건은 남아 있소."[72] 경아의 시체는 그 중의 하나였다. 형사들이 화자에게 알린 것은 경아의 핸드백에서 그의 전화번호를 발견했기 때문이다. 도시화되는 상황에서의 이런 사회적 소외의 묘사는 이미 1960년대 문학에서도 나타나고 있지만,[73] 『별들의 고향』은 그런 집단적인 심리적 조건을 특히 여성 섹슈얼리티의 상품화에 (대개 상징을 통해) 연관시킨다. 경아의 가상적인 "호스티스 섹슈얼리티"가 남성 도시 근로자가 느끼는 날카로운 소외감을 진정시키는 데 바쳐졌다면, 죽은 경아는 도시화하는 한국의 일상화된 아노미(anomie)를 다시 한 번 절실하게 느끼게 한다.[74] "경아와 살을 맞대고 생활을 나누는 일이 계속될수록 경아는 점점 불가사의한 존재로 내게 인식되어지기 시작했던 것이다. 경아는 같이 살면 살수록 완전한 타인이었다. (…중략…) (경아는) 내 몸을 흐르는 도시적인 기질 속에 용해된 도시의 그림자에 불과하였던 것이다. 경아를 생각할 때마다 나는 도시의 네온, 번뜩이는 술잔, 불을 밝힌 빌딩, 반추

---

71 역주 : 이런 가상적인 섹슈얼리티의 확산은 다양한 이미지 매체가 출현한 후기자본주의 시대에 더욱 폭증한다. 『별들의 고향』은 이미 1970년대에 오늘날 한결 더 실감나는 가상적 섹슈얼리티 시대의 시작을 알리고 있는 셈이다.

72 최인호, 『별들의 고향』 상, 동화출판공사, 1985, 20쪽.

73 예컨대 김승옥의 단편소설 「서울 1964년 겨울」을 볼 것.

74 역주 : 1970년대 도시의 아이콘이자 가상적인 "호스티스 섹슈얼리티"인 경아는, 남성 도시인을 위로해 주며 분열된 도시를 재영토화하는 역할을 하는 동시에, (더 가까이 접근하거나 헤어진 순간에) 다시 그들에게 탈영토화된 소외감을 느끼게 하는 양가적인 존재였다고 할 수 있다.

되는 신호등, 지친 발걸음, 가두 판매대에 놓인 신문지, 공중 전화통, 수 없이 흐르고 어깨를 부딪치고 있으면서도 실상은 혼자라는 소외감, 그런 도시에서 볼 수 있고 느낄 수 있는 생각을 떠올리곤 하였다."[75]

노동으로서의 매춘
생존과 훼손, 그리고 은밀성

『겨울여자』와 『별들의 고향』의 주요 관심사는 여성 섹슈얼리티의 사회적 의미인데, 여기서 민족주의화되거나 상업화된 여성 섹슈얼리티의 의미는 근대화 과정에서 노동계급 여성의 경제적 역할의 중요성을 전위시키고 있다. 반면에 다음에서 논의할 『어둠의 자식들』(황석영, 1980), 「영자의 전성시대」(조선작, 1973), 『미스 양의 모험』(조선작, 1975) 등은, 노동계급 여성의 주체성을 젠더화·계급화·섹슈얼리티화된 위치들의 분절로 정치화하는 것 자체를 전제로 삼고 있다.

『어둠의 자식들』은 1970년대와 그 이후의 최고 좌파 작가인 황석영이 쓴 작품이다. 정통적인 사회적 리얼리스트로서의 평판에서 비껴서서, 이 특별한 장편소설은 잡범들이나 거리의 아이들, 창녀들을 위주로 한 거리의 생활을 상세히 다룬다. 단편 「영자의 전성시대」와 두 권으로 된 『미스 양의 모험』은 조선작의 작품이다. 조선작은 영화화된 「영자의 전성시대」의 큰 상업적인 성공으로 "호스티스 영화"라는 대중장르와 연

---

75 최인호, 『별들의 고향』 하, 동화출판공사, 1985, 500·541쪽.

관된 오명을 얻긴 했지만, 그의 단편소설들은 관례적으로 1970년대의 중요한 문학적 성취로 선집에 실린다. 물론 조선작의 『미스 양의 모험』은 결코 정전에 드는 작품은 아니다. 그러나 우리가 논의할 그의 두 작품들은 많은 사람들에게 영향을 준 사회적 현상을 다루고 있다. 즉 결국 성-섹슈얼리티 산업에서 일하게 된 젊은 농촌 이주자들의 이야기인데, 이 주제는 대부분 1970년대 문학적 정전에서 배제되었다.

노동계급 남성과 여성의 밑바닥 생활과 매춘을 주제로 삼은 두 작가는 이렇게 비교될 수 있다. 즉 황석영의 노동계급의 묘사는 전반적으로는 꾸준한 리얼리즘 속에서 예리한 정치적 저항을 제공하긴 하지만, 여성 매춘부의 묘사는 소설의 주요 부분을 차지하면서도 남성 노동계급에 비해 대부분 결정론적이다. 반면에 조선작의 작품, 특히 장편 『미스 양의 모험』은, 성 노동자가 된 여성 이주자의 복합적이고 다중적인 주체성에 초점을 맞춘 점에서 가치를 지닌다.

매춘과 거리에서의 생존─『어둠의 자식들』

황석영의 『어둠의 자식들』은 매춘이 발생하고 지속되는 도시 뒷골목의 사회적·경제적 맥락을 조명함으로써 매춘에 관한 선입관을 완전히 해체하고 있다. 물론 산업으로서의 매춘은 맨 위의 보다 조직화된 상층계급의 매춘에서부터 층위화되어 있다. 그러나 황석영의 주요 관심은 가장 밑바닥의 창녀들에게 있으며, 그들은 대부분 자신들과 조금 상층의 고객들 및 피해자들 속에서, 일용노동, 구걸, 행상, 좀도둑, 사기로 거리에서 살아가는 사람들 및 잡범들과 함께 존재한다. 이 소설은 동철이라는 20대 초반의 청년에 의해 1인칭으로 서술되고 있다. 이 작품은 인물이나 플롯의 발전에는 큰 관심이 없는 반면, 그 보다는 서울의 뒷골목에서 행해지는 경제적 활동의 상황과 논리를 검토하고 설명하는 일련의 삽화들로 나타난다.

어린 시절 다리를 저는 동철은 어머니와 형과 함께 기지촌 동두천에서 살았다. 그의 어머니는 군대 매춘부였던 것으로 암시되며, 형이 미군 트럭에 치어 죽은 후에 그들은 기지촌을 떠난다. 어머니는 거리에서 행상을 하며 자신과 동철의 생활을 위해 고생했지만, 동철은 일찍부터 동네의 비행 청소년이 되었고 집을 뛰쳐나와 버렸다. 동철은 마침내 사창가에 정착했고 작은 범죄들과 함께 사업에 손을 대기도 한다. 소설의 후반부에서 동철과 그의 친구는 큰 보석 강도에 성공하지만 결국 붙잡혀서 얼마간 감옥에서 생활하게 된다. 소설의 결말부에서는 동철이 기독교인이 되었다는 사실이 서술되면서, 경찰 및 행정 당국의 억압에 맞서 거리의 아이들을 도우며 연대하는 노력이 간단히 그려진다.

『어둠의 자식들』은 동철의 동네 주민들의 많은 "직업"의 목록을 제시하는데, 그 목록의 사람들은 거리에서 생활하는 나이 든 남자들과 함께 주로 남자 어린이와 십대들로 구성되어 있다. 반면에 여자들은 거의 예외 없이 성 노동에 종사하는 것으로 보인다. 소년과 남자들을 위한 "직업들"은 외부사람은 이해할 수 없는 그들만의 은어적 표현을 통해 전해진다. 이 직업들은 번역하기 어려우며 비슷하게 표현할 수 있을 뿐이다. 즉 "뒤밀이, 퍽치기, 뚜룩, 펨푸"[76] 등이다. 이 목록들은 거칠게 몇 개의 범주들로 구분될 수 있다. 예컨대 뒤밀이는 다른 노동자를 돕는 방식이며, 뒤밀이들은 리어커를 뒤에서 밀어주고 약간의 돈을 받는다. 펨푸는

---

76 황석영, 『어둠의 자식들』, 현암사, 1980, 21~24쪽.
   역주: 뒤밀이는 시장에서 리어커나 짐차를 밀어주는 것이며, 퍽치기는 불시에 훔쳐 달아나는 것이고, 뚜룩은 좀도둑질, 펨푸는 사창가에서의 호객행위이다.

거리의 술집이나 창녀에게 고객을 데려다주고 주인으로부터 돈을 조금 받는 일이다. 다른 직업들은 거리의 사람들로서는 훨씬 조직화된 형태 인데, 소매치기나 거리의 노름에서의 사기 같은 편취와 도둑질을 포함한다. 이 목록들 중에서 가장 수익이 남고 조직적인 것은 여자를 거래하는 것("탕치기")인데, 즉 여자를 유괴해 술집이나 사창가에 팔아넘기는 일이다. 또 다른 종류의 일은 버스 안에서 껌이나 연필, 볼펜 등을 행상하는 것이다. 또한 거리에서 쉽게 할 수 있는 것은 폐품수집("시라이") — 재활용품 병이나 신문을 수집하는 것 — 인데, 그런 거리의 수집은 상점이나 주택에서 물건을 훔치는 일로 쉽게 전환될 수 있다. 직접 구걸하는 일("앵벌이")은 엄밀하게 분리된 거리의 일의 목록이지만, 행상과 폐품수집은 또한 "앵벌이"나 "대꼬지"[77]와 겹쳐진다.

『어둠의 자식들』 같은 거칠고 억제된 환경에서는 그 같은 "직업"의 범주들은 서로 간에 쉽게 미끄러진다. "공정하게" 보상받는 "정직한" 노동과 날것의 생존을 위해 날조되고 재조작된 넓은 범위의 활동들 사이에는 선명한 경계란 거의 존재하지 않는다. 후자는 필연적으로 구걸, 사기, 절도 같은 다양한 요소들과 연관되며, 어쩔 수 없이 "타자들"에 대해서 소량의 이익을 짜내게 된다. 여기서 타자란 흔히 같은 계급의 사람들 중에 더 약하고 취약한 사람들을 뜻한다. 우리는 그 같은 복합적인 노동의 양식을 "거리 노동"이라고 부를 수 있지만, 이 노동의 우발적이고, 상황적이고, 변형적인 성격은, 오히려 그것을 일련의 생존의 전략, 혹은 생존의 노동으로 만든다. 한편으로 존재의 양식으로서의 생존은 일종의 **살아 있는 노동**이 되는데, 그것은 하나의 활동으로서의 생존은 균질화될 수 없으며 그것이 발생한 밀접한 환경으로부터 추상화될 수도 없

---

77 역주: 앵벌이는 노래나 엄살을 하며 구걸하는 것이고 대꼬지는 물건을 팔며 구걸하는 것이다.

다는 사실 바로 그 때문이다.[78] 거리의 주체들의 편에서 보면, 생존의 활동이란 끝없이 변화하는 거리 상황의 요구에 대한 복합적이고 구체적인 반응들의 모조행위이다. 그들의 거리의 노동은, 자신들의 "환경의 변화가능성/상황성"과 그런 "환경에 적응하는 그들의 능력"의 수렴으로서 존재한다. 거리의 노동의 한 예는『어둠의 자식들』에서 "빠꿈이"로 표현되는 거리의 인물의 어떤 "특성"일 것이다. 앞에서 언급했듯이 황석영은 거리의 삶에 속하는 상이한 종류의 직업이나 역할, 성격에 그 같은 수많은 은어들을 부여한다. 빠꿈이는 직업이나 역할보다는 일반적인 유형에 더 가깝다. 다시 말해, 빠꿈이라는 단어는 "영리한 사람", 즉 약삭빠른 놈, 교활한 소년, 책략가 같은 성격을 의미한다. 빠꿈이는 자신의 재치에 의존해 거리에서 살아가고 생존해야 하는 최후의 사회적·경제적 유형이다. 저마다의 세분화된 직업이나 역할을 넘어서서, 생존해가는 거리의 주체들이란 모두 어떤 방식의 빠꿈이이며, 자신의 재치에 의해 "**살아나감**"의 **노동**을 수행하는 것이다.

그 같은 맥락에서, 황석영의 소설은 하층계급 매춘을 거리 노동의 특별하게 젠더화되고 섹슈얼리티화된 형식으로 위치시킨다. 남성이 그때그때의 육체적 노동을 팔 수 있는 것처럼, 섹스란 여성이 팔 수 있는 어떤 것이다. 다른 거리 노동들처럼, 매춘 역시 구걸이나 사기, 절도와 중첩된다. 예컨대 섹스는 음식과 의복, 임시거주지 같은 최소 생계의 생활을 구입할 약간의 돈과 교환해서 제공된다. 또한 매춘은 손님으로부터의 사기와 절도를 포함할 수 있다. 매춘이 다른 거리 노동과 공통적으로 갖고 있는 것은, 노동계급의 맨 밑바닥 사람들이 지닌 특수한 조합으로서, "환경의 절박성"과 "생존을 위해 자신이 지닌 것 — 섹스, 육체노동,

---

78 Dipesh Chakrabarty, *Provincializing Europe : Postcolonial Thought and Historical* Difference, Princeton : Princeton University Press, 2000.

지능 ─ 을 교환하려는 자발성"이다. 황석영의 소설은 흔히 어떤 신분으로 생각되는 매춘을, 도덕 공간에서 해방시켜 거리 생활의 복합적인 사회경제적 기반으로 되돌려 노동의 형식으로 재투입함으로써, 정치화시키고 있다.

집을 나온 십대의 동철은 곧 창녀촌에 이르게 되는데, 그에게는 그곳이 "편안한 곳"이었기 때문이다. 거기서 그는 창녀들을 상대로 펨푸[79] 등의 다양한 일을 하면서 그 대가로 누나라고 부르는 여자들 중의 하나에게 밥값을 얻기도 한다.[80] 아이들과 창녀들 사이의 동맹은 당연한 결과이다. 즉 그들은 서로 다른 종류의 도움을 제공하면서 거친 환경에서 가족 같은 공동체를 만든다. 청년이 되었을 때 동철은 둥기(기둥서방의 은어)로 변신한다. 둥기란 정부(情夫)나 펨푸, 창녀를 위한 장사의 관리 등의 다양한 역할을 하는 내연관계를 말한다. 둥기는 손님으로부터 여자를 보호하고 구역 경쟁의 싸움을 해결하는 등 여자들을 위한 일을 제공한다. 동철은 둥기가 그 세계에서 가장 좋은 직업의 하나이며 "편한" 일이라고 생각한다.[81]

이 소설은 매춘의 재현을 거리의 경제에 한정하면서, "거리 노동"의 남성들이 "거리 여성들"을 착취하는 데 초점을 맞춘다. 황석영이 폭로한 가장 극단적인 경우는 여자를 유인해 술집이나 사창가에 팔아넘기는 일의 은어인 **탕치기**이다. 황석영이 탕치기 및 그와 관련된 일에 대해 묘사한 것은, 줄리아 오코넬 데이비슨이 세계의 다른 지역들에서의 "속박된" 사창가 제도라고 부른 것과 유사하다. "속박된" 사창가 제도는 납치, 유인, 감금, 빚에 의한 속박, 폭력적 규율 수단 같은 다양한 강압적

---

79 역주 : 사창가에서의 호객행위를 말함.
80 황석영, 『어둠의 자식들』, 현암사, 1980, 19쪽.
81 위의 책, 81쪽.

요소들을 포함한다.[82] 황석영은 그런 범죄적 활동을, 젊은 시골 여성 이주자에게 행해지는 교묘한 거짓말, 협동작업, 협박, 성적 폭력을 포함하는, 세심하게 계획되어 시행되는 과정으로 묘사한다.

탕치기의 팀원들은 보통 서울역에서 방금 시골에서 올라와 길을 잃은 듯한 잠재적 희생자를 발견해 낸다. 탕치기 요원 중의 하나는 여자인 경우가 많은데, 그녀는 상경한 여자가 찾고 있는 듯한 친지나 친척의 집 안내를 도우면서 접근한다. 그 다음에는 두 사람에게 흔히 첫 접근자의 친구나 친척을 가장한 또 다른 사람이 다가와서 서울 사람의 좋은 인심을 확신시킨다. 심리적으로 상경한 여자를 안심시킨 후에 그들은 그녀를 자신들의 근거지인 사창가나 여인숙으로 데려간다. 여기서는 탕치기들의 남자 중 한 사람이 여자의 신뢰를 얻는 상황을 만들기 위해 다시 한 번 계획된 작업을 연출한다. 이는 탕치기의 핵심적인 부분이다. 즉 그 특정한 남자는 잠재적 희생자의 구조자 역할을 연출하면서 그녀를 강간할 기회를 만들게 된다. 심리적인 협박과 경제적인 유인은 별도로 하고, 탕치기의 핵심적인 사건은 희생자를 매춘에 얽어매기 위해 그녀에게 가하는 성적 폭력이다. 다시 줄리아 오코넬 데이비슨에 의하면, "첫 번째 강간"은 잔인한 규율적 권력의 전시일 뿐 아니라, 사창가의 권력 구조 내에서 창녀와 고용주 사이의 보호와 의존의 보다 복합적인 관계를 확립하는 것이기도 하다.[83]

희생자에게는 놀랄 일이지만, 그녀는 이제 "고용주"에게 많은 돈을 빚지게 되는데, 그 돈은 술집이나 사창가의 주인이 탕치기들에게 지불한 것으로서, 주인은 그 돈을 주고 그녀를 탕치기들로부터 "데려온" 것

82 Julia O' Connell Davidson, *Prostitution, Power and Freedom*, Ann Arbor : University of Michigan Press, 1998, pp. 29~35.
83 Ibid., p.51.

이다. 즉 "그만 귀신에 홀린 것 같여요. 쓰지도 않은 돈을 내가 갚게 됐다니께요."[84] 그러나 그녀(순임)는 다시 사창가 포주에게 돈을 갚을 수 있도록 그곳에서 일할 수 있게 해달라고 계속 부탁해야 한다.[85] 방금 일어난 일에 대한 인식이 마음에 새겨지자, 그녀는 스스로 그 새로운 상황으로 물러서서, 언젠가 열심히 일해 돈을 모아 지금의 감옥에서 탈출한다는 헛된 희망 속에 살아가야 하는 것이다. 그 어느 날이 곧 오지 않을 것임을 이내 깨닫게 될 것이므로, 그녀는 곤경이 된 새로운 환경에 다시 한 번 자신을 적응시켜야 한다. 이런 탕치기의 과정은 젊은 여성 이주자가 더 많은 시간이 지난 후에 서울에서 겪게 될 일들과도 유사하다. 그러나 탕치기는 그 구조적으로 유사한 성적·심리적·경제적 희생의 과정을 하룻밤 사이에 일어난 계획적으로 각본이 연출된 "재연" 속에 압축한다. 『미스 양의 모험』에서 보게 될 것처럼, 주인공 미스 양은 매춘을 하지 않고 생존하기 위해 서울에서 2년 넘게 용감한 투쟁을 벌인 후에, 결국 똑같은 장소인 매춘 구역 내의 창녀촌에 이르게 된다. 그곳은 『어둠의 자식들』에서 탕치기의 희생자의 하나인 순임이 꼬임을 당해 그 다음날 일을 시작하게 된 곳이다.[86]

탕치기를 그런 종류의 희생의 압축 과정으로 간주하는 것은, 1970년대 한국에서 비슷한 집단의 여성의 경로가 저항할 수 없을 만큼 그렇게 결정되었다고 이해하는 것이다. 성적인 괴롭힘과 폭행은, 제조업 직업에서부터 버스 차장이나 식모 같은 서비스 노동에 이르기까지, 놀라울 정도로 1970년대 한국의 여성적 직업의 중요한 요체였다. 그 같은 보다 넓은 범주의 "노동하는 여성"의 측면에서 보면, 이런 저런 형태로 성적

---

84 황석영, 『어둠의 자식들』, 현암사, 1980, 129쪽.
85 위의 책, 120쪽.
86 역주: 탕치기는 상경한 여성들이 방황 속에서 겪게 될 일들을 하룻밤의 사건으로 압축시켜 연출하는 직업이라고 할 수 있다.

괴롭힘과 폭력을 겪는 사람들, 그리고 결국 가장 많이 매춘에 이르게 될 위험을 지닌 여성들은 바로 그들이었다. 황석영이 우리에게 보여주는 것은 어떻게 매춘이 그 같은 모순된 공간에 위치하는가이다. 즉 성적 폭력의 트라우마가 계속 지속되는 동시에 성과 신체를 파는 매춘부의 일상의 행위 속에서 억제되는, 그런 모순된 공간에 매춘이 놓이는 방식들이다.[87] 매춘부는 성적 트라우마를 반복해서 다시 체험해야 하지만, 그와 동시에 자신의 직업의 위치에서 "편안하게" 느끼도록 강제되어야 한다. 동철이 자신이 가담했던 탕치기에 대해 후회한 것은, 계급 내적인 젠더화된 착취와 성적 차이를 넘어선 계급적 동지애, 그 둘에 대한 다음과 같은 인식 때문이었다. "나는 언제나 그랬지만 탕치기는 왜 그런지 기분이 나빴다. (…중략…) 티상골목(창녀촌)에서 탕치기 한 년을 만나면 공연히 눈길을 피했다. 요즈음도 그 일은 가슴의 못처럼 아프게 박혀 있는 부분이다. 문어 제 팔 잘라먹기요, 제 발가락을 찍는 격이 아닌가. 최근에도 지나가다가 예전 경험에 비추어 탕치기 하는 현장을 눈치 채고서 훼방을 놓은 적이 있었다. 아……그러나 그들의 밥벌이를 망쳐놓은 것이다."[88]

---

87 역주: 공장 노동에서 서비스 노동에 이르는 다양한 여성 노동들은 성적 폭력의 위험 아래 놓여 있으면서도 그 고통이 은폐되고 있다. 그 중에서 매춘은 성적 트라우마를 가장 심각하게 경험하는 동시에 그 고통의 경험을 "편안하게" 느끼도록 강요받는 직업이다. 이 점에서 매춘은 다른 여성 노동들에 잠재된 위험과 모순을 가장 증폭되게 경험하는 노동이다. 다른 여성 노동의 경력이 매춘으로 귀결되는 경로에서 볼 수 있듯이, 매춘은 주변적인 노동이 아니라 오히려 여성 노동의 잠재된 모순을 눈에 띄게 증폭시켜 보여주는 노동인 셈이다.

88 황석영, 『어둠의 자식들』, 현암사, 1980, 86쪽.

「영자의 전성시대」 - 훼손과 인공신체적 저항으로서의 성 노동

나는 1장에서 베트남에서의 한국인의 군사 노동과 「영자의 전성시대」에서의 매춘 간의 상응성과 연관성을 탐구했다.[89] 이 절에서는 매춘 이야기와 성 노동의 묘사에 나타난 "상징적인 신체적 훼손"과 "인공신체적 저항"이라는 두 가지 차원을 부각시켜 재강조하고 싶다. 이 단편소설은 서울 변두리 공중목욕탕에서 손님의 등을 밀고 씻겨주는 때밀이로 일하게 된 베트남전 제대병 청년에 의해 서술된다. 그는 오팔팔의 창녀촌에 갔다가 우연히 베트남에 가기 전에 알고 지내던 영자를 만나게 된다. 예전에 영자는 그가 용접공으로 일하던 주인집의 식모로 있었다. 화자는 이제 영자가 한 쪽 팔을 잃었으며 창녀로 살고 있다는 것을 알게 된다. 두 사람이 차츰 가까워졌을 때, 화자는 영자가 주인집에서 식모살이를 할 때 이미 집주인과 그 아들에게 밤마다 성폭행을 당했다는 말을 듣게 된다. 그녀는 식모살이를 그만두고 젊은 시골 여성 이주자들의 또다른 흔한 직업인 버스 차장이 된다. 영자는 만원버스에서 떨어져 팔을 잃은 후에 아무데도 갈 곳이 없어 결국 사창가에 오게 된다. 화자는 집에서 나무 조각을 쇠고리로 붙인 인공 팔을 만들어 선물로 주는데, 이

---

89 영화로 각색되어 상영된 〈영자의 전성시대〉(김호선 감독, 1975)는 1970년대 중반 가장 크게 히트한 영화중의 하나였으며, "호스티스 영화"의 대표적인 작품의 하나로 알려졌다. 이 영화는 원작 소설의 제목을 그대로 사용했지만, 베트남전의 주제에 연관된 이야기의 비판적 힘을 거의 모두 상실했는데, 그것은 그 부분의 모든 이야기가 전적으로 영화서사의 플롯 외부에 남겨졌기 때문이다. 나는 영화에 덧붙여진 한 세부적 삽화에 주목하고 싶다. 영자가 버스 차장으로 일하다 차에서 떨어져 팔을 잃었을 때, 그 대가로 다소 적은 돈을 보상받는데, 그럼에도 불구하고 그 돈은 그녀의 생애에서 한 번도 보지 못했던 큰돈이었다. 그 돈이 미장원 같은 작은 업소를 차릴 수 있는 자금이 된다는 생각에 영자와 그녀의 친한 친구는 흥분한다. 그러나 영자는 결국 그 돈을 모두 시골에 있는 가족에게 부치기로 결정한다. "미장원"이든 "송금"이든, 어쨌든 영자의 계산할 수 없는 잃어버린 팔의 가치는 셀 수 있는 계산된 돈의 양으로 전환된다.

의수는 그녀의 불구를 감추는 데 굉장한 도움을 주게 된다. 이 소설의 제목 "영자의 전성시대"는 인공 팔의 도움으로 손님이 늘고 영업이 번성하게 된 바로 이 시기를 나타낸다. 그러나 사창가는 곧 당국의 단속을 맞게 된다. 영자와 다른 창녀들은 경찰의 습격을 피해 도망갈 수 있었지만, 보름쯤 후에 화자는 창녀촌 한 구역을 불태운 잿더미 속에서 불에 그슬린 영자의 시체를 발견한다.

　사회 계층의 밑바닥에 있는 자신의 위치에서 젊은 베트남 제대병의 심층의 분노는 상층계급 여성에 대한 빈정거림을 통해 표현된다. 그는 그녀들을 창녀가 아닌 "번듯한" 계집들이라고 지칭하는데, 이는 마치 창녀가 여성의 분리된 인종으로 취급되는 듯이 느끼게 한다. 그는 심통스러운 마음을 이렇게 표현한다. "사실 나는 창녀가 아닌 번듯번듯한 계집들을 볼 때마다 괜스리 심통이 피어올랐다."[90] 여기서 화자는 "창녀"를 "번듯번듯한 여자들"과 구분하면서 매춘하는 여성을 변형되고 손상된 여성성으로 특징짓는다. 직업상의 산업적 재해인 영자의 한 쪽 팔 역시, 성적 괴롭힘과 능욕에 시달린 비성적 노동자로서, 그리고 그 이후의 성적 노동자의 위치에서, 섹슈얼리티와 주체성의 훼손을 비유적으로 나타내고 있다.[91] 베트남 제대병들이 전쟁에서 겪은 정신적 트라우마와 신체적 상해가 자신들을 거세시키듯이, 그와 비슷한 방식으로 영자의 성적인 훼손은 그녀를 영구히 번듯한(정상적인) 여성성의 범주 바깥에 놓는다. 그러나 영자의 인공신체는 그녀가 정상성을 넘어선 주체성을 이루

90　조선작, 「영자의 전성시대」, 『한국 소설문학 대계』 66, 동아출판사, 1995, 112쪽.
91　신체적 불구성으로 인해 매춘으로 내몰린 영자의 경우는 실상 특별한 일이 아니라 일반적인 현상이다. 정신 지체 여성 뿐 아니라 신체적 불구 여성도 매춘 이외에 할 수 있는 다른 직업이 없는 것이다.
　　역주 : 영자의 외팔은 창녀의 훼손된 여성성을 은유적으로 나타내는 것으로 볼 수 있다. 그런데 그런 훼손된 여성성은 창녀가 아니라도 성적 괴롭힘에 시달리는 비성적 노동자들에게 역시 이미 잠재해 있었다고 할 수 있다.

는 일을 가능하게 해준다. 즉 인공신체는 그녀의 불구성을 감춤으로써 영업을 더욱 번창하게 한다. 다른 한편 그녀는 자신의 외팔에 놀란 남자가 돈을 안내고 달아나려 할 때 인공 팔을 자신의 노동의 가치를 지키는 데 이용할 수 있을 것이다. 의로운 팔—인공 팔을 뜻하는 한자 의수(義手)의 축자적 의미—을 지닌 영자는 (이 소설에서 그녀의 비유대상인) 무협영화의 외팔이나 외다리 검객처럼 초월적인 여주인공으로 나타난다.

사창가에서 영자와 다른 성 노동자의 불에 그슬린 시체는 남성 화자에게 자신이 전쟁에서 살해했던 베트콩들을 상기시킨다. 즉 "화염방사기에 타죽은 베트콩의 그것들처럼 시커멓게 그슬려 있었다." 사창가에서 불이 자주 일어나고 흔했던 것은 허구가 아닌 실제적이고 역사적인 일이다. 창녀촌이 있었던 빈민가의 조악한 전기 배선과 비좁은 골목, 빈약하게 설계된 가옥은 자주 화재를 유발했으며, 창녀들을 방에 가두는 관행 역시 화재에 의해 많은 목숨을 잃게 하는 원인이었다. 화자의 내면에서 불에 탄 성 노동자들의 이미지가 공산주의 반군의 이미지와 겹쳐질 때, 그는 영자의 장난기 어린 말투의 목소리를 듣는다. "불은 내가 질렀는걸요."[92]

은밀한 노동으로서의 성-섹슈얼리티 노동—『미스 양의 모험』

조선작의 많은 단편소설들은 정전에 포함되어 있지만 장편『미스 양의 모험』은 그렇지 않다. 그 이유 중의 하나는 이 소설이 위치하고 있는 다소 모호한 경계영역과 연관이 있을 것이다. 이 소설이 다루고 있는 매

---

92 조선작, 「영자의 전성시대」, 『한국 소설문학 대계』 66, 동아출판사, 1995, 136~137쪽.

춘과 밤의 생활, 범죄와 연관된 하층세계 등은 앞에서 논의했던 대중문학 장르 호스티스 문학과 겹쳐진다. 그러나 이 소설은 호스티스 문학의 독자들이 추구하는 성적 쾌락을 제공하는 데 쉽게 굴복하지 않으며, 실제로 주인공 양은자의 이야기에 대한 정치화된 서술을 견지하고 있다. 양은자는 십대 후반에 도시로 이주한 시골 여성 이주자인데, 그녀는 이 소설에서 매춘의 세계로부터 끊임없이 위협을 받으며 그 세계로 유인되고 있는 인물이다.

한국 남성의 은밀한 생활

이 소설의 서사구조는 서울에서의 은자의 이동을 뒤따르는 동시에 그녀가 서울에서 가졌던 일련의 직업들을 통한 이주를 추적한다. 은자가 새로운 직업과 환경을 갖게 되는 데에는 크게 두 가지 방법이 있다. 하나는 여자 친구와 직장 동료의 소개를 통해서이며 또 하나는 신문의 안내 광고를 통해서이다. 후자를 통해 은자는 술집과 그 밖의 섹슈얼리티 서비스 노동에 발을 들여 놓게 된다. 또한 은자를 설득해 전업매춘을 하도록 자신이 일하는 사창가로 유인한 것은 결국 그녀의 친한 여자 친구였다. 이런 권유에 의한 알선은 사창가 포주에게는 편한 일이었고 그 때문에 이 방식은 포주들에 의해 부추겨졌다. 이 소설은 또한 은자가 직업별로 다양한 광고에 응하면서 성-섹슈얼리티 서비스 산업의 하층세계를 순회하는 과정을 서사의 중요한 부분으로 구성한다. 어떤 경우에 그 같은 광고들은 여자를 꼬임에 빠뜨리는 것을 의미했다. 흔히 타이피스트나 여사무원을 뽑는다는 구인광고는, 실제로는 술집이나 사창가로 보낼 여성을 속여서 모집하도록 계획된 것이었다. 그러나 다른 종류의 광고들은 그저 더 모호하거나 애매하게 유혹하는 것들이었다. 이런 종류의 광고는 초심자들을 나쁘게 이끌 수 있었지만, 그 코드를 읽을 수 있는 경험 많은 여성 구직자들에게는 광고의 의도가 매우 명백했다. 도시 생활의 다양한 순간들에 은자는 절박함 속에서 "아리숭한 모집광고에 도전하기"로 결심한다. 많은 이야기들 중에 특정한 광고에 응하는 그녀를 추적하는 한 삽화는 매춘산업을 에워싸고 있는 듯한 "아리송한" 과장된 패러디적 재현이 돋보인다. 은자가 "조용히 자립하기를 원하는 분을 구한다"고 쓰인 광고에 응하기까지, 그녀는 어떤 종류의 직업에 관한 것인지 상당히 좋은 생각을 가지고 있으며, 독자도 그랬을 듯하다. 그럼에도 불구하고 그 직업을 위한 처음 면접에서부터 그녀가 그 직장을 떠나기까지, 화자는 정확히 무슨 일이 진행되고 있는지 독자에게 드러내길 공공연히 거부하며, 그와 동시에 은자의 직장에서 과연 무슨 일이 일어났는지 독자가 추측해내도록 해준다. 은자는 비교적 고급 "관광호텔" ─ 한국인 상층계급과 외국인 관광객을 접대하는 유형의 호텔 ─ 에서 서비스 종사자로서 어떤 자격을 갖고 일한다. 화자는 그녀가 손님과 함께 "나가도록" 부추겨지고 압력을 받기도 함을 암시한다. 그녀는 동료들 중에서 "신성한 근로"만을 고집하는 "학교 앞 미스 양"이라는 별명을 얻는다.[93]

이 소설의 이 중심적인 삽화는 비군사적인 국내 매춘의 두 가지 중요한 양상을 예시한다. 첫째로 은자의 직업을 드러내는 동시에 드러내지 않으려는 서사적 전략은, 매춘이 한국 사회에서 존재하는 방식으로서 그런 모순을 연출한다. 즉 매춘은 모든 곳에 있으면서도 아무 데도 없는

93 조선작, 『미스 양의 모험』 상, 예문관, 1975, 176~177 · 281~282쪽.
역주 : "학교 앞 미스 양"이라는 별명은 신성한 근로 이상의 서비스를 사절하는 미스 양의 순결주의와 왕성한 저항정신의 상징이었다. 이 별명은 은연중에 마치 아르바이트 여대생인 듯이 연상시키는 장삿속도 포함했지만 은자가 그것을 내세운 것은 아니었다.

것이다. 화자는 신문 안내 광고를 묘사하기 위해 "아리송한" 혹은 "불가사의한" 같은 형용사를 계속 사용한다.[94] 한국어 형용사 "아리송한"과 "불가사의한"은 다소 해학적이고 풍자적인 어조로 매춘산업의 수법 자체, 그 은밀성을 포착하고 있다. 그 시대의 끝없이 확장되는 매춘의 불법성과 도덕적 수용불가능성은 그 같은 완곡어법으로 은폐되어야 하는 것이다. 둘째로 이 중심적 삽화의 "조용히 자립하기를 원하는 분을 구한다"는 특정 광고는, 또한 매춘의 은밀성이 성-섹슈얼리티 서비스 노동자 자신들의 관점에서 의미하는 것에 관해 알려준다. 구인 광고는 은자가 마음에 둔 직업의 해석으로서 이미 그곳에 나타나 있는 것이며, 젊은 시골 여성 이주자의 절박한 상황에 근거해 경제적 자립을 가능하게 하는 성 노동에 대한 환상으로 다시 쓰여지고 재상상된 것이다. 그것은 여성들이 그런 직업에 대해 원하는 것이고 목적을 이루는 수단이지만, 그 수단의 내용, 즉 성-섹슈얼리티 노동의 사회적 오명과 심리적 · 육체적 트라우마나 폭력은 삭제된 문구인 것이다.[95] 광고의 핵심적 부분 "조용히"는 직업의 은밀성을 나타내며, 그것은 여성들 자신이 절박하게 원하는 것인 동시에, 또한 여성들이 한국 남성의 쾌락이 은밀해지도록 접대한다는 뜻이기도 하다.[96] 이 삽화는 더 나아가 매춘의 사회적 은밀성이 어떻게 경제적 은밀성과 구조적으로 연결되는지 예시하게 한다. 경제적 은밀성이란 매춘의 지하 경제적 가치, 즉 제조업 분야의 낮은 임금을

---

94 위의 책, 176쪽.
95 역주: 매춘 등의 서비스 노동이란 신체적 대리 과정에서 심리적 · 육체적 트라우마를 갖게 되는 죽음정치적 노동이며, 그런 특징은 노동 일반에서 나타나는 훼손적인 요소들을 증폭시켜 보여주는 셈이다. 매춘이 은밀성의 영역에 놓여지고 노동으로조차 여겨지지 않는 것은, 역설적으로 그처럼 노동 일반에 잠재하는 죽음정치적 요소를 분명히 드러내는 직업이기 때문이다.
96 역주: 이 쾌락은 매춘이라는 죽음정치적 노동에 깃든 폭력을 삭제하고 얻어져야 하므로 은밀할 수밖에 없다.

유지하고 농촌 주민을 부양하도록 돕는 방식으로, 매춘이 경제의 다른 영역과 연관되는 것을 말한다.[97]

성 노동에서의 선택 없는 행위력

이 소설이 젊은 여성의 서울로의 탈출을 다루는 주요 효과의 하나는, 주인공 은자와 다른 젊은 여성들에게 가능한 한 많은 행위력을 계속 부여하면서, 그와 함께 그들의 삶의 궁극적 결정 조건으로서 도시화 과정에서의 젠더화된 사회경제적 착취와 농촌의 가난을 인식하는 것이다. 박정희의 산업화 정책 하에서 농촌의 저개발의 요인 이외에, 도시로의 이주를 가속화시킨 또 다른 문화적·사회적 요인들이 존재하고 있었다. 전통적으로 농촌 젊은 여성들은 결혼 전까지 집에 머물면서 가사일과 농사일을 돕곤 했다. 그러나 농촌의 수입이 감소하고 여성을 위한 고용의 범위가 넓어지자 그들은 더 좋은 경제적 기회를 얻고 도시에서 경제적 자립을 하려는 생각에 이끌렸다. 새로운 문화의 편의와 여가활동 및 서비스가 가능하다는 점 역시 젊은 여성을 도시 지역으로 유혹하는 중요한 역할을 했다. 산업화 과정이 진행됨에 따라 농촌과 도시 간의 문화소비의 간격이 날카롭게 느껴지게 되었다. 농촌 여성이 도시 특히 서울에 대해서 들은 소문은 그들에게 "막연한 호기심과 막연한 기대, 그리고 막연한 희망과 막연한 가능성"을 불러 일으켰다. 이 소설은 여성 이주자를 희생자로 간주하기 보다는 약간의 희극적인 어조를 통해 주인

---

97 역주: 낮은 임금을 받으면서도 매춘으로의 길이 열려 있음으로써 매춘은 저임금 경제를 보완하는 방식의 지하경제로서 작동된 것으로 볼 수 있다. 그러나 그 대가로 치러야 하는 것은 매춘으로 인한 심리적·육체적 훼손이며 그런 죽음정치적 요소가 국가에 의한 저임금 개발주의를 지지하고 있었다고 할 수 있다.

공의 행위력을 강조하게 된다. 이 소설은 서울에 도착한 은자를 "미개지에 발을 딛는 탐험가"로 소개한다.[98] 이 소설의 제목 『미스 양의 모험』이 암시하듯이 은자는 "모험가"이며, 온순한 희생물이기 보다는 야만적인 도시인을 정복하러 나선 인물이다.

은자의 관광 호텔에서의 "아리송한" 경험의 핵심은 그녀가 응했던 신문 안내 광고 "조용히 자립하길 원하는 분을 구한다"는 구절에 있다. 은자 같은 젊은 여성에게 이 구절의 호소력은 강력한 것이었다. 여자들이 처한 상황의 모순 자체가 이 구절 속에 반향으로 내포되어 있었던 것이다. 즉 얼마간의 경제적 자립을 이루길 그토록 절박하게 원하지만, 그들은 그 목표를 이룰 유일한 길, 즉 섹슈얼리티의 양보를 요구하는 현실에 반복해서 직면해야 한다. 그들의 노동과 정체성의 은밀성이 그런 환경에서 소망할 수 있는 모든 것이라면, 그들은 또한 국민국가의 사회적·경제적 주체로서 그들 자신이 부재해야 한다. "조용히 자립하길 원하는" 여성 이주자라는 개념은, 그들이 위치해야 하는 냉혹한 통로와 그런 과잉결정된 조건들에 대한 필사적 저항 간의 억제할 수 없는 긴장을 요약한다. 은자는 "월수 이십만 원과 곤욕의 틈바구니에서 마치 금방 덫에 잡힌 한 마리의 쥐처럼 바둥거렸다."[99]

은자의 관광호텔의 경험은 커져가는 압력으로부터 자신의 순결을 지키는 일종의 마지막 저항이 된다. 그런 전쟁은 그녀를 너무나 지치게 하는 일이 되었다. 모종의 자유와 자각은 그런 정신적 피로로부터 생겨난 것이다. 이제 그녀는 "자신의 순결 같은 것이 얼마나 하찮은 것인가" 깨닫는다. 그녀는 남자 친구에 대한 "자유를 위해" 그녀의 처녀성을 포기한다. 그녀의 유일한 위안은 그 대가로 아무런 돈도 받지 않았다는 것이

---

98 조선작, 『미스 양의 모험』 상, 예문관, 1975, 95·153쪽.
99 위의 책, 281쪽.

다.[100] 이 마지막 저항 후에, 그리고 성과 섹슈얼리티의 세계에서 얼마 더 표류한 뒤에, 은자는 자신이 친구가 일하는 사창가에 있음을 발견한다. 은자의 친구(천미자)와 그 사창가의 주인여자는 은자를 끌어들이려 시도한다. 은자는 처음에 완전한 전업 매춘이라는 생각에 난처해했지만 결국 그런 상황의 회유와 설득에 굴복한다.

은자가 그 일을 하도록 마음을 흔든 궁극적 요인은 사창가의 매춘이라는 일의 안정성이다. 그녀는 여기 저기 기식하며 이 일에서 저 일로 표류해왔다. 서울에서의 그녀의 경험은 자신의 순결성을 위협하는 각각의 상황에서 끝없이 벗어나려는 시도였다. 은자는 손님과의 일을 끝낸 친구를 기다리면서 전업 성 노동자의 생활을 또 다른 소녀의 방을 설계하는 것으로 관찰한다. 무엇보다도 그녀에게 인상적인 것은 그녀 자신의 방을 갖는다는 사실이며, 그 방은 좋아하는 소녀 취향의 물건들과 금박이 새겨진 일기장, 화장품 가득한 바구니, 벽에 걸린 격려의 시구로 장식된 곳이다.[101] 그녀의 뇌리를 파고든 또 다른 유혹은, 그녀가 엿들은 대화, 즉 그녀의 친구가 단골손님과 나눈 나직한 말들이다.[102] 그 대화는 두 사람의 우정과 안정감을 나타내는 어떤 관계의 표현과도 비슷하다. 은자는 그 집에서 따뜻함과 다정함과 공감적인 분위기를 느낀다. 또한 창녀도 자신과 같은 여자이고 그녀가 그들과 다르지 않다는 생각은 놀라움보다는 안도감을 준다. 은자는 우월감이나 이질감보다는 그곳에 모인 창녀들의 공동체에서 동지애의 느낌을 감지한 것 같다. 우리는 이 은자에게 떠오른 전조적인 느낌을 「영자의 전성시대」에서 표현된 보다 발전된 정치적 정서에 연결시킬 수 있다. 손님이 영자에게 돈을

---

100 위의 책, 282쪽.
101 조선작, 『미스 양의 모험』하, 예문관, 1975, 215쪽.
102 위의 책, 244쪽.

내지 않고 가려고 하자 영자의 동료가 남자에게 여기는 "오팔팔공화국"
(오팔팔은 서울에서 가장 유명한 사창가들 중 하나의 별칭임)이라고 말하며 그녀
를 구조한다. 그곳의 여자들은 오팔팔이 "창녀들의 창녀들에 의한 창녀
들을 위한" 곳이라고 선언한다.[103] 이 1970년대의 문학적 순간들은 2장
의 결론에서 볼 것처럼 보다 더 근래의 실제 삶에서의 정치화되고 집단
화된 성 노동자들의 미래를 추정하게 한다.

서울에서 사창가에까지 이른 자신의 삶에 대한 은자의 느낌은 "다시
한 번 던져지고", "표류하게" 된 것으로 묘사된다. 그것은 "아세틸렌가스
를 잡아넣은 풍선처럼 (…중략…) 위태롭게 떠서 폭발해 버리기 전에는
전혀 착지할 가망이 없는 것" 같았다.[104] 이제 사창가에서 은자가 그곳
에 있기를 설득하는 친구와 다른 창녀들과 함께하면서, 그녀는 그 긴 여
행 끝의 종점에 진입하려는 다른 종류의 "유혹"을 느낀다. 즉 그것은 "아
담한 방, 휴식의 분위기, 나른한 향수", 그리고 "터무니 없는 안정감"이
라는 또 다른 유혹이었다.[105] 아이러니하고 비극적이게도, 은자는 서울
에서의 거친 체류 동안에 고작 전업 매춘에 진입함으로써, 무한히 불안
정하고 폭력적인 위험한 세계에서 안정된 피난처를 발견할 수 있게 된
것이다.[106] 그녀는 그 세계가 허용할 아주 적은 안정성을 갖고 자신의
몸을 파는 장사를 해야 할 것이다. 단지 그녀의 섹스를 팖으로써만 자신
의 방을 제공받을 수 있으며, 그 방에서 일기장을 갖고 자신의 상황을
반성할 수 있을 것이다. 화자는 은자가 새로 발견한 집, 즉 사창가를 이

---

103 조선작, 「영자의 전성시대」, 『한국 소설문학 대계』 66, 동아출판사, 1995, 128쪽.
104 조선작, 『미스 양의 모험』 하, 예문관, 1975, 243~244쪽.
105 위의 책, 244쪽.
106 역주 : 매춘은 은자가 줄곧 피하려고 애쓴 일이었지만 정작 매춘에 이르게 되자 그녀를 그
막다른 곳으로 몰아넣는 압력에 의한 위기감이 없어져 역설적인 안정성이 느껴지게 된다.
화자는 이 종점에 이른 상태를 "난민으로서의 수용"으로 표현한다.

렇게 묘사한다. "곧 밤이 되었고, 은자는 아래층의 빈방 하나에 수용되었다. 그렇다. 그것은 수용되었다는 말밖에 달리 둘러댈 표현은 없다. 전란이나 화재 또는 홍수 따위로 재산을 잃고 몸을 상처당했으며 거처를 빼앗긴 사람들을 흔히 난민(難民)이라고 부른다. 난민은 수용되기 마련이다. (…중략…) 양은자 양을 한 명의 난민으로 이해하려는 이상 그녀의 재난이 무엇인가도 확실히 해둘 필요는 있을 것이다. 그것은 이른바 근대화라고 이름 부르는 돌풍 아닐까?"[107]

이 소설은 은자가 사창가에 정착한 지 오년 후, "미스 양"의 현재 상황을 서술하는 에필로그로 끝을 맺는다. 에필로그는 은자가 일본 사업가를 접대하는 성 노동자가 됨으로써 실제로 경제적인 자립을 이루었음을 암시한다. 그녀는 매우 잘 살게 되었지만 아직 죄의식과 도덕감으로 괴로워하는 것으로 보인다. 이 소설의 맨 마지막 장면에서, 은자는 고향 애인과 다시 결합하느냐 보다 굳건한 기반에서 일하려 일본에 가느냐—일본인과의 사기 결혼이 마련되어 있음—의 기로에 있음을 발견한다. 이 국내 성 노동자의 이야기는 그처럼 초국적 성 노동자의 서사로 끝나고 있다.

결론

1970년대 이후로 매춘과 연관된 국가, 지역 행정, NGO, 소비자뿐만 아니라 매춘 자체가 많은 변화를 경험했다. 나는 2장을 오늘날의 한국

---

107 조선작, 『미스 양의 모험』 하, 예문관, 1975, 246쪽.

에서의 그런 변화에 대한 약간의 예비적인 논의로 끝내려 한다. 그에 앞서 나는 2장에서 주로 다룬 젊은 여성 이외에 일반적인 도시 이주자의 삶과 문화를 포착하기 위해, 1970년대의 대표적인 대중가요 가수 나훈아의 노래를 분석할 것이다.

국내적 이주자의 문화

1장과 2장에서 논의한 소설들의 많은 남성과 여성 인물들은 1960~70년대에 도시(특히 서울)로 이주한 시골 사람들 대다수의 재현이다. 이 시기 남진과 라이벌을 이룬 나훈아와 그의 노래는 진정으로 1970년대의 하나의 사회적 현상이었다. 그 시대에 나훈아의 수많은 팬들은 다음과 같은 부류의 사람들인 것으로 여겨졌다. 즉 십대 후반이나 이십대 전반의 젊은 여성들과 시골에서 상경한 도시 거주자들, 대다수의 교육받지 못한 사람들, 숙식하며 일하는 많은 공장 노동자들과 저기능직이나 하층 서비스직의 노동자들이었다. 나는 이런 비교적 정확한 팬들의 프로필에 대해 추가적인 말로 약간 수정을 가하고 싶다. 첫째로, 이 카리스마 넘치는 젊은 남자 가수에게 매혹된 팬들은 젊은 여성들의 "부대"로 상상되지만, 거기에는 "말할 수 없는 직업"의 젊은 여성들, 즉 **매춘과 섹슈얼리티 서비스 노동자들**도 포함되어 있었다. 둘째로, 여성 팬이 주류임이 보다 분명해 보임에도 그의 노래 특히 서정적 가사들은, 실제로 남녀를 불문하고 모든 연령의 **시골 출신 이주자들**에게 강력하게 호소력이 있었다는 것이다. 전체로서의 한국 노동계급 문화의 형성이라는 더 넓은 주제는 2장 영역 밖에 있으므로, 나훈아의 노래에 대한 논의는 내가 ("국내") 이주자들의 문화라고 부른 것에 국한된다.

나훈아의 노래 가사에서 반복되는 단어들은, 아직도 매우 유명하고 친숙한 노래 〈고향역〉과 〈머나먼 고향〉의 제목이 보여주듯이, 고향, 타향, 이별, 향수 등이다. 실제로 나훈아의 가장 사랑받은 노래의 대부분은 1970년대에 진행된 "이주"라는 역사적인 현상에 관한 것이다. 그 노래들은 흔히 단 몇 행의 가사로 가족의 해체와 국내적 이산에 의해 생겨난 이주자의 삶의 강렬한 고통과 슬픔을 효과적으로 포착한다. 나훈아의 보다 관습적인 사랑 노래들은 연애적 사랑으로 전위된 "이산적" 정서들, 즉 상실, 그리움, 향수, 뿌리 뽑힘 같은 일반적인 감성의 보고로 해석될 수 있다. 그런 노래들은 실향에 대한 정서들로 가득 차 있지만, 이상하게도 주체의 현재의 위치인 타향, 즉 도시의 배경과 생활에 대해 전혀 언급하지 않는다. 노래 가사의 주인공에게 도시 생활에서 슬픔을 갖게 만든 다양한 요인들은, 암시만 될 뿐 상세히 설명되지 않는다. 즉 계급적 지위와 낮은 교육, 지역적 방언 때문에 겪는 힘든 노동과 저임금, 차별 등은 말해지지 않는 것이다. 이주민의 생활에서 그리움과 뿌리 뽑힘, 불안정성은, 모두 도시생활의 어려움에서 기인된 것인데, 나훈아의 노래들에서는 그것이 부재하는 중심인 셈이다. 나훈아의 노래에서 이 기이하고 의미심장한 침묵은 서울의 또 다른 의미를 지시하는데, 그것은 김승옥의 단편 「서울 1964년 겨울」에서 표현된 말, "서울은 모든 욕망의 집결지입니다"라는 생각과 연관된다.[108]

　　나훈아의 노래 중의 하나인 〈건배〉는 "너나 나나 / 끌려가는 방랑자"[109]라는 식으로 이주민 주체를 개념화하고 있다. 이 착잡한 구절은 방랑할 수밖에 없는 (국내) 이주민 노동자들의 모순된 주체성을 표현하고 있다. 여기서 나그네의 자유의지라는 행위력의 감각은, 밀려나고 끌려가는

---

108 김승옥, 「서울 1964년 겨울」, 『김승옥 소설전집』, 문학동네, 1995, 206쪽.
109 나훈아, 〈나훈아 전곡 모음집〉, 아라기획, 2001.

저항할 수 없는 결정론적 감각과 동시적으로 뒤섞인다. 한편으로 방랑하는 이주자들의 상실감과 길 잃은 감각은, 먼저 산업적 동원과 프롤레타리아화를 향해 다시 방향을 잡고 길을 찾은 신체로 조직적으로 생산된다. 그러나 또 한편으로는, 최소한의 자유로 방랑하는 사람(나그네)으로서의 자기 자신에 대한 그들의 감성이 동시적으로 매우 심각하게 경험되고 있다. 〈머나먼 고향〉이라는 노래는 이주자들의 움직임을 다음과 같이 묘사한다.

> 머나먼 남쪽하늘 아래 그리운 고향
> 사랑하는 부모형제 이 몸을 기다려
> **천리타향 낯선 거리 헤메는 발길**
> 한잔 술에 설움을 타서 마셔도
> 마음은 고향 하늘을 달려 갑니다[110]

다음의 나훈아의 두 노래는 당시에 매우 인기가 있었으며, 1970년대 이전에 성장한 세대들에게는 아직도 친근한 곡이다. 이 두 노래는 상경한 농촌 출신 젊은 여성 이주자라는 2장의 주제에 보다 더 직접 관련된 서사를 제시한다. 〈18세 순이〉는 젊은 남성 화자의 목소리로 서술되고 있다.

> 살구꽃이 필 때면 돌아온다던
> 내 사랑 순이는 돌아올 줄 모르고
> 가야 해 가야 해 나는 가야 해 순이 찾아 가야 해

---

110 위의 음반, 강조—인용자.

누가 이런 사람을 본적 있나요

나이는 십팔 세 이름은 순이

바람에 떨어진 꽃냄새가 나를 울리네[111]

혼한 이름인 순이로 암시된 젊은 여성 도시 이주자들의 궤적을 재현하는 이 시에서, 순이가 걸어간 길은 시골에 남은 젊은 남성 연인의 시점에서 서술되며, 그 때문에 순이와 다른 여자들에게서 일어났음직한 (그리고 일어났을 수 있는) 일에 대해 모르는 척 가장할 수 있다. 『미스 양의 모험』이 폭로하고 있는 것은, 바로 주류 사회 일반의 편에서 그 시대가 속임수로 가장하고 있는 순이에 관한 일이다. 이 노래에서 단지 어렴풋이 암시된 순이의 운명 — 순이의 "사라짐"과 떨어진 살구꽃 같은 그 후의 "낙화" — 은 은자의 도시의 모험 이야기에서 구체적으로 형상화된다. 김승옥의 「서울 1964년 겨울」은 서울의 서로 다른 다섯 곳의 술집에서 일하는 다섯 명의 미자에 관해 냉소적으로 말하고 있다. 이 이야기는 그 같은 젊은 소녀들의 경험이 무한히 복제 가능함을 암시하고 있는 것이다. 다섯 미자의 이야기는 집합적인 동시에 무섭게 소외된 이주자의 모순된 경험을 시사한다. 김승옥의 소설은 1970년대에 이르러 원자화된 대중, 즉 시골 이주자들로 넘쳐나기 시작한 도시 서울의 음침한 분위기를 미리 포착하고 있다.[112]

나훈아의 또 다른 노래 〈소문〉의 화자는 떠나간 연인에 관해서 들은 다양한 소문들을 다음과 같이 연결시키고 있다.

맺지 못할 인연이라며 훌쩍 나를 떠난 님

111 위의 음반.
112 김승옥, 「서울 1964년 겨울」, 문학동네, 1995, 208쪽.

오다 가다가 들리는 소문 믿을 수는 없지만

부산에서 살더라는 소문도 있고

광주에서 보았다는 소문도 있고

미국으로 아주 떠났다는 소문도 있는

서울에서 살 거라는 소문도 있고

몰라보게 변했다는 소문도 있고

나 때문에 아직 혼자라는 소문도 있는[113]

이 노래는 도시나 외국으로 떠났을 (아마도 상대적으로) 젊은 여성 이주자의 또 다른 이야기를 서술하고 있다. 특히 "몰라보게 변했다는"소문에서 화자의 모호하고 혼란한 이야기는, 그녀가 아직 순결할 것이라는 희망이 계속되는 속에서도, 아마도 그녀의 이주의 길이 "말할 수 없는 직업"에 연관된 것임을 다시 암시한다. 이 1970년대의 대중가요는 아직 "말해지지 않은" 이야기, 즉 일단의 사람들의 역사에 대한 억압의 양식을 인식하게 해준다.

마지막으로 나는 산업화 시대의 프롤레타리아적 주체성의 보다 넓은 구성의 방향을 나타내는 두 개의 노래의 가사에 대해 논의하려 한다. 첫번째 노래의 제목은 〈잡초〉이다.

아무도 찾지 않는 바람 부는 언덕에 이름 모를 잡초야

한 송이 꽃이라면 향기라도 있을 텐데

이것저것 아무것도 없는 잡초라네

발이라도 있으면은 님 찾아갈텐데

---

113 나훈아, 〈나훈아 전곡 모음집〉, 아라기획, 2001.

손이라도 있으면은 님 부를텐데

이것저것 아무것도 가진 게 없네

아무것도 가진 게 없네[114]

　민중이나 프롤레타리아에 대한 "잡초"의 비유는 매우 흔하지만, 이 가사에서 눈에 띄는 것은 소유나 소지(所持)의 관념에 대한 연속적인 지시성이다. 즉 "잡초"는 주로 아무 것도 가진 게 없기 때문에 동정받는 존재이다. 김수영의 유명한 시 「풀」에서는 풀이 알레고리적으로 씩씩한 프롤레타리아적인 사람들을 비유하고 있다.[115] 그런 "풀"이라는 "민중"에 대한 보다 선별된 비유와는 달리, 이 노래는 단지 잡초의 아무것도 가진 것이 없는 상태를 한탄하고 있다. 의인화된 잡초는 원통하게도 프롤레타리아적 노동을 수행했을 발과 손마저도 없다.

　나훈아의 또 다른 노래 〈어매〉는 프롤레타리아적 주체성의 한 측면, 즉 내가 죽음정치적 노동이라고 불렀던 것에 대한 죽음 같은 저항을 드러낸다.

어매 어매 우리 어매

뭣 할라고 날 낳았던가

낳을라거든 잘 낳거나

못 낳을라면 못 낳거나

살자하니 고생이요

죽자하니 청춘이라

요놈 신세 말이 아니네[116]

---

114 위의 음반.
115 김수영, 「풀」, 『김수영 전집』 1, 민음사, 2003, 375쪽.

이 특이한 노래의 멜로디와 가사는 전통적인 민요 타령조의 현대적 변형이다. 음악과 가사에서 이 노래는, 삶에서 겪은 끔찍한 고난에 대한 격렬한 정서들, 즉 쓰라림과 원한의 감정을 계속 쏟아내고 있다. 여기서는 희망과 약속, 어떤 긍정성의 느낌도 제공되지 않는다. 남성 프롤레타리아 주체가 생각할 수 있는 유일한 "해결책"과 표현 가능한 단 하나의 저항은, 죽음을 생각(청춘의 소중함의 생각을 멈추는 것)하거나 최소한 "어매"를 저주하며 탄생 자체에 대해 질문하는 것이다. 외국 이주 노동자를 다루는 4장에서 볼 것처럼, 노동 상품으로서의 자기 자신의 파괴를 뜻하는 자살은, 상해하거나 죽이는 노동, 즉 죽음을 조건으로 착취하는 노동인 죽음정치적 노동에 대한 유일한 저항이 된다.[117]

매춘에 대한 최근의 정부의 단속

세계의 정부들이 따르고 있는 매춘 산업에 대한 세 가지 중재의 모델에는 "금지/폐지", "규제화/등록제", "규제철폐"가 있다.[118] 한국의 국가는 역사적으로 "금지"를 공식적인 정책으로 채택했지만, 모종의 사회적 조건들이 만들어지도록 거듭으로써, 매춘이 증식하도록 허용하고 때로는 적극적으로 조장하기도 한다.[119] 다음 장에서 볼 것처럼, 국가는 지

---

116 이 노래의 2절에서 남성 화자는 "부를 위한 결혼"을 스스로의 죽음의 대안으로 생각한다. 근본적으로 여기서 남성 프롤레타리아 화자는 매춘을 자신의 곤경의 해결책으로 제시하는 셈이다. 나훈아, 〈나훈아 전곡 모음집〉, 아라기획, 2001.

117 역주 : 죽음정치적 노동이 죽음을 전제로 노동자를 처분 가능한 상태에서 착취하며 **포섭**하는 것이라면, 죽음을 생각하는 대응은 그 죽음정치적 권력에 포섭되지 않으려는 최소한의 존재론적 **응수**(應酬)이다.

118 Julia O' Connell Davidson, *Prostitution, Power and Freedom,* Ann Arbor : University of Michigan Press, 1998, p.196.

119 R. 마일즈는 국가를 다음과 같이 규정하고 있다. "국가는 공식적 경제를 경영하는 정치적

역 미군 당국과 항상 공조해왔으며, 미군 당국은 군대 성 노동자를 등록하고 성병(STD)과 다른 위생 및 상업적 문제들을 규제하는 정책을 유지해왔다. 노무현 정부가 2004년에 시행한 성매매 방지 특별법이라는 새로운 법을 제정한 것은, 국내 매춘을 단속하는 그 간의 역사적 전통에 따른 것이었지만, 전보다 더 심각하고 엄격한 수준으로까지 훨씬 강화시킨 셈이었다. 이 정책은 다양한 모순된 효과를 일으킨 것 같다. 성매매 관련 사업들은 50%가 감소했으며 그 분야의 성 노동자의 숫자는 30~50% 줄어들었다. 그러나 성매매 산업이 인터넷의 유혹이나 주택가로의 침투 같은 새로운 수법에 의존하면서, 정부의 단속은 매춘을 더욱 지하로 스며들게 했다고 하는 편이 옳을 것이다. 또한 흔히 술집이나 살롱, 마사지업소, 은폐된 성매매 사업을 포함한 상류층 매춘은 단속에 영향받지 않은 것이 사실이다. 정부의 단속은 노동계급 남성이 이용하는 공개된 매춘 구역에 초점을 맞추는 경향이 있는 것이다. 성매매 특별법은 이미 새로운 테크놀로지의 도움으로 여러 형태와 종류로 분화되던 매춘 사업을 더욱 다양화시키는 결과를 낳았다.

또 다른 결과는 성 노동자들을 나라 바깥으로 나가도록 강제했다는 것이다. 어떤 여성들은 성매매업의 생활을 계속하기 위해 해외로 나가는 것을 선택했으며, 미국뿐 아니라 일본 같은 아시아 국가들로 진출했다. 다시 말해, 성매매 특별법은 더 많은 성 노동자들을 세계적인 이주 노동자로 전환시켰다. 한국인 매춘은 일본인과 미국인, 해외의 한국인을 접대하며 지속되었는데, 그러는 중에도 한국의 중산층 남성들은 동

제도라기보다는 (…중략…) 사회적 관계들을 조직화하는 제도적 복합체이며, (…중략…) 그것을 통해 특정한 양식의 재생산을 보증한다. (…중략…) 직접적 힘이나 법, 필요하다고 생각된 특정한 조건들을 통해 국가는 그런 양식을 얻으려고 시도한다." R. Miles, Capitalism and Unfree Labor : Anomaly or Necessity?, London : Tavistock, 1987, p.81; Julia O' Connell Davidson, Ibid., p.192에서 인용되고 있음.

남아에서 해외 섹스 관광의 소비자가 되었다.[120] 또한 국내적으로 한국 남성들은 러시아와 필리핀 여성의 이주 성 노동의 고객이 되었다.

어떤 페미니스트나 여성 단체들은 성매매 구역에서의 업소의 수가 눈에 띄게 감소했음을 인정한다. 그러나 다른 여성 활동가나 학자, 성 노동자 자신들은 그와 함께 남성 고객과 업소 주인들을 처벌하고 교육 시킬 준비가 안 된 성매매법의 명백한 문제점을 지적했다. 즉 당국의 주요 표적은 여성 성 노동자들이었던 것이다. 결국 정부의 단속은 성 노동자들의 생계를 빼앗는 결과를 낳았다. 그로 인한 성매매법의 가장 중요한 결과 중 하나는 성 노동자들 자신을 조직화하려는 노력이 성공적으로 나타났으며, 매춘 문제에 대한 공적인 대화를 개방하도록 압력을 가했다는 점이다. 2004년 가을과 2005년 여름에 한터 전국 연합과 한터 여성 종사자 연맹은 대규모 집회를 열고 성매매 방지 특별법의 지속적인 시행에 항의했다. 그들은 또한 성매매는 생계를 마련하기 위한 노동의 일종임을 대중들에게 인식시키기 위해 성 노동자의 날(6월 29일)을 지정했다. 어떤 시위자들은 얼굴에 선글라스나 마스크를 쓰고 있었고 그것은 성 산업 노동자들의 조직의 어려움을 상기시켜주었지만, 한 신문기사는 생존권을 위해 싸우는 그들의 시위하는 모습이 한국의 대중들이 해왔던 것, 즉 노동권을 위해 싸웠던 다른 노동자들의 시위와 다름없다고 논평했다. 성 노동자들이 정부에 대해 가장 신랄하게 비판하는 것 중의 하나는, 교도소와도 비슷한 이른바 "보호시설"에 있게 하면서 실제적·경제적으로 실행 가능하지 않은 정책을 추진하는 위선이다. 정부는 성 업소를 떠나려 하는 성 노동자들의 직업훈련을 위한 프로그램을 돕는 데 어떤 의미 있는 경제적 지원도 제공하지 않는다. 노무현 정부는

---

120 Cynthia Enloe, *Bananas, Beaches, and Bases : Making Feminist Sense of International Politics*, Berkeley : University of California Press, 1989, p.19.

"진보적"이라는 평가를 받고 있었지만, 이미 몇 십 년 동안 그랬듯이 정부의 단속이나 "구조"의 노력은 어떤 구체적인 계획이나 프로그램이 없이 성 노동자들을 범죄자로 취급하는 수단으로 계속 기능했다.

성 노동자들의 단체는 정부와 주류 사회가 그들의 "생존권"과 직접 연관된 "성 노동권"을 인정하기를 요구하고 있다. 많은 진보적인 페미니즘 활동가와 학자들이 그런 성 노동자들의 입장을 지지하는 가운데, 우리는 성 노동자들의 인권을 악랄하게 침해하는 실태를 포함한 매춘 산업의 포악한 착취 역시 주목해야 한다. 몇몇 성 노동자 활동가들은 어떤 여성 단체들이 성 노동자들을 단순히 인권침해의 희생자로 간주하는 것을 비판하며 불쾌해 한다. 그러나 성 노동자들의 "인권"과 "성 노동 및 생존권" 사이의 관계는 분명히 복합적이며, 매 상황마다 조심스럽게 구분하면서 때로는 서로 일치하고 어떤 때는 맞지 않는 두 권리를 보호해야 한다. 내가 논의하고 싶은 것은, 어떤 성 노동자 활동가들의 다음과 같은 주장, 즉 인간거래와 유폐, 육체적·심리적·성적 폭력에 의존하는 매춘 산업은 지난 시대의 잔재이며, 오늘날의 매춘은 금전적 보상을 대가로 수행되는 자발적인 서비스 노동이라는 주장이, 현실을 완전히 잘못 나타낸 말은 아니지만 적어도 과장된 것이라는 점이다. 물론 그와 동시에 우리는 한국의 경제 개발의 맥락에서 변화를 겪은 매춘 산업의 역사적 전환을 중요하게 주목할 필요가 있다. 한국의 매춘 산업은 캐슬린 배리가 세계적으로 발생한 것으로 말한 변화, 즉 보다 군사적·물리적·법적으로 강압적인 "매춘"의 동원에서 경제적 요인을 지닌 성적 프롤레타리아화로의 전환, 유일하게 강압적인 힘과 통제가 경제적인 것인 매춘으로의 전환을 겪었다.[121]

---

121 Gayatri Spivak, "Scattered Speculations on the Question of Value", Donna Landry and Gerald Maclean, ed., *The Spivak Reader*, New York : Routledge, 1996, p. 117.

노동자 활동가나 NGO, 국가 등 모든 관련된 집단들의 편에서 조사와 연구, 토론을 요구하는 매춘에 대한 많은 문제들이 있지만, 나는 줄리아 오코넬 데이비슨 등을 따라 동시적이고 복합적인 전략들을 추구하길 주장한다. 한편으로 국가정책으로서의 폐지나 금지는 매춘을 일방적으로 범죄시하면서, 성 노동자나 고용주들에게 실행가능한 대안을 제공하지 않을 뿐더러, 성 산업 내의 경제적·사회적 층화를 구분하지 않는다. 다른 한편으로 법적인 제한이나 경계가 없는 규제철폐는, 일련의 인권 유린과 경제적 착취의 결과에 이를 수 있고 실제로도 그렇다. 매춘은 항상 이미 중첩된 불평등들의 네트워크의 산물임을 명심할 때 (이상적인) 미래의 매춘의 폐지를 상상하는 것이 가능할 것이다.[122] 그러나 그와 함께 내가 논의하고 싶은 것은, 매춘에서 다양하고 위계화된 집단의 사람들의 이익에 봉사하는 산업을 규제하는 것이 직접적이면서 중재적인 목표일 수 있다는 것이다.[123]

마지막으로 이주 노동에 대한 마지막 장을 예기하면서, 나는 성-섹슈얼리티의 프롤레타리아화와 인종-인종주의적 프롤레타리아화 사이의 어떤 유사성을 주목하고 싶다. 매춘이 당국의 단속과 구금, "개혁" 시도

---

122 역주 : 매춘의 비윤리적이고 폭력적인 요소를 생각할 때 그것은 미래의 언젠가 당연히 사라져야 할 것이다. 그러나 매춘의 그런 죽음정치적 노동이 다른 노동들에도 잠재하는 요소가 증폭되어 나타난 것임을 상기하면 매춘이 사라지는 시점은 "죽은 노동들"과 죽음정치 자체가 지양되는 때일 것이다.

123 Julia O'Connell Davidson, *Prostitution, Power and Freedom,* Ann Arbor : University of Michigan Press, 1998, p. 208~209.
역주 : 성 노동은 국가와 자본의 모순이 중첩된 사회적 네트워크에 광범위하게 연관된 노동이며, 그것의 모순은 일반노동에서도 나타나는 모순이 최대로 증폭된 형태라고 할 수 있다. 성 노동의 모순과 불법성은 모든 노동에 잠재된 것(인간 자체의 상품화와 죽음정치적 요소)이 눈에 보이게 나타난 것으로 볼 수 있다. 성 노동이 다른 노동과 달리 은밀하게 행해질 수밖에 없는 것은 실상 그 때문이다. 죽음정치적 노동과 매춘이 사라지기 전까지, 대안은 보이지 않게 얽혀있는 다양하고 위계화된 집단들의 이익에 봉사하는 산업을 규제하는 것이다.

의 표적이 되었을 때, 비한국인 이주 노동자들은 비슷하게 단속과 시설의 구류, 강제추방의 철퇴를 맞게 되었다. 국가 경제의 주요 부분을 차지하면서, 섹슈얼리티 노동과 인종주의적 노동은 둘 다 각기 다른 방식으로 **은밀하게** 존재한다. 기업과 정부, 더 나아가 한국 사회의 주류는, 은밀성의 노동을 공유하는 두 집단의 치명적인 약점 — 이주 노동의 경우 비자의 불법성, 성 노동의 경우 직업의 불법성 — 에서 이익을 취한다. 따라서 국가와 기업, 두 노동의 소비자들을 위해, 성과 인종을 프롤레타리아화하는 것은 그런 은밀성의 노동자들을 볼모로 잡는 수단으로 기능한다.[124] 4장에서 볼 것처럼 한 노동 운동가는 노동운동을 통해 한국 사회의 주류에 통합되려는 이주 노동자의 시도를 "커밍아웃"으로 언급한다. 성 노동자들은 지금 자신들의 이슈와 공공의 권리를 쟁취함에 의한 유사한 종류의 역사적 전환, 즉 또 다른 "커밍아웃"을 경험하고 있다고 말할 수 있다. 한때 범죄자이자 희생자였던 두 집단의 사람들은 주류에 의해 노동자(일하는 사람)로서 인정받게 되는 목표를 향해 일하고 있는 것이다.

---

124 역주 : 성과 인종의 프롤레타리아화의 공통점은 성이나 인종의 영역에서 한쪽 방향으로만 프롤레타리아화가 진행된다는 점이다. 이점은 두 노동자화의 과정이 남성주의와 인종주의 이데올로기를 숨김없이 노골적으로 보여주는 노동임을 암시한다. 성 노동과 이주 노동이 일반적인 노동과는 달리 변칙적으로 숨겨져야 하는 노동의 영역인 것은 그 때문이다. 여기서 숨겨져야 하는 것은 착취하는 자만이 아니라 불법상태인 노동자 자신 또한 그렇다고 할 수 있다. 그런데 그런 은밀한 영역에서 국가와 자본은 불법성의 약점을 볼모로 잡아 이익을 취한다. 이진경은 두 영역의 노동자들이 그 같은 그늘에서 벗어나는 것, 즉 은밀성의 영역에서 자신을 드러내는 것을 일종의 "커밍아웃"으로 말하고 있다.

제3장

군대 매춘
여성중심주의, 인종적 혼종성, 디아스포라

한국에 있는 수많은 미군기지들은 아시아에 주둔한 미군의 작은 단
편이며 "단일한 안보 체인"의 한 부분을 구성할 뿐이다. 다시 말해, "'환
태평양'이란 미국이 통제하는 군사기지들의 하나의 목걸이로 묶여져야
한다. 그것은 앵커리지에서 샌디에이고, 하와이, 블라디보스토크, 서울,
요코하마, 캄란 만, 수빅 만, 그리고 클락, 웰링턴, 벨라우, 콰절린[1]까지
를 나타낸다."[2] 1945년 8월 일본이 철수한 직후에 미군은 한반도의 남쪽
절반을 점령하기 시작했다. 1948년 한국의 건국과 함께 미 군사정부의
통치가 끝난 이래로, 미군은 백 개의 군사시설과 오십 개의 군사기지가

---

1 역주: 수빅은 미국 해군기지가 있는 필리핀 도시이며, 클락은 필리핀 경제특구 도시로
   1903년부터 미군기지가 있었으나 1991년 반환되었다. 또한 벨라우는 서태평양의 섬들로
   이루어진 나라이고, 콰절린은 서태평양 마셜제도 서부의 환초(環礁)로 미국의 미사일 실
   험장이 있다.
2 Cynthia Enloe, *Bananas, Beaches, and Bases : Making Feminist Sense of International Politics*, Berkeley :
   University of California Press, 1989, p.85.

넘는 곳에 주둔해 왔다.[3] 반세기가 넘도록 한국에 주둔한 미군 병력의 숫자는 어떤 시기에도 3만 5천 이하인 적이 없었다. 여러 아시아 국가들의 미군기지 근처의 도시와 마을에서처럼, 한국의 군대 매춘은 지역 및 국가 경제와 일상의 문화적 · 사회적 삶에서 필요하고 중요한 부분이 되었다. 큰 미군기지들은 한국의 가난한 시골 지역에 위치하는 경우가 많으며, 그런 기지촌에서는 한국 노동계급의 맨 밑바닥 사람들이 그 지역에 주둔한 군대에 다양한 일상의 서비스를 제공한다. 그러나 기지촌 경제는 주로 술집과 사창가, 즉 성-섹슈얼리티 서비스 산업에 크게 의존한다. 지난 수십 년 동안 백만 명이 넘는 여성들이 한국의 곳곳의 기지촌에서 미군을 상대로 성 노동자로 일해 왔다. 기지촌 성 노동자들은 포스트식민지 시대의 한국의 위안부로 존재해 온 셈이다.[4] 1990년대 중반 이후 일어난 가장 최근의 한국 기지촌의 중요한 변화는, 필리핀과 러시아 성 노동자들의 유입이었으며, 그들 모두는 2005년을 전후로 한 현재 기지촌 종사자 인구의 90%를 구성하고 있다.[5]

신시아 인로(Cynthia Enloe)[6]는 그런 성의 군사화된 산업화 과정을 다음

---

3 Na Young Lee, "The Construction of U.S. Camptown Prostitution in South Korea : Trans / formation and Resistance", PhD diss., University of Maryland, College Park, 2006, p.10.

4 1940년대의 일본 제국의 위안부 동원에 대한 간명한 역사와, 미군 상대 한국인 군대 매춘과 위안부와의 연속성과 불연속성에 대해서는, Ji-yeon Yuh, *Beyond the Shadow of Camp Town : Korean Military Brides in America*, New York : New York University Press, 2002, pp.18~19를 볼 것. 제2차 세계대전 동안 군대 매춘과 산업 매춘을 위한 일제의 한국 여성의 동원에 대한 뛰어난 논의로는 안연선,『성노예와 병사만들기』, 삼인, 2003을 볼 것. 또한 강정숙,「일본군 위안부 문제 어떻게 볼 것인가」, 이병천 · 조현연 편,『20세기 한국의 야만』, 일빛, 2001, 159~190쪽을 참조할 것. 위안부 문제를 둘러싼 학문적이고 활동가적인 운동의 간단한 역사에 대해서는 이효재,「일본군 위안부 문제 해결을 위한 운동의 전개 과정」, 한국여성의전화연합 편,『한국 여성인권운동사』, 한울아카데미, 2013, 181~238쪽을 볼 것.

5 Na Young Lee, "The Construction of U.S. Camptown Prostitution in South Korea : Trans / formation and Resistance", PhD diss., University of Maryland, College Park, 2006, p.10.

6 역주 : 미국 클라크 대학교 여성학과 교수로 군사주의와 젠더 문제에 대해 관심을 가지고 있다.『바나나, 해변, 그리고 군사기지』(권인숙 역, 청년사, 2011)가 번역되어 있다.

과 같은 다양한 요인들이 합쳐진 결과로 설명한다. 즉 중앙 정부의 정치적·군사적인 전략적 결정, 지방 정부와 주둔한 군사 당국의 조직적인 전략과 수익의 예측, 값싼 노동의 원천으로 여겨진 수많은 여성들, 남성의 성적 욕망과 욕구의 가부장적인 군사적 가정과 그것의 군대 사기 및 전투 대응력과의 연관성 등이다.[7] 다음에서 나는, 군대 매춘에 관한 기존의 문학에서 고찰되어온 한국 기지촌의 몇몇 주요 행위자들과 제도들에 대해 간단한 역사적 검토를 제시하려 한다. 그 다음에 3장의 주요 부분에서는, 그런 행위자들과 제도들, 그것들의 위치들에 관한 수정주의적 관점의 해석을 제공할 것인데, 그 같은 해석은 보다 최근의 문화적 생산물들에 재현된 것을 통해 제시될 것이다.

신시아 인로의 개척적인 작업이 강력하게 보여주듯이, 국민국가들 간의 ─ 정치적, 경제적, 군사적 ─ 국제적 관계들은 여성성과 여성적 섹슈얼리티를 다양하게 전유·동원하고 착취해 왔다. 여기서 여성성과 여성적 섹슈얼리티를 전유하고 동원하는 것은, 여성이 전쟁이나 평화 기간에 어머니와 병사의 아내, 외교관, 군대 성 노동자 등의 다양한 역할을 하는 것을 통해서이다. 한국과 미국은 둘 다 전략적으로 얼마간 능동적인 행위자로 존재해왔으며, 기지촌 여성을 군사화하는 구체적인 실행뿐 아니라 보다 넓은 윤곽의 정세를 형성해 왔다. 기지촌과 군대 매춘에 관여하는 한국의 국가의 자발적인 행위는 미국과의 관계와 자신의 경제적 필요에 따라 10년을 주기로 변화해 왔다. 이나영(나영 리)은 그 같은 변화를 전쟁으로 피폐해진 1950년대의 "침묵의 허용"에서 1960~70년대의 "허가적인 조장"과 "능동적인 지지"로의 변화로 요약했다. 박정희 정권이 쿠데타 직후 곧이어 만든 두 개의 주요 법 규정 ─ 기지촌

---

7   Cynthia Enloe, *Maneuvers : The International Politics of Militarizing Women's Lives*, Berkeley : University of California Press, 2000, p.67·70.

매춘을 정부의 단속에서 제외시킨 윤락행위 방지법과 기지촌을 특수관광 구역으로 지정한 관광 진흥법[8] — 은 한국의 국가가 산업화의 노력을 가속화시키면서 기지촌 매춘을 미국 화폐의 주요 원천으로 파악했음을 단적으로 보여준다. 기독교 활동가 여성들의 기사를 인용하면서, 캐서린 문(Katharin Moon)은 국가는 정부 기관인 한국 국제관광공사[9]를 통해 외국인을 위한 매춘부를 "허가하고 육성했다"고 쓰고 있다. 그녀에 의하면, 국제관광공사는 매춘부의 경제 개발에 대한 기여를 아무렇지도 않게 공공연히 인정하고 칭찬했다.[10] 한국의 다른 초국적 노동 — 베트남에서의 군사 노동, 한국 간호사, 광부, 건설 노동자의 수출, 해외 이민 — 에서와는 달리 한국의 국가는 기지촌 (성) 노동에서 브로커의 역할을 수행했다. 국가는 또한 기지촌 매춘을 한국과 미국의 관계를 지역적으로나 국제적으로 부드럽게 하는 사회적 가치를 지닌 것으로 보았다. 즉 기지촌 매춘은 미군과의 교류를 통해 "민간 외교관" 역할을 하는 것으로 여겨졌다.[11]

1980년대에 세계적으로 지위가 상승되던 한국 경제로 인해 미국 병사의 봉급의 가치가 낮아졌을 때, 정부는 기지촌 매춘에 흥미를 잃고 이른바 "기생관광"으로 관심을 돌렸다. 기생관광이란 주로 일본인 사업가를 접대하는 섹스 관광인데 훨씬 더 수익이 좋은 것으로 입증되기 시작했다.

한국 민간인에 대한 미군의 범죄와 폭력에 관련된 한국 정부의 정책 역시 유사하게 변동적이고 임기응변적이었다. 이나영은 미군 문제에

8 Na Young Lee, "The Construction of U.S. Camptown Prostitution in South Korea : Trans / formation and Resistance", PhD diss., University of Maryland, College Park, 2006, p.119~122.
9 역주 : 국제관광공사는 1962년 6월 26일 설립되었으며, 1982년 11월 한국관광공사라는 이름으로 명칭이 바뀌었다.
10 Katharine H. S. Moon, *Sex among Allies : Military Prostitution in US Korea relations*, New York : Columbia University Press, 1997, p.43.
11 Ibid., pp.84~85 · 102~103.

국가가 관여하거나 침묵하는 변화된 태도를 "전략적 진동"이라고 묘사하고 있다. 즉 국가 당국은 주어진 역사적 정세에서 항의냐 침묵이냐의 정치적 유용성에 따라, 흔히 한국인 매춘부에게 GI들에 의해 저질러진 폭력적 범죄와 강간, 살인을 간과하거나 강조한다.[12]

신시아 인로 등이 지적한 것처럼, 군대 매춘의 구성적 전제 중의 하나는 젠더의 이데올로기들로 소급해 올라가야 한다는 것이다. 남성중심성과 군사주의(화)와의 긴밀한 연관성, 남성중심성이 본래 성적 지배와 연결된다는 가정, 그리고 거래와 상업화 과정에 자연적으로 노출되는 여성 섹슈얼리티의 개념에서처럼, 젠더의 이데올로기들은 서로 연결되어 있고 서로를 강화한다. 인종주의/신제국주의 이데올로기들과 미국 정부/지역 군사당국의 젠더 정책들과의 필연적인 중첩성은, 한국과 미국, 기지촌 한국 여성(노동자)과 미군 간에 이미 존재하는 권력의 불균형을 더욱 심화시킨다.[13]

한국과 미국 간의 권력의 불균형을 나타내는 보다 명백하고 중요한 단서 중의 하나는 양국 사이의 SOFA(the Status of Forces Agreement) 협정이다. 1966년에 체결된 SOFA 협정은 한국에서의 미군의 주둔과 운용의 조건을 명문화하고 있다. 이 협정의 여러 측면들, 가령 범죄의 기소, 민사

---

12 Na Young Lee, "The Construction of U.S. Camptown Prostitution in South Korea : Trans / form-ation and Resistance", PhD diss., University of Maryland, College Park, 2006, p.135.

13 캐서린 문은, "국가들 간의 권력의 불균형의 존재가 단순히 보다 강한 국가의 남성에 대한 약한 국가의 여성의 종속적 위치로 자동적으로 전이되지는 않는다"고 매우 확신 있게 논의한다. 문은 1960년대에서 1970년대로의 전환에 초점을 맞추면서, 그 당시 미국의 주한 미군 병력 감축의 결정으로 인해 한국은 미국과 지역 군사당국에 대한 지렛대를 잃었으며, 인종 문제와 성병 관리 등 여러 기지촌 문제에 대한 미국의 요구에 협력하는 견지에서 갖가지 양보를 해야 했음을 주목한다. 이 시기에 대해 문이 강조하는 것은, 1960년대에 한국이 갖고 있었지만 1970년대에 "보다 강한 국가" 미국에 대해 "약한 국가" 한국이 잃어버린 행위력이다. 그녀는 또한 기지촌 정화운동(1971~76)에 대한 연구에서, 미군 병사와 지역 미군 당국, 한국 정부에 대한 기지촌 여성들의 저항을 강조한다. Katharine H. S. Moon, *Sex among Allies : Military Prostitution in US Korea relations*, New York : Columbia University Press, 1997, pp.48~56 · 58~83.

소송의 절차, 환경적인 문제들은 한국인들에 의해 불평등하고 불공평하다고 여겨져 왔다. 그런 불만을 말하는 사람들 중에는, 미군의 폭력과 범죄의 희생자가 되어온 기지촌 거주자들, 그리고 기지촌 활동가들과 반정부 운동가들이 포함되어 있다. 그들 중 1980년대의 반정부 운동가들의 의제에는 강한 반미의식이 자리하게 되었다.

1966년 SOFA 비준 전에 사실상 치외법권을 누렸던 주한 미군은, 국민국가로서의 한국과 특히 기지촌에 거주하는 한국인에 대한 예전의 특권을 옹호하는 조건 아래서 계속 운용되었다. 그것은 1991년과 2001년의 최근 두 차례의 SOFA 개정 협상 이후에도 마찬가지였다.[14] 한국 내의 지역 미군 당국은 기지촌 여성의 신체와 섹슈얼리티를―특히 성병의 정기적 검사와 성병 비감염자를 가려내는 성 노동자 인증 체계의 활용, 성병 감염자를 격리하고 취업허가를 취소하는 법적·의료적 권한을 통해―의료의 대상으로 삼음으로써 그들에게 압도적인 통제력을 행사했다. 미군의 직접적인 관심은 질병으로부터 자신들의 병사를 보호하는 것이었지만, 그것은 기지촌 여성의 삶을 통제하고 그들의 권리를 침해하는 것을 대가로 했으며, 그처럼 여성들을 군사적 의료의 대상으로 삼는 일은 기지촌 전체를 통제하는 보다 넓은 기제로서 기능했다.[15]

역사적으로 한국의 신문과 잡지, 문학적 재현들은 미국 병사에 의해 저질러진 미군 범죄에 대해 언급해 왔으며, 그것을 한국인 특히 기지촌 여성에 대한 미군의 인종주의와 성차별주의의 표현으로 이해해 왔다.[16] 미국 학자들과 활동가들 역시 아시아에서 성 노동을 소비하는 GI들의

---

14 실제로 소파협정이 만들어지면서 그 당시에 존재하던 거대한 불균형에 대해 말하게 되었다. 분명히 1966년의 소파협정이 평등한 조건을 만들지는 못했지만, 1966년 이전에는 미군과 한국인의 불균형의 관계가 훨씬 더 왜곡되어 있었다.

15 Katharine H. S. Moon, op.cit., pp.19·127~148.

16 주한미군범죄근절운동본부, 『끝나지 않은 아픔의 역사, 미군범죄』, 개마서원, 1999.

역할에 대해 매우 비판적이었으며, 그런 GI들의 위치를 그들과 아시아 여성 성 노동자 간의 인종과 민족, 젠더, 섹슈얼리티, 계급의 위계화된 관계의 구체적 표현으로 지적해 왔다. 주류 한국인들의 GI에 대한 비판이 남성적인 민족주의적 입장에서 나타난다면, 미국의 비판적 관점은 아시아에서의 미군을 분석하기 위해 트랜스내셔널한 페미니즘과 인종 이론을 작동시키고 있다.[17] 그 같은 중요한 차이에도 불구하고 한국과 미국의 관점들은 미군과 아시아 및 한국 성 노동자들과의 관계를 "성적 제국주의"의 예로 보고 있다. 성적 제국주의란 군사주의, 제국주의, 인종주의, 남성중심주의, 성차별주의 같은 이데올로기들과 권력관계들의 복합적인 중첩의 결과로 나타난 것이다.[18] 그 같은 관점에 동의하면서, 3장은 또한 미군을 역사적·정치적·이데올로기적으로 구성된 것으로 — 즉 (1장에서 논의한) 신식민지화되거나 하위제국화된 한국의 군사 작업에 대한 제국적 상대항으로 군사적 작업을 수행하는 것으로 — 파악하는 몇몇의 새로운 한국의 문화적 생산물들을 검토할 것이다.

1960~70년대 동안 한국의 반정부적 노동운동이 박정희의 군사독재의 가속화된 산업화 노력에 대항하여 발생·성장하고 강화되었을 때, 기지촌과 그곳의 노동자들은 여전히 그런 활동가들의 관심 영역의 바깥에 놓여 있었다. 매춘에 대항해 싸웠던 보다 소수의 기독교 활동가들조차도 기지촌 매춘을 대부분 관심의 범위에서 배제하고 있었다. 이 기간 동안에 기지촌의 가장 중요한 활동은 군대 성 노동자들에 의해 (또 그들을 위해) 조직된 자치적인 집단에 의해 수행되었다고 논할 수 있다. 1980년대에는 일반적으로 두 유형의 외부 활동가들이 기지촌에 진출했

---

17 예컨대 Saundra Pollock Sturdevant · Brenda Stoltzfus, *Let the Good Times Roll : Prostitution and the U. S. Military in Asia*, New York : The New Press, 1992를 볼 것.

18 Ibid., p.326.

음을 알 수 있다. 즉 기독교 활동가들과 반미적 민족주의자들이다. 두 집단의 여성 운동가들은 기지촌 노동자들의 생활을 개선하는 데 기여했지만, 그들은 자신들의 이데올로기적·종교적 의제들에 의해 만들어진 그들 자신의 우선권에 한정되는 한계를 보였다.[19]

　3장의 기지촌 매춘에 대한 서사에서 가장 중요하게 주목하는 것은 물론 여성 성-섹슈얼리티 서비스 노동자들이다. 국내 매춘 산업에 들어서게 된 젊은 여성들처럼, 군대 매춘을 강요받은 여성들 역시 유사한 출신 배경과 환경을 갖고 있었다. 즉 그들은 농촌의 프롤레타리아적 가부장제 가족의 딸들이며, 그들의 기본 생계유지의 생활은 박정희 정권의 왜곡된 개발주의 정책에 의해 더욱 위협받게 되었다. 기지촌에서의 그들의 성적 노동은 가족을 부양하고 산업화 기간 동안 국가 경제에 기여했을 뿐 아니라, 초국적 섹스 관광과 함께 세계 경제의 토대에 기여하기도 했다.[20] 스터드반트(Sturdevant)와 스톨츠퍼스(Stoltzfus)의 아시아의 군대 매

---

19 Na Young Lee, "The Construction of U.S. Camptown Prostitution in South Korea : Trans/formation and Resistance", PhD diss., University of Maryland, College Park, 2006, pp.152~162. 기지촌 운동의 역사에 대한 포괄적이면서도 상세한 좋은 글로는 정희진, 「죽어야 사는 여성들의 인권—한국 기지촌 운동사, 1986~1998」, 한국여성의전화연합, 『한국 여성인권운동사』, 『한국 여성인권운동사』, 한울아카데미, 2013, 300~358쪽을 볼 것. 가장 잘 알려진 기독교 운동 단체 두레방(영어로 "My Sister's Place"로도 알려짐)은 1986년에 문혜림(헤리엇 페이 핀치벡, 한국 해방신학자 문동환과 결혼한 유럽계 미국 기독교 운동가)과 유복님(해방신학의 배경을 지닌 한국 여성운동가)에 의해 창립되었다. 학생운동의 기지촌으로의 유입은 반미운동의 공식적인 의제의 일부로서 1990년쯤에 시작되었다. 기지촌 운동은 기지촌 활동의 약어 "기활"로 알려져 있다. 학생운동에는 그밖에 농활(농촌활동), 공활(공장활동) 빈활(빈민활동) 등이 있는데, 이 활동들은 대학생들이 다양한 시기에 상이한 정도로 참여했던 운동들이다. 기지촌 학생운동은, 매우 특수한 역사적 관여성과 정치적 의제를 지닌 일시적 현상이었던 것으로 보이며, 어떤 면에서 기지촌 성 노동자의 노동과 그들의 역사의 곤경을 왜곡하고 이용한 측면이 있었다. 그런 "기활"에 대한 비판적인 사람들은, 기지촌 운동이 한미관계와 관련해서만 기지촌 성 노동을 예외화시키는 것을 넘어서야 하며, 모든 매춘과 연관된 보다 넓은 운동의 일부로 포괄되어야 한다고 말한다. 정희진, 「죽어야 사는 여성들의 인권—한국 기지촌 운동사, 1986~1998, 한국여성의전화연합 편, 『한국 여성인권운동사』, 한울, 2013, 319~324쪽을 볼 것.
20 Saundra Pollock Sturdevant · Brenda Stoltzfus, *Let the Good Times Roll : Prostitution and the U. S.*

춘에 대한 책은, 술 마시고 춤추며 미소 짓는 아시아 여성들과 함께 술집과 클럽에서 즐기고 있는 미군의 일련의 사진들을 보여주는데, 그 사진의 다양한 순간들에 대해 하나의 매우 적절한 표제가 반복된다. 즉 "노는 남자들, 일하는 여자들"이다. 여성 노동자의 말을 담은 또 다른 인용은 그 표제에 대해 외부인에게는 보이지 않는 어떤 시각에서 설명한다. "나는 겉으로는 웃고 있고, 속으로는 울고 있다"[21] 3장에서는 또한 기지촌에 사는 혼혈아들과 한국 남성 같은 또 다른 집단들에 대해 얼마간 조명할 것인데, 그들의 삶은 어쩔 수 없이 여성 노동자들에게 의존적으로 연결되어 있다.

1980년대 후반 한국 경제가 개발의 어떤 수준에 이르게 되자, 미군 병사의 봉급의 가치는 상승된 한국의 임금과 대비해서 하락했다. 상대적으로 강력한 기지촌 경제에 이끌렸던 노동계급 여성들이 다양하게 번창하는 국내 성 산업 내에서 보다 수익 높은 직업들을 찾게 되면서, 1990년대 중반에는 대부분 필리핀과 러시아 여성들로 된 군대 성 노동자들의 한국으로의 수입이 시작되었다. 그런 과정은 여러 면에서 오키나와의 선례를 따랐는데, 오키나와에서는 성-섹슈얼리티 노동의 수요가 1970년대 중반부터 필리핀 여성에 의해 충당되기 시작했다. 정부는 필요한 법 규정을 만들어 비자를 발급하고 이주 성 노동자를 관리하며 여성들의 수입(輸入)을 도왔으며, 그들의 유입은 많은 경우에 연예와 문화 비자(E-6비자)라는 거짓된 구실 아래서 이루어졌다. 이제 한국 남성들은 앞선 산업화 시대 이후 수정된 역할을 하면서 기지촌 경제에 참여하고 있는데, 그들의 일은 인신매매를 하는 범죄 조직망에 가담하는 것이다. 3장의 목표 중의 하나는 기지촌 여성들의 삶의 저항적 측면을 앞에 놓

Military in Asia, New York : The New Press, 1992, p.314.

21 Ibid., p.79 · 316.

는 것이지만, 그들이 실제로 기지촌의 환경에서 심각하게 구속되고 거세되며 살아온 사람들임을 생각하면, 3장의 일은 그런 그들에게 "저항"이 의미할 수 있는 것을 재정의하는 것이다.

최근에 군대 매춘의 주제에 대한 학문적인 관심이 증가했음을 볼 수 있지만, 그런 연구들은 거의 사회과학적 영역에서 시작된 것이며, 민족지학적 현장조사나 경험적인 자료와 정보에 근거하고 있다. 그 같은 기존의 연구와는 달리, 3장에서는 기본적으로 과거와 현재의 문학적·문화적 재현들을 검토하면서, 기지촌과 그곳의 노동자들이 겪어온 변화에 대한 보다 넓은 역사적 관점을 제공하려 한다. 또한 그런 문화적 생산물들의 다양하고 복합적인 역사기술적 관점의 이데올로기적·상징적 가치들을 더 깊이 탐사하는 것을 목표로 한다. 국내 매춘(한국 남성을 고객으로 함)의 문화적 재현들과 군대 매춘(미군을 접대함)에 대한 문화적 생산물들은 두 갈래로 나눠지는 경향이 있다. 2장에서 살폈듯이, 국내 매춘은 본격문학의 주제로 나타나는 경우가 적었던 반면, 대중문화의 책들과 스크린들을 지배하게 되었다. 다른 한편 군대 매춘은 "진지한 문학"을 위해 마련된 주제였으며, 그런 문학 — 좌파적이고 남성적인 민족주의 문학 — 은 1960년대 중반에서 1980년대까지 산업화 시기를 통해 반미적·반신식민지적·반군사독재적 저항의 작품으로 정전화되었다.[22] 국내 매춘이 이중적인 착취 — 첫째로 노동계급 여성의 섹슈얼리티 노동의 소비, 그 다음에는 그것의 대중문화적 재현의 소비 — 로 이루어진다면, 군대 매춘은 민족주의 진영을 위한 상징적인 노동을 수행하게 되었다고 말할 수 있다. 후자의 특수한 의미작용은 군대 매춘의 노동계급 여성의 섹슈얼리티를 민족적 자율성과 통합성의 위태로움의 기

---

22 그들의 반미주의는 1960년대 중반부터 강력해졌지만, 1980년대에 미국이 광주학살에 직접적인 영향력이 있었다고 전해진 후에 한층 더 격렬해졌다.

호로 전환시킨다. 이 때 한국이 정치적 · 경제적 · 군사적으로 미국에 동화되었다는 (위태로움의) 인식은, 군대 매춘에 대해 다른 모든 여성 섹슈얼리티 노동에서 분리된 예외적인 지위를 부여하면서, 기지촌 여성 노동자의 삶과 노동의 구체성을 간과한다.

먼저 1960~70년대부터의 기지촌과 군대 매춘을 그린 앞선 재현물들에 대한 비판적 검토를 제공한 후에, 3장의 두 번째 부분에서는 1990년대에 생산된 근래의 수정주의적 글쓰기들에 대한 고찰에 초점을 맞춘다. 그 같은 수정주의적 관점 중에서, 어떤 것은 이전의 작품에서 흔히 타협적인 매판가와 인종주의화되고 거세된 남성으로 재현된 영역, 즉 기지촌 문학의 주변부로부터 기지촌 가부장주의를 다시 회복시킨다.[23] 이 관점은 기지촌 가부장주의를 보다 넓은 노동계급 가부장주의의 정당한 영역으로 다시 복원하려는 욕망이다. 페미니즘적 관점에서 연원된 또 다른 수정주의는, 여성의 섹슈얼리티와 노동의 일상적인 군사화 · 상업화 및 인종주의화 · 트랜스내셔널화를 상세히 다루면서, 보다 중요하게는 기지촌 여성의 일상의 전복과 저항을 텍스트화함으로써, 기지촌 성 노동자들을 탈알레고리화하려 시도한다.

세 번째 수정주의적 관점은 군대 매춘의 상황에서 태어나고 자라난 혼혈 어린이들의 목소리 속에서 나타난다. 한국문학에서 대다수의 기지촌 삶의 재현은, 기지촌 사람들의 중요한 영역을 형성한 혼혈아에 대한 어떤 집중적인 묘사도 제공한 적이 없다. 나는 하인즈 인수 펜클(Heinz Insu Fenkl)의 자전적인 소설 『유령 형의 기억(Memories of My Ghost Brother)』을 검

---

23 역주 : 이는 복거일의 『캠프 세네카의 기지촌』의 경우로 여성적 희생자의 상징인 기지촌 내부에서 가부장주의를 다시 복원하는 것이 특징이다. 이 내부자의 관점은 기지촌을 단순히 민족적 자율성을 위기에 처하게 하는 위치로만 보는 (외부적 관점의) 도식적인 알레고리적 관점에서 벗어난 경우이다. 그러나 기지촌 내부의 가부장주의에 의해 여성의 성노동의 문제가 지워짐으로써 다시 민족주의적 남성주의로 되돌아간다.

토함으로써, 한국과 미국 양쪽에서 이중적인 정체성의 부인 속에서 자란 기지촌 혼혈 아동의 특수한 트랜스내셔널의 특성을 고찰한다. 이 특수한 트랜스내셔널은 민족으로서의 한국의 경계를 파열시키면서, 민족들, 국민국가들, 제국들 사이의 틈새에서 저항의 공간을 열어 놓는다.

3장의 세 번째와 마지막 부분에서는 군대 매춘과 "디아스포라" 사이의 관계로 관심을 전환시킨다. 나는 김기덕의 〈수취인불명〉을 분석함으로써, 기지촌을 한국과 미국으로부터의 이중적인 이산의 공간으로 재개념화하면서, 그곳의 특수한 "트랜스로컬리티"를 재응시하려 시도할 것이다. 3장의 이 부분에서는 또한 기지촌 여성 자신의 디아스포라 ── 미군과 결혼하고 미국에서 이주민 신부와 노동자가 되는 과정 ── 를 간단히 검토한다. 마지막으로 나는 오늘날 한국 기지촌에서의 필리핀과 러시아 군대 성 노동자의 디아스포라 과정과 그곳(기지촌)의 복합적인 트랜스로컬리티에 대해 간단히 논의한다.

독재정치와 매판자본 시대의 군대 매춘의 알레고리

"양공주"의 담론적 생산

1950년대 동안의 문학작품에서는 미군을 접대하는 여성 매춘부의 출현이 주로 한국전쟁 직후의 상황에 연관되어 있었다. 한국전쟁은 경제적 황폐화와 가족의 파괴를 가져왔으며 수많은 고아들과 과부들을 만들었다.[24] 전후의 한국문학은 이 시기의 매춘부들을 주변적인 사회적 범주로 기록하고 있으며, 그런 소녀들과 여성들의 비참한 곤경을 반영하고 있다. 「쇼리 킴」(1953), 「오발탄」(1960), 「안나의 유서」(1963), 「왕릉과 주둔군」(1963) 같은 1950년대 중반에서 1960년대 초반의 정전적인 단편소설들에서는, 군대 매춘부가 근본적으로 여성 자신의 경제적·사회적 환경과 결부되어 있으며, 그 이후와는 달리 아직 남성적 민족주의의 알레고리로 전환되어 있지 않다.[25] 군대 성 노동자들은 계속해서 노동계급의 가난과 연관되어 있었지만, 1960~70년대에 군대 매춘부가 된 다음 세대의 여성들은, 전쟁으로 파괴된 전 시대의 한국의 어머니들과 누이들이 지녔던 (같은 정도의) 절박함과 희생심에 더 이상 연결되지 않았다. 많은 젊은 여성 노동자를 동원한 한국의 산업화가 진행되고 있을 때, 매춘 전체는 주류 사회와 대중의 의식 속에서 일반적으로 다른 노동계급 여성 노동으로부터 분리되게 되었다. 이는 매춘부들이 똑같이 젠더화되고 계급화된 사람들로부터 나왔을 뿐 아니라, 공장이나 가내 노동, 다른 서비스 노동으로부터 성 노동으로의 끊임없는 젊은 여성의 이동이 있었다는 사실과는 무관한 일이었다. 특히 미군 상대의 군대 매춘은 일반 성-섹슈얼리티 노동으로부터도 격리되었으며, 한국 국민의 마음에 예리한 낙인을 찍었다.

---

24 이임하, 『계집은 어떻게 여성이 되었나?』, 서해문집, 2004, pp.96~106쪽.
25 송병수, 「쇼리 킴」, 『한국소설문학대계』 38, 동아출판사, 1995, 11~30쪽; 하근찬, 「왕릉과 주둔군」, 『한국 현대대표소설선』 9, 창비, 1966, 265~289쪽; 오영수, 「안나의 유서」, 『현대문학』, 1963.4, 55~91쪽; 오상원의 「황선지대」(『사상계』, 1960.4, 181~265쪽)와 박석수의 세 소설(「철조망 속 휘파람」, 『현대문학』, 1982.10, 284~299쪽; 「외로운 증언」, 『소설문학』, 1985.10, 118~133쪽; 「동거인」, 『소설문학』, 1987.2, 273~298쪽)을 포함해 1950년대에서 1980년대 사이에 창작된 기지촌과 군대 매춘의 주제를 다룬 작품들은 잘 알려져 있지 않으며 소수만이 정전화되어 있다. 꽤 많은 수의 작품들이 기지촌 문학이라는 하위장르로 분류될 수 있음에도 불구하고, 한국문학 비평가들은 그 주제에 관한 많은 학문적인 글이나 저서들을 좀처럼 생산하지 않았다. 김정자, 「한국 기지촌 소설의 기법적 연구」와 박훈하, 「기지촌 소설의 존재방식과 이데올로기」, 김정자 외, 『한국현대문학의 성과 매춘연구』, 태학사, 2002, 117~144·145~187쪽을 볼 것.

그 같은 변화와 관련해, "기지촌 문학"의 형식으로 나타난 군대 성 노동을 개념화하는 새로운 양식 — 기지촌과 여성 군대 매춘부의 신체를 한국에 대한 미국의 헤게모니를 은유하는 위치로 그리는 것 — 은, 1960년대 중반의 몇 가지 다른 역사적 요인들의 작용에 연결될 수 있다. 1965년은 한국에게 있어 하나의 분수령이 되는 해였다. 즉 미국 주도 자본주의 경제에 완전히 통합되고 일본에 대해 경제적으로 재종속화된 점에서, 그리고 이미 그런 식으로 강대국이 되는 길에 의존하게 된 점에서 그랬다. 한국은 베트남전에 전투부대를 파견하기 시작했는데, 그것은 투자, 차관, 한국군의 봉급의 형식으로 된 미국 자본의 유입을 대가로 한 것이었다. 한국 경제의 일본과의 동맹 역시 자본의 흐름과 기술 이전, 값싼 한국인 노동의 극대화를 위해 중요했다. 박정희 정권의 한일 정상화 조약은 비판적 학생들과 지식인들의 시끄러운 반대에 부딪혔지만, 그런 반대의 보다 중요한 결과는 일본보다는 미국에 대한 한국과의 관계의 재평가에 있었다. 신흥하는 좌파 민족주의 세력은 한국에 대한 미국의 지배의 본질을 새로운 종류의 식민주의, 즉 군사 점령에 의해 지지되는 신식민성으로 재확인했다. 증대되는 반미정서는 군사 정권의 미국 자본과의 매판적 동맹에 대한 비판적 인식에 의해 더욱 강화되었다. 나는 이 역사적 시점에서의 포스트식민지적 한국 민족주의의 강화와 재창안이, 신식민주의적 미국과 매판적인 군사독재 정권에 반대하는 중에 규정된 것으로 간주한다. 그와 같은 맥락에서, 기지촌 문학 — 1960년대 중반과 1980년대 후반 사이의 남성 작가들의 작품 — 은 반미주의가 표현되는 주요 담론적 위치가 되고 있다.

군대 성 노동자(노동계급여성)의 신체를 (좌파 남성중심적) 민족의 주권의 침해로 묘사한 것은 두 가지 중첩된 가정을 전제로 한 것이다. 신시아 인로에 의하면, (신)식민지 상황에서의 남성적 민족주의는 여성을 생물학적 · 사회적 재생산 노동을 수행하는 "가장 가치 있는 소유물"로 파악한다. 그 같은 가치평가는 여성 섹슈얼리티와 여성의 노동을 가부장적 가족과 남성중심적 국가에 종속된 것으로 개념화한다. 더욱이 식민지나 신식민지적 상황에서는, (적에 둘러싸인) 민족적 가부장주의가 여성의 **성적 순결성**에 민족적 통합과 문화적 정체성을 **영속시키는 힘**을 부여하는 일이 훨씬 더 강화된다.[26] 외국인 타자와의 접촉에서 생긴 감염과 타락이라는 관념, 즉 앤 스톨러(Ann Stoler)가 네덜란드의 인도네시아 식민화의 상황에서 "문화적 · 민족적 위생학"이라고 부른 것이, 한국의 반(신)식민지적 민족주의의 상황에서도 작동되고 있다. 그처럼 그것은 타민족에게 종속되고 지배된 (남성적) 민족의 경우 충분히 받아들일 수 있는 이데올로기인 것이다.[27] 하위문학 장르 기지촌 문학은 그런 남성주의적인 민족주의적 저항의 논리, 즉 "남성화된 기억과 굴욕, 희망으로부터 발생한 (…중략…) 민족주의"를 형상화한다.[28] 미국의 헤게모니에 대한 저항이 알레고리화에 의존하는 것, 즉 한국과 미국 간의 권력적 위계를 젠더화되고 섹슈얼리티화된 관계의 측면에서 알레고리로 표현하는 것은, 바로 그런 담론적 위치이다. 요컨대 강간당하고 매춘에 희생되고 공격당한 한국 여성은 한국 민족을 상징하며, 미군 GI는 미국의 제국적 정복을 표상한다. 그 같은 알레고리는 군대 성 노동자의 삶의 현실성과

---

26 더 나아가 인로는 이렇게 암시한다. 즉 그 이면을 보면, 남성중심적 민족주의자들의 여성의 성적 순결성과 노동에 대한 그 같은 (통합력의) 부여는, 여성이 외세의 착취와 동화, 징발에 가장 "취약하고" "민감하다"는 그들의 투사로부터 동시적으로 발생한다. Cynthia Enloe, *Bananas, Beaches, and Bases : Making Feminist Sense of International Politics*, Berkeley : University of California Press, 1989, p.54.

27 Ann Laura Stoler, "Carnal Knowledge and Imperial Power : Gender, Race, and Morality in Colonial Asia", Roger N. Lancaster · Micaela di Leonardo, ed., *The Gender / Sexuality Reader*, New York : Routledge, 1997, p.15.

28 Cynthia Enloe, *Bananas, Beaches, and Bases : Making Feminist Sense of International Politics*, Berkeley : University of California Press, 1989, p.44.

물질적 고난을 삭제하지만, 기지촌 문학은 "양공주"(미군 상대 군대 성 노동자를 지칭하는 몇 가지 경멸적인 용어 중의 하나)라는 알레고리적 구성을 통해 한국의 훼손된 남성적 권위와 위축된 남성중심적인 민족적 주권을 회복하고 강화하려 시도한다.

「분지」—백인 여성에 대한 보복 강간으로서의 반미주의

「분지」(1965)와 「황구의 비명」(1974)은 군대 매춘의 남성적인 민족적 알레고리 중에서 논쟁을 불러일으킨 가장 유명하고 대표적인 기지촌 소설의 예들이다. 이 두 소설이 한국문학 정전에서 상승된 위치를 갖는 것은 공공연하고 과감한 반미주의에서 기인된 것이다. 실제로 「분지」의 작가 남정현은 해방 후 1965년까지 전례가 없는 강력한 반미적 태도의 표현으로 국가안보법과 반공법 위반 혐의로 고발당했다. 남정현의 재판에서 국가는 이 소설의 반미주의가 친공산주의에 해당하며, 따라서 한국의 국가안보에 대한 위협을 만든다는 혐의를 씌웠다.[29] 미국의 제국주의와 한국에서의 군사주의에 대한 가차 없는 반대, 그리고 젠더화·섹슈얼리티화된 알레고리의 비슷한 거침없는 사용으로 보아, 「분지」가 그 특수한 역사적 시점에서 기지촌 문학을 확실히 창설했다고 말해도 지나치지 않을 것이다. 실제로 이 소설을 읽을 때 느끼는 난관은, 한편으로 미국 제국주의와 한반도 군사주의를 격렬하게 비판하는 정치적 알레고리의 뛰어난 성공과, 다른 한편 여성 섹슈얼리티에 대한 같은 정도의 잔인한 알레고리화 — 한국과 백인 미국인 모두의 여성에 대해

---

29 Theodore Hughes, "Development as Devolution : Nam Chŏng-hyŏn and the 'Land of Excrement' Incident", *Journal of Korean Studies* 10, no. 1, 2005, pp. 29~57.

행해진 상징적 폭력—, 그 양자 사이의 극단적인 갈등과 모순에서 찾을 수 있다.

이 단편소설은 향미산에 숨어 있는 주인공 홍만수가 그를 원자폭탄으로 궤멸시키려는 미군에게 어떻게 포위당하게 되었는지 서술하고 있다. 그는 어머니와 누이동생에 대한 "복수"를 위해 주한 미군인 스피드 상사의 부인을 강간하고 말았다. 어머니는 일본이 철수한 후 미군이 진주했을 때 미국 병사로부터 강간을 당했으며, 누이동생은 그 후 미군들에게 매춘을 하다 지금은 스피드 상사와 동거를 하고 있다. 홍만수의 이야기는 어떤 정교한 플롯이나 심리묘사, 역사적 디테일의 제시도 없는 문학적 의장이 제거된 날것의 소설이다. 홍만수는 건국신화의 단군의 자손이면서 도술을 부리는 (조선조 소설의 인물) 의도 홍길동의 십대손이다. "한국의 만수(萬壽)"를 암시하는 이름의 홍만수는 외세 및 그와 결탁한 매판세력에 대항하는 반란자이다. 이 정치적 알레고리는 미군 부대와 미군 매춘녀 누이동생으로부터 얻은 물건을 암거래하는 홍만수의 사회경제적 위치를 알리긴 하지만, 그런 입장은 인물들을 집단으로서의 민족이 처했던 보다 넓은 역사적·이데올로기적 상황에 연결시키는 수단으로서만 작동된다. 또한 남성과 여성의 젠더와 섹슈얼리티는 모두 알레고리적으로 기능한다. 즉 만수는 민족적 거세를 형상화하며, 어머니의 강간과 누이의 매춘은 민족적 주권의 침해를 상징한다.[30]

미군 병사의 만수 어머니에 대한 강간의 묘사 역시 거의 틀에 맞춘 듯이 축약되어 있다. 강간당한 후에 "아리따운 영혼의 눈동자"[31]를 잃은 어머니는 며칠을 실성한 듯이 벌거벗고 지냈다고 이야기된다. 이전에

---

30 Chungmoo Choi, "Nationalism and the Construction of Gender in Korea", Elaine H · Kim · Chungmoo Choi, eds., *Dangerous Women : Gender and Korean Nationalism*, New York : Routledge, 1998, pp.9~32.

31 남정현, 「분지」, 『20세기 한국소설』 22, 창비, 2005, 117쪽.

아름다운 눈에서 비치던 어머니의 영혼의 순수성은 지금의 천하고 불결한 상태와 거친 대비를 형성할 수 있을 뿐이다. 어머니는 곧 세상을 떠나며 그녀의 죽음만이 정화의 기능을 수행한다. 어머니는 광기의 상태에서, 자신의 트라우마를 만수에게 전이시키며 복수를 행할 사람으로 그를 지정하듯이, 그의 머리를 낚아채어 그녀의 성기에 갖다 댄다. 어머니의 "음부"에 머리가 떠밀린 여나믄 살 만수의 모습은, 그가 신식민지적 주체로 재탄생되는 순간이다. 만수의 눈앞에 떠오른 어머니의 "확대된 음부", 그 "더럽고 무서우면서도 황홀한" 음부의 응시는, 그녀의 섹슈얼리티를 움켜쥐며 그녀의 신체를 재영토화하려 시도한다. 그런 이미지는 "가슴속에 깊은 상흔을 남겼다"[32]고 서술된다.

만수의 어머니가 제국주의자/강간자에 대한 장렬함의 장치였던 반면, 만수의 누이동생은 미군병사에게 매춘을 하는 자신의 직업에 신경을 쓰지 않고 심지어 즐기기까지 한다. 제국의 타락화의 영향에 의해, 강간으로 알레고리화된 초기의 신식민지적 정복의 트라우마는, 매춘의 일상성과 정상성으로 재현된 현행의 지배로 전환된 것이다. 강간과 매춘 사이에 연속성을 가정하는 것은, 군대 매춘의 구체적인 사회경제적 맥락을 더욱 간과하면서, 두 민족 사이의 권력의 불균형에 대한 알레고리적 정치성에 초점을 맞추는 것이다. 즉 군대 매춘은 강간으로서의 제국의 정복과 폭력이 제도화된 것일 뿐으로 파악된다.

만수는 효성스러운 아들로서 어머니에게 복수를 맹세했지만, 군대 매춘녀(분이)의 오빠로서는 누이동생을 구조할 능력이 없다. 그보다도 만수는 암시장 물건을 거래함으로써 그것에 의존해 살아나가는 처지에 있다. 그러던 중 분이의 고객/동거자인 스피드 상사를 미국의 부인이

---

32 위의 책, 126~127쪽.

방문하게 되면서, 만수는 스피드의 부인에게 복수할 기회가 생기게 된다. 만수의 스피드 부인의 강간은, 황인종과 백인종의 여성 섹슈얼리티와 연관된 불평등한 상징적 가치를 교정함으로써, 한국의 남성성을 회복하려는 시도이다. 즉 "저와 같은 인간의 상식을 가지고는 도저히 이해할 수가 없었던 것입니다. (…중략…) 참 어이없게도 스피드 상사는 밤마다 분이의 그 풍만한 하반신을 이러니저러니 탓 잡아가지고는, 본국에 있는 제 마누라 것은 그렇지가 않다면서, 차마 입에 담지도 못할 욕설과 폭언으로써 분일 못 견디게 학대하는 것이 아니겠습니까. (…중략…) 스피드 상사의 그 스피디한 발길질을 견디며 간간 '아야 아야' 하고 울기만 하는 분이의 그 가느다란 울음소리가 들려올 때마다 (…중략…) 저도 분일 따라 병신처럼 울어야만 했던 것입니다. 그리고 하나의 크나큰 의문에 싸이어 안절부절 못했지요. 그것은 스피드 상사가 항시 본국에 있다고 자랑하는 미쎄스 스피드의 하반신에 관한 의문 때문이었습니다."[33] 만수가 항의하는 것은, 미국인의 한국 여성에 대한 성폭행은 강간으로도 쳐지지 않는 반면, 그의 스피드 부인의 강간은 펜타곤의 핵공격의 위협을 초래한다는 것이다.[34] 만수의 스피드 부인에 대한 강간의 복수는 타자의 여성에 대한 성폭력을 반복함으로써 미국 제

---

33 위의 책, 140~141쪽.
34 앤 스톨러가 언급하고 있는 과거 유럽의 식민지에서처럼, 성적 폭력의 경우에 특히 인종적 차이와 연관된 위계화된 강간 법은 존재하지 않는다. 반면에 소파(SOFA) 협정은 제국의 군대에게 최선의 이익을 주고 신식민지 여성에게는 최소의 것을 허용하기 위해 동원될 수 있었다. Ann Laura Stoler, "Carnal Knowledge and Imperial Power : Gender, Race, and Morality in Colonial Asia", Roger N. Lancaster · Micaela di Leonardo, ed., *The Gender / Sexuality Reader*, New York : Routledge, 1997, p.20을 볼 것. 두 국가 간의 권력의 비대칭성은 소파 법에 명문화되었으며, 성적 폭행에 연관된 일을 포함한 예들에서 한국인이 미군에 의해 저질러진 범죄의 희생자일 때, 그런 소파 법에 따라 판결될 것이었다. 주한미군범죄근절운동본부, 『끝나지 않은 아픔의 역사, 미군범죄』, 개마서원, 1999를 볼 것. 또한 오연호의 『노근리 그 후』, 월간 말, 1999를 볼 것.

국주의의 폭력을 역전시키려는 시도이다. 즉 반제국주의적 민족주의의 논리는 제국주의를 반복하면서 거울처럼 비추고 있는 것이다. 만수의 어머니의 모독당한 성기가 식민화된 민족의 굴욕을 알레고리화하듯이, 스피드 부인의 "국부의 비밀스러운 구조"에 대한 만수의 관심은 제국 권력의 신비의 상징화로서 여성 섹슈얼리티를 전유하고 있다. 여기서 만수의 강간은 한편으로 제국의 비밀에 대한 지적인 탐구로 묘사되지만, 강간의 행위는 그의 거세를 회복하려는 재남성주의화의 폭력적 행위이다. 이 같은 담론적인 성적 폭력을 통해 인종적으로 거세된 한국 남성은 성적 약탈자로 전환되며, "황화(黃禍)"[35]의 섹슈얼리티화된 판본이 되는데, 이는 미국과 관계된 한국 문학과 한국 담론에서 전례가 없는 일이다. 그 같은 과정 속에서, 이 소설은 백인 여성 섹슈얼리티에 투자된 상징적 가치를 신식민지 한국에 대한 미국의 제국적 계획의 중심적인 것으로 파악하는 셈이다. 만수의 백인 여성의 강간은 제국과 그 인종적 경계를 더럽히려 위협하는데, 그것은 백인 여성이 그 경계를 강화하는 데 핵심적인 역할을 하는 상징적 존재이기 때문이다.

만수가 숨어 있는 향미산에 원자폭탄을 폭발시키려는 미국의 위협에 따라, 상황을 역전시켜 동등한 남성성을 회복하려는 그의 시도는 실패에 이르게 된다. 만수가 미군에 포위되어 있는 동안 벌어진 미국을 맹렬히 비판하는 전체 서사는, 물질적 영역에서 성취할 수 없었던 평등을 보상하려는 담론적인 폭발이다. 만수의 (남성적) 민족을 위한 눈부신 죽음에 대한 소망의 말은, 태평양전쟁 말기 일본 제국 군대의 국수주의를 연상시킨다 해도 지나치지 않거니와, 그 시기 일본군은 남성적 제국의 병사들의 죽음을 성화시키고 신격화한 바 있다. 미국의 원자탄에 의한 만

---

35 역주: 주로 19세기에 있었던 황색 인종이 서구 세계에 진출하여 백색 인종에게 끼치는 침해나 압력을 말함.

수의 물질적 신체의 파괴, 즉 먼지가 되어 바람 속에 흩어지는 "풍비박산"[36]은, 일본 제국의 주체들의 죽음과도 같이, 즉 죽음에 이르는 싸움에 창도되고 그 죽음을 옥쇄(玉碎)처럼 아름답고 성스럽게 여긴 그들처럼, 영광스러운 것이 될 것이다. 만수가 숨어 있는 향미산(미국과 마주한 산)의 폭파는 패러디된 계시적 단어들로 제시된다. "우주가 동요하는 요란한 폭음과 함께 현란한 섬광 (⋯중략⋯) 풍비박산하는 향미산 (⋯중략⋯) 그러면 끝나는 것이겠지요. 소위 그들의(미국의) 성스러운 사명이 말입니다."[37]

「황구의 비명」─디스토피아적 요정의 나라로서의 기지촌

천승세의 단편소설 「황구의 비명」의 서사구조는 이국적인 나라(기지촌)로 여행하는 남자의 여행기로 구성되어 있다. 남자 주인공은 아내로부터 예전의 세입자가 빌린 돈을 받아오라고 요청을 받는다. 두 사람은 세 들어 살던 여자가 기지촌의 양색시가 된 것을 알고 있다. 1인칭 주인공은 마지못해 하며 담비 김으로 이름을 바꾼 은주를 찾아 나선다. 기지촌(용주골) 풍경을 불길한 주문이 걸린 디스토피아적 "마술의 거리"로 제시하면서, 이 기지촌에 대한 독특한 알레고리는 일종의 동화의 형식을 취하고 있다. 그런 동화적 형식은 또한 남자 주인공이 고난에 빠진 아가씨를 구하러 떠나는 할리우드 영화의 요소가 끼어든 것이기도 하다. 1인칭 주인공은 용주골에 들어선 순간 그의 눈앞에 서부영화의 한 장면이 나타난 것처럼 상상한다. 즉 "용주골의 시가는 서부영화의 흔한 피날

---

36 남정현, 「분지」, 앞의 책, 119쪽.
37 위의 책, 119쪽.

레처럼 한산했다. 백인 병사 한 사람이 샛노란 머리털을 휘날리며 멍청하게 서 있었다." 그가 거리에서 본 것은 대부분 병사들과 양색시들이었으며, 그들은 마치 "마술의 거리"에서처럼 나타났다 사라졌다 했다. 밤이 되면 "한낮의 적요는 마술처럼 열띤 열기로 바뀌"게 된다.

그가 만나는 사람들 ─ 지혜로운 늙은 남자, 미친 노파, 병사들, 양색시들 ─ 은 그들이 속한 사회적 현실로부터 분리된 듯이 어딘지 모를 곳으로부터 나타난다. 그들은 환영이나 유령처럼 나타나서, 사악한 마술의 주문 속에서 잃어버린 은주를 찾는 단서를 주거나 잘못 알려준다. 남자 주인공은 그의 기억 속의 순박한 시골처녀 은주가 찾는 대상이지만 그녀를 찾는 과정에서 많은 다른 양색시들을 만난다. 그의 마음속의 은주의 순수성과 대비해서 그에게 호객하는 매춘녀들은 모질고 입이 거칠고 음란한 것으로 묘사된다. 그들의 대범한 유혹적인 태도, 자신이 하는 일에 대한 명백한 수치심의 결핍, 기지촌의 본질에 대한 무신경함 등은, 그들이 현실 감각을 잃어버렸으며 마법에 걸린 마을의 보이지 않는 벽에 갇혀 있다는 느낌을 준다. 주인공은 은주를 찾기 위해 마을을 뒤지는 중에, 기지촌에서 생존하기 위한 "세 가지 중요한 비밀"을 알려준 늙은 남자를 만난다. 북한 사투리를 쓰는 이 늙은 남자는 인생의 고난을 초월하고 지혜를 얻은 사람처럼 그려진다. 그 현명한 늙은 남자가 그에게 준 세 가지 한자성어로 된 충고는 수수께끼의 색채를 지니고 있다. 즉 "안면몰수, 예의사절, 악발교육"이다. 그와의 만남에서 고무된 주인공은 은주를 찾는 일을 계속한다.

그 다음에 그는 자신처럼 누구를 찾고 있는 노파를 만난다. 노파는 사람을 찾는 글귀가 적힌 긴 천을 몸에 휘감고 있었다. "윤미순 19세. 고향은 전북 금마. 내 손주년을 찾아주시면 평생 은혜를 갚겠습니다."[38] 이 소설의 결말부에서, 그는 그 노파가 천의 글씨가 더럽게 비에 번진 채

빗줄기 속에서 죽어 있는 것을 발견한다. 노파는 손녀를 찾는 데 실패했으며, 이는 주인공의 소망(은주를 고향으로 보내려는 일)의 어려움을 시사하고 있다.

1인칭 주인공 화자는 자신이 만난 절망적으로 타락한 다른 여자들과는 달리, 은주가 단지 일시적으로만 자신의 진정한 정체성을 상실했음을 암시한다. 은주를 찾았을 때, 그는 올바른 삶을 살도록 그녀를 설득할 수 있다고 생각하면서, 그녀가 기지촌을 떠나 시골 고향의 가족에게 돌아가게 할 수 있다고 확신한다. 그는 은주가 처음 알게 되었을 때의 그 모습으로, 즉 "전형적인 시골 처녀"로 되돌아가길 원하고 있다. 마지막으로 대화를 나누며 그녀에게 모든 노력을 다 기울였지만, 그는 그녀를 확신시키지 못한 채 그곳에 그대로 두고 떠나야 한다. 은주를 설득하려 노력하는 이 소설의 결말 장면은, 기지촌 문학의 또 다른 핵심적인 이데올로기적 차원을 구성하는데, 그것은 구원과 개심의 서사이다. 어떤 면에서 구원과 개심의 서사는 이 소설의 서두에서 언급되었던 할리우드 서부영화를 다시 쓰는 서사이다. 즉 한국 남자 주인공은, 악당—주둔군과 군대 매춘의 소비자—과 싸워 여자를 구하고 평화를 회복하려 마을에 온 백인 카우보이, 즉 서부영화의 주인공 역할을 대신하고 있다. 그 같은 일은 기지촌의 현실에서 일어날 수 없으며, 특히 대규모로는 불가능하지만, 한국 여성에 대한 남성주의적 민족주의 서사의 이데올로기적 핵심은 풍성하게 예시되고 발전된다. 남자 주인공은 젠더화되고 계급화된 주체로서의 은주의 근본적인 곤경에 대한 인식을 **부인**하며, 군대 매춘부로서의 그녀의 삶을 단순히 도덕성과 생활방식의 선택의 문제로 간주한다. 실제로 기지촌 군대 매춘부로서의 은주의 삶은, 그

---

38 천승세, 「황구의 비명」, 『황구의 비명』, 책세상, 2007, 288, 293, 297 · 290~291쪽.

의 내면에서 서구문명/현대문화의 영향과 기지촌과의 연관성으로 환원된다. 한국사회를 휩쓴 현대 서구문명은, 단순하지만 "우리 것"인 모든 좋은 것들과 한국의 전통을 사라지게 만들었으며, 기지촌은 그와 연관되어 있는 것이다.

> 서둘러서 욕심을 부릴 필요는 없는 거지. 분수에 맞게 살다 보면 생활의 마디마디가 흡족한 평화일 수도 있구 말야. (…중략…) 우리는 응접세트에서 믹서로 갈아붙인 당근즙을 안 마셔도 되구, 카펫이 깔린 방 안에 앉아 발 고린내를 걱정 안 해두 되구 말야. 고속도로를 질주하는 고급 승용차나 풍만한 건강으로 유원지를 행락하는 그런 것들만 풍요요 평화인가? 논길을 걸어오는 순한 선친들의 답답할 정도로 멋없고 느린 그 팔자걸음들이나 덥썩 잡아주는 고향 사람들의 그 땀내 나는 손, 구린 입 냄새 …… 이런 것들도 근사한 평화가 아니겠어? …… 영어 모르면 어때? 한국말만 바로 쓰고 살아도 할 말이 끝없는 것 아니겠어? 로큰롤이나 술보다도 유행가가 얼마나 좋아?[39]

이 일절은 주인공과 작품으로서는 굉장히 중요한 대목이지만, 여기서 군대 매춘은 국내적이든 초국가적이든 사회적·경제적 맥락에서 완전히 벗어난 것으로 생각되고 있다.[40] 군대 성 노동자의 미국이나 (더 나아가) 서구와의 연관성은, 미국의 정치적·경제적·군사적 헤게모니뿐만 아니라 1970년대 중반에 느껴지기 시작한 문화적 제국주의를 알레

---

39 위의 책, 305쪽.
40 역주: 기지촌 여성을 단지 미국의 군사적 제국주의의 희생자로 알레고리화하는 이 소설의 문제점은, 은주 같은 여성을 기지촌에서 구출하면 문제가 다 해결되는 것으로 단순화한다는 점이다. 기지촌이란 신식민지적 상황에 놓인 한국사회 전체의 문제를 확대해 드러내는 동시에 은폐하는 곳으로, 한국사회 전체의 정치적·경제적 모순이 해결되지 않는 한 기지촌의 문제는 해소되지 않는다.

고리화한 것으로 전유된다. 소설의 맨 끝부분에서 주인공이 은주를 성실한 여성으로 만들기 위해 마지막 힘을 쏟을 때, 이 소설의 서사는 요정 이야기에서 일종의 동물 우화로 변화된다.

주인공과 은주가 헤어져서 돌아서기 전에, 그들은 거리에서 교미하고 있는 두 마리의 개를 목격한다. 하나는 어마어마한 체구의 수캐였고 다른 하나는 작은 "재래종" 암컷 황구였다. 처음에는 정상적인 교미처럼 보였던 장면이 이내 큰 수캐가 황구를 고통스럽게 강간하는 장면으로 바뀐다. 마침내 황구는 비명을 내뱉는다. 두 사람이 그 과정을 보고 있던 중에 주인공은 울고 있는 은주에게 이렇게 말한다. "은주! 황구는 황구끼리 …… 황구는 황구끼리 말야 ……"[41] 이 소설은 군사화되고 상품화된 섹슈얼리티의 공간인 기지촌을 인종주의화된 성적 오염과 감염의 근원으로 그리고 있으며, 국내에서 소비되는 섹슈얼리티보다 훨씬 더 타락한 상품화된 섹슈얼리티로 묘사하고 있다. 「황구의 비명」은 기지촌 여성을 "썩어버린 여자"에 비유한다. 「분지」와 「황구의 비명」은 인종적 거세에 대한 폭발할 듯한 남성적 분노뿐만 아니라 심각한 성적 외국인 혐오와 이종족 혼합에 대한 공포를 표현한다. 기지촌 소설이 제공하는 그런 남성중심적인 민족주의의 궁극적 목표는, 한국 여성의 욕망과 섹슈얼리티를 치안하고 규율화하는 것이며, 그것을 통해 앤 스톨러가 "문화적 · 민족적 위생학"[42]이라고 부른 것을 주입시키려 시도하는 것이다.

---

41 천승세, 앞의 책, 308쪽.

42 Ann Laura Stoler, "Carnal Knowledge and Imperial Power : Gender, Race, and Morality in Colonial Asia", Roger N. Lancaster · Micaela di Leonardo, ed., *The Gender / Sexuality Reader*, New York : Routledge, 1997, p.15.

「아메리카」 — 알레고리에 대한 동일시적 조정

조해일의 「아메리카」는 전반적으로 남성중심적인 민족주의적 알레고리를 유지하면서도 위의 두 작품들과는 방법적으로 중요하게 구분된다. 두 국가 사이의 국제적 권력관계를 알레고리화하는 젠더화된 성적 관계는, 젠더 · 계급 · 민족주의 · 신식민성의 교차되는 힘들의 훨씬 더 복합적인 분절들로 그려진다. 기지촌의 재현이 끊임없이 복합적인 역사적 가변성들에 의해 전해진다는 사실은, 적어도 부분적으로는 기지촌 문학을 탈알레고리화한다.

남성 화자는 이제 막 군복무를 마치고 집으로 가는 중이지만, 부모가 살던 아파트가 무너져 둘 다 죽음을 당한 상태에서, 그는 갑자기 "고아"가 되었음을 깨닫는다. 아무에게로도 돌아갈 곳이 없어진 그는 당숙이 경영하는 술집이 있는 기지촌에 오게 된다. 그의 당숙은 관심이 가는 위험한 일들을 해온 모험적인 사람으로 그려지며, 특히 인생에서 많은 어려움을 겪는 동안 세속적인 지혜 같은 것을 얻게 된 잔존자로 묘사된다. 당숙은 많은 사람들이 생각하듯이 기지촌이 그렇게 살기 어려운 곳은 아니라고 담담하게 말한다.[43] 무엇보다도 그곳은 사람들이 어떤 삶을 만들어가는 곳이다. 이 소설의 서사의 초점은 분명히 기지촌 여성 성 노동자들에 맞춰져 있으며, 기지촌의 생활에 관한 광범위한 문제들을 탐사하고 있다. 예컨대 다층화된 경제적 착취와 알콜 및 약물의 문제, 성적으로 전염되는 질병들, 미군에 의해 저질러지는 폭력, 혼혈 어린이들, 그리고 노동자들의 빈번한 자살 등이다. 이 소설은 또한 지역 성 노동자들의 자치조직 쏨바귀회에 대해 적극적으로 제시하는데, 쏨바귀회는

---

43 조해일, 「아메리카」, 『20세기 한국소설』 29, 창비, 2005, 171쪽.

규범적인 가부장적 구조에서 여성들의 배제된 발언권을 찾기 위해 서로 도움을 제공하려 결성되었다. 앞서 살핀 구원-개심의 서사에서 벗어나서 이 소설은 군대 성 노동자를 하나의 직업으로 인정하며, 소망스러운 것은 아니지만 생존의 수단으로 전혀 부당한 것만은 아닌 것으로 인식한다.

이 소설에서 민족적 남성중심성에 대한 주장은 앞에서와는 다른 형식을 취하고 있다. 즉 남성 화자는 막 군복무의 임무를 마친 청년으로서, 많은 젊은 여성들에게 둘러싸인 상황 뿐 아니라 그녀들로부터 받는 관심을 즐기고 있다. 그는 모든 성 노동자들의 주변에서 가장 인기 있는 남자가 된다. 그는 여자의 섹스를 사는 미국인들에게 경쟁심을 느끼지 않으며, 여자들이 스스로 그에게 돈을 받지 않고 섹스를 제공하므로, 오히려 미국인들에 대한 성적인 승리자로서 우월감을 느낀다. 기지촌은 주인공처럼 젊고 잘생긴 한국 남자를 두고 매춘녀들끼리 싸우는 곳이 된다. 한 여자의 말에 의하면, 그가 "한국 남자니까"[44] 경쟁을 벌이는 것이다. 기지촌 한국 여성을 성적으로 다시 빼앗아온 듯한 그의 느낌은, 또한 여자들에 대한 애착과 동일시까지 수반하기도 한다. 처음 이 동네에 왔을 때 그는 기지촌이 생소한 사람으로서 예사롭지 않은 풍경에 당황했지만, "여자들과의 일락으로 시작된 ㄷ에서의 (내) 생활은 차츰 그런대로 그곳 나름의 풍속에 동화되어가기 시작했다."[45] 이 소설의 기지촌 여성에 대한 공감은 일종의 **절반의 내부자**로서 1인칭 남성 화자의 위치에서 생겨난 것인데, 화자는 가난과 오욕의 일상을 공유하는 사람인 동시에, 지적·사회적으로 우월한 위치에서 기지촌의 삶을 관찰하는 외부자이기도 하다.[46] 결국 이 소설이 입증해 보인 것은, 그 같은 남성

---

44 위의 책, 175쪽.
45 위의 책, 182쪽.

화자의 동일시적 위치(절반의 내부자)야말로 남성중심적 민족주의의 권위를 확대하면서 다시 회복시키는 데 보다 효과적으로 기능한다는 사실이다.

「국도의 끝」 ─ 탈알레고리화와 도덕적 가부장주의

1966년에 발표된 최인훈의 짧은 단편 「국도의 끝」은 일 년 일찍 발표된 「분지」에 대한 응답으로 생각될 수 있다.[47] 「분지」가 기지촌 문학형식을 남성중심적인 민족주의 알레고리로서 확립했다고 말한다면, 「국도의 끝」은 어떤 면에서 (3장의 두 번째 부분에서 논의할) 1980년대 후반과 1990년대의 페미니즘과 탈알레고리적 서사를 1960년대 중반에서 미리 보여주는 셈이다.

이 소설은 기지촌의 변두리, 즉 기지촌과 그곳을 둘러싼 지역 사이를 이동하는 공간에서 시작된다. 이 소설은 미군기지 근처의 국도변에서의 삽화와 특히 그 길을 따라 시골 버스를 타고 가며 생긴 일을 극사실적인 묘사로 제시한다. 한눈에 기지촌 매춘부로 보이는 젊은 여자가 버스를 타고 기지촌을 빠져나오고 있다. 차에 탄 사람들은 그 젊은 여자를

---

46 역주: 이 소설은 앞의 소설들과는 달리 기지촌 여성들에게 공감함으로써 얼마간 사회적 모순을 드러내는 기능을 한다. 그러나 1인칭 남성 화자는 여자들에 대해 지적·젠더적으로 우월한 위치에 있으며, 미군에 대한 반감을 공유하면서 그런 남성적 우월성에 여성들이 동조하는 것으로 그려진다. 이것이 바로 신식민성에 대한 비판의 이면에 감춰진 민족적 남성성의 이데올로기이다. 이 소설은 내부자의 입장에서 남성중심적 민족주의를 탈알레고리화 하는 동시에 다시 외부자의 우월한 위치에서 남성중심성을 알레고리화한다. 이 소설의 3절 끝에서, 기지촌 여자가 살해된 후 남성 화자가 신열을 앓으면서 여자들의 장례행렬이 자신의 몸을 밟고 지나가는 환상을 느낀 것은, 화자 자신도 그런 한계를 어렴풋이 느끼게 되었음을 암시한다.

47 최인훈, 「국도의 끝」, 『최인훈 전집』 8, 문학과지성사, 1993.

빼고 승객과 운전사 모두 남자들이다. 그녀와 함께 차에 오른 세 명의 술 취한 청년들은, 곧이어 여자의 군대 매춘부 직업에 직접 관련된 노골적인 음담을 하면서 그녀를 놀리고 괴롭히기 시작한다. 다른 승객들은 괴롭힘에 가담하지는 않지만 술 취한 청년들의 음담에 맥없이 웃음으로써 수동적인 공모자가 되고 있다. 더 이상 참지 못한 여자는 버스에서 내리면서 그들 모두에게 "개 같은 새끼들"이라고 거친 한 마디를 쏘아붙일 수 있을 뿐이다.[48] 길 한가운데서 그녀는 망설이다 마침내 돌아서서, 자신이 타고 온 기지촌 쪽으로 다시 걷는 것으로 보여진다. 소설의 끝에서는 작은 소년이 또 다른 마을에서 누나를 기다리는 것이 묘사되는데, 그곳은 그 젊은 여자의 행선지였을 것으로 추측된다.

이 소설의 목적은 군대 매춘부가 한국 사회 주류에서 어떻게 여겨지는지를 보여주는 것이며, 이는 군대 매춘부와 기지촌을 미국 헤게모니에 저항하는 공간으로 알레고리화하는 「분지」와 그 후의 작품들의 방식에서 벗어난 것이다. 버스에 탄 남자들처럼, 대부분의 한국 사람들에게 양색시나 양갈보, 양공주는 잃어버린 민족 주권의 은유가 되지 않으며, 성 노동만이 아니라 외국 남자와의 관계에 의해 타락되고 오염된 하위계층 여성일 뿐이다. 최인훈은 한국 사회의 다수가 그들을 어떻게 여기는지 보여주고 있거니와, 경멸과 조롱, 기껏해야 무관심일 뿐인 것이다. 그들은 주류 사회의 시야 외부에서, 그리고 가부장제적 규범의 경계 바깥에서, 사회적 추방자(pariahs)로서 존재한다. 최인훈 소설에 나타난 그런 주류적 시각은 군대 매춘부를 알레고리적 추상성에서 벗어나 인종주의화되고 섹슈얼리티화된 직업의 구체성의 위치에 놓으며, 우리의 관심을 알레고리적인 초국적 공간에서 구체적인 국내적·국민적 공간

---

48 위의 책, 240쪽.

으로 전환시킨다. 군대 성 노동자를 알레고리화하는 대신에, 이 소설은 남자 승객들로 채워진 버스를 "개들"로 알레고리화하는 것을 선택한다. 기지촌 여자가 승객들을 "개 같은 새끼들"이라고 부르며 버스에서 내리는 이 특수한 장면에서, 그 저주의 단어는 마술처럼 버스에 탄 남자 모두를 말 그대로 개들로 변신시킨다.

"개 같은 새끼들아! 너이들 다!"

쏘아붙이고 그녀가 훌쩍 뛰어내린 것과, 차가 달리기 시작한 것과는, 아마 나중 것이 조금 먼저였다.

개들을 실은 버스는, 어쩔까 망설이기나 하는 듯이 주춤주춤 하다가, 그대로 달린다. 실려가면서 창문에 앞발을 걸고 뒤에 대고 짖어대는 개들과, 나머지 개들을 싣고, 개가 모는 버스는, 불알 채인 개처럼 국도를 달려갔다.[49]

마술 같은 연출을 한 후에 버스에서 내린 젊은 여성은, 개가 된 남자들에 대비되어 가장 인간적인 모습을 지니게 된다. 3인칭 화자는 여자가 황량한 국도변에서 홀로 이제 무엇을 할지 생각하는 모습을 그녀의 외적 행동과 표현만으로 묘사한다. 이 소설은 여자의 내면의 목소리를 서술하지 않으며 그녀의 감성과 깊은 생각을 독자가 감지할 수 있게 하고 있다. "그녀의 얼굴은 초조해 보이지 않는다. 여전히 SALEM[50]을 바라보면서, 무슨 생각에 골똘히 잠겨 있다. 반시간쯤, 뙤약볕 속에, 그렇게 서 있었다. 마침내 그녀는 트렁크를 집어든다. 그러고는 방금 자기가 타고 온 방향—SALEM쪽으로 걸어간다. 고개를 숙이고 생각에 잠겨 타박타박 걸어간다."[51] 여기서 화자는 여자를 대변하는 말을 하지 않음

---

49 위의 책, 240쪽.
50 역주 : Salem 담배 광고판.

으로써 그녀에게 어떤 권한을 부여하고 있다. 그와 같은 생각하는 주체로서 여자는 완전히 알레고리화로부터 벗어난다.[52]

그녀가 마음속에서 논쟁하고 있는 것 중의 하나는 어느 쪽으로 갈 것인가이다. 즉 기지촌으로 돌아갈 것이냐 가족을 만나러 계속 갈 것이냐의 선택이다. 그녀는 미제 담배 셀렘을 광고하는 커다란 선전문구(SALEM)아래서 그런 결정을 숙고하고 있다. 담뱃갑으로부터 나와 있는 담배들은 그녀의 위로 떠오른 포신에 비유되고 있다. "그 건널목 저쪽 어귀에 SALEM 담배의 거대한 모형이 빌딩처럼 우뚝 솟아 있다. 높은 받침대 위에, 약간 삐딱하게 얹혀진 녹색의 거대한 담뱃갑 위꼭지에서, 연통만한 담배 한 개피가 삼분의 일만큼 나와서 포신(砲身)처럼 하늘을 겨누고 있다. 그녀는 멍하니 그 하얀 포신을 바라본다."[53] 젊은 여자는 담배라는 상품에 의해 상징화되고 있는 미국의 군사주의와 자본주의의 그늘 아래 서 있는 것이다.

이 소설은 또한 중심적인 은유인 "국도"를 통해 한국의 개발주의를 미국의 군사주의에 연결시키고 있다. 화자는 미군기지에 이르는 새로 포장된 아스팔트를 강조한다. 즉 그 도로는 "기름지게", "햇빛에 이글거리는" 것으로 반복해서 묘사되고 있다. 박정희 정권이 스스로 "조국 근대화"라고 말한 역사적 과정에 대한 길의 은유는, 대중을 상대로 출간된 박정희의 청사진 중 하나인 『우리 민족의 나갈 길』이라는 책의 제목에 이미 사용된 바 있다.[54] 최인훈의 "기름진 도로"의 계속된 언급과 박정

---

51 위의 책, 241쪽.
52 역주 : 여자의 내면을 제시하면 독자는 그녀에게 감정이입을 하게 된다. 이 경우 여자를 알레고리화하는 이데올로기가 끼어들 여지가 생기게 된다. 반면에 여기서는 일종의 소격효과를 통해 이데올로기(알레고리화)에서 벗어나 여자 자신을 표현하고 독자가 스스로 그녀에 대해 생각하게 만든다.
53 최인훈, 앞의 책, 240~241쪽.
54 박정희, 『우리민족의 나갈 길』, 동아출판사, 1962.

회의 "민족의 길" 사상에 대한 화자의 암시는, 한국에 대한 미국의 지배와 박정희 정권 자신의 제국과의 공모가 어떻게 필연적으로 중첩되는지, 그 두 길[55]이 어떻게 하나로 합쳐지는지 보여주고 있다. 바로 그 길 위에서, 젊은 여자, 홀로 선 양공주가, 이글거리는 팔월의 햇볕 아래 노출되어 있다.[56]

최인훈이 선택한 미제 담배가 셀렘인 것은 결코 우연이 아니다. 여자는 두 개의 다른 종류의 셀렘, 즉 미군기지와 보다 큰 한국의 공동체 사이에 붙잡혀 있다. 그녀가 미국 달러와 신식민지적인 군사적 권위에 지배되는 기지촌에서 인종주의와 폭력을 경험한다면, 자신의 국민들로부터는 훨씬 더 심한 차별과 편견에 시달리고 있다. 그녀는 한국의 셀렘의 편견보다 미국의 셀렘의 폭력을 선택한다.

이 소설은 결말부에서 아직 집에 오지 않은 누나를 기다리는 작은 소년을 보여준다. 국도의 다른 쪽 끝에서 누나를 기다리는 소년으로 초점을 다시 옮기면서, 이 소설은 노동계급 남성 주체를 미국 군사주의와 한국 개발주의의 궁극적인 희생자로 위치시킨다. 이 소설은 미국의 헤게모니와 한국의 군사독재를 조용하고도 맹렬하게 비판하고 있다. 그러나 나는 이 소설이, 한국 가부장주의의 도덕적 타락에 대한 가장 혹독한 비판은 유보시키고 있음을 논의한다. 나는 「국도의 끝」을 **비판적인** 남성

---

55 역주: 미국의 신식민지적인 군사주의의 길("기름진 도로")과 박정희의 개발주의의 길("민족의 길")을 말함.

56 「국도의 끝」에서 군대 성 노동자들(양색시들)의 장례식은 그들의 섹슈얼리티를 대중 앞에 드러내면서 자신들이 겪는 다양한 부당성에 대한 대중적 비판의 상황을 만든다. 이 소설 속의 "양공주"가 남성 버스 승객들에 의해 타락과 수치의 시각적 스펙터클로 변형되는 반면, 장례식의 묘사는 어떻게 양색시들이 스스로를 주류 사회의 추방과 대상화에 저항하도록 스펙터클화할 수 있는지 보여준다. 전통적인 색채와 즉흥적인 곡성(哭聲)의 행렬인 장례식은 일종의 카니발적 연출이 되는데, 여기서는 죽음의 신성함과 보편성을 통해 타락한 양색시들을 순간적으로 저항의 목소리의 위치로 고양시킬 수 있으며, 그 위치에서 한국과 미국의 가부장적 사회를 비판하고 꾸짖을 수 있는 것이다.

주의적 민족주의라고 부를 수 있을 것인데, 그것은 어떤 면에서 자기교정을 요구하는 훨씬 더 교묘한 구원의 서사(rescue narrative)이며, 그 서사는 앞의 「아메리카」보다 남성주의와 가부장주의의 권위를 회복하는 데한결 더 효과적인 복구의 역할을 수행하고 있다.[57]

1990년대의 군대 매춘에 대한 다시쓰기
기지촌 가부장주의와 여성중심적 성 노동자들, 그리고 혼혈적 탈동일화

이 절에서는 1990년대에 한국과 미국에서 발표된 군대 매춘과 기지촌에 대한 세 가지 주요 수정주의적 문학작품에 초점을 맞춘다. 즉 복거일의 『캠프 세네카의 기지촌』(1994)과 안일순의 『뺏벌』(1995),[58] 하인즈 인수 펜클의 『유령 형의 기억』(1996)이다. 앞의 두 작품은 1990년대 한국의 변화된 (그리고 변화하는) 상황에서 기지촌의 역사를 급진적으로 재개념화하는 가장 최근의 예들이다. 또한 『유령 형의 기억(Memories of My Ghost Brother)』은 영어로 쓰여져 미국에서 출간된 작품이다. 이 소설은 보통 아시아계 미국문학으로 (올바르게) 분류되지만, 여기서는 한국인 노동계급 및 한국에서의 미국 제국의 역사에 대해 혼혈아의 관점에서 특수하게 다시쓰

---

57 역주: 이 소설의 민족주의가 앞의 소설들과 다른 점은 도덕적 자기반성을 포함한다는 것이다. 그러나 결말부에서 도덕성의 상징인 소년의 눈을 통해 외국인과 군대에 대한 막연한 공포만을 제시함으로써, 신식민주의와 개발주의의 비판에서 가족주의와 남성적 민족주의로 다시 회귀한다. 그에 따라 가부장주의에 대한 혹독한 비판은 유보된다.
58 안일순 소설의 제목 『뺏벌』은 한국의 가장 큰 미군기지 중 하나인 동두천의 지역적 별칭이다. "뺏벌"은 바닷가의 개펄이나 진흙 벌을 의미한다. 그 지역 여성들 사이에서는 뺏벌이란 빼지도 박지도 못하는 진흙 벌에 교착된 상태라는 뜻을 지니고 있다.

기 한 작품으로 해석하고 싶다. 세 작품 모두 앞선 시기의 기지촌 재현의 주요 양식, 즉 남성중심적인 민족주의적 알레고리를 해체한다. 그런 탈알레고리화의 움직임은 세 가지 다양한 관점에서 만들어지고 있다. 즉 첫째는 기지촌 노동계급 가부장주의이며, 둘째는 여성적 군대 성 노동자의 관점이고, 셋째는 혼혈아의 관점이다.

앞의 두 한국 작품에서의 기지촌 소설의 해체는 한국이 더 이상 미국의 신식민지로 여겨질 수 없을 때 생겨났다. 1990년대 중반까지 한국인은 이제까지 겪었던 미국의 경제적·군사적 지배의 식민화와 압박에 의한 불구성과 쇠약성의 감각을 거의 극복했다. 작가 복거일이 "알레고리적이지 않은" 기지촌 이야기[59]라고 부른 작품(『캠프 세네카의 기지촌』)이 이 특수한 역사적 시점에서 나올 수 있었던 것은 결코 우연이 아니다.[60] 1990년대에는 또한 한국 사회의 모든 영역에서 페미니즘 운동의 출현을 경험했는데, 이는 계급과 민족의 남성중심적 개념에 집중했던 1980년대의 강렬한 사회운동이 한국의 자유민주주의로의 점차적 이행과 함께 해소되기 시작한 데 따른 것이었다. 안일선의 기지촌 여성의 삶에 대한 두 권의 소설 『뻘벌』은 1990년대의 그런 보다 넓은 페미니즘 운동으로부터 출현했다. 세 번째 작품 펜클의 『유령 형의 기억』은, 아시아계 미국 문학과 아시아계 미국인 연구가 주변적이긴 하지만 문화계에서 얼마간 영속적으로 정착된 시기, 즉 1990년대의 미국의 다문화주의적 상황에 놓여질 수 있다. 펜클의 자서전적인 소설은, 첫째로 미국의 군사주의와 한국의 디아스포라 사이에서, 둘째로 보다 넓은 아시아 지역에

---

59 작가는 이 소설이 자신의 기지촌에서의 성장경험에 대한 자전적인 설명이라고 쓰고 있다. 그는 죽을 때까지 기지촌에서 살며 일했던 부모님의 영전에 이 소설을 바치고 있다. 복거일, 「작가 후기」, 『캠프 세네카의 기지촌』, 문학과지성사, 1994, 367쪽.

60 역주: 복거일은 작가 후기에서 헤밍웨이의 말을 인용하면서 "이 작품의 비밀은 상징이 없다는 것이다"라고 적고 있다.

서의 미국의 군사주의와 기지촌들의 초국가적 차원들 사이에서, 비판적 연관성을 만들 수 있게 해준다.

『캠프 세네카의 기지촌』에서의 기지촌 가부장주의

『캠프 세네카의 기지촌』은 한국 주류사회 구성원들 간의 기지촌에 관한 많은 오해를 바로 잡고, 그를 통해 실제적으로 "기지촌 문학"이라는 하위장르를 폐지하려는 작가의 의도를 담고 있다.[61] 이 소설은 기지촌의 내부자들 —어린이와 가족, 마을사람들—의 관점에서 씌어졌다. 기존의 기지촌 문학에 대한 비판으로 제공된 이런 "내부자"의 관점은, 이제까지 불균형하게 강조되었다고 여기는 여성 군대 성 노동자로부터 관심을 피하려 애쓰면서, 가부장적인 지도력 아래에 마을 상인 공동체 —핵심적으로 술집과 사창가의 주인은 제외함— 를 재집결시킨다. 그렇게 하면서 이 소설은 매춘녀에게 주어졌던 알레고리적인 가치를 축소시키고 기지촌의 삶에 대한 포괄적인 "현실성 있는" 시각을 제공하려 시도한다. 이 소설은 마을의 경제가 여성 성-섹슈얼리티 노동에 심각하게 의존함을 솔직히 인정하면서도, 또한 마을사람들이 여성들의 기여를 존중함을 표현하기까지 하면서도, 특수한 탈알레고리화의 움직임을 통해 여성 성 노동자들을 급진적으로 주변화한다. 그리고 그 대신 일차적인 초점을 주인공의 아버지에 의해 재현된 기지촌의 노동계급 가부장주의에 두고 있다. 1인칭 화자의 아버지(이후 "아버지"로 지칭함)는 모범적인 가장으로 묘사된다. 즉 그는 교육을 받지 못했으나 지혜롭고 인자

---

61 복거일, 앞의 책, 367쪽.

하며 관용을 지니고 있다. 아버지는 처음에 마을에서 약국을 열었을 뿐이지만, 곧 초등학교와 혼혈아 고아원을 설립하는 등, 미군 당국뿐 아니라 지역 관청과 다양한 거래를 하면서 마을의 지도자로 부상한다. 공동체에서의 아버지의 역할은 도덕적 지도자와 교육가, 질병의 치료사이다. 소설의 진행 과정에서 기지촌 세네카[62]가 군대 기지촌의 일상의 문제가 해결된 유토피아에 접근한 공동체 — 마을사람들과 매춘부들, GI들이 조화롭게 함께 사는 환상적으로 축복받은 곳 — 로 변화되는 것은, "언제나 옳은 일만" 하는[63] 아버지의 가부장적 지도력의 이상화된 모습을 통해서이다. 보다 포괄적인 기지촌 공동체가 성 노동자들에게 보이는 관심을 그대로 인정하는 한편, 그와 함께 그녀들을 중심적이지만 몇 개의 삽화에 국한시키면서, 이 소설은 성 노동자들을 기지촌 가부장제의 인자한 도덕적 안내와 규율의 수동적 수용자로 전환시킨다. 이 소설은 앞서 살핀 기지촌 알레고리의 (엘리트) 남성주의적인 민족주의에 도전하고 있거니와, 그 소설들은 **남성주의적이면서도** 실상 기지촌의 **남성들**을 아이러니하면서도 논리적으로 삭제한 바 있다.[64] 반면에 이 소설은 **기지촌의** 노동계급 가부장주의에 다시 집중하면서 그것을 통해 재남성주의화된다.

  기존의 기지촌 문학과 구분되는 이 소설의 가장 중요한 특징은, 한편으로 기지촌 가부장주의와 한국의 국가 간의 관계를 전과 다르게 재현하면서, 다른 한편 지역 관청과 현지 미군 당국 간의 관계를 수정해

---

62 역주: 기지촌 세네카는 사곡리 마을을 말하는 것으로 미군이 들어온 이후에 "미국 육군 제8군 세네카 기지"가 된다.
63 복거일, 앞의 책, 17쪽.
64 역주: 남성주의적인 민족주의가 기지촌 남성의 삶을 삭제한 것은 아이러니하면서도 어떤 면에서 논리적이다. 민족주의적 남성주의는 (우월한) 외부자의 입장인 반면 기지촌 남성주의는 내부자의 입장이라는 차이가 있기 때문이다.

서 나타내는 데 있다. 기지촌 문학의 지배적인 관점에서 비판의 목표는 물론 이제까지 한국에 대한 미국의 헤게모니와 미군의 존재였다. 복거일의 소설이 하는 일은 그 같은 기지촌과 한국 사이의 등식화를 방해하려는 것이다. 이 소설에서는 기지촌 노동계급의 세부적 목록들(약방, 세탁소 등)을 도입함으로써 기지촌이 이제까지 문학에서 해온 상징적 역할을 해체하고 있다. 기지촌 세네카의 거주자들에게 미국은 한국에 대한 추상적인 신식민지적 권력으로 존재하지 않는다. 그보다는 그곳 사람들이 경험하는 미국은, 고객이자 이웃으로서 미국 GI들과의 일상의 관계, 그리고 행정 당국이자 사업과 공동체의 파트너인 지역 미군과의 나날의 관계의 형식을 취한다. 한국의 국가적 주체나 그 지역적 대행의 주체는 전통적인 기지촌 문학에서 시야의 외부에 남겨져 있었다. 반면에 이 소설은 기지촌 문학에 대한 특수한 수정을 통해 한국의 국가와 지방 관청에 매우 통렬한 비판을 마련한다. 일련의 사건들을 통해 이 소설은 기지촌 사람들이 자신의 정부에 의해 느끼게 된 배신감과 유기된 느낌을 보여준다.[65] 아버지는 정부가 "기지촌이라구 뭐 이상한 인간들이 모인 곳처럼 본다"[66]고 힘주어 말하면서, 자신들의 공동체를 발전시키는 데 정부는 아무 도움도 주지 않았으며, 전기를 끌어오거나 초등학교와 파출소, 고아원을 세우는 데 어떤 지원도 없었다고 얘기한다. 그 대신에 아버지는 정부 당국이 여러 가지 방식으로 그들의 생

---

65 기지촌 거주자들은 한국의 국가와 주류 사회에 의해 유기된 느낌과 함께, 그들이 바깥세상에서 버려져 기지촌으로 와서 그곳(기지촌)에서 보호를 받는다는 느낌을 갖게 된다. 화자의 아버지는 아들('나')에게 "보호구역"이라는 말(생각)을 기지촌의 특수성을 설명하는 데 사용한다. 그는 여성들을 포함해 기지촌에 이르게 된 사람들을 삶에서 특별한 경제적·사회적 문제점를 지닌 사람들로 생각한다. 그런 문제점를 지닌 사람들 중의 하나는 월남한 피난민이다. 상대적으로 부유한 미군으로부터 기지촌 지역 경제로 "쉽게" 돈이 흘러들어오는 것은, 어떤 면에서 기지촌에 부착된 혹독한 낙인에 균형을 맞추는 요인이다.
66 복거일, 앞의 책, 159쪽.

활을 보다 더 어렵게 만들 뿐이라고 주장한다. 예컨대 정부는 성 노동자들의 건강 검진을 과다하게 하거나, 암시장 상품들을 몰수하고, 기지촌 사람들을 거만하고 고압적인 한국 군인들에게 복종하게 한다. 이런 아버지의 평가는 주류 사회가 기지촌 사람들을 인종주의적으로 소외시킴을 말하고 있다. 즉 기지촌 공동체는, 이미 미국의 "외부적" 식민지로서 디아스포라이면서, 또한 한국의 일종의 "내부적" 식민지로서 작동되고 있다.

화자와 아버지는 미군 당국의 마을에 대한 기여와 협동으로 미군에게 성심어린 호감을 갖는다. 그러나 그런 공동체와의 관계들은 미군이 한국에서 향유하는 실제적 치외법권에 근거한 통치성의 관계로 보는 것이 훨씬 더 정확할 것이다. 즉 미군은 한국 정부의 편견과 태만에 의해 만들어진 권력의 공백을 채우고 있는 것이다. 그런 환경에서 기지촌 사람들은 어쩔 수 없이 미군의 도움을 받는 것이다. 하지만 그와 동시에 그들은 지역 미군이 행사하는 권력의 남용에 복종하는 한편, 마찬가지로 어쩔 수 없는 저항을 나타낸다. 그들은 군사적·식민지적 권위 하에서 부당성을 경험하지만, 생존을 지속해야 하기 때문에 고통스럽게 참아내고 있는 것이다.

이 소설은 암암리에 좌파 민족주의 — 미국 헤게모니에 대한 비판자들과 전시대의 기지촌 소설 작가들 — 를 비판하면서도, 결국 보수적인 한국 정권에 대항하는 좌파 민족주의자들의 민족(ethnonation) 개념에 기지촌을 제휴시킨다. 그 같은 "재-제휴"를 위해 도입한 양식적인 전략 중의 하나는, "미군1", "미군2" 등의 제목으로 미군에 대한 네 개의 장의 삽화를 만들어서, 기지촌 공동체 일상생활에서의 미군의 개입과 간섭을 그 삽화 안에 담는 것이다. 그 네 장들은 미군과 한국과의 전반적인 관계와, 그리고 미군과 기지촌 공동체와의 특수한 관계에서, 변화하는 상

황에 대해 일반적인 개관을 제시한다. 그 같은 네 장 이외에서는, 기지
촌 사람들의 삶은 미군의 존재와 무관하고 별반 영향이 없는 것처럼 자
율적으로 진행된다.

　기지촌 노동계급을 재민족주의화하는 또 다른 서사적 전략은 이 특
수한 기지촌의 기원을 한국판 개척 마을로 그리는 것이다. 즉 기지촌 사
람들은 미군부대를 "뒤쫓는 사람들"이 아니며, 앞으로 기지가 세워진다
는 것을 알고 미군이 도착하기 전에 이미 그곳에서 기다리고 있었다. 이
소설은 그 지역에 최초로 도착한 주인공의 가족을 로빈슨 크루소에 비
유함으로써, 또 다른 "인디언"으로서 아시아인에 대한 미국의 제국적
정복의 서사를 다시 쓰고 있다. 황야에 문명을 건설한 것은 미군이 아니
라 개척자로서의 마을사람들인 것이다.

　복거일이 대안적 역사를 쓰는 일을 가능하게 한 것은, 한국이 지구적
자본주의 시대에 주변부로부터 준주변부로 이동했다는 사실 — 아버지
는 "우리는 더 이상 가난한 나라가 아니다"라고 말한다 — 이다. 그에 근
거해 여기서는 기지촌 노동계급의 주권이 회상적·소급적으로 재상상
되고 다시 회복된다. 기지촌 사람들과 GI들 간의 경제적 관계도 결과적
으로 변화된다. 즉 1980년대 후반을 배경으로 한 이 소설의 결말부는 기
지촌의 종언을 보여주는데, 그것은 한국인들의 상승된 임금에 비해 미
군들이 상대적으로 가난해짐으로써, 지역 미군이 더 이상 마을 경제의
수입원과 토대가 아니기 때문이다. 미군 역시 그런 경제적 변화에 맞추
도록 정책을 수정해야 한다. 즉 이제 GI들은 배우자를 동반하는 것이 허
용되는데, 이 소설에 의하면, 그것은 새로운 경제 상황에서 그들이 더 이
상 매춘부를 돈으로 살 여유가 없기 때문이다.[67] 이 소설은 기지촌을 한

67　이 소설은 병사들이 부인들을 데려오는 것을 허용하는 그런 미군 정책의 변화를 설명하고
　　있다. 위의 책, 281쪽.

시적인 장소로 생각함으로써 기지촌 노동계급을 다시 민족(ethnonation)에 제휴시킨다. 즉 기지촌은 궁극적으로 사라질 장소이며, 그곳의 사람들은—"바깥세상에서 살아갈 힘이 없는" "보호"를 요구하는 상태에서 (아버지의 말)[68] — 원래대로 회복되어 어엿한 민족 공동체의 구성원이 될 것이다. 이 소설의 결말은, 실제로 한국의 점차적인 경제적 부흥이 미군 보호 하에 있던 기지촌을 주권을 지닌 현대적 한국의 마을로 재구성되게 했다고 만족스럽게 서술한다.

이 소설의 기지촌 역사의 다시쓰기는 작가가 처음에 시도했던 것을 성취하고 있다. 즉 미국의 신식민지적 권력을 네 개의 장 안에 담고, 기지촌 노동계급 가부장주의의 남성중심성을 주장하면서, 군대 성노동자를 기지촌의 주변으로 전위시키는 것이다. 이 소설은 성 노동자에 관한 다양한 문제들, 가령 GI에 의한 살인, 여성의 자살, 약물문제, 혼혈아들과 그들의 미국으로의 이주 등을 분명히 다루고 있다. 그러나 기지촌과 그 너머의 권력 구조에 진정으로 중심적인 이 문제들은, 마치 매춘과 관련이 없는 기지촌 거주자들이 경험하는 많은 일상의 문제들 중 하나처럼 다루어진다. 이 소설에서는 매춘이 아닌 다른 일을 하는 기지촌 사람들과 나머지 매춘업의 사람들 간에 암묵적 경계 — 기지촌의 경제 전체는 어떤 방식으로든 여성의 노동에 연결되어 있기 때문에 지킬 수 없는 구분 — 를 설정하기 때문에, 성 노동자의 문제는 "매춘업이 아닌" 상인들과 거주자들의 공동체의 문제가 되지 않는다.

성 노동자들이란 근면하고 흠결 없는 공동체에 지워진 짐일 뿐이다. 어떤 장면에서 아버지는 마을의 말썽의 근원인 여성의 문제의 "해결책"을 갖고 모습을 나타낸다. 즉 그는 여자가 없는 술집을 만들려 하는데,

---

68 위의 책, 85쪽.

이 계획은 비현실적인 모험으로서 결국 금방 포기된다. 또 다른 장면에서 이 소설의 소년 화자는 흰 눈으로 덮인 마을의 아름다움과 순수함에 즐거움을 느낀다. 일시적으로 마을은 마술과 경이로움의 나라로 바뀌는데, 바로 그 순간 이 소설의 숨겨진 욕망이 드러난다. 즉 기지촌 여성의 현실적 이야기를 삭제하고 덮어서 청결하게 한 동화, 소년의 눈으로 말해진 그런 이야기로서, 이 소설은 기지촌의 비극적 역사를 동화로 다시 쓰려 한 것이다.[69] "캠프 세네카는 동화 속의 땅이었다—모든 것들을 덮은 **깨끗한 눈**, 그 위에 떨어져 얼어붙은 전등 불빛, 눈에 덮여 신비스러운 성채들이 된 건물들과 거대한 짐승들이 된 트럭들, (…중략…) 그 환상적인 풍경이 (나의) 지친 마음을 어루만져"[70] 주었다.

『뺏벌』에 나타난 기지촌 모계주의와 여성중심주의, 레즈비언주의

군대 매춘에 가장 공감적인 경우에도 남성의 글쓰기는 군대 성 노동자를 계급체계와 미국의 신식민주의, (때로는) 한국의 가부장주의의 희생자로 이해하는 것 이상을 넘어서지 못한다. 반면에 안일순의 두 권의 소설 『뺏벌』은 다중적인 착취 세력들에 대한 기지촌 여성의 일상의 교섭과 저항을 훨씬 더 복합적으로 재현한다. 의정부 같은 기지촌에서의 2년 동안의 취재에 기초한 이 소설은, 소설화된 르포로 분류될 수 있을

---

69 역주 : 이 소설은 앞의 소설들과 달리 내부자의 관점을 취함으로써, 외부자의 우월한 남성적 관점에서 기지촌 여성을 알레고리화하는 데서 벗어난다. 그러나 내부의 가부장주의에 의해 여성의 성노동의 문제가 삭제됨으로써 다시 민족주의적 남성주의로 회귀한다. 그와 함께 소년 화자의 시점 역시 성 노동자들의 문제를 말소시키면서 동화화하고 미담화하는 방향으로 나아간다.
70 복거일, 앞의 책, 269쪽, 강조-인용자.

것이며, 혹은 행동주의적인 소설 작품으로 불릴 수 있을 것이다. 1970~
80년대에 남성작가에 의해 생산된 상대적으로 많은 수의 기지촌 소설
에 비해, 일반적으로 여성 작가는 이전이든 근래든 그 방면에서 실제적
으로 관심을 받지 못했다.[71] 『뺏벌』은 군대 매춘에 대한 소수의 페미니
즘적인 문학작품의 하나이다. 이 소설의 작가 안일순은 "작가의 말"에
서 소설을 쓴 직접적인 동기가 1992년의 미군 케네스 마클에 의한 기지
촌 성 노동자 윤금이의 살인사건이었다고 말하고 있다. 1980년대의 학
생운동에서 시작된 반미정서가 지속되면서, 임박한 미국으로부터의 한
국시장의 쌀 수입 개방 및 빌 클린턴 대통령의 서울 방문(1993)으로 반미
감정이 더욱 고조되었는데, 그런 흐름 속에서 윤금이 사건(1992)은 전례
없이 사회 전반의 관심이 기지촌 여성에게 쏠리게 하는 계기가 되었다.
마클의 재판이 진행되는 상황에서, 생전에 성 노동자로서 부당하게 무
시되었던 윤금이는, 죽은 후에 관련된 활동가들뿐 아니라 한국인 대중
전체에게 "민족의 상징"으로 떠올랐다. 정희진은 살해된 성 노동자로서
윤금이에게 주어진 상징적 역할의 의미를 세 가지로 나눠 간명하게 요
약했다. 즉 기독교 활동가들은 그녀의 살인을 인권과 민족적 주권의 문
제로 보았으며, 좌파 시민단체들은 미국 헤게모니에 대한 반신식민주
의적인 민족주의적 저항의 맥락에서 생각했다. 또한 페미니즘 활동가
들은 여성 인권과 성폭력의 문제로 파악했다.[72]

---

71 강석경의 「낮과 꿈」은 1980년대 초반 이후 여성작가가 쓴 그런 몇 안 되는 작품 중의 하나
   이다. 윤정모는 위안부 문제와 기지촌 군대 매춘의 문제를 다룬 1980년대 이후의 또 다른
   여성 작가이다. 나는 윤정모의 이데올로기적 관점을 여성적인 남성주의적 민족주의로 규
   정하려고 하는데, 그녀의 작품은 한국의 가부장주의에 대해 비판적이지 않은 경향이 있으
   며, 일본과 미국에 의한 식민지와 신식민지의 지배를 비판하기 위해 군대 성 노동을 전유
   하고 있기 때문이다. 『에미 이름은 조센삐였다』, 『고삐』, 「바람벽의 딸들」(『봄비』, 199~
   294쪽에 수록됨)을 볼 것.
72 정희진, 「죽어야 사는 여성들의 인권」, 『한국 여성인권운동사』, 한울, 2013, 332~349쪽.

안일순은 "작가의 말"에서, 베트남에서 한국군에 의해 저질러진 성폭력과 오늘날 한국 남자들에 의한 해외 성 노동의 소비를 날카롭게 비판하면서, 윤금이 사건에 대한 앞의 두 반응이 스스로 드러내는 명백한 위선 — 민족주의적인 (한국의) 가부장주의와 남성주의에 대한 비판의 부재 — 을 지적한다.[73] 더욱이 기지촌 여성의 시각을 그리려는 이 소설의 진지한 노력은, 이제까지 들어보지도 인식되지도 않았던 것으로, 엘리트 페미니즘 활동가-학자의 **재현**과 군대 성 노동자들의 **생생한 경험** 간의 장벽을 어느 정도는 조금씩 무너뜨린다.

이 소설은 두 건의 살인의 혐의를 지닌 미군에 대한 재판으로 시작된다. 그는 옥주와 미옥이라는 두 명의 성 노동자를 살해한 혐의로 기소되었다. 이 소설은 살해된 두 여성과 매우 친하게 지내던 승자의 시점으로 주로 진행된다.[74] 두 개의 살인과 GI의 재판이 소설 전체의 중심을 차지하고, 소설의 끝에서 다시 재판 문제로 되돌아오지만, 이 소설은 또한 기지촌 여성의 삶에 대한 역사적이고 포괄적인 관점을 제공하고 있다. 가령 그 관점에는, 여성들이 기지촌의 삶에 진입하게 된 환경과 동기, 그들의 삶에 행사된 규율과 권위의 통제, 기지촌 여성들의 직업의 구체적 현실, 그리고 가장 중요하게는 그들 사이에서의 여성 공동체에 대한 일별이 포함되어 있다.

---

73 안일순, 「작가의 말」, 『뻿벌』 상, 공간미디어, 1995, 6쪽. 이 소설의 주요 인물 승자의 형상화는 기지촌 활동가 김연자에 얼마간 근거하고 있다. 김연자는 최근에 자신의 자서전을 출판했다. 김연자, 『아메리카타운 왕언니 – 김연자 자전 에세이』, 삼인, 2005.
74 역주 : 3인칭 서술이지만 승자의 인물시점으로 되어 있는 부분이 많다.

성의 군사화된 상업화 ─ 규율적인 수단들

기지촌의 공적 권력은 성병의 통제에 관련될 때 가장 체계적이다. 즉 그런 통제는 여성의 몸에 대한 군사화되고 의료화된 규율을 통해 발생한다. 『뻣벌』에 제시된 바에 의하면, 한국 보건 당국은 그와 관련된 협력 사안에 참여하지만, 상시적으로 성병을 감시하는 관리를 맡은 것은 실상 지역 미군 기지의 의무과이다. 각 술집이나 클럽은 어떤 주어진 시간에 성병을 옮길 것으로 판정된 모든 여성들의 사진을 공공의 장소(의무과)에 게시할 것을 요구받으며, 그런 치안의 체계성과 엄격성은 사실상 기지촌 여성을 언제나 이미 범죄적인 상태에 놓게 한다. 그처럼 성병에 걸린 모든 여자들은 "감염원"으로 지정받게 되는 것이다. 일단 성 노동자가 성병을 옮긴 것으로 "포착"되면, 그녀는 다시 상업적 섹스의 세계로 풀려날 때까지 격리와 치료를 위해 특별히 마련된 진료소(몽키하우스)에 감금된다. 성병의 원인으로 미군이 아닌 성 노동자만를 지정하는 그런 불평등성은 미군을 향한 여성들의 분노의 계속된 원천이다. 그처럼 노동자를 격리하는 체계는 그들이 갇혀 있는 동안 아무런 수입도 얻지 못하게 만든다. 기지촌 여성들은 그런 의료 진료소를 그 시설이 제공하는 목적 ─ 여성의 감시와 규율화, 처벌 ─ 에 맞는 영어로 "몽키하우스"라는 적절한 별칭으로 부르고 있었다. 그러나 그 같은 별명은, 미군의 규율적 메커니즘이 여성들을 예속화하는 심리적·도덕적 강등상태뿐만 아니라, 여성들의 저항적인 인식을 나타내기도 한다.[75]

공적 권력을 행사하는 또 다른 수단은 지방 한국 관청과 지역 미군이 협력적으로 조직한 성 노동자와 "군대신부"[76]에 대한 "문화적 교육"이

---

75 강석경, 「낮과 꿈」, 『밤과 요람』, 책세상, 2008, 11쪽.
76 역주 : 미군과 결혼한 한국 여자를 말함.

다. 이 프로그램은 "교양강좌"라고 불려진다. 한국어로 교양이라는 단어는—민족이나 인종에 관련된 내포적 의미가 없는—세련됨이나 교육을 의미하는 문화를 나타내지만, 기지촌의 "교양강좌"의 내용은 여자들에게 미국과 서구의 관습들을 심어주려는 것이다. 교양강좌는 여자들의 정신과 행동을 서구식 상품—보다 미군의 입맛에 맞게 하면서 이국적인 매력을 잃지 않게 한 상품—으로 변형되도록 훈련시킨다.[77]

한국의 자본주의적 국가의 관점에서 보면, 기지촌 여성이 미군에게 제공하는 성적 서비스를 향상시키려는 궁극적 목적은 경제적인 것이다. 『뺏벌』에서 지방 단체장(군수)은 기지촌 거주자들과 성 노동자들에게 강연을 하는데, 강연 중에 그는 기지촌 성 노동자들을 "산업역군"이라고 부른다. 산업역군은 그 시대에 여러 직종의 모든 노동자들을 묘사할 때 사용되었으며 곳곳에 널린 구호였다. 군수는 여자들에게, "여러분이 없다면 이 나라가 무너질 수도 있는 애국자들"[78]이라고 입에 발린 말을 한다. 기지촌에서 가장 성공적인 매춘부는 실제로 영어와 미국 요리, 미국식 생활양식 전반에 숙달된 여자들이다. 『뺏벌』에서 살인의 희생자 중의 한 사람인 미옥이 바로 그에 적합한 경우였다. 한편 미국 남편이 자신이 결혼할 신부를 미국식으로 "교육시키는" 일을 스스로 떠맡을 때, 이 교양 훈련은 때때로 정신적으로나 육체적으로 혹사시키는 형식이 될 수 있다. 그런 미국 남편 쪽에서의 동화의 노력이 실패하면, 흔히 결혼이 예정된 여자에게 결별하거나 버림받는 일이 곧 닥칠 수 있다.[79]

---

77 신시아 인로 역시 이점을 언급하고 있다. Cynthia Enloe, *Maneuvers : The International Politics of Militarizing Women's Lives*, Berkeley : University of California Press, 2000, pp.97~98.

78 안일순, 『뺏벌』상, 공간미디어, 1995, 267쪽.

79 Judith R Walkowitz, *Prostitution and Victorian Society : Women, Class, and the State*, Cambridge : Cambridge University Press, 1980, pp.201~212를 볼 것. 또한 Cynthia Enloe, *Bananas, Beaches, and Bases : Making Feminist Sense of International Politics*, Berkeley : University of California Press, 1989, p.82를 볼 것.

경제적 · 성적 행위력의 재생

『뺏벌』은 기지촌 매춘의 이중성에 대한 복합적이고 양가적인 방식들을 그리고 있다. 즉 매춘은 성 노동자들의 삶을 불안정하게 하는 동시에, 새로운 거점을 마련해 상당 정도의 경제적 · 성적 행위력을 행사할 수 있게 해준다. 그들이 군대 성 프롤레타리아가 되기 전에 겪은 가족적 · 민족적 정체성의 근거의 파괴는, 일련의 상이한 요인들을 전제로 한 새로운 정체성들을 만들게 한다. 새로운 정체성의 전제란 가령 여성 중심적 공동체, 트랜스내셔널하고 상호인종적인 관계들, 성-섹슈얼리티 노동에 대한 긍정적인 태도들, 그리고 경제적인 동기요인들 같은 것이다.

자본주의적 한국의 국가는, 확실히 군대 성 노동을 노동 "수출"과 섹스 관광 사이에 있는 어떤 것이라는 경제적 관점에서 보았다. 또한 대다수의 기지촌 여성 자신들의 경우, 마지막 기댈 곳으로서 자신이 기지촌에 오게 된 일차적인 이유는 역시 경제적인 것이었다. 실제로 그런 요인들 중 어떤 것은 기지촌이 갖고 있는 평판 — 그곳이 "돈벌이 센"[80] 곳이라는 생각 — 에서 끌어온 것이었다. 기지촌이 "바깥"에서는 꿈도 꿀 수 없는 돈을 만들 수 있는 특별한 곳으로 상상되자, 여자들이 정한 경제적 목표는 기지촌에 연관된 자신들의 정체성의 중요한 일부가 된다. 그들의 인종적 · 성적으로 낙인찍힌 정체성이 자기 자신에 관한 스스로의 결정 — 기지촌을 보다 더 사회적으로 받아들일 수 있는 또 다른 정체성을 이루게 해주는 임시적인 장소와 직업으로 여기는 방법 — 과 경쟁관계를 이루면서, 오욕의 정체성을 재형성하게 되는 것이다.

80　안일순,『뺏벌』상, 공간미디어, 1995, 43쪽.

승자와 옥주가 한국에서 크고 유명한 기지촌의 하나인 동두천에 처음 도착했을 때, 보통 "큰 엄마"로 불리는 그곳의 주인은 기지촌에 대해 자신의 판단이 섞인 말을 제시한다. 그녀는 기지촌에 대한 통념과 편견을 불식시키려 애쓰면서 이렇게 강조한다. "여기두 별천지가 아니라 사람 사는 동네야. (…중략…) 양놈들도 다 알고 보면 똑같은 사람이야."

그러면서 그녀는 그 두 신참자들에게 기지촌의 가장 중요한 면모 곧 돈에 대해 말한다. "생각하기 나름이겠지만 이것두 엄연한 장사니까, (…중략…) 금세 돈 모아서 여기 떠날 수 있다구." 기지촌 여성의 현실인 그런 "많은 돈을 모은다"는 생각[81]은, 얼마간 상대적인 것이고 대부분의 여성에게는 비현실적인 일이다. 그러나 내가 여기서 강조하고 싶은 것은, 돈으로 미래의 사회적 지위를 이동시킬 수 있다는 생각과 경제적 보수에 근거한 생각, 즉 기지촌의 정체성에 대한 그들의 "재개념화"가 제한적인 방식이지만 여전히 강력한 동기가 된다는 것이다.

기지촌 경제의 또 다른 중요한 측면은, 기지촌이 미군기지에서 빼낸 미국 상품 암거래의 중심이라는 점이다. 합법적으로나 불법적으로 미군기지에서 물건을 사는 일은, 짧은 계약 동거자이든 애인, 친구, 아내이든, 대부분 GI와 친밀한 관계에 있는 여성 성 노동자들이 하고 있었다. 성공적인 암거래상이 된 어떤 여자들의 경우, 성 노동은 수입의 이차적인 요인일 뿐이며, 보다 매력적인 사업인 암거래를 하기 위한 단순한 구실이나 조건일 수 있었다. 이 소설에서 살인의 희생자 중의 한 사람인 미옥이 바로 그런 경우였다. 미옥은 암시장 거래에서 한 밑천 잡은 대단히 유능한 사업가였다. 즉 그녀는 살해당하기 전까지 모든 문화적 시설을 갖춘 서구식 이층집에서 안락한 생활을 누리고 있었다. 그녀는

---

81 위의 책, 46~47쪽.

암시장 거래를 목적으로 미군들과 여러 차례의 합법적 결혼— 흔히 미군들도 기꺼이 적극적으로 참여한 결혼—을 조작했다.

기지촌 여성은 암시장 거래자의 경제적 역할을 통해 또한 비공식적이고 비합법적으로 (국가) 경제에 참여했다. 한국전쟁 후의 폐허 속에서, 그리고 1960~70년대의 산업화의 전 기간 동안에, 필수품의 부족과 사치품의 수요의 와중에서 미군기지로부터 한국 전체에 유통된 "미제" 상품의 물질적 가치는 엄청난 것이었다. 미국의 부와 권력의 상징인 그 같은 상품들은, 기지촌 여성의 "신체의 거래"에 의해서 얻을 수 있게 된 것이었지만, 그 상품들의 주요 소비자 한국의 부르주아에게 여자들의 성 노동은 "아메리칸 드림"이라는 신비한 페티시만 남기고 사라지도록 되어 있었다. 오정희의 유명한 소설 「중국인 거리」에서, 두 어린 소녀는 군대 성 노동자가 세든 방에서 "미제" 물건을 갖고 놀면서, 미국의 신비와 아우라를 발산하는 상품에 매혹된 채 경이로움을 느낀다. 『뻘』은 그런 상품들이 어디서 나왔는지 추적하면서 그 과정을 들여다보는 상세한 내부 시선을 제공한다. 요컨대 미제 상품의 출처는 성 노동자의 신체인 것이다. 여성의 신체와 상품들의 밀접한 관계와 그 둘의 물질적 수익성은 여성의 신체를 (남성중심적 시각에서) 민족적 희생자로 보는 추상적 은유를 보류시킨다. 이 소설이 우리에게 알려주는 것은, 기지촌 여성의 성 노동과 암시장에서의 경제적 노동이 한국 대중과 미국의 상품 제국주의(제3세계 안의 미국의 "환상의 생산")를 매개시킨다는 것이다.[82]

『뻘』은 또한 전례 없이 솔직하게, 신식민성과 군사주의화, 산업화의 상황에서 여성 섹슈얼리티의 상업화 과정의 신체적·감정적 차원을

---

82 Anne McClintock, *Imperial Leather : Race, Gender, and Sexuality in the Colonial Contest*, New York : Routledge, 1995, pp. 207~231에서 "상품 인종주의"의 개념을 볼 것. Neferti Xina M. Tadiar, *Fantasy-Production : Sexual Economies and Other Philippine Consequences for the New World Order*, Hong Kong : Hong Kong University Press, 2004를 볼 것.

탐사한다. 이 소설에서 승자가 클럽에서 일한 첫날은 군대 성 노동에 정신적·감정적으로 적응하는 극도로 모순되고 양가적인 과정으로 그려지는데, 그런 묘사는 성 노동 일반과 군대 성 노동에 관한 주류 사회의 선입견을 충격적으로 차단한다. 먼저 승자는 술집에 앉아서 술을 마시며 손님인 GI들과 영어로 얘기하는 자신의 직업에 공포와 거북함을 느끼지만, 클럽의 직업에서 승자가 느낀 그런 시초의 금제와 굴욕은 처음에는 알코올의 도움으로 나중에는 약물로 인해 둔해진다. 기지촌 여성의 "좋은 시간" — 혼혈아 중 하나인 로즈는 엄마가 클럽에서 항상 "행복해" 보인다고 말한다 — 이란, 자신을 예쁘게 연출해야 하는 감정노동으로서 직업의 압박과 요구에 적응한 결과인 셈이다. 승자가 발견한 것은, 그런 직업의 요령과 기술을 안다는 것은 실상은 스스로 압박에서 놓여나려는 모든 노력을 다한 역설적이고 모순적인 상태, 즉 자신의 금제와 자기통제의 상실을 배우는 것이라는 점이다. 화자는 그런 승자의 심리를 이렇게 서술한다. "머리와 정신은 필요 없고 몸만 있으면 되었다. 알코올에서 깨어난 정신이 언뜻언뜻 돌아와 행동이 자신도 모르게 격해지지만 그것도 잠깐일 뿐이었다. 승자는 자기 자신이 전혀 다른 사람으로 변해가는 것만 같이 느껴졌다."[83] 이 직업의 요구사항 중의 하나는 자기 자신을 비우는 것, 즉 기지촌에 왔을 때의 자아를 지우는 것이며, 그렇게 하면서 스스로를 성적 상품으로서의 신체로 연출하는 것이다. 곧이어 그것은 자신에 대한 어떤 종류의 안정된 정체성의 부식을 의미하게 된다. 즉 "뿌리 뽑혀진 부초와 같은 생활. 붕붕 떠다니다가 하룻밤 미군 하나 만나면 그 돌멩이에 의지해 보내면 그만이었다. (…중략…) 그것이 남의 나라 이국 병사라 할지라도 그 작은 돌멩이를 악귀차게 붙

---

83 안일순, 『뻴벌』상, 공간미디어, 1995, 92쪽.

들지 않으면 안 되었다. 그렇지 않으면 그대로 파도에 휩쓸려 먼 바다 그 어느 끝간 데 없는 곳으로 떠밀려 갈지 모를 일이기 때문이다." 클럽/사창가의 주인 "큰엄마"에 의해 여자들에게 건네진 약은, 그들이 겪어야 하는 직업의 심리적 폭력에 길들이는 과정을 훨씬 잘 수행한다. 약에 의해 유도된 "황홀한 무아지경"과 "무서울 것 없음", 슬픔의 마취는 그들의 정체성을 대체한다. 승자가 자신에게 "힘"을 준다고 느낀 술은 "활력을 주는 액체"가 되었다.[84]

이런 일들은 주류 독자들에게 매우 불쾌한 것이겠지만, 이 소설은 또한 승자가 첫날 클럽의 풍경에서 어떻게 "다른 자리에서의 허세나 껍데기"가 없는 어떤 "솔직함"을 느꼈는지 묘사한다. 그녀는 "어쩐지 낯설지 않은 이국적인 분위기"를 발견하고 "편안함"을 느낀다.[85] 주류사회로부터 떨어져 나와 기지촌에서 느낀 해방과 은신의 느낌과 함께, 승자의 긍정적인 감정은 "바깥" 사회의 규범을 조롱하는 기지촌 자체의 질서에 대한 어떤 인식을 허용한다.[86] 성 노동자가 됨을 뜻하는 일 — 그들이 고객들과 성교를 해야 한다는 것 — 을 절실히 느끼게 되었을 때 승자와 옥주가 직면한 공포와 수치심을 그대로 묘사하면서도, 이 소설은 또한 매춘이 성적 폭력이나 갈취 같은 다른 상황들과 어떻게 구분되어야 하는지를 나타낸다. 승자는 남자들(미군들)과 여자들(한국 술집여자/성 노동자들)이 클럽의 홀에서 춤추는 것을 보면서, 사회적 교류와 육체적 향유, 성적 흥분에서 오는 일종의 쾌감을 느낀다. 그녀는 클럽의 분위기가 "달

---

84 위의 책, 92~93쪽.
85 위의 책, 60쪽.
86 역주: 매춘 자체는 노골적인 신체의 상품화이지만 그런 요소는 이미 다른 노동이나 직업에도 잠재되어 있는 것일 터이다. 매춘은 마치 그런 상품화가 없는 것처럼 위장하는 다른 일에서와는 달리, 신체의 상품화를 솔직하게 연출하고 드러냄으로써, 그것을 위장하는 사회적 규범을 넘어선 곳에서 위선적인 규범을 조롱할 수 있게 된다.

아오르는" 것을 느끼는데, 마침내 클럽은 "커다란 열광의 도가니"로 바뀐다.[87] 신참내기인 승자는 여자들이 그런 상황에서 느끼게 되는 일종의 즐거움의 증인이 된다. 성 노동자의 입장에서의 그런 심리적·성적 쾌감의 경험은 그 자체로 심오하게 양가적이고 복합적인 것이다. 즉 그 경험은 그런 상업적·성적 거래의 인종화되고 젠더화된 사회경제적 위계를 침해하면서, 어느 정도 여자들의 주체성의 행위력을 회복시키는 효과적인 방법으로 작용할 수 있다.[88] 여자들 자신이 스스로 "즐거움"을 확인할 수 있는 그런 상황에서는, 미군들 자체는 어떤 면에서 무의미하며, 단지 대상으로서만 의미를 지니게 된다. 1950~60년대의 군대 매춘과 관련된 "과도한" 섹슈얼리티는, 여성 섹슈얼리티에 대한 타락한 미국화의 영향의 비판을 의미했지만, 『뻿벌』은 그 같은 연관성에 대한 전복적인 해석을 제공할 수 있다.[89]

기지촌에서 여자들이 경제적·성적 행위력을 보다 더 증대시킬 수 있는 방법 중의 하나는 자신들을 기지촌과 한국으로부터 이주시켜줄 미국인과 결혼하는 것이다. 기지촌에서의 남편 찾기는 젊은 여성의 중대 관심사이며, 그들의 삶의 항시적 불안정성에 대항하는 적극적이고 책략적인 전략이다. 『뻿벌』은 단기 계약 동거와 공식적 결혼 둘 다에 대해 서술하는데 그 둘은 편리함과 경제적 이익의 관계가 전제된 견지에서 흔히 서로 이어지기도 한다. 양자의 경우에 여성들은 성적 서비스만이 아니라 우정과 가내 노동을 제공하면서 병사들과 상대적으로 길고

---

87 안일순, 『뻿벌』 상, 공간미디어, 1995, 57~58쪽.
88 Dorinne Kondo, *About Face : Performing Race in Fashion and Culture*, New York : Routledge, 1997.
89 맹수진은 1960년의 한국 영화 신상옥의 〈지옥화〉에서 군대 매춘녀 쏘냐를 과도한 섹슈얼리티로 전통적인 도덕에 도전하는 팜므파탈로 논의한다. 맹수진은 그런 전복성을 신상옥의 쏘냐에 대한 묘사에 의한 것으로 말하고 있다. 맹수진, 「스크린 속의 악녀들」, 유지나·조흡, 『한국 영화 섹슈얼리티를 만나다』, 생각의나무, 2004, 114쪽.

약속된 관계를 갖는다. 매춘과 비교해 계약동거는 경제적 보장과 어떤 정해진 관계의 안정성을 제공하는 반면, 그런 관계 유형에 잔존하는 상업적 성격으로 인해 인종과 젠더, 계급의 불평등에 근거한 착취의 조건을 제거하지 못한다. 계약동거와 결혼 간의 밀접한 친연성은, 자주 버림을 받거나 빈번히 이혼을 경험하는 데서 나타나듯이, 그런 결연관계들 ─ 두 경우 기지촌 여자들은 그만큼 미래를 위험에 내맡긴다 ─ 이 상대적으로 위험성을 보이는 점에서도 알 수 있다.

기지촌에서의 계약동거와 결혼은 실제로 식민지적 내연관계의 가장 최근의 형태로서, 식민지적 내연관계에서는 원주민 여성이 식민지 유럽인 남성을 위해 아내에게 기대하는 가정적 · 사회적 역할의 대부분을 수행한다.[90] 미군 병사의 임시적인 현지처나 "지역적 내연녀"의 역할 속에서, 한국 노동계급 여성의 초국가적 군사주의와 신식민지적 자본의 공간으로의 진출은, 미군과 그 병사들을 위한 가정적 서비스 ─ 요리, 청소, 세탁, 더 나아가 통역사와 문화적 중개자로서의 서비스 ─ 를 제공하며[91] "가정에서 가정으로"의 이동[92]을 통해 발생한다. 가정성(domesticity)의 관념은 하룻밤의 상업적 거래이든 단기계약이나 결혼이든 모든 형태의 성적 서비스에서 중요하다. 신시아 인로에 의하면, 그런 가정적 서비

---

90 Ann Laura Stoler, "Carnal Knowledge and Imperial Power : Gender, Race, and Morality in Colonial Asia", Roger N. Lancaster · Micaela di Leonardo, ed., *The Gender / Sexuality Reader*, New York : Routledge, 1997, p.16을 볼 것.

91 Ann Laura Stoler, "Carnal Knowledge and Imperial Power : Gender, Race, and Morality in Colonial Asia", Ibid., pp.16~17.

92 가야트리 스피박은 「젖어미(The Breast-Giver)」(마하스웨타 데비의 소설)의 해석에서 노동계급 여성의 젖의 상품화를 "가정에서 가정(확대된 가정 경제)으로의 이동"으로 묘사하면서, 가족을 "가정에서 시민으로, 사적인 것에서 공적인 것으로, 가정에서 일로, 섹스에서 계급으로"의 이동의 위치로 보는 엥겔스의 이론적 틀을 비판한다. Gayatri Spivak, "A Literary Representation of the Subaltern : A Woman's Text from the Third World", *Other Worlds : Essays in Cultural Politics*, New York : Routledge, 1988, p.248을 볼 것. 가야트리 스피박, 태혜숙 역, 『다른 세상에서』, 여이연, 2003, 493쪽.

스의 방법에는 가정성의 단위를 맞추는 모종의 조절 기제가 있는데, 여기서는 인종적·계급적 "가정성"의 위계에서 기지촌 성 노동자가 임시적 대체를 수행할 때 백인과 한국인 중산층 여성이 암묵적 모델로서 구성된다.[93] 식민 권력의 수익과 이익을 위해 식민지적 내연관계가 허용된 네덜란드령 인도네시아와 유사한 상황에서, 한국 기지촌의 내연녀와 아내는 미국인 아내의 값싼 대리물이었다. 즉 미국인 아내와 가족을 데려오게 허용하는 비용은 미군 예산의 재정적인 부담이었을 것이다. 한국 경제가 성장하고 임금이 상승하면서, 미군은 한국에서의 사병들의 부양가족에 대한 정책을 허용해야 했다.[94]

한편 기지촌의 군대 매춘의 상황에서, 극히 억제된 방식과 제한된 정도로 여자들이 애써 얻을 수 있는 매우 모순적인 성적·사회적 행위력은, 한국말로 "오기"로 표현할 수 있을 것이다. 오기란 자존심과 고집과 얼마간의 원한이 결합된 단어이다. 『뻘밭』에서 나이든 한 매춘녀(백순실)는 허세를 부리며 이렇게 말한다. "야, 이래뵈도 일본군, 미군, 내 배 위로 안 받아본 군인이라곤 없는 년이야."[95] 이는 그녀가 겪어온 어려움이 강인함과 자존심의 근원으로 바뀌는 일종의 역전이다. 여자들이 겪은 배척과 하강에 대한 인식은 확언과 저항의 원천 자체로 전환된다.

---

93 서구적이면서 동양적인 양식으로 장식된 방에 있는 한국 군대 성 노동자의 모습은 Cynthia Enloe, *Maneuvers : The International Politics of Militarizing Women's Lives*, Berkeley : University of California Press, 2000, p.90을 볼 것.
94 복거일, 『캠프 세네카의 기지촌』, 문학과지성사, 1994, 281쪽.
95 안일순, 『뻘밭』 상, 공간미디어, 1995, 84쪽.

기지촌의 모계주의와 여성중심주의, 레즈비언주의

『뻘벌』이 군대 매춘에 대한 남성중심적 알레고리와 대조되게 보여준 양상들 중 하나는, 여성의 수입(매춘)에 대한 기지촌 경제의 의존성 뿐 아니라, 여성이 그들 자신의 수익의 교환과 협상의 행위자로서 스스로를 구성할 수 있는 능력의 정도이다.[96] 기지촌에서 가장 강력한 여성은 클럽과 술집, 매춘을 위한 집을 소유한 여자들이며, 그들은 흔히 매춘녀들에게 큰엄마로 불린다. 그들은 기지촌의 고도의 착취적인 경제 구조에 주요 행위자로 참여한다. 그 같은 착취의 역할을 인정하면서도, 이 소설은 그런 여성들을 어떤 예외를 지닌 것으로 그리며, 비슷한 역할의 남성보다 한결 관대하고 덜 착취적인 것으로 묘사한다. 또한 특히 그들이 고용한 여성들에 대해 일종의 모계주의적 지도력과 여성중심적 보호막을 행사하는 사회적 역할을 강조한다. 여성들이 공동체의 생계를 떠맡는다는 사실은 한국 남성 거주자와 여성 군대 매춘부 간의 젠더 관계에서 보통과는 다른 효과를 지닌다. 재정적인 책임과 경제적 권력이 남성중심성과 연관되는 한에서, 기지촌 경제는 여성들을 남성화하는 경향이 있는 동시에, 또한 여성의 노동에 의존하거나 간접적으로 매춘에 기대는 남성들을 여성화한다. 앞서 논의한 「아메리카」에서는 지역인, 즉 한국인만을 위한 카바레에서 일어난 조금 기묘한 상황을 묘사하고 있다. 그 카바레에서는 한국 남자들은 돈을 내지 않으며 주로 성 노동자들인 여자들만 입장료를 내는데, 그 이유는 항상 "남자와의 멋진 밤"을 보낼 수 있기 때문이다. 기지촌에 처음 온 젊은 남성 화자는 곧 그

---

96 한국인이나 미국인의 남성중심적 권위는 기지촌에서는 다른 형식을 취한다. 몇몇의 술집과 사창가가 남성의 소유이지만 그 외에는 여성에 의해 운용된다. 기지촌의 한국 남성들은 사실혼적인 남편이나 연인으로서 가부장적 권위를 행사하며, 미국 남성들 역시 고객, 연인, 계약 동거, 남편 등으로 권위를 나타낼 수 있다.

런 상황을 이해하게 된다. 즉 그 카바레의 경우, 미군 위안부(慰安婦) 역할을 하는 군대 성 노동자들에게 위안부(慰安夫)가 되는 것은 남성인 것이다. 이 소설은 기지촌의 특수한 경제적 관계에 의해 민족 내적인 젠더적 위계가 어떻게 전복되는지 보여준다.[97]

　인종주의화된 군대 성 노동자들의 한국적 가부장제 구조로부터의 배제는, 기지촌을 여성적으로 동일화된 공간으로 전환시키는 것처럼 보인다. 군대 매춘에 대한 여성의 글쓰기의 변별되는 특징 중의 하나는 "레즈비언 연속체"라고 부를 수 있는 것, 즉 기지촌에서의 강한 여성적 동종사회와 여성적 동성애 간의 연속성이다. 이는 한국적 상황만의 특이한 것이 아니라 여성 성 노동자들의 공동체에서 나타나는 문화 교차적인 차원이다. 레즈비언적인 욕망과 관계성은, 남자와의 관계가 본질적으로 상업적인 상황에서 에로스적·연애적 욕망의 상실로 인해 나타난다. 그와 함께 내가 논의하려는 것은, 기지촌의 얼마간 폐쇄적으로 여성적인 사회에서 여성은 이중적인 젠더와 성적 역할을 지니는 듯하다는 것이다. 즉 어떤 여자들은 보다 남성적이고 다른 여자들은 한층 여성적이지만, 또한 동일한 여자가 환경에 의존하면서 보다 남성적이거나 여성적인 역할을 할 수 있다.

　안일순의 『뺏벌』과 강석경의 「낮과 꿈」(1983)에서는 둘 다 레즈비언주의가 주요 문제로 나타난다. 「낮과 꿈」이 결과적으로 레즈비언주의를 이성애적 (편의성의) 관계에서와 본질적으로 비슷한 또 다른 편의성의 관계(정략적 관계)로 전치시키는 반면,[98] 『뺏벌』은 주인공 승자와 옥주

97　역주 : 1인칭 화자는 카바레에 오는 동네건달들이 여성들을 위한 **위안부**이며 이는 경제활동의 주인공이 누구인지를 말해주는 흥미로운 예라고 생각한다. 조해일, 「아메리카」, 『20세기 한국소설』 29, 창비, 2005, 232쪽
98　강석경, 「낮과 꿈」 상, 책세상, 2008, 22~23쪽.
　　역주 : 이 소설에서 순자 언니는 미국에 가기 위해 레즈비언인 바바라와 결혼할 생각을 한다.

사이의 강렬한 정서적 관계와 승자와 미옥 간의 성적 매혹과 욕망에 집중하고 있다. 옥주와 미옥은 미군 GI에 의해 살해된 희생자들이다. 실제로 그 세 인물들은 일종의 사랑의 삼각관계를 형성한다. 이 소설은 레즈비언주의를 드러내는 동시에 감추고 있는데, 즉 승자와 옥주의 관계는 (텍스트의 많은 반대의 예들에도 불구하고) 한편으로 일반적으로 수용할 수 있는 젊은 여성들 간의 강한 우정의 한계에서 제시되지만, 승자와 미옥의 관계는 레즈비언적 섹슈얼리티로 분명히 묘사된다. 승자와 옥주의 친밀한 관계는 첫날부터 사람들의 관심을 끈다. 즉, 사람들은 그들이 "자매 같다"고 말하며 "서로 데이트하는 거냐"고 묻는다. 옥주가 젊은 미군과 결혼한다는 소식을 들었을 때 승자의 반응은 일종의 사랑병처럼 묘사되는데, 즉 승자는 "배신감"을 느끼며 고열의 "열병"에 걸려 옥주의 환영을 보게 된다.[99]

한편 승자에게 먼저 관심을 표현하고 계속해서 성적인 어필을 해온 것은, 가장 성공적인 매춘부이자 내연녀, 암거래자인 미옥이다. 미군들을 유혹해서 쓸 만한 것은 다 털어내는 "불여시"로 알려진[100] 미옥은, 자신의 가장 강렬한 에로스적 감정은 승자를 위해 남겨둔 것처럼 보인다. 승자는 미옥의 구애에 계속 저항하지만, 그녀의 레즈비언주의를 논리화하고 그에 대한 공감을 표현한다. "돈을 주고 하는 성관계를 통해서는 성적인 만족이란 없었다. (…중략…) 승자는 그것을 알기에 미옥의 갈망이 무엇인지 눈치를 채었다. 그러나 승자는 아무리 외롭다 해도 그것만은 마지막까지 지켜야 된다고 생각했다."[101] 미옥과 승자가 레즈비언이라는 소문이 퍼지기 시작하자, 클럽 주인들은 사업의 위협을 느끼며

---

99 안일순, 『뺏벌』 상, 공간미디어, 1995, 147~149쪽.
100 위의 책, 214쪽.
101 위의 책, 217쪽. 여기서 "그것"이 무엇인지는 분명하지 않다.

그들의 관계를 차단하기 위해 재빨리 개입한다.

이 소설은 미옥이 승자를 유혹하는 보다 더 많은 공개적인 탐색을 드러내는데, 그 장면들은 승자를 경제적인 파트너로 삼으려는 그녀의 욕망이 미옥의 레즈비언적 욕망의 중요한 구성적 측면임을 나타낸다. 미옥은 스스로 앞날에 대해 생각하면서, 승자를 정서적으로 의존할 수 있는 사람으로뿐만 아니라 사업을 같이 할 수 있는 파트너로 지각한다. "나 아무한테나 정 안주는 년이야. (…중략…) 허지만 승자 언닌 달라. 나 사람 보는 눈 있다구. 우리 한 몫 잡아가지구 여길 뜨는 거야. (…중략…) 결론은 돈이야. 돈 있어 봐. 지깟 것들이 굽신거리지. 돈이 있음 과거가 문제야? 우리 한밑천 잡아가지고 서울가자구요. 내 머릿속엔 말야, 사업계획이 들었어. 큰 요정을 차리거나 카페를 차릴 거야."[102]

미옥은 승자의 마음이 옥주에게만 가 있음을 깨닫자 결국 승자를 포기해야 할 것이라고 선언한다. 미옥의 동성애를 승자의 시각에서 보면서, 『뻣벌』이 어떤 차원에서 레즈비언의 원인을 여성이 남성과 갖는 상업적·성적 관계의 불모성으로 설명한다고 할 경우, 그것은 옥주에 대한 승자의 강한 애착—미옥에게 많은 질투심을 불러일으킴—을 충분히 포함할 수 없게 된다. 후자는 레즈비언을 묘령의 섹슈얼리티의 스쳐가는 단계로 보는 한국인의 일반적인 이해 내에 있다. 승자의 옥주 및 미옥과의 관계의 대조는, 각각 받아들일 수 있는 것과 없는 것의 범주에 속한다고 말할 수 있다.

다시 말해, 성적 욕망의 표현이 없는 여성들 사이의 강한 정서적 관계는 발설될 수 있지만, 승자에 대한 미옥의 노골적 표현 같은 여성들끼리의 성적 욕망은 용인될 수 없는 것이 다. 즉 승자는 미옥을 거부해야 한

다.[103] 더욱이 이 소설의 플롯의 설정, 즉 옥주와 미옥이 미군에 의한 이중적 살인의 희생자가 된다는 사실은 단순한 우연으로 볼 수 없다. 비록 암시적이긴 하지만, 『뻘벌』은 기지촌 문학에서 남성중심적 민족주의의 알레고리를 부추기는 근원의 하나였던 이른바 "미군 범죄"에 대해 전적으로 다른 해석을 제공한다. 내포적이고 변주된 것으로나마 이 소설에서 레즈비언적 관계의 핵심이 제시된 것은, 한국 여성 성 노동자를 살해한 미군 병사의 암묵적인 동기가 한국 매춘녀에 대한 인종주의와 성차별주의뿐만 아니라 레즈비언주의를 방해하려는 욕망에 있음을 나타낸다. 미국인 가해자는 레즈비언이었던 두 여자, 더 정확하게는 동성애의 여성 상대역이었던 여자들을 살해한다. 그들은 기지촌에서 두 명의 가장 아름다운 여자들이었으며, 남성적 정체성으로 묘사된 승자의 여성적인 남성적 욕망의 대상들이었다.[104] 마치 의식적으로 결심을 하기라도 한 듯이, 승자는 십대의 나이에 자기 자신에게 이렇게 선언한다. "남자가 되자! 남자처럼 살자!"[105] 여성의 동성애적 욕망은 상품화된 이성애에 대한 일종의 방해로서 작동되며, 자본주의적 가부장주의와 상업화된 여성적 섹슈얼리티에 대한 비판으로 작용한다. 다른 한편 그 같은 맥락에서의 레즈비언주의의 가변적인 성격으로 인해, 이 소설이 그런 레즈비언주의의 경계를 정하면서 그에 근거한 정당성을 파괴하는 특정한 방식[106]이 존재하는 것이다. 『뻘벌』은 기지촌의 역사 — 대부분 거세

---

103 역주 : 한국의 주류사회에서 미옥의 동성애의 욕망은 거부되어야 한다. 이 책에서는 그런 남성중심적 사회에서의 여성의 동성애에 대한 거부를 더욱 확장시켜 해석하고 있다. 즉 미옥 뿐 아니라 옥주의 죽음의 상징적 의미, 그 여성적 욕망에 대한 남성중심적 거부는 군사주의 및 자본주의적 가부장주의에 의한 권력의 작용이며, 초국가적인 맥락에서 그것이 나타나는 기지촌의 경우는 그런 상징적 의미가 가장 확장된 예일 것이다.

104 Judith Halberstam, *Female Masculinity*, Durham : Duke University Press, 1998을 볼 것.

105 안일순, 『뻘벌』 상, 공간미디어, 1995, 162쪽.

106 역주 : 이 소설의 특정한 레즈비언주의의 경계를 만드는 것은 상품화된 욕망과 자본주의적 가부장주의에 대한 비판이다. 반면에 그 정당성을 파괴하는 것은 남성중심적이고 가부장

와 재남성주의화로 쓰여져 왔던 역사 — 를 가부장주의에 의해 **여성적 욕망과 여성적 동성애가 부인되고 파괴되는** 역사로 다시 쓰고 있다.

기지촌에서의 인종주의화와 인종적 이동성, 인종을 넘어선 계급적 제휴

기지촌 여성의 미군과의 교제는 갈등적이고 모순적인 효과를 지닌다. 한편으로 기지촌의 교제는 여자들을 인종주의적으로 낯선 사람들로 만들면서 민족적 공동체의 온당한 경계에서 배제한다. 반면에 군대성 노동자 자신들이 똑같은 미군 교제를 인종적·사회적 이동의 경험으로 받아들일 수도 있다. 주로 누구와 교제하느냐에 따라서 여자들은 백인과 흑인으로 인종주의화되지만, 기지촌 여성의 그런 고통스런 배제의 감각은 자주 스스로에 대한 탈민족주의화, 즉 한국에 대한 그들 자신의 능동적인 거부에 이르게 된다. 이와 연관해 「낮과 꿈」의 군대 매춘부 화자는 순자 언니에 대해서 이렇게 말한다. "순자 언니가 헛되리만큼 미국행을 꿈꾼 것은 자신의 무지스런 삶 때문이었으리라. 그 꿈은 이 땅에 대한 애정에 반비례하여 무한대로 부풀었다."[107] 한국에 대한 정서적 유리감은 흔히 기지촌 여성의 한국 가부장주의에 대한 비판과 저항을 동반하는데, 다음에서처럼 보다 자유롭고 평등하다고 생각되는 미국 가부장주의와 비교하면서 나타난다. "좆자루 같은 한국 놈이 뭐가 좋다고 돈 바쳐 마음 바쳐. 미군은 돌아서면 냉정하지만 지가 좋으면 결혼하자고 하잖아. (…중략…) 어느 한국 남자가 우리 같은 색시들한테 결혼하자고 하겠어?"[108]

주의적인 권력이며 미군 범죄는 그 중 하나를 나타낸다.
107 강석경, 「낮과 꿈」, 『밤과 요람』, 책세상, 2008, 34쪽.

그럼에도 불구하고 여자들은, 한국에서든 이민 온 미국에서든 완전히 한국의 정체성을 포기하기보다는, 미국인에게서 받아야 하는 인종차별에 대항하려 자신들의 연고를 전략적으로 한국인 의식에 배치한다. 「아메리카」에서 기지촌 여성 노동자가 만든 자치조직의 "회원맹세"("씀바귀의 맹세") 중 하나는 "씀바귀는 한국 사람이다"[109]이다. 씀바귀는 지역 들풀의 이름을 딴 여자들의 자치조직의 단체명이다.

군대 성 노동은 생존의 전략으로 시작해서 나중에는 사회적·경제적 진출의 전략이 된다. 백인 미군과의 교제로부터 생긴 군대 성 노동자의 인종주의화의 이면에는 경제적 이익을 넘어서는 인종적·사회적 상승의 효과가 있다. 흑인 미군과의 교제의 결과는 보다 더 복합적이다. 여자들의 흑인 미군과의 교제는 그들을 흑인으로 인종주의화하지만, 그들의 관계가 결혼에 이르러 미국으로 이민갈 수 있는 가능성이 있다면, 여자들의 인종주의화는 한국에서의 곤경에서 풀려날 수 있는 긍정적인 결과와 상쇄된다. 기지촌 여성에 대한 가장 잘 알려진 별명의 하나가 된 "양공주"는, 그런 양가적이고 동시적인 인종적·사회적 상승과 하강의 이동성을 나타낸다. 미국인화되려는 그들의 적극적인 노력은 오욕을 극복할 기회를 제공하고 그들을 미국 병사의 훌륭한 아내로 전환시킨다. 미국으로 가려는 군대 성 노동자의 경우, 그런 태도에 포함된 저항적이고 위반적인 차원은, 일단 미국으로 옮기고 나면 계속되는 인종주의와 문화 제국주의에 병합됨으로써 동시에 누그러진다.[110] 전부는 아니라도 여자들 중 몇몇의 경우, 자신들이 한국의 가부장주의와 싸우기 위해 전용했던 인종적 위계와 서구 중심주의의 효과를 경험하게 된다

---

108 위의 책, 31쪽.

109 조해일, 「아메리카」, 『20세기 한국소설』 29, 창비, 2005, 211쪽.

110 Karen Kelsky, *Women on the Verge : Japanese Women, Western Dreams*, Durham : Duke University Press, 2001, p.4.

면, 그들의 미국으로의 이민은 재민족주의화에 이르거나 이산적인 한국 민족성에 다시 부속될 수 있다. 모국으로부터의 거부라는 잔혹함으로부터 (무엇보다도) 사회적 재생과 경제적 안정성의 땅 미국으로의 이동이지만, 많은 "군대신부들(military brides)"의 경우 그 기대했던 경로는 그곳에 도착하자마자 냉혹한 방해에 부딪힌다.

기지촌 여성 노동자와 미군 사이의 관계가 동등한 기반에서 생기진 않지만, 우리는 수정주의적 기지촌 문학에서 그들 사이에 동지애의 가능성 — 인종 · 민족 · 젠더의 위계를 부분적이고 일시적으로 극복할 가능성 — 이 현실화되는 순간들을 목격한다. 그런 인종과 문화와 젠더를 넘어선 공감은 간혹 한국 여자가 미국 남자와의 계급적 친연성을 인식할 때 발생한다. 한국 여자가 자신이 결혼한 남자 사병이 미국 사회에서 밑바닥 계층임을 깨달을 때, 여자의 실망감은 남자와의 어떤 계급적 제휴로 전환될 수 있다. 미국 흑인과 동거하거나 결혼한 여자의 경우, 여자 자신이 한국인들과 기지촌의 미국 백인들로부터 인종주의를 경험하기 때문에, 흑인이 인종차별을 받는다는 사실은 친연성의 근거가 된다. 마지막으로 중요한 것은, 1장 베트남에서의 한국인의 군사 노동에서 논의했듯이, 간혹 그런 여자들과 남자들의 두 집단을 더욱 결속시킬 수 있는 것은 처음에 그들을 병사와 매춘부로 기지촌에 소환한 과정, 즉 그들 각각의 군사적 · 성적 프롤레타리아화에 대한 인식이다.

『뺏벌』에서 두 명의 여자를 살해한 백인 미군 스티븐은, 독일에 주둔하고 있을 때 한국에서는 싼값에 여자를 사서 좋은 시간을 가질 수 있다는 말을 들은 바 있다. 신시아 인로가 지적하듯이, 미국에서는 군사 노동이 사춘기를 막 지났을 때 성인 남성으로의 모험적인 통과제의로서 청년들에게 마케팅되고 있다. 예컨대 "(해군에 들어와) 세계를 보라, 남자가 되라"[111]라는 식이다. 『뺏벌』에서는 두 명의 군대 매춘부의 살해 동기를 이국적인 동양에 대해 품었던 환상과는 다른 기지촌 현실에 대한 실망의 탓으로 모호하게 돌리고 있다. 그런 식으로, 『뺏벌』은 스티븐이 저지른 살인의 원인으로 인종주의적인 제국주의적 군사주의를 지적하지만, 이 소설에서 미옥과 옥주의 죽음은 여전히 민족적인 죽음으로는 해소되지 않은 채 남겨진다. 그들의 죽음은 여성의 죽음으로서 공동체의 여성들에 의해 애도되며, 특히 두 여자를 사랑한 승자라는 한 여자에 의해 비애에 휩싸인다. 다음에서 논의할 하인즈 인수 펜클의 『유령 형의 기억』 역시 비슷하게 간난[112]의 자살을 민족적 죽음으로 전환시키는 것을 거부한다.

두 작품에서 인물들의 죽음은 미국의 인종주의적인 제국주의적 군사주의와 한국의 민족주의 사이의 틈새에 놓여지고 있다. 『뺏벌』은 전시대의 기지촌 소설의 남성중심적 민족주의를 해체한다고 볼 수 있다. 그러나 이 소설은 한국의 군대 매춘을 트랜스내셔널한 현상으로 파악하지 않으며, 한국 기지촌의 영토들과 노동하는 신체들을 1945년 이후 미국 헤게모니하의 아시아의 다른 국민국가들에 연결시키지 않는다. 다음에서는 한국계 미국인의 소설 『유령 형의 기억』을 살펴볼 것인데, 이 작품은 한국의 기지촌을 한반도와 아시아, 미국 사이에서 군사화된 권력관계를 삼각화하는 트랜스내셔널한 공간으로 탐구하고 있다.

---

111 Cynthia Enloe, *Bananas, Beaches, and Bases : Making Feminist Sense of International Politics*, Berkeley : University of California Press, 1989, p.23; 신시아 인로, 권인숙 역, 『바나나, 해변, 그리고 군사기지』, 청년사, 2011, 46쪽; Cynthia Enloe, *Maneuvers : The International Politics of Militarizing Women's Lives*, Berkeley : University of California Press, 2000, pp.108~152. 군대 매춘이나 그와 연관된 상황과는 별도로, 우리는 문화를 넘어서서 매춘부에 대한 살인이 매우 빈번함을 주목해야 한다.
112 역주 : 주인공(인수)의 사촌누나로 미군의 아이를 임신했지만 결혼에 실패하자 자살한다.

『유령 형의 기억』에서의 인종적 혼종성과 모성혐오증의 남성성

하인즈 인수 펜클의 『유령 형의 기억』은 1960년대 중반과 1970년대 초반 한국 기지촌을 배경으로 한 혼혈 소년의 자전적인 소설이다.[113] 『유령 형의 기억』은 적어도 두 가지 방식에서 위에서 논의한 다른 소설들과 구분된다. 첫째로 이 소설은 드물게 혼혈아의 시점을 사용하고 있으며 구체적으로는 혼혈 소년의 시점으로 되어 있다. 기존의 대부분의 기지촌 소설들에서는 혼혈아라는 기지촌의 특수한 존재나 그의 경험은 단순히 무시되거나 한국의 주권과 민족적 순수성을 침해한 상징으로 제시되고 있다. 『뺏벌』은 일차적으로 혼혈아의 어머니의 관점에 초점을 맞추긴 하지만 혼혈 어린이에 상당한 관심을 주고 있는 유일한 작품이다. 『유령 형의 기억』은 정체성이 불가피하게 분열되어 있는 기지촌 공동체의 경험을 통해 그곳을 트랜스내셔널한 공간으로 묘사하며, 이 소설의 인물들은 다른 기지촌에서보다 훨씬 더 두 개의 문화와 인종, 민족성들 사이에서 분열을 경험한다.

둘째로 3장에서 검토한 한국 소설들과 대조되게 『유령 형의 기억』은 한국계 미국인의 작품으로서 자신의 역사를 한국의 기지촌에서 추적하고 있다. 이 소설의 특수한 트랜스내셔널한 관점은 아시아적 디아스포라의 상대적이고 관계적인 맥락에서 나타난 것으로, 아시아적 이산은 한국, 베트남, 필리핀, 태국 등 여러 곳에서의 미군의 주둔과 그런 군사

---

113 한국계 미국 작가들은 일제 식민지 시대와 미국의 신식민지 시기의 군대 매춘에 대한 다수의 작품들을 생산했다. Chang-rae Lee의 *A Gesture of life*와 Nora Okja Keller의 *Comfort Woman* 및 *Fox Girls*를 볼 것. 군대 매춘의 문제를 다룬 한국계 미국인 작품들의 특수성에 대한 통찰력 있는 탐구로는 Laura Kang, "conjuring 'Comfort Women' : Mediated Affiliations and Disciplined Subjects in Korean/American Transnationality", *Journal of Asian American Studies* 6, no. 2, 2003, pp. 25 ~55를 볼 것.

화된 환경에서 출현한 아시아계 미국 혼혈인에서 기인된 것이다.

혼혈아의 이중적 탈/동일화 과정 — 한국과 미국

기지촌 혼혈아의 트랜스내셔널한 특성은 레이 초우가 인종적 혼종성에 대해 말한 일종의 틈새적 앱젝트[114]의 상태와도 유사하다.[115] 상층계급의 초국가성이 유연성과 이동성, 다중적 포섭으로 규정되는 데 반해, 기지촌 혼혈아의 트랜스내셔널의 특성은 일종의 틈새적인 "비유연성"과 "비이동성"이다. 그런 특성은 명목상의 이중적인 인종적 정체성과 실제상의 이중의 사회·문화적 배제성이 결합된 결과로 생겨난 것이다. 유럽의 백인 아버지들과 식민주의 공동체들은 혼혈아 자체를 유럽문명을 향해 던지는 진한 피부의 피식민자들의 위협적인 구현으로 간주한다.[116] 그와 마찬가지로 신식민지적 상대항인 주류 한국사회 역시 혼혈아를 인종적 순수성과 사회적 통합을 위태롭게 하는 것으로 여긴다. 기지촌 혼혈 공동체의 주체성을 구성하는 것은, 다른 기지촌 거주자들이기보다는 두 개의 문화들 간의 그런 분열의 구조 그 자체이다. 그들

---

114 역주: 앱젝트는 크리스테바가 『공포의 권력』에서 사용한 용어로 동일성이나 체계의 질서를 교란시키는 틈새의 존재, 뒤섞인 것, 모호하고 미천한 것을 말한다. 앱젝트는 마치 생명체를 더럽히는 오물처럼 체제의 질서를 위해 버려져야 할 것이지만, 또한 그 미천한 존재 자체로서 체제를 위협하는 응시의 위치이기도 하다. 줄리아 크리스테바, 서민원 역, 『공포의 권력』, 동문선, 2001; 김철, 「비천한 육체들은 어떻게 응수하는가」, 『사이』 제14호, 국제한국문학문화학회, 2013.5 참조.

115 Rey Chow, *The Protestant Ethnic and the Spirit of Capitalism*, New York : Columbia University Press, 2002, 128~152를 볼 것.

116 Ann Laura Stoler, "Carnal Knowledge and Imperial Power : Gender, Race, and Morality in Colonial Asia", Roger N. Lancaster · Micaela di Leonardo, ed., *The Gender / Sexuality Reader*, New York : Routledge, 1997, p.26.

의 주체성은 부정성을 통해 구성되거니와, 양쪽의 사회와 문화로부터의 거리 그 자체를 통해 형성된다. 그러나 그와 동시에 바로 그 거리 자체는 혼혈아들에게 두 문화에 대한 긴밀한 인식을 제공하는 요인으로서, 그런 인식은 양쪽 문화의 주변부들로부터 얻어진다.

『뻿벌』은 기지촌을 모계적이고 모성중심적인 공동체로 보여주며, 그곳에서 흔히 아버지에 의해 유기된 혼혈아는 어머니 쪽 가계에 등록되어 어머니의 성을 따른다. 혼혈아의 어머니가 미혼모 노동자인 만큼 혼혈아 역시 다른 여성 동료들의 공동의 보살핌에 맡겨진다. 『유령 형의 기억』의 주인공 하인즈 인수 펜클은 부모가 결혼을 했으며 아버지가 육아에 참여하는 점에서 매우 예외적인 경우이다. 그렇긴 하지만, 인수 역시 아버지가 장기간 동안―DMZ에 근무하거나 베트남에 주둔하면서―곁에서 떠나 있기 때문에, 많은 다른 혼혈아들처럼 여성 공동체에 의해 양육된다. 이런 사실들은 혼혈아들의 일차적인 문화적 정체성의 형성이 일상생활에서의 한국의 언어와 문화에 의해 이루어짐을 뜻한다. 그러나 그들의 한국인으로서의 토착적인 문화적 정체성은 그들에게 민족 공동체의 완전한 구성원의 자격을 부여하지 않는다. 그런 현실을 고통스럽게 인식한 미혼모 어머니는 흔히 자신의 혼혈아를 가능한 한 빨리 미국인 가족에게 입양시키길 원한다. 인수의 경우 그가 한국에 있는 시간은 미국으로 "귀환하게" 될 때까지 잠정적이다. 미군기지에 있는 미국인 학교에 보내진 인수와 달리, 대부분의 아버지 없는 기지촌의 혼혈아들은 모순적인 공간에서 성장하게 된다. 즉 그들은 단지 한국 쪽으로만 문화적 정체성을 형성하면서도, 또한 정치적·사회적 방해로 인해 민족적 주체로서 한국과 동일시되기 어렵게 된다. 그런 환경에서, 혼혈아들은 미국에서의 보다 좋은 삶을 희망하면서 미국과 동일시되도록 어머니에 의해 부추겨진다. 그러나 그것은 어떤 문화적 토대나 지식도 없이, 실제로 미국에 보내질 수 있다는 어떤 현실적인 약속도 없이 행해지는 일이다.

『뺏벌』은 백 로즈(로즈 백)라는 한 특수한 여자 혼혈아의 이야기를 추적한다. 대부분의 혼혈아들은 아버지가 곁에 없다 해도 마치 미래의 행선지를 나타내듯이 흔히 영어식 이름을 갖는다. 그러나 그와 함께 혼혈아들은 어머니의 성을 따르도록 강요받는다. 로즈는 반은 흑인 미국인이고 반은 한국인이다. 학교에서 다른 아이들에게 끝없이 괴롭힘을 당하고 기지촌에서조차 차별을 경험한 탓에, 그녀는 어떤 식으로도 한국에 동일시되는 것이 불가능했다. 한국과 관련해 경험한 거부와 소외는 그녀를 미국으로 향하게 한다. 어린이로서 로즈의 미국에 대한 갈망과 동화 같은 미국에의 동일시는 어머니의 미군 남자친구들에 의해 격려되는데, 그 미군들 중 몇몇은 로즈를 기지로 데려가서 그녀의 미국에 대한 상상력을 북돋을 수 있는 모든 것을 대접하곤 했다. 그러나 미군들은 로즈가 나이를 먹어감에 따라 조금씩 소홀해지고 마침내 관심을 잃게 되었다. 로즈는 한국에서 자리를 찾는 것이 전혀 불가능함을 훨씬 더 날카롭게 깨닫게 되면서, 어머니와 함께 모든 희망을 미국에 보내질 수 있는 미래의 가능성에 걸게 된다. 하지만 다시 한 번 어머니와 로즈는 실망하게 된다. 로즈가 나이를 먹을수록 그녀를 입양하겠다는 미국 가족을 찾기 더 어려워졌기 때문이다. 이미 십대의 나이에 로즈는 어머니와 떨어져서 또 다른 기지촌에서 매춘부로 일하게 되었고, 그곳에서 흑인 미군과 결혼해 마침내 믿기지 않는 행운으로 미국과 연결된 상상을 구체화하는 유일한 수단을 갖게 된다.

인수의 독일계 아버지와의 경험은 보다 더 복합적인데, 그것은 아버지 쪽의 인종과 국적에 대한 탈동일시 과정이 인수가 아들로서 아버지와 맺으려는 깊은 정서적 연결감과 공존하기 때문이다. 인수의 아버지는 자주 그를 기지로 데려가서 함께 시간을 보내며, 구경을 시켜주고 영어를 가르치고 이야기를 들려준다. 인수는 아버지와의 결속감으로 인해 성장한 후에 "짙은 머리"의 GI가 되길 소망한다. 아버지 쪽 나라나 문화와의 연결이 대개 상상일 뿐인 아버지 없는 다른 혼혈아와는 달리, 인수는 두 개의 세계 — 기지촌 한국인 공동체의 어머니 쪽 세계와 미군들이 옮겨 다니는 기지촌 내부 및 주변의 아버지 쪽 세계 — 에서 살아가고 있다. 그러나 그처럼 아버지-아들의 관계가 발전해 감에도 불구하고, 인수는 아버지가 그에 대해 거부하고 있다는 느낌에서 벗어나지 못한다. 인수는 아버지가 한국계 아이를 가진 것을 수치스러워하며 한국인 아내를 동료들 앞에 보여주길 꺼려한다는 것을 알게 된다. 인수는 자기 자신을 그런 아버지의 관점에서 보게 된다. 즉 "나도 영원히 'gook(먼지)'이나 'dink(작은 모자)'를 이상하게 발음하는 지저분한 한국인으로 남아 있을 것이다."[117] 인수는 아버지와 그의 동료(부하) 간의 우정에서 자신이 배제됨을 느끼고 그것을 질투하면서, 또한 바로 그 우정이 미군들의 아시아인에 대한 인종주의에 근거한 것임을 지각한다. 인수는 자신의 효성심과는 무관하게, 떳떳하고 자랑스러운 미국 제국의 병사인 그의 아버지의 이데올로기적 입장에 동일시될 수 없으며, 아시아에 대해 전쟁을 벌이는 제국인 미국 자체에 동일화될 수 없음을 끝내 알게 된다. 독일계 이민자인 인수의 아버지 펜클 상사는 베트남에 다녀오는 동안 나치를 암시하는 상징들을 지니고 있었다. 그것은 "나와 같은 피부색을 가진 사람들을 죽인 부족의 표장, 지울 수 없는 것"[118]이었다. 인수는 다른 기지촌 혼혈아나 어머니들처럼 기지촌의 삶으로부터 미국으로 도피하길 갈망하지만, 이미 그를 거부한 미국을 거부하는 입장에서 혼혈아

---

117 하인즈 인수 펜클, 문상화 역, 『고스트 브라더』, 문학과의식, 2005, 314쪽.
118 위의 책, 164쪽.

의 추억의 기록을 쓸 수밖에 없다. "나에 대해 사라져간 (…중략…) 꿈의 나라 (…중략…) 우리가 어린이로서 서쪽 나라에 들어가는 날을 믿었던 방대하고 환상적인 미국."[119]

기지촌 혼혈아의 유령 같은 정체성과 모성혐오증

그 같은 이중적인 한국과 미국에 대한 탈/동일시는 혼혈아를 문화적인 중간적 상태에 남겨둔다. 어느 쪽으로도 완전한 구성원임을 주장할 수 없기 때문에, 혼혈아의 정체성과 현존은 한국과 미국의 내적·외적 식민지인 기지촌에서 "유령 같은 것"으로만 묘사될 수 있다. 『유령 형의 기억』이라는 제목에서 암시된 유령(혼령, ghost)의 잦은 수사적 표현은, 혼혈아들의 보여지고 살아남으려는 고투의 흔적을 전해준다. 즉 유령이란 혼혈아의 존재의 문화적·사회적·인종적 정당성을 지우려는 한국과 미국의 식민화 세력으로부터 살아남았다는 증거인 것이다. 인수의 추억의 기록은 기지촌 혼혈아의 유령들, 즉 그의 "형들"을 우리들 속으로 불러들이려는 일종의 문학적 제의로서 쓰인 것이다. 인수의 가장 친한 친구 제임스는 흑인 미국인과 한국인의 혼혈아인데, 인수는 그와 "비밀형제"의 약속, 즉 "다른 사람들에게는 보이지 않는 비밀"[120]의 협정을 맺는다. 두 소년은 만일 서로 배신하면 추운 날 유리창에 손가락으로 쓴 글씨처럼 사라지게 될 거라고 맹세한다. 이 특별한 추억의 기록에서 두 소년 사이의 유령 같은 형제애는, 이제 볼 것처럼 기지촌 어머니들의

---

119 Heinz Insu Fenkl, *Memories of My Ghost Brother*, New York : Dutton, Penguin Books, 1996, p.172.
　　역주 : 이 인용문은 번역본과 많은 차이가 있어 원서에 표기된 원작의 페이지를 표시한다.
120 하인즈 인수 펜클, 문상화 역, 앞의 책, 137쪽.

권력에 대한 모성혐오적 개념화와 연관해서 정의된다.

나는 그들의 "유령 같은 정체성"이 가장 표현적으로 부각된 두 개의 순간에 초점을 맞출 것이다. 인수와 그의 친구들은, 흔히 아이들이 기지촌의 미군들에게 구걸을 하거나 도둑질을 하듯이, GI를 타깃으로 노상강도의 계획을 세운다. 바로 그날은 그들이 약 살 돈이 없는 아픈 친구를 위해 비교적 많은 돈이 필요했던 날이다. 그들은 GI에게 카메라를 훔칠 계획을 짜는데, 카메라는 비싸지만 GI들은 여행객이기도 하므로 거리에서는 흔히 있는 물품이었다. 계획된 일정에는 소년들 모두가 GI에게 단체 사진을 찍게 하는 일이 포함되어 있다. 1인칭 화자 인수의 당시의 스냅 사진에 대한 집중적인 묘사는, 익명의 젊은 GI의 팔에 안긴 혼혈 소년의 유령 같은 주체성을 상기시킨다. 화자의 사진에 대한 묘사는 한 부분을 확대(zoom in)시키고 있다. "그는 작고 짙은 피부의 한국 소년을 야생화 다발처럼 안은 채 쭈그리고 있다. (…중략…) 얼굴의 섬세한 각 때문에 아메라시안[121] 혼혈아임이 표시가 난다."[122]

젊은 GI가 다정한 한국 소년들이 카메라를 훔치려 함을 모른다는 극적 아이러니와는 별도로, 이 장면은 미군 청년과 그가 안고 있는 "아메라시안 혼혈아" 간의 관계없는 관계성의 아이러니를 전달한다. 사진이 드러내는 것은 무심한 관계의 운명 같은 치명적 본성으로서, 그것은 미군 아버지와 그의 아들(딸)의 관계와도 같다. 즉 기념사진이 가리키는 것은, 필리핀에서 "기념품 아이"[123]라고 불리는 혼혈아의 출몰하는 존재와 부재이거니와, "기념품 아이"는 아버지에 의해 무심코 태어나서 별 생각 없이 버려지는 것이다.[124] 화자인 인수는 GI의 밝고 순진한 웃

---

121 역주: 미국계 동양인을 말함.

122 하인즈 인수 펜클, 문상화 역, 앞의 책, 200쪽.

123 Katharine H. S. Moon, *Sex among Allies : Military Prostitution in US Korea relations*, New York : Columbia University Press, 1997, p.34.

음이 강조된 데서 알 수 있듯이, "아버지가 될" 그에게 죄를 묻는 데 별반 관심이 없지만, 이 사진은 자신 같은 제국의 아이들을 낳아서 산포시키는 보다 큰 **역사적 힘들**에 주목하게 하고 있다. 여기서 우리는 그 힘들의 출현을 순간적으로만 가까스로 볼 수 있다. 이 대목은 이 소설에서 아메라시안(Amerasian)이라는 단어가 유일하게 사용되는 곳이다. 화자는 사진의 젊은 미군을 용서할 수 있지만, 뇌리에 박힌 사진으로 포착된 기지촌 아메라시안들의 유령 같은 주체성은 (역사적 힘들을 향해) 강력한 비판을 겨누고 있다.

혼혈아의 유령 같은 주체성은 제국의 힘들과 남자 병사들에 의해서뿐만 아니라 한국인 어머니들에 의해서도 생산된다. 이 책의 제목인 "유령 형"의 의미들 중의 하나는 인수가 이 소설의 결말부에서 점차 알게 되는 특별한 사건에서 생겨난다. 인수는 자신에게 아버지가 다른 혼혈아 형이 있었음을 알게 된다. 펜클 상사는 인수 어머니에게 형을 포기해야만 결혼하겠다고 말했고 어머니는 결국 형을 버리게 된다. 앨범 속의 가족사진을 보면서, 마침내 인수는 사진에서 그를 닮은 소년이 그가 아니라 고아원에 보내졌다 미국에 입양된 형임을 깨달았을 것이다. 한편으로 인수의 아버지가 형의 유기에 책임이 있는 것으로 인식되고 있지만, 이상하게도 이 소설은 대부분의 허물을 어머니와 (더 나아가) 비슷한 선택을 해야 했던 기지촌 여성들에게 전가시킨다.

인수는 "자신이 아니라 자신처럼 보이는 사진 속의 소년", 즉 그의 "유령 형"의 이름을 "크리스토"라고 부른다. 아버지는 (인수의 꿈에서 혼령으

---

124 역주: 혼혈아는 존재하는 동시에 부재하는 유령같은 성격을 갖는데, 그런 특성은 미군 아버지에 의해 생겨난다. 여기서 혼혈아를 (존재하면서) 부재하게 만드는 미군 아버지는 개인이기보다는 신식민지적 제국의 아버지-상징계의 역사적 힘이라고 할 수 있다, 아버지 (상징계)와 연관되는 동시에 무관한 혼혈아의 유령적 존재는 상징계와 실재계의 틈새에서 나타나는 셈이다.

로 나타난 형의) 그 이름을 듣고 당연히 놀라며, 크리스토 발음이 무엇과 비슷하냐고 인수에게 묻는다. 인수가 잘 생각해내지 못하자 아버지는 크리스토는 크라이스트(Christ)이며 크라이스트의 한국식 발음이라고 말한다.

이 소설은 인수의 이름 없는 "유령 형"을 버려진 존재의 희생적 행위의 상징 그리스도(Christ)로 다시 이름 부르는데, 그리스도의 희생은 인수 같은 다른 혼혈아들(특히 소년들)이 아버지와 가족을 가질 수 있게 하고 있다. 이 소설에서는 남편을 잡아 미국으로 이민 가는 기회를 얻기 위해 자신의 아들(딸이 아님)을 "거래하는" 비슷한 예들이 제시된다. 인수의 이모부는 "제임스의 어머니"가 아마도 자유롭게 다른 남자(이번에는 백인)와 결혼하기 위해 제임스를 버렸을 것이라고 단언한다. "장미의 어머니"는 애인의 아들을 낳아 결혼하길 원했지만 그가 불임임을 알자 다른 아이를 그의 아들로 속일 계획을 세운다. 그 일을 위해 그녀는 자신의 애인을 닮은 미국 흑인을 찾고 있다. 태어났든 안 태어났든 혼혈아들에 대해 그리스도 같은 희생심을 강요한 것은 여자들의 이기심이었다.[125]

버려진 소년 혹은 "유령 형"에 대한 인수의 동일시는, 그 자신이 우발적으로 태어났으며, 그와 그의 형의 위치가 전적으로 뒤바뀔 수 있음에 근거한 것이다. 그 때문에 인수가 다른 소년의 존재와 그의 유기를 아는 순간은 그 스스로가 유령이 되는 때이기도 하다. 바로 그 순간부터 인수 역시 "유령 형"으로서만 살아가게 된다.

인수가 유령 형의 비밀을 알게 되었을 무렵, 그는 한복을 입고 머리를 길게 늘인 여자가 그의 방에 들어오는 악몽을 계속 꾸었다. 여자는 항상

---

125 역주 : 여기서 어머니는 모성적 여성성이기 보다는 아버지(남편)-상징계에 편입되려는 존재이다. 따라서 아버지뿐만 아니라 어머니 쪽에서도 혼혈아는 존재하는 동시에 부재하는 위치, 즉 상징계와 실재계 사이에 낀 유령 같은 존재가 된다.

피 묻은 칼을 들고 있었고 인수는 그녀가 그를 찌르려는 순간 잠에서 깨어난다. 인수의 악몽에 나타난 이 여자 유령은 인수가 성장할 무렵 1960년대의 한국 공포 영화에서 매우 유행했던 이미지였다. 물론 이 여자 유령은 인수의 어머니이다. 그처럼 인수는 자신의 삶을 어머니의 살해의 의도에서 살아남은 존재로 생각한다.

내가 여기서 암시하려는 것은 펜클 소설의 강한 여성혐오의 측면과 결합된 모성혐오의 차원에 대한 것이다. 즉 인수의 한국인 이모부에 의해 분명히 표현되는 여성혐오의 측면과 결합된 인수의 모성혐오의 심리가, 『뻘벌』에서 살핀 기지촌 여성의 모계주의 및 모성중심적 · 여성중심적 경향에 대한 또 다른 해석일 것이라는 점이다. 실제로 나는 인수의 모성혐오증이 이모부 자신의 여성혐오증이 인수에게로 옮겨진 직접적인 결과라고 논하고 싶다. 그는 조카에게 "양키물건 장수나 갈보들하고 사귀지 말라"고 간곡히 타이른다. "누구하고도 말야. 그 사람들은 범죄자들이고 여자들은 생계를 위해 성기를 파는 사람들이야."[126] 이모부의 여성혐오증과 인수의 모성혐오증은 여자들의 강력한 영향력에 반작용하면서 그 영향력을 무력화시키고 있다.[127]

---

126 하인즈 인수 펜클, 『고스트 브라더』, 문학과의식, 2005, 276쪽.
127 앞에서 논의했던 또 다른 차원에서, 혼혈아가 아버지에 의해 버려짐으로써 기지촌 공동체는 그런 무책임에 의해 모계적 공동체가 된다. 더 나아가 혼혈아가 아버지의 나라에서 배제됨으로써 혼혈아의 시민권 역시 부성적 태만에 의해 모계인 것으로 남겨진다. 내가 논의하려는 것은, 그런 부계와 부계적 시민권으로부터의 배제란 남성 혼혈아들의 거세의 형식이며, 결국 그들의 기지촌 어머니들과 다른 여성들에 대한 책임감을 변질시킨다는 것이다. 다시 말해, 혼혈아들의 부계적인 부적합성은 모성혐오증과 여성혐오증으로 재분절된다.

국가와 인종을 넘어선 초월적 남성성

인수의 경우에 남성적 섹슈얼리티 영역의 주체화는 일종의 초월적 범주로 나타나는데, 그것은 여전히 민족 혈통과 교차되면서도 이제 한 국인과 미국인이라는 민족이나 국민의 소속감으로부터 분리된 것으로 드러난다. 얼핏 보면 인수의 이모부 — 인수의 이모의 남편인 한국인[128] — 와의 매우 친밀한 관계는 인수가 한국인의 남성성에 동일시되는 과정처럼 보이게 된다. 그러나 이모부의 모습은 앞서 살핀 기지촌 소설들의 한국인 남성과는 매우 다르게 그려진다. 이전의 남성적 기지촌 소설들의 경우, 노동계급 남성성이 필연적으로 민족성과 교차되거나 그에 의해 포섭되며, 본래의 위치에서 소외된 남성들이 노동계급의 남성성을 한국의 민족성으로 회복하려 함을 가정한다. 반면에 『유령 형의 기억』의 한국인 이모부의 재현은 겉으로 보기와는 달리 민족이나 국민의 소속감으로부터 그를 이연시키고 있다.

이 소설의 이데올로기적 내용은 여성혐오증과 재남성주의화로 요약되며, 그 점은 이모부의 구미호 색시의 이야기나 남편의 남근적 힘을 회복시킨 유순한 심마니 아내 이야기에서 암시된다. 이 이야기들의 지배적인 남근중심적 내용과 한국 전통의 전유는 한국의 민족적 섹슈얼리티의 재남성주의화를 요구하는 것으로 해석될 수 있다. 그러나 내가 논의하려는 것은 그와 다른 다음과 같은 측면이다. 즉 여기서의 특수한 재남성주의화는, 이 소설이 기지촌이나 그곳 사람들의 민족적 공간에서의 비소속감을 강조하는 점에서, 한국으로부터의 추방이나 미국의 신식민주의적 인종주의로 인한 프롤레타리아화 및 강등된 민족주의의 훼

---

128 역주 : 이 소설에서 인수는 어머니가 부르는 호칭을 따라 이모부를 통상 "형부"라고 부르고 있다.

손을 (민족적인 것이 아닌) **절대적 범주로 가정된** 남성적 섹슈얼리티로 복구시키기 위한 것일 수 있다.[129] 신화적 남성성을 지닌 전통적 이야기의 도움으로 인수의 이모부의 남성성은 자신의 소망 속에서 **초월적** 공간에 놓여진다. 이모부의 절대적인 남근적 힘의 환상은 인수에게로 전위되어 그가 모든 인종의 여성들을 정복하게 될 것이라고 말해진다. 이를테면 이모부는, "너는 백마, 황마, 흑마를 다 탈 수 있을 테니까"[130]라고 말한다. 내가 논의하고 싶은 것은, 인수의 주체화 과정은 섹슈얼리티 범주의 우선권을 전경화하며 이모부의 마법 같은 남근적 힘의 환상적 이야기를 통해 발생하는데, 그 초월적인 힘은 인종과 국가를 넘어선 것이라는 점이다.

미군 기지촌과 "디아스포라"

3장의 마지막 절은 한국의 군대 매춘이 디아스포라에 연결되는 세 가지 다른 방식들에 대해 언급한다. 즉 내적 디아스포라로서 기지촌의 주체성과 "군대신부"의 미국으로의 이민, 그리고 오늘날 한국에서의 이주성 노동이다.

---

129 역주: 현재의 사회에서의 민족에 대한 비소속감으로 인해, 이 소설에서의 이모부에 의한 재남성주의화는 민족적 남성중심화와는 달리 (민속에 근거하면서도) 트랜스내셔널한 초월성을 지닌 것으로 나타난다.
130 하인즈 인수 펜클, 『고스트 브라더』, 문학과의식, 2005, 29~30쪽.

김기덕의 〈수취인불명〉 —기지촌에서의 노동과 죽음, 그리고 트랜스로컬리티

오늘날 한국의 가장 혁신적인 감독의 하나인 김기덕의 2001년의 영화 〈수취인불명〉은, 또 다른 자전적 영감이 담긴 1970년대 기지촌 삶의 서사를 제시한다. 〈수취인불명〉은 기지촌에서 서로 뒤얽힌 삶을 사는 세 명의 십대들의 이야기를 전해준다. 미국계 흑인 혼혈아 창국은 마을 변두리 들판에서 어머니와 함께 임시숙소로 개조한 미국 스쿨버스에 살면서 개눈이라는 개장수의 일을 돕고 있다. 창국의 어머니는 때로는 매력적이기도 하지만 거의 실성한 것처럼 보인다. 마을의 이웃 경작지에서 채소와 곡식을 훔치는 일을 빼면, 그녀의 주요 활동은 수년 동안 전혀 소식이 없는 창국의 미국 아버지인 "남편"에게 편지를 쓰는 것이다. 이 편지는 "수취인불명(Address Unknown)"이라는 도장이 찍혀서 매번 되돌아온다. 개눈은 창국을 혹사시키는 가학적인 개장수이자 계부 격인데, 그것은 그가 창국의 어머니를 "애인"이라고 부르기 때문이다. 개눈은 한국 민간인 노동자로 3년 동안 다른 미군 기지에서 일한 적이 있지만, 지금은 개를 도살하는 일을 하고 있다. 과거에 소외당한 천직이었던 개 도살업은 아직도 사회경제적 질서의 최하층에 위치하며, 그 버림받은 천민의 지위는 이 영화 전체에서 여러 차례 전달된다.

또 다른 십대인 은옥은 어렸을 때 오빠의 장난감 총에 맞아 한쪽 눈이 먼 상태이다. 그런 은옥에게 제임스라는 미군이 접근해 와서 어떤 거래를 제시한다. 즉 미군 병원에서 눈 수술을 받게 해주는 대신 그의 "애인"이 되어 달라는 것이다. 은옥은 시력을 되찾은 후부터 제임스와 성적인 관계를 시작한다. 제임스는 군대에 불만을 지닌 반항적인 미군 병사이며, 이 영화의 결말부에서 마침내 탈영을 해서 지역 미군 당국에 체포된다.

창국은 자신이 혐오하는 개눈의 조수 일을 그만 두려 하지만 한국인의 그에 대한 인종주의적 차별 때문에 그렇게 할 수 없다. 마침내 창국은 개눈을 — 개눈이 죽인 개와 똑같은 방식으로 — 목을 매달아 살해한 후에 논바닥 진흙에 몸을 던져 스스로 처박혀 죽는다. 아들의 죽은 시신을 발견한 뒤 창국의 어머니는 그들이 살던 버스 안에서 죽은 아들과 자신에게 불을 지른다. 이어서 미국에서 아버지의 이웃으로부터 편지가 도착하고 창국의 아버지가 사고로 죽었다는 소식을 전한다.

다른 수정주의적 작품들처럼, 〈수취인불명〉은 기지촌 거주자들과 매춘부, 미군, 한국인들을 탈알레고리화하고 있는데, 그것은 현장에서 그들의 주체성의 구성 과정을 보여주는 방식을 통해서이다. 이 영화는 기지촌의 현직 성 노동자들을 부각시키지 않으며, 눈 수술 때문에 제임스와 반쯤 상업적인 성적 관계를 맺은 십대 은옥만이 미군과 거래하고 있다. 이 영화의 또 다른 주요 여성 인물은 창국의 어머니이다. 즉 그녀는 지금은 군대 매춘부가 아니지만 그녀의 고통스러운 현재는 양색시로서의 과거의 역사적 결과이다. 은옥과 창국의 어머니는, 어떻게 해서 군대 매춘부가 되는가, 그리고 군대 매춘부는 나중에 무엇이 되는가를 각각 예시해준다.

〈수취인불명〉에서 가장 전례 없는 탈알레고리화는 미군 병사 제임스에게서 나타난다. 이 영화는 미군을 지역 민간인을 존중하고 책임감 있게 행동하는 개인들의 집단으로 세심하게 묘사하는데, 이는 분명히 미군을 위계화된 인종·계급·젠더와 식식민화의 알레고리적 표현으로 그리는 기존의 방식과는 상충된다.[131] 흔히 미군들을 통해 표현되고 실행되는 성적 제국주의 — "세계에서 가장 위대한 전투력에 소속되었다

---

131 이 영화는 미군 병사들이 기지촌 외부에 대해 책임감 있게 행동하는 모습을 조심스럽게 보여준다. 특히 일련의 장면들을 통해, 허용된 행동의 규범적 경계에서 벗어나는 인물은 제임스뿐이며, 그는 미군 헌병이나 동료 병사들에 의해 규제되거나 제지됨을 보여준다.

는" 자만심, 성적 접대를 받을 권한이 있다는 생각, 여성을 마음대로 처분하고 상품처럼 능욕하는 태도, 매춘이 자발적이라는 잘못된 생각 등 —는, 한국작품에서 상투적으로 나타나는 제국적 알레고리로서의 미군 개념에 아주 부합하고 그것을 정당화한다.[132] 그러나 〈수취인불명〉의 제임스는 미리 만들어진 성적 약탈자나 폭력적 강간자가 아니다. 오히려 이 영화는 제임스가 다양한 문제들(군대에 적응하는 데의 어려움, 미군의 해외의 역할에 대한 의문들, 문화적 차이들, 고향에 대한 향수, 외로움 등)에 직면하면서, 제법 순수한 연애감정과 눈 수술의 친절함으로 접근했던 은옥에게 점차 폭력적이 되어가는 과정을 보여준다. 격노한 제임스가 은옥의 목을 조르는 장면에 이르게 되기까지, 우리는 그가 자발적으로 해야 하는 저급 군사 노동의 다양한 압력에 대해 알게 된다. 이 영화는 다른 미군 범죄 역시 바로 은옥의 장면의 연장선상에 있을 거라는 상상을

---

132 스터드반트와 스톨츠퍼스는 아시아의 기지촌에서 흔히 발견할 수 있는 미군 병사의 시점으로 된 익명의 노랫말을 인용한다. 필리핀 기지촌의 이 특정한 노래는 매춘과 기지촌 여성에 대한 남성 병사의 인종주의적이고 성차별주의적인 관점을 솔직하고 간명하게 요약한다. 노래 속의 아시아 여성은 "치켜 올라간(slant) 두 눈"으로 묘사되며, 그녀는 자발적으로 병사와 섹스를 할 뿐 아니라 그녀의 남자에 대한 성적 욕구는 물릴 줄을 모른다. 이 노래에서는 미군 병사가 기지촌 여성과의 섹스에서 돈을 지불한다는 사실이 부인되는 반면, 주로 강조되는 것은 병사 화자의 성적 행위이고 그 행위가 여자가 더 원하도록 만든다는 것이다. 이 노래의 마지막 행은 남자가 가졌던 성적 교섭에 대한 그 자신의 반응을 묘사하면서, 그의 시점의 본질을 분명하게 드러낸다. 즉 "너(병사)는 돌이켜 보며 말한다. '내가 거기에 퍽을 했나?!?!?!'" 앞서의 그의 그녀에 대한 인종주의적 단어 "치켜 올라간 두 눈"은 이제 "거기"로 변형되었다. 이 같은 표현은, 병사 자신이 인간이나 여자로 여겨지지도 않는 단지 물건인 "거기"에 섹스를 했다는 걸 알고, 거의 스스로도 믿지 못하고 놀라는 것처럼 여겨진다. Saundra Pollock Sturdevant · Brenda Stoltzfus, *Let the Good Times Roll : Prostitution and the U. S. Military in Asia*, New York : The New Press, 1992, p.287. 스터드반트 · 스톨츠퍼스, 김윤아 역, 『그들만의 세상』, 잉걸, 2003, 359쪽. 스터드반트와 스톨츠퍼스에 의하면, 미국 병사들은 토착적인 기지촌 여성을 지칭할 때 자주 "slope(비탈)"와 "slant(경사)"같은 인종주의적인 속어나 "moose(매춘부)"나 "LBFM(쌀로 연소되는 작은 갈색의 퍼킹 머신)" 같은 인종주의적이고 성차별주의적인 단어를 사용한다. Saundra Pollock Sturdevant · Brenda Stoltzfus, *Let the Good Times Roll : Prostitution and the U. S. Military in Asia*, New York : The New Press, 1992, p.230 · 326.

가능케 하면서, 그런 미군 범죄가 디아스포라되고 제국화된 군사 프롤레타리아의 특수한 환경에 불가피하게 연결되어 있다는 논리를 드러낸다. 그의 은옥에 대한 공격은 제국적 위계의 매우 낮은 단계에 있는 약자에게 쏟아진 자살의 욕망으로 수신되는데, 이는 그가 반복적으로 은옥에게 "죽여줘. 나는 희망이 없다"고 절규하는 것으로도 알 수 있다. 〈수취인불명〉에는 군대 매춘부들과 GI들은 아직 존재하지 않는다. 그보다도, 이 영화에서는 군대 매춘부와 GI가 자신의 정체성을 습득해 가는 **과정**에 있는 것으로 제시되고 있는 것이다.

기지촌 인물들의 탈알레고리화와 함께 이 영화의 또 하나의 중요한 설정은 개장수와 그의 개가 처한 상황과 운명이며, 그것들은 일종의 또 다른 알레고리적 기능을 떠맡는 것으로 보인다. 이 영화의 초반에서 창국은 개를 가지러 가는 개눈의 오토바이 뒤쪽 철장(개장)에 실려 가는데, 이때 도살될 개와 창국 사이에는 은유적 동일시가 만들어진다. 창국이 개눈을 죽이기로 결심한 순간 그는 똑같은 오토바이의 철장 속에 그를 집어넣는다. 개눈이 개를 죽인 방식으로 창국이 그를 매달아 살해하려 하자 도살장의 철장에서 풀려난 개들이 주인을 매단 로프를 잡아당긴다.[133]

개들과 기지촌 거주자들을 비교되게 만든 것은 무엇인가.[134] 개처럼 인간의 삶도 가치가 없다는 것은 그다지 설득력이 없다. 그보다도 기지촌 인간 주체에 대한 은유로서 기능하는 것은 — 살았든 죽었든 — 고깃덩어리로서의 개의 가치 바로 그것일 것이다. 개들이 무게를 달아 근수대로 사고 팔린다면, 인간의 삶과 노동 역시 그와 비슷한 방식으로 상품화되고 있는 것이다. 그리고 그것은 창국 어머니와 은옥 같은 군대 성

---

133 역주: 창국은 개눈을 로프로 매단 후 철장을 열어 개들을 풀려나게 한다.
134 이 영화에서 특히 두 마리의 개는 서사와 인간적 특징이 부여됨으로써 마치 인물 캐릭터인 것처럼 다루어진다. 지흠의 개와 은옥의 강아지가 그런 경우이다.

노동자이든 개눈 같은 미군에 고용된 민간 노동자이든 마찬가지이다. 한국 기지촌에서의 창국의 훨씬 심한 인종차별적 주변화는 저주받은 개의 습성에 더 잘 병치된다. 개들처럼 창국은 주인 개눈과 전체 공동체에 완전히 종속되어 무력하게 순종한다. 개들과 사람들 간의 가장 중요한 상응성은 죽음에 이르게 되어 있는 그들의 운명에 있다. 즉 개장 속의 개들이 도살되기 전까지 사는 운명이라면, 기지촌의 거주자들 — 창국, 창국의 어머니, 개눈 — 은 죽음에 이를 때까지 살고 노동한다.[135]

강석경의 소설 「낮과 꿈」에서는 기지촌이 한국과 미국 사이의 "섬"으로 묘사되며, 어떤 국민국가에도 속하지 않는 장소로 그려진다.[136] 신식민지적인 한국 내의 기지촌은 전통적인 영토적 식민지에 가까운 곳으로 남아 있으며, 여기서는 외국 군대가 지역의 삶의 모든 영역에 다양한 통제와 영향을 행사한다. 영화 〈수취인불명〉은 간명한 시각적 은유를 통해 그 점을 드러낸다. 즉 논 위를 비행하는 군용기와 마을을 맴도는 아파치 헬기의 일련의 장면들에 의해 전체 서사의 흐름에 강조점이 찍혀지고 있다. 창국의 어머니는 자주 마을 사람들에게 어쭙잖은 영어로 말하며 "나는 미국으로 갈 거야!(I will go to America!)"라고 외치는데, 그녀는 "여긴 한국이야. 한국말로 해"라는 식료품점 주인의 고함에 의해 반박을 당한다. 여기서 기지촌을 한국으로 재수정하려 애쓰는 식료품점 주인의 선언은 왠지 공허하게 들린다. 식민화가 영토 상실의 경험이며, 영토 상실은 점령국의 정치적·경제적·문화적 지배에 의한 지역적·문화적 감각의 왜곡과 변형을 초래한다면, 기지촌이란 미국 제국의 식민화된 영토의 한 조각일 것이다. 아파두라이는 지구화된 세계에서 지

---

135 역주: 여기에 기지촌 사람들의 죽음정치적 노동의 측면이 잘 드러나 있다고 할 수 있으며, 한국인과 미국인 모두로부터 차별받는 혼혈아 창국의 경우 그것이 더 부각된다.
136 강석경, 「낮과 꿈」, 『밤과 요람』, 책세상, 2008, 33쪽.

역성(locality)은 "양적이거나 공간적이기보다는 일차적으로 관계적이고 맥락적"이라고 말하고 있다.[137] 그렇다면 기지촌의 맥락에서의 탈지역화와 탈영토화[138]의 복합적 과정은 "트랜스로컬"[139]한 것으로 설명될 수 있을 것이다.

아파두라이의 트랜스로컬리티의 개념은 보다 최근의 "테크놀로지적 상호작용성(쌍방성)"의 발전과 긴밀한 연관이 있지만, 이 개념은 1960년대 중반에서 1980년대까지의 산업화 시대의 한국 기지촌에 대한 사유에서도 유용할 것이다. 우리는 기지촌의 (신)식민지적 탈영토화(영토 상실)의 경험을 사람들의 이동 — 미군의 항시적인 전입과 전출, 한국 "군대신부"의 미국으로의 이민, 그들의 결혼의 실패로 인한 한국으로의 귀환, 미군에 의해 한국에 남겨진 혼혈아들과 그들의 미국으로의 입양 — 과 그런 이동이 만든 사회적 관계 및 네트워크에 의해 생성된 **제국적 트랜스로컬리티**로 부를 수 있을 것이다. 내가 말하는 제국적 트랜스로컬리티란 기지촌의 경제와 문화, 사회가 그 같은 이동들과 관계들에 의해 탈영토화된 미국 제국의 변종으로 전환되는 방식들을 뜻한다. 한국의 기지촌 거주자들은 신체적으로 미국 외부의 식민지에 위치하고 있으면서도, 자신들이 수행하는 노동과 순응해야 하는 문화와 언어를 통해 미국과의 물질적인 연결을 견지한다. 기지촌은 미국 제국의 탈영토화된 지역성이거나 한국 "내부의" 영토화된 디아스포라라고 말해질 수 있다.

---

137 Arjun Appadurai, *Modernity at Large : Cultural Dimensions Of Globalization*, Minneapolis : University of Minnesota Press, 1996, pp.178~199; 아르준 아파두라이, 차원현·채호석·배개화 역, 『고삐 풀린 현대성』, 현실문화연구, 2004, 312쪽.

138 역주 : 기지촌의 탈영토화란 한국이나 미국 어디에도 속하지 않는 것으로 볼 수 있다. 그와 함께 기지촌은 미국 외부의 식민지적 지역성인 동시에 한국 내부의 (탈)영토화된 "디아스포라"이다.

139 역주 : 지역성(locality)의 트랜스로컬리티는 지구화 시대에 실감나지만 그 이전에도 로컬-트랜스로컬의 관계는 암암리에 작용하고 있었다고 할 수 있다. 특히 기지촌은 그런 특성을 표나게 드러내는 지역성 중의 하나이다.

그와 함께 기지촌은 인종주의화된 게토로서 한국의 나머지 영토로부터 분리되어 있으며, 그로 인해 기지촌 거주자들의 미국과의 연결의 느낌(혹은 연결의 욕망)은 더욱 강해지게 된다. 그들의 미국에 대한 유령 같은 욕망은 실제로 한국과 미국 양쪽과의 (비)관계에 근거한 물질적·경험적인 것이다. 그 같은 기지촌의 트랜스로컬리티는 영토성과 주체성 간의 이중적인 이접성(disjuncture)[140]을 나타낸다.[141] 기지촌에서 분절된 이중적인 이접성은, 미국의 외적 식민지에서 탈영토화된 "미국인" 주체이면서, 한국의 내적 식민지에서 탈영토화된 "한국인" 주체(그런 사람들)의 형식으로 표현된다.

〈수취인불명〉은 그런 탈영토화된 트랜스로컬한 주체성을 기지촌의 영어의 사용을 탐색하면서 매우 분명하게 드러낸다. 창국의 어머니가 마을 사람들에게 영어로 말하는 것은 그들에게 마을이 (신)식민지임을 상기시키는 데 그치지 않는다. 더욱 중요한 것은, 그것이 한국(한국의 차별)에 대해서 해방적인 어떤 방식으로,[142] 그녀의 탈영토화된 제국적 주체성을 섬뜩할 만큼 절박하고 환상적으로 주장하는 것이라는 점이다. 그녀가 식료품점 주인에게 제국적인 방식으로 "기브 미 원 매커럴 캔(고등어 통조림 주세요)"이라고 말할 때, 그리고 주인으로부터 "여긴 한국이야. 한국말로 해"라는 응답에 부딪힐 때, 그녀는 자신의 주체성을 이행적이거나 트랜스로컬한 것으로 발화하고 있는 셈이다. 즉 "아이 윌 고 투 아메리카!(나는 미국으로 갈 거야!)"이다.

---

140 역주 : 한국인으로도 미국인으로도 정체성과 영토가 일치되지 않는 관계를 말한다. 기지촌은 한국 땅이면서도 다른 한국 영토와는 다르며 미국의 식민지이면서도 미국 땅이라고도 볼 수 없다. 그런 곳에 사는 기지촌 사람들 역시 "이질적인 접합성(disjuncture)"을 경험한다.

141 Arjun Appadurai, Arjun Appadurai, *Modernity at Large : Cultural Dimensions Of Globalization*, Minneapolis : University of Minnesota Press, 1996, p.19.

142 역주 : 영어의 사용은 그녀가 한국인의 차별에서 벗어나는 트랜스내셔널한 이행적 주체성의 방식으로 볼 수 있다.

창국은 철제 가방으로 만든 임시 물통에 어머니를 앉히고 목욕을 시켜준다. 창국이 그녀의 몸을 씻겨줄 때 그는 영어로 말을 하는데, 그 순간 눈물이 하염없이 흘러내린다. "맘, 아이 엠 소리 …… 아이 워즈 롱 …… 플리즈 퍼기브 미(엄마, 미안해. 내가 잘못했어. 용서해줘)." 그와 동시적으로 창국은 그녀의 가슴에 새겨진 "US Army Michael"라는 문신을 파내려 한다. 제국의 감금의 손아귀(창국 아버지의 문신의 형식)에서 자신과 어머니를 해방시키려는 이 장면에서, 그의 가장 진심어린 감정 — 그의 핵심적 자아를 구성하는 것 — 은 탈영토화된 제국의 언어로 말해져야 한다. 제국의 언어가 그를 종속시키는 순간, 그 언어는 또한 그를 한국이라는 다른 쪽 식민지 권력(내부 식민지)으로부터 해방시키는 것이다.[143]

〈수취인불명〉의 몇 개의 이미지들은 기지촌의 주체성을 매우 정확하게 요약한다. 창국 어머니의 남편에게 쓴 편지는 그녀가 알고 있는 미국 주소로 계속 우송되지만, 매번 "수취인불명(Address Unknown)"이라는 붉은 도장이 찍혀 되돌아온다. 그녀가 미국을 향해 끝없이 부치는 편지처럼, 그녀는 자신의 신체를 미군기지 정문 철망을 향해 부딪치면서, 남편에 대해 알기 위해 안으로 들어가고 싶다고 절규한다. 근무를 서는 헌병들은 격앙된 그녀에게 최소한의 반응도 없이 단순히 방관할 뿐이다. 그녀가 쓴 편지들이 자신에게 다시 내던져지듯이, 헌병들의 무관심 역시 그녀에게로 되던져지는 것이다. 일종의 상징으로서의 편지는 그녀의 주체성을 이동과 운동 중에 있는 (양쪽의 복합적 장소들로부터) 끝없는 탈

---

143 역주 : 이 같은 이중적인 이접성은 창국이 한국과 미국 사이의 틈새에 위치함을 암시한다. 그에 따라 그의 자아의 해방의 시도 역시 그 양쪽 사이에서 동요하면서 이루어진다. 영어 문신의 삭제가 그와 어머니를 제국으로부터 해방시킨다면 그의 영어는 한국인들의 차별로부터 그들을 해방시킨다. 그처럼 창국은 신체에 새겨진 영어를 지우는 동시에 또한 영어를 자신의 한 부분으로 받아들여야 하는 것이다. 따라서 여기서의 제국의 언어로의 잠정적 종속은 제국에 예속되는 것과는 달리 자신의 정체성의 한 부분을 표현하고 있는 것으로 볼 수 있다.

영토화의 상태로 표현한다. 매우 적은 대화를 지닌 아주 시각적인 이 영화에서, 가장 인상적인 이미지는 창국의 죽음이다. 창국은 겨울 논바닥 진창에 자신의 몸을 곤두박질쳐 내던진다. 며칠 후 어머니와 친구 지흠이 창국의 "몸"을 발견하는 장면에서, 논바닥의 신체는 땅에서 하늘을 향해 꽂혀져 뻣뻣하게 얼어붙어 있고, 우리는 그의 신체의 아래쪽 절반, 허리와 두 다리밖에 보지 못한다. 그의 몸의 상체 반쪽은 지하에 파묻혀 보이지 않는다.[144]

내가 논의하려는 것은, 이 영화가 흑인 미군과 혼혈아에 대한 한국인의 인종주의를 다소 섬세한 방식으로 다룸으로써, 창국이 겪는 한층 증폭된 차별과 소외를 오히려 훨씬 더 효과적으로 표현한다는 것이다. 이 영화에서 인종주의화된 창국의 시각적 재현은, 그의 내려깔린 시선, 순종적으로 주저하는 태도, 그리고 기지촌 여러 곳에서의 (거의 말 그대로) 반쯤 지워지고 주변화된 상태를 통해 조용히 포착된다. 한국과 미국 모두로부터 탈영토화된 고통을 경험하는 완전하고 극단적인 식민화를 생각할 때, 창국의 자살은 논리적인 귀결로 보일 뿐이지만, 그 자살의 방법은 어떤 장소에 귀속되고 싶은 그의 불가능한 욕망을 전하려 한 것처럼 느껴진다. 하지만 창국의 재영토화의 시도, 그 불가능한 토착적인 욕망은, 전복된 형태로만 수행될 수 있을 뿐이다. 즉 그는 어떤 곳에 뿌리박고 살 수 있는 대신 땅에 머리가 처박혀 죽을 수 있을 따름인 것이다.

---

144 역주 : 이 모습은 인종주의적 차별에 의해 존재의 핵심이 보이지 않는 창국의 정체성을 암시하는 것으로 볼 수 있다. 논에 뛰어든 것은 이 땅에 소속되고 싶은 욕망이지만 결국 그는 머리가 지하에 처박힌 "죽을 운명의 삶"을 살고 있었다고 할 수 있다. 여기서 창국에 대한 인종주의의 죽음정치적 성격이 암시된다.

"군대신부"와 미국에서의 한국인의 디아스포라

군대 매춘에 대한 한국 남자 작가의 남성중심적 글쓰기에서 배제된 또 다른 주제는, 미군과 결혼한 기지촌 여성 및 가족의 미국으로의 이민의 문제이다. 마찬가지로 한국인의 미국 이민에 대한 미국의 역사기술에서 군대 매춘에 관련된 한국인의 디아스포라는 거의 주변화되어 왔다. 그러나 1965년 이후로 한국인 이민의 약 40~50퍼센트가 "군대신부"로 추적되고 있다.[145] 나는 『뺏벌』의 살인의 희생자의 하나인 옥주의 이민 경험의 재현으로 잠시 돌아가고 싶은데, 그것은 이 소설이 군대신부가 미국에 도착했을 때 직면하는 다양한 문제들을 정확하게 꺼내놓기 때문이다. 옥주는 그녀를 버린 미군과의 관계에서 얻은 한 아이와 함께 카알이라는 병사와 결혼했다. 카알은 매우 점잖고 다정한 남편이면서 옥주의 아들 쟌슨을 잘 보살피는 새아빠인 것으로 그려진다. 결혼한 후 그들은 캔자스의 고향으로 이주한다. 옥주가 미국 중서부 도시에서의 새로운 삶에 적응하는 동안, 그녀는 또한 미국 생활에 대해 가졌던 환상과 실제 현실 사이의 심각한 불일치에 순응해야 한다. 옥주는 미국이 계급과 인종으로 층위화된 사회라는 것을 알게 되며, 남편은 노동계급 출신의 사병일 뿐이고, 적은 봉급으로 흑인지역의 낡은 아파트에 살 정도일 뿐임을 깨닫는다. 옥주는 미국에 도착해 경험한 상대적인 가난에도 불구하고, 기지촌의 매춘에서 벗어났다는 생각에 무한히 행복했고, 고

---

145 한국인의 미국 이민 역사에서 그런 측면은 군대 매춘과 연관된 오명 때문에 일반적으로 침묵에 지켜져 왔다. 그러나 실제로 한국인의 미국 이민은 핵심적으로 두 측면과 연계되어 있는데, 하나는 한국전쟁과 그 영향으로 전쟁고아, 기지촌 혼혈아의 입양, 전후 미군병사의 후원을 받은 군대 노동자들이며, 또 하나는 그 후 수십 년 동안 계속된 미군 주둔의 상황에서의 군대 매춘이다. Ji-yeon Yuh, *Beyond the Shadow of Camp Town : Korean Military Brides in America*, New York : New York University Press, 2002, p.164를 볼 것.

마운 마음으로 가족과 함께 새로운 생활에 열심이었다. 옥주는 잔슨을 탁아소에 맡기고 한국인 이민자가 주인인 세탁소에 일자리를 얻는다. 카알이 베트남에 육 개월 간 파견된 후 그곳에서 심각한 트라우마를 얻어 귀향하기 전까지, 옥주와 가족은 모든 것이 순조로운 것처럼 보였다. 카알은 알코올 중독이 되어 옥주와 잔슨, 그의 딸 수잔에게 매우 폭력적인 사람이 된다. 카알의 증상은 외상 후 스트레스 증후군으로 분명히 묘사된다. 옥주가 가정에서 어려움에 직면했을 때, "군인 아내"인 옥주를 늘 전형적인 한국인 투의 편견과 의심의 눈으로 보던 세탁소 주인은 그녀를 해고한다. 옥주는 이제 아이와 남편을 부양하기 위해 주택과 사무실을 청소하는 일을 해야 한다. 적은 임금의 육체노동이 한층 더 견디기 어려워졌을 때, 옥주는 "오리엔탈 마사지 팔러"로 일자리를 바꾸고 거기서 마사지와 겸업 매춘의 일을 한다. 그녀는 한국에서도 했던 일이고 가족을 위해 미국에서도 못할게 뭐냐며 자신을 위로한다. 어느 날 집에 돌아왔을 때 그녀는 카알이 잔슨의 목을 졸라 죽였다는 사실을 알게 된다. 이것이 미국 이민 생활의 결말이며 그녀는 한국으로 돌아와 결국 다시 기지촌으로 오게 된다.

한국 기지촌의 군대 매춘부(혹은 노동자)와 미국의 군대신부, 이 태평양 양쪽에서의 여성의 트랜스내셔널한 노동 사이에는 탈영토화된 연속성이 존재한다. 그들은 군대 매춘부로서 이미 한국의 기지촌이라는 미국의 "외적"("외부화된") 식민지에서 디아스포라된 상태였다. 그리고 이제 군대신부로서 그들의 미국으로의 공간적·지리적 이동은 그들을 문자 그대로 디아스포라의 위치로 "되돌려" 놓으며, 흔히 미국의 "내적"("내부화된") 식민지인 인종주의화된 기지촌과 게토에 위치시킨다. 빈번히 다른 가정 일을 포함하는 그들의 "성 노동"이 신식민지적 전초기지에서의 제국을 위한 "해외" 노동의 유형이라면, 미국 내에서의 군인의 배우자로서의 일은 "이민" 노동이 된다. 그 두 공간들, 즉 한국의 기지촌과 미국의 기지촌은 실제적이고 물질적으로 국경을 넘는 신체적 이동에 의해 연결된다.

비숙련 노동으로서 어떤 미국의 이민 신부는 결국 그들이 한국에서 과거에 했거나 되돌아가서 하게 될 일들로 귀결되는데, 즉 그들은 결혼한 동안이나 이혼 후에 공장 노동(직물, 의복, 전자, 장난감 제조)과 농업 노동, 사무실 및 가정의 청소 같은 일들을 하게 된다. 이혼한 군대신부는 종종 성-섹슈얼리티 노동으로 복귀하기도 한다.[146] 이민 온 신부들이 한국 이민사회와 미국 주류 사회 양쪽에서 계속 소외되고 차별받으면서, 미국에서의 경험은 한국 기지촌에서의 인종주의화와 다시 연속선상에 있는 상태가 된다. 그러나 군대신부로서의 미국으로의 이주는 또한 물질적 삶과 의식에서 일련의 변화를 가져온다. 그들은 남편의 사회경제적 지위가 일정하지 않고 보다 넓은 제국 내에서의 위치에 따라 변화됨을 인식한다. 한국인들과 비교해 부와 권력의 위치에 있던 병사(병이나 하사관)로서의 남편은, 미국에서는 노동계급 군사 노동자에 불과할 뿐이다. 그들은 새로 알게 된 미국에서의 "상대적 빈곤" 상태에서 중요한 환멸을 경험한다. 문화적 차이와 언어적 장벽 — 한국에서는 보다 쉽게 넘어갈 수 있었을 것 — 은 더욱 심각한 방해물이 되며, 빈번히 결혼을 계속할 수 없게 만들기도 한다. 군인 아내로서의 그들의 위치는 극히 불확실한데, 이혼 — 80퍼센트 정도의 높은 비율 — 은 군인 아내로서보다 사회적으로 존중받을 수 있는 위치를 위협할 수 있으며, 흔히 싱글맘으로서 부양할 아이를 지닌 채 기지촌의 일로 되돌아가게 강요하기 때문이다.[147]

---

146 Ibid., pp. 111~112.
147 다큐멘터리 〈The Women Outside : Korean Women and the U.S. Military〉 (Hye Jung Park · J T

한국 기지촌과 미국 이민 게토(그리고 기지촌) 양쪽의 탈영토화된 위치에서, 군대 성 노동자 및 이민신부의 한국인 정체성과의 관계는 매우 복합적이고 다중적이다. 앞에서 우리는 기지촌 여성의 방어적인 민족주의와 함께 탈민족주의화를 주목했다. 기지촌 여성들의 민족주의는, 그들이 겪은 한국의 남성주의와 가부장주의에서 이탈한 것으로서, 반남성주의적 · 반가부장주의적인 것으로 재개념화되어야 한다. 여성들이 미국으로 이주할 때, 한국 및 한국인 정체성과의 관계의 본질은 근본적으로 변화되지 않고 오히려 강화된다. 그들의 디아스포라적인 민족주의는 이제 제국의 국경 내에서 겪는 인종주의와 성차별주의에서 자신을 보호하기 위한 수단으로 계속 기능한다. 그들의 한국과의 관계의 모순된 차원, 즉 한국에 대한 결속을 끊으려는 욕망과 자신들을 위한 필요성의 측면은 한층 더 강화된다. 이민 군대신부의 삶에 대한 여지연[148]의 민족지학에 나타난 것은, 자신들에 의해 억압되고 타인들(한국인과 미국인 모두)에 의해 철회된 한국인 정체성을 회복하려는 강한 욕망뿐 아니라, 한국 기지촌에서처럼 미국에서의 상호부조와 연합에 의해 구성된 (내가 말하려는) 특수하고 맥락적인 민족주의와 민족적 정체성 바로 그것이기도 하다. 그들이 욕망하고 주장한 것은, 한국에 대한 향수와 그리움이나 한국인 민족주의, 총체적 의미의 정체성이기 보다는, 매우 특수한 "한국인 존재"의 측면, 즉 한국어로 말하고 한국 음식을 먹으며, 한국 문화와

Takagi 감독, 1996)는 한국 이민자 군인 아내와 연관된 1987년의 비극적 사건을 서사화한다. 미국인 남편과 이혼한 후에 종선 프랑스(Jong-sun France)는 두 아이를 부양하기 위해 북부 캘리포니아 잭슨빌 군대 기지촌에 혼자 남게 되었다. 그녀는 밤에 인근의 술집에 일하러 가는 동안 어린 두 아이들을 어른의 보호 없이 집에 남겨 두었다. 어느 날 직장에서 집으로 돌아왔을 때 그녀는 그들이 살던 모텔 방에서 한 아이가 목이 부러져 숨진 것을 발견했다. 그녀는 재판을 받았고 6년형을 선고받았다.

148 역주: 여지연은 재미교포 2세로서 노스웨스턴 대학에서 역사학을 가르치고 있다. 『기지촌의 그늘을 넘어(*Beyond The Shadow of Camp town*)』가 변역되어 있음.

지식을 공유하고 동료 한국인끼리의 교제를 즐기는 일 같은 것이다. 여기서 그들의 특수한 종류의 이산적 민족주의는 다중적 측면을 지닌 것으로 개념화될 수 있다. 즉 한편으로 반국가적·하위국민적 민족주의이고 반가부장주의적·반남성중심적 민족주의이면서, 다른 한편 이른바 문화적·사회적 민족주의라고 부를 수 있는 것이다. 한국인 정체성이란 반드시 전체로서 채택되어야 하는 어떤 것이 아니라 연관이 있으면서도 따로 분리된 차원들이 선택적으로 채택될 수 있는 정체성이다. 그들의 한국의 문화, 언어, 사람들과의 관계는, 억압으로 다가왔던 국민국가로서 한국의 다양한 측면들 — 통치 엘리트와 관료, 계급제도, 자본주의, 가부장주의 — 의 관계와 동형성을 구성해야 하는 것은 아니다.

오늘날 한국 기지촌에서의 이주 군대 성 노동자

한국 군대 성 노동자가 미군을 접대한 전시의 베트남이나 한국 내의 미국 미니 영토로의 "노동 수출"이었다면, 최근의 한국의 경제 발전은 기지촌 노동력의 인종적 구성을 변화시켰다. 즉 1990년대 말 이후 한국은 기지촌 성 노동자의 "수입국"이 되었으며, "연예 비자"라는 합법적 규정 아래 필리핀 여성을 위주로 얼마간의 러시아 여성이 유입되었다. 그들은 한국 여성의 삼분의 일의 비용으로 보다 싸고 자발적인 노동력을 형성한다.[149] 그들은 기지촌에 있는 동안 제조업이나 서비스업 같은 다른 영역의 이주 노동자들이 겪은 것 같은 처분을 받는다. 즉 여권을 압수당하는 한편 봉급의 일부를 강제로 감봉당하거나 도망치는 것을 막

---

149 Na Young Lee, "The Construction of U.S. Camptown Prostitution in South Korea : Trans /
formation and Resistance", PhD diss,, University of Maryland, College Park, 2006, p.207.

기 위해 압류당한다. 그들은 자주 한국인 술집 주인으로부터 육체적·성적으로 학대를 받는다. 그 때문에 그들이 제기하는 불평의 90퍼센트 이상은 미군보다는 한국인에 대한 것이다.[150]

나는 또한 최근 농촌 총각의 동남아 여성 — 베트남이나 필리핀 여성 — 과의 국제결혼과 기지촌에서의 필리핀 여성의 존재를 연속적 관계에서 주목하고 싶다. 이미 밝혔듯이, 한국 남성은 또한 국내에서나 해외 섹스 관광에서 동남아 성 노동자의 고객이 되었다. 이 같은 연속적 관계는, 더 이상 하위계층이 아닌 여러 계층의 한국 남성들을 경제적 성취를 이룬 미국인 등의 남성들과 같이 착취자라는 동렬에 놓는다.

이제 한국의 군대 매춘이 국가의 상대적 부로 인해 해외의 이주 노동력을 포함한다면, 주로 인종주의화된 노동계급으로 구성된 미군의 사병 계급은, 어떻게 보면 한국의 국가와 자본에 제공되는 초국가적 이주 군사노동이 된 측면이 있다. 캠프 세네카의 기지촌의 결말 삽화 중의 하나는 한국인 상인이 돈이 없어 라면 두 봉지를 훔치는 흑인 미군을 붙잡는 장면[151]을 다루고 있다. 이 장면에 대한 이 소설 자체의 관점은 복합적이지만, 미국에서 최소의 임금을 받는 미군이 과거 수십 년 동안 한국인에 비해 부유했던 것과는 달리, 지금은 더 이상 부유하지 않다는 것은 틀림없는 사실이다. 오늘날 한국의 기지촌에서 미군 병사가 한국 여성보다 필리핀 성 노동자를 선호하는 이유는 그들이 둘 다 "외국인"이라는 사실 때문이다.[152]

캐서린 문은, 미군을 위한 한국인의 노동의 조건을 언급하기 위해 만든 개혁의 조치들이, 더 이상 한국 기지촌의 다국적·다인종적 노동력

---

150 Ibid., pp.179~186.
151 복거일, 『캠프 세네카의 기지촌』, 문학과지성사, 1994, 343~344쪽.
152 쳉실링(실링 쳉), 「사랑을 배우고, 사랑에 죽고—기지촌 클럽의 GI와 필리핀 앤터테이너의 로맨스」, 막달레나의집, 『용감한 여성들, 늑대를 타고 달리는』, 삼인, 2002, 229~255쪽.

제3장_ 군대 매춘—여성중심주의, 인종적 혼종성, 디아스포라   317

이 겪는 착취에 대해 말할 수 없게 되었음을 지적한다. 그녀가 말하는 개혁이란 가령 한미 간의 권력균형의 증대, 미국 권력 남용의 예방, 미군에 의한 폭력과 범죄의 감소를 목적으로 한 소파 개정 같은 것이다.[153] 이나영은 기지촌 여성들이 "우리들"에서 "타인들"로 바뀜에 따라, 남성 중심적 민족주의 활동들이 기지촌으로부터 떠나갔음을 지적하고 있다. 오히려 한국 남성들은 이제 기지촌의 이주 성 노동자들을 한국 내로 들여오는 데 관여하고 있다. 아이러니하게도 이런 일들은, 그들이 인신매매와 인권유린으로 (미국에 의해 지지되는) 국제기구와 법에 의해 비난을 받음으로써, 다시 한 번 그런 한국 남성들에게 희생자의 느낌을 갖게 하고 있다.[154]

더욱이 기지촌의 러시아 이주 성 노동자들이 미군과 함께 한국 남성 고객을 접대하는 현재의 상황에서, 젠더, 계급, 인종, 민족성 간의 교차되고 중첩되는 권력관계는 훨씬 더 복잡하고 설명하기 어렵게 되었다. 한국이 점한 하위제국의 매개적 위치의 전형적 예로서, 한국 성 노동자들은 여전히 일본과 미국 같은 보다 부유한 지역으로 이주하고 있다. 기지촌 이주 성 노동자들은 국제적 섹스 관광과 연관해서 더 깊이 고찰되어야 하며, 한편으로 성적 프롤레타리아의 지구화라는 보다 확산된 추세의 구성으로, 다른 한편 보다 넓은 이주 노동 일반과 연관해서 검토되어야 한다. 이 같은 최근의 전개는 민족·인종·경제의 지구적 위계에서, 노동 일반과 (특히) 성 노동의 연쇄적 대체가능성과 대리성을 다시 한 번 상기시킨다. 예전의 산업화 시대에 한국의 기지촌 노동자가 미국 여성을 대리해서 노동을 수행하고 서비스를 제공했다면—지금도 하

---

153 「국가의 안보가 개인의 안보는 아니다」, 『당대비평』 제18호, 2002.3, 79~105쪽. 정유진·김은실·캐서린 문의 좌담을 볼 것.
154 Na Young Lee, "The Construction of U.S. Camptown Prostitution in South Korea : Trans / formation and Resistance", PhD diss., University of Maryland, College Park, 2006, p.210.

고 있다면 —, 오늘날의 지구적 자본주의의 질서에서는 훨씬 더 주변화된 위치의 여성들 — 러시아와 필리핀 여성들 — 이 한국 여성의 위치를 인계받은 셈이다. 우리 자신이 상기해야 할 것은, 그 같은 **대체가능성** 자체가 대리를 수행하는 사람들과 대리 서비스를 받는 사람들 간의 불평등성과 **대체불가능성**, 바로 그것을 동시적으로 전제한다는 사실이다.[155]

결론

나는 미국 헤게모니 하의 한국의 산업화 시대에 지배적인 재현 양식이었던 군사 매춘에 대한 남성주의적 민족주의 알레고리를 해체하는 작품을 주목하면서 4장을 시작했다. 1990년대부터의 수정주의적 작품을 검토하며 나의 해석이 주목한 것은, 군대 매춘에 대한 다시쓰기가 기지촌 거주자들의 계급화·젠더화된 남성 및 여성의 섹슈얼리티를 민족성과 한국인 의식에 대한 종속적 연결로부터 어떻게 분리해내려 하는가 였다.

내가 먼저 논의한 것은, 복거일의 수정주의에서 기지촌 가부장주의

---

155 역주 : 이 책에서 다루고 있는 서비스 노동과 이주 노동의 특징은 대리 노동이라는 점이며, 그런 대리 노동은 민족·인종·젠더 간의 불평등성과 대체불가능성을 분명하게 드러낸다. 즉 아이러니하게도 대체가능성의 노동이 성행하는 것은 사람들이 대체불가능성(불평등성의)의 관계에 놓여 있음을 암시한다. 이는 대리 노동이 인종이나 젠더 관계에서 한쪽 방향으로만 이루어지기 때문이기도 할 것이다. 더욱이 지구화 시대에는 세계적 차원의 불평등성(대체불가능성)을 전제로 대리 노동의 이주를 발생시킨다. 그 점에서 오늘날의 지구화 시대의 이주와 이산을 이해하는 데 서비스 노동과 이주 노동은 매우 중요한 의미를 지닌다고 할 수 있다.

가 (민족적 알레고리에 대해) 탈중심화를 수행하는 과정이었다. 복거일의 작품은 기지촌의 특수한 환경, 즉 한국 국가권력의 공백에 맞서는 탈민족주의화와 지역 미군 당국 하의 신식민지화의 상황에서, 계급화된 남성성(기지촌 가부장주의)이 민족적 정체성을 대체하는 방법을 강조한다. 페미니즘적 재현에 대한 나의 해석 역시, 여성중심주의와 여성적 동류사회, 여성 기지촌 공동체의 레즈비언이즘에 주목하길 요구했으며, 특히 그들의 특수한 군사화·상업화된 여성 섹슈얼리티가 민족으로부터 분리되어 다른 여성들이나 다른 인종의 남성들을 만나며 재조정되는 방식들을 주목하도록 했다. 나는 또한 기지촌 혼혈아들의 한국과 미국 사이에 위치한 이중적인 탈동일시적 트랜스내셔널리즘이, 민족과 제국 사이의 계급과 섹슈얼리티의 틈새에서 전복적이고 저항적인 위치를 요구하면서, 문화, 국가, 민족, 인종의 경계를 위반하는 방식들을 검토했다.

4장의 3, 4절에서는 군대 매춘과 디아스포라—기지촌의 "내적 디아스포라", 미국에서의 기지촌 디아스포라, 오늘날 한국으로의 군대 성 노동자의 이주—사이의 관계들을 탐구했다. 오늘날의 한국의 군대 매춘을 재개념화할 때, 4장에서 다룬 기지촌에 대한 소설 유형들의 모든 틀은 최근의 변화를 언급하는 데 적절하지 못하다. 펜클의 소설을 빼고는 두 그룹의 작품들—남성주의적인 민족주의적 알레고리와 페미니즘적인 수정주의 작품(예컨대 『뻿벌』과 「낮과 꿈」)—은 여전히 엄연하게 민족적 경계 안에 남아 있으며, 이주 군대 성 노동자가 한국 기지촌에 유입되기 전에 이미 존재했던 트랜스내셔널한 관계들을 고려하지 않는다. 이전의 기지촌 문학은, 미국 헤게모니에 대항하는 민족주의와 남성중심주의에 근거한 주장을 하면서, 아시아와 그 너머의 다양한 국민국가들을 가로지르는 미국 제국주의와 군사주의에 항상 이미 존재하는 초국가적 본성을 염두에 두지 않는다. 이주 성 노동자들의 한국 기지촌으로의 실제적이고 신체적인 이동은, 이제 **소급적으로** 미국 제국과 그 군사주의, 즉 "기지의 제국"[156]의 초국가적 본성을 한국인들에게 명백하고 부인할 수 없는 것으로 만들었다.

『유령 형의 기억』은 한국 기지촌을 아시아를 가로지르는 보다 큰 미국 군사주의의 맥락에 놓음으로써 기지촌을 생존의 장소로 그리는 데 성공한다. 인수는 아버지와 만나 시간을 함께 보내곤 했던 기지촌의 스낵바를 이렇게 기억한다. "나는 아빠를 RC-4에 있는 스낵바에서 만났다. 그곳은 소규모 미군 부대이면 어디에나 흔히 있는 스낵바였으며, 똑같은 비닐 씌운 파스텔 색 철제 가구, 똑같은 플라스틱 접시, 똑같은 꽃병, 똑같은 음식이 놓여 있었다."

펜클은 1960년대 중반에서 1970년대 중반 사이에 아시아를 가로지르는 미군기지(그리고 기지촌)의 그런 보편성에 대한 감각을 다음과 같이 전달할 수 있게 된다. "나는 골목으로 내려갔는데 (…중략…) 여자애들은 미군의 페니스를 빨고, 남자애들은 남자가 성교하도록 허용하고는, 그러고 나서 친지인 것처럼 가장하곤 했다. 어떤 사람은 흑인의 물건이 꽂인 채로 있었다. (…중략…) 우리는 모두 노랑머리의 코큰 양키들에게 어떻게든 돈을 벌기 위해 최선을 다하고 있었다. (…중략…) 양색시, 양아치, 야바위꾼, 펨푸, (…중략…) 좁은 골목을 살금살금 걸어다니며 (…중략…) 오물, 소변, 악취 (…중략…) (그것은) 사람들을 구역질나게 했다."[157]

부와 권력을 방출하는 군사 기지와 기지를 둘러싼 가난에 시달리는 최하층 원주민 동네, 그 양자의 통렬한 대조는, 아시아의 다양한 전략적 위치에 있는 제국의 전초기지를 관통해 복제된다. 그리고 그런 동네에

---

156 Chalmers Johnson, *The Sorrow of Empire : Militarism, Secrecy, and the End of the Republic*, New York : Metropolitan Books, 2004, p.188.

157 하인즈 인수 펜클, 『고스트 브라더』, 문학과의식, 2005, 308쪽.

서는 섹슈얼리티가 보편적인 상품으로 여겨진다. 펜클의 소설은 베트남에 다녀온 아버지에 대한 기억을 통해, 제국의 병사들의 한 식민지에서 다른 식민지로의 이동을 더욱 명백히 조명한다.

  내 생일에 아빠가 외박을 나왔을 때, 미국 전자 첩보선 푸에블로호가 북한 해안에서 나포되는 바람에 한반도 전역과 모든 군인들에게 비상이 걸렸다. 아빠는 부대로 귀대했다. (…중략…) 1월 말 월남의 구정 연휴 동안, 인민해방군과 베트콩이 베트남 전역에 걸쳐 백여 개의 마을과 도시, 군사시설을 동시에 공격했다. 그것은 베트남전 중에서 가장 공격적인 혈전이었다. 아빠가 근무했던 나트랑 근처의 전초기지는 적의 수중에 넘어갔고, 많은 아빠의 친구들이 교전 중에 사망했다. 주한 미군의 분위기도 아시아인에 대한 증오와 북한의 공격 가능성에 대한 두려움으로 침울하게 가라앉았다. 미군들은 한국에 머무르는 것을 두려워했지만, 월맹에 대한 보복 공격에 합류하기 위해 캄란 만으로 이송될 수 있다는 사실에 더욱 겁을 냈다. 하우스보이들과 양공주들은 더욱 자주 매를 맞았다. 또한 클럽에서는 싸움이 잦아졌다. 한국군은 비상 상태가 지속되었고 베트남 파병 군인이 계속 증원되었다. 백마부대와 맹호부대, 청룡부대에 대한 소식이 끊이지 않고 들려왔다.[158]

위의 일절이 은밀히 예시하는 것은, 이미 진압되었거나 진압될 여러 신식민지적 전초기지와 지역을 통한, 제국의 군사 권력의 방계적인 전파이다. 인용문은 그뿐 아니라, 권력의 최상급에서 만들어지는 결정 — 국민국가들, 군대, 산업의 명령 — 이 어떻게 군사 프롤레타리아가 겪는 죽음과 상해로 전이되는지 예시한다. 그리고 더 나아가 그런 권력의 결

---

158 위의 책, 162~163쪽.

정이 다시 다중적으로 제국화된 위치에서, 어떻게 그 제국적 군사 프롤레타리아를 접대하며 살아가는 사람들이 떠맡는 일상의 잔인함으로 전이되는지 조용히 보여주고 있다.[159]

---

159 역주 : 여기서 군사 노동과 성 노동이라는 죽음정치적 노동의 트랜스내셔널한 측면이 암시된다. 죽음정치적 노동은 국가와 자본의 생명정치(그리고 죽음정치)의 권력뿐 아니라 인종, 민족, 젠더의 위계성과 연관된 다중적인 위치들을 가로지르며 나타나는 특성을 보여준다.

제4장

이주 노동과 이민노동
한국인의 정체성에 대한 재규정

한국의 근대사는 혹독한 식민화 과정과 일련의 전쟁—태평양전쟁, 한국전쟁, 베트남전—및 민족 분단의 경험, 급속한 산업화 등에 의해 형성되었으며, 이 모든 것들은 격렬한 사회적 변동을 초래했다. 그런 맥락에서 볼 때, 한국 근대문학의 지속적인 주제 중의 하나가 실제로 망명과 이주, 디아스포라인 것은 놀라운 일이 아니다. "국내적" 상황이든 "초국가적" 맥락이든, 망명과 방랑, 향수의 비애는 1980년대까지의 모든 방면의 식민지적·포스트식민지적 문학에 스며들어 있다. 또한 이주의 경험은 당연히 노동의 조건에 대한 물질적 연관성을 항상 지니고 있었다. 해방 후 한국은 1960년대 중반에서 1980년대 전반까지 다양한 노동을 수출했는데, 거기에는 베트남전의 파병과 중동의 건설 노동자 진출, 서독의 간호사 및 광부의 파견, 그리고 북남미의 이민 등이 포함되어 있었다. 그러나 아주 최근에 한국은 다른 나라 사람들—대개 중국과 남아시아, 동남아시아로부터의 노동자들—의 한국으로의 이주를 경험하고 있다. 매우 짧은 기간 동안에 한국은 노동 수출국에서 노동 수입국으로 이동한 것이다.

한국의 노동계급은 1960~70년대와 1980년대에 미국/일본 의존 경제의 초국가적 노동력으로 제공되었지만, 1980년대 말 한국의 하위제국으로의 부상은 다른 아시아인들을 한국의 다국적 자본을 위한 초국가적 노동력으로 변화시켰다. 정치적으로 1987년은 사반세기 넘게 계속된 군사독재의 종말과 자유민주주의로의 점차적인 이행의 시작을 경험한 해였다. 경제적으로는 1988년의 서울 올림픽 역시 한국이 아시아의 보다 풍요로운 곳의 하나로서 이주 노동자들의 행선지가 된 역사적 전환점을 나타냈다. 더욱이 한국의 회사들 또한 그들의 생산시설을 아시아 저개발국의 해외지역으로 이동시킴에 따라, 한국의 자본 — 재벌과 중소기업 모두 — 은 많은 비한국인 노동력을 고용하게 되었다. 한국 자본이 계속 수익성을 견지하고 성장하기 위해 이주 노동과 해외노동에 의존함에 따라, 노동계급의 최하층은 더 이상 한국인(민족)이 아니라 한국의 내부와 외부의 다른 아시아인들로 구성되게 되었다.[1] 1960~70년대와 1980년대의 부의 축적이 한국 노동계급의 초국가적이고 에스닉화된 노동(미국이나 일본 자본에 대해 에스닉화된 노동)[2]을 통해 가능해졌으며, 그것이 1980년대 말의 "민주화"의 기초를 놓았다면, 보다 최근의 한국의

---

1 박노자(블라디미르 티호노프), 『한겨레신문』, 2002.10.9를 볼 것. 이주 노동에 연관된 문제에 대한 보다 포괄적인 논의에 대해서는 박노자, 「이방인들의 나라 대한민국」, 『당신들의 대한민국』 2, 한겨레출판, 2006, 171~216쪽을 볼 것. 한국 회사에서 일하는 인도네시아 노동자들은 단체를 조직해서 한국 고용주들에게 맞서고 있지만, 인도네시아 회사들의 협회는 정부의 규제에 대해 불평을 계속한다. 오늘날 인도네시아의 외국/매판 자본과 국내 노동의 관계는 1970~80년대에 한국에서 전개되었던 경우와 매우 유사하다. 한국의 주류 언론은 한국 회사들이 해외에서 직면한 노동문제에 대해 별로 보도하지 않으면서, 외국 소비자 사이에서의 한국 상품의 인기와 한국 회사가 제공하는 효율성 및 많은 서비스에 초점을 맞추는 경향이 있다.

2 역주 : 에스닉화된 노동이란 외국 자본에 대한 이민족의 노동을 말한다.

자유민주주의 역시 에스닉화된 노동(한국 자본과 주민에 대해 에스닉화된 노동)으로서 중국인, 조선족, 남아시아인, 동남아시아인의 새로운 유입에 의해 유지되어 왔다.

이주 노동자들은 1980년대 말에 한국에 이주하기 시작했으며, 1997~2000년의 이른바 IMF 사태 때를 빼고는 지난 20년간 그 숫자가 지속적으로 증가해왔다. 이주 노동자의 대다수가 불법체류자로 일할 수밖에 없어서 그 정확한 숫자를 대긴 어렵지만, 외국인 노동자의 숫자는 분명히 늘어나고 있으며, 미래에는 더 급속히 증가할 수밖에 없을 것으로 전망된다.[3] 이주 노동자들은 아시아의 다양한 지역의 매우 많은 나라들 ― 14개국 이상 ― 로부터 왔으며, 거기에는 남아시아, 동남아시아, 중앙아시아, 때로는 북아프리카 같은 먼 지역도 포함되어 있다. 한국은 이제 이주 노동자들의 본거지인 셈이다. 즉 중국, 몽고, 방글라데시, 태국, 미얀마, 파키스탄, 베트남, 필리핀, 네팔, 우즈베키스탄, 카자흐스탄, 모로코, 이란, 러시아 등지에서 이주 노동자들이 한국으로 온다. 이주 노동자들의 대다수는 다양한 제조업에서 이른바 (위험하고 더럽고 힘든) 3D 업종에 고용된다. 그밖에 지속적인 도시화 과정에서 필요한 건설 노동자의 부족현상이 중요한 문제로 남아 있다. 서비스 노동자의 부족은 2002년에 마련된 특별 규정에 의해 조선족(한국계 중국인)이 산업분야에서 일할 수 있도록 허용됨으로써 대처해 오고 있다.[4] 이 특별 법령은 조선족

---

3 Dong-Hoon Seol · John D. Skrentny, "South Korea : Importing Undocumented Workers", Wayne
   A. Cornelius · Takeyuki Tsuda · Philip L. Martin · James F. Hollifield, ed., *Controlling Immigration :
   A Global Perspective*, Stanford : Stanford University Press, 2004, pp.481~513. 또한 설동훈(동훈
   설)의 한국의 이주 노동자 주민에 대한 깊이 있는 사회학적 연구『외국인 노동자와 한국 사
   회』, 서울대 출판부, 1999와 석현호 외,『외국인 노동자의 일터와 삶』, 지식마당, 2003을 볼
   것. 외국인 노동자들의 착취와 학대의 여러 사례에 대한 기록으로는 외국인노동자대책협
   의회,『외국인 이주 노동자 인권 백서』, 다산글방, 2001, 19~93쪽을 볼 것. 이 책의 이 첫 부
   분은 이주 노동자의 인권침해의 사례 백 건에 대한 비교적 간단한 설명을 제시하고 있다.
4 조선족은 19세기 말부터 식민지 시대 동안 중국으로 이주한 한국인의 후손이다. 어떤 사람

이 술집의 성-섹슈얼리티 노동이나 성매매업 같은 "유흥업소"에 고용되는 것을 막고 있지만, 필리핀인이나 러시아인 같은 다른 에스닉화된 여성 집단은 정부의 "연예 비자(entertainment visas)" 발급을 통해 그런 특수한 영역에서 일하도록 수입되고 있다.

나는 4장에서 한국의 이주 노동 운동이 어떤 중첩되고 병존하는 역사적 조건들과 체계들에 반응하고 관여함을 논의하게 된다. 한국의 "노동 수입"은 아시아 하위제국 중의 하나로서 한국의 새로운 위상을 전제로 하고 있으며, 이주 노동 운동은 한국이 그처럼 단일민족 국가에서 다민족적 이민국가로 이행하는 맥락 안에 위치한다. 그와 동시에 이주 노동 운동은 한국이 속해 있는 최근의 급속한 세계화 과정 — 국제 정치학, 초국적 자본주의, 다국적 문화산업을 포함한 모든 영역을 망라한 과정 — 으로부터 나타난다.

4장은 이중적인 역사적 과정에 주의를 기울일 것인데, 그런 이중적 과정 속에서 한국은 "노동수입"과 이주 노동을 다양한 차원에서 관리하고 통제하면서 여전히 국민국가로서 강력하게 작동되고 있다. 그러나 그와 동시에 오늘날의 지구화는 영토와 국민, 국민국가의 주권 사이의 동형성을 파열시키면서 국민국가 체계를 침식해 오고 있다.[5] 내가 주장하는 것은, 한국의 국가가 인종적으로 분할된 노동시장을 만들고 유지하는 데 주요 역할을 하는 인종적 국가이면서, 그와 함께 다양한 민족들의 운용을 용이하게 하는 다문화적 국가로서 기능한다는 것이다.[6]

　　들은 식민지 지배 초기에 자발적으로 이주한 반면 다른 사람들은 식민지 말에 보다 강제적으로 일제의 조직화된 정책(총동원체제)에 의해 이주했다.

5　Arjun Appadurai, *Modernity at Large : Cultural Dimensions Of Globalization*, Minneapolis : University of Minnesota Press, 1996, p.191.

6　나는 미국적 상황에서 국가가 맡는 이중적 역할에 대한 리사 로우의 개념을 빌리고 있는데, 그런 이해는 이제 한국의 이민국가적 상황에도 적절하다. Lisa Lowe, *Immigrant Acts : On Asian American Cultural Politics*, Durham : Duke University Press, 1996, p.29.

이어서 나는 이주 노동 운동이 진보적 개혁을 추진하고 저항적 주체성을 형성하기 위해 국가적·초국가적 구조와 네트워크를 전유할 수 있는 방법들을 탐구한다. 최근에 한국 이주 노동 활동가들은 한국의 노동수입을 이민과 사회적 권리, 정치적 대표권, 즉 시민권의 문제에 관한 것으로 재개념화하기 시작했다. 트랜스내셔널한 이주 노동의 주체를 국내적 혹은 (국제적이기 보다는) 국가 내적인 문제로 만드는 상황에서, 한국 활동가의 극소수와 이주 노동자들은 계속되는 노동 이주의 불가피한 결과로서 지각되는 과정, 즉 한국의 다민족 국가로의 재구성을 말하고 있다. 4장은 아파두라이와 사센(Sassen)에 따르면서, 세계화의 어떤 차원들, 즉 문화 및 소통 네트워크의 증대와 이주자들의 복합적인 트랜스내셔널-트랜스로컬 주체성의 발전, "새로운 국제적 인권 체제"[7]의 출현 같은 것들이, 어떻게 국민국가로서 한국의 권력들에 전복적으로 반작용하며 작동하는지 예시한다.

마지막으로 4장은 한국 사회의 계속되는 다민족화의 과정을 탐구한다. 다민족화의 과정에서 한국인 의식 혹은 한국인 정체성은 한편으로 민족 및 선조의 **생물학적인 개념**과의 배타적인 연합이 해체되는 전조를 보여 왔다. 또한 다른 한편으로는, 이주민과 한국에서 태어나고 자란 그들의 아이들의 문화적 동화와 한국인화를 통해 한국인 정체성의 **수행적 특성**이 표현되고 있다. 나는 4장을 이주민 주체의 이중적 차원을 논의함으로써 결말을 맺을 것이다. 이주민 주체는 문화적 통합과 "굳건한 시민권"을 통해 한국에 재영토화하려 시도하면서, 그와 함께 자신의 트랜스로컬한 문화적 정체성을 재창조하고 재고안하면서, 다중적 위치들과 국민국가들의 탈영토화된 주체로서 자기 자신을 견지하고 있다.[8]

---

7   Saskia Sassen, *Globalization and Its Discontents*, New York : The New Press, 1998, p. 21.

8   Aihwa Ong, *Flexible Citizenship : The Cultural Logics of Transnationality*, Durham : Duke University

국가와 자본, 그리고 노동의 거래

인종적 국가와 다문화적 국가로서의 한국의 국가

산업화 시대의 한국의 국가는 "노동의 수출"에서 중심적인 역할을 했다. 그러나 "노동 수입국"으로 변화된 최근에 와서는 일련의 법과 규제를 통해 인종적으로 분할된 노동력을 만들고 유지한다. 그런 법과 규제들은 한국 자본을 위해 값싼 노동력을 공급하도록 고안되었으며, 이주 노동자의 사회적 권리를 가로막고 그들의 영구 정착을 방해한다. 따라서 오늘날의 한국의 국가는, 국가경제의 요구에 봉사하도록 노동 이주를 허용함으로써 주민들을 **이질화**하면서도, 이주 노동자들의 정치적·사회적 배제를 법제화함으로써 민족적 **동질성**의 국가로서 한국의 개념을 계속 주장한다. 이주 노동자에 관한 많은 국가의 법과 정부의 실행은, 일제의 식민지 시대에서부터 유래한 것이거나 오늘날의 일본으로부터 빌려온 것이다. 어느 쪽이든 법과 실행들은 국제 인권법의 지침이 정한 기준을 지키지 않은 시대착오적인 것이다. 마찬가지로 오늘날 우리가 한국에서 인식하는 국가와 자본의 공모 양식 역시, 한국이 급속한 산업화를 이룬 전시대의 것과의 연속선상에 있다. 그때에는 국내 주민들로부터 값싼 노동을 빼내기 위해 국가가 거대기업과 협력했다면, 지금은 외국 이주 노동력을 수입하고 관리·통제하기 위해 국가가 중소기업들과 손을 잡고 있다. 다양한 법적 규정을 통해, 그리고 규제를 마련하고 강화하길 거부함으로써, 한국의 국가는 이주민의 인종주의화된

Press, 1999.

차별적 노동 착취를 재가하고 승인한다. 즉 인종주의와 국가 권력은 서로 서로 밀착되어 있는 것이다.[9]

오미(Omi)와 위넌트(Winant)의 용어에 따라 "인종적 국가"[10] ─ 계속되는 한국의 인종적 편성에서 핵심적인 역할을 국가가 수행하는 것 ─ 가된 한국은, 공식적인 다문화주의를 시행하기 위해 작용하는 보충적이고 보상적인 이데올로기적 역할에 의해 더욱 복합적이 된다. 리사 로우(Lisa Lowe)에 의하면, 다문화주의는 "경제적・정치적 영역에서 해소되지 않고 남은 불평등의 역사를 해결하는 역할을 떠맡는다."[11] 한국의 법무부는 출입국관리사무소(이민귀화국, INS)를 관할하고 있는데, 출입국관리사무소는 체포, 구류, 국외추방 같은 자신의 합법적・비합법적 행위를 대부분 명백한 인종주의와 인종적 폭력에 근거해 행한다. 그런데 그와동시에 한국의 관리들은 그들의 "시민들에게 다문화적인 사회적 의식을 배양할 것"[12]을 촉구하고 있다. 국가는 한국사회가 다양한 노동하는 인구들을 효과적으로 운용하기 위해 다문화주의를 포용할 것을 요구하면서, 다민족적 주민들을 돕기 위해 필수적인 정치적이고 사회적인 변화를 부인한다. 최근의 다문화적 정책의 몇 가지 예들을 간단히 들어보면, 국가는 이주 노동자의 자녀들을 위한 특별 비자 규정을 만들고, 이주 노동자와 그들의 아이들에게 한국어 반을 마련하는 한편,[13] 다문화적 행사와 축제를 후원하고 있다. 2005년의 그런 축제 중에는, 식민지

9 Ann Laura Stoler, *Race and the Education of Desire : Foucault's History of Sexuality and the Colonial Order of Things,* Durham : Duke University Press, 1995, pp.77~91.

10 Michael Omi・Howard Winant, *Racial Formation in the United States : From the 1960s to the 1990s,* New York : Routledge, 1994, pp.77~91.

11 Lisa Lowe, *Immigrant Acts : On Asian American Cultural Politics,* Durham : Duke University Press, 1996, p.29.

12 이주 노동자 방송국 뉴스, 2006.4.13을 볼 것. http://saladtv.kr/(2010.6.29)에서 볼 수 있음.

13 위의 사이트.

시대부터 한국인의 민족적 억압과 연관되어 온 전통민요 〈아리랑〉을 본뜬 "이주 노동자의 아리랑"[14]까지 있었다.[15] 이주 노동자의 한국에서의 고도의 불안정한 지위가 한국의 공식적인 다문화주의의 보상적 기능이 떠맡는 부담을 한계 이상으로 더욱 높이고 있는 것이다. 거기서 더 나아가 노동자와 거주자, (미래와 지금의) 시민으로서, 그리고 국가와 한국 주류 사회에 대한 능동적인 저항과 항의로서, 이주 노동자들의 조직은 (4장의 마지막 절에서 살펴볼 것처럼) 오늘날 한국에서 계속되는 인종적 편성의 과정에 전복적인 힘으로 제공되고 있다.[16]

노동이주와 이주 노동에 대한 법률과 규제

외국 이주 노동자를 착취하는 가장 널리 사용되고 체계적인 방법은 "산업 연수생 제도"라고 불리는 제도이다. "산업 연수생"은 또한 교육생이라고도 불려진다. 기술 전수와 산업 노동자의 훈련이라는 구실 아래,[17] 이 제도는 다양한 아시아 국가로부터 수많은 노동자들을 수입하는 제도이며, 한국과 각 연수생 국가들 간의 협정된 규정에 따라 (연수생들에게) 비슷한 노동유형의 한국 노동자보다 실질적으로 낮은 봉급이 제공된다. 그처럼 조작된 제도적 근거에도 불구하고, 산업 연수생 제도는

---

14 역주 : 2005년 6월 5일 서울 시청 앞 광장에서 열린 이주 노동자들의 문화축제임.
15 이주 노동자 방송국 뉴스, 2005.12.29를 볼 것. http://saladtv.kr/(2010.6.29)에서 볼 수 있음.
16 문화의 보상적 기능의 개념에 대해서는 "Heterogeneity, Hybridity and Multiplicity : Asian American Differences", Lisa Lowe, *Immigrant Acts : On Asian American Cultural Politics*, Durham : Duke University Press, 1996, pp.60~83을 볼 것.
17 그런 구실의 특수한 "이점"은, 값싼 노동을 이용할 수 있는 나라에 기술적인 노하우를 제공하거나 제조 "설비"와 산업기계를 수출하며 외국 회사에 투자한 한국 회사에 제공된다. 『한겨레신문』, 2002.9.27. 또한 외국인노동자대책협의회, 『외국인 이주 노동자 인권 백서』, 다산글방, 2001, 124~148쪽을 볼 것.

다른 아시아 저개발국으로부터 값싼 미숙련 노동을 제공받는 주요 원천으로 활용된다. 노동 활동가와 이주 노동자들, 그리고 심지어 중소기업 고용주의 절반 정도까지 반대했지만, 2003년 7월 국회는 외국 이주 노동에 대한 두 제도의 병행을 허용하는 법을 통과시켰다. 즉 기존의 산업 연수생 제도와 새로운 고용 허가제의 병행을 말한다. 이 새로운 법역시 한국에 4년 이하 체류한 사람들을 사면시킴으로써 미등록 이주 노동자들을 합법화하는 규정을 포함하긴 하지만, 4년 이상 불법체류한 사람들은 자진해서 한국을 떠날 것을 요구하고 있었다. 새로 제정된 법은 또한 적어도 합법적 지위를 지닌 이주 노동자만은 노동쟁의권을 포함해 한국 노동자와 동등한 권리를 갖는 것을 가능하게 했다.[18] 그러나 고용 허가제 시행 이후의 여론은 어떤 이주 노동자들의 경우 합법적 지위의 취득과 유효성이 그들의 노동과 생활 조건 전반을 개선하는 차원에서 별로 이룬 성과가 없다는 것이었다.[19]

특히 산업 연수생 제도의 — 그리고 보다 덜하지만 고용허가제와 이주 노동자를 쓰는 일반 제도의 — 이데올로기적 전제 중의 하나는, 한편으로 "노동자의 신체"와 수행되는 "노동의 위치"가 그처럼 **무관**하다는 것이며, 다른 한편 그들의 시민권과 출신국의 위치가 **연관**된다는 것이다. 이주 노동자들의 신체는 한국에 위치해서 노동하고, 소비하고, 생활하지만, 그들 자신은 한국보다 싸게 노동하고 생활하는 자신의 나라에 사는 것처럼 대우를 받는다. 그들의 임금을 산정하면서, 한국의 국가와 자본은 이주 노동자의 신체와 노동, 생활이 그들이 신체적으로 위치한 한국 사회 및 영토와 어떻게 불일치하는지 숨기고 있다. 그들의 노동하고 생활하는 신체와 공동체는, 한국 내의 "탈영토화된 식민지" 혹은 "식

---

18 『한겨레신문』, 2003.7.31.
19 이주 노동자 방송국 뉴스, 2005.9. http://saladtv.kr/(2010.6.29)에서 볼 수 있음.

민화된 법 외부의 공간", 요컨대 환경으로부터 격리된 가상적 섬을 형성하는 것처럼 보인다.

노동하는 신체와 출신국 사이의 그 같은 해소불가능한 연계의 논리가 이주 노동자의 낮은 임금을 정당화하는 것으로 작동된다면, 노동자를 받는 한국과 보내는 나라의 임금의 차이는 이주 노동자들에게 시간적인 문제로 경험된다. 이주 노동자 자신의 편에서 보면, 예상되는 어려움에도 불구하고 한국에 가려는 거대한 동기와 유혹은 그 같은 **시간적 압축**의 감각이다. 즉 그들은 자신의 나라에서 10년에 벌 수 있을 것을 한국이나 부유한 나라에서는 한 달에 벌 수 있다. 그래서 그들이 산업 연수생 일에서 — 산업 연수생 제도에 의해 한국 안에 형성된 섬에서 해방되는 행운을 갖고 — 한국의 시간과 공간의 보다 좋은 일자리로 옮길 수 있다면, 그리고 나서 자신의 나라로 돌아갈 수 있다면, 그들이 한국에서 번 돈은 시간적인 이득의 견지에서 측정될 수 있다. 그러나 이 도박은 빈번히 실패하는데, 그것은 그들이 견뎌야 하는 힘든 삶과 노동 때문에 1년의 한국 생활이 고향의 10년처럼 느껴지고 경험될 수 있기 때문이다. 혹은 그들이 손발이나 건강, 생명을 잃는다면 한국에서의 한 달이 자신의 시간의 모든 것, 즉 미래의 상실을 의미할 수도 있다. 박범신의 『나마스테』의 네팔 노동자(카밀)는 이렇게 말한다. "한국에서 겪는 삼년 반, 네팔에서 산 이십 몇 년보다 훨씬 더 길어요."[20]

한국의 미등록 이주 노동자들에게 노동법은 평등하게 적용되지 않는다. 한국의 헌법과 노동법은 국적에 근거한 차별을 금지하고 있지만, 실행되지 않는 법은 없는 것이나 마찬가지이다. 이주 노동자와 노동 운동

---

20 박범신의 『나마스테』는 2004년 1월에서 12월 사이에 『한겨레신문』에 연재되었다. 나는 4장의 후반부에서 이 소설을 상세히 분석할 것이다. 이 신문연재 소설은 나중에 약간의 수정을 거쳐 책으로 출간되었다. 4장에서는 연재본을 참조하면서 각 연재 회수를 표기할 것이다. 인용은 연재본 67회이다.

가의 목표는, 이주 노동자들의 편에서 노동 3권 — 단결권, 단체교섭권, 단체 행동권 — 이 보장되도록 법을 실행해서 정부 당국이 노동권을 보장하게 하는 것이다. 이 같은 상황에서 노동자들과 활동가들의 요구 중의 하나는, 국가가 적어도 이주 노동자의 가장 최소한의 권리를 보호할 수 있는 특별법을 제정하는 것이다. 예컨대 이주 노동자가 경험하는 가장 심각한 문제 중의 하나는 체불되고 미지급된 임금이다. 그 같은 문제가 발생할 때, 많은 수의 이주 노동자가 여전히 미등록 상태여서 문제를 제기할 수 있는 공식적인 채널이 없는데, 그 점은 그들을 가장 취약한 위치에 놓이게 한다. 현재는 임금을 지급하지 않은 고용주에 대한 벌금이나 처벌이 시행되지 않으며, 이주 노동자를 고용한 회사의 노동 행위 (부당노동행위, labor practise)를 관리하고 감독할 어떤 정부 기관도 없다. 시행되지 않은 법의 또 다른 예는 고용주에게 건강보험과 산업재해 보상을 요구하는 1995년에 마련된 국가 규정(regulation)이다. 그러나 고용주들은 그런 법을 모르고 있거나 그냥 따르지 않을 뿐이며 국가는 그 같은 상황을 눈감아주고 있다. 태만과 무관심을 통해 한국의 국가는 결국 이주 노동자를 착취하는 기업의 범죄적 활동에 침묵으로 공모하는 파트너가 되고 있다. 오늘날 한국 정부는 과거 수십 년 전 선행했던 악명 높은 행동을 반복하고 있거니와, 그때도 정부는 한국 노동자의 편에서 노동법을 실행하길 거부함으로써 자본가들과 능동적·수동적으로 공모했던 바 있다.

주권 국가로서의 한국은 아직도 법과 규제를 통해 이주 노동자의 노동 조건에 많은 권력을 휘두르고 있지만, 세계화의 과정은 국가의 권위를 침식하면서 "시민과 외국인의 구분을 넘어서는 인권"을 위한 "새로운 국제적 인권 체제"의 출현을 촉진해 왔다. 사센에 의하면, "인권 체제 하에서, 국가는 시민의 자격으로보다는 인격의 자격으로 개인을 고려해야 한다. 그런 개인은 이제 법의 대상이며, 시민이냐 외국인이냐에 상관없이 권리의 위치이다."[21] 이는 분명히 점차적인 추세이며 한국의 이주 노동자는 이 국제적 권리와 제도에 호소할 수 있지만(그리고 하고 있지만), 국제적 인권 체제의 영향보다는 현실에서의 주권 국가의 통제가 아직도 이주 노동자의 삶과 노동을 지배하고 있다.

정부의 단속

국가 당국은 정기적인 단속을 통해 미등록 이주 노동자들을 체포한다. 일단 이주 노동자들이 출입국관리사무소의 공무원과 경찰에 의해 체포되면, 진행 과정에서의 국제 인권의 명백한 침해에도 불구하고 그들은 흔히 교화 시설에 구류된다. 출입국관리사무소의 직원과 경찰에 의해 이주민들에게 저질러진 잔혹한 행위들은 흔히 일어나는 일들로 여겨진다.[22] 그런 정기적 일반 단속은 비공식적으로는 "대청소 작전"으로 지칭되기도 한다.[23] "대청소 작전"의 표면적 목적은 법에 따르는 것 — 즉 비자가 만료되어 불법적 지위를 갖게 된 노동자들을 확인하고 그들을 법에 따라 다루는 것 — 이지만, 실제로는 수년 이상 연장해서 한국에 체류한 자들을 처리하고, 일단의 새로운 이주 노동자들 — 보다 취약하고 한층 기꺼이 값싼 임금에 일을 하는 노동자들 — 이 들어올 여지를 만들려는 전략으로 기능한다. 말할 필요도 없이 "대청소 작전", 즉 에스닉화된 노동력의 정화는 강력한 규율적 기제로서 기여한다.

---

21 Saskia Sassen, *Globalization and Its Discontents*, New York : The New Press, 1998, pp. 21~23.
22 『한겨레신문』, 1998.11.21. 그런 경찰과 출입국관리사무소의 잔혹성에 대해서는 외국인노동자대책협의회,『외국인 이주 노동자 인권 백서』, 다산글방, 2001, 19~93 · 122~123쪽을 볼 것.
23 『한겨레신문』, 1998.11.21.

그런 집중 단속 기간 동안 많은 이주 노동자들은 한국을 떠나기보다는 흔히 지하로 잠입하길 선택한다. 그들은 이미 한국에 오기 위해 많은 돈을 썼기 때문에 브로커나 친구, 가족에게 빚진 돈을 갚지 않고 그대로 고향으로 돌아갈 처지가 못 되는 것이다. 그들은 또한 값싼 노동력이 계속 공급되게 하기 위해 정기적인 단속이 멈출 것이라는 것을 알고 있다. 그런 "대청소 작전" 기간 동안 숨어 지내야 하는 조건은 그들의 노동의 조건만큼 비참한 것이다. 그들은 몇 명의 노동자들이 함께 생활하는 비좁은 방에서 보통 대부분의 시간을 실내에서 보낸다. 그들은 저축한 돈을 써야 하기 때문에 가능한 한 적은 돈으로 살려고 애쓰기 마련이며, 마치 동면을 하듯이 끼니를 거르고 활동을 제한한다. 또 다른 생존 전략의 규칙에는, 하루 종일 커튼을 치고 밤에 전등을 사용하지 않으며, 이주 노동자 친구들과 모이지 않고 공중 교통수단을 이용하지 않은 채 사는 것이 포함된다.[24] 2장에서 논의한 황석영의 『어둠의 자식들』은 매우 유사한 상황을 묘사하고 있다. 이 소설에서 거리의 좀도둑들과 대부분의 십대 남자아이들, 청년들, 창녀들 역시 지역 경찰에 의한 정기적인 "청소" 작전 기간 동안 몸을 숨기고 지내야 한다. 황석영의 소설이 1970년대 말 한국에서의 독재적 국가에 의한 하층계급의 범죄화를 그리고 있다면, 오늘날의 "자유주의" 국가는 한국 하층계급의 밑바닥을 형성하는 인종주의화된 이주민을 범죄화하고 있다. 이주 노동자의 노동은 감옥 같은 조건에서 이루어지거니와, 그들이 노동의 기회를 기다리는 일 또한 일종의 감금인 셈이다. 그들의 노동이 불법적으로 만들어질 뿐만 아니라, 한국에서의 그들의 존재 자체가 일련의 국가의 규정과 시장 경제의 법칙에 의해 불법적으로 표현되는 것이다. 노동자에게 맡겨진 "자

---

24 『한겨레신문』, 2004.1.8.

유노동"이 실제로는 그 반대 — 즉 극도의 강제의 조건 — 를 의미하듯이, 현실적으로 "이주 노동"(이주하는 노동)은 심각하게 제한된 이동을 뜻하게 된다. 즉 주변부에서 준주변부나 제국 본토로의 이주이든, 주어진 나라 안에서 한 직업에서의 다른 직업으로의 이동이든, 노동자는 미리 정해진 통로를 따라 이동하게 된다. 또한 추방되는 이주 노동자는, 임금을 받지 못하고 손가락이 절단된 채 한국을 떠날 수 없다고 항의하더라도, 흔히 임금 없이 한국을 떠나도록 강제된다. 결국 단속은 값싼 노동을 (불법 신분을 구실로 정당화하면서) 자유노동으로 둔갑시키는 수단이 된다. 예컨대 1998년에 체불임금은 1억 달러 이상에 달했으며, 보상받지 못한 산업재해 희생자의 숫자는 오천 명 이상에 이르렀다.[25]

한국의 고용주들

이주 노동자의 고용주에 대한 국가 당국의 단속이 한 건도 없었던 반면, 같은 시기에 이주 노동자의 구류와 추방의 혹독한 정책이 시행된 사실은, 기업의 외국 노동의 착취를 도우려는 국가의 의도를 역력하게 드러낸다. 또 다시 이 상황은 기묘하게도 매춘에 대한 국가의 입장과 유사하다. 즉 여성 성 노동자에 대해 정기적으로 자주 심한 단속이 행해지는 반면, 성매매업의 다른 반쪽 — 남성 고객들 — 에 대한 추궁은 설령 있더라도 드문 것이다. 이주 노동자 자신은 그 같은 명백한 모순을 이렇게 표현한다. 즉 "만일 우리가 불법이라면 우리를 고용한 한국의 사장들은 뭔가? 그리고 우리의 노동을 사용한 대한민국의 경제는 뭔가? 한국 자

---

25 『한겨레신문』, 1998.3.31.

체가 불법이 아닌가?' 그들의 집회에서의 구호 중의 하나는 "불법체류자＝불법 대한민국"이다.[26]

민주노총은 한국에서의 이주 노동자의 착취와 인권 유린의 가장 주요한 합법적인 구조적 요인으로 산업 연수생 제도를 지목한다.[27] 이 제도는 일제가 본국의 공장에 한국인 노동자를 모집할 때 사용했던 식민지 시대 이래의 일본의 수법을 부활시킨 셈이다. 이 제도의 착취의 체계적 본질은, 한국정부(그리고 어느 정도는 노동자를 보낸 나라의 정부)와 고용주, 그리고 적잖게는 중소기업 협동조합 중앙회(중기협)라는 단체에서 연원된 것이다. 중기협은 사적 영역에 속한 비정부 단체이지만, 한국에서 성행해온 매판자본주의의 전통에서 중기협과 정부의 유착관계는, 이 단체가 노동정책에 상당 정도의 영향력을 행사할 수 있게 하고 있다. 중기협은 한국 고용주와 정부, 이주 노동자 본국의 노동 브로커 사이를 매개하는 기능을 한다. 그 같은 과정에서, 이 협회는 한국의 고용주들을 위해 수입하는 산업 연수생 당 대략 삼백 달러의 수익을 얻으며, 또한 해외 노동 브로커로부터도 삼백 달러를 받는다. 2001년에 중기협이 노동 거래로 얻은 총 수익은 360만 달러에 달했다.[28]

한국 노동자 임금의 반 정도인 산업 연수생의 낮은 임금은, 한국 회사가 노동자들이 자신의 나라로 가져갈 기술을 가르쳐 준다는 "기술 전수"라는 구실로 정당화된다. 따라서 숙련노동자가 아닌 그런 도제 혹은 연수생 신분이 낮은 임금을 합리화하는 근거인 셈이다. 더 나아가 산업 연수생이 자신의 나라에서 받아왔던 임금을 받는다고 주장되기도 한다. 실제로 산업 연수생의 출신지 나라와 사업상 거래하는 회사는, 노동부

---

26 이란주, 『말해요 찬드라』, 삶이보이는창, 2003, 77~126쪽.
27 『한겨레신문』, 2002.7.17.
28 중기협의 압력 하에서 정부는 노동운동가들과 인권 활동가들의 반대를 무시하고 산업연수생의 쿼터를 8만 명에서 13만 명으로 늘렸다. 『한겨레신문』, 2002.7.24.

규정에 따라 연수생에게 한국의 최저 임금을 지급하는 일이 합법적으로 면책된다.[29]

산업 연수생들은 한국에 도착해서 일을 시작할 때 많은 경우에 더 좋은 임금의 일을 하기 위해 계약을 깨뜨린다. 그들이 도착했을 때 여권을 압류하는 것은 바로 그 같은 도주를 막기 위해서이다. 그들은 때로는 노동의 일과가 끝난 후에 기숙사에 감금되기도 한다. 그런 회사들은 또한 "강제 적립"이라는 수법을 사용하는데, 이는 특히 도망치는 연수생의 숫자를 줄이기 위해 고안된 것으로, 일정하게 고정된 돈이 자동적으로 노동자의 월급에서 감해져서 (아마도) 그의 예금 계좌에 적립된다.[30] 이 역시 식민지 시대에 일본 회사들이 한국인 노동자들에게 사용했던 수법이다. 노동자들은 자신들이 통장을 한 번도 본 적이 없으며 그것을 이용할 방도가 없다고 심하게 불평해왔다. "강제 적립"을 위한 감봉액과 방세 및 식대를 제하고 나서, 산업 연수생들은 이미 낮은 임금에서 더 형편없이 적은 돈과 함께 남겨진다. 예컨대 어떤 연수생의 경우 실 수령액은 기본급의 반도 안 되는 적은 돈일 수 있다. 한 노동자는 "국제전화 카드를 사서 고향의 가족에게 전화를 걸고 나면 끝이었다"고 말한다.[31] 노동자가 일단 연수생의 일에서 도망치면 계좌에 적립된 돈을 찾을 아무런 방도도 없게 된다. 강제 적립 제도는 고용주들에게 이주 노동을 자유롭게 사용할 수 있는 또 하나의 방법을 마련해주고 있는 것이다.

---

29 『한겨레신문』, 2001.1.6.
30 『한겨레신문』, 2001.11.27. 또한 외국인노동자대책협의회, 『외국인 이주 노동자 인권 백서』, 다산글방, 2001, 199쪽을 볼 것.
31 『한겨레신문』, 2002.9.18.

인종주의화와 인종차별, 그리고 인종적 폭력

1990년대 말에 주택, 교육, 건강, 서비스, 오락 등 분야의 이주 노동자들의 삶의 질에 대한 조사에서, 11개의 아시아 국가들 중 한국은 이주 노동자들이 노동과 생활환경에서 경험한 부자유와 불편함에서 1위를 기록했다.[32] 이 조사는 직접적으로 인종차별에 연관된 질문을 포함하지 않은 것 같지만, 인종은 이 조사의 생활과 노동의 모든 영역에 영향을 미치는 중심적인 문제이며, 그것은 그 영역들이 법에 의해 통제되든 국가 정부의 외부에 남아 있든 마찬가지이다.

인종주의화된 노동조건

2007년 2월 출입국관리사무소 여수 외국인 보호시설의 화재에서 9명이 사망하고 18명이 심각한 부상을 입었다. 아이러니컬한 이름의 여수 **보호시설**은 불법적 신분으로 체포된 이주 노동자들이 추방되기 전까지 임시적으로 감금되는 **구류시설**이다. 이곳의 방에는 쇠창살이 쳐진 창이 있으며 문에는 무거운 이중 자물쇠가 채워져 있다. 화장실을 포함한 모든 곳에 감시 카메라가 설치되어 있고 이곳에 구금된 사람은 하루에 30분 동안만 바깥에서 옥외운동을 하는 것이 허용된다. 스프링클러가 설치되지 않은 상태에서 건물에 화재가 났을 때 구금자들은 감옥이나 다름없는 방에서 빠져나올 수 없었다.[33] 이 비극적인 화재의 참사는 구류

---

32 『한겨레신문』, 1998. 5. 4.
33 이주 노동자 방송국 뉴스, 2007. 2. 12. http://saladtv.kr/(2010. 6. 29)에서 볼 수 있음. 외국인노

시설에서 우연히 일어났지만, 이주 노동자의 나날의 삶과 노동조건은 사실상 그런 "보호시설"의 감옥 같은 상황과 연속성을 이루고 있다.

그 같은 노동조건은 "감금노동"으로 가장 정확하게 묘사된다.[34] 노동자들이 도망치는 것을 막기 위해 일과 후의 기숙사가 자물쇠로 채워지듯이 작업장은 외부로부터 감금되어 있다. 이 특수한 감금노동 시스템은 어떤 면에서 안젤라 데이비스(Angela Davis)가 말한 "감옥-산업의 복합체"의 순서를 거꾸로 한 것인데, 감옥-산업 복합체에서는 인종주의화된 사람들이 처음에 범죄적 행위로 감금되고, 그 다음에 감금된 동안 노동에 투입된다.[35] 이주 노동자의 경우에는 노동의 전제 ─ 이주 노동력의 한국으로의 수입에 내포된 조건 ─ 자체가 국적과 인종주의적 신분에 근거한 감금이다.

이주 노동자의 인종주의화된 노동의 조건을 만드는 또 다른 핵심적 요인은 한국 동료 노동자의 인종주의이다. 많은 중국 노동자와 조선족 노동자가 고용되는 건설업에서 한국 노동자는 중국이나 조선족 노동자를 경쟁자로서 질시하게 된다. 어떤 경우에는 한국인 노동자들이 인종적인 비방을 앞세워서 "중국놈(Chink)을 몰아낼 것"을 요구하기도 했다.[36] 한 이주 노동자는 쉬는 시간에 그에게 준 커피를 마시지 않겠다고 하자 사장이 어떻게 몽둥이로 때리기 시작했는지 이야기한다.[37] 이 같은 상황은 미국의 이민노동 시장의 경우나 식민지 한국의 상황에 비유될 수 있다. 노동단체와 활동가들은 노동자들에게 연대의 필요성을 상

동자대책협의회, 『외국인 이주 노동자 인권 백서』, 다산글방, 2001, 55~65쪽.

34 『한겨레신문』, 2002.10.29. 또 다른 사례들은 외국인노동자대책협의회, 위의 책, 54~55 · 65~66 · 108쪽을 볼 것.

35 Angela Y. Davis, *The Angela Y. Davis Reader*, Malden, Mass. : Blackwell, 1998, pp.61~110.

36 『한겨레신문』, 2001.11.28.

37 김지연 · 김해성, 『노동자에게 국경은 없다』, 눈빛, 2001, 126쪽. 『노동자에게 국경은 없다』는 김지연의 사진과 김해성의 글로 된 한국의 이주 노동자들의 삶과 투쟁을 기록한 책이다.

기시키려 애쓰지만, 한국인 노동자들은 인종적으로 열등하다고 생각하는 다른 노동자들과 자신이 등가로 되는 것을 꺼려한다. 많은 이주 노동자들이 일하며 생활하고 있는 부천에서는, 이주민들이 그들 자신의 문화행사를 열며 스스로가 주인이 되어 한국인들을 초대한 적이 있다. 이 행사는 "우리도 부천을 사랑해요"라는 이름으로 열렸다. 이주 노동자와 함께 일하는 한국인 활동가 이란주는 이 축제를 이주 노동자의 "커밍아웃"이라고 부르고 있다.[38] 커밍아웃은 한국에서 주로 게이와 레즈비언 운동에 사용되는 영어에서 차용한 용어인데, 이란주가 이 단어를 사용한 것은 한국에서의 인종주의화된 이주 노동이 **은밀한 것**임을 드러내고 있다. 한국의 국가는 이주 노동을 들여오는 데 적극적으로 관여하지만 그와 함께 이주 노동자와 그들의 노동을 은밀한 것으로 만들고 있다. 즉 국가는 이주 노동자를 정치적으로 비가시적으로 만들고, 경제적으로 처분가능한 것으로 생산하고, 사회적으로 격리시키면서, 그들을 은밀한 존재로 만든다. 그런 과정에서 **이주 노동자**의 은밀성은 앞에서 논의한 다른 노동자들의 은밀성과 교차된다. 즉 **군사노동**의 "국가적 복무라는 가시성"에 대비되는 "대리 노동으로서의 비가시성", **국내 매춘**의 편재성 및 은밀성의 아이러니와 중첩된다. 또한 **군대 매춘**에 나타난 "본격문학의 민족적 주제의 명성"과 "사회적으로 낙인찍힌 노동의 모호성 및 삭제"의 모순과 교차된다.[39]

---

38 이란주, 『말해요 찬드라』, 삶이보이는창, 2003, 109쪽.

39 역주 : 이 **은밀성**의 노동들의 공통점은 죽음정치적 노동, 대리 노동, 기민이나 난민으로서의 이주성 등을 들 수 있다. 이런 은밀성의 노동이 중요한 것은 자본과 국가의 공모에 의한 권력의 행사와 그 한계지점을 드러내고 있기 때문이다. 은밀성의 노동은 권력에 의해 감춰지는 영역이지만, 그와 동시에 권력이 감추려는 것을 노동의 형태 자체가 스스로 드러내는 영역이기도 하다.

인종주의화된 동네

과거 10년 동안 한국의 이주 노동자들은 점차로 그들 각자의 민족적인 이종 문화권을 형성하기 시작했다. 사센에 따르면서 한국 학자 김현미는 서울을 다양한 민족 집단들이 점유한 몇 개의 구역들을 통합한 "글로벌 도시"라고 부르고 있다. 그런 민족 집단들에는 베트남인, 필리핀인, 중국인, 조선족, 몽고인, 러시아인, 중앙 아시아인, 나이제리아인, 가나인, 이집트인 등이 포함된다.[40] 성남, 안산, 양주, 고양, 동두천 같은 작은 도시들은, 다양한 아시아 나라들과 아프리카의 먼 곳으로부터 이주 노동자들을 끌어들이면서, 이제 다인종적 도시가 되었다. 구체적인 예로서 전체 이주 노동자의 약 60%를 차지하는 조선족은 서울의 가리봉동에 "차이나타운"으로도 알려진 "조선족 거리"를 형성했다. 서울 변두리의 구로공단으로 불리는 주요 산업단지 근처의 동네 가리봉동은, 한때 1970~80년대에 한국 공장 노동자들이 생활하고 일했던 곳이었다. 이 동네는 급속한 산업화의 시기 동안 가난한 농촌 지역에서 온 국내 이주 노동자들이 살았던 지역 — 집을 떠나온 집이자 피난처가 아닌 피난처 — 이었다. 그곳은 그 시기의 한국문학 작품에 자주 등장하는 지역일 뿐 아니라, 노동 및 비판적 운동의 역사를 다시 쓴 작품과 산업 프롤레타리아의 고난을 다루는 작품에 나오는 곳이다.[41] 그 동네에서 이주 노동자들이 거주할 수 있는 형편이 되는 집은 "벌집" 혹은 "쪽방"으로 알려져 있다. 이는 한 사람이 눕고 나면 작은 여분의 공간이 남는 말 그대로 "한 조각의 방"이다. 또한 그런 작은 방이 각 층마다 행렬을 이루고 있어

---

40 김현미, 「글로벌 도시, 서울」, 『글로벌 시대의 문화 번역』, 또하나의 문화, 2005, 19~46쪽.
41 예컨대 양귀자의 『원미동 사람들』(살림, 2004)과 이문열의 「구로아리랑」(『구로아리랑』, 문학과지성사, 1987), 이창동의 1970년대 말과 1980년대를 회고하는 영화 〈박하사탕〉(2000)을 볼 것.

실제로 벌집 같은 형태를 구성한다. 1970~80년대에는 한국 공장 노동자들이 그런 집의 거주자였지만, 최근에는 벌집의 80~90%가 가장 싸게 이용할 수 있는 집으로서 이주 노동자들의 거주지가 되어 왔다.[42] 회사에서 이주 노동자에게 제공하는 또 다른 주택 유형은 "한국식 콘테이너"로 불린다. 즉 방으로 개조된 금속으로 설치된 컨테이너를 말한다. 이 컨테이너는 난방시설이 설비되지 않았기 때문에 겨울에 사람들은 전기장판과 담요로 보온을 할 수 있을 뿐이다.

그런 동네에서는 도둑질, 불법약물의 소유와 판매, 폭행, 살인 같은 범죄가 증가해 왔다. 미국 같은 다른 상황의 인종적 마을에서 흔히 있는 것처럼, 그 같은 범죄는 보통 한 인종적 공동체 내에서 어떤 이주 노동자에게 다른 이주 노동자가 저지른다. 그런 범죄의 증가는 이주 노동자가 체불된 임금 때문에 그만큼 자주 경제적 고통을 겪는다는 사실과 직접적으로 연관이 있다.[43] 다른 인종주의적 상황에서처럼, 이주 노동자가 경험하는 스트레스와 압박의 결과는, 그들의 인종적 갈등과 배제, 불행에 책임이 있는 사람들에 대항하는 방향보다는, 그들 자신의 인종적 공동체의 구성원들 쪽으로 퍼부어지게 된다.

더욱이 이주 노동자는 한국인에 의해 저질러진 인종적으로 유발된 범죄의 희생자이기도 하다. 경찰에 범죄를 신고하길 꺼리게 만드는 불법적 신분 때문에, 이주민의 동네에서 이주 노동자는 지역 한국인 폭력단체의 표적이 되어 왔다. 이주 노동자가 단지 자기방어의 수단으로 스스로를 무장하는 방책을 취하자, 지역 관청들은 그 두 집단들 간의 인종적 폭력의 잠재성에 관여하게 된다.[44] 한국인에 의한 인종적 폭력의 희

---

42 『한겨레신문』, 2001.4.24.
43 『한겨레신문』, 2001.2.13.
44 『한겨레신문』, 1999.1.14.

생자들은, 중국인이나 조선족, 한층 피부색이 밝은 이란인 같은 노동자보다는, 보통 남아시아인이나 동남아인 같은 더 어두운 피부색의 이주 노동자가 훨씬 많다는 사실이 보고되고 있다.[45]

안산시의 주민은 이른바 3D 업종에서 일하는 많은 이주 노동자들뿐 아니라 국내에서 이주한 최하층의 한국 노동계급으로 구성되어 있다.[46] 그 곳은 한국인 노동자들 사이에서 더 이상 갈 곳이 없을 때 이르게 되는 "막장"으로 알려져 있다. "힘들고 더럽고 위험한" 일들과 일용 노동의 풍부한 기회로 인해, 안산은 이주 노동자와 함께 그런 한국인 노동자들이 생계를 마련할 수 있는 유일한 마지막 장소가 되었다. 그러나 안산에서 그 같은 한국인은 소수자를 형성하고 있다. 안산은 다수의 주민인 다양한 국적의 이주 노동자가 생활하고 일하는 장소일 뿐 아니라, 한국의 다른 곳에서 일하는 이주 노동자들이 한 달이나 2주에 한 번씩 들리는 행선지이기도 하다. 다른 지역의 이주 노동자들이 이곳에 오는 이유는, 그들 각자의 동포들과 함께 모여 정보를 교환하고 고유의 민족음식을 먹으며 향수를 달래기 위해서이다. 안산의 거리에는 다양한 민족의 음식점들이 늘어서 있으며, 한국어보다 중국어나 다른 언어로 된 간판들이 더 많다.

한국 노동운동의 시대인 1980년대 박노해의 유명한 시 「노동의 새벽」의 제목을 환기시키면서, 한 신문기사는 오늘날의 안산을 "안산의 노동의 새벽"이라고 부르고 있다. 시골출신 서울 이주자들에 대해 말하고 있는 (신문에 인용된) 박노해의 시행들 —"철새도 아닌데 / 뜬구름도 아닌데 / (…중략…) 서울로 서울로 떠나왔제"[47] — 은 이제 해외에서 온 이주

---

45 『한겨레신문』, 2002.5.12.
46 『한겨레신문』, 2001.11. 안산(원곡동)에 대한 책으로 박채란, 『국경 없는 마을』, 서해문집, 2004를 볼 것. 이 책은 주류 한국인들에게 이주 노동자와 다문화주의를 알리고 교육하기 위해 쓴 비학술적인 책이다.

노동자들에게 적용된다. 그 신문기사는 이주 노동자의 삶의 떠돌이적인 본성에 주목하게 하고 있다. 과거의 한국인 농촌 이주자들의 불안정성과 불확실성, 위험성은 이제 이주 노동자들의 인종주의화된 경험에 의해 보다 심화되었다. 그 같은 인종적 게토는 반(半)식민지적이고 내부 식민지적인 영토이다. 오늘날 한국의 이주 노동자들은 식민화된 이주자로서 만주와 일본, 남태평양, 미국 등지로 내몰렸던 과거의 한국인들을 연상시킨다. 지나쳐가는 동시에 지워지지 않는 한국에서의 그들의 유령 같은 존재는, 아직 사라지지 않은 과거의 시대로 우리를 되돌아가게 하며, 식민지 시대의 시인 한용운의 시로 다시 돌아가게 한다.[48]

가리봉동은 한국인 노동자의 한(恨)과 연관된 장소였지만, 이제 그들의 한은 이주 노동자들의 훨씬 더 짙고 깊은 한으로 대체되었다. 그런 가리봉동의 변화의 역사는, 과거의 주변적 국가 한국의 노동자를 오늘날의 주변적 국가의 (이주) 노동자로 대체하는 과정의 매우 분명한 예이다. 그곳의 역사는 초국가적 프롤레타리아 노동의 인종주의화된 **대리성**과 연속적인 대체 가능성을 예시한다.

미국적인 이민의 상황에서처럼, 그런 이종 문화권은 주류로부터 고립되고 격리된 인종적 주민들을 보여주지만, 그 같은 지역은 여러 필요한 서비스들을 제공하는 경제적 중심일 뿐 아니라, 에스닉화된 거주자들 사이에서 정서적 휴식과 문화적 교류를 제공하는 공동체적 안식처가 되고 있다. 한국의 인종적 게토는, 다민족적이면서도 그런 다민족성을 인정하기를 거부하는, 하위제국적 국민국가의 **은밀성**의 공간을 구성하고 있다. 그러나 그곳은 단지 다민족성이 부인된 국가적 공간일 뿐만

---

47 박노해, 「떠다니냐」, 『노동의 새벽』, 느린걸음, 2004, 118쪽.
48 『한겨레신문』, 2001. 11. 28; 한용운, 「당신을 보았습니다」, 『한국 시문학 대계』 2, 지식산업사, 1981, 54쪽.

아니라, (다음에서 보게 될 것처럼) 예기치 않은 저항을 제공하기도 하는 트랜스내셔널하고 글로벌한 공간이기도 하다.

산업적 사고와 상해, 죽음

이주 노동자의 거의 절반이 한국에 온 첫 해 안에 산업재해의 희생자로 전락한다.[49] 이주 노동자들은 잘려져 나간 그들의 손가락이 쌀자루로 몇백 부대는 될 거라고 말한다. 뇌리에 각인된 그런 손상된 신체의 이미지는 이주 노동자와 전시대의 한국인 노동자 간의 연속성에 주목하도록 경고한다. 이주 노동자는 오늘날 한국인이 더 이상 원하지 않는 위험한 일자리를 채우고 있는 것이다. 도시빈민으로 전락한 농촌 이주자들을 그린 황석영의 소설 「돼지꿈」에서는, 젊은 남자 노동자가 가구 공장에서 손가락 세 개를 잃고 삼만 원의 빈약한 보상을 받는 내용이 그려진다.[50] 산업재해의 희생자인 이주 노동자는 빈번히 죽음에 이른 후 유골이나 관으로 고향에 돌아간다. 어떤 노동자는 한국인 동료 노동자나 사장이 휘두른 폭력으로 사망에 이른다.[51] 더욱이 이주 노동자의 죽음의 요인은 그들이 작업장의 위험에 직접 노출된 데에 국한되지 않는다. 그들의 죽음은, 빈번히 과로와 영양실조, 우울증, 알코올중독 같은 서로 연관된 육체적·심리적 요인들이 합쳐진 결과이다. 다른 노동자들은, 한국에서 겪은 육체적 고난과 심리적 고통의 기억이 수반된 영구히 불구화된 절단된 신체로 고향으로 돌아간다. 한국의 법은 산업재해

---

49 『한겨레신문』, 2002. 10. 29.
50 황석영, 「돼지꿈」, 창비, 2000, 261쪽.
51 한 조선족 노동자는 동료 한국인 노동자의 몽둥이에 맞아 죽음에 이르렀다. 김지연·김해성, 『노동자에게 국경은 없다』, 눈빛, 2001, 46~47쪽.

와 죽음의 희생자에 대한 재정적 보상을 제시하고 있지만, 합법이든 불법이든 이주 노동자 중 많은 수의 희생자들과 가족들은 신체적 훼손과 생명의 상실에 대한 정당한 돈을 받지 못한다.

1970년대 이후 농촌 출신 도시 이주자를 그린 많은 문학작품과 대중문화는, 고향을 떠나온 삶과 죽음의 비애를 강조하는데, 이는 고향에서 떨어져 나온 죽음을 가장 큰 불행으로 여기는 전통적인 동양적 세계관과 같은 맥락을 이루는 것이다. 한국인들 역시 베트남에서든 중동에서든, 그들의 동료, 시민, 군인, 건설 노동자들이 한 줌의 유골로서 귀환했던 것을 기억할 것이다.

『노동자에게 국경은 없다』라는 외국인 노동자의 사진책은 이주 노동자의 장례식을 찍은 일련의 사진들로 끝나고 있다. 한 연속적인 사진들은 사진 밑의 설명이 나타내듯이, "누즈를 이슬람, 방글라데시 노동자의 장례식, 2001년"에 관한 것이다. 이 사진들의 장면은 그가 한국에 온 지 두 달 반 만에 산업재해의 희생자가 되었음을 말해주고 있다. 이 연속 사진들은 그의 죽은 신체의 장례 준비(preparation) 장면, 동료 노동자의 우울한(grim) 시선의 모습, 그리고 마지막으로 비행기에 싣기 전의 공항에서의 관의 사진을 포함하고 있다. 그의 동료와 고향 사람들은 눈물을 훔치면서 그에게 마지막 인사를 하기 위해 주위에 서 있다. 사진의 설명들은 목사이자 활동가인 김해성이 그런 장례식에 필요한 절차에 대한 전문가가 되었음을 말해준다. 두 장의 다른 사진은 성남 외국인 노동자의 집의 지하실을 보여주는데, 여기에는 이주 노동자들의 유골상자들이 위아래의 칸들마다 옆으로 널려져 쌓여 있다. 한국식 보자기로 싸매진 상자들의 옆으로 이주 노동자들의 영정사진을 볼 수 있으며, 이는 장례식을 위해 사용될 것으로 여겨진다. 한 큰 사진은 지하실의 어둠 속에서 크게 웃고 있는 중년의 동아시아 남자의 얼굴을 보여주고 있다. 사진의 설명은 노동자들의 살아 있는 동안의 불법적 신분이 죽은 후의 유해(잔여물들)에게조차 (납골당에도 들어가지 못하게 해) 한국에서 세상을 뜨는 것을 막고 있음을 말하고 있다. 그들은 죽음 상태에서도 계속 추방된 존재로 있어야 한다. 이주 노동 운동가인 김해성 목사는 이렇게 쓰고 있다. "지하의 창고문을 열 때마다 산 사람의 소원도 들어주기 바쁜 이곳에는 죽은 자들의 억울한 사연이 귀에 쟁쟁하다."[52] 죽은 사람이든 절단된 사람이든, 이주 노동자들은 그들 자신과 스스로의 고통에 의해 하나의 공동체·국가·장소로서 한국에 영원히 물질적으로 연결될 것이다.

이주 노동을 조직하기

한국의 노동 활동가들─동화주의와 준주변부적 규율

1960~70년대와 1980년대에 개발주의적·반공적 국가건설을 위한 독재적 국가의 민족주의적 동원의 상황에서, 한국의 좌파 이데올로기는 과거 식민지 시대의 국제주의적 경향을 억누르면서 강력한 민족주의화의 과정을 겪었다. 비판적 투쟁의 이데올로기적 전제는 한국과 그 독재정권을 미국의 신식민주의와 연관해서 위치시키는 것이었으며, 따라서 그들은 한국의 노동계급이 신식민지적 매판 자본주의 구조의 이해를 위해 제공되는 것으로 파악했다. 그런 상황에서 학술적 활동과 정

---

52 위의 책, 123쪽.

치경제적 운동을 하던 학생운동은 대부분 견고한 민족주의에 남아 있었다. 그들은 대개의 경우 국경을 넘어선 국제주의적인 연계를 할 수 없었고, 하려고도 하지 않았다. 이후 1990년대에 한국이 자유민주주의로 변화되면서, 학생운동의 점차적인 해체와 한국 좌파 일반, 특히 노동운동의 후속적인 재편을 경험하게 되었다.

1980년대 말에 시작된 해외 이주 노동자의 유입과 함께, 한국 노동운동의 한 분파는 인종주의화된 노동력을 조직화하는 데 관심을 돌리기 시작했고, 그와 더불어 민족주의적 지향은 트랜스내셔널하고 국제주의적인 투쟁으로 변화되었다. 1970~80년대부터의 계급담론과 민족담론은 최근에 인권 담론이나 다민족 국가 및 국제주의 담론으로 전환되었다. 민주노총이 이주 노동자의 새로운 지부를 만들면서 연세대학교 학생회관에서 투쟁선포 문화제를 개최한 것은 2001년 5월이었다.[53] 1970~80년대의 민주화 운동의 유산을 지니고 있는 사람들은 이제 1987년의 6월 항쟁의 의미 자체를 다시 쓰려 시도하고 있다. 즉 6월 항쟁을 군사독재와 계급갈등에 대한 투쟁으로부터 보다 넓은 세계평화와 반전의 대의, 그리고 "이주 노동자의 인권보장"을 위한 투쟁으로 재투사하려 노력한다.[54]

다음에서 내가 탐구하는 것은, 노동시장에서 한국의 국가와 자본에 의해 만들어지고 유지되는 인종적 위계가, 노동운동의 영역에서 부지불식간에라도 어떻게든 복제될 수 있는지의 문제이다. 즉 한국의 노동운동이 지배적인 인종적 이데올로기와 정책에 대해 **의식적으로** 열렬하게 대항하는 데도 그런 일이 일어날 수 있는지에 대한 것이다. 1970~80년대의 한국의 노동운동의 유산이, 이주 노동자들에게 "전파"되고 그들

---

53 『한겨레신문』, 2001.5.26.
54 『한겨레신문』, 2002.6.9.

이 귀환할 아시아 지역들에 "수출"되는 과정에서, "하위보편주의적"이고 (따라서) "하위제국주의적인" 국제주의가 될 수도 있는 것일까. 내가 검토할 것은 한국 운동가의 지도력과 이주 노동 운동가의 전략 사이의 긴장관계이다. 즉 준주변부적인 동화 및 규율의 형식으로서 **한국 운동가의 리더십**과, 주류의 지배 및 진보적 의제의 문제점(양쪽 다)에 대한 **이주 노동 운동가의 다중적 전략** 사이의 긴장이다.

2004년의 강제 추방령의 최종기한이 다가옴을 예감하면서, 집단화된 이주 노동자들은 서울의 중심부 명동 성당에서 시위를 시작했다. 2003년 11월 노동자들은 한국인 지지자들과 함께 성당 바깥에 천막을 치고 1년이 넘게 계속된 단식 투쟁을 진행했다.[55] 이주 노동자들의 노동운동은 전시대의 한국의 노동운동에서 매우 많은 영향을 받고 있다. 가령 집회와 시위방식의 모든 면들에서 양자의 유사성은 직접적으로 눈에 띈다. 그들은 머리띠를 두르고 구호를 외치고 팔을 앞으로 내뻗는 등 저항의 갖가지 군사화된 스타일을 물려받은 것처럼 보였다.

성공회대 ─ 과거 수십 년의 노동운동의 중심의 하나로서, 지금은 이주 노동운동에 중점을 두고 사회운동의 전통을 지속시키고 있음 ─ 의 이주 노동 활동가를 위한 이수과정은, 마르크스주의적인 이론의 교육과 조직의 방법, 저항의 전략, 한국어와 문화에 덧붙여서,[56] 1980년대의 한국 노동운동의 역사를 포함한다. 한국 활동가의 목표는 국내 투쟁에 참여하게 될 이주 노동 활동가의 집단을 길러내는 것이며, 그들이 앞으로 본국에 돌아가서 한국에서 배운 것을 국제화하는 지도자의 역할을

---

55 『한겨레신문』, 2004. 2. 5 · 2004. 11. 28. 이주 노동자들은 전 시대의 한국 노동자들과 유사한 선택의 곤경에 직면하는데, 즉 노동운동에 참여하고 일자리와 임금을 포기할 것이냐, 운동에 참여하지 않고 생계를 유지하며 개인적 목표를 추구할 것이냐이다. 전자는 분명히 보다 더 큰일을 위한 개인적 희생이며, 그런 결정은 매우 어렵게 이르게 되는 선택이다.
56 『한겨레신문』, 2000. 11. 21.

맡게 하는 것이다. 한국 활동가에 의해 만들어진 연관관계, 즉 전시대의 한국의 노동자 투쟁과 오늘날 한국의 이주 노동자가 직면한 도전 사이의 연계성은, 민족들과 인종들이 교섭하는 국제적 연대라는 진전과 이주 노동 활동가의 교육과 축적, 동화의 촉진을 의미했다. 그러나 "이수 과정"의 일부로 제공된 한국 노동운동의 역사를 통해, 한국의 경우가 오늘날 이주 노동 활동가들이 따라야 할 원형이나 모델로 암암리에 확립된다는 것은, 한국과 그 밖의 아시아의 주변적 국민국가들 사이의 경제와 민주화 수준의 위계성을 전제로 했을 때의 일이다. 여기서 한국 노동운동의 교훈은, 자신의 진보주의 자체 안에서 준주변부적 규범화와 하위제국적 보편주의 이데올로기로 기능하면서, 의도하지 않게 세계 자본주의와 국제정치학의 영역에 존재하는 위계성을 복제하는 것처럼 여겨진다.

하지만 우리는 또한, 과거 수십 년 간 한국의 노동운동이 학생 지도력과 노동자들 간의 문제적이고 모순에 지배된 관계의 본질을 일정 정도날카롭게 통찰해 왔음을 인정해야 한다.[57] 이 한국 활동가 쪽에서의 조심스런 경계심은 오늘날의 이주 노동자와 활동가의 관계로 확장되며, 서울, 경기, 인천 지역의 이주 노동자 노동조합과 다양한 이주 노동자방송국 같은 조직에서 지도력의 역할을 이주 노동자 자신들에게 전파하는 데 도움을 주었다. 그럼에도 불구하고 한국 활동가에 의해 빈번히단호하게 촉구되는 "자주 이주 노동자"의 수사학은, 문화적·민족적·인종적 위계의 문제와 진보주의적 하위제국 보편주의의 잠재적 문제가결코 해결되지 않았다는 느낌을 여전히 남기고 있다.

---

57 Namhee Lee, *The Making of Minjung : Democracy and the Politics of Representation in South Korea*, Ithaca : Cornell University Press, 2007, p.12를 볼 것.

이주 노동자의 저항 ─ 동화, 반한주의, 죽음

국적은 이주 노동자들 사이에서 공동체들을 형성하는 토대로 작용하지만, 이주 노동력의 다국적이고 다민족적인 본성으로 인해 연대의 근거로는 기능할 수 없다. 이주 노동자들을 단결시키고 범아시아주의와 범민족적인 반하위제국적 집단으로 생산하는 것은 ─ 한국 정부, 기업, 사회일반에 의한 착취와 그에 대한 분노라는 공유된 경험의 가변적이고 상황적인 근거에서 연원된 ─ 반한주의이다. 한국인은 일본 제국주의와 미국 신식민주의에 연관된 희생자 의식을 토대로 계속 정체성을 형성해 왔지만, 지금은 반하위제국적 이주민과 반한적인 정치적 실체를 만든 현재의 세계 질서에서의 새로운 위치와 격투를 벌여야 한다. 한국인의 경우 "반미"나 "반일"이라는 단어가 친숙하고 일상적인 것은 일제의 식민주의 및 미국의 헤게모니의 역사와 관련이 있다. 그러나 지금은 한국인들이 새로운 개념을 추가해야 할 때이며, 반미나 반일과 유사한 반(하위)제국적 저항 ─ 즉 이주 노동자들로부터의 "반한" 감정 ─ 을 이번에는 "받는 쪽"에서 경험해야 한다. 저축보다 빚을 더 많이 갖고 한국을 떠나야 하는 노동자들, 손가락과 다리를 잃고 척추가 부러진 채 돌아가야 하는 사람들, 그리고 한 줌의 유골로 떠나야 하는 사람의 가족들과 친척들은, 한국인에 대해 원한과 적개심을 가질 수밖에 없다. 한 항의 집회에서 조선족 노동자들은 플래카드 중 하나를 "大韓民國"이 아니라 "大恨民國"으로 바꾸었다. 그들의 구호는 동음이의어 韓과 恨 위에서 작동된다. 또 다른 구호는 大恨/韓民國을 "착취대국"과 등가시하고 있다.[58]

---

58 김지연・김해성, 『노동자에게 국경은 없다』, 눈빛, 2001, 66~67쪽.

그 같은 반한 감정의 표현은 때로는 다양한 위협의 형식을 취한다. 한국에서 일하다 본국으로 돌아간 태국 노동자들은 반한단체를 조직했다. 또한 조선족 노동자들은 한국에 대한 복수를 맹세하고 있다. 한국에 이주했던 중국인과 조선족 사이의 그런 강렬한 증오심은 실제로 중국에 거주하는 한국인들을 위협하는 결과를 낳았다. 즉 한국인 기업가와 그들의 가족들을 노린 납치사건이 잇달아 일어났다.[59] 더욱이 그런 사건들은 한국 언론에서 매우 큰 주목을 받지만, 한국 회사와 고용주들의 범죄적이고 착취적인 행동은 거의 보도되지 않는다. 이런 일은 물론 조선족과 중국인 이주 노동자들을 더욱 화나게 만든다. 한국의 주류 언론들은 이른바 "한류" 현상을 끊임없이 보도하면서, 한국 문화 생산물이 아시아에서 얼마나 사랑을 받는지 경탄하지만, 그와 함께 한국 안팎의 이주민과 해외 노동자 사이에서 왜 한국이 미움을 받는지 질문하지 않는다.

이주 노동자의 저항은 다양한 형태를 취하는데, 그것은 한국에 대한 정서와 감정이 필연적으로 **양가적**이고 갈등이 실린 것이기 때문이다. 박범신의 최근의 소설 『나마스테』는 이주 노동자의 저항에서 한국에 통합되려는 욕망이 표현되는 측면을 강조한다. 이 소설의 중심적인 사건 중의 하나는 2003년 명동 성당에서의 이주 노동자의 장기 농성을 소설화한 것이다. 『나마스테』에서 이주 노동자들은 네 개의 중심적인 구호를 외치고 있다. 즉 "우리는 노동자", "위 메이크 코리아", "위 러브 코리아", 그리고 "이 땅에 우린 함께 왔잖아"이다.[60] 그들의 "노동자"라는 신분의 선언은, 노동자 계급의식을 만드는 데 성공했던 1970~80년대의 한국 노동운동의 보다 큰 역사적 발전 속에 그들을 위치시킨다. 특히 그

---

59 『한겨레신문』, 2002.12.4.
60 박범신, 『나마스테』186, 『한겨레신문』.

들이 과거 한국 노동자들이 스스로 쟁취했던 노동자의 권리에 따라 대우할 것을 요구하는 점에서 그렇다.[61] 그 같은 노동자 계급의식은 한때 매우 깊이 민족주의에 묶여 있었지만, 오늘날 이주 노동자의 외침은 그런 경계를 파열시키면서 **모든** 한국 노동자들을 보다 큰 국제적 프롤레타리아의 범주에 위치시킨다.

다음의 구호 "위 메이크 코리아"는 이주 노동자의 노동이 한국경제와 (따라서) 사회 및 국가 공동체에 필연적으로 기여하고 있다는 사실을 주목하게 한다. 세 번째 구호 "위 러브 코리아"라는 감정적인 표현은, 한국인의 취급방식을 거부하고 이주 노동자가 이방인이고 천한 노동자이자 체류자라는 오해를 부인하면서, 한국에 통합되려는 욕망뿐 아니라 한국에 대한 요구를 나타내고 있다.

그들의 마지막 구호 "이 땅에 우린 함께 왔잖아"는 이주 노동자들의 단결에 대한 요청으로 해석될 수 있다. "왔잖아"라는 단어의 모호성은, 흔히 민족적 동일성에 연관되는 토착민의 개념을 은연중에 반대하면서도, 또한 이 문장의 "우리"라는 대명사 속에 한국인을 포함시키는 것을 가능하게 한다. 한국인이 어떤 다른 곳으로부터 왔듯이 이주 노동자 역시 그렇게 이 땅에 온 것이다. 이주 노동자들은 우연히 가장 최근에 한반도의 이주자가 된 것이다. 이 소설의 한국인 주인공 신우는 이렇게 말한다. "여긴 카밀의 나라이기도 해." 네팔 이주 노동자 카밀은 대답한다. "알아요. 벌써 내 나라, 됐어요. 그래서 카밀, 농성해요. 사랑하니까요."[62]

2003년 가을에 정부가 정한 미등록 이주 노동자의 자진 출국의 임박한 최종기한을 예감하면서, 죽음 이외에 다른 대안을 찾지 못한 사람들

---

61 1970~80년대의 노동운동과 노동계급 형성에 대한 중요한 책, Hagen Koo, *Korean Workers : The Culture and Politics of Class Formation*, Ithaca : Cornell University Press, 2001을 볼 것.

62 박범신, 『나마스테』197, 『한겨레신문』.

의 자살이 이어졌다. 그런 죽음의 의미는 예외적인 자포자기의 경우로 축소될 수 없다. 그보다는 그들의 자살은 착취와 박해의 맥락에서 필연적으로 집단적인 정치적인 의미를 갖는다. 예컨대 스리랑카의 노동자 다카라의 자살은 2003년 가을 이주 노동자의 조직적인 저항을 재집결시키는 계기가 되었다. 한 조선족 노동자의 "한국이 슬프다!"라는 유서는 한국에 대한 정치적인 고발을 제공했다.[63] 대부분의 이주 노동자들은 한국에 일하러 오기 위한 비용으로 이미 절망적인 재정적 상태를 강요당한데다, 일단 체포되면 한국을 떠나기 위해서는 불법적으로 머문 매달 동안의 벌금을 출입국관리사무소에 내야 한다. 그 때문에 그들은 벌금을 낼 돈을 벌기 위해 다시 불법적으로 취업을 해야 하는 기이한 상황에 놓이게 된다. 혹은 때로는 한국을 떠날 수 있는 유일한 방법이란 작은 범죄를 저지르고 강제로 추방당하는 것이다. 한국에서의 불법적 노동이 노동자들 개인뿐 아니라 가족이나 친구가 많은 빚을 지면서 가능해졌다면, 그들에게는 신체도 노동력도 애초부터 자유롭게 처분할 수 있는 진정한 자신의 것일 수 없을 것이다. 또한 일을 해서 자기 자신과 노동력을 다시 살 수 있는 기회마저 제거 당하게 되면, 그들은 자신의 신체 자체를 처분함으로써만 스스로의 신체를 해방하고 노예계약을 면제받을 수 있다.[64] 그들의 경제적·사회적 죽음은 자신의 육체적 죽음을 통해 현실화되고 축자적이 된다. 한 노동자가 말했듯이, 이주 노동자는 미래에 대한 아무런 희망도 없다. "어차피 죽을 것이라면 나는 한국에서 죽을 것이다."[65] 한 신문기사는 이주 노동자의 자살을 죽음의 상태로 한국에 남아 있을 것이라고 울부짖는 것으로 해석했다.[66] 그저

---

63 김지연·김해성, 『노동자에게 국경은 없다』, 눈빛, 2001, 11쪽.
64 역주: 이주 노동은 그 위험한 노동의 성격 자체가 죽음정치적 노동일 뿐 아니라 불법의 신분을 지닌 노동자의 위치 역시 죽음정치적 권력 아래에 놓여 있다.
65 『한겨레신문』, 2003.12.25.

럼 부정적 방식으로 한국에 자신을 맡기는 것은 한국에서 보낸 그들의 삶의 한 부분에 대한 변호로 작용한다. 또 다른 노동자는 그가 지금 고향으로 돌아간다면 한국에서의 7년이 모두 "무의미하게" 될 것이라고 판단한다.

강제 추방이 생산하는 그런 "무의미함"의 의미 역시, 강제 추방이 한국에서의 시간의 축적과 스스로가 정한 특별한 목표에 의한 자기가치와 정체성의 의미를 파괴한다는 사실에 있다. 이주 노동자로서 한국에서의 그들의 삶이 자신이 수행한 노동으로 환원된다면, 강제추방을 통해 그들의 일자리를 없애는 것은 실제로는 자신의 삶을 없애는 것이다. 즉 한국에서의 힘든 노동을 통해 미래에 실현시킬 희망과 꿈으로만 존재하는 삶을 제거하는 것이다. 그 같은 환경에서 명동성당의 장기 농성에 참여한 이주 노동자들은 "죽을 준비가 되어 있는" 투쟁으로 가고 있다고 말한다.[67] 한국의 진보적 언론은, 한국에 대한 맹렬한 비판의 표현으로 자살을 선택한 노동자를 "열사"의 지위에 놓으면서, 1970~80년대에 투쟁의 대의 속에서 자신을 희생시킨 많은 한국 노동자와 같은 대열에 위치시킨다.[68]

죽음의 상태로 한국에 남으려는 그들의 열망에서는 그들을 학대한 삶에서 홀로 떠나길 거부하는 원한 깊은 망령이 인식된다. 식민지 시대 소설 「배꼽쟁이 박 서방의 귀향」(1939)에서는 고향을 떠나 일본에 갔다가 귀향길에 피 흘리며 죽은 한 농부의 이야기가 제시된다.[69] 이 단편소설은 농부의 유령의 독백의 형식이며, 자신의 시신이 놓인 개울 옆을 건

---

66 『한겨레신문』, 2003. 11. 29.
67 『한겨레신문』, 2003. 12. 25.
68 『한겨레신문』, 2003. 11. 29.
69 김승구, 「배꼽쟁이 박서방의 귀향」, 주종연·이정은 편, 『1920~1930년대 민중문학선』 1, 탑출판사, 1990, 327~336쪽.

고 있는 마을 원로 한 사람에게 말하는 서술방식으로 되어 있다. 농부의
유령은 마을 원로에게, 강의 바위 옆 그의 논둑 아래에 묻힌 돈이 든 가
방을 파내 가족에게 주라고 애원한다. 1인칭 화자인 농부의 유령은, 동
네 사람들에 대해 절박하면서도 해학적인 호소와 불평을 하면서, 마을
원로에게 동일시하게 되어 있는 독자의 귀에 자신의 목소리가 울리도
록 하고 있다. 위에서 언급한 한국의 지하실에서의 이주 노동자들의 유
해의 사진 역시, 보는 사람들에게 그들의 한(恨)을 비슷하게 말하고 있
는 셈이다.

　이주 노동자가 노동분쟁에 참여하면, 그는 즉각적으로 자신을 추방
시키려는 출입국관리사무소 직원과 경찰의 조직적인 노력의 표적이 된
다. 그처럼 조합원이 된 노동자의 블랙리스트를 만드는 특수한 책략은,
1970~80년대 동안 전복적인 사상의 전파를 막는 강력한 수단이었다.
독재정권은 관료와 군대, 경찰력을 모든 차원에 배치하면서, 의심을 받
는 노동운동가를 체포해 심문하고 고문하는 일을 수행했지만, 지금은
출입국관리사무소가 이주 노동 활동가들에게 그 같은 일을 수행하고
있다. 한 한국의 활동가는 그때나 지금이나 노동운동원들의 의문의 실
종이 빈번히 일어난다고 말한다. 과거와 지금의 차이는, 실종된 이주 노
동 활동가가 결국 모두 국외로 강제 추방되어 고향으로 가는 비행기에
나타나게 될 것이라는 점이다. 한 신문기사의 예리한 진술에 의하면, 그
처럼 노동자의 인권 침해에 대해 투쟁하는 사람들을 검거하고 유죄 선
고하는 것은, 그들의 인권 곧 저항권에 대한 추가적인 위반이다.[70]

　2002년 출입국관리사무소는 한국에서의 노동 학대에 항의하는 70일
이상의 시위에 참여했던 방글라데시인 꼬빌을 강제 추방하려 시도했

70　『한겨레신문』, 2002.9.3.

다. 이주 노동자의 집회의 권리는 그들에게 노동자의 신분을 부여하지 않는 한국의 인종차별적 법에 의해 인정되지 않지만, 꼬빌의 집회의 권리는 사실상 국제인권 규약에 의해 보호된다. 꼬빌은 실제로 한국정부를 국제법 위반으로 고발하며 출입국관리사무소에 협조하길 거부했다.[71] 국제적 규약과 법이 각 주권적 국민국가의 특수한 사법제도 안에서 얼마나 실행될 수 있는지는 아직 미지수이지만, 그럼에도 불구하고 그런 국제적 금지규약은 적어도 노동자와 노동 활동가들에 의해 활동력과 교섭의 전략적 무기로 전용될 수 있다.

다민족화와 다문화주의

1993년 한국에서 일하던 네팔 "산업 연수생" 찬드라 쿠마리 구릉은 경찰에 의해 검거되었다. 그녀는 자신이 네팔인이라고 계속 항의했지만 경찰은 그녀가 정신지체가 있는 한국인 행려자라고 판단했다. 그녀는 처음에 여성 보호시설에 보내졌다가 그 다음에 결국 정신병원으로 옮겨져서 그곳에서 6년 4개월을 보냈다. 마침내 정신과 의사 중 한 사람이 공공기관과 의사, 간호사 등 병원의 잇따른 엄청난 실수를 인정했고, 그 뒤에야 그녀는 풀려나서 네팔로 돌아갔다. 이후 그녀는 자신을 구금했던 한국 정부와 정신병원을 고소할 수 있었다. 서울 지방법원은 그녀를 옹호하는 판결을 내렸고 금전적인 배상을 지불하라고 명령했다.[72]

---

71 『한겨레신문』, 2002.11.13.
72 『한겨레신문』, 2002.11.15. 한국의 유명한 영화감독 박찬욱은 〈믿거나 말거나, 찬드라의

이 믿을 수 없는 이야기는 한국인의 특수한 인종적 편견을 나타낸다. 한편으로 많은 한국인들은 피부색이나 신체적 외모가 매우 다른 동아시아와 동남아 노동자들을 아주 금방 식별하지만, 쿠마리 구룽 같이 겉모습이 한국인을 닮은 사람의 경우에는 단순하게 ─ 민족적·언어적·문화적 ─ 차이를 인식하기를 거부한다. 한국인은 그녀에게서 차이를 보기보다는 한국인 자신의 열등한 유형 ─ 이 경우에는 정신지체 한국인 ─ 을 볼 수 있을 뿐이다. 자신이 분명히 네팔인이라는 구룽의 서툰 한국어 항변은 그런 편견의 장벽을 깨뜨릴 수 없었다.

탈인종주의화하는 억압과 한국인화하는 이주 노동자

한국이 단일 민족에서 다민족 사회로 변화하는 역사적 상황에서, 한국 국민을 외국인과 구분하는 용어들은 재조정되고 재정의되고 있다. 가령 근본적으로 두 개의 분리된 "외국인"의 범주가 있는 것처럼 생각된다. 즉 "외국인"이라는 용어는 주로 한국에 거주하는 백인이나 화이트 칼라 노동자를 지칭하는 반면, 외국인 노동자는 백인이 아닌 이주 노동자에게 국한되는 것 같다. "외국인"과 "외국인 노동자"의 차이는 "보임"과 "보이지 않음"으로 대조된다. 또한 점차적으로 많이 사용되는 용어로 "내국인"이라는 단어를 볼 수 있는데, "내국인"은 "한국 국민" 혹은 보다 축자적으로 "국내의 사람"으로 해석될 수 있다.

한국이 다민족 공동체가 된 그런 새로운 역사적 상황에서, 아직은 다민족적 국민국가는 아니라도 "한국인 의식(Koreanness)"을 구성하는 결정 요

경우)((여섯 개의 시선)(2003))라는 제목으로 찬드라 구룽 사건에 기초한 단편영화를 만들었다.

인 자체가 ─ 적어도 진보적인 노동운동의 작은 분파 내에서 ─ 변화되고 있다. "한국인 의식"은 더 이상 혈통이나 선조, 민족의 생물학적 개념으로 규정되지 않으며, "살고 있는 거주민", "공유하는 물질적 환경", 이주 노동자 주민이 취득한 언어와 문화에 의해 정의된다. 다시 말해, "한국인 의식"은 단일 민족과의 폐쇄적인 연관성을 넘어서서 다민족적 주체를 포함하도록 사회문화적이고 경제적·정치적인 정체성으로 정의되어야 한다. 우리는 그 같은 과정을 "한국인 의식"의 다민족적화라고 부를 수 있다. 그런 "한국인 의식"의 다민족화를 예시하는 방법 중의 하나는 "언어의 탈인종주의화"인데, 이는 한국인의 정체성에 강렬하게 폐쇄적으로 연관되어 왔던 어떤 개념과 표현으로부터 "한국인 의식"을 분리하는 것을 말한다. "고향", "망향", "향수", "타향" 같은 흔한 단어들은, 민족적(ethnic) 집단으로서의 한국인이 식민지 시대와 산업화 시기 이래로 경험했던 고난과 억압에 밀접하게 연관되어 왔다. 1970년대에 출현한 "한(恨)"의 담론은 그런 인종화된 개념의 또 다른 대표적 예이다. 『노동자에게 국경은 없다』라는 이주 노동자에 관한 사진책의 부제는 "외국인 노동자와 중국동포에 관한 통한의 기록"이다. 여기서 한국 민족이 아닌 사람들에게 통한 ─ 전에는 일제의 식민지, 민족분단, 한국전쟁 같은 민족적 비극과 연관되었던 단어 ─ 이라는 단어를 사용한 것은, 한국어와 한국 인종(민족) 사이의 밀접한 연계성을 파열시킨다. 한국어의 탈인종주의화는, 노동과 반독재 운동이 고조된 1970~80년대에 사용된 "소외된 사람들", "이 땅의 노동자" 같은 일반적인 구절들이 오늘날 한국의 이주 노동자들에게 적용될 때 일어난다. 그 시대의 또 다른 핵심 단어 **민중**은, 이제 그 지시성이 한국에 거주하고 노동하는 다인종적 이주 노동자들을 포함하도록 확산되었다.[73] 다

---

73 『한겨레신문』, 2005. 5. 18.

양한 민족적·인종적 집단들의 물질적 역사와 경험이 비교 가능해지자, 그런 개념들과 정서들(민중, 한)을 민족 집단으로서 한국인에 폐쇄적으로 연관된 상태에서 벗어나게 할 필요성이 생기게 된 것이다.

그 같은 개념들의 탈인종주의화는 동시적으로 이주 노동자들의 한국인화의 과정을 나타낸다. 이주 노동자의 한국인화는, 한국어로 말하고 한국 음식을 먹으며 한국인으로 행동하는—즉 한국인 의식을 수행하는—이주 노동자와 그들의 자녀들에 의해 입증된다. 이주 노동자의 축적 과정에서 구현된 한국 민족성의 수행성이 "한국인 의식"의 배타적 개념을 해체하는 동안, 그와 동시에 "한국인 의식" 자체는 상대적으로 포괄적이고 이종적인 것으로 재구성되는 과정에 있는 것이다. 그런데 그런 재구성은 한국의 국가와 자본의 이익을 위해 제공될 준비를 하는 셈이다. 과거 수십 년 간의 신식민지적 환경에서는 한때 한국인의 민족적(ethnic) 동질성이 포스트식민적[74] 국가건설의 목적을 위해 **본질주의화**된 바 있다. 반면에 오늘날의 한국의 국가와 자본의 이익을 발전시키는 데는, 그와 다르게 차별적으로 **본질주의화**된 이종적이고 다인종적인 한국인 의식이 더 효과적인 전략으로 입증되기 시작하고 있다.[75]

다른 한편 한국인 의식의 배타적 형식은 극복되기보다는 지배적인 민족성과 문화로서 재편성된다. 즉 소수화·인종주의화되고 종속적이 된 다른 아시아 민족들과 문화들과의 관계에서, 하위제국적이고 하위보편주의적인 민족성과 문화를 말한다. 분명히 한국은 계급분화된 단일 민족으로부터 계급적 층위가 인종적 위계에 의해 결정되고 교차되는 다민족적 국가로 이행되었다. 그러나 그런 역사적 전환에 대한 한국

---

74 역주: 여기서 "포스트식민적"이라는 것은 식민지 이후의 시기를 말한다.
75 역주: 과거의 본질주의가 한국 민족의 동질성에 초점을 두었다면 오늘날의 본질주의는 위계적인 다민족성을 부각시킨다고 할 수 있다.

의 국가와 주류 사회의 동시적인 부인은, 인종주의화된 이주 노동력과 인종 및 다민족성의 문제를 **은밀한 것**으로 만들고 있다.[76]

다문화주의와 그 한계

최근의 한국의 점차적인 다민족화는, 정부의 정책과 실천뿐만 아니라 대중매체, 교육, 진보적 NGO 운동 같은 다른 공공 영역에서도 광의의 다문화주의의 출현을 가져왔다. 그런 맥락에서 일반적인 다문화주의는 하위제국으로서 한국의 경영과 확장을 위한 필수적인 전략이 되었다. 그러나 우리는 분명히 모든 다문화주의를 동일한 것으로 볼 수는 없다. 앞서 언급했듯이 진보적 NGO 활동과 집단적 노동운동의 어떤 차원은 의도치 않게 하위제국적 효과를 지닐 수 있지만, 그들의 다문화주의 정책은 훨씬 더 보수적인 정부와 기업의 다문화주의와 조심스럽게 구분되어야 한다. 한국은 1970년대에 전통문화, 특히 민속문화를 국가와 자본에 대한 저항의 도구로서 전유하는 방식을 경험했다. 반면에 오늘날 이주 노동자의 다양한 민족문화의 전통은, 한편으로 국가와 자본에 의해 배치되는 어떤 방식이 있지만, 다른 한편 (간혹 중첩되는 용법을 갖기도 하지만) 그와의 대립을 위해 진보진영에 의해 배치되는 또 다른 방식이 존재한다. 다음에서 나는 증대되는 한국의 다문화주의의 한계를 보여주는 두 개의 예들을 검토한다.

---

76 역주: 한국의 국가와 주류 사회의 인종적 위계성과 하위보편적 민족성에 대한 여전한 집착은, 한국사회에 대해 다민족성을 인정하는 동시에 부인하게 하고 있다. 그런 모순된 부인이 이주 노동을 **은밀한 노동**으로 만드는 핵심적 요인일 것이다.

이주 노동자 자녀의 교육
뿌리 없이 자라는 나무

추운 봄날 초등학교 1학년 입학식에 참석한 젊은 스리랑카 부모의 사진은, 이주 노동자 부모의 복잡한 심리적 트라우마를 드러내는 눈빛을 보여주고 있다.[77] 이 사진은 전면에 중심인물인 부모의 클로즈업을 배치하고 있는데, 그들은 입학식을 위해 정장을 한 채 불안과 걱정에 휩싸인 표정을 보이고 있다. 정확히 말해, 우리는 두 사람에게서 두려움 속에서 초조하게 침묵하고 있는 눈빛을 읽을 수 있다. 우리는 또한 명확하게 대조되는 표정으로 마치 사진의 동심원 안쪽을 이루듯이 열 지어 서 있는 한국인 부모들을 볼 수 있다. 이주 노동자 부모와는 대조되게 그들은 미소를 지으며 서로 애기를 나누고 있고, 긴장이 풀린 행복한 표정으로 1학년의 부모가 된 것을 자랑스러워하고 있다. 우리 쪽에서 볼 때 스리랑카 부부는 한국인 부모들에게 등을 보이고 있기 때문에, 마치 그들의 겁에 질린 표정은 자신들의 등과 대면하고 있는 한국인 부모들의 시선에 의한 것처럼 보인다. 스리랑카 부부의 눈길은 사진에는 나타나지 않은 그들의 아이에게 고정되어 있는 것으로 여겨진다. 아이의 부재는 그들의 표정이 나타내는 공포의 효과를 더욱 높이고 있다.

같은 페이지의 왼쪽에 있는 또 다른 작은 사진은 그들의 아이로 생각된다. 1학년에 입학한 스리랑카 아이는 다른 한국 아이들처럼 적당히 큰 이름표를 달고 있다. 그 이름표에는 아이의 한국인 이름 "김이산"이 한글로 쓰여 있다. 사진의 설명은 그 한국인 이름이 목사이자 활동가인 김해성이 지은 것이며, "산을 옮기다" — 이주 노동자 자녀가 학교 입학

---

77 김지연 · 김해성, 『노동자에게 국경은 없다』, 눈빛, 2001, 112~113쪽.

허가를 얻는 법적·행정적 싸움에서 승리한 과정의 상징적인 어려움의 표현 — 라는 뜻을 갖고 있음을 말하고 있다. 슬픈 표정으로 외롭게 서 있는 아이는 부모보다 한층 더 겁을 먹은 것처럼 보인다. 그의 이름은 목사 활동가가 좋은 뜻으로 지은 것이지만, 그럼에도 불구하고 그런 동화주의적인 태도는 그를 자신의 정체성으로부터 더욱 소외시키고 있다. 아이의 겁먹은 시선은 그를 주위의 상황으로부터 분리시키고 있으며, 특히 서로 행복하게 재잘거리고 있는 동급생들로부터 떨어뜨리고 있다.

최근에 한국 정부는 이주 노동자 자녀들이 인가된 졸업은 못하더라도 학교에 다니는 것은 허용했다. 다시 말해, 그들은 청강생으로 허락받은 것이다. 이주 노동자 자녀에게 완전한 교육적 기회를 제공하려면 훨씬 더 본격적인 정부의 재정적 지원이 있어야 할 것이다. 지금으로서는 NGO가 자원봉사자들이 가르치는 비인가 학교를 설립하는 정도의 일을 하고 있다.

한국 노동 활동가가 쓴 책에서 이주 노동자 가족에 대한 한 절의 제목은 "뿌리 없이 자라는 나무"이다. 이 구절은 1970년대 중반에 창간된 비판운동에 관련된 (지금은 종간된) 한 문화 잡지의 이름을 암유하고 있다. 그 시기의 잡지 『뿌리 깊은 나무』의 표제는 독재적 국가와 그 정부를 지지하는 신식민지적 권력에 대항하기 위해 한국 전통과 문화를 재전유하려는 시도였다. 그런 잡지의 표제를 다시 쓴 오늘날 노동 활동가의 "뿌리 없이 자라는 나무"는, 불행하고 호의롭지 않은 상황에 놓인 이주 노동자 자녀의 삶의 본질을 확인하고 있다. 이 표제는 민족(국민)의 유기체론적인 은유에 도전하면서, 한국인이나 한국 사회의 문화적·사회적 도움이 없이도 이주 노동자의 자녀와 가족이 성장하고 자라날 수 있음을 암시한다. "뿌리 없는 나무"의 이미지는, 아마도 탈영토화된 트랜스로컬한 정체성의 시대에 특유하게 어울리는 강력한 이미지일 것이다. 나는 4장의 후반부에서 이주 노동자 공동체의 그런 차원들을 탐구할 것이다.

월드컵 민족주의와 다민족적 한국

2002년 6월 한국과 일본은 중요한 월드컵 축구 대회를 공동 개최했다. 이 스포츠 행사는 근래의 기억에 남는 일 중에서 한국의 민족주의가 가장 맹렬하게 부활하는 기회가 되었다. 한국 대표팀의 연이은 승리가 한국인들을 열광하게 하는 가운데, 한 한국 기자는 이주 노동자들과 인터뷰를 했다. 놀랍게도 그들은 당연히 한국을 항상 열렬하게 응원한다고 말했다. 이주 노동자들이 겪는 갖가지 푸대접과 불친절이 떠올라 죄의식을 느끼면서, 기자는 그들의 한국에 대한 사랑을 "짝사랑"이라고 규정했다.[78] 이주 노동자들은 한국인들을 따라서 이제 가장 일반적인 응원 구호가 된 "대~한~민국"을 외치고 있었다. "대한민국"은 단순히 "리퍼블릭 오브 코리아"를 의미할 뿐이다. 이주 노동자들은 한 손에는 태극기를 들고 한국 팀을 응원했고, 다른 손에는 그들 각자의 국기들을 들고 환호했다. 이 이중적이고 겹문화적인 민족적 제휴는 한국인들에게는 새롭고 낯선 것이었다.

보다 더 흥미로운 것은 월드컵 게임이 끝난 후에 응원 구호 "대~한~민국"이 겪은 변화이다. 곧이어 그해의 7월에 한국 정부는, 체류 기간이 4년 이하인 사람은 면제해주고 4년이 넘은 미등록 이주 노동자는 강제 추

---

78 『한겨레신문』, 2002.6.11.

방할 것임을 선언했다. 정부의 선언에 항의하는 집회에서, 이주 노동자들과 지지자들은 "대~한~민국"을 외칠 때와 똑같은 리듬을 사용해 이번에는 "추~방~철폐"를 외쳤다.[79] 월드컵 기간에 외쳐진 "대~한~민국" 응원 구호의 열광은, (이주민의 추방을 간과하는 한) 오늘날의 다민족적이고 다문화적인 한국의 시대에 아주 생생하게 살아 있는 파시즘적 민족주의의 결정화된 표현이었다. 이제 한국인의 귀에 그토록 익숙한 리듬에 비판적 구호를 합성시킴으로써, 상상적인 민족적 동질성을 표상하는 리듬과 인종적 다양성과 평등을 촉구하는 구호를 결합한 방해의 잡음의 효과가 생산되었다.[80] 옛 리듬과 새로운 구호 사이의 불일치는 "추방철폐"로써 "리퍼블릭 오브 코리아"를 대화적으로 만들고 있다.[81]

하위제국적 이민국가로서의 한국

"코리언 드림"

블라디미르 티호노프(Vladimir Tikhonov, 박노자)의 한국의 하위제국주의에 대한 예리한 비판은 한국이 미국과 유럽, 일본 자본의 대리로서 기

---

79 『한겨레신문』, 2002.7.29 · 2002.10.4.
80 역주: 국가적인 표상체계에 기생하는 동시에 그에 저항하는 이 양가적인 방식은 대표적인 해체적 전복의 형식이라고 할 수 있다.
81 역주: 추~방~철폐는 한국 사람에게 대~한~민국의 리듬을 받아들이게 하는 동시에 그 리듬의 기의인 "대한민국의 동질성"에 균열을 냄으로써 "리퍼블릭 오브 코리아"를 열려진 대화적 상태로 만들고 있다.

능함을 주목한다.[82] 이 절에서는 단일 민족적 신식민지에서 하위제국적 이민국가로 변화된 위상을 보이는 한국 사회의 몇 가지 측면을 검토할 것이다. "코리언 드림"이란 해외로부터 한국에 온 이주 노동자의 욕망을 나타내는 용어인데, 한국 언론에서 사용하는 이 단어의 빈도수는 일견 당황스럽게 생각된다.[83] 세계적으로 보다 더 유명한 용어 "아메리칸 드림"에 반향하면서, "코리언 드림"은 이민자와 이주자의 행선지로서 한국과 미국의 등가성에 대한 어떤 욕망을 암시한다. 그처럼 이 용어는 한국을 세계적 위계에서 준주변부적 제국 내부로서의 새로운 장소로 인정하는 셈이다. "코리언 드림"은 다른 인종과 국적의 이주자들을 예속시키려는 욕망을 미묘하게 반영하면서 한국의 승리주의를 드러내고 있다. 한국의 "자유세계 판타지"로의 호명과 그 개발의 꿈은, 아직 저 "개발되고" 덜 "자유스러운" 다른 나라들에게 한국판 "자유세계의 환상"을 갖게 하는 결과를 낳았다.[84] 미국의 경우에는 "아메리칸 드림"이 이민자들의 동화를 촉진하는 이데올로기적 장치로 작동하면서도, 특히 유색인종 이민자들을 "내부화시키며 배제"하는 인종적 회귀와 고안의 도구로서 기능했다.[85] "코리언 드림"은 유사한 방식으로 작동된다. 즉 이주를 부추기는 한국의 판타지, 그 이미지와 스토리와 상품의 구성은, 제도

---

82 『한겨레신문』, 2002.8.11.

83 예컨대 한국에서의 (자신을 포함한) 이주 노동자들의 경험에 대해 쓴 조선족 여성 리혜선의 책은 『코리안 드림—그 방황과 희망의 보고서』(아이필드, 2003)라는 제목으로 되어 있다.

84 Neferti Xina M. Tadiar, *Fantasy-Production : Sexual Economies and Other Philippine Consequences for the New World Order*, Hong Kong : Hong Kong University Press, 2004, pp. 1~24.

85 Ruth Hsu의 "인종적 회귀(racial rehabilitation)"의 개념을 볼 것. Rosemary Marangoly George, "But That Was in Another Country : Girlhood and the Contemporary 'Coming-to-America' Narrative", Ruth O. Saxton, ed., *The Girl : Construction of the Girl in Contemporary Fiction by Women*, New York : St. Martin's, 1998, p. 138에 인용되어 있음. "외부화시키는 포섭(exteriorized inclusion)"의 개념에 대해서는 Etienne Balibar, "Racism and Nationalism", Etienne Balibar · lnlmanuel Wallerstein, ed., *Race, Nation, Class : Ambiguous Identities*, London : Verso, 1991, pp. 37~67을 볼 것.

화된 인종주의적 노동 착취의 현실을 숨기고 위장하는 호명과 규율의 메커니즘 그 자체이다.

하위제국적 언어로서의 한국어의 신흥, 즉 국내와 해외에서 "코리언 드림"의 실현을 도울 수 있는 언어의 출현은, 부인할 수 없는 역사적 현상이 되고 있다. 2003년 7월 한국 국회는 이주 노동자들에게 자격 요건으로 한국어 시험을 치를 것을 명령하는 법을 통과시켰다.[86] 이주 노동자와 한국 이주 노동 활동가들의 공동체에서 한국어 말하기 대회는 제법 흔한 행사가 되었다. 한국인 활동가들의 의도는 이주 노동자들을 도우려는 긍정적인 것이며, 우리는 이주 노동자 스스로 참가에 마음이 끌리는 선의를 인정할 수도 있다. 그러나 그런 행사는 필연적으로 하위제국적 언어로서의 한국어의 위상을 확신시키면서, 더 좋은 일자리와 임금, 경제적 목표와 개인적 꿈의 실현에 직접 연결되어 있는 한국어를 배우려는 필요와 욕망을 분명하게 한다. 그들의 한국어에 대한 열정은 1945년 이후 시기의 제국의 언어로서 영어에 대한 한국인의 열망과 닮았다고 말할 수 있다. 「꺼삐딴 리」의 한국인 주인공은 처음에 일제하의 식민지 주체였다가, 그 다음에 소련 점령 하의 북한에서 신식민지적 주체가 되었고, 또 다시 미국 헤게모니 아래의 남한에서 신식민지적 주체가 되고 있다. 그런 그는 스스로 인종차별을 피하고 권한을 얻고 동화되기 위해 차례대로 일어, 러시아어, 영어를 배워야 했다.[87] 그와 똑같이 이주 노동자들의 경우 한국어는 그들을 권력구조에 더 잘 통합되게 도움을 줄 수 있는 언어가 되었다.

다양한 국적의 이주 노동자들을 위해 특별히 고안된 한국어 책과 인터넷 사이트는 매우 쉽게 이용할 수 있게 되었다. 『한겨레신문』은 베트

---

86 『한겨레신문』, 2003.7.31.
87 전광용, 「꺼삐딴 리」, 『20세기 한국소설』 17, 창비, 2005, 28~63쪽.

남 노동 중개업 회사가 만든 한국어 교본에 대해 보도하고 있다. 신문 기사에 의하면 많은 베트남 노동자들은 그 책이 쓸모 있기 때문에 늘상 갖고 다닌다. 『한겨레신문』은 다음과 같은 한국어 구절로 끝을 맺고 있다. "우리도 사람입니다", "제발 때리지 마세요", "우리가 그런 것들을 글로 볼 수 있습니까?", "회사는 이 문제를 다루어야 합니다", "우리는 그런 행동을 참을 수 없습니다", "나를 다시 때리면 다른 회사로 옮길 거예요." 베트남 노동자들은 이렇게 말한다. 멋진 유용한 구절들이 실린 한국인이 출판한 다른 많은 한국어 책들이 있지만, 그 책들은 우리의 특수한 필요성에 적합하지 않다.[88]

한국의 이주 노동자들이 사용하는 한국어는, 한국의 기지촌 거주자들이 기지 주변에서 주워들어야 했던 영어나, 한국 이민자들이 생존을 위해 배워야 했던 영어와 어떤 공통적 요소를 갖고 있다. 혹은 미국의 한국 이민자 회사에서 라틴계 노동자들이 일자리를 위해 습득해야 하는 한국어와 공통점이 있다. 억압의 도구로서의 (하위)제국의 언어가 동화를 가능하게 해 권력구조에 가담할 수 있게 한다면, 그런 언어는 저항의 전략으로서도 동원될 수 있을 것이다. 한국의 베트남 노동자나 미국의 한국인 회사 라틴계 노동자들이 쓰는 한국어처럼, 식민지 시대 한국인의 일본어나 미점령기와 기지촌에서의 한국인의 영어는, 그런 유사한 저항적 차원을 보유하고 있었다.

88 『한겨레신문』, 2002.11.26.

경제적 구성원의 지위와 재영토화, 그리고 견고한 시민권

　민족성과 시민권은 분리되고 있는 반면 경제적 참여와 시민권은 연결되고 있다. 그와 함께 우리가 주목하는 것은, 경제적 기여와 시민권 간의 점증하는 연결성이 반드시 인종적 평등을 촉구하기 보다는 노동의 인종적 분할을 진전시킨다는 사실이다. 많은 이민적 상황들, 그중에서도 특히 미국에서는, 국가와 자본이 전통적으로 이민과 이주 노동자의 노동을 이용하면서 그와 동시에 그들의 시민권과 시민적 권리를 보류한다.[89] 미국에서 그런 이민자들이 역사적으로 수행해 왔던 것처럼, 한국의 이주자들과 이민자들 역시 저항의 전략에 호소하면서, 그 전략을 통해 스스로를 이민 국민국가의 틀 내부에 명확하게 위치시키고, 노동자・거주자・시민으로서의 자신의 권리를 모색한다.

　이주 노동자 공동체의 가장 직접적인 목표 중의 하나는 한국 노동자들과 똑같은 기본적인 노동 3권 — 단결권, 단체교섭권, 단체행동권 — 을 얻는 것이다. 이주 노동자들과 그들의 한국인 동료들은 최근에 지방 선거의 투표권과 지방 관청의 출마권을 얻음으로써 정치적 참여의 영역에서 작은 승리를 얻어냈다. 근래의 인구분포의 변화가 1945년 이래로 자연스럽게 여겨져 왔던 민족성과 시민권의 등가성을 방해하기 시작한 것이다. 이제는 한국의 국가와 자본이 공모해서 만들어낸 이주 노동자들의 정체성의 비정당성이, 민족적・문화적으로 동질적인 "한국 개념"의 정당성을 파열시키게 되어야 한다. 한국이 민족적(ethnonational) 공동체의 모델을 넘어서서 움직이기 위해서는, 경제적 기여가 사회적 지위와 정치적 권리의 토대로 인식되는 유럽식 탈민족적(postnational) 시

89　Lisa Lowe, "Immigration, Citizenship, Racialization, Asian American Critique", *Immigrant Acts : On Asian American Cultural Politics*, Durham : Duke University Press, 1996, pp. 1~36.

민권을 향해 시민권의 개념이 이동해야 한다. 탈영토화되고 틈새적임에도 불구하고, 이주 노동자들은 그들 스스로를 자신을 받아들인 국가 공동체의 일원으로 재영토화하길 모색한다. 이주 노동자들은 (다음에서 볼 것처럼) 제한된 방식으로 다중적인 국가 공동체에서 자신의 구성원 지위의 유연성을 실행하면서, 그와 동시에 스스로를 국민국가 내의 자신의 새로운 위치인 견고한 시민으로 설정하려 시도한다. 즉 그들의 영토적 거주와 합법적인 국민적 주체로서의 정치적 권리, 그리고 한국으로의 자신들의 사회적·문화적 통합, 그런 것들 사이의 동형성의 차원을 개선하려 하는 것이다.

박범신의 『나마스테』 ─ 이민 하위제국으로서의 한국

이 절에서는 먼저 2004년 『한겨레신문』에 연재되었던 박범신의 『나마스테』를 검토한다. 『나마스테』가 출간된 이후로 다른 한국 작가들은 이주 노동자의 주제를 다루기 시작했으며, 그와 함께 이주 노동자들이 그들 자신의 자기 재현물들을 발표하도록 격려하고 촉구했다. 그것은 마치 1970~80년대에 이전 세대의 학생 운동가들이 한국 노동자들과 함께 행동했던 것과도 유사했다.[90] 그런데 『나마스테』처럼 한국 작가에 의해 쓰인 다른 문학작품들 역시 인종적 소수자들에 대한 주류적 재현

---

90 이주 노동과 다문화주의의 문제를 다룬 새로운 글쓰기에 대한 비판적 분석으로는 허정, 「국경을 어떻게 넘어설 것인가?」, 남송우 외편, 『2000년대 한국문학의 징후들』, 산지니, 2007, 161~187쪽을 볼 것. 한국 작가들이 쓴 몇몇 작품들의 예를 들면 다음과 같은 작품들을 포함할 수 있다. 정영선의 「겨울비」, 『평행의 아름다움』, 문학수첩, 2006, 281~303쪽; 이혜경 「물한 모금」, 『틈새』, 창비, 2006, 8~30쪽; 김중미, 『거대한 뿌리』, 검둥소, 2006; 이명랑, 『나의 이복형제들』, 실천문학사, 2004; 김재영, 「코끼리」, 『코끼리』, 실천문학사, 2005, 9~38쪽.

의 중요한 정치적 한계를 나타내고 있다. 아시아계 미국인의 글쓰기에서와도 같이, 우리는 한국에서의 이주와 이민의 역사와 이야기를 쓸 다음 세대의 다민족적 한국인을 기다려야 할 것이다.

『나마스테』는 동시대의 이주 노동자들의 노동 투쟁을 묘사하고 있다. 즉 이 소설의 연재는 이주 노동 운동가들의 명동 성당에서의 380일의 시위와 겹쳐진다. 이 소설은 한국 좌파 정치학의 방향에 대한 전반적인 조정의 지표이며, 1970~80년대의 강렬한 민족주의적 노동운동으로부터 이주 노동자들과의 국제적·상호인종적 연대를 요구하는 오늘날의 하위제국적 상황으로의 방향조정을 나타낸다. 혹독한 노동 착취, 한국 당국과 고용주들의 인종주의적 정책과 실행, 그리고 주류 한국인의 외국인 혐오적인 차별, 이런 것들을 가차 없이 비판하면서, 이 소설은 전체적으로 한국 대중들을 교육하려 시도하는 중요한 창작물이다.

이 소설의 진보적인 공헌을 인정하면서, 나의 해석은 신생하는 한국 좌파 다문화주의의 의도치 않은 보다 무의식적인 차원들을 탐구한다. 내가 논의하려는 것은, 이 소설이 인종을 넘어선 사랑과 그 하위오리엔탈리즘을 서사화하면서, 민족과 계급, 국가, 하위제국과 연관해서 주요 인물들의 젠더화된 섹슈얼리티들을 전경화한다는 것이다. 여기서 민족·계급·국가(하위제국) 등은 하위제국적 맥락에서 섹슈얼리티들의 주체화 과정을 재정렬하고 재구성하는 구성적 차원들이다. 『나마스테』에서 한국인 여성 섹슈얼리티는 이제 한국의 하위제국의 트랜스내셔널한 공간에 재배치되고 재종속화된다. 반면에 민족 및 그 남성적 노동계급과의 배타적인 연관에서 막 분리된 엘리트 좌파 노동운동가의 한국인 남성 섹슈얼리티는, 범아시아적인 남성적 프롤레타리아나 혁명적 주체성과의 연계를 안출해낸다.

하위오리엔탈리즘적인 하위제국적 연애

—어머니(모국), 아내, 학생으로서의 한국

미국이민으로부터 귀환한 서른 살의 이혼녀 신우는 자신의 마당에서 무심결에 네팔 노동자 카밀을 발견한다. 카밀의 "청동빛" 피부와 힘없이 누운 자세는 그녀에게 죽은 동물을 연상시켰지만, 그를 인간으로 확인시켜 준 것은 정신을 차린 후 그녀에게 들려준 첫 한국어 문장이었다. "세상이 화안해요."[91]

카밀의 미소와 말은 산벚꽃나무의 광채에 의해 더욱 빛나면서 신우를 향해 발산되는 빛의 중심이 되었다. 카밀은 한국인 직원들에게 시달려온 청바지 공장으로부터 도망쳐 나왔다. 카밀과 그의 여자 친구 사비나는 신우의 집 빈방으로 이사한다. 카밀은 사비나에게 헌신적이었지만, 사비나의 불안정함과 배신의 염려 때문에 그는 결국 신우에게 의지하게 되고, 그들은 점차로 사랑에 빠진다. 이 소설은 카밀과의 관계에서 신우의 역할이 변화되는 과정을 제시한다. 즉 신우는 처음에는 "품어 안는" 어머니였다가 그 다음에 도움을 주는 아내가 되고 그러고 나서 그에게서 영감을 받는 학생이 된다.

신우가 자신보다 다섯 살 아래인 카밀에게 이끌리는 요인은 모성적인 것으로 계속 묘사된다. 마당에서 카밀을 만나기 전날 밤 신우는 신성한 "산인(山人)"의 탄생을 예언하는 "태몽"을 꾼다. 신우는 카밀에 대한 자신의 사랑이 "이성"에 대한 애틋한 감정이기보다는 "품에 안아 키운 눈물겨운 피붙이"같다는 느낌임을 깨닫는다.[92]

『나마스테』의 이주 노동자와 연관된 오늘날의 노동 정치학의 재현에

---

91 박범신, 『나마스테』 2, 『한겨레신문』.
92 박범신, 『나마스테』 6·40, 『한겨레신문』.

서, 주류의 차별적인 인종주의적 실행을 반대하고 비판하는 이민국가/하위제국 한국의 "진보적" 차원들이 여성적이고 여성주의화된 모성적 권위로서 상상된다는 것은 일견 기묘하게 보일 수 있다. 과거 수십 년 동안 한국의 비판적 노동 정치학이 항상 강력하게 남성중심적이고 가부장주의적이었다는 사실을 생각하면 그렇게 여겨지게 된다. 그러나 이민국가가 어머니로서 알레고리화되는 것은 미국적 상황에서는 충분히 일반적인 일이었다. 간단히 두 개의 작품의 예를 든다면, 필리핀계 미국인 카를로스 불로산의 『미국은 내 마음 속에(*America Is in the Heart*)』와 한국계 미국인 이창래의 『네이티브 스피커』는, 미국을 다양한 인종들과 민족들을 환대하는 포용적인 어머니로 상징화하기 위해 백인 여성의 비유를 사용한다.[93] 한국의 좌파가 자신을 재남성주의화된 실체로 이해했던 것이 미국의 신식민지로서 포위되고 거세된 위치를 전제로 했다면, 다민족적 주민들의 포섭과 동화가 필요한 신흥하는 하위제국으로의 시대적 변화는, 한국을 모성적 정치조직으로 재젠더화하고 재섹슈얼리티화한다.

이민적인 하위제국이나 국가를 어머니로 은유하는 것은, 식민자를 부모(부성이나 모성)로 표상하는 비슷하게 친숙한 은유의 연속선상에 놓여 있다. 이민 국가를 양모나 (재)생모로 비유하는 것은, 동화와 통합의 지배를 보다 복합적으로 수행하는 작업, 즉 이민자와 이주자의 "내부화된" 식민화를 실행하는 일에서 효과적인 기호로 작동된다.[94] 그런 비유는 자식으로서의 신체적 결합의 상상을 통해 피지배자인 이민/이주 주체의 영토화를 순화시키면서, 위계화되고 인종주의화된 동화와 배제의

93 Carlos Blosan, *America Is in the Heart*, Seattle : University of Washington Press, 1974; Chang-rae Lee, *Native Speaker*, New York : Riverhead Trade, 1996.

94 Etienne Balibar, "Racism and Nationalism", Etienne Balibar · Inlmanuel Wallerstein, ed., *Race, Nation, Class : Ambiguous Identities*, London : Verso, 1991, pp.37~67.

보다 폭력적인 전략을 은폐한다. 가족적 · 세대적 위계로 비유된 이민 (하위)제국은 이민자나 이주자를 유아처럼 만든다.

『나마스테』는 카밀을 주위에 후광 같은 광채를 지닌 신인(神人)이자 "피투성이"의 고통스러운 인간의 모습으로 비유하면서, 그와 함께 신우와의 관계의 시작에서 계속 그를 어린 아이로 묘사한다. 신우는 그에게 젖을 먹이려는 충동에 사로잡힌다. 즉 "나는 늙은 암소가 되고 싶었다."[95] 내가 논의하고 싶은 것은, 그런 모성주의의 배치 이면에서 우리는 실제로는 가부장제적이고 부성주의적인 작가의 형식으로 된 한국 좌파를 발견한다는 것이다. 대리물로서 모성주의를 설정하면서, 『나마스테』에 예시된 다문화주의의 대리 하위제국적 행위자, 즉 좌파 한국 노동 정치학은, 지배와 동화를 용이하게 함으로써 다른 하위제국적 이해와 공모한다. 또한 그와 함께 국가와 다국적 자본에 대한 아시아 대중의 저항과 대립을 북돋우려는 책임감 속에서 스스로를 전위로 설정하고 있다.

그 다음에 『나마스테』에서 인종을 넘어선 연애 서사는 카밀의 프롤레타리아적 성장소설로 변화된다. 카밀은 한국 좌파의 보이지 않는 권위와 저작권 아래서 트랜스내셔널 노동운동의 민족적 프롤레타리아 순교자가 되도록 예정되어져 있다. 카밀은 "한국이 나한테 준 선물은 (…중략…) 한국 와서 진짜 어른"이 되었다는 것이라고 말한다.[96] 소설의 결말부를 향하면서 카밀이 대의를 위해 스스로 순교자가 되려 할 때, 그는 더욱 그 점을 자세하게 말한다. 즉 "한국 오기 전에 나, 생각하는 힘 없었어요. 의미 없이 반항하거나 그냥 굴복하는 식이었으니까. 그렇지만 이제 카밀, 생각해요. 한국이 그거 가르쳐 주었어."[97] 소설의 서두에

---

95 박범신, 『나마스테』 6 · 40, 『한겨레신문』.
96 박범신, 『나마스테』 67, 『한겨레신문』.
97 박범신, 『나마스테』 225, 『한겨레신문』.

서의 모성주의는 후반부에서의 카밀의 변화, 즉 어린 아이에서 혁명적인 사람으로의 성장을 예비하고 있다. 신우의 성격은 하위제국적 "아씨"에서 트랜스내셔널한 범아시아적 남성 혁명 주체의 가정적인 지지자, 카밀의 아내로의 전환을 경험한다.[98] 아시아 남성 노동자들의 트랜스내셔널한 제휴는, "대리적인 하위제국적 한국 여성"의 모습을 "주변에서 돕는 여성"의 역할로 되돌리는데, 후자의 역할은 1970~80년대 옛 세대의 한국 여성들이 연출했던 것과도 유사하다. 달려오는 지하철 열차에 몸을 던진 이주 노동자의 자살과 함께, 카밀은 "의식화"를 경험한다. 그가 처음으로 "집단"의 의미를 깨달은 사람이 되었을 때, 신우는 카밀을 아버지이자 남편으로 가족적 의무에 묶어두려 했던 자신의 여자로서의 욕망을 비판적으로 반성한다. 항의 집회에서의 카밀의 리더십을 찬양하면서 신우는 이렇게 생각한다. "나는 시작과 달리, 이제 전사의 품에 있었다."[99] 이 소설은 열사("순교자")라는 말과 함께 전사라는 칭호를 카밀과 그의 이주 노동 운동 동료들에게 사용한다. 1970~80년대의 한국 노동자들과 학생운동 협력자들을 묘사하는 데 사용되던 이 단어들이 시간을 뛰어 넘고 인종과 문화를 넘어서서 연대를 만들고 있는 것이다. 그러나 그런 과거의 방식으로 된 트랜스내셔널한 혁명적 주체로서 카밀 자신의 출현은, 그 자체가 동등한 파트너로서 여성의 아시아 남성과의 연대 가능성을 배제로 한 것이며, 또한 아시아 여성 노동자들 스스로의 연대를 제외하는 것을 전제로 한 것이다.

　　신우가 이민과 이주 노동의 문제를 다루는 부분에서 어머니와 아내의 역할을 한다면, 이 소설의 중심적 국면인 네팔의 사상 · 문화 · 종교

98　제니 샤프(Jenny Sharpe)의 "아씨(memsahib)"에 대한 논의를 볼 것. Jenny Sharpe, *Allegories of Empire : The Figure of Woman in the Colonial Text*, Minneapolis : University of Minnesota Press, 1993, pp.85~110.
99　박범신, 『나마스테』 201, 『한겨레신문』.

에 대한 하위오리엔탈리즘적 관여 부분에서는 카밀의 학생 역할을 한다. 신우 역시 카밀에게 한국의 언어·문화·역사를 가르치지만, 그녀의 전수는 실제적이고 물질적인 가치를 더 많이 제공하려는 의미를 지닌다. 그와 달리 신우의 네팔과 남아시아 사상의 학습은 이 소설의 보다 폭넓은 지적인 틀로서 작용한다. 『나마스테』에서 한국과 네팔 사이의 관계는, 서양과 서양의 동양, 그리고 식민지 후기의 일본과 일본의 동양 사이의 관계에 상응한다.[100] 국민국가의 자본주의적 개발과 산업화의 정도는, 타락하지 않은 신성하고 영적인 동양의 심오함과 진리에의 접근과 반비례적 관계에 있다. 신우가 히말라야의 신비에 빠져드는 것은, 바로 그처럼 그곳에 문화적·영적 우월성을 부여함으로써, 네팔과 다른 아시아 국가들에 대한 한국의 경제적 지배를 의미화하는 셈이다.[101] 카밀은 최고의 영적 우월성을 뜻하는 신우의 "스승"인 것이다.[102]

이종적 혼합의 결혼과 아시아 여성의 이중적 알레고리화
─하위제국의 팽창 혹은 다민족적 유토피아의 창조

혼혈 가족을 만든 신우와 카밀의 인종을 넘어선 국제적 가족을 통해, 『나마스테』는 하위제국 한국의 변화된 위상과 관련해서 이제 민족에의

---

100 에드워드 사이드(Edward Said)의 *Orientalism*, New York : Vintage, 1979를 볼 것. 또한 스테판 다나카(Stefan Tanaka)의 *Japan's Orient : Randering Past into History*, Berkeley : University of California Press, 1995를 볼 것.

101 역주 : 역설적으로 네팔의 산악을 신비화하는 동안 신우는 무의식적으로 한국이 동남아를 자본주의적으로 지배하는 나라가 되었음을 인정하는 셈이 된다. 이는 식민지 말 일본의 동양의 신비화가 무의식적으로 일제의 아시아 지배를 인정하는 것이었던 점을 비슷하다. 그러나 후자의 경우 일본이 대동아공영의 주도자가 되어야 한다고 생각한 반면, 『나마스테』는 신우와 카밀의 혼혈아 애린이 히말라야를 등정하는 것으로 끝난다.

102 박범신, 『나마스테』 99, 『한겨레신문』.

폐쇄적 예속에서 벗어난 형태로 여성 섹슈얼리티를 재형상화한다. 나는 수행적인 역사로서 이 소설의 그런 복수적·다인종적 가족의 의미가 여전히 모호함을 논의하고 싶다. 한편으로 한국의 여성적 섹슈얼리티에는, 인종적으로 혼합된 집단으로 상상된 팽창하는 하위제국을 위한 재생산적 대리의 알레고리적 역할이 (재)할당된다. 신우의 하위오리엔탈리즘적 행위력은, 자신의 재생산적 섹슈얼리티를 네팔에 대한 한국의 지배적 위상을 확인하는 데 예속시키며, 더 나아가 다인종적인 하위제국적 주체의 재생산(딸의 탄생)을 통해 그 지배적 위상을 강화하는 과정에 종속시킨다.

다른 한편 이 소설의 트랜스내셔널한 노동 정치학의 진보적 태도를 생각할 때, 혼혈적·다인종적 가족의 창조를 다민족적·다인종적인 유토피아적 공간으로서 한국과 아시아에 대한 급진적으로 다른 개념을 향한 몸짓으로 가정할 수도 있다.[103] 그런 공간은 노동운동을 통해 구성될 뿐만 아니라 혈통과 친족의 결속감을 통해 연결된다. 서로의 관계의 초기 단계에서부터 신우는 카밀을 향한 그녀의 감정을 "피붙이"의 느낌으로 묘사한다.[104]

카밀의 아이를 임신한 신우에 대한 이 소설의 전반적인 재현 역시 매우 가족주의적이다. 미국에서 돌아온 어머니가 세상을 떠난 직후에 신우는 자신이 임신한 사실을 알게 된다. 태아는 죽어가는 어머니가 카밀과 신우의 관계를 허락한 것의 재육화로 인식된다. 태아를 향한 신우의 모성적 애정은 자신의 혼혈 가족 전체에 대한 보호심리로 이어진다. 이

---

103 역주: 이 책의 관점은, 『나마스테』가 새로운 다민족적 공동체를 가정하면서도, 어머니가 자식을 포용하듯이 이주자를 수용하는 하위제국적 관점이 (무의식의 차원에) 여전히 남아 있다는 것이다.
104 신우는 "피붙이"라는 단어를 사용하는데 이는 친밀하고 밀접한 혈연관계라는 강한 내포를 지닌 단어이다. 박범신, 『나마스테』 25, 『한겨레신문』.

는 그녀의 영혼의 가장 깊은 곳으로부터 생겨난 자연스러운 감정으로 언급된다. 즉 "하나의 가족을 지켜가고자 하는 소명의식이 나의 내부로 부터 움터 오르고 있었다." 그녀의 임신, 국경을 넘어선 위치를 지닌 혼혈아의 임신은, 우주적 에너지가 함께 모이는 과정이 된다.[105] 혼혈아의 탄생은 육체적이고 물질적인 방식으로 (트랜스내셔널하고 세계적인) 아시아 프롤레타리아의 그런 통합의 목표를 성취한다. 임신한 동안 신우를 카밀에 연결하고, 궁극적으로 계몽과 우주적 진리로의 통로를 나타내는 네팔에 연결한 것은 태아이다.

한국인으로서의 신우 자신의 국적과 민족성 역시 카밀과의 관계와 출산의 결과로 변화된다. "나는 생성의 신묘한 바르도를 통해 이 땅에 태어났으며, 멀고 먼 아메리카를 돌고 돌아서 마침내 필연의 길을 쫓아 바다 건너온 카밀을 만난 것이었다. 길은 이제 히말라야로 열려 있었고, 그 길을 보여주려고 그가 내게로 왔다고 나는 믿었다."[106] 박정희 시대부터 최근에까지, 신우가 사용한 "이 땅에 태어났다"라는 특수한 구절은 항상 민족적 주체의 토착성을 암시해 왔으며, 양도할 수 없는 신체와 땅의 연결을 시사해 왔다. 신우의 "나마스테"[107]라는 카르마적(업(業)의) 만남에 관한 명상은 신중하고 조심스럽게 자신을 이전의 "이 땅"의 개념으로부터 분리시킨다. 원래 "땅"이라는 단어는 흙, 토지, 국가, 지구 등을 의미할 수 있다. 이 소설의 맥락에서 신우의 "땅"의 언급은 다른 의미를

---

105 박범신, 『나마스테』 128・116, 『한겨레신문』.
106 이 책의 영어 인용에서는 생성의 바르도를 "생명의 창조의 열림(opening of life creation)"이라고 번역했다. 박범신, 『나마스테』 125, 『한겨레신문』. 카밀은 "바르도"를 이행적인 시기로 설명한다. 박범신, 『나마스테』 46, 『한겨레신문』.
107 이 소설은 제목 "나마스테"를 네팔어로 폭넓은 의미들을 지닌 것으로 설명하며, 여기에는 "만남, 소통의 시작, 사람들 사이의 아름다운 다리, 안녕하세요, 안녕히 계세요, 환영합니다" 등의 의미가 포함된다. 박범신, 『나마스테』 46, 『한겨레신문』. 이 단어는 원래 산스크리트어로 "당신에게 절을 함"을 의미한다.

갖게 되며, 그것의 번역은 "이 지구에 태어났다"로 수정될 수 있다. 그런 식으로 재해석된 "이 땅"은, 한국인 프롤레타리아의 "민족주의적 토착성"으로부터 "범아시아적인 세계적 정체성"으로의 이행을 나타낸다.

이제 민족과 폐쇄적으로 통합되었던 가족주의는, 다민족적 (아시아) 집단, 즉 트랜스내셔널하면서도 혈통과 친족성에 근거한 사회를 상상하기 위해 확장된다. 우리는 또한 그런 인종을 넘어선 트랜스내셔널한 가족 공동체가 아시아 인종 내의 혼합에 국한됨을 주목해야 할 것이다. 신우의 미국 이민 경험을 그린 부분에서의 미국 흑인에 대한 매우 문제적인 묘사를 생각할 때, 이 혼혈적이고 혈통과 연관된 정치조직이 백인이나 흑인, 라틴계와 같은 다른 인종과의 혼합을 포함하게 될 것인지는 말하기 어렵다.[108] 신우가 딸을 낳자 그녀와 카밀은 이름을 네팔어로 사

---

[108] 이 소설은 한국인의 미국 이민의 경험을 아시아 이주 노동자의 한국의 경험과 대비시킨다. 신우는 미국에 이민 갔다 한국으로 돌아온 이민자였다. 그녀는 십대 동안을 미국에서 보냈으며, 그 시기를 전체적으로 외로움과 소외, 인종주의의 고통의 시간으로 기억한다. 부모와 세 오빠를 포함한 그녀의 가족은 1992년 LA 폭동 때 로스앤젤레스에서 살고 있었다. 폭동의 와중에서 막내오빠는 죽음을 맞았고 큰오빠는 워싱턴으로 이주했으며 둘째오빠와 신우는 한국으로 돌아왔다. 부모들은 계속 큰오빠와 살고 있었지만 흑인 폭동 때 총에 맞은 아버지는 총상으로 인해 곧 세상을 떠났다. 신우는 미국 이민 생활 동안 어떤 동화의 감정도 갖지 못한 것처럼 보이지만, 카밀의 여자 친구 사비나는 한국 체류 5년째 기념일에 신우에게 "다섯 살 한국 생일"의 축하를 받는다(박범신, 『나마스테』 19, 『한겨레신문』). 물론 사비나의 한국 나이 다섯 살은 그녀를 어린이로 전환시킨다. 마찬가지로 미국 이민을 고통스럽고 착잡하게 경험한 오빠들과는 달리, 카밀은 계속 순진하고 어린이 같은 모습으로 묘사된다. 한국 이민자의 미국 경험이 혹독한 환멸뿐이었다면, 카밀의 한국 경험은 맞서야 할 숱한 난관이 있긴 하지만 결국 그를 궁극적 계몽으로, 즉 노동투쟁으로부터 얻은 교훈으로 이끌어간다. 카밀의 이주 노동과 신우의 이민 경험을 비교할 때, 각각의 연애 및 성적 경험 또한 보다 큰 사회로의 통합 및 그 결핍의 재현에 중요한 역할을 한다. 카밀은 신우에 의해 보살펴지고 그녀의 사랑을 받는 자신을 발견하며, 마침내 한국에서 아이를 얻고 가족을 만들게 된다. 반면에 신우가 십대 이민생활에서 느낀 소외와 화합 불가능성은, 흑인 소년에게 당한 원치 않은 성적 경험과 백인 주류 사회에 의한 에스닉화된 섹슈얼리티의 암묵적 거부로 예시된다. 이 소설에서 미국 이민을 경험한 신우나 아직도 미국에 있는 그녀의 가족의 설정은, 어떤 차원에서 진보적 목적을 위해 제시되는 셈이다. 신우는 자신의 경험을 통해 카밀과 사비나의 한국 경험에 대해 한결 더 잘 알고 더 동정적이 된다. 한국에 대한 이주 노동자의 혹독함의 감정은 미국에서 비슷한 배신감을 경험한 신우를 통해 훨씬 더 쉽게 동일시된다. "박살난 아메

랑을 뜻하는 마야라고 했고, 한국어로는 이웃과의 사랑을 의미하는 애린(愛隣)으로 지었다. 우리는 이 소설의 끝에서 카밀이 네팔 여자 친구인 사비나와도 아이를 가졌음을 알게 된다. 신우는 항상 그녀의 존재가 카밀과의 관계를 위협한다고 느끼고 있었다. 결국 카밀의 삶에서 신우와 사비나라는 두 여성은 비슷하게 알레고리적인 역할을 하고 있다. 트랜스내셔널한 아시아의 남성적 혁명 주체의 재현 카밀은, 신우와 사비나, 그 둘과 사랑을 해야 하는데, 그 둘은 카밀의 출생국과 이주국에 대한 분리된 동시에 조화된 충실성을 상징화하고 있는 것이다. 따라서 트랜스내셔널한 아시아 프롤레타리아의 남성적 주체성은, 에로스적인 동시에 모성화된 이중적인 (혹은 잠재적으로 다중적인) 아시아의 여성적 섹슈얼리티들의 전유와 알레고리화를 통해 생산된다.

85일 간의 투쟁은 카밀의 자기희생으로 마감된다. 즉 그는 고층호텔 옥상에서 몸을 던져 자신을 희생한다. 이 소설의 에필로그는 카밀이 죽은 지 약 20년 후인 2021년의 이야기를 들려준다. 이 소설은 서로 처음

리칸 드림"을 경험한 신우는 "박살난 코리안 드림"을 겪은 이주 노동자들에게 한결 더 동정적이다(박범신, 『나마스테』 83, 『한겨레신문』). 그런 동정은 주변부에서 온 이주 노동을 준주변부 출신의 이민노동에 제휴시키는 하나의 전략이 된다. 신우는 이렇게 말한다. "카밀과 내가 다른 것은 아무것도 없었다."(『나마스테』 83, 『한겨레신문』) 그러나 그와 동시에 이 소설은, 미국의 상황에서의 소수자들과 이민 민족들 사이의 연합이 없이, 아시아인들, 즉 한국의 아시아 이주자와 미국의 아시아 이민자들의 제휴 형성에 더 관심을 두고 있다. 이 같은 트랜스내셔널한 아시아의 제휴는, 암암리에 백인 주류 사회로 보여진 미국과의 관계에서 적대감을 형성하는 것 같으며, 미국의 인종적 소수자들, 즉 흑인과 라틴계 주민들은 배제하는 것처럼 생각된다. 우리는 암묵적으로 "백인" 미국에 대항하는 그런 아시아적 제휴가, 비록 진보적일지라도 어떤 종류의 진보적 목적에 기여하는 것인지 질문을 제기할 수 있다. 그 같은 배제로 인해서 아시아적 제휴는 어떤 측면에서는 1930년대의 일제에 의한 대동아공영권의 관념을 복제하는 셈이 되지는 않을까. 이 소설의 전제 중의 하나는 이민국가로서 한국과 미국 사이의 어떤 경쟁적인 비교이다. 신우는 둘째오빠에게 이렇게 소리를 지른다. "우리가 미국 놈보다 나은 게 없어. 더하면 더했지."(『나마스테』 198, 『한겨레신문』) 반면에 신우의 카밀과 그의 문화 및 종교의 포용은, 한국을 포함한 소수자 문화에 관심이나 평가가 부족한 듯한 미국과 암암리에 비교되며, 한국이 미국보다 우월한 이민국가임을 입증하고 있다.

만난 카밀의 두 자녀 마야/애린과 카밀 2세를 보여준다. 아버지가 같은 남매간인 두 젊은이는 네팔의 카밀의 고향을 방문하는 여정에 있다. 이 혼혈 가족은 두 개의 문화에 뿌리를 두고 있으면서도, 그와 함께 원래부터 뿌리뽑히고 이산적이고 트랜스내셔널한 사람들이다. 그들은 소속된 본래의 장소가 없는 "무적자"로 불리지만, 각각 미국과 영국에서 공부한 코스모폴리탄적 엘리트인 마야/애린과 카밀(아들)은 다중적인 위치에 편안함을 느낀다.

코스모폴리탄적 엘리트 문화에서의 그들의 **미래의** 탈영토화된 시민 의식은, **오늘날** 한국의 이주 노동자의 매우 영토화된 삶의 성격과 날카로운 대조를 이룬다. 위에서 논의했듯이, 신우와 카밀의 혼혈적이고 다문화적인 가족은 어떤 면에서 하위제국적 욕망을 분절하는 측면이 있다. 이제 민족성의 총체적 포섭으로부터 풀려난 여성의 재생산적 섹슈얼리티는, 그런 (하위제국적) 욕망 속에서 대리 정복의 상징적 전략으로 재전유된다. 정의상 하위제국은 다른 민족성뿐만 아니라 인종적인 혼혈적 주체에 대해서도 포섭적이어야 한다.

다른 한편 이 소설은 또한, 그런 다민족·인종·문화적 가족을 범아시아적 대중을 위한 미래의 연대의 트랜스내셔널한 유토피아적 위치로 가정한다. 나의 해석으로는, 이 소설의 이런 이중성은 한국 좌파의 모순적인 욕망을 반영하는 것으로서, 궁극적으로 해소할 수 없는 것이다. 한국 좌파에게는 강렬한 국내적 투쟁의 기억과 새로운 하위제국의 승리주의, 그리고 미련이 남은 국제적 연대를 위한 야심이 공존하고 있는 것이다. 그런 모순들은 한국의 이 특수한 역사적 시점에 내재된 고유한 것이다. 즉 지금의 역사적 접합점은, "타자"의 합병과 동화를 통해 증대되며 "자기 자신"의 다양화와 이질화를 통해 팽창하는, 하위제국의 **미결정성**을 나타내고 있다.

트랜스네이션으로서의 한국과
트랜스로컬 주체로서의 이주민

    이동성의 정도와 규모를 의미심장하게 증폭시킨 오늘날의 세계화는, 사람들의 이동의 성격 자체를 보다 안정되고 단순한 종류—이민과 임시적인 이주 노동—로부터 한층 불안정하고 더 복잡한 종류—이른바 "초이주(transmigration)"[109]라고 불리는 것—로 변화시켰다. 그런 맥락에서 우리는 한국을 안정된 이민 국민국가의 지향뿐만 아니라, 아르준 아파두라이가 "이산적 접속점(diasporic switching point)"[110]이라고 부른 것, 즉 보다 넓은 트랜스내셔널 네트워크로 펼쳐져서 연결되는 위치로 개념화할 수 있다. 따라서 어떤 이주 노동자의 경우 한국은 또 다른 나라로 가기 위한 단지 임시적인 체류지일 수 있는데, 그것은 경제적 이주가 보다 좋은 일자리와 임금, 삶의 조건을 찾으려는 동기에 의해 유발되기 때문이다. 어떤 사람들은 일본으로 밀항을 하지만 또 다른 사람들은 미국으로 멀리 옮겨가기를 열망한다. 이주 노동자와 함께 일하는 한국 활동가 이란주는 그것을 "이주 사슬"이라고 부르는데, 여기서는 국가적 경제의 위계 관계가 이주자들을 나아가고, 멈추고, 돌아다니게 한다. 흔히 불법과 밀항으로 수행되며 세계로 향하는 그 같은 이동이야말로, 특정한 국가의 지역에서의 삶과 노동의 조건에 도전하는 생존과 저항의 전략 그 자체이다. 이주자들이 한 국가에서 다른 국가로 이동함에 따라 그들의

---

109 Sarah J. Mahler, "Theoretical and Empirical Contributions : Toward a Research Agenda for Transnationalism", Michael Peter Smith · Luis Eduardo Guarnizo, eds., *Transnationalism from Below*, New Brunswick, N. J. : Transaction Publishers, 2002, p.73.

110 Arjun Appadurai, *Modernity at Large : Cultural Dimensions Of Globalization*, Minneapolis : University of Minnesota Press, 1996, p.172; 아르준 아파두라이, 차원현 · 채호석 · 배개화 역, 『고삐 풀린 현대성』, 현실문화연구, 2004, 300~302쪽.

문화적 동화와 적응은 이삼중적이고 다중적인 과정이 된다. 이란주는 일본의 한국인 이주 노동자를 방문했을 때 거기서 동남아 남자를 우연히 만났는데, 그는 한국에서 일했었지만 이후 일본에서 한국인 관광을 취급하는 한국 기업의 일자리를 찾은 것이었다. 그의 과거의 한국어 능력과 문화적 지식의 이력이 그 특수한 일자리를 허용했으며, "이주 사슬"의 보다 높은 장소인 일본에 체류하게 도운 셈이었다.

성공적인 이주자들은 여러 지역을 여행하며 얻은 자신의 다양한 문화적 지식을 자본화할 수 있지만, 그렇지 않은 사람들은 그런 끝없는 이동이 소모적이고 피곤한 것임을 깨달을 것이 틀림없다. 그 같은 다중적 이주의 어려움은 일종의 트랜스내셔널한 유랑에 가까워지게 되며, 여기서의 이주 노동이란 벌거벗은 생존—흔히 비생존의 위험을 지닌 생존—을 의미하게 된다. 그럼에도 불구하고 우리는 이주 노동자의 트랜스내셔널한 이동성의 어떤 **"능력 부여의 차원"**을 인정하길 진정 원하는데, 그런 측면은 더 나아가 한국을 단순한 이민 국민국가가 아니라 "트랜스네이션(초국가)"[111]로 보게끔 시각을 바꾸게 도와준다. 한국의 이주 노동자의 존재는 그들의 다지역적이고 다방향적인 이동성의 일부에 해당된다. 즉 이주 노동자들의 이산의 복합적인 경로와 궤적은 한국에서의 구속과 곤경, 고투를 어느 정도는 상대화하는데, 그들의 잠재적·실제적 트랜스내셔널한 **이동성**은 자신들에 대한 한국 국민국가의 고착화 권력을 불안정하게 만들도록 **힘을 부여**하고 돕기 때문이다.

아파두라이의 경우 **트랜스로컬리티**란, 이주행위의 이동을 통해, 그리고 "테크놀로지적 상호작용성"을 이용하고 그에 노출됨으로써, "단일한 국가·사회·문화에서 탈영토화된" 주체성을 생산하는 것을 나타낸

---

111 Ibid., pp.172~177; 아루준 아파두라이, 차원현·채호석·배개화 역, 위의 책, 300~309쪽.

다.[112] 한 국가적 위치 이상에서의 이주 노동자의 사회적 결속, 문화적 지식, 정치적 소속, 경제적 참여의 습득과 유지는, 트랜스내셔널화하고 지구화하는 문화와 상황에서 탈영토화된 동시에 지역적 문화와 상황에 깊이 내재된 것으로서, 특유한 형식의 로컬리티를 발생시킨다. 새로 형성된 한국의 이주 노동자들의 민족적 이종문화권은, 하위제국적 이민 국민국가의 내부화된 신식민지적 공간으로 보여질 수 있다. 그러나 그 곳은 또한 동시적으로 트랜스로컬한 이주 노동자의 활동의 위치로 재개념화될 수 있으며, 이 경우 이주 노동 활동가들의 저항적 행위력은 그들의 개인적이고 집단적인 틈새적·트랜스내셔널적 맥락으로부터 출현한다. 그 같은 트랜스로컬 주체성 생산의 또 다른 예는, 2005년 이후의 다양한 "이주 노동자 방송국"의 창립인데, 여기에는 다언어적 인터넷 사이트, 라디오 방송국, 종이 신문 등이 포함된다. 이주 노동자들은 활동가·리포터·공동체 구성원으로서 정보와 관심사, 의견을 말하고 교환하면서, 서로 서로 교섭하고 자신의 본국이나 다른 지역의 가족 및 친지들과 교류하며, 또한 주류 한국 사회와 상호작용한다.

　록밴드의 조직, 노래의 작곡과 작사, 마운팅 아트[113] 전시, 에세이와 시 쓰기 같은 문화적이고 예술적인 다른 활동들 역시, 이주 노동자 공동체의 트랜스로컬 정체성의 생산 과정에 속한다. 7명의 미얀마 노동자와 나이지리아·태국·네팔·중국 같은 다른 나라 노동자가 공동으로 결성한 한 록밴드는, 이주 노동자들이 한국어로 가사를 쓴 〈왓 이즈 라이프(Whit Is Life)〉라는 영어 제목의 음반 앨범을 발표했다. 이주 노동자들은 그들이 얼마나 착취당하고 기계와 싸워야 했는지, 그리고 가족과 고향에 대한 그리움이 어떤지 말하면서, 한국에서의 자신들의 불법적 신

---

112 Ibid., pp.178~199; 아루준 아파두라이, 차원현·채호석·배개화 역, 위의 책, 327~335쪽.
113 역주 : 종이나 판넬 등을 쌓아서 만든 미술품을 말함.

분을 슬프게 인정한다. 그와 함께 그들의 노래는 불만과 비탄, 항의인 동시에, 한국뿐 아니라 세계 곳곳의 이주자들 간의 연대에 대한 호소이다. 그들은 이주자의 트랜스내셔널하고 트랜스로컬한 정체성의 감각을 표현하면서, 그들 각각의 문화와 한국 문화, 자신들의 한국의 경험을 지구적 대중문화와 함께 혼종화한다.

이주 노동자들이 만든 또 다른 밴드는 "스톱 크랙다운(Stop Crackdown)"이라고 불린다. 그들은 이렇게 노래한다. "외국인 이주 노동자들은 일만 하는 기계인 줄 아셨죠? 우리도 노래를 부를 줄 아는 사람이랍니다." 그들의 가사는 한국의 가장 유명한 노동운동의 열사 전태일이 죽어가며 외친 말—"우리는 기계가 아니다"—에 반향하고 있다. "스톱 크랙다운(단속중지)"이라는 밴드의 이름은, 노동하고 생존하는 정치·경제적 투쟁과 그런 투쟁의 예술적 표현이 어떻게 통합된 전체를 형성하는지 보여준다. 그들은 노래한다. "밟히고 또 밟혀도 다시 일어나 피땀 흘리며 당당하게 살아간 (…중략…) 위 러브 코리아 위 러브 코리아"[114]

---

114 그들의 한국에 대한 사랑의 선언은 어쨌든 한국인들에게 한 숨 돌리게 하는 일이다. 한 노동자는 그가 출입국관리사무소에 쫓기는 신세임에도 자신의 20대를 전부 보낸 한국을 여전히 사랑한다고 말했다. 식민지 시대의 한국인 이주 노동자가 자신의 청춘을 바친 일본을 사랑했다고 말한다면 그것을 받아들이는 일은 한국인으로서는 상상할 수 없을 것이다. 그러나 한국인들은 외국 이주 노동자가 어떻게 한국을 사랑하는지에 대해 듣는 일에 싫증을 내지 않는다. 나는 이주 노동자의 한국에 대한 애정의 선언의 진심을 의심하지 않지만, 그런 정서가 필연적으로 어떤 강제적 힘의 산물이며, 그들의 존재와 노동을 보이지 않게 만드는 한 사회에 적응하고 수용되려는 노력의 일부라고 생각하지 않을 수 없다. 물론 그들의 표현은 미국의 이민자 민족 공동체에서 비슷한 방식으로 만들어지는 노력과 다르지 않다. 이민들이 소유한 상점 앞 유리에 성조기의 별과 선으로 된 장식을 눈에 띄게 전시하는 일은 그런 예의 하나일 것이다. 이주 노동자들은 한국인들에게 자신들의 한국에 대한 헌신, 즉 "우리는 한국을 만들어간다"라는 것을 알리면서, 그와 함께 노동자와 "이방인"으로서의 어려움을 말하고 있다. 즉 그들의 아내와 아이, 부모에 대한 그리움과 추방된 동료를 볼 때의 슬픔 등을 알리고 있다. 2002년에는 한 미술전시에서 이주 노동자들의 또 다른 프로젝트가 한국 대중 앞에 보여질 기회가 있었다. 그들은 자신들의 전시의 이름을 '믹스라이스(Mix Rice)'라고 불렀다. 물론 여기서 "쌀"은 다양한 아시아의 민족과 국적이 공유하는 공통성의 상징이며, "섞자"라는 명령어는 그런 여러 아시아 문화와 민족의 갈래들을 통합

스톱 크랙다운의 또 다른 노래 〈섞인 말들(Mix language)〉은 한국인과 이주 노동자 사이에서 가장 자주 주고받는 구절들과 문장들을 모은 노래이다.

〈섞인 말들〉

안녕하세요?
사장, 팀장
공장장
이거 하고 끝나고
저거 하고 두 개 끝나면 저거 해
설렁설렁 하지마
불량 만들지 마세요
다했어요
일 다했어. 아이고
이리와. 야 이새끼야
이거 틀렸어
몇 개 불량이었어요
이거 비싸
니가 싸가지고 가

진짜 외국 사람이 맞나?
눈이 이쁘다. 잘 생겼다

시킬 필요성을 상기시킨다. 그들이 먹는 쌀이 다양한 형식으로 나타나듯이 아시아인들도 그렇게 하자는 것이다. 『한겨레신문』 2004.1.28을 볼 것.

피가 섞인다. 네팔 사람 맞나요?

아. 시끄러워

니네 나라 이런 거 있어?

(에헤)[115] 인도네시아에 달 있어?

(있어 달도 있고)

네팔에 해 있어?

(있당게)

니네 나라는 숟가락 없냐?

(그러니까 손으로 먹잖아)

한국에 얼마 오래 있었어요?

(12년째)

말없어요. 쉬세요

빨리 빨리

피 섞인다

말없어요. 쉬세요

빨리 빨리

자식이 좋다

나나나나(나나나나)

빨리 빨리

빨리 빨리

빨리 빨리

쉬세요[116]

---

115 역주: ( ) 안의 구절은 다른 싱어가 대답하는 형식으로 대꾸하는 부분이다.
116 이 노래는 믹스 라이스(Mix Rice)에 의해 작곡되었으며 스톱 크랙다운이 노래를 불렀다. 믹

"트랜스내셔널리즘" 자체가 지구적 위계에 끼워 넣어지거나, 실제로
는 세계적 경제·인종·문화적 질서의 분절이기 때문에, 트랜스로컬리
티의 개념과 실천 역시 그런 위계질서와 함께 하게 된다. 한국에 대한
사랑으로 분절된 이주 노동자의 한국에서의 특수한 투자는, 그런 지구
적 질서에 놓인 역사적으로 특수한 트래스내셔널/트랜스로컬 정체성
에 대한 저항과 전복의 시도로 해석되어야 한다. 트랜스내셔널한 이동
성과 트랜스로컬한 정체성은 하나의 국가·문화·위치에 대해서 자유
스러운 반면, 또 다른 일련의 구속과 결정성에 묶여 있다.[117] 그들의 **문
화적 생산**의 트랜스로컬리티는 하위제국적인 문화적 민족주의에 반대
하며, 범아시아적이면서 범제3세계적이고, 전복된 한국적 특성이면서
대항적인 지구적 요소이다.[118]

　　우리가 살핀 것처럼, 한국에서의 이주자의 주체성은 본질주의화될
수 없으며, 필연적으로 복합적인 위치적 특성을 지닌다. 즉 이민을 떠나
는 위치에서의 이주자는 자신의 본토 국민국가의 탈영토화된 시민이
며, 이민을 오는 위치에서는 재영토화되고 동화된 한국인이다. 또한
"초이주자(transmigrants)"로서의 그들은 국가들 사이에 위치하면서 국가
를 넘어서는 트랜스로컬 주체들인 것이다.

　　스 라이스와 스톱 크래다운은 이주 노동 운동 아티스트 그룹들이다. 나는 이 가사를 한국 잡
　　지『볼(BOL)』의 기사에서 인용했다. 「믹스터미널-믹스라이스」, 『볼』, 2007 봄, 104~118쪽.
　　믹스터미널(Mixterminal) 역시 사진과 예술 작업을 포함해 이주 노동에 연관된 다양한 문제들
　　을 다루는 인터넷 사이트의 이름이다. 더 많은 자료를 위해서는 http://www.mixterminal.net나
　　http://www.mixrice.org(접속일 : 2010.6.16)를 볼 것. 이 노래가 불려질 때 ( ) 안의 말들이 즉흥
　　적으로 덧붙여진다.

117　Luis Eduardo Guarnizo · Michael Peter Smith, "The Locations of Transnationalism", Michael Peter
　　Smith · Luis Eduardo Guarnizo, eds., *Transnationalism from Below*, New Brunswick, N. J. : Trans-
　　action Publishers, 2002, p.11.

118　역주 : 문화적인 트랜스내셔널/트랜스로컬 생산물은 현실적인 트랜스내셔널/트랜스로컬
　　정체성을 분절하는 동시에 그에 대해 전복적인 양가성을 표현한다고 할 수 있다.

결론

4장에서는 오늘날의 한국의 세 가지 차원들 ― 국가, 한국의 노동운동, 이주자 노동운동 ― 을 형성중인 이민 국민국가이자 지구화된 초국가(transnation)로서 중첩되고 분기되는 한국적 맥락에서 탐구했다. 첫째로 내가 논의한 것은, 한국이 인종적으로 분할된 노동력을 법제화하고 다문화주의 정책을 통해 그것을 관리하는 이중적인 보충적 역할을 수행한다는 것이었다. 그 다음에 나는 노동의 조직화 영역에서의 준주변부적인 규율에 관한 문제를 제기했다. 즉 한국의 노동 활동가들이 한국 노동운동이나 민주화 운동의 역사를 이주 노동 활동가들이 따라야 할 모델로 설정함으로써, 의도치 않게 인종적·국가적·문화적 위계를 재생산하지 않느냐의 문제였다. 마지막으로 나는 이주 노동자 주체성의 이중적인 구성에 대해 논의했다. 즉 한국의 재영토화된 주체이면서 문화·경제·정치의 지구화된 네트워크에서의 트랜스로컬한 주체에 대해서였다. 나는 이제까지 충분히 탐구되지 않은 몇 가지 관련된 주제들을 검토함으로써 4장의 결론을 맺고 싶다.

여성 이주 노동자와 "결혼 이주자"

최근 주류 언론에서 쉽게 눈에 띄는 여성 이주의 중요한 유형은, 한국 농촌 총각과 결혼해 시골에 사는 아시아 각국에서 온 "외국인 신부" 혹은 "결혼 이주자"이다. 외국인 신부들은 약 10년 전부터 한국에 오기 시작했다. 현재 한국에 그런 이주 여성들은 대략 만 명 정도에 이르고 있다. 많은 숫자는 조선족들이며 그 밖에 필리핀, 중국, 태국, 베트남, 몽고 등의 아시아 국가들 출신이다. 그들 대부분은 결혼중매 업체의 주선을 통해 한국에 오게 된다. 한 사람의 배우자로서의 역할과 함께 노동자와 이민자로서의 역할을 인정하면서, 한국 언론은 그들을 "결혼 이주자"라는 용어를 사용해 지칭하기 시작했다. 여성 이주 노동자와 결혼 이주자라는 두 집단의 여성들은, 한국 남성 노동자나 배우자로부터 자주 비슷한 종류의 차별과 폭력을 경험하며, 한국 남자들은 그들 여성들에게 자신의 젠더적·인종적·계급적 권력을 행사한다. 예컨대 한 베트남 여성 공장 노동자가 한국 동료 노동자와 남자 친구에게 매를 맞아 죽음에 이른 일이 있었다. 많은 한국 농촌 총각과 아시아 여성 간의 결혼생활이 남편의 학대 등의 여러 요인 때문에 잘 되지 않는다는 것은 아마 놀라운 일이 아닐 것이다. 진보적 NGO뿐만 아니라 주류언론까지 이민 신부의 편에서 중재를 하고 한국 대중을 교육하려 노력하고 있지만, 이주 여성들과 그들의 혼혈 자녀에 대한 인종적·젠더적 차별은 점차로 한국이 국가적 차원에서 현재와 미래에 해결해야 할 사회적 문제가 되고 있다.

여성 이주자들은 한국에 거주하며 일하는 전체 이주 노동자의 약 1/3을 이루고 있다.[119] 성-섹슈얼리티 서비스 산업을 위해 모집되어 "연예 비자"로 한국에 온 러시아와 필리핀 여성 이외에, 여성 이주 노동자 역시 공장이나 식당과 상점 등의 서비스 업소를 찾아 한국에 들어온다. 그들이 취업 중에 자주 갖가지 방식의 성적 학대를 겪는다는 사실은 그런 다양한 여성 노동 이주의 범주들을 서로 연결시킨다. 즉 인종, 국적, 계급적 착취의 사실들은, 젠더적·성적 프롤레타리아화와의 동시적인 과정에 의해 항상 이미 혼합되고 복합화된다.[120]

---

119 여성 이주 노동자 분야의 상세한 통계적인 분석과 설명에 대해서는 외국인노동자대책협의회, 『외국인 이주 노동자 인권 백서』, 다산글방, 2001, 111~116쪽을 볼 것.

오늘날 한국의 디아스포라 — 코스모폴리타니즘과 교육이민, 노동이주

하위제국의 특수성 중의 하나는 이민의 흐름이 복합적인 방향에서 나타난다는 것이다. 최근 이주 노동자의 한국으로의 유입과 함께, 한국인 자신의 세계 각지로의 끊임없는 유출이 있으며, 한국인들은 주변적 지역으로뿐만 아니라 핵심 국가로도 이주한다. 한국의 디아스포라의 다양성은 일종의 층위화된 현상이다. 한국의 엘리트적인 상위계층이 증가된 편안함과 횟수, 풍부함을 누리며 유럽과 북미의 제1세계의 중심에 계속 이끌리는 동안, 한국의 중산층 역시 "탈한국"의 욕망 속에서 엘리트층의 모델을 따라가려는 열망을 끊이지 않는다. 즉 그들은 여행이나 관광을 통해, 혹은 이른바 "교육이민"이나 다양한 종류의 해외의 연구와 연수, 일을 통해 자신의 꿈을 이룰 수 있는 것이다.

중산층 기업가들은 또한 개발도상 국가들이 제공하는 경제적 기회와 모험에 수익이 있음을 발견하고, 베트남, 라오스, 미얀마, 인도네시아, 태평양의 섬들 같은 여러 동남아 지역에 진출해 왔다.[121] 한국의 출판계는 모험을 하려는 사람들에게 안내서와 메뉴얼을 제공하고 있으며, 주류 언론은 정기적으로 여러 지역의 성공적인 기업들에 대한 기사를 실

---

120 자세한 예들에 대해서는 위의 책, 71~74쪽을 볼 것.
    역주 : 이주 노동은 인종적 문제가 더해짐으로써 계급적 착취에서 발생하는 문제들을 증폭시킨다. 다른 한편 여성 노동의 경우에도 젠더적 위계에 의한 성적 학대가 계급적 착취에 중첩된다. 더욱이 여성 이주 노동의 경우에는 두 가지 문제가 복합되어 다양한 노동의 범주에 그 문제가 이미 중첩된다. 또한 여성 이주 성 노동은 다양한 노동의 범주에 중첩되는 문제들을 더욱 증폭시켜 보여준다.
121 최근에는 해외 이민이나 사업 계획을 위한 설명서와 안내서 형식의 책들이 출간되었다. 예컨대 우길·한명희, 『한국을 떠나 성공한 사람들』(금토, 2002)과 『세계 240나라의 한국인들 : 동아시아의 개척자들』(금토, 2003), 그리고 이성우, 『단돈 1,000달러로 이민가기』(명상, 2003)을 볼 것. 이성우의 책은 표지에 한국어로 된 큰 글씨로 다음과 같은 나라들을 열거하고 있다. 즉 라오스, 캄보디아, 미얀마, 태국, 베트남, 싱가포르, 말레이시아, 필리핀, 인도네시아이다.

고 있다. 다국적 기업과 그들의 신화적 성공에 맞춰진 승리주의와는 조금 다르게, 언론들은 흔히 그런 해외의 중소기업들을 현지 이주 식민지 정착자(pied-noir colonial settlers)[122]의 전통에서 묘사한다. 즉 그들을 모든 것을 희생하는 오지의 개척자로, 원주민을 교육하고 부분적으로 지역 문화에 동화된 사람으로, 궁극적으로 국외에서 활동하는 애국자로 그리고 있다.

해외의 한국 기업가 이주자는 탈영토화된 동시에 동형적인 하위제국적 행위자로 기능하면서, 경제적 국민국가로서 한국의 보이지 않지만 분명히 감지되는 경계들을 팽창시킨다. 그들의 상대적인 풍요로움과 문화 및 통신의 테크놀로지적 네트워크는, 한국 기업가 자신과 가족들이 민족적·문화적 정체성을 유지하기 쉽게 하며, 그 점에서 그들은 한국에 온 이주 노동자들과 대비된다. 또한 그런 배경에서 해외의 한국 기업가와 가족들은 피지배적 위치의 현지 문화에 동화되기 보다는(자녀들을 사립 국제학교에 보내는 등의 일을 통해) 한층 제국 본토적인 문화에 동화되기 쉽게 된다. 다른 한편 일용 노동자, 건설 노동자, 성 노동자를 포함해 한국의 노동계급의 최하층 영역은, 이웃 부자 나라 일본에 이주하는 길을 찾게 되며, 그 숫자는 일본 이주 노동력의 1/5을 이루고 있다.[123] 탈산업적 준주변부로서 한국의 심화된 양극화는 그 같은 국민들의 해외 이주 실태의 급격한 빈부 대조를 통해 표현되어 왔다.

---

122 역주 : "pied-noir"란 프랑스어로 "검은 발"이라는 뜻으로 북아프리카에서 태어난 프랑스인이나 식민지 시기에 북아프리카로 이주한 프랑스인을 나타낸다.
123 이란주, 『말해요, 찬드라』, 삶이보이는창, 2003, 90~95쪽.

범한국주의와 탈영토화된 하위제국, 그리고 재민족주의화

최근의 한국 경제력의 부상은 또한 한국인이 다른 지역에서 본국으로 돌아오도록 하는 디아스포라의 역류를 만들었다. 조선족들은 거의 미숙련 노동자로 한국에 들어왔지만 북미의 한국 교포들은 대기업들이 제공하는 기회들에 이끌렸다. 한국의 국가 역시, 세계화된 경제의 잠재적 노동 인력으로서 다양한 집단의 세계 각지 — 아시아, 북미, 남미, 과거 소련에 속했던 중앙아시아 국가들 — 의 한국인(한국동포, ethic Koreans)[124]들을 조직하고 활용하려는 협력적인 노력을 기울여 왔다. 해외의 한국인들의 한국의 초국적 자본주의로의 통합은, 그들의 각 국민국가들의 경제적·문화적 입장을 고려한 층위화된 과정이다. 인종주의화되었든(조선족) 서구화되고 아메리칸화되었든(북미교포), 해외의 한국인들은 팽창하는 하위제국의 이익을 위해 초국적 대리 노동력으로 기능하기 위해 모집된다.

범한국주의의 관념은, 세계 각지에 걸쳐져 있는 문화적·언어적 이질성에도 불구하고, 혹은 오히려 더 그 때문에, 해외의 한국 사람들을 보다 큰 동질적인 민족적 신체에 속한 것으로 개념화한다. 동질적인 이산적 한국인들의 이질성은 새로운 하위제국적 한국에 봉사한다. 남북한의 — 특히 개성공단의 개방을 포함한 — "경제협력"의 시대에, 우리는 북한 노동자가 남한 자본을 위한 "해외의" 한국인이나 "국외" 노동자가 되는 기이하면서도 현실적인 가능성에 직면한다. 이 경우에 북한은 한국(남한)의 디아스포라적 위치들의 하나로 환원된다.[125] 19세기 후반부터 1980년대 전반까지, 일련의 외국권력에 의한 한반도 지배의 산물인 한국인의

---

124 역주: 혈통적인 한국인을 말하며 "한국동포"로 번역될 수 있지만 여기서는 "한국인"으로 번역하기로 한다.
125 나는 북한과 통일 문제, 한국의 이주 노동 사이의 이런 연관성을 고찰하도록 고무해 준 사카이 나오키에게 감사를 표하고 싶다.

세계적 디아스포라는, 이제 초영토화하고 탈영토화하는 하위제국으로
서 한국을 형성하는 데 기여하는 새로운 역할을 맡게 되었다.[126]

4장에서 한국의 단일민족성과 국가적 경계 침식의 단초를 강조했지
만, 나는 또한 그와 동시적으로 민족적 경계가 견고해지고 있음을 지적
하고 싶다. 한국의 만연된 승리주의의 분위기와 연관된 이 재민족주의
화 역시, 한국의 국가와 자본의 편에서 세계 각지에 이산된 한국인들의
"해외 범한국인 네트워크"를 만들려는 협력적인 노력과 구체적으로 결
부될 수 있다. 세계 각지에 이산된 사람들의 한국인 의식은 국내적 상황
에서처럼 비슷하게 이질화된 동시에 재본질주의화하고 있다.

한국 안팎의 이주자/이산자의 국가적 관리 방식의 배제와 포섭의 전
략은, 일제 및 전후의 일본과 포스트시민권(post-civil right) 시대의 미국에
서 빌려온 모델로 구성되기 때문에, 이주자와 이산자에 대한 한국의 통
치성은 문화적·시기적으로 다층화되어 있다. 한쪽의 한국 안의 이주
자/이민자들과 또 한쪽의 해외에 이산된 한국인(동포)들, 그 두 넓은 집
단들에 대해 함께 생각할 때, 우리는 "한국인 의식(Koreanness)"이 다인종
적·다문화적이며, 다지역적이 되었음을 알 수 있다. 그 두 경우에 한국
인 의식은 다인종적 가계와 다중적 이주, 복합적인 문화적 정체성 때문
에, **다중적인 하이픈**으로 연결된다. 예컨대 우리는 한국 내부에 이민 온
한국인과 그들의 2세 한국인, 필리핀계 한국인, 조선족 한국인 등을 지
니고 있다. 또한 북미에 조선족이나 일본계, 중국계 한국인 거주자를 갖
고 있으며, 이들은 이제 곧바로 아시아계 미국인이 된다. 이 다양한 한
국인 집단들 사이의 중첩되는 유사성들과 특이한 차이들의 맥락에서,
어떤 사람들은 이미 연결과 상호작용과 제휴를 상상하고 창조하고 있

---

126 Luis Eduardo Guarnizo and Michael Peter Smith, "The Locations of Transnationalism, In Smith
and Guarnizo", *Transnationalism from Below*, New Brunswick : Transaction, 2009, p.8.

을 것이다. 그리고 그들의 그런 제휴는, 비록 경제적·문화적·역사적으로 크게 분리됨에도 불구하고, 한국의 국가와 자본, 주류 매체들에 의해 조직된 헤게모니적 힘들에 맞서서, 진보적·개방적이며 이질적인 한국인 의식을 재정의하고 재배치하는 저항의 공간을 개척하는 데 효과적이 될 것이다.

1945년 이후 세계 자본주의 질서의 재위계화와 재층위화의 과정을 통해, 불과 20년 전에 포스트식민지적[127]이고 신식민지적인 공간이었던 한국은 이제 아시아 다른 지역의 포스트식민지적 주체들이 모여드는 하위제국적 공간으로 변화되었다. 물론 그 같은 한국의 하위제국의 위치는 제국 본국에는 미치지 못한 상태이다.[128] 그런 다중적 역사성과 이질적 공간이 병존하는 한국의 복합적이고 모순적인 영역에서는, 억압과 저항이 서로 뒤얽히게 됨에 따라 그 두 힘들을 분리하는 것이 점차로 어려워지게 되었다. 즉 식민지성과 신식민지성의 유산들은 미결정적이 되었는데, 그것은 그런 유산들이 반식민적 저항뿐만 아니라 식민적 권력까지 복제하며 두 방향에서 스스로를 재분절했기 때문이다. 식민주의의 36년이 그 당시의 조선이라는 영역에 전례 없는 변화를 가져왔다면, 예지할 수 있는 미래로 계속될 한국의 20년 이상의 이주 노동의 역사는, 지금의 한국이라는 영역에 다가올 심원한 변화의 토대를 이미 마련해 놓은 셈이다.[129]

---

127 역주: 여기서 "포스트식민지적"이란 식민지였던 나라들의 "식민지 이후"의 상황을 말함.

128 Saskia Sassen, *Globalization and Its Discontents,* New York : The New Press, 1998, xxx.

129 역주: 식민지성과 신식민지성의 유산 중에 과거에 반식민지성이 부각되었다면 오늘날은 우리 스스로 식민권력을 복제하는 측면이 많아지고 있다. 물론 과거나 지금이나 그런 두 가지 측면은 서로 얽혀 있으며, 그 양가적인 복합적 모순을 해결하는 것이 진정한 탈식민의 과제일 것이다.

후기 __ 한국의 근대화 과정의 예외성과 규범성

    1960~70년대에 일본의 경제적 초강대국으로의 재출현이 소수자적 국민국가의 성공 사례로서 칭송되었다면,[130] 1980년대 후반과 1990년대에 한국은 아시아의 다른 "타이거" 경제들[131]과 함께 일본의 예를 따르면서, 세계 자본주의의 맥락에서 아시아 소수자 국민국가의 성공신화를 이룬 또 다른 사례가 되었다. 이 책의 후기에서는 그런 담론적 구성이 타당한지 부당한지 생각하려 노력하면서, 한국의 개발을 전후 시대의 보다 넓은 트랜스내셔널한 맥락에 위치시키고 싶다. 또한 한국의 산업화의 조건이 다른 제3세계의 국가적 상황과 어떻게 중첩되는 동시에 구별되었는지 간단히 고찰하고 싶다.

    20세기 후반에 특히 미국과 동맹 관계에 있는 일본, 필리핀, 태국, 한국 같은 여러 아시아 국가들은, 아시아에서의 미국의 반공적인 군사적 참여(한국전쟁과 "베트남전")[132]를 위한 다양한 노동을 제공하면서 냉전 시기 동안 일련의 경제적 이익을 얻었다. 그들은 전쟁을 수행하고 지역 전시 경제를 유지하는 데 필요한 생산물들을 공급했다. 그런 방식을 통해

---

130 냉전기 소수자적 국가의 성공 모델로서 일본에 대한 후지타니의 논의를 볼 것. T. Fujitani, "Go for Broke, the Movie : Japanese American Soldiers in U.S. National, Military, and Racial discourses", T. Fujitani · Geoffrey M. White · Lisa Yoneyama, ed., *Perilous Memories : The Asia-Pacific War(s)*, Durham : Duke University Press, 2001, pp.239~266.

131 역주 : "tiger economy"는 빠른 경제적 성장을 경험한 나라의 경제를 말함. "Asian Tigers"는 "Asian Dragons(아시아의 용)"와 비슷한 의미로 사용된다.

132 Marilyn B. Young, *The Vietnam Wars, 1945~1990*, New York : HarperPerennial, 1991.

아시아의 산업 및 제조업 노동은 미국의 군사주의에 참여했던 것이다. 또한 미국이 군대를 주둔시킨 많은 아시아 국가들 — 일본, 필리핀, 태국, 한국 — 은 기지들의 주변에서 군대 매춘을 제공했다. 미국의 식민지와 신식민지 상태를 경험했던 필리핀 역시, 미국의 군사적 모험에 군대 성 노동자와 함께 군사 프롤레타리아를 제공했다. 다시 말해, 아시아에서의 미국의 반공주의적 군사주의는 미국의 아시아 동맹국들의 경제개발과 산업화의 역사적 과정에 꼭 필요한 필수 요소였다.

그러나 한국의 경우는 일반적인 세계 자본주의 역사 및 특히 미국의 군사주의와 관련해 몇 가지 측면에서 아시아의 이웃 나라들과 구분되었다. 한국의 군대 파견 — 미국을 위한 군사 프롤레타리아화 — 은 경제적 발전의 중요한 전환점이 되었는데, 그것은 미국과의 친밀한 관계를 증진시키고 미국의 주니어 파트너의 위치를 공고히 함으로써였다. 한국 자신의 "뜨거운 전쟁"의 경험과 그 자신의 공산주의 적 북한과의 끝없는 대면은, 미국의 전략적인 중심적 동맹의 위치를 더욱 견고하게 했다. 또한 과거 식민지였던 다른 아시아 나라나 지역과는 달리, 한국은 일제 식민지하에서 이미 산업화를 경험했으며, 그 때문에 어떤 하부구조를 보유하고 있었고, 보다 중요하게는 호명된 엘리트 계급과 규율화된 노동력을 끌어올 수 있었다.

많은 사람들이 지적했듯이 유럽에서 근대가 시작된 이래로 군사적 · 산업적 · 성적 · 프롤레타리아화의 과정은 트랜스내셔널한 현상이었다. 19세기 후반 유럽의 나머지 세계 지역의 정복은, 식민화되고 인종주의화된 군사적 · 산업적 · 성적 · 프롤레타리아를 생산함으로써, 이미 계급과 젠더, 섹슈얼리티, 민족성에 연루되었던 다중적이고 중첩되는 프롤레타리아화의 과정을 더욱 복합화시켰다. 그 뒤 1945년 이후의 시기에 세계적 노동력의 동원 양식은 중요한 변화를 경험했다. 즉 인종주의화된 군사적 · 산업적 · 성적 · 프롤레타리아에 대한 세계 자본주의의 요구는 지속되지만, 그들은 이제 그들 자신의 주권적 본국 국민국가에서의 "해외" 노동자이거나, 여러 제국과 하위제국의 위치에서의 이주와 이민 노동자인 것이다.

한국은 1960~70년대와 1980년대의 수십 년 동안 선진국에 그 두 종류의 노동을 제공하는 일에서 예외적이지 않았으며, 보다 최근에 와서 역시 준주변부적 경제를 위해 "해외" 노동과 이주/이민 노동을 이용하기 시작한 다른 신흥 산업화 아시아 국가들의 규범에 따랐다. 과거와 현재의 한국의 개발의 "기적"은 그 두 연속적인 단계에서의 초국가적 노동의 덕분으로 돌릴 수 있다. 먼저 한국은 자신의 노동계급을 본국과 외국에 초국가적 노동자로 배치했다. 또한 자신의 땅에서 값싼 노동이 고갈되었을 때 해외 공장 이주나 노동 수입을 통해 — 즉 하위제국적인 외적, 내적 식민화를 통해 — 다른 에스닉화된 노동[133]을 전유하는 것으로 이동했다.

군사독재 하의 한국의 산업화와 그 반대되는 힘들 — 민주화 운동과 노동운동 — 은, 1960~80년대의 30년 동안 강력하게 민족주의화되어 있었다. 또한 아주 근래에까지 그런 상호 연관된 과정을 기록하고 해석하는 역사기술 역시 똑같이 민족주의적 틀에 묶여 있었다. 1990년대로 이동하며 이주/이민 노동자의 유입으로 한국의 인구 분포가 눈에 띄게 변화하기 시작하고, 한국 자본이 빠르게 초국가적 기업이 되었을 때, 한국의 역사기술 또한 점차로 트랜스내셔널한 틀로 재조정되기 시작했으며, 오늘날의 역사에 대해서 뿐만 아니라 식민지 시대와 전근대적 과거의 탐구에 있어서도 그렇게 되었다.

---

133 역주 : "에스닉화된 노동"이란 민족적 차별이 포함된 노동을 말함.

여러 학문들에서 오늘날 한국 학계의 또 다른 추세는 단순한 삭제에 의해 민족(ethnonation)의 범주를 "극복"하는 것이었다. 어떤 사람들은 근대 민족주의 구성의 복합적인 역사적 과정 자체를 생각하기 보다는, 민족이 오늘날의 새로운 시대에 더 이상 적절하지 않은 범주가 되었다고 여긴다. 즉 우리는 비민족주의나 심지어 반민족주의의 방향으로 움직이는 어떤 한국 역사기술을 목격한다. 그 같은 접근방법에서는 사유되지 않고 방해받지 않은 민족의 범주가 여전히 남겨져 재구성되거나 심지어 재활성화되기까지 할 것이다. 근대 한국의 트랜스내셔널한 역사기술은, 근대 한국의 구성 자체에 핵심적 역할을 해왔던 민족의 범주를 필연적으로 다른 국민국가들의 틈새에, 그리고 인종·섹슈얼리티·젠더·계급 같은 다른 연관된 것들과 민족 범주 사이의 틈새에 놓아야 한다.[134]

---

134 역주: 이진경은 민족 범주를 단순히 삭제할 것이 아니라 다른 민족/국가들과의 경계의 틈새나 인종·젠더·계급과의 사이의 틈새에 놓을 것을 주장하고 있다. 민족주의를 "극복"하지 않고 단순히 삭제할 경우 삭제된 것은 다른 방식을 통해 다시 돌아올 것이기 때문이다.

●── 참고문헌

한국어 자료

강인순, 『한국여성노동자 운동사』, 한울아카데미, 2001.

강정숙, 「일본군 '위안부' 문제, 어떻게 볼 것인가?」, 이병천·조현연 편, 『20세기 한국
　　　　의 야만』, 일빛, 2001.

강준만, 『한국현대사 산책 1970년대 편─평화시장에서 궁정동까지』 1·2·3, 인물과
　　　　사상사, 2002.

공선옥, 『피어라 수선화』, 창비, 1994.

＿＿＿, 『상수리 나무집 사람들』, 랜덤하우스코리아, 2005.

공지영, 『봉순이 언니』, 푸른숲, 1998.

권인숙, 『대한민국은 군대다─여성학적 시각에서 본 평화, 군사주의, 남성성』, 청년
　　　　사, 2005.

김경애, 『한국여성의 노동과 섹슈얼리티』, 풀빛, 1999.

김동춘, 『한국 사회과학의 새로운 모색』, 창비, 1997.

＿＿＿, 『미국의 엔진─전쟁과 시장』, 창비, 2004.

김명섭·이재희·김호기·김용호·마인섭, 『1970년대 후반기의 정치사회변동』, 백
　　　　산서당, 1999.

김승구, 「배꼽쟁이 박서방의 귀향」, 주종연·이정은 편, 『1920~1930년대 민중문학
　　　　선』 1, 탑출판사, 1990.

김용성, 『이민』 1·2·3, 밀알, 1998.

김　원, 『여공 1970─그녀들의 반역사』, 이매진, 2005.

김정자 외, 『한국 현대문학의 성과 매춘 연구』, 태학사, 1996.

김철수, 『사이공 사이공─한 현지 경영인의 베트남 체험기』, 얼과알, 2003.

김해성·김지연, 『노동자에게 국경은 없다─외국인 노동자와 중국동포에 관한 통한

의 기록』, 눈빛, 2001.

김현미, 『글로벌 시대의 문화번역』, 또하나의문화, 2005.

김현아, 『전쟁의 기억 / 기억의 전쟁』, 책갈피, 2002.

김현진, 『엽혼』 1 · 2, 대인교육, 2001.

김형배, 『황색탄환』 1 · 2, 바다출판사, 2003.

남정현, 「분지」, 『20세기 한국소설』 22, 창비, 2005.

리혜선, 『코리안 드림, 그 방황과 희망의 보고서』, 아이필드, 2003.

막달레나의집 편, 『용감한 여성들, 늑대를 타고 달리는』, 삼인, 2002.

문, 캐서린 · 정유진 · 김은실 · 정희진, 「국가의 안보가 개인의 안보는 아니다―미국
　　　의 군사주의와 기지촌 여성」, 『당대비평』 제18호, 2002.3.

문학사와비평연구회 편, 『1970년대 문학연구』, 예하, 1994.

민경자, 「한국 매춘여성운동사―'성 사고 팔기'의 정치사」, 한국여성의전화연합 편,
　　　『한국 여성인권운동사』, 한울아카데미, 1999.

박노자, 『당신들의 대한민국』 2, 한겨레출판, 2006.

박범신, 『나마스테』, 한겨레신문사, 2005.

박영한, 『머나먼 쏭바강』 1 · 2, 민음사, 1993.

박정환, 『느시』 1 · 2, 문예당, 2000.

박정희, 『국가와 혁명과 나』, 지구촌, 1997.

박종성, 『권력과 매춘』, 인간사랑, 1996.

박채란, 『국경 없는 마을』, 서해문집, 2004.

반레, 하재홍 역, 『그대 아직 살아 있다면』, 실천문학사, 2002.

방현석, 『하노이에 별이 뜨다―소설가 방현석과 함께 떠나는 베트남 여행』, 해냄, 2002.

＿＿＿＿, 『랍스타를 먹는 시간』, 창비, 2003.

배긍찬 · 최용호 · 전광희 · 정영국 · 신광영, 『1970년대 전반기의 정치사회변동』, 백
　　　산서당, 1999.

백문임, 『춘향의 딸들, 한국 여성의 반쪽짜리 계보학』, 책세상, 2001.

백원담, 『한류, 동아시아의 문화선택』, 펜타그램, 2005.

복거일, 『캠프 세네카의 기지촌』, 문학과지성사, 1994.

석정남, 『공장의 불빛』, 일월서각, 1984.

석현호 · 정기선 · 이정환 · 이혜경 · 강수돌, 『외국인 노동자의 일터와 삶』, 지식마
　　　당, 2003.

설동훈, 『외국인노동자와 한국사회』, 서울대 출판부, 1999.

성남훈 외, 『어디 핀들 꽃이 아니랴』, 현실문화연구, 2006.

송병수, 「쑈리 킴」, 『한국소설문학대계』 38, 동아출판사, 1995.

송형승, 『내가 체험한 캐나다』, 자료원, 2002.

신경숙, 『외딴 방』, 문학동네, 1995.

실링, 쳉, 「사랑을 배우고 사랑에 죽고」, 막달레나의집 편, 『용감한 여성들, 늑대를 타
        고 달리는』, 삼인, 2002.

안연선, 『성노예와 병사 만들기』, 삼인, 2003

안일순, 『뺏벌』 상·하, 공간미디어, 1995.

안정효, 『하얀 전쟁』 1~3, 고려원, 1989~1993.

양승윤 외, 『바다의 실크로드』, 청아출판사, 2003.

에커트, 카터, 「5·16군사혁명, 그 역사적 맥락」, 조이제·카터 에커트 편, 『한국 근대
        화, 기적의 과정』, 월간조선사, 2005.

연세대 미디어아트 연구소 편, 『수취인불명』, 삼인, 2002.

오연호, 『노근리 그 후, 주한미군범죄 55년사』, 월간말, 1999.

외국인노동자대책협의회 편, 『외국인 이주노동자 인권백서』, 다산글방, 2001.

우길·한명희, 『한국을 떠나 성공한 사람들』, 금토, 2002.

           , 『세계 240나라의 한국인들』, 금토, 2003.

유광호·민경국·유임수·정중재, 『한국 제3공화국의 경제정책』, 정신문화연구원, 1999.

유재현, 『메콩의 슬픈 그림자, 인도차이나』, 창비, 2003.

유지나·조흡 외, 『한국 영화 섹슈얼리티를 만나다』, 생각의나무, 2004.

윤수종 편, 『다르게 사는 사람들-우리 사회의 소수자들 이야기』, 이학사, 2002.

윤정모, 『님-윤정모 창작집』, 한겨레, 1987.

     , 『고삐』 1·2, 풀빛, 1988.

     , 『봄비-윤정모 창작집』, 풀빛, 1994.

     , 『에미 이름은 조센삐였다』, 당대, 1997.

윤흥길, 『아홉 켤레의 구두로 남은 사내』, 문학과지성사, 1977.

이기준, 「국가 경제정책의 제도적 기반」, 조이제·카터 에커트, 『한국 근대화, 기적의
        과정』, 월간조선사, 2005.

이대환, 『슬로우 불릿』, 실천문학사, 2001.

이란주, 『말해요, 찬드라』, 삶이보이는창, 2003.

이문열, 『구로아리랑-이문열 소설집』, 문학과지성사, 1987.

이병천 편, 『개발독재와 박정희 시대』, 창비, 2003.

이병천, 「개발독재의 정치경제학과 한국의 경험」, 이병천 편, 『개발독재와 박정희 시
　　　　대』, 창비, 2003.

_____, 「책머리에」, 이병천 편, 『개발독재와 박정희 시대』, 창비, 2003.

이성숙, 『매매춘과 페미니즘-새로운 담론을 위하여』, 책세상, 2002.

이성우, 『단돈 1,000달러로 이민가기』, 명상, 2003.

이영환 편, 『한국 시민사회의 변동과 사회문제』, 나눔의집, 2001.

이용준, 『베트남, 잊혀진 전쟁의 상흔을 찾아서』, 조선일보사, 2003.

이임하, 『계집은 어떻게 여성이 되었나』, 서해문집, 2004.

_____, 『한국전쟁과 젠더-여성, 전쟁을 넘어 일어서다』, 서해문집, 2004.

이재인, 『꽁까이 베트남 연가』, 제5북스, 2005.

이종구 외, 『1960~70년대 한국의 산업화와 노동자 정체성』, 한울아카데미, 2004.

_____, 『1960~70년대 한국노동자의 생활세계와 정체성』, 한울아카데미, 2005.

_____, 『1960~70년대 한국노동자의 계급문화와 정체성』, 한울아카데미, 2006.

_____, 『1960~70년대 한국노동자의 작업장 문화와 정체성』, 한울아카데미,
　　　　2006.

이효제, 「일본군 위안부 문제 해결을 위한 운동의 전개 과정」, 한국의여성의전화연합
　　　　편, 『한국여성인권운동사』, 한울아카데미, 1999.

임계순, 『우리에게 다가온 조선족은 누구인가』, 현암사, 2003.

전순옥, 『끝나지 않은 시다의 노래』, 한겨레신문사, 2004.

정덕준 외, 『한국의 대중문학』, 소화출판사, 2001.

정희진, 「죽어야 사는 여성들의 인권-한국 기지촌여성운동사 1986~1998」, 여성의
　　　　전화연합 편, 『한국 여성인권운동사』, 한울아카데미, 1999.

조선작, 『미스 양의 모험』, 예문관, 1976.

_____, 『말괄량이 도시』, 서음출판사, 1977.

_____, 「영자의 전성시대」, 『한국소설문학대계』 66, 동아출판사, 1995.

조세희, 『난장이가 쏘아올린 작은 공』, 문학과지성사, 1978.

조이제, 「서문」・「총론」, 조이제・카터 에커트 편, 『한국 근대화, 기적의 과정』, 월간
　　　　조선사, 2005.

조해인, 『쏭사이공』, 실천문학사, 1997.

조해일, 『겨울여자』 상·하, 솔, 1991.

_____, 「아메리카」, 『20세기 한국소설』 29, 창비, 2005.

조혜정, 『성찰적 근대성과 페미니즘』, 또하나의문화, 1998.

_____, 『한국의 여성과 남성』, 문학과지성사, 1988.

주유신, 『한국영화와 근대성 – 〈자유부인〉에서 〈안개〉까지』, 소도, 2001.

주한미군범죄근절운동본부, 『끝나지 않은 아픔의 역사 미군범죄』, 개마서원, 1999.

천승세, 「황구의 비명」, 『황구의 비명』, 책세상, 2007.

최원식·임홍배 편, 『황석영 문학의 세계』, 창비, 2003.

최인호, 『별들의 고향』 상·하, 동화출판공사, 1985.

최호일, 「국가안보 위기와 유신체제」, 조이제·카터 에커트 편, 『한국 근대화, 기적의 과정』, 월간조선사, 2005.

한국국제노동재단, 『베트남 진출기업 노무관리 안내서』, 한국국제노동재단, 2003.

한국사회사학회 편, 『한국 현대사와 사회변동』, 문학과지성사, 1997.

한국역사연구회 편, 『한국현대사 3 – 1960, 70년대 한국사회와 변혁운동』, 풀빛, 1991.

한홍구, 「베트남 파병과 병영국가의 길」, 이병천 편, 『개발독재와 박정희 시대』, 창비, 2003.

황석영, 「구로공단의 노동실태」, 『월간중앙』, 1973.12.

_____, 『어둠의 자식들』, 현암사, 1983.

_____, 『무기의 그늘』 상·하, 창비, 1992.

_____, 『황석영 중단편 전집』 1·2·3, 창비, 2000.

신문과 잡지

『한겨레신문』

『한겨레 21』

영어 자료

Johnson, Marshall·Fred Yen Liang Chiu, eds., "Subimperialism", Special issue, *positions* 8, no.1, 2000.

Joseph, May, *Nomadic Identities : The Performance of Citizenship*, Minneapolis : University of Minnesota Press, 1999.

Abelmann, Nancy·John Lie, *Blue Dreams : Korean Americans and the Los Angeles Riots*, Cambridge, Mass. : Harvard University Press, 1995.

Adams, Vincanne · Stacy Leigh Pigg, eds., *Sex in Development : Science, Sexuality, and Morality in Global Perspective*, Durham : Duke University Press, 2005.

Alexander, M. Jacqui · Chandra Talpade Mohanty, eds., *Feminist Genealogies Colonial Legacies, Democratic Futures*, New York : Routledge, 1997.

Allison, Anne, *Night Work : Sexuality, Pleasure, and Corporate Masculinity in Tokyo Hostess Clubs*, Chicago : University of Chicago Press, 1994.

Amott, Teresa · Julie Matthaei, *Race, Gender, and Work : A Multi-Cultural Economic History Of Women in the United States*, Boston : South End Press, 1996.

An, Chŏng-hyo, *White Badge*, New York : Soho, 1989.

Appadurai, Arjun, *Modernity at Large : Cultural Dimensions Of Globalization*, Minneapolis : University of Minnesota Press, 1996.

Armstrong, Charles K., "America's Korea, Korea's Vietnam", *Critical Asian Studies* 33, no.4, 2001.

Bailey, Peter, *Popular Culture and Performance in the Victorian City*, Cambridge : Cambridge University Press, 1998.

Bales, Kevin, *Disposable People : New Slavery in the Global Economy*, Berkeley : University of California Press, 1999.

Balibar, Etienne, "Racism and Nationalism", Etienne Balibar · Inlmanuel Wallerstein, ed., *In Race, Nation, Class : Ambiguous Identities*, London : Verso, 1991.

Bao, Ninh, Phan Thanh Hao, trans., *The Sorrow of War : A Novel of North Vietnam*, New York : Riverhead Books, 1993.

Barry, Kathleen, *The Prostitution of Sexuality : The Global Exploitation of Women*, New York : New York University Press, 1995.

Basch, Linda, Nina Glick Schiller · Cristina Szanton Blanc, *Nations Unbound : Transnational Projects, Postcolonial Predicaments, and Deterritorialized Nation-States*, Amsterdam : Gordon and Breach Science Publishers, 1994.

Baudrillard, Jean, Mark Poster, trans., *The Mirror of Production*, St. Louis : Telos Press, 1975.

Bell, Shannon, *Reading, Writing,and Rewriting the Prostitute Body*, Bloomington : Indiana University Press, 1994.

Beynon, John · David Dunkerley, eds., *Globalization : The Reader*, New York : Routledge, 2000.

Bonacich, Edna, Lucie Cheng, Norma Chinchilla, Nora Hamilton and Paul Ong, eds.,

Global Production : The Apparel Industry in the Pacific Rim, Philadelphia : Temple University Press, 1994.

Braziel, Jana Evans · Anita Mannur, eds., *Theorizing Diaspora*, Oxford : Blackwell Publishing, 2003.

Breckenridge, Carol A., Sheldon Pollock, Homi K. Bhabha and Dipesh Chakrabarty, eds., *Cosmopolitanism*, Durham : Duke University Press, 2002.

Casltes, Stephen · Alastair Davidson, *Citizenship and Migration : Globalization and the Politics of Belonging*, New York : Routledge, 2000.

Chakrabarty, Dipesh, *Provincializing Europe : Postcolonial Thought and Historical Difference*, Princeton : Princeton University Press, 2000.

Chang, Grace, *Disposable Domestics : Immigrant Women Workers in the Global Economy*, Cambridge, Mass. : South End Press, 2000.

Chasin, Alexandra, "Class and Its Close Relations : Identities among Women, Servants, and Machines", Judith Halberstam · Ira Livingston, ed., *Posthuman Bodies*, Bloomington : Indiana University Press, 1995.

Choi, Chungmoo, "Nationalism and the Construction of Gender in Korea", In Kim and Choi, *Dangerous Women*.

Choi, In-Hoon(Ch'oe In-hun), "The End of the State Highway", Theodore Hughes, trans., *Manoa* 11, no.2, 1999.

Chŏn Kwang-yong, "Kapitan Ri", In Pihl, Fulton, and Fulton, *Land of Exile*.

Chow, Rey, *The Protestant Ethnic and the Spirit of Capitalism*, New York : Columbia University Press, 2002.

Chuh, Kandice, *Imagine Otherwise : On Asian Americanist Critique*, Durham : Duke University Press, 2003.

Chuh, Kandice · Karen Shimakawa, eds., *Orientations : Mapping Studies in the Asian Diaspora*, Durham : Duke University Press, 2001.

Collins, Jane L. · Martha Giminez, eds., *Work without Wages : Domestic Labor and Self-Employment within Capitalism*, Albany : State University of New York Press, 1990.

Connell, R. W., *Masculinities*, Berkeley : University of California Press, 1995.

Constable, Nicole, *Romance on a Global Stage : Pen Pals, Virtual Ethnography, and "Mail Order" Marriage*, Berkeley : University of California, 1995.

Cruiksnakk, Barbara, *The Will to Empower : Democratic Citizens and Other Subjects*, Ithaca : Cornell

University Press, 1999.

Cumings, Bruce, "Occurrence at Nogŭn-ri Bridge : An Inquiry into the History and Memory of a Civil War", *Critical Asian Studies*, 2001.

Davidson, Julia O'Connell, *Prostitution, Power, and Freedom*, Ann Arbor : University of Michigan Press, 1998.

Davis, Angela Y., *The Angela Y. Davis Reader*, Malden, Mass. : Blackwell, 1998.

Debord, Guy, Donald Nicholson-Smith, trans., *The Society Of the Spectacle*, Brooklyn : Zone Books, 1994.

Desai, Vandana · Robert B. Potter, *The Companion to Development Studies*, London : Arnold, 2002.

Douglass, Mike · Glenda S. Roberts, eds., *Japan and Global Mirgration : Foreign Workers and the Advent of a Multicultural Society*, Honolulu : University of Hawaii Press, 2000.

Eckert, Carter J., *Offspring of Empire : The Koch'ang Kims and the Colonial Origins of Korean Capitalism, 1876-1945*, Seattle : University of Washington Press, 1991.

Ehrenreich, Barbara · Arlie Russell Hochschild, eds., *Global Woman : Nannies, Maids, and Sex Workers in the New Economy*, New York : Henry Holt and Company, 2002.

Eng, David, *Racial Castration : Managing Masculinity in Asian America*, Durham : Duke University Press, 2001.

Enloe, Cynthia, *Bananas, Beaches, and Bases : Making Feminist Sense of International Politics*, Berkeley : University of California Press, 1989.

_____, *The Morning After : Sexual Politics at the End of the Cold War*, Berkeley : University of California Press, 1993.

_____, *Maneuvers : The International Politics of Militarizing Women's Lives*, Berkeley : University of California Press, 2000.

Escobar, Arturo, *Encountering Development : The Making and Unmaking of the Third World*, Princeton : Princeton University Press, 1995.

Espiritu, Ye Le, *Asian American Panethnicity : Bridging Institutions and Identities*, Philadelphia : Temple University Press, 1992.

Featherstone, Mike, Mike Hepworth and Bryan S. Turner, eds., *The Body : Social Process and Cultural Theory*, London : Sage Publications, 1991.

Felski, Rita, *The Gender of Modernity*, Cambridge, Mass. : Harvard University Press, 1995.

Fenkl, Heinz Insu, *Memories of My Ghost Brother*, New York : Dutton, Penguin Books, 1996.

Ferguson, James, *The Anti-Politics Machine : "Development", Depoliticization, and Bureaucratic Power in Lesotho*, Minneapolis : University of Minnesota Press, 1994.

Foucault, Michel, Alan Sheridan, trans., *Discipline and Punish : The Birth of the Prison*, New York : Vintage Books, 1979.

Foucault, Michel, Robert Hurley, trans., *The History of Sexuality*, Vol. 1, *Introduction*, New York : Vintage Books, 1978.

Fuentes, Annette · Barbara Ehrenreich, *Women in the Global Factory*, Boston : South End Press, 1983.

Fujitani, T., *Splendid Monarchy : Power and Pageantry in Modern Japan*, Berkeley : University of California Press, 1998.

_____, "Go for Broke, the Movie : Japanese American Soldiers in U.S National, Military, and Racial Discourses", T. Fujitani, Geoffrey M. White, and Lisa Yoneyama, ed., *Perilous Memories : The Asia-Pacific War(s)*, Durham : Duke University Press, 2001.

George, Rosemary Marangoly, *The Politics of Home : Postcolonial Relocations and Twentieth-Century Fiction*, Berkeley : University of California Press, 1996.

_____, *Burning Down the House : Recycling Domesticity*, Boulder, Colo. : Westview Press, 1998.

_____, "But That Was in Another Country : Girlhood and the Contemporary 'Comingto-America' Narrative", Ruth O. Saxton, ed., *The Girl : Construction of the Girl in Contemporary Fiction by Women*, New York : St. Martin's, 1998.

Goldberg, David Theo, ed., *Multiculturalism : A Critical Reader*, Oxford : Blackwell Publishers, 1994.

Goldstein, Joshua S., *War and Gender*, Cambridge : Cambridge University Press, 2001.

Gonzalez, Gilbert G., Raul A. Fernandez, Vivian Price, David Smith, and Lirlda Trinh Vo, eds., *Labor Versus Empire : Race, Gender and Migration*, New York : Routledge, 2004.

Grewal, Inderpal, Akhil Gupta and Aihwa Ong, eds., "Asian Transnationalities", Special issue, *positions* 7, no. 3, 1999.

Grewal, Inderpal · Caren Kaplan, eds., *Scattered Hegemonies : Postmodernity and Transnational Feminist Practices*, Minneapolis : University of Minnesota Press, 1994.

Guarnizo, Luis Eduardo and Michael Peter Smith, "The Locations of Transnationalism", In Smith and Guarnizo, *Transnationalism from Below*.

Halberstam, Judith, *Female Masculinity*, Durham : Duke University Press, 1998.

Hart-Landsberg, Martin, *The Rush to Development : Economic Change and Political Struggle in South Korea*, New York : Monthly Review Press, 1993.

Held, David · Anthony McGrew, eds., *The Global Transformations Reader*, Oxford : Blackwell Publishers, 2000.

Hershatter, Gail, *Dangerous Pleasures : Prostitution and Modernity in Twentieth-Century Shanghai*, Berkeley : University of California Press, 1997.

Hicks, George, *The Comfort Women*, New York : Norton, 1994.

Hwang, Sŏk-yŏng, "A Dream of Good Fortune", In Pihl, Fulton, and Fulton, *Land of Exile*.

_____(Hwang, Suk-Young), Chun Kyung-ja, trans., *The Shadow of Arms*, Cornell East Asia Series, Ithaca : Cornell University Press, 1994.

Jameson, Fredric · Masao Miyoshi, eds., *The Cultures of Globalization*, Durham : Duke University Press, 1999.

Jeffords, Susan, *The Remasculinization of America : Gender and the Vietnam War*, Bloomington : Indiana University Press, 1989.

Jeffrey, Leslie Ann, *Sex and Borders : Gender, National Identity, and Prostitution Policy in Thailand*, Honolulu : University of Hawaii Press, 2002.

Johnson, Chalmers, *The Sorrows of Empire : Militarism Secrecy, and the End of the Republic*, New York : Metropolitan Books, 2004.

Kang, Sŏk-kyŏng, "Days and Dreams", In Kang Sŏk-kyŏng, Kim Chi-wŏn, and O Chŏng-hŭi, Bruce · Ju-Chan Fulton, trans., *Words of Farewell : Stories by Korean Women Writers*, Seattle : Seal Press, 1989.

Kaplan, Amy, " Romancing the Empire : The Embodiment of American Masculinity in the Popular Historical Novel of the 1890S", Amritjit Singh · Peter Schmidt, ed., *Postcolonial Theory and the United States : Race, Ethnicity, and Literature*, Jackson : University of Mississippi Press, 2000.

Kaplan, Caren, Norma Alarcon and Minoo Moallem, eds., *Between Woman and Nation : Nationalism, Transnational Feminism, and the State*, Durham : Duke University Press, 1999.

Keller, Nora Okja, *Comfort Woman*, New York : Penguin Books, 1997.

_____, *Fox Girls*, New York : Penguin Book, 2002.

Kelsky, Karen, *Women on the Verge : Japanese Women, Western Dreams*, Durham : Duke University

Press, 2001.

Kempadoo, Kamala and Jo Doezema, eds., *Global Sex Workers : Rights, Resistance, and Redefinition*, NewYork : Routledge, 1998.

Kim, Elaine H. · Chungmoo Choi, eds., *Dangerous Women : Gender and Korean Nationalism*, New York : Routledge, 1998.

Kim, Jung Hwan, *Hanoi Seoul Poems*, Seoul : Munhakdongne Publishers, 2003.

Kim, Samuel S., ed., *Korea's Globalization*, Cambridge : Cambridge University Press, 2000.

_____, *Korea's Democratization*, Cambridge : Cambridge University Press, 2003.

Kim, Seung-kyung, *Class Struggle or Family Struggle? The Lives of Women Factory Workers in South Korea*, Cambridge : Cambridge University Press, 1997.

Kim, Sŭng-ok, "Seoul : 1964, Winter", In Pihl, Fulton, and Fulton, *Land of Exile*.

Kim-Gibson, Dai Sil, *Silence Broken : Korean Comfort Women*, Parkersburg, Iowa : MidPrairie Books, 1999.

Komai, Hiroshi, *Migrant Workers in Japan*, London : Kegan Paul International, 1995.

Kondo, Dorinne, *About Face : Performing Race in Fashion and Culture*, New York : Routledge, 1997.

Koo, Hagen, *Korean Workers : The Culture and Politics of Class Formation*, Ithaca : Cornell University Press, 2001.

Kristeva, Julia, Leon S. Roudiez, trans., *Strangers to Ourselves*, New York : Columbia University Press, 1991.

Latham, Michael E., *Modernization as Ideology : American Social Science and "Nation Building" in the Kennedy Era*, Chapel Hill : University of North Carolina Press, 2000.

_____, "Introduction : Modernization, International History, and the Cold War World", ed., David Engerman, Nils Gilman, Mark H. Haefele and Michael E. Latham, *Staging Growth : Modernization, Development, and the Global Cold War*, Amherst : University of Massachusetts Press, 2003.

Lee, Chang-rae, *A Gesture Life*, New York : Riverhead Books, 1999.

Lee, Jin-kyung, "Sovereign Aesthetics, Disciplining Emotion, and Racial Rehabilitation in Colonial Korea, 1910-1922", *Acta Koreana* 8, no.1, 2005.

Lee, Na Young, "The Construction of U.S. Camptown Prostitution in South Korea : Trans / formation and Resistance", PhD diss., University of Maryland, College Park, 2006.

Lee, Namhee, *The Making of Minjung : Democracy and the Politics of Representation in South Korea*,

Ithaca : Cornell University Press, 2007.

Lee, Steven Hugh, *Outposts 3 onyof Empire : Korea, Vietnam, and the Origins of the Cold War in Asia, 1949-1954*, Montreal : McGill-Queen's University Press, 1995.

Lett, Denise Potrzeba, *In Pursuit of Status : The Making of South Korea's "New" Urban Middle Class*, Cambridge, Mass. : Harvard University Asia Center, 1998.

Lie, John, *Han Unbound : The Political Economy of South Korea*, Stanford : Stanford University Press, 1998.

_____, *Multiethnic Japan*, Carnbridge, Mass. : Harvard University Press, 2001.

Light, Ivan · Edna Bonacich, *Immigrant Entrepreneurs : Koreans in Los Angeles, 1965-1982*, Berkeley : University of California Press, 1988.

Limon, Martin, *Slicky Boys*, New York : Bantam Books, 1997.

Lowe, Lisa, *Immigrant Acts : On Asian American Cultural Politics*, Durham : Duke University Press, 1996.

Magubane, Zine, *Bringing the Empire Home : Race, Class, and Gender in Britain and Colonial South Africa*, Chicago : University of Chicago Press, 2004.

Mahler, Sarah J., "Theoretical and Empirical Contributions : Toward a Research Agenda for Transnationalism", In Smith and Guarnizo, *Transnationalism from Below*.

Manderson, Lenore · Margaret Jolly, eds., *Sites of Desire, Economies of Pleasure : Sexualities in Asia and the Pacific*, Chicago : University of Chicago Press, 1997.

Mbembe, Achille, " Necropolitics", *Public Culture* 15, no.1, 2003.

McClintock, Anne, *Imperial Leather : Race, Gender and Sexuality in the Colonial Contest*, New York : Routledge, 1995.

Mies, Maria, *Patriarchy and Accumulation on a World Scale : Women in the International Division of Labor*, London : Zed Books, 1986.

Miyoshi, Masao, "A Borderless World? From Colonialism to Transnationalism and the Decline of the Nation-State", Rob Wilson and Wimal Dissanayakr, ed., *Global / Local : Cultural Production and the Transnational Imaginary*, Durham : Duke University Press, 1996.

Mohanty, Chandra Talpade, *Feminism without Borders : Decolonizing Theory, Practicing Solidarity*, Durham : Duke University Press, 2003.

Moon, Katharine H. S., *Sex among Allies : Military Prostitution in U.S.-Korea Relations*, New York

: Cloumbia University Press, 1997.

Moon, Seungsook, *Militarized Modernity and Gendered Citizenship in South Korea*, Durham : Duke University Press, 2005.

Nagel, Joane, *Race, Ethnicity, and Sexuality : Intimate Intersections, Forbidden Frontiers*, Oxford : Oxford University Press, 2003.

Nagle, Jill, ed., *Whores and Other Feminists*, New York : Routledge, 1997.

Negri, Antonio, Maurizia Boscagli, trans., *Insurgencies : Constituent Power and the Modern State*, Minneapolis : University of Minnesota Press, 1999.

Ngai, Mae M., *Impossible Subjects : Illegal Aliens and the Making of Modern America*, Princeton : Princeton University Press, 2004.

Nye, Robert A., ed., *Sexuality*, Oxford : Oxford University Press, 1999.

O, Chŏng-hŭi, "Chinatown", In Kang Sŏk-kyŏng, Kim Chi-wŏn, and O Chŏng-hŭi, Bruce and Ju-Chan Fulton, trans.,*Words of Farewell : Stories by Korean Women Writers*, Seattle : Seal Press, 1989.

Omi., Michael · Howard Winant, *Racial Formation in the United States : From the 1960s to the 1990s*, New York : Routledge, 1994.

Ong, Aihwa, *Spirits of Resistance and Capitalist Discipline : Factory Women in Malaysia*, Albany : State University of New York Press, 1987.

_____, *Flexible Citizenship : The Cultural Logics of Transnationality*, Durham : Duke University Press, 1999.

Park, Jinim, *Narratives of the Vietnam War by Korean and American Writers*, New York : Peter Lang, 2007.

Parrenas, Rhacel Salazar, *Servants of Globalization : Women, Migration, and Domestic Work*, Stanford : Stanford University Press, 2001.

Pease, Donald, ed., *National Identities and Post-Americanist Narratives*, Durham : Duke University Press, 1994.

Pelley, Patricia M., *Postcolonial Vietnam : New Histories of the National Past*, Durham : Duke University Press, 2002.

Pihl, Marshall, and Bruce and Ju-chan Fulton, ed., *Land of Exile*, trans, New York : M. E. Sharpe, 1993.

Rabinow, Paul, ed., *The Foucault Reader*, New York : Pantheon, 1984.

Sandoval, Chela, *Methodology of the Oppressed*, Minneapolis : University of Minnesota Press, 2000.

Sassen, Saskia, *Globalization and Its Discontents*, New York : The New Press, 1998.

Sen, Amartya, *Development as Freedom*, New York : Anchor Books, 1999.

Seol, Dong-Hoon · John D. Skrentny, "South Korea : Importing Undocumented Workers", Wayne A. Cornelius, Takeyuki Tsuda, Philip L. Martin, and James F. Hollifield, ed., *Controlling Immigration : A Global Perspective*, Stanford : Stanford University Press, 2004.

Serlin, David, *Replaceable You : Engineering the Body in Postwar America*, Chicago : University of Chicago Press, 2004.

Sharpe, Jenny, *Allegories of Empire : The Figure of Woman in the Colonial Text*, Minneapolis : University of Minnesota Press, 1993.

Shin, Gi-Wook, *Ethnic Nationalism in Korea : Genealogy, Politics and Legacy*, Stanford : Stanford University Press, 2006.

Silverberg, Miriam, *Erotic Grotesque Nonsense : The Mass Culture of Japanese Modern Times*, Berkeley : University of California Press, 2006.

Simon, Lawrence H., *Karl Marx : Selected Writings*, Indianapolis : Hackett Publishing, 1994.

Smith, Michael Peter · Luis Eduardo Guarnizo, eds., *Transnationalism from Below*, New Brunswick, N. J. : Transaction Publishers, 2002.

Soysal, Yasemin Nuhoglu, *Limits of Citizenship : Migrants and Postnational Membership in Europe*, Chicago : University of Chicago Press, 1994.

Spivak, Gayatri, "A Literary Representation of the Subaltern : A Woman's Text from the Third World", *Other Worlds : Essays in Cultural Politics*, New York : Routledge, 1988.

_____, "Scattered Speculations on the Question of Value", Donna Landry · Gerald Maclean, ed., *The Spivak Reader*, New York : Routledge, 1996.

Stoler, Ann Laura, *Race and the Education of Desire : Foucault's History of Sexuality and the Colonial Order of Things*, Durham : Duke University Press, 1995.

_____, "Carnal Knowledge and Imperial Power : Gender, Race, and Morality in Colonial Asia", Roger N. Lancaster · Micaela di Leonardo, ed., *The Gender / Sexuality Reader*, NewYork : Routledge, 1997.

Sturdevant, Saundra Pollock · Brenda Stoltzfus, *Let the Good Times Roll : Prostitution and the U. S. Military in Asia*, New York : The New Press, 1992.

Tadiar, Neferti Xina M., *Fantasy-Production : Sexual Economies and Other Philippine Consequences for the New World Order*, Hong Kong : Hong Kong University Press, 2004.

Theweleit, Klaus, *Male Fantasies*, Vol.2, Minneapolis : University of Minnesota Press, 1989.

Tsuda, Takeyuki, *Strangers in the Ethnic Homeland : Japanese Brazilian Return Migration in Transnational Perspective*, New York : Columbia University Press, 2003.

Virilio, Paul, *Speed and Politics*, Mark Polizzotti, trans., New York : Semiotext(e), 1986.

Walkowitz, Judith R., *Prostitution and Victorian Society : Women, Class, and the State*, Cambridge : Cambridge University Press, 1980.

Weeks, Jeffrey, *Sex, Politics, and Society : The Regulation of Sexuality since 1800*, London : Longman, 1989.

Williams-Leon, Teresa · Cynthia L. Nakashima, *The Sum of Our Parts : Mixed Heritage Asian Americans*, Philadelphia : Temple University Press, 2001.

Woo-Cumings, Meredith, ed., *The Developmental State*, Ithaca : Cornell University Press, 1999.

Young, Marilyn B., *The Vietnam Wars, 1945-1990*, New York : HarperPerennial, 1991.

Yuh, Ji-yeon, *Beyond the Shadow of Camp Town : Korean Military Brides in America*, New York : New York University Press, 2002.

Yuval-Davis, Nira, *Gender and Nation*, London : Sage Publications, 1997.

●── 찾아보기